metro

Chester Himes
Harlem-Romane

metro wurde begründet
von Thomas Wörtche

Zu diesem Buch
Hart, beunruhigend und radikal wie der Schauplatz selbst sind Chester Himes' Kriminalromane: Im Harlem der 1940er- und 1950er-Jahre gehen Coffin Ed Johnson und Grave Digger Jones, zwei kompromisslose schwarze Detectives, auf Gangsterjagd – dem Gesetz des weißen Mannes, aber auch ihren schwarzen Landsleuten verpflichtet, die von diesem Gesetz fortlaufend ausgeschlossen und schikaniert werden.

»Chester Himes ist eine Schlüsselfigur in der Literatur des 20. Jahrhunderts. Seine Bedeutung und sein Rang lassen sich bei Weitem nicht mit der Kategorisierung als radikaler, schwarzer, politischer Autor, als scharfsinniger und wütender Chronist des täglichen Lebens fassen.« *Thomas Wörtche*

»Wer Chester Himes' Krimis liest, taucht ab ins tiefste Harlem. Hier harrt ein Klassiker seiner Entdeckung.« *Sacha Verna, Annabelle*

Der Autor
Chester Himes (1909–1984) hat die Kriminalliteratur radikalisiert und literarisch endgültig emanzipiert, nachdem er aus den USA nach Frankreich emigriert war. Was seine Romane besonders auszeichnet, ist »seine genaue Kenntnis von Milieu, Sprache und Kommunikationsformen der schwarzen Großstadt« (Kindlers Literaturlexikon).

Mehr über den Autor und sein Werk auf *www.unionsverlag.com*

Chester Himes
Harlem-Romane

Die Geldmacher von Harlem
Heiße Nacht für kühle Killer
Fenstersturz in Harlem

Aus dem Englischen von
Manfred Görgens und Alex Bischoff

Unionsverlag

Die Geldmacher von Harlem: Die Originalausgabe erschien 1957
unter dem Titel *A Rage in Harlem* in den USA, auch unter den Titeln
For Love of Imabelle und *The Five-Cornered Square*.
Aus dem Amerikanischen von Manfred Görgens.

Heiße Nacht für kühle Killer: Die Originalausgabe erschien 1959
unter dem Titel *The Real Cool Killers*.
Aus dem Amerikanischen von Alex Bischoff.

Fenstersturz in Harlem: Die französische Erstausgabe erschien 1959
unter dem Titel *Couché dans le pain* bei Éditions Gallimard, Paris.
Die Übersetzung erfolgte nach der amerikanischen Ausgabe
The Crazy Kill von 1989, erschienen bei Vintage Books Edition, New York.
Aus dem Amerikanischen von Manfred Görgens.

Im Internet
Aktuelle Informationen, Dokumente und Materialien
zu Chester Himes und diesem Buch
www.unionsverlag.com

Unionsverlag Taschenbuch 461
© by Chester Himes 1957/1985 und 1959
© by Unionsverlag 2009
Neptunstrasse 20, CH-8032 Zürich
Telefon +41 44 283 20 00
mail@unionsverlag.ch
Alle Rechte vorbehalten
Reihengestaltung: Heinz Unternährer
Umschlaggestaltung: Peter Löffelholz
Umschlagbild: Stefano Tiraboschi
Druck und Bindung: CPI – Clausen & Bosse, Leck
ISBN 978-3-293-20461-4
3. Auflage, September 2023

Der Unionsverlag wird vom Bundesamt für Kultur mit einem
Verlagsförderungs-Strukturbeitrag für die Jahre 2021–2024 unterstützt.

Inhalt

Die Geldmacher von Harlem   7

Heiße Nacht für kühle Killer   215

Fenstersturz in Harlem   385

Die Geldmacher
von Harlem

1

Hank zählte den Packen Geld ab. Eine Menge Geld – einhundertfünfzig nagelneue Zehndollarnoten. Er sah Jackson aus kalten, gelben Augen an. »Du gibst mir fünfzehnhundert, korrekt?« Er wollte Klarheiten schaffen. War schließlich reine Geschäftssache.

Hank war ein kleiner, adretter Kerl mit fleckiger brauner Haut und dünnem, entkraustem Haar. Er sah ganz nach Geschäftsmann aus.

»Ist korrekt«, sagte Jackson. »Fünfzehnhundert Mäuse.«

Auch Jackson betrachtete es als eine reine Geschäftssache.

Jackson war ein gedrungener, fetter Schwarzer mit purpurrotem Zahnfleisch und perlweißen Zähnen, die wie zum Lachen geschaffen waren. Doch Jackson lachte nicht. Dafür war ihm die Sache zu ernst. Jackson war erst achtundzwanzig Jahre alt, aber dies hier war eine so gewichtige Angelegenheit, dass er gut zehn Jahre älter aussah.

»Du willst, dass ich dir fünfzehn Riesen mache, korrekt?«, hakte Hank noch einmal nach.

»Exakt«, antwortete Jackson. »Fünfzehntausend Piepen.« Er bemühte sich, fröhlich zu klingen, aber er hatte Angst. Schweiß tropfte aus seinem kurzen Kraushaar. Sein rundes schwarzes Gesicht glänzte wie eine Glaskugel.

»Mein Anteil ist zehn Prozent, fünfzehn Hunderter, korrekt?«

»Genau. Ich zahl dir fünfzehnhundert Mäuse für den Deal.«

»Und ich krieg fünf Prozent«, sagte Jodie. »Das macht siebenhundertfünfzig. In Ordnung?«

Jodie war der Gehilfe, ein mittelgroßer, muskulöser Bursche mit dunkler, wettergegerbter Haut, der eine Lederjacke und

Armeehosen trug. Sein langes, dichtes Haar war an den Enden geglättet und feuerrot, doch an den Wurzeln trat es schon wieder kraus und schwarz aus der Kopfhaut hervor. Seit Silvester hatte er es nicht mehr schneiden lassen, und inzwischen war schon Mitte Februar. Ein Blick auf Jodie, und man wusste, dass er ein Hohlkopf war.

»In Ordnung«, sagte Jackson. »Siebenhundertfünfzig für dich.« Jodie hatte Hank dazu überredet, all das Geld zu machen.

»Der Rest ist für mich«, sagte Imabelle.

Die anderen lachten.

Imabelle war Jacksons Freundin, ein heißblütiges Mädchen mit vollen Lippen und einer Haut wie eine Bananenschale, dazu die gefleckten braunen Augen eines Vamps und die ausladenden, wie auf Kugellager gebetteten Hüften der geborenen Verführerin. Jackson war so vernarrt in sie wie ein Elch in seine Kuh.

Sie standen um den Küchentisch herum. Das Fenster ging auf die 142nd Street hinaus. Schnee fiel auf die frosterstarrten Müllhaufen, die sich wie Dämme an den Rinnsteinen entlangzogen, so weit das Auge reichte.

Jackson und Imabelle wohnten in einem Zimmer am anderen Ende des Gangs. Ihre Vermieterin war zur Arbeit gegangen, und auch die anderen Hausbewohner waren nicht daheim. So waren sie ungestört.

Hank machte sich daran, Jacksons einhundertfünfzig Zehndollarnoten in hundertfünfzig Hunderter zu verwandeln.

Jackson sah zu, wie Hank jede Note sorgfältig in ein mit Chemikalien getränktes Blatt Papier einwickelte, die Rollen in Pappröhren schob, die wie Knallfrösche aussahen, und die Röhrchen im Backofen des neuen Gasherds stapelte.

Jacksons Augen waren vor Argwohn gerötet. »Bist du sicher, dass du das richtige Papier hast?«

»Das muss ich doch wohl wissen. Habs ja gemacht«, sagte Hank.

Hank besaß als Einziger auf der Welt dieses chemisch behandelte Papier, mit dem man den Nennwert von Banknoten erhöhen konnte. Er hatte es selbst entwickelt.

Trotzdem verfolgte Jackson jede Bewegung Hanks. Er studierte sogar seinen Hinterkopf, wenn Hank sich umdrehte, um das Geld in den Herd zu schieben.

»Hab doch nicht so viel Angst, Daddy«, sagte Imabelle und legte ihre nackten gelben Arme um seine schwarzbekleideten Schultern. »Du weißt, dass es klappt. Hast doch schon gesehen, wie er es macht.«

Jackson hatte tatsächlich schon einmal zugesehen, wie er es anstellte. Vor zwei Tagen hatte Hank es ihm demonstriert. Er hatte vor Jacksons Augen einen Zehner in einen Hunderter verwandelt. Jackson hatte den Hunderter mit zur Bank genommen und dem Angestellten erklärt, er habe das Geld beim Würfeln gewonnen und wolle nun wissen, ob der Schein echt sei. Der Angestellte hatte gesagt, er sei so echt wie alles, was in der Notenbank gedruckt werde. Hank hatte den Hunderter wechseln lassen und Jackson seinen Zehner zurückgegeben. Jackson wusste, dass Hank den Dreh raus hatte.

Aber dieses Mal gings ums Ganze.

Das war das ganze Geld, das Jackson in der Welt besaß, das Geld, das er in den fünf Jahren gespart hatte, in denen er für den Bestatter H. Exodus Clay gearbeitet hatte. Alles andere als leicht verdientes Geld. Er fuhr die Limousinen bei den Begräbnissen, holte die Toten im Leichenwagen ab, säuberte die Kapelle, wusch die Leichen, kehrte den Einbalsamierungsraum und schleppte die Mülltonnen mit geronnenem Blut, zerkleinertem Fleisch und faulendem Gedärm weg.

Es war auch das ganze Geld dabei, das er von Mr. Clay als Vorschuss auf sein Gehalt bekommen hatte. Und alles, was er bei Freunden borgen konnte. Er hatte seine besten Kleider versetzt, seine goldene Armbanduhr, seine Krawattennadel mit dem imitierten Brillanten und den goldenen Siegelring, den er in der Tasche eines Toten gefunden hatte. Jackson wollte nicht, dass irgendetwas schief ging.

»Ich mach mir gar keine Sorgen«, behauptete er. »Bin nur nervös, mehr nicht. Ich will nicht erwischt werden.«

»Wie sollten wir denn erwischt werden, Daddy? Hat doch keiner einen blassen Schimmer, was wir hier treiben.«

Hank schloss die Backofentür und zündete das Gas an.

»Jetzt mach ich einen reichen Mann aus dir, Jackson.«

»Danket dem Herrn. Amen!«, sagte Jackson und bekreuzigte sich.

Er war kein Katholik. Er war Baptist, Mitglied der Ersten Baptistenkirche Harlems. Aber er war ein sehr religiöser junger Mann. Wann immer ein Problem auftauchte, bekreuzigte er sich, um sicherzugehen.

»Setz dich, Daddy«, sagte Imabelle. »Deine Knie zittern.«

Jackson setzte sich an den Tisch und starrte auf den Herd. Imabelle stand neben ihm und zog seinen Kopf fest an ihren Busen. Hank sah auf seine Uhr. Jodie stand neben ihm, den Mund weit offen.

»Ist es noch nicht fertig?«, fragte Jackson.

»Nur noch eine Minute«, antwortete Hank. Er ging zum Spülstein, um einen Schluck Wasser zu trinken.

»Ist die Minute noch nicht um?«, fragte Jackson.

In diesem Augenblick explodierte der Herd mit solcher Wucht, dass die Backofentür aufflog.

»Heiliges Kanonenrohr!«, schrie Jackson. Er sprang von seinem Stuhl auf, als hätte sein Hosenboden Feuer gefangen.

»Pass auf, Daddy!«, rief Imabelle und warf sich so heftig gegen Jackson, dass er flach auf den Rücken fiel.

»Im Namen des Gesetzes, alles stehen bleiben«, schrie eine neue Stimme. Ein großer, schlanker Farbiger mit der finsteren Miene eines Polizisten stürmte in die Küche. Er hatte eine Pistole in der rechten Hand und eine vergoldete Dienstmarke in der linken.

»Ich bin US-Marshall. Den Ersten, der sich regt, knall ich ab.«

Er sah aus, als ob er es ernst meinte.

Die Küche war voll mit dem Rauch und Gestank des Schwarzpulvers. Gas strömte aus dem Herd. Die verkohlten Pappröhren, die im Backofen geschmort hatten, lagen über den Boden verstreut.

»Polizei!«, kreischte Imabelle.

»Ich habs gehört!«, schrie Jackson.

»Schnell weg hier!«, brüllte Jodie.

Er stieß den Marshall gegen den Tisch und sprang zur Tür. Hank war vor ihm dort, und Jodie folgte ihm auf den Fersen. Der Marshall lag quer auf dem Tisch.

»Lauf, Daddy!«, sagte Imabelle.

»Warte nicht auf mich«, antwortete Jackson. Er lag auf Händen und Knien und bemühte sich mit aller Kraft, wieder auf die Füße zu kommen. Doch Imabelle lief so ungestüm davon, dass sie über ihn stolperte und ihn erneut zu Boden riss, als sie auf die Tür zustürmte.

Ehe der Marshall sich aufrichten konnte, waren alle drei entwischt. »Keine Bewegung!«, schrie er Jackson an.

»Ich rühr mich ja nicht, Marshall.«

Als der Marshall sich endlich aufgerappelt hatte, riss er Jackson vom Boden hoch und ließ ein Paar Handschellen um seine Handgelenke zuschnappen. »Willst mich zum Narren halten! Das bringt dir zehn Jahre ein.«

Jackson wurde so grau wie ein Schlachtschiff. »Ich hab nix getan, Marshall, schwör ich bei Gott.«

Jackson hatte unten im Süden ein College für Farbige besucht, aber wann immer er aufgeregt oder verängstigt war, verfiel er in seinen heimischen Tonfall.

»Setz dich und halt die Klappe«, befahl der Marshall. Er drehte das Gas ab und begann die Pappröhren als Beweismittel aufzusammeln. Er öffnete eine davon, zog eine nagelneue Hundertdollarnote heraus und hielt sie gegen das Licht. »Aus einem Zehner gemacht. Die Spuren sind noch drauf.«

Jackson wollte sich gerade hinsetzen, als er innehielt und anfing zu jammern. »Das war nicht ich, der das gemacht hat, Marshall. Ich schwör bei Gott, das waren die beiden Kerle, die abgehauen sind. Ich bin nur rein in die Küche für 'nen Schluck Wasser.«

»Lüg mich nicht an, Jackson. Ich kenn dich. Mann, ich hab die Beweise gegen dich in der Hand. Ich beobachte euch drei Geldfälscher schon seit Tagen.«

Tränen traten Jackson in die Augen, so verängstigt war er. »Hören Sie, Marshall, ich schwör bei Gott, ich hab nichts damit zu tun. Ich weiß nicht mal, wie man das macht. Der Kleine, der Hank heißt und abgehauen ist, das ist der Fälscher. Er ist der Einzige, der das Papier hat.«

»Mach dir um die mal keine Sorgen, Jackson. Die krieg ich auch noch. Aber dich hab ich schon, und ich nehm dich mit ins Bundesgefängnis. Ich warne dich also, alles, was du sagst, kann vor Gericht gegen dich verwendet werden.«

Jackson rutschte von seinem Stuhl und sank auf die Knie. »Lassen Sie mich gehen, nur das eine Mal, Marshall.« Die Tränen strömten nur so über sein Gesicht. »Nur das eine Mal, Marshall. Ich bin noch nie verhaftet worden. Ich geh in die Kirche, ich bin nicht unehrlich. Ich geb zu, ich hab Hank das Geld gegeben, um es aufzuwerten, aber er war es, der das Gesetz gebrochen hat, nicht ich. Ich hab nichts getan, was nicht jeder täte, wenn er die Chance hat, einen Haufen Geld zu machen.«

»Steh auf, Jackson, und nimm deine Strafe an wie ein Mann«, sagte der Marshall. »Du bist genauso schuldig wie die anderen. Wenn du nicht die Zehner besorgt hättest, hätte Hank sie auch nicht in Hunderter verwandeln können.«

Jackson sah sich bereits die zehn Jahre im Gefängnis absitzen. Zehn Jahre von Imabelle getrennt. Jackson war erst seit elf Monaten mit ihr zusammen, aber er konnte nicht mehr ohne sie leben. Er wollte sie heiraten, sobald sie von diesem Mann unten im Süden geschieden war. Wenn er für zehn Jahre ins Gefängnis müsste, würde sie in der Zwischenzeit einen anderen finden und ihn völlig vergessen haben. Er würde als alter Mann aus dem Gefängnis kommen, achtunddreißig Jahre alt, verbraucht. Keiner würde ihm einen Job geben. Keine Frau würde noch was von ihm wissen wollen. Er wäre ein Penner, hungrig und ausgezehrt, würde auf den Straßen Harlems betteln, in Hauseingängen schlafen und Fusel trinken, um sich warm zu halten. Dazu hatte Mama Jackson ihren Sohn nicht großgezogen, sich abgerackert, um ihn auf das Farbigen-College zu schicken, nur damit ein Sträfling aus ihm würde. Er durfte sich einfach nicht von dem Marshall abführen lassen.

Er umklammerte die Beine des Marshalls. »Haben Sie Mitleid mit einem armen Sünder, Mann. Ich hab mich falsch verhalten, aber ich bin kein Verbrecher. Die anderen haben mich dazu überredet. Meine Freundin wollte einen neuen Wintermantel. Wir möchten eine eigene Wohnung haben, vielleicht ein Auto kaufen. Ich war einfach der Versuchung erlegen. Sie sind ein Farbiger wie ich, Sie sollten Verständnis dafür haben. Wie sollen wir armen Schwarzen je zu Geld kommen?«

Der Marshall zerrte Jackson auf die Füße. »Herr im Himmel, reiß dich doch zusammen, Mensch. Trink einen Schluck Wasser. Du benimmst dich ja so, als wäre ich der Heiland persönlich.«

Jackson ging zum Spülstein und füllte ein Glas Wasser. Er weinte wie ein Baby. »Sie könnten ein bisschen Mitleid haben«, sagte er. »Nur einen Tropfen von der Milch menschlicher Barmherzigkeit. Ich hab bei dem Geschäft schon all mein Geld verloren. Ist das nicht Strafe genug? Muss ich auch noch ins Gefängnis?«

»Jackson, du bist nicht der Erste, den ich wegen eines Verbrechens festnehme. Stell dir mal vor, ich lass jeden laufen. Wo würde ich dann landen? Meinen Job würde ich verlieren, wäre ruiniert und hungrig. Im Handumdrehen wäre ich auf der anderen Seite des Gesetzes und selbst ein Verbrecher.«

Jackson sah in das kalte braune Gesicht und die ernsten, bösartigen Augen des Marshalls. Er wusste, der Mann kannte kein Erbarmen. Sobald sich ein Farbiger auf die Seite des Gesetzes stellt, dachte er, verliert er jede christliche Nächstenliebe.

»Marshall, ich zahle Ihnen zweihundert Dollar, wenn Sie mich laufen lassen«, schlug er vor.

Der Marshall sah in Jacksons nasses Gesicht. »Jackson, ich sollte das nicht tun. Aber mir wird allmählich klar, dass du ein anständiger Kerl bist, verführt von einer Frau. Und weil du ein Farbiger bist wie ich, lasse ich dich für dieses Mal laufen. Du gibst mir die zweihundert Dollar, und du bist ein freier Mann.«

Der einzige Weg, wie Jackson in dieser Situation noch zu zweihundert Dollar kommen konnte, war, es seinem Chef zu stehlen. Mr. Clay hatte immer zwei-, dreitausend Dollar im Safe. Jackson hasste nichts mehr, als Mr. Clay berauben zu müssen. Er hatte in seinem ganzen Leben noch kein Geld gestohlen. Er war ein ehrlicher Mensch. Aber es gab keinen anderen Weg aus dieser Falle.

»Ich habs nicht hier. Es ist in dem Bestattungsinstitut, wo ich arbeite.«

»Na schön, Jackson, wenn es so ist, dann fahr ich dich mit meinem Wagen hin. Aber du musst mir dein Ehrenwort geben, dass du nicht versuchst abzuhauen.«

»Ich bin kein Verbrecher«, protestierte Jackson. »Ich werde schon nicht davonlaufen, schwör ich bei Gott. Ich geh nur rein, hol das Geld und bring es Ihnen.«

Der Marshall schloss Jacksons Handschellen auf und schob ihn vor sich her. Sie gingen die vier Treppen hinunter und traten auf die Eighth Avenue hinaus, wo der Vordereingang des Apartmenthauses lag.

Der Marshall deutete auf einen zerbeulten schwarzen Ford. »Du siehst, dass ich selbst ein armer Kerl bin, Jackson.«

»Ja, Sir, aber nicht so arm wie ich, weil ich nicht nur nichts, sondern weniger als nichts hab.«

»Zu spät, um zu jammern, Jackson.«

Sie stiegen in den Wagen, fuhren Richtung Süden bis zur 134th Street, dann nach Osten bis zur Ecke Lenox Avenue und parkten vor dem Bestattungsinstitut von *H. Exodus Clay*.

Jackson stieg aus, schlich leise über die mit roten Gummimatten belegten hohen Steinstufen, trat durch die verhängten Glastüren des alten Steinhauses und blinzelte in die schwach beleuchtete Kapelle, wo drei Leichname in offenen Särgen aufgebahrt lagen. Smitty, der andere Fahrer und Helfer, saß in stiller Umarmung mit einer Frau auf einer der mit rotem Samt bespannten Bänke, die denen glichen, auf die man die Särge gestellt hatte. Er hatte Jackson nicht kommen hören.

Jackson stahl sich leise an den beiden vorbei und ging durch den Flur zur Besenkammer. Er nahm einen Mopp und ein Staubtuch und schlich auf Zehenspitzen wieder nach vorne zum Büro.

Um diese Zeit am Nachmittag, wenn keine Begräbnisse stattfanden, hielt Mr. Clay für gewöhnlich ein Nickerchen auf dem Sofa in seinem Büro. Marcus, der Einbalsamierer, sollte dann eigentlich die Aufsicht führen. Doch Marcus stahl sich stets hinüber in Small's Bar an der Ecke 135th Street und Seventh Avenue.

Leise öffnete Jackson die Tür zu Mr. Clays Büro, trat auf Zehenspitzen ein, lehnte den Mopp gegen die Wand und begann den kleinen, schwarzen Safe abzustauben, der in der Ecke neben einem altmodischen Rollpult stand. Die Tür des Safes war zu, aber nicht verschlossen.

Mr. Clay lag auf der Seite, mit dem Gesicht zur Wand. Im schwachen Schein der Stehlampe, die ständig das Schaufenster erleuchtete, sah er aus, als wäre er einem Museum entlaufen. Er war ein kleiner älterer Herr mit einer Haut wie Pergament, blassen braunen Augen und langen, grauen, buschigen Haaren. Seine Standardkleidung war ein Gehrock, eine zweireihige, taubengraue Weste, gestreifte Hosen, Eckkragen, schwarzer Ascotschlips und Krawattennadel mit grauer Perle sowie ein randloser Kneifer, der mit einem langen schwarzen Band an seiner Weste befestigt war.

»Bist dus, Marcus?«, fragte er plötzlich, ohne sich umzudrehen.

Jackson fuhr zusammen. »Nein, Sir, ich bins, Jackson.«

»Was tust du denn hier, Jackson?«

»Ich wisch nur Staub, Mr. Clay«, antwortete Jackson, während er vorsichtig die Safetür öffnete.

»Ich dachte, du hättest dir den Nachmittag freigenommen.«

»Ja, Sir. Aber mir fiel ein, dass Mr. Williams Familie heute Abend kommen will, um noch einmal seine sterblichen Hüllen zu sehen, und ich weiß doch, dass sie gern alles tipptopp in Ordnung haben, wenn die hier auftauchen.«

»Übertreibs nicht, Jackson«, sagte Mr. Clay schläfrig. »Ich hab nicht vor, dir eine Lohnerhöhung zu geben.«

Jackson zwang sich zu einem Lachen. »Ach, Sie machen nur Scherze, Mr. Clay. Außerdem ist meine Freundin nicht zu Hause. Ist fort zu einem Besuch.«

Während er redete, öffnete Jackson die innere Safetür.

»Dachte mir schon, dass eher da das Problem liegt«, brummte Mr. Clay.

Im Geldfach befand sich ein Stapel Zwanzigdollarnoten, die in Packen zu je hundert Dollar gebündelt waren.

»Ha, ha, Sie machen immer nur Witze, Mr. Clay«, sagte Jackson, griff sich fünf Bündel und stopfte sie in die Seitentaschen seiner Hose. Er klapperte mit dem Griff des Mopps, während er die beiden Safetüren schloss. »Herr, du musst mir in dieser Notlage vergeben«, flüsterte er und sprach dann mit lauter Stimme: »Muss jetzt die Treppe fegen.«

Mr. Clay antwortete nicht.

Jackson schlich auf Zehenspitzen zurück zur Besenkammer, legte Staubtuch und Mopp wieder an ihren Platz und begab sich leise zurück zur Eingangstür. Smitty und seine Freundin vergnügten sich immer noch miteinander.

Jackson verließ lautlos das Haus und ging die Treppen hinunter zum Wagen des Marshalls. Er hatte zwei der Hundertdollarbündel zusammengeknüllt in der Hand und streckte sie durchs geöffnete Fenster dem Marshall entgegen.

Der Marshall zählte das Geld zwischen seinen Knien nach. Dann nickte er und schob die Bündel in die Innentasche seiner Jacke. »Lass dir das eine Lehre sein, Jackson«, mahnte er. »Verbrechen zahlt sich nicht aus.«

2

Kaum war der Marshall weggefahren, da begann Jackson loszurennen. Er wusste, dass Mr. Clay nach dem Aufwachen als Erstes sein Geld zählen würde. Nicht weil er davon ausging, dass man es ihm stehlen würde. Schließlich war immer jemand da, der aufpasste. Es war nur so eine Gewohnheit. Mr. Clay zählte sein Geld, wenn er sich schlafen legte und wenn er aufwachte, wenn er den Safe aufschloss und wenn er ihn wieder verschloss. Wenn nicht viel zu tun war, zählte er es fünfzehn- bis zwanzigmal am Tag.

Jackson wusste, dass Mr. Clay seinen Gehilfen ausfragen würde, sobald er die fünfhundert Dollar vermisste. Er würde erst die Polizei rufen, wenn er todsicher war, wer sein Geld gestohlen hatte. Der Grund dafür war, dass Mr. Clay an Geister glaubte. Ihm war verdammt klar, würden die Geister erst einmal anfangen, das Geld zurückzuholen, um das er ihre Verwandten betrogen hatte, dann würde er bald im Armenhaus landen.

Und Jackson wusste auch, dass Mr. Clay als Nächstes in sein Zimmer gehen und ihn suchen würde. Er steckte in der Klemme, spürte aber noch keine Panik aufkommen. Würde der Herr ihm nur genügend Zeit lassen, um Hank aufzutreiben und ihn dazu zu bringen, seine dreihundert Dollar in dreitausend zu verwandeln, dann könnte er das Geld vielleicht in den Safe zurückstecken, bevor Mr. Clay ihn verdächtigte.

Aber zuerst musste er die Zwanzigdollarnoten in Zehner umtauschen. Hank konnte schließlich keine Zwanziger aufwerten, weil es keine Zweihunderter gab.

Er rannte die Seventh Avenue hinunter und betrat Small's Bar. Marcus entdeckte ihn. Aber er wollte nicht, dass Marcus mitkriegte, wie er das Geld wechselte. Er ging zur einen Tür hinein und zur anderen wieder raus und lief die Straße weiter bis zum Red Rooster. Dort hatten sie nur sechzehn Zehner in der Registrierkasse. Jackson nahm sie und wollte weiter. Ein Gast hielt ihn auf und wechselte den Rest.

Jackson landete wieder auf der Seventh Avenue und rannte

dann über die 142nd Street zu seiner Wohnung. Als er über die nassen, vereisten Gehsteige schlitterte und rutschte, kam ihm in den Sinn, dass er gar nicht wusste, wo er Hank suchen sollte.

Imabelle hatte Jodie in der Wohnung ihrer Schwester in der Bronx kennengelernt. Von dieser Schwester, Margie, hatte Imabelle erfahren, dass Jodie einen Mann kannte, der angeblich Geld machen konnte. Imabelle hatte Jodie überredet, Jackson davon zu erzählen. Als Jackson sagte, er wolle es versuchen, war Jodie es gewesen, der mit Hank Kontakt aufgenommen hatte.

Jackson war überzeugt, dass Imabelle wusste, wo er Jodie oder vielleicht sogar Hank finden könnte.

Er blieb in der Nebenstraße stehen und sah zum Küchenfenster hinauf, ob dort Licht brannte. Es war dunkel. Er versuchte sich zu erinnern, ob er selbst oder der Marshall das Licht ausgeschaltet hatte. Doch das war ohnehin gleichgültig. Wenn die Vermieterin schon von ihrer Arbeit heimgekehrt wäre, dann wäre sie mit Sicherheit in der Küche und schlüge Krach, als ginge es um fünfzehn Millionen Dollar.

Jackson ging um die Ecke zur Vorderseite des Hauses und stieg die vier Treppen hoch. Vor der Wohnungstür lauschte er. Von innen hörte er nicht ein Geräusch. Er schloss die Tür auf und trat leise ein. Er hörte niemanden herumgehen. Auf Zehenspitzen schlich er zu seinem Zimmer und schloss die Tür hinter sich. Imabelle war noch nicht wieder zurück.

Um sie machte er sich keine Sorgen. Imabelle konnte auf sich selbst aufpassen. Aber er stand unter Zeitdruck.

Während er noch unschlüssig war, ob er dort warten oder hinausgehen und nach ihr suchen sollte, hörte er, wie die Wohnungstür aufgeschlossen wurde. Jemand betrat den Flur, schloss die Tür und verriegelte sie. Schritte näherten sich. Die erste Flurtür wurde geöffnet.

»Claude«, rief eine gereizte Frauenstimme.

Keine Antwort. Die Schritte durchquerten den Flur, die gegenüberliegende Tür wurde geöffnet.

»Mr. Canefield.«

Die Wirtin rief ihre Mieter auf.

»Das übelste Weib, das Gott je schuf«, murmelte Jackson. »Er muss sie aus Versehen gemacht haben.«

Wieder Schritte. Jackson kroch rasch unter das Bett, ohne Mantel und Hut abzulegen. Er hörte, wie die Tür geöffnet wurde.

»Jackson.«

Jackson spürte, wie sie das Zimmer durchsuchte. Er hörte, wie sie sich an Imabelles großer Seekiste zu schaffen machte.

»Die halten die Truhe auch ewig verschlossen«, schimpfte sie vor sich hin. »Er und dieses Weib. Ein Leben in Sünde. Und der will Christ sein. Wenn Jesus wüsste, was für Christen ER hier in Harlem hat, würde ER wieder zum Kreuz raufklettern und noch mal von vorn anfangen.«

Jackson hörte sie wieder in Richtung Küche gehen. Er wälzte sich unter dem Bett hervor und stand auf.

»Gütiger Gott«, hörte er sie aufkreischen. »Da hat wer meinen nagelneuen Herd in die Luft gejagt.«

Jackson stieß die Tür seines Zimmers auf und rannte den Flur entlang. Er entwischte durch die Wohnungstür, bevor sie ihn sah. Je zwei Stufen auf einmal nehmend, lief er die Treppen hinauf statt hinunter. Kaum hatte er den Treppenabsatz erreicht, da hörte er die Vermieterin durch den Hausflur hinter ihm herjagen.

»Wer das auch ist, der dreckige Bastard!«, schrie sie. »Bist du das, Jackson, oder Claude? Jagt meinen Herd einfach in die Luft!«

Er erreichte das Dach, lief zum Dach des Nachbarhauses, vorbei an einem Taubenschlag, und fand die Tür zum Treppenhaus unverschlossen. Wie ein hüpfender Ball sprang er die Treppe hinunter, blieb aber an der Tür zur Straße stehen, um die Lage zu erkunden.

Die Vermieterin spähte zur Tür des anderen Hauses hinaus. Er zog den Kopf zurück, bevor sie ihn erblickte, und beobachtete von seiner Deckung aus die Straße.

Er sah Mr. Clays Cadillac-Limousine um die Ecke biegen und

am Bordstein parken. Smitty, der andere Chauffeur, fuhr den Wagen. Mr. Clay stieg aus und ging ins Haus.

Jackson wusste, dass sie nach ihm suchten. Er drehte sich um und lief schnell durch den Hausflur und zur Hintertür hinaus. Dort befand sich ein kleiner zementierter Hof, voll mit Mülltonnen und Abfällen, der von hohen Betonmauern umgeben war. Er stellte einen halb vollen Müllkübel gegen die Mauer und kletterte hinüber, wobei er sich den mittleren Knopf seines Mantels abriss. Er landete im Hinterhof des Hauses, das in der 142nd Street lag. Durch den Hauseingang rannte er auf die Straße und wandte sich der Seventh Avenue zu.

Ein ziellos umherfahrendes Taxi kam auf ihn zu. Er hielt es an. Er musste eine der Zehndollarnoten anbrechen, und das würde ihn hundert Dollar kosten, aber daran ließ sich jetzt nichts ändern. Es kam nur auf Geschwindigkeit an.

Der Fahrer war ein Schwarzer. Jackson nannte ihm die Adresse von Imabelles Schwester in der Bronx. Der farbige Bursche machte eine Kehrtwendung auf der vereisten Straße, als ob er gern schleuderte, und raste wie ein Wahnsinniger davon.

»Ich bin in Eile«, sagte Jackson.

»Ich beeil mich doch, oder?«, rief ihm der Fahrer über die Schulter zu.

»Habs aber nicht eilig, in den Himmel zu kommen.«

»Dahin fahren wir auch nicht.«

»Das befürchte ich ja gerade.«

Der Schwarze kümmerte sich gar nicht um Jackson. Geschwindigkeit bedeutete für ihn Macht und gab ihm das Gefühl, so groß wie Joe Louis zu sein. Er hatte seine langen Arme ums Steuerrad gelegt, seinen großen Fuß aufs Gaspedal gesetzt und dachte nur daran, wie er das verdammte DeSoto-Taxi geradewegs von dieser beschissenen Erde lenken könnte.

Margie wohnte in einem Apartment in der Franklin Avenue. Wenn man die Verkehrsregeln beachtete, dauerte die Fahrt dreißig Minuten, aber der Schwarze schaffte es in achtzehn. Jackson schwitzte die ganze Zeit Blut und Wasser.

Margies Mann war noch nicht von der Arbeit zurück. Margie sah wie Imabelle aus, nur gepflegter. Als Jackson ankam, war sie gerade dabei, ihre Haare zu glätten, und sah ihn wegen der Störung mit einem bitterbösen Blick an. Die Bude stank wie ein versengtes Schwein.

»Ist Imabelle hier?«, fragte Jackson, wobei er sich den Schweiß aus der Stirn wischte und die Hose im Schritt lockerte.

»Nein, ist sie nicht. Warum hast du nicht angerufen?«

»Wusste gar nicht, dass ihr ein Telefon habt. Seit wann denn?«

»Seit gestern.«

»Hab dich seit gestern nicht gesehen.«

»Stimmt, oder?« Sie ging zurück in die Küche, wo die Brennscheren auf dem Herd lagen.

Jackson folgte ihr. Den Mantel behielt er an. »Weißt du, wo sie ist?«

»Ob ich weiß, wo wer ist?«

»Imabelle.«

»Ach, die? Woher soll ich das wissen, wenn du es schon nicht weißt? Du bist doch der, der ein Auge auf sie hat.«

»Auch keine Ahnung, wo Jodie ist?«

»Jodie? Wer soll das denn sein?«

»Den Nachnamen kenn ich nicht. Er ist derjenige, der dir und Imabelle von dem Mann erzählt hat, der Geld aufwerten kann.«

»Wozu Geld aufwerten?«

Jackson wurde ärgerlich. »Aufwerten, um es auszugeben, dazu. Er macht aus Eindollarnoten Zehner und aus Zehnern Hunderter.«

Sie wandte sich vom Herd ab und sah Jackson an. »Bist du blau? Wenn ja, dann möchte ich, dass du hier verschwindest und erst zurückkommst, wenn du wieder nüchtern bist.«

»Ich bin nicht betrunken. Du hörst dich viel betrunkener an als ich. Sie hat den Kerl doch hier bei dir kennengelernt.«

»Bei mir? Einen Mann, der aus Zehndollarnoten Hunderter macht? Wenn du nicht betrunken bist, musst du verrückt sein. Wenn ich den Kerl kennen würde, wäre er jetzt noch hier, an den Boden gekettet, und würde sich Tag für Tag den Arsch abrackern.«

»Mir ist nicht nach Scherzen zu Mute.«

»Glaubst du vielleicht, ich scherze?«

»Ich meine den anderen – Jodie. Den, der den Mann kennt, der Geld macht.«

Margie nahm die Brennschere und fing an, sich damit durch ihr krauses, rötliches Haar zu fahren. Rauch stieg von den versengenden Locken auf, und es hörte sich an wie brutzelnde Koteletts.

»Verdammt und zugenäht, jetzt hab ich mir wegen dir meine Haare verbrannt!«, fluchte sie.

»Tut mir leid, aber das ist wichtig.«

»Meinst du, meine Haare sind nicht wichtig?«

»Nein, meine ich nicht. Aber ich muss sie finden.«

Sie schwang die Brennschere wie eine Keule. »Jackson, würdest du bitte deinen Arsch hier rausschaffen und mich allein lassen? Wenn Ima dir erzählt hat, sie hätte hier jemanden getroffen, der Jodie heißt, dann lügt sie. Und wenn du immer noch nicht weißt, dass sie eine verlogene Schlampe ist, dann bist du ein Idiot.«

»Das ist doch keine Art, über deine Schwester zu reden. Für so eine Bemerkung hab ich nichts übrig.«

»Wer hat dich überhaupt gebeten, herzukommen und mich zu belästigen?«, schrie sie ihn an.

Jackson setzte seinen Hut auf und machte auf dem Absatz kehrt. Allmählich fühlte er sich bedrängt und in Panik. Er musste zusehen, dass sein Geld bis zum nächsten Morgen aufgewertet war, andernfalls landete er mit Sicherheit im Gefängnis. Und er hatte keine Ahnung, wo er sonst noch nach Imabelle suchen sollte. Er hatte sie vor einem Jahr bei einem der alljährlichen Tanzabende des Bestattungsunternehmers im Savoy Ballroom kennengelernt. Sie war Hausangestellte bei Weißen unten in der Stadt und hatte keinen festen Freund. Er war mit ihr ausgegangen, aber mit der Zeit war das so teuer geworden, dass sie schließlich bei ihm einzog.

Sie hatten keine Freunde. Es gab keinen Platz, wo sie sich verstecken konnte. Sie war nicht sonderlich gerne mit anderen zusammen und wollte nicht, dass jemand allzu viel über sie wusste. Er selbst wusste kaum etwas über sie. Nur dass sie irgendwo aus dem Süden kam.

Doch er hätte sein Leben darauf gewettet, dass sie ehrlich zu ihm war. Allerdings fürchtete sie sich vor etwas, und er hatte keine Ahnung, wovor. Das war es, was ihn verunsicherte. Vielleicht hatte der Marshall ihr so viel Angst eingejagt, dass sie für zwei oder drei Tage verschwand. Er könnte am nächsten Tag bei ihren weißen Leuten anrufen und fragen, ob sie dort zur Arbeit aufgekreuzt war. Aber das wäre zu spät. Er brauchte sie jetzt sofort, um Hank aufzutreiben, damit der sein Geld aufwertete, sonst säßen sie beide in der Klemme.

Er ging in einen Drugstore und rief seine Vermieterin an, legte aber sein Taschentuch über die Sprechmuschel, um seine Stimme zu verstellen. »Ist Imabelle Jackson da, Ma'am?«

»Ich weiß, wer du bist, Jackson. Mich legst du nicht rein«, bellte seine Vermieterin ins Telefon.

»Hier will Sie keiner reinlegen, Lady. Hab nur gefragt, ob Imabelle Jackson da ist.«

»Nein, Jackson, ist sie nicht, und wenn, dann wär sie inzwischen im Gefängnis, wo du auch landest, sobald die Polizei dich erwischt. Meinen nagelneuen Herd hochjagen, mein Haus versauen, deinem Boss das Geld stehlen, das der zur Seite legt, um die Toten zu begraben, und weiß Gott noch was alles, und dann so tun, als wärst du wer anders, wenn du hier anrufst. Bildest dir ein, ich kenn deine Stimme nicht, so oft wie die mir vorsingt, dass du mir nächste Woche die Miete zahlst. Die gelbe Frau in mein Haus bringen und hier alles ruinieren, so anständig wie ich zu dir war.«

»Ich versuch gar nicht, meine Stimme zu verstellen. Hab nur ein bisschen Ärger, mehr nicht.«

»Da sagst du was! Hast mehr Ärger, als du ahnst.«

»Den Herd bezahl ich Ihnen.«

»Wenn nicht, kommst du aus dem Bau nicht mehr raus.«

»Machen Sie sich darum keine Sorgen. Ich bezahl ihn gleich morgen als Erstes.«

»Morgen bin ich zur Arbeit.«

»Dann bezahl ich sofort, wenn Sie nach Haus kommen.«

»Wenn du dann nicht schon im Knast bist. Wie viel hast du Mr. Clay gestohlen?«

»Ich hab keinem irgendwas gestohlen. Um was ich bitten wollte, wenn Imabelle zurückkommt, sagen Sie ihr, sie soll sich mit Hank in Verbindung setzen ...«

»Wenn sie heut Abend noch herkommt, sie oder du, und nicht die hundertsiebenundfünfzig Dollar und fünfundneunzig Cent für meinen Herd mitbringt, hat sie keine Chance mehr, sich mit irgendwem in Verbindung zu setzen, außer mit dem Richter, den sie morgen früh zu sehen kriegt.«

»Sie nennen sich eine Christin«, sagte Jackson wütend. »Da stecken wir in der Klemme, und ...«

»Wer ist denn wohl ein schlechterer Christ als du!«, schrie sie zurück. »Ein Dieb und Lügner! Lebt in Sünde! Jagt meinen Herd in die Luft! Beraubt die Toten! Der Herr kennt dich nicht mal, das sag ich dir!« Sie knallte den Hörer so fest auf die Gabel, dass es Jackson in den Ohren klingelte.

Er verließ de Telefonzelle und wischte sich den Schweiß aus seinem runden, schwarzglänzenden Gesicht. »Nennt sich eine Christin«, murmelte er vor sich hin. »Wäre auch kein böserer Teufel, wenn sie noch zwei Hörner hätte.«

Er stand barhäuptig an der Ecke und kühlte seinen Kopf ab. Er konnte nur noch beten. Jackson winkte ein Taxi herbei und fuhr zum Haus seines Geistlichen in der 139th Street, Sugar Hill.

Reverend Gaines war ein großer schwarzer Mann, mit einer kräftigen Stimme und zutiefst religiös. Er glaubte an eine Feuer- und Schwefelhölle und hatte keinerlei Mitgefühl mit Sündern, die er nicht bekehren konnte. Wenn sie sich nicht bessern wollten, sich dem Herrn unterwerfen, in seine Kirche eintreten und rechtschaffen leben mochten, dann sollten sie eben in der Hölle schmoren. Daran gabs nichts zu rütteln. Der Mensch konnte nicht sonntags ein Christ sein und an den anderen sechs Wochentagen sündigen. Ein solcher Mensch musste Gott für einen Narren halten.

Der Reverend schrieb gerade an seiner Predigt, als Jackson eintrat, aber für einen guten Kirchgänger legte er die Arbeit beiseite.

»Willkommen, Bruder Jackson. Was führt dich zum Hause des Hirten deines Herrn?«

»Ich bin in Schwierigkeiten, Reverend.«

Reverend Gaines fingerte an dem Aufschlag seines blauen Flanell-Smokings herum. Der Brillant an seinem Mittelfinger funkelte im Licht. »Eine Frau?«, fragte er leise.

»Nein, Sir. Meine Freundin ist mir treu. Wir werden heiraten, sobald sie die Scheidung durchhat.«

»Warte nicht zu lange, Bruder. Ehebruch ist eine Todsünde.«

»Wir können nichts tun, solange sie ihren Mann nicht auftreiben kann.«

»Geld?«

»Ja, Sir.«

»Hast du Geld gestohlen, Bruder Jackson?«

»Nicht richtig. Ich brauch nur dringend Geld. Sonst sieht es so aus, als hätte ich was gestohlen.«

»Ah, ja, verstehe«, sagte Reverend Gaines. »Lass uns beten, Bruder Jackson.«

»Ja, Sir, deshalb bin ich hier.«

Sie knieten nebeneinander auf dem teppichbelegten Boden nieder. Reverend Gaines sprach das Gebet. »Herr, hilf diesem Bruder, dass er seine Schwierigkeiten überwindet.«

»Amen«, sagte Jackson.

»Hilf ihm, das Geld, das er braucht, auf ehrliche Art zu bekommen.«

»Amen.«

»Mach, dass die Frau ihren Ehemann findet, auf dass sie geschieden wird und rechtschaffen leben kann.«

»Amen.«

»Segne all die armen Sünder in Harlem, die ebensolche Schwierigkeiten mit Frauen und Geld haben.«

»Amen.«

Reverend Gaines' Haushälterin klopfte an die Tür und steckte ihren Kopf herein. »Abendessen ist fertig, Reverend«, sagte sie. »Mrs. Gaines sitzt schon am Tisch.«

Reverend Gaines sagte: »Amen.«

Jackson blieb nur noch das »Amen« als Echo.

»Der Herr hilft denen, die sich selbst helfen, Bruder Jackson«, sagte Reverend Gaines und eilte zu seinem Abendessen.

Jackson fühlte sich bedeutend wohler. Seine Panik war vorüber, und er begann mit seinem Kopf statt mit den Füßen zu denken. Die Hauptsache war, den Herrn auf seiner Seite zu haben. Er hatte schon geglaubt, Gott habe ihn verlassen.

Er nahm ein Taxi auf der Seventh Avenue, fuhr hinunter zur 125th Street und ging ins »Last Word«, einen Schuhputzsalon und Plattenladen in der Eighth Avenue.

Er setzte neunzig Dollar beim Zahlenlotto für diese Nacht, je fünf Dollar Einsatz. Er spielte *Money Row, Lucky Lady, Happy Days, True Love, Sun gonna shine, Gold, Silver, Diamonds, Dollars* und *Whiskey*. Um ganz sicher zu sein, spielte er obendrein *Jail House, Death Row, Lady Come Back, Two-timing Woman, Pile of Rocks, Dark Days* und *Trouble*. Er wollte nichts unversucht lassen.

Während er hinter Plakaten von Bach und Beethoven auf seine Zahlen setzte, legte das Mädchen, das im Laden bediente, die gewünschten Rock-and-Roll-Scheiben auf, und die Schuhputzer schlugen dazu mit ihren Poliertüchern den Takt. Jacksons Füße nahmen den Rhythmus auf und legten Tanzschritte hin, als ob sie von den Sorgen in seinem Kopf keine Ahnung hätten.

Plötzlich überkam Jackson ein Glücksgefühl. Er gab die Hoffnung auf, Hank noch zu finden. Auch um Imabelle machte er sich weiter keine Sorgen mehr. Ihm war so, als könnte er nacheinander vier Vierer werfen.

»Junge, ich verrat dir was, ich fühl mich spitze«, sagte er zu einem der Schuhputzer.

»Gute Laune ist ein Vorbote des Todes, Daddy-O«, antwortete der Boy.

Jackson vertraute auf den Herrn und steuerte auf einen Würfelspielclub zu, der sich in der 126th Street, gleich um die Ecke, in einem Obergeschoss befand.

3

Jackson stieg drei Treppen hoch und klopfte an eine rote Tür in einem hell erleuchteten Flur.

Vor dem runden Guckloch wurde die metallene Deckscheibe beiseite geschoben. Jackson konnte das Gesicht dahinter nicht sehen, aber der Aufpasser sah ihn.

Die Tür öffnete sich, und Jackson trat in eine ganz gewöhnliche Küche.

»Willst du selbst knobeln oder nur mitziehen?«, fragte ihn der Aufpasser.

»Selbst knobeln«, antwortete Jackson.

Der Aufpasser filzte ihn, nahm ihm seine Nagelfeile ab und legte sie auf die Anrichte neben ein paar mordsgefährliche Messer und schwere Revolver.

»Wie soll ich mit dem Ding jemandem was tun?«, protestierte Jackson.

»Du kannst einem die Augen ausstechen.«

»Die Klinge reicht ja nicht mal, um ein Lid zu durchbohren.«

»Keine Diskussionen, Typ, geh einfach weiter bis zur letzten Tür rechts«, bemerkte der Aufpasser und lehnte sich gegen den Rahmen der Eingangstür.

Am Türrahmen befanden sich drei lockere Nägel. Wenn der Wächter darauf drückte, blinkten im Salon, in den Schlafzimmern und im Würfelzimmer Lampen auf. Einmal blinken hieß ein neuer Kunde, zweimal die Schmiere.

Ein zweiter Aufpasser öffnete von innen die Tür zum Würfelzimmer, schloss sie hinter Jackson und drehte den Schlüssel wieder um.

Mitten im Raum stand ein Billardtisch, und an einer Wand befand sich ein Regal mit Billardkugeln und -stöcken. Die Spieler drängten sich im grellen Schein einer Pendelleuchte mit grünem Schirm um den Tisch. Der Croupier stand auf der einen Seite des Tisches, er war zuständig für die Würfel und Wetten. Ihm gegenüber saß der Geldwechsler auf einem Barhocker, er tauschte grüne Scheine gegen Eindollarmünzen und zog die Gewinnanteile der Bank ein. Auf Einsätze bis zu fünf Dollar kassierte er fünfundzwanzig Cents, auf Wetten darüber fünfzig Cents.

An beiden Schmalseiten des Tisches saßen die Wetteinnehmer: am einen Ende ein untersetzter, glatzköpfiger Mann mit brauner Hautfarbe, den man Stack-of-Dollars nannte, am anderen Ende ein grauhaariger Weißer, der als Abie der Jude bekannt war. Stack-of-Dollars nahm Wetten auf Niederlage an und zog Einsätze ein, die auf Sieg lauteten. Abie der Jude nahm Wetten auf Sieg oder Niederlage an, außer *Box Cars,* zwei Sechsen, oder *Snake-Eyes,* zwei Einsen.

Der Club war Harlems größter ständig geführter Salon fürs Crap-Würfeln.

Jackson kannte alle berühmten Spieler vom Sehen her. Sie waren Stars in Harlem. Red Horse, Four-Four und Coots waren Berufsspieler, Sweet Wine, Rock Candy, Chink und Beauty arbeiteten als Zuhälter, Doc Henderson war Zahnarzt und Mr. Foot Lottoeinnehmer.

Red Horse war an der Reihe. Er schüttelte die Würfel, Größe acht, lässig in seiner linken Hand und warf sie dann mit seiner rechten. Die Würfel rollten gleichmäßig über das grüne Tuch, sprangen wie zwei Vollblüter im toten Rennen über die Hundekette, die mitten über den Tisch gespannt war, und blieben mit einer Vier und einer Drei liegen.

»Vier und dreie, unsre Reihe«, intonierte der Croupier und zog die Würfel ein. »Sieben! Der Verlierer!«

Rock Candy langte nach dem Geld im Pott, Stack-of-Dollars strich seine Wetten ein, Abie kassierte ein paar Gewinne und bezahlte einige Verluste aus.

»Bleibst du bei der Stange?«, fragte der Croupier.

Red Horse schüttelte den Kopf. Drei weitere Würfe kosteten ihn einen Dollar.

»Das nächste Würfel-As«, sang der Croupier und sah Jackson an. »Was setzt du, kleiner schwarzer Dicker?«

»Zehn Mäuse.«

Jackson warf eine Zehndollarnote und fünfzig Cents in den Kreis. Red Horse hielt den Einsatz. Die Wetter setzten auf Sieg oder Niederlage. Der Croupier warf Jackson die Würfel zu, er fing sie auf, hielt sie in der hohlen Hand und redete ihnen zu: »Helft mir nur aus der Klemme, mehr will ich nicht.« Er bekreuzigte sich und schüttelte die Würfel, um sie anzuwärmen.

»Lass sie raus, Reverend«, sagte der Croupier. »Das sind keine Titten, und du bist kein Baby. Gib ihnen freien Lauf hier auf der weiten Koppel.«

Jackson ließ die Würfel rollen. Sie hoppelten wie verängstigte Kaninchen über das Grün, sprangen wie übermütige Kängurus über die Hundekette, jagten wie durchgedrehte Stiere auf Abies Platz zu, wurden müde und blieben mit einer Sechs und einer Fünf liegen.

»Elf sonnenklar!«, stimmte der Croupier an. »Elf von den Elfen. Der Sieger!«

Jackson ließ sein Geld stehen, legte für die Zwanzig wieder einen glatten Wurf hin, verbockte dann aber die Vierzig mit zwei Einsen. Er setzte erneut zehn Dollar, warf eine Sieben, ließ die Zwanzig stehen, warf wieder eine Sieben, setzte die Vierzig und machte abermals schlapp. Damit war er um zwanzig Dollar ärmer. Er wischte sich den Schweiß aus Gesicht und Stirn, zog seinen Mantel aus, hängte ihn samt Hut auf den Kleiderhaken, knöpfte den Zweireiher seines abgewetzten schwarzen Anzugs auf und sagte zu den Würfeln: »Würfel, ich flehe euch an mit Tränen in meinen Augen so groß wie Wassermelonen.«

Er setzte wiederum zehn Dollar, verlor dreimal hintereinander und bat schließlich den Croupier, die Würfel auszutauschen.

»Die beiden kennen mich nicht«, sagte er.

Der Croupier legte zwei Würfel Größe acht mit schwarzen Augen auf den Tisch, sie waren eiskalt. Jackson wärmte sie an seinem Schwanz auf und warf vier Treffer nacheinander. Damit hatte er achtzig Dollar im Pott. Er nahm die fünfzig Dollar heraus, die er verloren hatte, und ließ dreißig stehen. Er gewann mit einer Vier, nahm weitere fünfzig Dollar raus und ließ zehn stehen.

»Wer neidisch ist, kann nicht spielen, wer Angst hat, kann nicht gewinnen«, krähte der Croupier.

Die Wetter setzten nicht mehr auf Jacksons Sieg, sondern auf seine Niederlage. Er warf die Sechs und wurde von der Sieben geschlagen.

»Ein Würfler für das Spiel«, tönte der Croupier. »Je mehr ihr einsetzt, desto mehr springt raus.«

Die Würfel gingen an den nächsten Spieler über.

Gegen Mitternacht hatte Jackson 180 Dollar gewonnen. Er besaß jetzt dreihundertsechsundsiebzig, aber er brauchte sechshundertsiebenundfünfzig Dollar und fünfundneunzig Cents, um Mr. Clay die gestohlenen fünfhundert Dollar zurückgeben und seiner Vermieterin einhundertsiebenundfünfzig Dollar und fünfundneunzig Cents für den Gasherd zahlen zu können.

Er stieg aus und ging zum Last Word zurück, um zu sehen, ob er im Zahlenlotto gewonnen hatte. Das letzte Wort in dieser Nacht hieß 919, Pustekuchen.

Jackson ging wieder zum Würfelspiel zurück.

Er flehte die Würfel an, er beschwor sie. »Ich hab Schmerzen in der Brust, so scharf wie Rasiermesser, und Qualen in der Seele, so tief wie der Grund des Ozeans und so hoch wie die Rocky Mountains.«

Als er zum zweiten Mal mit dem Würfeln an der Reihe war, zog er seine Jacke aus. Sein Hemd war schweißnass. Seine Hose kniff ihn zwischen den Beinen. Er löste die Hosenträger, als er das dritte Mal drankam, und ließ sie an seinen Beinen herunterbaumeln.

Jackson warf mehr Siebener und Elfer, als man je zuvor bei diesem Spiel gesehen hatte. Aber er warf auch mehr Craps, Zweier, Dreier und Zwölfer, als Siebener und Elfer. Und wie alle guten Crap-Spieler wissen: wenn einer Craps wirft, verliert er.

Der Tag brach schon an, als das Spiel endete. Sie hatten Jackson ausgenommen, er war völlig blank. Er borgte sich beim Club fünfzig Cents und schleppte sich runter zur Snackbar im Theresa Hotel. Er bestellte eine Tasse Kaffee und zwei Krapfen und blieb damit an der Theke stehen.

Seine Augen waren glasig, seine schwarze Haut hatte eine zementgraue Färbung angenommen. Er war so müde, als hätte er mit einem Maultiergespann Steine gepflügt.

»Du siehst fertig aus«, sagte der Mann hinter der Theke.

»Mir gehts so dreckig, als wär ich unter Walknochen am Meeresgrund begraben«, gestand er.

Der Ober sah ihm zu, wie er seine Krapfen mampfte und seinen Kaffee in sich hineinschüttete. »Du bist bestimmt beim Crap-Spiel ausgenommen worden.«

»Genau«, gab Jackson zu.

»So siehst du auch aus. Es heißt, ein Reicher kann nicht schlafen, aber einer der blank ist, wird nie satt.

Jackson sah auf die Uhr an der Wand, und die Uhr trieb ihn zur Eile. Mr. Clay kam um Punkt neun aus seinen Wohnräumen herunter. Jackson wusste, dass er mit dem Geld dort sein und einen Weg finden müsste, es unbemerkt in den Safe zu schaffen, bevor Mr. Clay ihn aufschloss. Nur so konnte er hoffen, ungeschoren davonzukommen.

Imabelle hätte das Geld anschaffen können, doch es war ihm zuwider, sie darum zu bitten. Es hätte bedeutet, dass sie ihm untreu sein musste. Aber die Klemme, in der sie jetzt steckten, würde sogar eine Ratte dazu bringen, Chili zu fressen.

Er ging nach nebenan in die Hotelhalle und rief in seiner Wohnung an. Die Halle des Theresa Hotels war um diese Zeit öde, mal abgesehen von ein paar Malochern, die um acht unten in der Stadt antanzen mussten und deshalb ins Hotelrestaurant eilten, um schnell ihr Frühstück aus Maisbrei und Speck zu verdrücken.

Seine Vermieterin war am Apparat.

»Ist Imabelle nach Haus gekommen?«, fragte er.

»Dein gelbes Weibsstück sitzt im Knast, wo du jetzt auch am besten wärst«, antwortete sie bösartig.

»Im Gefängnis? Wieso?«

»Gleich nachdem du gestern Abend hier angerufen hast, brachte ein Marshall der Bundespolizei sie unter Arrest her. Er hat auch nach dir gesucht, Jackson, und hätt ich gewusst, wo du steckst, ich hätts ihm verraten. Er sucht euch beide wegen Falschmünzerei.«

»Ein Marshall der Bundespolizei? Er hatte sie verhaftet? Wie sah er denn aus?«

»Er hat gesagt, du kennst ihn.«

»Was hat er mit Imabelle gemacht?«

»Er hat sie ins Gefängnis gebracht, das hat er gemacht. Und er hat ihre Truhe beschlagnahmt und sie mitgenommen, für den Fall, dass er dich nicht findet.«

»Ihre Truhe?« Jackson war so verwirrt, dass er kaum ein Wort hervorbrachte. »Er hat ihre Truhe beschlagnahmt? Und sie mitgenommen?«

»Und ob, Süßer. Und wenn er dich findet ...«

»Lieber Himmel! Er hat ihre Truhe beschlagnahmt? Hat er gesagt, wie er heißt?«

»Erspar mir deine Fragen, Jackson. Ich will keine Scherereien, weil ich dir helfe zu fliehen.«

»Sie haben auch nicht einen Knochen von einer Christin in sich«, sagte er und hängte langsam den Hörer auf.

So stand er gegen die Wand der Telefonzelle gelehnt da. Er hatte das Gefühl, als wäre er in Treibsand geraten. Je mehr er sich zu befreien versuchte, desto tiefer sank er ein.

Er konnte sich nicht vorstellen, wie der Marshall auf die Idee mit Imabelles Truhe gekommen war. Wie war er dahinter gekommen, was sich darin befand – vielleicht hatte er ihr so viel Angst eingejagt, dass sie weich geworden war? Und das bedeutete, dass sie arge Probleme hatte.

Was es für Jackson so schlimm machte, war, dass er einfach nicht wusste, wo er nach dem Marshall suchen sollte. Er hatte keinen Schimmer, wohin der Marshall Imabelle gebracht haben könnte. Er glaubte nicht, dass er sie ins Bundesgefängnis überführt hatte, weil der Marshall darauf aus war, alles zu bekommen, was er kriegen konnte. Er würde ihre Truhe nicht ins Gefängnis mitnehmen, wenn er sich einen Anteil erhoffte. Doch Jackson hatte keine Ahnung, wie er ihn aufspüren sollte. Außerdem wusste er nicht, was er tun sollte, um die Truhe zu retten, falls er den Marshall fand.

Er stand auf dem leeren Bürgersteig vor dem Theresa Hotel und dachte über einen Ausweg nach. Sein Gesicht war verzerrt vor geistiger Anstrengung. Schließlich murmelte er vor sich hin: »Ich hab keine andere Wahl.«

Er musste seinen Zwillingsbruder Goldy aufsuchen. Goldy kannte jeden in Harlem.

Er wusste nicht, wo Goldy wohnte, deshalb musste er bis zum Mittag warten, wenn Goldy sich auf der Straße blicken ließ. Ihm selbst war nicht wohl dabei, weiter auf der Straße herumzulungern. Fürs Kino hatte er kein Geld, obwohl es eins hier im Block gab, das schon um acht Uhr morgens öffnete. Aber um die Ecke in der 125th Street gab es ein Geschäftsgebäude mit einigen Arztpraxen.

Er stieg zur ersten Etage hoch und setzte sich ins Wartezimmer eines Arztes. Der Doktor war noch nicht da, aber es warteten schon vier Patienten auf ihn. Nachdem der Arzt eingetroffen war, ließ Jackson immer wieder die anderen Patienten vor.

Die Arzthelferin sah ihn von Zeit zu Zeit an. Schließlich fragte sie ihn mit scharfer Stimme: »Sind Sie nun krank oder nicht?«

»War ich, aber ich fühl mich schon viel besser«, antwortete er, setzte seinen Hut auf und ging.

4

Die Schaufensterfront von Blumsteins Warenhaus, in der verlockende Kleidungs- und Möbelstücke für die Bewohner Harlems auslagen, erstreckte sich von der Rückseite des Theresa Hotels einen halben Block die 125th Street entlang.

Eine Barmherzige Schwester saß auf einem Feldstuhl neben dem Eingang, schüttelte eine runde, schwarze Sammelbüchse vor den Passanten und lächelte traurig.

Sie war in ein langes, schwarzes Gewand gekleidet, das dem einer Nonne glich, und trug dazu eine weiße, gestärkte Haube über einem Kranz grauer Haare. Ein großes goldenes Kreuz hing an einem schwarzen Band vor ihrer Brust. Sie hatte ein sanfthäutiges, rundes schwarzes Engelsgesicht, und wenn sie lächelte, funkelten darin zwei goldene Schneidezähne.

Niemand schenkte ihr sonderliche Beachtung. Überall in Manhattan sah man solche Barmherzigen Schwestern. Sie bettelten in den großen Warenhäusern der Innenstadt, an der Fifth Avenue, in Bahnhöfen und die 42nd Street rauf und runter bis zum Times Square. Nur wenige kannten den Namen der Organisation, der sie angehörten. Die meisten in Harlem hielten sie für Nonnen, so wie es eben auch schwarze, wuschelköpfige, krausbärtige Rabbiner überall auf den Straßen gab.

Sie blickte zu Jackson auf und flüsterte mit salbungsvoller Stimme: »Spende dem Herrn, Bruder. Spende den Armen.«

Jackson blieb neben ihrem Feldstuhl stehen und betrachtete eingehend die Nylonstrümpfe, die im Schaufenster ausgestellt waren.

Ein betrunkener Farbiger, der vorbeistolperte, drehte sich um und beäugte die Barmherzige Schwester. »Segne mich, Schwester. Segne den alten Moses«, stammelte er in dem Versuch, komisch zu wirken.

»›Wissest du nicht, dass du erniedrigt und elend, arm, blind und nackt bist‹, spricht der Herr«, zitierte die Schwester.

Der Betrunkene blinzelte und taumelte schnell weiter.

Ein kleines schwarzes Mädchen, mit Zöpfchen wie Mäuseschwänze, kam auf die Schwester zugelaufen und sagte mit atemloser Stimme: »Schwester Gabriel, Mama will zwei Eintrittskarten in den Himmel. Onkel Pone stirbt.« Sie steckte der Schwester zwei Dollarnoten in die Hand.

»›Kauf mir in Feuer geläutertes Gold‹, spricht der Herr«, flüsterte die Schwester und schob die zwei Dollar in ihr Gewand. »Warum braucht sie zwei, Kind?«

»Mama sagt, Onkel Pone braucht zwei.«

Die Schwester schob wieder eine schwarze Hand in die Falten ihres Gewandes, zog zwei große weiße Karten hervor und reichte sie dem Mädchen. Auf den Karten standen die Worte:

EINLASS FÜR EINE PERSON
SCHWESTER GABRIEL

»Die werden Onkel Pone an den Busen des Herrn bringen«, versprach sie. »›Und ich sah, dass der Himmel sich öffnete, und schaute ein weißes Ross.‹«

»Amen«, sagte das kleine Mädchen und rannte mit den beiden Eintrittskarten davon.

»Schäm dich, Goldy, den Herrn so zu lästern«, flüsterte Jackson. »Die Polizei wird dich dafür schnappen, dass du diese Eintrittskarten verkaufst.«

»Das verstößt gegen kein Gesetz«, flüsterte Goldy zurück. »Steht nur drauf ›Einlass für eine Person‹. Nichts davon, wohin. Kann doch auch der Ballsaal vom Savoy sein.«

»Es gibt aber ein Gesetz dagegen, sich als Frau auszugeben«, sagte Jackson angewidert.

»Überlass es der Polizei, sich um das Gesetz zu kümmern, Brüderlein.«

Ein Paar näherte sich, um das Kaufhaus zu betreten. Goldy schüttelte seine Sammelbüchse. »Spendet dem Herrn, spendet den Armen«, bettelte er flehentlich. Die Frau blieb stehen und warf drei Centstücke in die Büchse.

Goldys seliges Lächeln wurde säuerlich. »Sei gesegnet, Mütterchen, sei gesegnet. Wenn der Herr dir nur drei kleine Cents wert ist, dann sei gesegnet.«

Die dunkelbraune Haut der Frau rötete sich. Sie kramte nach einem Zehncentstück.

»Sei gesegnet, Mütterchen. Gelobet sei der Herr«, flüsterte Goldy gleichgültig.

Die Frau trat in das Kaufhaus, aber sie konnte spüren, dass die Augen des Herrn auf ihr lasteten und die Engel im Himmel sich zuraunten: »Was für ein Geizhals!« Sie schämte sich zu sehr, als dass sie noch das Kleid hätte kaufen mögen, für das sie hergekommen war, und sie war für den Rest des Tages betrübt.

»Ich muss mit dir reden, Goldy«, sagte Jackson und betrachtete weiter die Nylonstrümpfe im Schaufenster.

Zwei Teenager kamen gerade vorbei und kriegten mit, was er sagte. Es fiel ihnen nicht im Traum ein, dass er zu der Barmherzigen Schwester sprach, und sonst war niemand in der Nähe. Sie fingen an zu kichern.

»Ein Strumpffetischist«, sagte die eine.

Die andere antwortete: »Er nennt sie auch noch Goldy.«

Goldy klopfte imaginären Staub von seinem Schoß, warf noch einen Blick auf Jacksons Gesicht, stand dann langsam auf, wobei er sich wie eine ältere Dame bewegte, und klappte den Feldstuhl zusammen.

»Bleib hinter mir«, flüsterte er. »Mit reichlich Abstand.« Den Stuhl unter einen Arm geklemmt, die klappernde Sammelbüchse in der anderen Hand, watschelte er über den schmierigen Bürgersteig Richtung Seventh Avenue und segnete die Farbigen, die Münzen in den Opferstock steckten. Er sah wie eine müde, fette, heilige schwarze Matrone aus, die sich für den Herrn abrackerte.

Er war eine vertraute Erscheinung, niemand würdigte ihn eines zweiten Blickes.

Seventh Avenue und 125th Street sind das Herz Harlems, der Knotenpunkt des schwarzen Amerika. An einer Ecke stand das größte Hotel, schräg gegenüber befand sich ein großer Juwelierladen, der Schmuck auf Raten verkaufte. Seine Schaufenster waren mit Brillanten und Uhren gefüllt, die für soundsoviel Rabatt und soundso hohe Wochenraten angeboten wurden. Gleich nebenan war eine Buchhandlung mit einem großen roten und gelben Schild, auf dem stand: Bücher für 6 000 000 Farbige. An der anderen Ecke befand sich eine Missionskirche.

Die Leute in Harlem nehmen ihre Religion ernst. Wenn Goldy in einem flammenden Wagen davongebraust und geradewegs gen Himmel galoppiert wäre, hätten sie es geglaubt – Christen und Sünder gleichermaßen.

Goldy wandte sich auf der Seventh Avenue nach Süden, vorbei am Eingang des Theresa Hotels, an Sugar Ray's Tavern und an dem Friseurladen, wo die läufigen Katzen ihre krausen Locken mit einer Mischung aus Vaseline und Pottaschelauge gestrafft bekamen. Auf der 121st Street wandte er sich nach Osten Richtung The Valley, kletterte über Berge gefrorenen Abfalls, verpasste einem ausgemergelten Köter einen Tritt in die Rippen und betrat einen schmutzigen Tabakladen, der einen Lottoeinnehmer und Marihuanahändler tarnte. Drei junge Burschen hatten ein fünfzehnjähriges Mädchen hereingelotst und liefen auf Hochtouren. Sie versuchten sie zu überreden, sich auszuziehen.

»Na los, runter mit den Klamotten, Kleine, runter damit.«

»Kommt doch keiner. Mach schon, zieh dich aus.«

»Warum lasst ihr Lümmel das Mädchen nicht in Ruhe?«, fragte der Besitzer halbherzig. »Ihr seht doch, dass sie sich für ihre Figur schämt.«

»Ich schäm mich doch gar nicht«, sagte sie. »Ich hab 'ne prima Figur, das weiß ich.«

»Aber klar doch«, sagte der Besitzer und zwinkerte ihr lüstern zu. Er war ein großer, widerlicher gelber Mann mit einem welken, pockennarbigen Gesicht und triefenden roten Augen.

»Gelobt sei der Herr, Soldat«, grüßte ihn Goldy, als er eintrat. »Gelobt sei der Herr, Kinder.« Er warf den Teenagern einen vertraulichen Blick zu und zitierte: »»Durch diese drei wurde ein Drittel der Menschheit getötet, durch das Feuer, den Rauch und den Schwefel, die ihnen aus den Mäulern fuhren.'«

»Amen, Schwester«, sagte der Besitzer und blinzelte Goldy zu. Das Mädchen kicherte. Die Jungen traten unschlüssig von einem Fuß auf den anderen und schwiegen für eine Weile.

Keinem, der es bemerkt hätte, wäre es seltsam vorgekommen, dass eine Barmherzige Schwester zuerst einem räudigen Hund in die Rippen trat, sich dann in eine Rauschgifthöhle begab und vor kiffenden Herumtreibern rätselhafte Bibelstellen zitierte.

Schweigend wartete Goldy, bis Jackson ihn einholte, führte ihn dann durch die Hintertür, einen dunklen, feuchten Flur entlang, in dem es nach allerlei Exkrementen stank, und öffnete eine durch ein Vorhängeschloss gesicherte Tür. Er schaltete eine schummrige, mit Fliegendreck gesprenkelte Hängelampe ein und betrat müde einen feuchtkalten, fensterlosen Raum, der mit einem zernarbten Tisch, zwei wackeligen, einfachen Stühlen und einer Couch möbliert war, auf der schmierige graue Decken ausgebreitet lagen. An einer Wand waren angeschimmelte Pappkartons übereinandergestapelt. Auf den anderen dunkelgrauen Zementwänden hatte sich die Feuchtigkeit der kühlen Luft in Tröpfchen niedergeschlagen.

Nachdem Jackson eingetreten war, sperrte Goldy die Tür mit dem Vorhängeschloss von innen ab und machte einen verrosteten schwarzen Petroleumofen an, der vor sich hin qualmte und stank. Dann warf er der Feldstuhl aufs Sofa, stellte die Sammelbüchse auf den Tisch und setzte sich mit einem tiefen Seufzer hin. Schließlich nahm er die weiße Haube und die graue Perücke ab. Ohne diese Verkleidung war er ganz Jacksons Ebenbild. Weiße im Süden, woher sie kamen, hatten sie die Gold-Dust-Zwillinge genannt, weil sie so sehr den Zwillingen ähnelten, die auf den gelben Seifenpulver-Packungen der Firma Gold Dust abgebildet waren.

»Ich wohne eigentlich nicht hier«, sagte Goldy. »Das ist nur mein Büro.«

»Kann mir auch nicht vorstellen, wie das hier möglich sein sollte«, antwortete Jackson, während er sich mit seinem Gewicht auf einem der wackeligen Stühle niederließ.

»Manche Leute leben noch schlimmer«, gab Goldy zurück.

Jackson wollte auf den Punkt nicht eingehen. »Goldy, es gibt da was, wonach ich dich fragen muss.«

»Muss meinem Affen erst mal Zucker geben.«

Jackson sah sich nach dem Affen um.

»Er sitzt mir auf dem Buckel«, erklärte Goldy.

Jackson sah mit stummer Abneigung zu, wie Goldy einen Spiritusbrenner, Teelöffel und Injektionsspritze aus der Tischschublade nahm. Goldy schüttete Kokain- und Morphiumkristalle aus zwei kleinen Papiertüten auf den Löffel und bereitete sich eine K&M-Dröhnung über der Flamme zu.

Er grunzte, als er sich die Nadel in den Arm jagte, da die Mixtur noch warm war.

»Ist derselbe Stoff, wie ihn der heilige Johannes benutzte«, sagte Goldy. »Hast du das gewusst, Brüderlein? Bist doch ein eifriger Kirchgänger.«

Jackson war froh, dass keiner seiner Bekannten wusste, dass er so einen Bruder wie Goldy hatte: einen rauschgiftsüchtigen Betrüger in Gestalt einer Barmherzigen Schwester. Nicht einmal Imabelle ahnte etwas davon. Das wäre auch Grund genug gewesen, ihn zu verlassen.

»Ich werd nie jemandem verraten, dass du mein Bruder bist«, sagte er.

»Tja, Brüderlein, das Gleiche gilt für mich. Also, wo drückt der Schuh?«

»Was ich dich fragen wollte, kennst du einen farbigen US-Marshall hier in Harlem? Ein großer, schlanker farbiger Kerl, und ein Gauner ist er auch.«

Goldy spitzte die Ohren.

»Ein farbiger US-Marshall? Und ein Gauner? Was meinst du mit Gauner?«

»Er versucht ständig, Schmiergelder von Leuten zu erpressen.«

Goldy lächelte bösartig.

»Was ist los, Brüderlein? Hat dich der farbige Marshall ausgenommen?«

»Na ja, das war so: Ich wollte mir etwas Geld aufwerten lassen …«

»Aufwerten?« Goldy riss die Augen auf.

»Ich wollte mir aus Zehndollarnoten Hunderter machen lassen.«

»Wie viel?«

»Um die Wahrheit zu sagen, aus allem, was ich hatte. Fünfzehnhundert Dollar.«

»Und du hast gemeint, du kriegst dafür fünfzehntausend?«

»Nur zwölftausendzweihundertfünfzig, nachdem ich die Provisionen gezahlt hätte.«

»Und du bist festgenommen worden?«

Jackson nickte. »Als wir gerade dabei waren, stürmte der Marshall in die Küche und nahm uns alle fest. Aber die anderen konnten sich verdrücken.«

Goldy brach in Gelächter aus und konnte sich nicht wiedereinkriegen. Die K&M-Dröhnung hatte zu wirken begonnen, und seine Pupillen waren so schwarz wie Ebenholz und so groß wie Weintrauben. Er lachte krampfhaft, als ob er einen Anfall hätte. Tränen liefen ihm übers Gesicht. Schließlich hatte er sich wieder unter Kontrolle.

»Mein eigener Bruder«, japste er. »Da sind wir, haben dieselbe Mama und denselben Papa, gleichen uns wie ein Ei dem anderen. Und da bist du und hast noch nicht begriffen, dass du verheizt worden bist. Die haben dich gelinkt, Mann. Das war der ›Knall‹, auf den du reingefallen bist. Die nehmen dein Geld und lassen dich hochgehen. Kapiert? Zehner in Hunderter verwandeln. Wo ist dein Verstand geblieben? Hast du das Zeug gesoffen, mit dem man Tote einbalsamiert?«

Jackson sah eher betroffen als ärgerlich aus. »Aber ich hab vorher schon mal gesehen, wie er es macht«, sagte er. »Mit meinen eigenen Augen. Hab ihm die ganze Zeit zugeschaut. Man kann doch wohl noch seinen eigenen Augen trauen, oder?«

Es war ihm nicht allzu schwergefallen, es zu glauben. Andere Leute in Harlem glaubten, Father Divine wäre Gott persönlich.

»Du hast ganz klar gesehen, wie er dich auf den Leim geführt hat«, bemerkte Goldy. »Aber was du nicht gesehen hast, war, wie er die Scheine vertauscht hat. Als er sich nämlich umgedreht hat, um das Geld zum Backen in den Herd zu schieben. Was er in den Ofen gesteckt hat, waren nur Attrappen und eine Ladung Schwarzpulver. Dein Geld hat er in einer Extratasche vorn in seiner Jacke verschwinden lassen.«

»Dann ist Imabelle auch reingelegt worden. Sie hat ihn genauso beobachtet wie ich. Keiner von uns beiden hat den Tausch mitgekriegt.«

Goldy senkte die Augenlider. »Wer ist Imabelle? Deine Alte?«

»Sie ist mein Mädchen. Und sie hat noch mehr daran geglaubt als ich. Sie wars, die zuerst mit Jodie geredet hat, dem Mann, der ihr von Hank erzählt hat. Und Jodie sah auch wie ein grundehrlicher, schwer schuftender Mensch aus.«

Es überraschte Goldy nicht, dass Jackson auf den »Knall« hereingefallen war. Viele clevere Burschen, sogar Exknackis, waren schon mit dem »Knall« geleimt worden. Dieser Dreh, Banknoten aufzuwerten, hatte etwas, worauf Männer mit Hang zum Diebstahl abfuhren. Bei Frauen war das anders. Alles, was nach Wissenschaft aussah, weckte ihre Skepsis. Aber er wusste nicht, was Jackson für seine Kleine empfand, deshalb sagte er nur: »Sie ist vertrauensselig, deshalb glaubt sie an so etwas.«

Jackson fuhr empört auf: »Meinst du, sie hätte es zugelassen, dass sie mich reinlegen, wenn sie es nicht geglaubt hätte?«

»Was hat sie gemacht, als der Herd in die Luft ging? Hat sie versucht, dir zu helfen, das Geld zu retten?«

»Sie hat getan, was sie konnte. Aber sie ist keine Annie Oakley, die zwei Pistolen mit sich herumschleppt. Als dieser Marshall in die Küche stürmte und mit seiner Knarre und der Dienstmarke herumfuchtelte, ist sie davongerannt, so wie wir anderen das auch versucht haben. Ich wollte ja auch abhauen.«

»Es erwischt immer den Betrogenen. Wie sonst sollten sie mit ihrer Beute abhauen können? Und du hast dem Marshall noch mehr Geld gegeben, damit er dich laufenlässt?«

»Ich hab ja nicht gewusst, dass er ein Gauner ist. Ich hab ihm zweihundert Dollar gegeben.«

»Wo hattest du zweihundert Dollar her, wenn sie dir schon alles Geld abgenommen hatten?«

»Ich musste mir fünfhundert aus Mr. Clays Safe holen.«

Goldy stieß einen leisen Pfiff aus. »Gib mir die dreihundert, die noch übrig sind, Brüderlein, dann werd ich die drei Gauner finden und all dein Geld wiederbeschaffen.«

»Die hab ich nicht mehr«, gestand Jackson. »Hab sie beim Zahlenlotto und beim Würfeln verloren, als ich versucht hab, das Geld wieder zusammenzukriegen.«

Goldy zog den Saum seines Rocks hoch und studierte seine fetten schwarzen Beine, die in schwarzen Baumwollstrümpfen steckten. »Für jemanden, der sich einen Christen nennt, hast du ja eine feine Nacht hinter dir. Und was willst du jetzt tun?«

»Ich muss den Kerl finden, der sich als Marshall ausgegeben hat. Nachdem er mir die zweihundert Dollar abgeknöpft hat, kam er und hat Imabelle verhaftet, um sie auch noch auszunehmen.«

»Du meinst, er hat aus deiner Alten noch mehr Geld rausgepresst, nachdem er deines hatte?«

»Ich weiß nicht genau, was passiert ist. Ich hab sie nicht mehr gesehen, seit sie mit den anderen aus der Küche gerannt ist. Ich weiß nur, dass meine Vermieterin mir bei meinem Anruf erzählte, ein US-Marshall hätte Imabelle nach Hause zurückgebracht und sie wäre unter Arrest. Dann hat er ihre Truhe beschlagnahmt und sie irgendwohin mitgenommen. Seitdem ist sie nicht wiedergekommen, und das macht mir Sorgen.«

Goldy warf seinem Bruder einen ungläubigen Blick zu. »Hast du gesagt, er hat ihre Truhe mitgenommen?«

Jackson nickte. »Sie hat so eine große Seekiste.«

Goldy starrte Jackson so lange an, dass sein Blick erstarrt schien. »Was ist in der Truhe?«

Jackson wich Goldys Blick aus. »Nichts als Kleider und solches Zeug.«

Goldy starrte seinen Bruder immer noch an. Schließlich sagte er: »Brüderlein, hör mir genau zu. Wenn die Schachtel nichts weiter als Kleider in ihrer Truhe hat, dann steckt sie mit diesem schmalen Typ unter einer Decke und hat ihm geholfen, dich auszunehmen. Wie lange dauert es noch, bis du das kapierst?«

»Das hat sie nicht getan«, widersprach Jackson scharf. »Hat sie gar nicht nötig. Ich hätte ihr alles Geld gegeben, wenn sie mich drum gebeten hätte.«

»Und woher weißt du, dass sie nicht scharf auf den Typ ist? Vielleicht ist es ja nicht das Geld, um das es ihr geht, kann sein, sie will nur unter eine andere Bettdecke kriechen.«

Jacksons nasses schwarzes Gesicht quoll auf vor Wut. »Sprich nicht so über sie«, drohte er. »Sie ist auf keinen außer mir scharf. Wir werden heiraten. Außerdem trifft sie sich mit keinem anderen.«

Goldy zuckte die Achseln. »Dann mach dir selbst einen Reim drauf, Brüderlein. Sie ist mit dem Kerl abgehauen, der dir dein Geld abgeknöpft hat. Wenn sie weder den Kerl noch das Geld will ...«

»Sie ist überhaupt nicht abgehauen, er hat sie abgeführt«, unterbrach Jackson ihn. »Im Übrigen, wenn sie Geld gebraucht hätte, sie hat selbst welches. Sie kann sich mehr Geld beschaffen, als du und ich je gesehen haben.«

Goldys fetter schwarzer Körper wurde starr wie bei einer Leiche. Kein Augenlid zuckte, kein Muskel regte sich in seinem Gesicht. Er schien nicht mal zu atmen. Wenn sie mehr Geld hatte, als einem von beiden je unter die Augen gekommen war, dann ging es hier um einen großen Deal. Auf solche Fakten verstand er sich. Geld! Und sie hatte es in ihrer Truhe verstaut. Warum sonst sollten sie und ihr schmaler Typ wegen dem Ding zurückkommen? In der Truhe konnten keine Kleider sein, die es sich mitzunehmen lohnte, nicht, nachdem sie mit einem unterbezahlten Handlanger wie seinem Zwillingsbruder zusammengelebt hatte.

Seine Augen mit den riesigen schwarzen Pupillen ruhten wie in Trance auf Jacksons nassem, verstörtem Gesicht.

»Ich helfe dir, dein Mädel wiederzufinden, Bruder«, flüsterte er Vertrauen erweckend. »Schließlich bist du mein Zwillingsbruder.«

Er fischte eine kleine Flasche aus seinem Gewand und reichte sie Jackson. »Nimm einen Schluck.«

Jackson schüttelte den Kopf.

»Nur zu und probier das Zeug«, drängte Goldy ihn gereizt. »Wenn der Teufel deine Seele nicht schon hat, nach allem, was letzte Nacht passiert ist, dann bist du gerettet. Nimm einen ordentlichen Schluck. Wir ziehen los und suchen diesen Typ und dein Mädchen, und dazu brauchst du allen Mut, den du zusammenkratzen kannst.«

Jackson wischte den Flaschenhals mit seinem schmutzigen Taschentuch ab und nahm einen tiefen Schluck. Im nächsten Augenblick japste er nach Luft. Der Schluck hatte geschmeckt wie schaler Tequila, der mit Hühnergalle versetzt war, und in seinem Magen gebrannt wie Cayenne-Pfeffer. »Herr im Himmel!«, jaulte er. »Was ist das für ein Zeug?«

»Nur Schall und Rauch«, versicherte Goldy, »'ne Menge Leute hier im Valley rühren nie was anderes an.«

Der Drink benebelte Jacksons Hirn. Er vergaß, wofür er eigentlich hergekommen war, hockte nur auf dem Sofa und versuchte, seine Gedanken zusammenzuhalten.

Goldy saß ihm gegenüber am Tisch und starrte ihn seelenruhig an. Goldys riesige schwarze Pupillen wirkten hypnotisch. Sie sahen aus wie dunkel schimmernde Tümpel des Bösen. Jackson versuchte sich diesem Blick zu entziehen, doch es gelang ihm nicht.

Schließlich erhob sich Goldy und setzte seine Perücke und seine Haube wieder auf. Er hatte seither kein Wort gesagt.

Auch Jackson versuchte aufzustehen, aber der Raum begann sich um ihn zu drehen. Plötzlich kam ihm der Verdacht, dass Goldy ihn vergiftet hätte.

»Ich bring dich um«, stammelte er mit schwerer Zunge und versuchte, sich auf seinen Bruder zu stürzen. Aber die Wände dieses kleinen Zimmers rotierten wie eine Million Kreissägen um seinen Kopf. Er konnte sich nicht mehr wehren, als Goldy ihn unter den Achseln fasste und auf der Couch ausstreckte.

5

Goldy lebte mit zwei anderen Männern beim Golden Ridge an der Convent Avenue, nördlich des City College und der 140th Street. Sie bewohnten das Erdgeschoss eines Privathauses aus rötlichbraunem Sandstein, das in Apartments unterteilt war.

Alle drei traten in der Öffentlichkeit als Frauen auf und schlugen sich mehr oder weniger ehrlich durchs Leben. Alle drei waren fett und schwarz, was ihnen die Sache erleichterte.

Der größte von ihnen, Big Kathy genannt, war Besitzer eines Bordells im Valley, 131st Street, östlich der Seventh Avenue. Sein Laden war weit und breit als »Der Zirkus« bekannt.

Der andere hatte noch eine Wohnung in der 116th Street, wo er sich als Wahrsagerin mit dem selbstverliehenen Namen Lady Gypsy betätigte. An seiner Tür befand sich ein Schild mit der Aufschrift:

LADY GYPSY
Wahrsagen
Weissagungen
Lebenshilfe
Traumdeutungen
Offenbarungen
Lottoberatung

Eine alte Frau namens Mother Goose putzte und kochte für die drei. Zu Hause benahmen sie sich immer äußerst förmlich. Alle drei waren rauschgiftsüchtig, aber sie nahmen das Zeug nie daheim. Sie empfingen keinerlei Besuch. Nachts brannte stets eine gedämpfte Stehlampe im vorderen Fenster, aber dort war nie jemand zu sehen. Denn nur selten war einer zu Hause. Sie standen im Ruf, die ehrbarsten Frauen in einer Straße zu sein, wo die Farbigen so bieder waren, dass sie bei der Gesundheitspolizei anriefen, um Katzenkot vom Bürgersteig entfernen zu lassen. Bei den Nachbarn hießen sie die drei schwarzen Witwen.

Goldy hatte eine Frau, die in einem Apartment an der Lenox Avenue, gleich neben dem Savoy Ballroom, wohnte. Aber sie arbeitete als Hausmädchen für eine weiße Familie in White Plains und war nur donnerstags und jeden zweiten Sonntagnachmittag zu Hause. An diesen Tagen erschien Schwester Gabriel nicht in ihrem üblichen Jagdrevier.

Nachdem Goldy Jackson verlassen hatte, ging er heim, um mit Big Kathy und Lady Gypsy zu frühstücken. Sie aßen gebackenen Schinken, Maisbrei, gedämpfte Okras mit Mais und Brötchen nach Südstaatenart und beendeten ihr Mahl mit Süßkartoffeln und Muskateller. Mother Goose trug ihnen schweigend auf.

»Wie siehts draußen aus?«, fragte Big Kathy Goldy.

»Kalt und klar«, antwortete Goldy. »Soweit ich weiß, ist heute Morgen keiner umgebracht, zerhackt, ausgeraubt oder überfahren worden. Aber es sind ein paar neue Typen in der Stadt, die die Nummer mit dem ›Knall‹ abziehen.«

»Die alte Provinzmasche!«, entfuhr es Lady Gypsy. »Hier in Harlem? Wen wollen sie denn damit aufs Kreuz legen?«

»Idioten gibts überall«, bemerkte Goldy. »Die raffgierigen Christen sinds, die darauf reinfallen.«

»Still, Mensch! Als ob ich das nicht selbst wüsste?«

»Also, wenn denen ein Wurf gelungen wäre, hätt ich sie bestimmt gesehen«, meinte Big Kathy.

»Denen ist schon ein Wurf gelungen«, sagte Goldy. »Fünfzehn hunderter.«

»Merkwürdig«, fand Big Kathy. »Bisher sind sie noch nicht bei mir aufgekreuzt, um sich aufpäppeln zu lassen. Sie müssen irgendwohin getürmt sein.«

»Der Gedanke ist mir noch nicht gekommen«, sagte Goldy.

Bevor er wieder ging, rief Goldy bei Jacksons Vermieterin an.

»Ich bin der Bundesanwalt der Vereinigten Staaten. Ich hätte gern ein paar Informationen über ein Paar, das in Ihrem Haus wohnte. Sie heißen Jackson und Imabelle Perkins.«

»Sind Sie wirklich der Staatsanwalt?«, fragte sie in ehrfürchtigem Ton.

»Nein, der Bundesanwalt.«

»Oh, der Bundesanwalt. Allmächtiger Gott, die sitzen aber ordentlich in der Tinte, was?«, bemerkte sie fröhlich.

Sie erzählte ihm alles, was sie über die beiden wusste, außer, wo sie zu finden waren. Doch er erfuhr den Namen von Imabelles Schwester und rief sie als nächste an.

»Hier ist Rufus«, sagte er. »Sie kennen mich nicht, aber ich bin ein Freund von Imabelles Mann von zu Hause.«

»Wusste gar nicht, dass sie da einen Mann hat.«

»Aber klar wussten Sie, dass sie zu Hause einen Mann hat.«

»Wenn der auch so ein Ehemann ist wie der hier, dann hat sie zwei Männer.«

»Ich will gar nicht darüber streiten. Ich will nur wissen, ob sie das Zeug immer noch in ihrer Truhe hat.«

»Welches Zeug?«

»Sie wissen schon – *das* Zeug.«

»Ich hab keine Ahnung, von welchem Zeug Sie reden, wer auch immer Sie sind. Und ich weiß nichts über die Ehemänner meiner Schwester, wo immer sie auch sein mögen«, sagte sie und legte auf.

Als Nächstes rief Goldy Imabelles weiße Arbeitgeber an, aber die erklärten, sie sei seit drei Tagen nicht erschienen.

Er setzte seine graue Perücke und die weiße Haube auf und ging zur Filiale des Postamtes in der 125th Street, um die Galerie der gesuchten Verbrecher zu studieren.

Dort hingen die Fotos von drei Farbigen, die in Mississippi wegen Mordes gesucht wurden. Das bedeutete, dass sie einen Weißen umgebracht hatten, denn der Mord an einem Farbigen wurde in Mississippi nicht wirklich als Mord angesehen. Goldy studierte die Gesichter eine ganze Weile. Keiner beachtete die Barmherzige Schwester, die sich so lange diese Verbrecherfotos ansah.

Statt an seinen Posten neben dem Eingang zu Blumsteins Warenhaus zurückzukehren, machte Goldy eine Runde durch die Bars und Kneipen, wo sich die Gesuchten wahrscheinlich aufhalten würden. Er ging die Seventh Avenue rauf bis zur 145th Street, dann Richtung Osten bis zur Lenox Avenue und von dort südlich wieder zurück zur 125th Street. Dabei rasselte er mit seiner Sammelbüchse und murmelte mit seiner heiseren, salbungsvollen Stimme: »Spendet dem Herrn. Spendet den Armen.« Wann immer ihn jemand misstrauisch ansah, zitierte er aus der Offenbarung: »›Und ihr werdet das Fleisch von Königen essen.‹«

»Wenn es das ist, was Sie mit dem Geld kaufen wollen, Schwester, dann nehmen Sie einen halben Dollar«, meinte eine farbige Frau.

Auf seiner Route befanden sich mehr Bars als auf irgendeiner anderen vergleichbaren Wegstrecke der Erde. In jeder Bar dröhnte eine Musikbox; zuckersüße Bluesstimmen tropften klebrig durch die Dschungelschreie quäkender Saxophone, schmetternder Trompeten und wildgewordener Pianoläufe. Überall prügelte sich irgendjemand oder hatte gerade eine Prügelei beendet oder fing eine Prügelei an oder trank irgendeinen Fusel und redete über eine Prügelei. Andere sprachen über Lottozahlen. »Mensch, ich hatte zwölf Einsätze auf 227, und 237 kam.« Oder sie unterhielten sich über Treffer und Nieten. »Mann, ich sah die Kleine und hab eingelocht. Mann, ich bin auf pures Gold gestoßen.« Oder über Liebe. »So wurde meine Liebe enttäuscht, Süßer, und das war das bittere Ende.«

Er schaute in den Würfelsalons vorbei, bei den Buchmachern, den Würstchenbuden, Friseurläden, Büros, Bestattungsunternehmen, den verlausten Hotels, Lebensmittelgeschäften und Fleischereien, die sich »Saumagen«, »Gekröseland« oder »Eisbeinhimmel« nannten. Er fragte auch die Dealer aus, denen er trauen konnte.

»Ist dir ein neuer Verein untergekommen, Jack?«

»Was spielen sie denn?«

»Den ›Knall‹.«

»Nee, Schwester, das ist was für die Provinz.«

Einige wussten, dass er ein Mann war, andere hielten ihn für eine bekiffte Schwester. Im Übrigen war ihnen das sowieso einerlei.

Auf seinem Weg schaute er in sämtliche Gesichter. Wenn Münzen allzu schwach in seiner Büchse klimperten, ließ er mit einem Zitat aus der Offenbarung eine Zahl vernehmen: »›Lasst ihn, der es begreift, die Zahl der Bestie zählen … und seine Zahl ist sechshundertsechzig und sechs.‹« Einfaltspinsel warfen dann viertel und halbe Dollar in seine Büchse und eilten zum nächsten Lottoeinnehmer, um auf sechs-sechs-sechs zu setzen.

Als er endlich zum Abendessen heimkam, war er erledigt. Er hatte nicht eine einzige Spur gefunden.

Big Kathy und Lady Gypsy waren bei ihren Geschäften. Er aß allein und ließ sich von Mother Goose den Rest aus dem Topf für Jackson geben.

6

Als Jackson aufwachte, fand er sich auf der Couch liegend unter zwei schmutzigen Decken. Seine Gelenke waren so steif wie die einer Leiche, und sein Kopf schmerzte, als würde ein Presslufthammer in seinen Schädel gejagt. Das trübe Licht brannte wie Pfeffer in seinen Augen, und sein Mund war staubtrocken. Er wendete seinen Hals so vorsichtig, als ob er aus Glas wäre. Er sah Goldy in seinem schmierigen schwarzen Gewand, aber ohne Haube und Perücke, am Tisch sitzen. Vor ihm auf dem Tisch stand ein zugedeckter Topf. Daneben befanden sich ein in Wachspapier eingeschlagenes geschnittenes Weißbrot und eine halb volle Flasche Whiskey.

Die Luft war blau von Rauch und stickig von Petroleumdämpfen. Es war kalt im Zimmer.

Goldy saß da, hauchte verträumt das goldene Kreuz an, das er um den Hals trug, und polierte es mit einem vor Schmutz grauen Taschentuch.

Jackson warf seine Decken beiseite, stand taumelnd auf, packte mit beiden Händen Goldys fetten, dreckigen Nacken und begann zuzudrücken. Schweißperlen standen ihm wie Pocken auf dem schwarzen Gesicht. Seine Augen waren feuerrot unterlaufen und hatten einen völlig irren Blick.

Goldys Augen quollen hervor, und sein Gesicht nahm einen graubraunen Ton an. Er ließ das Kreuz fallen, fasste Jackson mit beiden Händen im Nacken und riss ihn mit aller Kraft an sich, sodass ihre Köpfe gegeneinanderknallten. Der Schwung kippte Goldys Stuhl nach hinten um, und er fiel, mit Jackson über sich, auf den Rücken. Beide waren von dem Zusammenstoß ihrer Köpfe benommen. Die Whiskeyflasche fiel ohne zu zerbrechen auf den Boden und rollte unter die Couch.

Die Decken waren auf dem Petroleumofen gelandet, wo sie zu schwelen begannen und dabei den Gestank von versengender Wolle und Baumwolle ausströmten.

Die beiden Brüder tobten auf dem Boden herum und grunzten wie zwei hungrige Kannibalen, die sich um die fehlende Rippe prügeln. Schließlich bekam Goldy seinen Fuß vor Jacksons Bauch und gab ihm einen Stoß, der sie voneinander trennte.

»Was ist los mit dir, Mann?«, keuchte er. »Hast du 'nen Knall?«

»Du hast mich betäubt!«, zischte Jackson.

Die Decken auf dem Ofen fingen an zu brennen.

»Schau, was du gemacht hast«, fluchte Goldy und versuchte, seinen Fuß aus den Falten seines Gewandes zu befreien, um aufstehen zu können.

Jackson klammerte sich an die Tischkante, warf das Brot herunter, während er sich auf die Füße zog, und trat darauf, als er nach den brennenden Decken griff. Er zerrte sie hoch, um sie nach draußen zu befördern, aber die Tür war von innen mit dem Vorhängeschloss verschlossen.

»Mach die Tür auf«, keuchte er.

Der Raum war pechschwarz vor Rauch.

»Wegen dir hab ich den Schlüssel verloren«, beschuldigte Goldy ihn, während er auf Händen und Knien auf dem Boden herumkroch und danach suchte. »Gott verdammt, hilf mir schon, den Schlüssel zu finden«, schrie er ärgerlich.

Jackson warf die Decken auf den Boden und kroch ebenfalls herum, um Goldy bei der Suche zu helfen. »Warum schließt du auch immer die Tür ab?«, beklagte er sich.

»Hier ist er«, sagte Goldy.

Als er aufstand, um die Tür aufzuschließen, trat auch er auf das Brot.

Jackson beförderte die Decken mit dem Fuß auf den Gang hinaus. »Eines Tages finden sie dich hier tot hinter der verschlossenen Tür«, meinte er.

»Du hast nicht mehr den Grips, mit dem du geboren worden bist«, sagte Goldy und schob Jackson beiseite, um unten zu dem Laden zu kommen und Wasser zum Löschen der qualmenden Decken zu holen. Danach riss er einen Karton auseinander und gab Jackson ein Stück Wellpappe, damit er ihm half, den Rauch aus dem Zimmer zu wedeln. Unterdessen fluchte er herum: »Da bin ich nun, geb mir die größte Mühe, dir zu helfen, nur weil du mein Bruder bist, und dir fällt als Erstes nur ein, mich umzubringen.«

»Was soll das für eine Hilfe sein?«, knurrte Jackson, während er den Rauch hinauswedelte. »Ich komm zu dir und bitte um Hilfe, und du verpasst mir eine Ladung Gift.«

»Oh, Mann, iss dein Abendessen und Halts Maul.«

Jackson hob das zerquetschte Brot auf und knetete es gerade, dann setzte er sich an den Tisch und hob den Deckel vom Topf. Er war zur Hälfte mit gekochten Schweinepfötchen, gefleckten Bohnen und Reis gefüllt.

»Ist nur Hoppin' John«, sagte Goldy.

»Ich mag Hoppin' John, schon in Ordnung«, antwortete Jackson.

Goldy schloss die Tür und legte wieder das Vorhängeschloss

vor. Jackson sah ihn missbilligend an. Goldy entdeckte die Whiskeyflasche unter der Couch und goss Jackson einen Schluck ein. Jackson sah ihn argwöhnisch an. Goldy warf einen bösen Blick zurück.

»Du würdest nicht mal unserer Mama trauen, wie?«, fragte er und nahm einen Schluck, um ihm zu beweisen, dass kein Dope drin war.

Jackson trank und schnitt eine Grimasse. »Braust du das Zeug selbst?«

»Mann, hör auf mit dem Gezeter. Du hast mir kein Geld für 'nen guten Whiskey gegeben, also trink das, und halt die Klappe.«

Jackson begann mit gekränktem Ausdruck zu essen. Goldy kochte eine K&M-Mischung auf und spritzte sie sich mit stillem Genuss. »Ich hab deine Vermieterin angerufen«, sagte er schließlich. »Imabelle ist nicht zurückgekommen.«

Jackson hörte mitten im Kauen mit dem Essen auf. »Ich muss hier raus und sie suchen.«

»Nein, wirst du nicht, falls dich nicht der erstbeste Bulle festnehmen soll, der dir über den Weg läuft. Dein Chef hat Anzeige gegen dich erstattet.«

Schweiß bildete sich auf Jacksons Gesicht. »Das ist egal. Vielleicht steckt sie in Schwierigkeiten.«

»Nicht sie steckt in Schwierigkeiten, sondern du.«

Jackson warf einen weiteren abgenagten Beinknochen auf den Haufen, der vor ihm auf dem Tisch lag, wischte sich den Mund mit dem Handrücken ab und sah Goldy mit der tödlichen Empörung eines Puritaners an.

»Hör zu, wenn du glaubst, ich sitz hier nur rum, nachdem ich um mein Geld betrogen wurde und man meine Frau entführt hat, irrst du dich gewaltig. Sie ist meine Frau, und ich werd nach ihr suchen.«

»Nimm einen Schluck, und reg dich ab. Heut nacht findest du sie nicht mehr. Lass uns über die Sache ein bisschen nachdenken.«

Er goss Jackson noch einmal ein. Jackson sah den Drink angewidert an, schüttete ihn dann mit einem Schluck hinunter und keuchte. »Was gibts da nachzudenken?«

»Eins möcht ich gern wissen: was für Sachen hat dein Mädchen außer Kleidern in dieser Truhe gehabt?«

Jackson blinzelte. Das Essen, der Whiskey und die stickige Luft in dem engen Raum machten ihn müde. »Erbstücke.«

»Genauer.«

Jacksons Gedanken gerieten durcheinander, und es kam ihm der Verdacht, dass Goldy ihn reinlegen wollte. »Kupfertöpfe, Pfannen und Schüsseln«, schrie er ärgerlich. »Zeug, das sie zur Hochzeit bekommen hat.«

»Kupfertöpfe! Pfannen und Schüsseln!« Goldy sah ihn ungläubig an. »Soll ich dir abkaufen, dass sie und dieser schlanke Kerl abgehauen sind, um sich irgendwo was zu kochen?«

Jackson war so schläfrig, dass er kaum noch die Augen offen halten konnte. »Kümmer dich nicht um die Truhe«, murmelte er angriffslustig. »Wenn du mir helfen willst, dann hilf mir, sie zu finden, und lass ihre Sachen in Ruhe.«

»Das ist doch, was ich versuche, Brüderlein«, protestierte Goldy. »Will dir nur helfen, deine Freundin zu finden. Aber ich weiß noch gar nicht, wonach ich da eigentlich suche.«

Jackson war zu müde, um zu antworten. Er streckte sich auf der Couch aus und schlief sofort ein.

»Das Zeug war zu stark«, murmelte Goldy vor sich hin.

7

Indem er Jackson die halbe Zeit unter Rauschgift setzte und ihm die übrige Zeit Angst einjagte, hielt Goldy seinen Bruder als Gefangenen in dem Zimmer. Jeden Tag erzählte er Jackson, er verfolge eine Spur, und versprach ihm definitive Nachrichten für den Abend. Aber es vergingen drei Tage, bis er wirklich eine Spur hatte.

Die drei schwarzen Witwen saßen beim Frühstück, als Big Kathy sagte: »Da war gestern Abend ein Exsträfling bei mir, Morgan hieß er. Hat gegenüber meinen Mädchen kräftig angegeben, wie er sich mit dem Trick von der verlorenen Goldmine ein Vermögen verdienen will. Meinst du, das ist einer von denen, die du suchst?«

Goldy horchte auf. »Könnte sein. Was für ein Typ war das?«

»Typischer Exsträfling, mittelgroß und scharf, aber ziemlich unauffällig, erzählt gern von Geld, klebt aber daran; mit Katzenaugen, so um die Vierzig. Und er sah gefährlich aus.«

»Er ist gefährlich.«

»Dann ist er einer von ihnen?«

»Der Anführer. Wie wollen sie das Ding drehen?«

»Hat er nicht gesagt. Als Teena versucht hat, ihn auszuhorchen, wurde er stumm, hat klar Schiff gemacht und ist abgezischt.«

»Hat sie rausgekriegt, wo die Sache passieren soll?«

»Nee, er tat so, als hätte er schon zu viel ausgeplaudert.«

»Er wird wiederkommen«, meinte Goldy philosophisch.

»Und ob, das Mädchen hat sie gut im Griff.«

An diesem Abend, nachdem Jackson den von Goldy mitgebrachten Topf Schweineohren mit Krautwickel und Okra geleert und Goldy sich seine Abendspritze gesetzt hatte, sagte Goldy beiläufig: »Ich hab heute gehört, dass gerade jemand nach Harlem gekommen ist, der irgendwo eine richtige verlassene Goldmine gefunden hat.«

Plötzlich fing Jackson zu zittern an, und es lief ihm der Schweiß wie ein Regenschauer von der Stirn übers Gesicht. »Eine Goldmine?«

»Sag ich ja. Eine echte verlassene Goldmine. Und es heißt, dass sie eine Truhe voll Golderz haben, um es auch zu beweisen.« Er fixierte Jackson aus zusammengekniffenen Augen. »Sagt dir das was, Bruderherz?«

Jackson sah plötzlich mitgenommen aus, so als ob er einen lebenden Ochsenfrosch verschluckt hätte, der ihm jetzt wieder aus dem Hals zu springen drohte. Er wischte sich den Schweiß aus seinem aschfahlen Gesicht und sah Goldy aus kranken Augen an. »Hör zu, Goldy, dieses Golderz gehört Imabelle nicht wirklich. Das ist der einzige Grund, warum ich dir nichts davon erzählt hab. Es gehört ihrem Mann. Sie muss jede Unze davon zurückgeben, sobald sie geschieden ist, sonst landet sie im Gefängnis. Hat sie mir erzählt.«

»Das ist es also, Brüderlein.« Goldy lehnte sich in seinem Stuhl zurück und betrachtete seinen Bruder gespannt. »Das ist es also. Das hat sie in ihrer Truhe. Du hast mich hintergangen, Brüderlein.«

»Hab ich nicht. Ich wollte nur nicht, dass du auf falsche Gedanken kommst. Das Golderz gehört ihr ja nicht. Ich würd nicht mal selbst eine Unze davon anrühren, egal, wie dreckig es mir geht.«

»Wie viel ist es, Brüderchen? Kann nicht so verdammt viel sein, sonst hättest du nicht dein ganzes Geld bei dem ›Knall‹ verloren und dir dann noch was von deinem Boss gestohlen.«

»Das hat nichts damit zu tun. Es ist einfach so, dass es nicht ihr gehört. Glaubst du, ich nehm mir was davon und riskier, dass sie im Gefängnis landet?«

»Nee, ich weiß, du machst das nicht, Bruder. Bist zu anständig dafür. Aber wie viel ist es denn nun wirklich?«

»Zweihundert Pfund und elf Unzen.«

Goldy stieß einen Pfiff aus, und seine Augen traten vor wie geschälte Bananen. »Zweihundert Pfund! Heiliger Strohsack! Du hast es gesehen, oder? Du hast es wirklich gesehen?«

»Klar hab ichs gesehen. Oft sogar. Wir haben manches Mal was davon rausgeholt, es auf den Tisch gelegt, bei verschlossener Tür davor gesessen und es uns angesehen. Sie hat nie versucht, es vor mir zu verstecken.«

Goldy saß da und starrte seinen Bruder an, als könnte er den Blick nicht mehr von ihm wenden. »Wie sieht das aus, Brüderlein?«

»Sieht aus wie Golderz. Was meinst du denn, wie es aussieht?«

»Kann man das pure Gold sehen?«

»Klar kann man das pure Gold sehen. Da sind Goldadern, die durch den Fels laufen.«

»Was für Adern? Dünne oder dicke?«

»Dicke Adern. Was glaubst du denn? Da ist genauso viel Gold wie Stein drin.«

»Dann sind es rund hundert Pfund reines Gold, meinst du?«

»Ungefähr.«

»Einhundert Pfund pures Gold.« Goldy hauchte auf sein goldenes Kreuz und begann es mit verträumtem Blick zu polieren. »Brüderlein, hör mir zu. Wenn dieses Golderz echtes Zeug ist, solides, achtzehnkarätiges Gold, dann hat dein Mädel tatsächlich Schwierigkeiten. Wenn nicht, dann steckt sie mit denen unter einer Decke und hat ihnen geholfen, dich hochzunehmen, 'ne andere Lösung gibts da nicht.«

»Ich hab dir gesagt, sie halten sie gefangen. Von was anderem red ich ja gar nicht«, sagte Jackson beleidigt. »Denkst du vielleicht, sie schleppt eine Truhe mit Golderz durch die Gegend, wenn nicht solides, achtzehnkarätiges Gold drin wäre?«

»Ich denke gar nichts. Ich frag dich nur. Weißt du mit Sicherheit, dass dieses Golderz pures achtzehnkarätiges Gold ist?«

»Weiß ich bestimmt«, erklärte Jackson feierlich. »Es ist echtes Golderz, so rein, wie es aus der Erde gegraben wurde. Deshalb bin ich ja so beunruhigt.«

»Mehr will ich gar nicht wissen.«

Goldy wusste, dass sein Bruder ein Holzkopf war, aber er meinte, selbst der hölzernste Kopf müsste in der Lage sein, pures Gold, das direkt aus der Erde gegraben wurde, zu erkennen.

»Weißt du, woher ich eine Pistole bekomme?«, fragte Jackson unvermittelt.

Goldy erstarrte. »Eine Pistole? Was willst du mit einer Pistole?«

»Ich verschwinde hier und hol mir mein Mädchen und ihr Golderz. Ich werd nicht mehr hier rumhängen und auf dich warten.«

»Mann, hör mir zu. Die Kerle werden in Mississippi gesucht,

weil sie einen Weißen umgelegt haben. Die Jungs sind gefährlich. Alles, was du mit einer Pistole erreichst, ist, dass sie dich auch kaltmachen. Was nützt du deinem Mädchen noch, wenn du tot bist?«

»Ich werds nicht auf einen fairen Kampf ankommen lassen«, sagte Jackson wild entschlossen.

»Mann, du hast sie nicht mehr alle. Du weißt nicht mal, wo die überhaupt sind.«

»Ich find sie schon, und wenn ich jedes Loch in Harlem durchstöbern muss.«

»Mann, nicht mal der heilige Petrus weiß, wo jedes Loch in Harlem ist. Ich hab schon Rattengroßväter hier gesehen, die haben sich so sehr in diesen Löchern verlaufen, dass sie schließlich in einem Kanalrohr voller Aale abgekratzt sind.«

»Dann raub ich jemanden aus und miete mir mit dem Geld jemanden, der mir hilft.«

»Immer langsam, Brüderchen. Solche Leute besorge ich für dich. Wo ist deine Religion abgeblieben? Wo ist dein Glaube? Deine Zeit wird schon noch kommen, Mann.«

Jackson wischte sich mit seinem schmutzigen Taschentuch über die brennenden Augen. »Wär besser, wenn sie sich beeilt und möglichst bald kommt«, antwortete er.

8

Im Savoy fand ein großer Ball statt, und die Leute standen auf der Lenox Avenue einen Block lang um Eintrittskarten Schlange. Das berühmte Harlemer Detective-Team Coffin Ed Johnson und Grave Digger Jones war damit beauftragt, für Ordnung zu sorgen. Beide waren große, gelenkige, nachlässig gekleidete, alltäglich aussehende dunkelbraune Farbige. Aber an ihren Dienstwaffen war gar nichts Alltägliches. Sie trugen speziell angefertigte langläufige, vernickelte .38er-Revolver, und die hielten sie im Augenblick in der Hand.

Grave Digger stand am rechten Kopfende der Schlange, neben dem Eingang des Savoy, Coffin Ed war links hinten postiert. Grave Digger zielte mit seiner Waffe Richtung Süden, geradewegs den Bürgersteig hinunter. Am anderen Ende hatte Coffin Ed seine Pistole ebenso gerade nach Norden gerichtet. Zwischen den beiden imaginären Linien war Platz für zwei nebeneinander stehende Leute. Sobald jemand aus der Reihe tanzte, schrie Grave Digger: »Ausrichten!« Und Coffin Ed gab das Echo: »Abzählen!« Falls der Querkopf nicht augenblicklich in die Reihe zurücktrat, schoss einer der beiden Detectives in die Luft. Die Paare in der Schlange rückten dann zusammen, als wären sie von zwei Betonmauern eingeklemmt. Die Leute in Harlem nahmen an, dass Grave Digger Jones und Coffin Ed Johnson jeden mausetot schießen würden, der aus der Reihe trat.

Grave Digger drehte sich um und sah die schwarz gekleidete Gestalt von Schwester Gabriel langsam die Straße entlangtrotten. »Wie lautet die Parole, Schwester?«, grüßte er.

»›Und ich sah drei unreine Geister wie Frösche aus dem Maul des Drachen springen, sprach der sechste Engel‹«, zitierte Schwester Gabriel.

Die Paare, die in der Nähe standen, lachten.

»Hört Schwester Gabriel«, kicherte eine junge Frau.

»Ich höre dich, Schwester«, sagte Grave Digger. »Und wie kommts, dass die drei Frösche springen?«

Die Zuhörer lachten wieder.

Schwester Gabriel schwieg einen Moment. »›Denn sie sind die Geister von Teufeln, die Wunder hervorbringen.‹«

»Glaubst du, dass sie verrückt ist?«, hörte man ein lautes Tuscheln.

»Halt den Mund«, kam eine vorsichtige Antwort.

»Und diese Frösche«, fragte Grave Digger weiter, »meinst du, sie haben in Harlem einen Froschteich?«

Das war das Signal für die Zuhörer, noch einmal zu lachen.

»›Und auf ihrer Stirn stand ein Name geschrieben, und der hieß: Geheimnis‹«, rezitierte Schwester Gabriel und ging weiter.

»Jeder zurück zu seinem eigenen Jesus«, lautete Grave Diggers Mahnung an die Zuhörer.

Goldy hielt sich weiter auf der Lenox Avenue bis zur 131th Street und bog dort Richtung Big Kathys Puff ab.

Das war eine Wohnung mit sechs Zimmern im ersten Stock, hinter einem großen, verfallenden fünfstöckigen Gebäude. Big Kathy bot ihren Gästen eine Show, und der große Ballsaal war aus diesem Anlass hell erleuchtet. Die Luft war bläulich gefärbt von Räucherstäbchen. Fünf Mädchen und ein Dutzend Männer saßen zusammengequetscht auf schäbigen Polstersesseln und Sofas, die an der Wand entlang aufgereiht waren, sodass die Mitte des Saals frei blieb.

Eine riesige, gelbhäutige Frau, fast einsachtzig groß und 250 Pfund schwer, rang erbittert mit einem kleinen, drahtigen, muskulösen Farbigen, der etwa halb so viel wog wie sie. Beide waren in hautenge Gummianzüge gekleidet, die mit Fett eingeschmiert waren, und von ihren Gesichtern rann der Schweiß, der aus den Körperporen nicht entweichen konnte.

Die beiden fochten eine Wette aus, ob er sie zu Boden werfen könne oder nicht. Der Einsatz betrug einhundert Dollar. Auch die Zuschauer hatten Wetten abgeschlossen.

Die Riesin bearbeitete den kleinen Mann mit ihren Fäusten. Der Kleine versuchte, an den eingefetteten Gliedern der großen Frau Halt zu finden. Es ging heiß her. Die Zuschauer lachten und feuerten die beiden mit obszönen Sprüchen an.

»Schleck ihn noch ein bisschen ab, Baby«, schrie ein Mann immer wieder.

Goldy kam durch den Dienstboteneingang herein und ging unbemerkt den Flur hinunter zu Big Kathys Privatzimmer. Er trat ein, ohne anzuklopfen. Der Raum war mit einem Bett, einem Schubladenschrank, einem Tisch, der als Ankleide diente, und zwei mit rotem Kunststoff bezogenen Sesseln möbliert.

Big Kathy stand am Fußende des Bettes neben einem Guckloch, dessen Klappe sich auf der Höhe seines Gesichts nach innen öffnen ließ. Wenn sie geschlossen war, wurde sie von einer Lithografie der Jungfrau mit dem Kind verdeckt. Auf der anderen Seite der Wand befand sich ein durchsichtiger Spiegel, durch den man ins Wohnzimmer blicken konnte, ohne gesehen zu werden.

Big Kathy drehte seinen Kopf und winkte Goldy zu. »Er ist hier«, flüsterte er. »Drüben neben dem Radio, mit Teena auf dem Schoß.«

Goldy schob sein Gesicht vor das Guckloch, und Big Kathy schaute ihm über die Schulter. Goldy erkannte Hank sofort. Dann bemerkte er einen breitschultrigen Mann mit rauer Haut und halb geglätteten Haaren, bekleidet mit einer Arbeitshose und einer Lederjacke, der neben Hank auf einem Stuhl mit gerader Rückenlehne saß.

»Da ist noch einer«, flüsterte Goldy. »Der neben ihm mit den versengten Haaren.«

»Er nennt sich Walker.«

Goldys Blick streifte durch den Raum, aber den schlanken Mann fand er nicht.

»Kannst du Teena hier reinlotsen?«, fragte er Big Kathy.

Big Kathy fingerte an einem losen Nagel an dem Scharnier, mit dem die Klappe befestigt war. Die Skala des Radios leuchtete auf. Alle fünf Mädchen in dem großen Zimmer sahen verstohlen hinüber.

Dann stand Teena auf und entschuldigte sich. »Ich muss mal Pipi.«

»Du wirst ein bisschen zu alt für sowas, oder?«, bemerkte Jodie grob.

»Hack nicht auf ihr rum«, befahl Hank.

Teena schlich sich unbemerkt in Kathys Zimmer.

»Die Schwester hier möchte, dass du deinen Kerl heute Abend über seinen Dreh mit der Goldmine ausquetschst und alle Details rauskriegst«, sagte Big Kathy.

Teena sah die Barmherzige Schwester neugierig an. Sie hatte durch einen Zufall entdeckt, dass Big Kathy ein Mann war, aber bei Goldy war sie sich nicht sicher.

»Wozu will sie das wissen?«, fragte sie unverschämt.

»Du trinkst zu viel«, bemerkte Big Kathy. »Solltest nüchtern sein, wenn du dich an die Arbeit machst, und verpatz es bloß nicht.«

»Werd ich schon nicht«, meinte Teena verdrossen.

Sobald sie ins Wohnzimmer zurückgekehrt war, ging Big Kathy hinein und brach den Ringkampf ab.

»Sagen wir unentschieden.«

»Lass sie weitermachen!«, schrie Jodie. »Ich hab mein Geld darauf gesetzt.«

»Dann lass es dir zurückgeben«, entgegnete Big Kathy grob. »Ich hab gesagt, es ist unentschieden.«

Die Ringkämpfer waren am Rande der Erschöpfung und froh, aufhören zu können.

Jodie holte sich sein Geld von dem Mädchen zurück, das die Einsätze verwaltete, und drängte sich zur Wohnungstür. Big Kathy ließ ihn hinaus.

Teena nahm Hank mit auf ein Zimmer.

Goldy streckte sich auf Big Kathys Bett aus, aber er war zu unruhig, um einschlafen zu können. Es beschäftigte ihn viel zu sehr, ob das Golderz echt war oder nicht. Er glaubte Jackson, aber er wollte ganz sichergehen.

Big Kathy saß auf einem der kunststoffbezogenen Sessel, den Rock über seine dicken, fleischigen Knie gezogen, las die Gesellschaftsseite einer Wochenzeitung der Farbigen und gab von Zeit zu Zeit Kommentare über Freunde von ihm ab, die dort erwähnt wurden.

Sie mussten lange warten. Es war schon nach Mitternacht, als Teena leise an die Tür klopfte.

»Komm rein«, sagte Big Kathy.

»Puh!«, stöhnte Teena und ließ sich in den anderen Sessel fallen. »Er hat gequatscht, bis mir die Ohren abfielen.«

Goldy richtete sich auf der Bettkante auf und beugte sich vor. »Wollte er, dass du bei ihnen mitmachst?«

»Zum Teufel, nein, dieser geizige Schweinehund! Er wollte mir Anteile verkaufen.«

»Dann bist du im Bilde«, stellte Big Kathy fest.

»Ich hab alles rausgekriegt, nur nicht, wo sie die Masche abziehen.«

Goldy blickte enttäuscht drein. »Das war einer der Hauptpunkte.«

»Ich hab alles versucht, aber er rückte nicht damit raus.«

»In Ordnung«, meinte Big Kathy. »Dann lass mal hören, was du weißt.«

»Es ist eben die alte Masche mit der verschollenen Goldmine. Der, den sie Walker nennen, ist angeblich der Spezialist für Bodenschätze und hat zufällig die vergessene Mine in Mexiko entdeckt. Es ist die größte und ergiebigste Goldmine, die er in all den Jahren seiner Arbeit je gesehen hat, und all so 'n Quatsch.«

»Wir wollen es trotzdem hören«, sagte Goldy.

Teena warf ihm einen weiteren abschätzenden Blick zu. »Na ja, Walker hat Angst, umgebracht zu werden, wenn er auch nur erwähnt, die Mine gefunden zu haben. Und natürlich ist der Einzige, dem er es anvertrauen kann, Mr. Morgan, ein schwerer Geschäftsmann aus Los Angeles. Mr. Morgan ist an der gesamten Westküste dafür bekannt, dass er große Unternehmungen finanziert, und er hat in den gesamten Staaten den Ruf, ehrlich zu sein.« Sie fing an zu kichern.

»Mach weiter«, befahl Big Kathy schroff.

»Also, was dieser Wissenschaftler Walker braucht, sind tausende von Dollars für Werkzeug und Ausrüstung und solches Zeug und ungefähr hundert Bergleute, die für ihn arbeiten. Außerdem muss er eine Genehmigung von der mexikanischen Regierung bekommen, um die Mine ausbeuten zu können, und das soll allein schon hunderttausend Dollar kosten. Deshalb ist das Erste, was dieser Morgan macht, dass er sich der Leistungen bedient – irgendwie so hat ers genannt – bedient der …«

»Mach voran«, sagte Big Kathy.

»… der Leistungen eines Goldprüfers von der Bundesprüfstelle bedient. Den hab ich noch nicht gesehen, aber sie nennen ihn Goldsmith.«

Sie fing wieder zu kichern an, doch ein Blick von Big Kathy ließ sie verstummen.

»Nun, alle drei, Walker und Morgan und Goldsmith, hätten nach Mexiko fahren sollen, um die Mine zu überprüfen, aber als Mr. Morgan klar wurde, wie groß sie war, wusste er, dass er das Geschäft nicht allein abwickeln konnte. In der Mine lag Gold für Milliarden von Dollars, und es würde eine halbe Million kosten, den Abbau korrekt zu betreiben. Morgan sagte, er könnte die Sache über seine Bank finanzieren – er hat mir das direkt ins Gesicht gesagt –, aber er wollte nicht, dass Weiße die Angelegenheit in die Hand nehmen und die Gewinne einstreichen. Deshalb beschloss er, eine Gesellschaft zu gründen und die Anteile nur an Farbige zu verkaufen. Sie ziehen durch die gesamten Vereinigten Staaten und verkaufen Aktien im Wert von je fünfzig Dollar. Und damit sie Zeit haben, genügend Kapital zusammenzuschaffen, erzählen sie jedem, es würde sechs Monate dauern, die Mine in Gang zu bringen, und weitere drei oder vier, bis sie Gewinne abwirft.«

Sie schwieg und zündete sich eine Zigarette an. Dann sah sie vom einen zum anderen. »Tja, das wars.«

»Wie verkaufen sie denn ihre Anteile, wenn du schon nicht herausfinden konntest, wo sie das Ding drehen?«, fragte Goldy gespannt.

»Oh, ich hab vergessen, euch davon zu erzählen. Sie haben einen Kontaktmann namens Gus Parsons oder Gus Irgendwieso. Er treibt sich in allen besseren Bars rum, nimmt an Konferenzen von Geschäftsleuten teil und geht sogar zu Kirchenveranstaltungen, sagt Morgan, um Verbindung mit den Idioten aufzunehmen. Morgan nennt sie Investoren. Dann bringt er sie mit verbundenen Augen in seinem eigenen Wagen in ihr Büro.«

Big Kathys Augen verengten sich, als er Teena ansah.

Goldy hielt seinen begierigen Blick auf sie gerichtet. »Wozu der ganze Spuk?«, fragte er.

Teena hob die Schultern. »Er sagte, sie hätten Angst, dass man sie ausraubt.«

»Ausraubt?«, kam das Echo von Big Kathy.
»Was denn ausrauben?«, fragte Goldy.
»Er sagt, sie haben eine Truhe voll Golderz, was immer das ist. Er meinte, es stammt aus der vergessenen Mine, als ob irgendeiner die Scheiße glauben würde.«
»Bewahren sie die in ihrem Büro auf?«, wollte Goldy wissen.

Es lag etwas in Goldys Stimme, das Big Kathy veranlasste, ihn scharf anzusehen.

Teena wusste nicht, was da vor sich ging, und sie bekam allmählich Angst. »Ich hab keine Ahnung, wo sie es haben. Das hat er mir nicht verraten. Er hat nur gesagt, dass sie Proben im Hauptquartier hätten, aber wenn einer genügend Geld reinstecken könnte, dann würden sie ihm eine ganze Truhe voll mit purem Golderz zeigen.«

Goldy seufzte so leise, dass es klang, als würde er vor sich hin weinen.

Big Kathy starrte ihn weiterhin mit Augen voller Fragen an. »Bist du fertig mit Teena?«

Goldy nickte.

»Verschwinde«, sagte Big Kathy.

Kaum hatte Teena die Tür hinter sich geschlossen, da beugte er sich weit vor und starrte in Goldys nach unten gerichtetes Gesicht. »Ist das wahr?«

Goldy nickte langsam. »Es ist wahr.«
»Wie viel?«
»Genug für uns alle.«
»Was soll ich tun?«
»Stell dich nur tot, bis ichs habe.«

9

Grave Digger und Coffin Ed waren keine korrupten Detectives, aber sie waren gnadenlos. Um in Harlem arbeiten zu können, mussten sie gnadenlos sein. Farbige Bürger hatten keinen Respekt vor farbigen Polizisten. Aber sie hatten Respekt vor großen, blinkenden Pistolen und einem plötzlichen Tod. In Harlem hieß es, dass Coffin Eds Revolver einen Felsen töten und Grave Diggers Waffe ihn begraben könne.

Wie alle richtigen Bullen kassierten sie ihren Tribut von den einschlägigen Kreisen der Unterwelt, die sich den Grundbedürfnissen der Menschen widmeten: Glücksspielleiter, Puffmütter, Straßenmädchen, Lottoannehmer und Lottoveranstalter. Aber sie waren knallhart mit Taschendieben, Straßenräubern, Einbrechern, Vorbestraften und allen Fremden, die in irgendwas ihre Finger hatten. Und sie mochten keine knallharten Sachen von irgendjemandem, außer ihre eigenen. »Ruhig Blut«, warnten sie. »Schaufle keine Gräber.«

Als Goldy zum Savoy kam, verließen die beiden gerade den Laden mit zwei Burschen, die wegen eines Mädchens eine Messerstecherei angefangen hatten. Der Kerl, der das Mädchen mitgebracht hatte, war eifersüchtig geworden, weil sie zu viel mit dem anderen getanzt hatte. Was Coffin Ed und Grave Digger an der Sache störte, war, dass das Mädchen die beiden gegeneinander aufgebracht hatte, um mit einem Dritten verschwinden zu können. Und die beiden Kerle waren zu einfältig, um das zu durchschauen.

Goldy folgte ihnen in einem Taxi bis zum Revier in der 126th Street. Der große Wachraum, in dem der diensthabende Sergeant hinter einem festungsartigen Schreibtisch von fünf Fuß Höhe neben dem Dienstzimmer der Detectives saß, war randvoll mit Leuten, die in der Nacht gefasst worden waren.

Die Polizisten der Streifenwagen und des Straßendienstes wie auch die Beamten in Zivil hatten ihre Gefangenen im Schlepptau und warteten, dass ihre Anzeige an dem Schreibtisch zu Protokoll genommen wurde. Der Sergeant vom Dienst nahm die Leute der Reihe nach dran, notierte die Namen, Anklagen, Adressen und die Polizisten, die sie festgenommen hatten, um sie dann an die Aufsichtsbeamten weiterzureichen, die im Hintergrund warteten.

Weiße und farbige Kreditgeber tummelten sich um den Tisch herum und zwischen den Gefangenen herum und boten ihre Dienste an. Gegen eine Gebühr von zehn Dollar zahlten sie die Kaution für Gelegenheitsverbrecher.

Die Polizisten waren sauer, weil sie am nächsten Morgen während ihrer Freizeit vor Gericht erscheinen mussten, um als Zeugen gegen die von ihnen Inhaftierten auszusagen. Sie hatten es eilig, die Personalien ihrer Gefangenen notieren zu lassen, damit sie zu einem ihrer Unterschlüpfe gehen und ein Nickerchen halten konnten, bevor sie den Dienst quittierten.

Ein junger weißer Polizist hatte eine betrunkene Farbige mittleren Alters wegen Prostitution festgenommen. Der große, ungehobelte braune Mann in Overall und Lederjacke, der zusammen mit ihr aufgelesen worden war, behauptete, sie sei seine Mutter und er habe sie nur nach Hause begleitet.

»Schon so weit, dass 'ne Frau nicht mal mit ihrem eigenen Sohn die Straße langgehen kann«, beschwerte sich die Frau.

»Schnauze halten, das geht doch wohl noch?«, meinte der Polizist gereizt.

»Befehlen Sie meiner Mutter nicht, die Schnauze zu halten«, sagte der Mann.

»Wenn die Nutte ihre Mama ist, bin ich der Nikolaus«, hielt der Polizist dagegen.

»Sag nicht Nutte zu mir«, empörte sich die Frau und schlug dem Polizisten ihre Handtasche ins Gesicht.

Der Polizist schlug instinktiv zurück und streckte die Frau zu Boden. Der Farbige traf den Polizisten hinter dem Ohr, sodass auch der hinfiel. Ein anderer Polizist ließ seinen Gefangenen los und schlug dem Farbigen auf den Kopf. Der Mann taumelte kopfüber in einen weiteren Polizisten, der ihm noch einen Schlag verpasste. In dem Durcheinander trat jemand auf die Frau, und sie fing zu schreien an. »Hilfe! Hilfe! Die trampeln mich tot!«

»Die legen eine Farbige um!«, rief ein anderer Gefangener. Jeder fiel in die Prügelei ein.

Der diensthabende Sergeant sah von dem Heiligtum seines

Tisches herab und bemerkte mit gelangweilter Stimme: »Herr im Himmel.«

In dem Augenblick kamen Coffin Ed und Grave Digger mit ihren beiden Gefangenen herein.

»Strammgestanden!«, schrie Grave Digger mit überlauter Stimme.

»Abzählen!«, kommandierte Coffin Ed.

Beide zogen ihre Pistolen zur gleichen Zeit und jagten eine Salve in die Decke, die schon mit Löchern übersät war, die sie früher hinterlassen hatten.

Die plötzlichen Schüsse in dem überfüllten Raum jagten den Gefangenen wie auch den Polizisten eine Heidenangst ein. Jeder erstarrte.

»Weitermachen!«, schrie Grave Digger. Er und Coffin Ed schoben ihre Gefangenen durch das schweigende Gedränge zu dem Schreibtisch.

Die eingebuchteten Harlemer Lumpen sahen sie aus den Augenwinkeln an.

»Keine Gräber schaufeln«, warnte Grave Digger.

Der diensthabende Sergeant blickte kurz aus dem Büro hinter dem Schreibtisch hervor, aber alles war ruhig.

Goldy schlich unauffällig in den Raum und stand direkt im Eingang, um alle Kautionshändler, die an ihm vorbeiwollten, mit dem Klingeln seiner Sammelbüchse aufzuhalten. »Spendet dem Herrn, Gentlemen, spendet den Armen.«

Falls irgendwas merkwürdig daran war, dass eine schwarze Barmherzige Schwester um ein Uhr morgens in einem Harlemer Polizeirevier um Almosen bettelte, dann fiel es zumindest niemandem auf.

Coffin Ed und Grave Digger hatten ihre Gefangenen sofort eingeliefert und übergaben sie dem Aufsichtsbeamten. Der Captain wollte, dass sie auf der Straße waren und ihre Zeit nicht auf dem Revier vertrödelten.

Als sie wieder gingen, stieg Goldy auf den Rücksitz ihrer kleinen schwarzen Limousine und fuhr mit ihnen davon. Sie parkten den Wagen im Dunkel der 127th Street, und Grave Digger drehte sich um. »Okay, was sollte der Tipp mit den Fröschen?«

»›Gesegnet ist der, der da wachet ...‹«, begann Goldy zu zitieren.

Grave Digger schnitt ihm das Wort ab. »Lass den Scheiß mit deinen Bibelsprüchen. Wir lassen dich arbeiten, weil du ein Spitzel bist, und damit basta. Und vergiss nicht, wir kennen dich, Kumpel.«

»Wissen alles von dir, was es zu wissen gibt«, fügte Coffin Ed hinzu. »Und ich hasse einen gottverdammten Weiberimitator mehr, als Gott die Sünde hasst. Also rück raus, Kollege, raus damit.«

Goldy kam runter von seiner Masche und erzählte ohne Umschweife. »Es sind drei ehemalige Sträflinge hier, die in Mississippi wegen Mordes gesucht werden.«

»So viel wissen wir auch schon«, sagte Grave Digger. »Nenn uns einfach nur die Namen, unter denen sie auftreten, und sag uns, wo sie sich verkrochen haben.«

»Zwei von ihnen nennen sich Morgan und Walker. Den Decknamen dieses schlanken Burschen kenne ich nicht. Und ich weiß auch nicht, wo sie sich aufhalten. Sie drehen die Tour mit der vergessenen Goldmine, und sie benutzen als Strohmann einen Kerl namens Gus Parsons, der die Trottel mit verbundenen Augen zu ihnen bringt.«

»Wo hast du sie aufgegabelt?«

»Bei Big Kathy. Morgan und Walker waren heute Abend dort.«

»Zur Sache, zur Sache«, befahl Grave Digger grob.

»Ich hab einen Bruder namens Jackson, arbeitet bei Exodus Clay. Sie haben ihn mit dem ›Knall‹ um fünfzehn Hunderter erleichtert. Seine Alte, Imabelle, hat ihm die Sache aufgeschwatzt, dann ist sie mit dem schlanken Kerl durchgebrannt.«

»Mischt sie bei der Geschichte mit der Goldmine mit?«
»Muss wohl.«
»Was benützen sie als Golderz?«

»Sie haben ein paar präparierte Steine.«

Grave Digger wandte sich an Coffin Ed. »Wir können sie bei Big Kathy hochnehmen.«

»Ich hab einen besseren Plan«, meinte Goldy. »Ich werd Jackson ein Paket falscher Scheine geben und lasse Gus Parsons Kontakt mit ihm aufnehmen. Gus wird ihn zu ihrem Quartier führen, und ihr könnt ihnen folgen.«

Grave Digger schüttelte den Kopf. »Du hast gerade gesagt, sie haben Jackson mit dem ›Knall‹ reingelegt.«

»Da war aber Gus nicht dabei. Gus kennt Jackson nicht. Bis Gus seinen Fehler bemerkt, habt ihr sie längst am Wickel.«

Grave Digger und Coffin Ed schauten einander an. Coffin Ed nickte.

»Okay, Kumpel, wir werden sie uns morgen vorknöpfen«, sagte Grave Digger und fügte dann grimmig hinzu: »Ich nehm an, du bist der Wohltäter deines Bruders.«

»Ich versuch nur, ihm zu helfen, mehr nicht«, protestierte Goldy. »Er will sein Mädchen wiederhaben.«

»Darauf wette ich«, meinte Coffin Ed.

Sie entließen Goldy aus dem Wagen und fuhren davon.

»Liegt gegen Jackson nicht ein Haftbefehl vor?«, bemerkte Coffin Ed.

»Ja, er hat seinem Chef fünfhundert Dollar geklaut.«

»Dann greifen wir uns ihn auch.«

»Wir greifen uns alle.«

Am nächsten Nachmittag, nachdem Jackson gegessen hatte, klärte Goldy ihn über die Pläne der Bande auf und informierte ihn, wie er die Burschen kriegen wollte.

»Und hier ist der Köder.«

Er drehte eine dicke Rolle aus Blüten, umwickelte sie mit zwei echten Zehndollarnoten und legte ein Gummiband darum. In dieser Weise trugen die Angeber in Harlem ihr Geld bei sich, wenn sie dick auftragen wollten. Er warf den Packen auf den Tisch.

»Steck dir das in die Tasche, Brüderlein, damit bist du ein großes, fettes, schwarzes Stück Käse. Du wirst wie das größte Käsestück aussehen, das diesen Ratten je über den Weg gelaufen ist.«

Jackson betrachtete die Rolle mit Falschgeld, ohne sie zu berühren. Alles an Goldys Plan missfiel ihm. Zu viel konnte schief gehen. Falls es eine Schlägerei gab, würden die Detectives vielleicht ihn schnappen und die wahren Ganoven laufen lassen, so wie es dieser falsche Marshall getan hatte. Natürlich waren das hier echte Detectives, aber sie waren nun mal schwarz. Und nach allem, was er über sie gehört hatte, war ihre Devise, zuerst zu schießen und dann die Leichen zu vernehmen.

»Klar, wenn du dein Mädel nicht wiederhaben willst ...«, stichelte Goldy.

Jackson nahm das Päckchen Falschgeld und schob es in seine Hosentasche. Dann bekreuzigte er sich und kniete sich neben den Tisch auf den Boden. Mit andächtig gesenktem Kopf flüsterte er ein Gebet. »Lieber Gott im Himmel, wenn du es nicht für richtig hältst, diesem armen Sünder in seiner Stunde der Not zu helfen, dann hilf bitte auch diesen dreckigen Mördern nicht.«

»Wozu betest du, Mann?«, fragte Goldy. »Da kann dir gar nichts passieren. Du wirst überwacht.«

»Davor hab ich ja gerade Angst«, entgegnete Jackson. »Ich will nicht zu gründlich überwacht werden.«

10

Die Braddock Bar befand sich an der Ecke 126th Street und Eighth Avenue, gleich neben einer von Farbigen geführten Kredit- und Versicherungsgesellschaft und der Wochenzeitung von Harlem.

Sie hatte eine luxuriös aussehende Fassade und kleine Fenster in englischem Stil mit bleigefasstem Kristallglas. Früher wurde hier mal auf Renommee geachtet, bestand die Kundschaft aus den weißen und farbigen Geschäftsleuten der Gegend und deren leitenden Angestellten. Doch als sich die Bordelle, Spielclubs und Rauschgiftspelunken in der 126th Street breit machten, um die Leute aus der 125th Street auszusaugen, war sie in Verruf gekommen. »Die Bar war mal Kandis, jetzt ist sie Kacke«, murmelte Jackson vor sich hin, als er um sieben Uhr dort eintraf.

Der kalte, verschneite Februarabend ließ schon Anzeichen von Trunkenheit erkennen. Jackson quetschte sich vor zu einem Platz an der Bar, bestellte einen Roggenwhiskey und sah seine Thekennachbarn nervös an.

Der Laden war voll gestopft mit den finstersten Typen aus Harlem: kleine Schieber mit verkniffenen Gesichtern, Gelegenheitsgauner, Taschendiebe, Straßenräuber, Rauschgifthändler, grobschlächtige Arbeiter in Overalls und Lederjacken. Jeder sah gemein oder gefährlich aus.

Drei kräftige Barmänner patrouillierten auf dem schmutzigen Boden hinter der Theke, füllten schweigend Schnapsgläser und kassierten Münzen.

Vorn plärrte eine Musikbox, aus der eine Whiskeystimme schrie: »*Rock me, daddy, eight to the beat. Rock me, daddy, from my head to my feet.*«

Goldy hatte Jackson angewiesen, gleich beim ersten Drink seine Geldrolle sehen zu lassen, aber Jackson besaß dazu nicht die Nerven. Er hatte das Gefühl, jeder würde ihn beobachten. Er bestellte einen zweiten Drink. Dann bemerkte er, dass jeder jeden beobachtete, als ob jeder seinen Nachbarn entweder für ein potentielles Opfer oder einen Polizeispitzel hielt.

»Hier sehen alle so aus, als ob sie was suchen, wie?«, meinte der Mann neben ihm.

Jackson fuhr zusammen. »Nach was suchen?«

»Sieh dir die Huren an, die suchen nach einem Freier. Und die Lumpen da an der Tür, die suchen einen Besoffenen, den sie ausnehmen können. All die Kerle hier warten nur auf jemanden, der mit seinem Geld herumfuchtelt.«

»Ich hab den Eindruck, ich hätt dich schon mal gesehen«, sagte Jackson. »Du heißt doch Gus Parsons, oder?«

Der Mann sah Jackson misstrauisch an und rückte allmählich von ihm ab. »Wozu willst du meinen Namen wissen?«

»Ich dachte nur, ich kenne dich«, antwortete Jackson und fingerte an seiner Geldrolle herum, um den Mut zu sammeln, sie zu zücken.

Fürs Erste half ihm eine Prügelei aus seiner Not.

Zwei brutal aussehende Männer sprangen im Raum herum, warfen Stühle und Tische um und stachen mit Schnappmessern aufeinander ein. Die Gäste an der Bar verdrehten den Kopf, um alles mitzukriegen, blieben aber an ihrem Platz und behielten die Hand am Glas. Die Huren verdrehten die Augen und blickten gelangweilt drein.

Einer der Hitzköpfe traf den anderen am Arm. Ein großer, klaffender Schlitz öffnete sich in der engen Lederjacke, aber es quollen nur Fetzen alter Kleider hervor: zwei Pullover, drei Hemden und ein Winterunterhemd. Der zweite Knallkopf stach zurück und öffnete eine Wunde vorn in der Jacke seines Gegners. Doch alles, was aus diesem Schlitz austrat, war getrocknete Druckerschwärze aus Lagen alter Zeitungen, in die der Kerl eingewickelt war, um sich warm zu halten. Sie stachen weiter aufeinander ein wie zwei zerlumpte Marionetten in einem wahnwitzigen Tanz und vergossen dabei statt Blut alte Kleiderfetzen und Zeitungen der vergangenen Woche.

Die Gäste lachten.

»Wie sollen die Typen sich denn aufschlitzen?«, bemerkte einer. »Könnten auch gleich mit dem Sack des alten Lumpensammlers kämpfen.«

»Die tun nichts anderes, als die Heilsarmee zu betrügen.«

»Die wollen sich gar nicht aufschlitzen, Mann. Die Kerle kennen sich. Da will nur einer den anderen vorm Erfrieren retten.«

Einer der Barkeeper kam mit einem abgesägten Baseballschläger hinter der Theke hervor und schlug einem der Raufbolde auf den Schädel. Als der umfiel, beugte der andere sich vor, um erneut auf ihn einzustechen. Doch der Barmann gab auch ihm eins auf den Kopf.

Zwei weiße Polizisten kamen gelassen hereingeschlendert, als ob sie den Kampf gerochen hätten, und nahmen die beiden Streithähne mit.

Jackson hielt es jetzt für sicher, seine Geldrolle zu zeigen. Er zog die falschen Banknoten vor, schälte vorsichtig den echten Zehner ab und warf ihn auf die Theke. »Nimm davon für zwei Whiskey«, sagte er.

Totenstille senkte sich über den Laden. Aller Augen sahen auf die Geldrolle in seiner Hand, dann auf ihn, dann auf den Barkeeper.

Der Barmann hielt die Banknote gegen das Licht, musterte sie, klatschte sie zwischen seinen Händen, schob sie dann in die Registrierkasse und knallte das Wechselgeld auf den Tresen. »Was hast du vor, willst du deinen Hals riskieren?«, fragte er ärgerlich.

»Was soll ich denn tun, mich verdrücken, ohne zu zahlen?«, gab Jackson zu bedenken.

»Ich will hier nur keinen Ärger«, antwortete der Barkeeper, aber dazu war es schon zu spät.

Unterweltler drängten sich von allen Seiten an Jackson heran, aber die Huren waren schneller. Sie pressten ihre Auslagen so fest gegen ihn, dass er nicht mehr unterscheiden konnte, ob sie sich anpreisen oder nur überschüssige Bestände abstoßen wollten. Die Taschendiebe versuchten sich vorzudrängeln, während die Straßenräuber an der Tür warteten. Alle anderen beobachteten ihn gespannt und wachsam.

»Das ist mein Geld«, schrie ein großer, whiskeytrunkener Exboxer und drängte sich durch die Menge zu Jackson. »Dieser Arsch hats mir aus der Tasche geklaut.«

Jemand lachte.

»Lass dich von dem Versager nicht einschüchtern, Süßer«, ermutigte ihn eine der Huren.

Eine andere meinte: »Der abgerissene Typ hat keinen halben Dollar, seit Jesus geboren wurde.«

»Ich will hier keinen Ärger«, warnte der Barkeeper und griff nach seinem abgesägten Baseballschläger.

»Ich kenn doch mein Geld«, schrie der Exboxer. »Kann mir doch keiner erzählen, dass ich mein Geld nicht kenne.«

»Wie unterscheidet sich denn dein Geld von dem der anderen?«, fragte der Barmann.

Ein mittelgroßer, dunkelhäutiger Mann stieß die Eingangstür auf und trat schnell an die Bar. Er trug einen Kamelhaarmantel, braunen Filzhut, maßgeschneiderten, braun-weiß-gestreiften Anzug, braune Wildlederschuhe, einen braunen, mit handgemalten weißen Pferden geschmückten Seidenschlips, Diamantring am linken Ringfinger und goldenen Siegelring an der Rechten. Seine Handschuhe hielt er in der linken Hand, während die rechte vor und zurück schwang. Er blieb kurz stehen, als er sah, dass der Exboxer Jackson an der Schulter packte und hörte, wie der Schläger mit drohendem Ton sagte: »Lass mich die beschissene Rolle sehen.« Er bemerkte, wie sich zwei der Barkeeper darauf einstellten, einzugreifen, und sah, wie sich die Nutten zurückzogen. Er hatte die Situation sofort im Griff. Schnell bahnte er sich seinen Weg durch die Menge, trat hinter den Exboxer, packte dessen Arm, wirbelte ihn herum und trat ihm kräftig in die Leistengegend.

Der große Boxer knickte vornüber und spuckte laut stöhnend aus. Der andere trat einen Schritt zurück und landete noch einen Tritt im Solarplexus. Das Gesicht des Boxers blähte sich auf, während er nach Luft schnappte. Dann sank er mit dem Kopf auf den Boden. Der Mann trat erneut zurück und verpasste ihm mit der Fußspitze einen Tritt ins Gesicht, fest genug, um ihm ein Auge zu schließen, ohne ihm jedoch einen Knochen zu brechen, und wohldosiert, damit der Boxer auf seinen Brustkorb und nicht aufs Gesicht fiel. Dann schob der Mann geschickt die Spitze seines Wildlederschuhs unter die Schulter des Boxers und kippte ihn auf den Rücken. Langsam schob er seine rechte Hand in die Seitentasche seines Mantels und zog einen kurzläufigen .38er Dienstrevolver hervor.

Die Gäste zerstreuten sich, um aus der Schusslinie zu kommen.

»Du bist der Scheißkerl, der mich letzte Nacht ausgeraubt hat«, sagte der Mann zu dem halb betäubten Boxer am Boden. »Ich hab reichlich Gründe, dir die Gedärme rauszuschießen.«

Er hatte eine angenehme Stimme und sprach in sanfter, gemäßigter Manier, sodass er den Gästen dort als gebildeter Mann erschien.

»Erschießen Sie ihn nicht hier, Mister«, sagte einer der Barkeeper.

Beim Anblick der Pistole verdrehte der Boxer die Augen, sodass nur noch das Weiße darin zu sehen war. Er schluckte dauernd an seiner Zunge, als er zu sprechen versuchte. »Ich wars nicht, Boss«, konnte er schließlich stammeln. »Schwör ich beim Kreuz, ich wars nicht. Hab nie versucht, Sie auszurauben, Boss.«

»Zum Teufel, wenn du nicht, wer sonst. Dich würde ich immer wiedererkennen. Du hast mich gestern kurz nach Mitternacht auf der 129th Street überfallen.«

»Ich schwör, ich wars nicht, Boss. Bin die ganze letzte Nacht hier in der Bar gewesen. Joe, der Barkeeper, ist Zeuge. War die ganze letzte Nacht hier. Bin überhaupt nicht draußen gewesen.«

»Das stimmt«, sagte der Barkeeper. »Er war die ganze letzte Nacht hier. Ich hab ihn gesehen.«

Der Exboxer wälzte sich auf dem Boden, betastete sein Auge, stöhnte, als ob er halb tot wäre, und versuchte, so Mitleid zu erhaschen.

Der Mann steckte die Waffe ein und sagte gelassen: »Schön, du Mistkerl, dieses Mal irre ich mich vielleicht. Aber du hast todsicher schon mal jemanden in deinem Leben ausgeraubt. Drum hast du jetzt nur das gekriegt, was dir ohnehin zusteht.«

Der Boxer erhob sich und trat ein gutes Stück zurück. »Ich würd Sie nie ausrauben, Boss, nicht mit dem Ding in der Hand, was Sie da haben.«

Keiner hielt das zwar für komisch, aber alle lachten.

»Nicht Sie, Boss, keinen Mann in Ihrer Position.« Der Boxer wollte noch weitere Lacher kassieren. »Jeder hier wird Ihnen bestätigen, dass ich seit Wochen kein echtes Geld mehr in der

Tasche habe.« Plötzlich erinnerte er sich, dass er Jackson soeben des Taschendiebstahls beschuldigt hatte, und fügte hinzu: »Vielleicht wars der Kerl an der Bar, der Sie ausgeraubt hat, Boss. Er fuchtelt mit einer dicken Rolle rum, die er irgendwo gekriegt hat.«

Der Mann sah Jackson zum ersten Mal an.

»Hören Sie, ziehen Sie mich da nicht mit rein«, sagte Jackson. »Ich hab das Geld im Lotto gewonnen, das kann ich beweisen.«

Der Mann ging zu ihm hinüber, stellte sich neben Jackson an die Bar und bestellte einen Drink.

»Keine Sorge, Freund, ich weiß, Sie waren es nicht«, redete er mit freundlicher Stimme auf ihn ein. »Das war ein fetter, ausgekochter Schuft, so wie der Bastard drüben. Aber ich werd ihn finden.«

»Wie viel haben Sie denn verloren?«

»Siebenhundert Dollar«, sagte der Mann und drehte sein Schnapsglas zwischen den Fingern herum. »Wenn mir das vor einer Woche passiert wäre, hätte ich das Schwein zur Hölle geschickt. Aber jetzt kommts darauf nicht mehr an. Ich hab inzwischen mit einer guten Sache Glück gehabt, etwas, das pures Gold ist. In acht bis neun Monaten kann ich jedem Bastard so viel Geld geben, dass es sich für ihn nicht lohnt, mich umzubringen.« Bei dem Wort »Gold« sah Jackson rasch zum Spiegelbild des Mannes hinter der Theke auf. Er bestellte noch einen Drink, zog seine Rolle hervor und schälte eine Banknote ab, um damit zu bezahlen.

Der Mann begutachtete Jacksons Geldrolle.

»Freund, wenn ich Sie wäre, würde ich in dem Laden nicht so mit meinem Geld rumfuchteln.«

»Ich komm eigentlich selten her«, bemerkte Jackson. »Aber im Augenblick ist meine Frau nicht zu Hause.«

Der Mann sah Jackson mit einem Pokergesicht an. Von einem der kleinen Schieber, die für ihn als Kundschafter arbeiteten, hatte er den Hinweis bekommen, dass ein Idiot mit einem dicken Packen Geld in der Kneipe war. Jackson jedoch sah zu sehr nach einem Idioten aus, um wirklich einer zu sein. Der Mann fragte sich, ob Jackson ihn vielleicht mit einem billigen Trick, der sein eigener hätte sein können, hochzunehmen versuchte. Er beschloss, vorsichtig zu sein. »Hab ich mir gedacht«, sagte er unverbindlich.

Die Huren begannen sich wieder an Jackson heranzumachen, und der Mann winkte den Barkeeper herbei. »Schenk den Nutten ein, was sie haben wollen, und dann schaff sie mir aus den Augen.«

Der Mann an der Bar brachte eine Flasche Gin und ein Tablett mit Schnapsgläsern zu einer der Nischen. Die Huren verschwanden von der Theke. Sie wirkten feindselig, aber doch so, als würde es nicht ausreichen, um wirklich beleidigt zu sein.

»Sie sollten nicht in dem Ton mit Frauen reden«, protestierte Jackson.

Der Mann sah Jackson fragend an. »Kann man zu einem billigen Flittchen denn was anderes als Flittchen sagen, mein Freund?«

»Jesus waren sie gut genug, um sie zu erlösen«, antwortete Jackson.

Der Mann grinste erleichtert. Jackson gehörte ihm. »Da haben Sie recht, mein Freund, ich bin etwas erregt, normalerweise rede ich nicht so. Mein Name ist Gus Parsons.« Er streckte seine Hand aus. »Ich arbeite im Immobiliengeschäft.«

Jackson schüttelte die Hand und war ebenfalls erleichtert. »Freut mich, Sie kennenzulernen, Gus. Man nennt mich Jackson.«

»Und in was für einem Geschäft arbeiten Sie, Jackson?«

»Im Bestattungsgeschäft.«

Gus lachte. »Das Geschäft muss aber gut laufen, bei dem Packen Geld, den Sie mit sich rumtragen. Wie viel ist es denn eigentlich?«

»Das kommt nicht aus meinem Geschäft. Ich arbeite nur für einen Bestatter. Hab im Lotto gewonnen.«

»Richtig, Sie sagten ja, Sie hätten einen Treffer gelandet.«

»Ich hab zwanzig Dollar auf 411 gesetzt. Das brachte zehntausend Dollar.«

Gus pfiff leise und sah plötzlich ernst aus.

»Folgen Sie meinem Rat, Jackson, behalten Sie das Geld in Ihrer Tasche, und gehen Sie sofort nach Hause. Die Straßen in Harlem sind nicht sicher für jemanden mit so viel Geld. Am besten lassen Sie mich mit Ihnen gehen, bis Sie einen Polizisten sehen.«

Er drehte sich um und rief dem Barkeeper zu: »Wie viel bin ich schuldig?«

»Ich möchte Ihnen ein Glas spendieren, bevor wir gehen«, bat Jackson.

»Sie können mich woanders zu einem Drink einladen, wenn Sie wollen, Jackson«, sagte Gus und bezahlte für seinen Drink und die Flasche Gin. »Irgendein Lokal, das sauber ist und wo man sich sicher fühlen kann. Lassen wir die Lumpen und Diebe hier unter sich. Ich will Ihnen was erzählen, lassen Sie uns ins Palm Café gehen.«

»Ist mir recht«, meinte Jackson.

11

Sie bogen in die 125th Street ein und gingen in Richtung Seventh Avenue. Neonlichter aus den Bars und Geschäften warfen buntes Licht auf die vielfarbigen Menschen, die über die verdreckten Gehsteige schlenderten, und verliehen ihrer Haut ein seltsam metallisches Kolorit. Farbige Männer gingen vorüber, die sich gegen die Kälte vermummt hatten, einige in neuen karierten Mänteln, andere in Gummiüberziehern vom GI, in Gabardinemänteln und Umhängen, die aussahen, als wären sie aus Decken gemacht. Farbige Frauen huschten vorbei, ausstaffiert mit Mänteln aus solch eigentümlichen Fellen wie denen von Pferd, Bär, Büffel, Kuh, Hund, Katze und sogar Fledermaus. Andere Farbige wiederum waren in Kaschmir, feinstes Tuch, Nerz und Bisam gekleidet. Sie fuhren in großen neuen Wagen vorbei und sahen ziemlich wohlhabend aus.

Eine Barmherzige Schwester trat aus dem Schatten hervor. »Spendet dem Herrn, spendet den Armen.«

Jackson griff nach seiner Geldrolle, doch Gus hielt ihn zurück. »Halten Sie Ihr Geld verborgen, Jackson. Ich hab etwas Kleingeld.« Er warf einen halben Dollar in die Sammelbüchse.

»›Ihr habt den Geist gefunden‹«, zitierte die Barmherzige Schwester falsch. »›Wer ein Ohr hat, den lasset hören, was der Geist sagt.‹«

»Amen«, sagte Jackson.

Nahe der Kreuzung Seventh Avenue schwenkten sie ins Palm Café ab. Die Barkeeper dort trugen gestärkte weiße Jacketts, die hellbraunen Kellnerinnen, die zwischen den Tischen und Nischen pendelten, waren in grün-gelbe Uniformen gekleidet. Eine dreiköpfige Combo drosch von ihrem Podest heiße Rhythmen herunter.

Zu den Gästen gehörten jene gerissenen Füchse, die von ihrem Grips lebten: aalglatte Harlemer Schieber mit glänzendem, geglättetem Haar und aufdringlich eleganter Garderobe, begleitet von ihren spärlich bekleideten Königinnen, Revuegirls und Models – was alles bedeuten konnte –, die von schillerndem Glasschmuck funkelten, dunkel geschminkte Augen rollten, karminrote Fingernägel blitzen ließen, mit perlweißen, von purpurroten Lippen umrahmten Zähnen lächelten und das Fieber versprühten, das man mit Geld erkaufen kann.

Gus drängte sich zur Theke vor und zog Jackson neben sich. »Solche Lokale liebe ich«, sagte er. »Ich mag Kultur. Gutes Essen. Erlesene Weine. Erfolgreiche Männer. Schöne Frauen. Eine weltoffene Atmosphäre. Das Problem ist nur, man braucht Geld dafür, Jackson, Geld.«

»Na ja, Geld hab ich«, sagte Jackson und winkte dem Barmann. »Was trinken Sie?«

Beide bestellten Scotch.

Dann sagte Gus: »Nicht das Geld, das Sie haben, Jackson. Das reicht nicht, um sich so ein Leben zu leisten. Ich meine richtig viel Geld. Sehen Sie mal Ihren bescheidenen Betrag an. Wenn Sie nicht vorsichtig sind, ist das in einem halben Jahr aufgebraucht. Wovon ich rede, ist Geld, das nie ausgeht.«

»Ich verstehe, was Sie meinen«, sagte Jackson. »Sobald meine Frau sich einen Pelzmantel leistet, ich mir ein paar Anzüge kaufe und wir ein Auto anschaffen, einen Buick oder so, sind wir absolut pleite. Aber woher kriegt ein Mann Geld, das nie ausgeht?«

»Jackson, Ihre Ehrlichkeit imponiert mir.«

»Ich versuchs jedenfalls, aber Ehrlichkeit zahlt sich nicht immer aus.«

»Stimmt, Jackson. Sie müssen eben nur rauskriegen, wie sie sich auszahlt.«

»Das möchte ich wirklich gern wissen.«

»Jackson, ich hätte Lust, Sie in etwas einzuweihen, was sich lohnt. Ein Geschäft, das Ihnen richtiges Geld einbringt. Die Art Geld, von der ich rede. Die Sache ist nur, ich muss mich darauf verlassen können, dass Sie dichthalten.«

»Oh, ich kann schweigen. Falls es irgendeinen Weg gibt, wie ich an richtiges Geld komme, kann ich so schweigsam werden, dass Sie mich für stumm halten.«

»Kommen Sie, Jackson, lassen Sie uns irgendwohin zurückziehen, wo wir ungestört reden können«, sagte Gus plötzlich, nahm Jackson am Arm und bugsierte ihn an einen Tisch weiter hinten. »Ich lade Sie zum Essen ein, und sobald das Mädchen unsere Bestellung aufgenommen hat, werde ich Ihnen was zeigen.«

Die Kellnerin kam herüber und blieb neben ihrem Tisch stehen, sah jedoch in eine andere Richtung.

»Bedienen Sie uns, oder warten Sie nur, dass wir aufstehen und gehen?«, fragte Gus.

Sie warf ihm einen strafenden Blick zu. »Geben Sie nur Ihre Bestellung auf, und wir werden sie ausführen.«

Gus musterte sie gründlich, er fing bei den Füßen an. »Bring uns ein paar Steaks, Mädel, und sieh zu, dass sie nicht so zäh sind wie du. Und achte auf deinen Ton.«

»Zweimal Steak komplett«, sagte sie wütend und verschwand.

»Beugen Sie sich mal vor«, sagte Gus zu Jackson und zog einen Stapel Aktien mit Goldsiegel und lateinischer Schrift aus der Innentasche seiner Jacke. Er breitete sie unter der Tischkante auf seinen Knien aus, damit Jackson sie besser sehen konnte.

»Sehen Sie das, Jackson? Das sind Anteile an einer Goldmine in Mexiko. Die werden mich reich machen.«

Jackson riss seine Augen so weit wie möglich auf. »Eine Goldmine, sagen Sie?«

»Eine echte Mine mit achtzehnkarätigem Gold, Jackson. Und die ergiebigste Mine in diesem Teil der Welt. Ein Farbiger hat sie entdeckt, und ein anderer Farbiger hat eine Gesellschaft gegründet, um sie auszubeuten. Sie verkaufen die Anteile nur an uns Farbige, Leute wie Sie und ich. Der Kreis der Gesellschafter ist beschränkt. Einfach unschlagbar.«

Die Kellnerin brachte die Steaks, aber Jackson kriegte nicht viel herunter. Er hatte kurz zuvor gegessen, doch Gus schrieb das der Aufregung zu. »Seien Sie nicht so aus dem Häuschen, dass Sie nicht mal essen können. Wenn Sie tot sind, haben Sie auch nichts mehr von all dem Geld.«

»Ich weiß, das stimmt, aber ich hab nur gerade nachgedacht. Ich würde mein Geld bestimmt gern in ein paar dieser Anleihen stecken, Mr. Parsons.«

»Nennen Sie mich einfach Gus, Jackson«, sagte Gus. »Mir brauchen Sie nicht schön zu tun. Ich kann Ihnen keine Anteile verkaufen. Sie müssen mit Mr. Morgan sprechen, dem Finanzier, der die Gesellschaft leitet. Er ist derjenige, der die Anteile verkauft. Ich kann nicht mehr tun, als Sie zu empfehlen. Wenn er meint, Sie sind nicht der geeignete Abnehmer der Aktien, wird er Ihnen auch keine verkaufen. Darauf können Sie wetten. Er möchte, dass nur respektable Leute Anteile besitzen.«

»Würden Sie mich empfehlen, Gus? Wenn Sie irgendwelche Zweifel an mir haben, kann ich Ihnen einen Brief von meinem Pfarrer beschaffen.«

»Das wird nicht nötig sein, Jackson. Ich sehe, dass Sie ein

ehrlicher, aufrechter Bürger sind. Ich bin stolz darauf, ein guter Menschenkenner zu sein. Ein Mann in meiner Branche – dem Immobiliengeschäft – muss ein guter Menschenkenner sein, sonst wäre er bald draußen. Wie viel wollen Sie investieren, Jackson?«

»Alles«, antwortete Jackson. »Die ganzen zehntausend.«

»Wenn das so ist, bringe ich Sie gleich zu Mr. Morgan. Die arbeiten heute die ganze Nacht durch, lösen hier den Laden auf, damit sie morgen weiterfahren können nach Philadelphia, um dort einigen guten Bürgern ebenfalls Aktien zu verkaufen. Sie wollen renommierten Farbigen im ganzen Land eine Chance geben, am Profit aus dieser Mine teilzuhaben.«

»Das verstehe ich«, sagte Jackson.

Als sie das Palm Café verließen, schlurfte die Barmherzige Schwester, die sie schon vorher angesprochen hatte, vorbei und drehte sich um, um ihnen ein frommes Lächeln zuzuwerfen. »Spendet dem Herrn, spendet den Armen. Pflastert euren Weg zum Himmel mit milden Gaben. Denkt an die Unglückseligen.«

Gus kramte noch einen halben Dollar hervor. »Ich hab schon, Jackson.«

»Schwester Gabriel segnet dich, Bruder. ›Und der Herr des Geistes der Propheten sandte seinen Engel aus, um seinen Dienern die Dinge zu zeigen, die bald kommen sollten. Und siehe, wir kommen rasch. Gesegnet ist der, der das Wort des Propheten achtet.‹«

Gus drehte sich ungeduldig zur Seite.

Goldy blinzelte Jackson zu und bildete Worte mit seinen Lippen. »Verstanden, Bruder?«

»Amen«, sagte Jackson.

»Ich misstraue diesen Schwestern«, meinte Gus, als er Jackson zu seinem Wagen führte. »Ist Ihnen jemals in den Sinn gekommen, dass sie irgendeine krumme Tour abziehen?«

»Wie können Sie das nur von Barmherzigen Schwestern annehmen?«, protestierte Jackson rasch. Er wollte nicht, dass Gus anfing, Goldy zu verdächtigen, bevor die Falle zuschnappte.»Das sind die heiligsten Menschen in Harlem.«

Gus lachte zur Entschuldigung auf.»In meinem Geschäft – dem Immobiliengeschäft – versuchen so viele Leute üble Tricks, dass man misstrauisch werden muss. Außerdem bin ich von Natur aus Skeptiker. Ich glaube an nichts, bis ich weiß, dass es sicher ist. So war das auch mit der Goldmine. Ich musste mir dessen sicher sein, bevor ich Geld in die Angelegenheit steckte. Aber ich sehe, dass Sie ein Mann der Kirche sind, Jackson.«

»Mitglied der First Baptist Church«, sagte Jackson.

»Das müssen Sie mir nicht erzählen, Jackson. Ich hab gleich gesehen, dass Sie ein Mitglied der Kirche sind. Deshalb wusste ich ja, dass Sie aufrichtig sind.«

Er hielt neben einem lavendelfarbenen Cadillac an.»Hier ist mein Wagen.«

»Das Immobiliengeschäft muss gut laufen«, bemerkte Jackson und stieg neben Gus auf den Vordersitz.

»Ein Cadillac ist nicht immer ein zuverlässiges Zeichen dafür«, sagte Gus, als er den Starterknopf drückte und die Automatik auf Fahrt stellte. »Alles, was man heutzutage braucht, um einen Cadillac zu kaufen, ist ein Kredit für eine Anzahlung, und dann muss man nur noch dem Menschen aus dem Weg gehen, der die Raten kassiert.«

Jackson lachte und blickte in den Rückspiegel. Er bemerkte eine kleine schwarze Limousine, die um die Ecke bog und ihnen folgte. Wenig später hielt ein Taxi an der Stelle des Bürgersteigs, wo sie Goldy zurückgelassen hatten.

»Wenn ich den ersten Anteil aus meiner Goldmine ausgezahlt bekomme, werde ich mir auch so einen kaufen.«

»Man soll nicht die Hühner zählen, bevor sie ausgebrütet sind, Jackson. Mr. Morgan hat Ihnen bisher noch keine Anteile verkauft.«

Plötzlich, als sie an der St. Nicholas Church Richtung Norden abgebogen waren, fuhr Gus an den Straßenrand und hielt an. Jackson bemerkte, dass die schwarze Limousine um die Ecke kam, langsamer wurde und dann weiterfuhr. In kurzem Abstand folgte ihr ein Taxi. Gus kriegte das nicht mit. Er hatte eine schwarze Haube aus dem Handschuhfach genommen.

»Tut mir leid, Jackson, aber ich muss Ihnen die Augen verbinden«, sagte er. »Stülpen Sie das einfach über den Kopf. Denken Sie dran, Mr. Morgan und sein Experte für Bodenschätze haben Golderz im Wert von hunderttausend Dollar in ihrem Büro, und sie können es nicht darauf ankommen lassen, ausgeraubt zu werden.«

Jackson zögerte. »Darum gehts nicht, Mr. Parsons. Es ist nur, na ja, sehen Sie, ich hab all das Geld bei mir ...«

Gus lachte. »Nennen Sie mich Gus, Jackson. Und zögern Sie nicht, zu sagen, was Sie meinen.«

»Es ist nicht etwa so, dass ich Ihnen nicht traue, Gus, aber ...«

»Ich verstehe, Jackson. Sie haben mich gerade erst kennengelernt, und ich könnte der Mann vom Mond sein. Hier, nehmen Sie meine Pistole, wenn Sie sich dann sicherer fühlen.«

»Also, es ist nicht so, dass ich mich mit Ihnen nicht sicher fühle ...«, sagte Jackson, nahm die Waffe und schob sie in seine rechte Manteltasche. »Es ist nur ...«

»Kein Wort mehr darüber, Jackson«, sagte Gus und zog Jackson die Haube über den Kopf. »Ich weiß schon, wie sich ein solch ehrlicher Mann in so einer Situation fühlt. Aber es lässt sich nicht ändern.«

Mit der Haube über dem Kopf bekam Jackson plötzlich Angst. Er legte seine Hand zur Beruhigung auf die Waffe und betete stumm, Goldy möge wissen, was er da tat.

Er hörte den Motor summen und fühlte, wie der Wagen anfuhr. Er bog um eine Ecke nach der anderen. Jackson versuchte die Richtung zu erraten, aber sie bogen um so viele Ecken, dass er die Orientierung verlor.

Eine halbe Stunde später verlangsamte der Wagen sein Tempo und hielt an. Jackson hatte keine Ahnung, wo er war.

»So, da sind wir, Jackson, sicher und wohlbehalten«, sagte Gus. »Ihnen ist nichts passiert. Behalten Sie die Maske nur noch ein kleines Weilchen auf, dann sind wir in dem Büro, und Sie stehen Mr. Morgan gegenüber. Geben Sie mir jetzt nur die Pistole zurück; Sie werden sie nicht mehr brauchen.«

Jackson spürte, wie ihm unter der Maske der Schweiß auf Kopf und Gesicht ausbrach. Die Straße war still. Kein Geräusch eines näher kommenden Wagens. Wenn Gus die Detectives und Goldy abgehängt hatte, dann steckte er jetzt in der Klemme.

Er griff mit der rechten Hand nach der Pistole und riss mit der linken die Haube herunter. Alles, was er in der kurzen Zeit noch sehen konnte, war die schnelle Bewegung von Gus' Hand, die auf dem Steuerrad geruht hatte, ehe sie als Faust auf seine Nase schmetterte, sodass sich sein Blickfeld mit triefend nassen Sternen füllte. Er zog seinen Kopf nach unten, rammte Gus wie ein fetter Bulle, um ihn mit seinem Gewicht herunterzudrücken, und versuchte gleichzeitig die Pistole zu ziehen. Doch Gus stieß ihn mit der Spitze seines rechten Ellbogens gegen die Luftröhre und packte Jacksons Handgelenk mit stählernem Griff, bevor er die Pistole aus seiner Tasche ziehen konnte. Die tropfnassen Sterne in Jacksons Blickfeld verwandelten sich in blutrote Ballons so groß wie Wassermelonen.

12

Die schwarze Limousine kam so schnell angebraust, dass sie sich querstellte, als sie vor ihnen hielt. Die beiden großen, gelenkigen farbigen Detectives in ihren abgetragenen grauen Mänteln und zerbeulten Filzhüten sprangen auf jeder Seite des Wagens mit Plattfüßen auf das Pflaster. Im gleichen Augenblick fuhr Goldys Taxi an den Straßenrand und parkte einen Block weiter die Straße runter, doch Goldy stieg nicht aus.

Als die beiden Detectives bei dem glänzenden Cadillac ankamen, hatten sie ihre langläufigen, vernickelten Pistolen in der Hand. Coffin Ed öffnete die Tür, und Grave Digger zerrte Gus auf die Straße.

»Lasst eure gottverdammten Finger von mir«, knurrte Gus und schlug mit einem weiten rechten Schwinger nach Grave Diggers Gesicht.

Grave Digger wich vor dem Schlag zurück und sagte: »Nur eine Ohrfeige, Ed.«

Coffin Ed schlug Gus mit der offenen Handfläche ins Gesicht. Gus' stramm sitzender Hut segelte davon, und er taumelte auf Grave Digger zu, der ihn auf die andere Wange schlug und damit zu Coffin Ed zurückwarf. Sie ohrfeigten ihn abwechselnd in rascher Folge, als ob sie Ping-Pong spielten. In Gus' Kopf begannen die Glocken zu läuten. Er verlor seinen Gleichgewichtssinn, und seine Beine begannen unter ihm nachzugeben. Sie schlugen ihn, bis er, taub für seine Umwelt, auf die Knie sank.

Coffin Ed packte ihn am Mantelkragen, damit er nicht aufs Gesicht fiel. Gus kniete schlaff zwischen ihnen, sein Glatzkopf pendelte vor seiner Brust. Grave Digger hob mit dem Lauf seiner Pistole sein Kinn hoch.

Coffin Ed sah Grave Digger über Gus' Kopf hinweg an. »Weich?«

»Noch weicher, und er wäre Gehacktes«, antwortete Grave Digger.

»Der Junge ist schlecht erzogen.«

Jackson hatte sich nicht von seinem Platz gerührt, während die Detectives Gus in die Mangel genommen hatten, aber plötzlich öffnete er die Beifahrertür und kletterte auf den Gehsteig in der Hoffnung, sich unbemerkt davonschleichen zu können.

»Halt, Junge, wir sind noch nicht fertig mit dir«, rief Grave Digger.

»Ja, Sir«, sagte Jackson kläglich. »Ich wollte mich nur gerade auf das einstellen, um zu sehen, was Sie von mir wollen.«

»Wir müssen noch in die Bude da rein.«

»Ja, Sir.«

»Bringen wir den Kerl hier wieder zu Bewusstsein, Ed.«

Coffin Ed stellte Gus auf die Füße und drückte ihm eine Halbliterflasche Bourbon in die Hand. Gus nahm einen Schluck und röchelte, aber in seinen Ohren knallte es, und er konnte wieder hören. Er war immer noch schwach auf den Beinen, als ob er sturzbetrunken wäre.

Coffin Ed nahm die Flasche und steckte sie wieder in seine Manteltasche. »Willst du jetzt mit uns zusammenarbeiten?«, fragte er Gus.

»Was bleibt mir sonst übrig?«, stellte Gus fest.

»Das ist nicht die richtige Einstellung.«

»Langsam, Ed«, warnte Grave Digger. »Wir sind mit dem Kerl noch nicht fertig. Er muss uns da noch reinbringen.«

»Das meine ich ja«, sagte Coffin Ed und sah sich um. »Ein verdammt abgelegener Ort für so einen Gaunertrick.«

»Den haben sie sich ausgesucht, um leicht verschwinden zu können. Sie meinen wohl, es sei schwierig, sie hier in die Ecke zu treiben.«

»Werden wir ja sehen.«

Über ihnen befand sich die Brücke der 155th Street, die den Harlem River von Coogan's Bluff auf Manhattan Island zu dem flachen Teil der Bronx überspannt, wo das Yankee-Stadion liegt. Die Poloplätze zeichneten sich in der Dunkelheit auf einem flachen Streifen zwischen den steilen Felsen und dem Harlem River ab. Die Eisenstreben unter der Brücke wirkten in dem fast undurchdringlichen Dunkel wie gespenstische Wachposten. Eine Spur der Hochbahn zur Bronx überquerte in der Ferne den Fluss und führte zum Bahnhof in der Nähe der Stadiontore.

Es war eine dunkle, verlassene und elende Gegend Manhattans, des Nachts schaurig, gemieden und nicht bewacht. Hier konnte einem Menschen in völliger Abgeschiedenheit der Hals durchgeschnitten werden, ohne dass jemand seine Schreie hörte oder mutig genug war, darauf zu reagieren, falls er sie hörte.

Gus' Cadillac war direkt vor einem großen Lagerhaus geparkt, das von Father Divine in einen »Himmel des Friedens« umgewandelt worden war. Das Wort »Frieden« erschien in riesigen weißen Buchstaben auf jeder Seite des Giebeldaches und war nur zu sehen, wenn man von der Brücke hinunterschaute. Das

Gebäude war später verlassen worden und lag nun in völliger Dunkelheit da.

»Hier wäre ich nicht gerne allein«, sagte Jackson.

»Keine Angst, mein Junge, wir passen auf dich auf«, beruhigte Grave Digger ihn. Er schloss Gus' Cadillac ab und steckte den Schlüssel in die Tasche.

»Okay, Kumpel, schnapp dir deinen Hut, und dann gehen wir«, sagte Coffin Ed zu Gus.

Gus hob seinen Hut auf, zog ihn glatt und setzte ihn auf. Sein Gesicht war schon so geschwollen, dass seine Augen fast geschlossen waren.

»Benimm dich so, als wär nichts passiert«, befahl ihm Grave Digger.

»Das wird nicht leicht sein«, beschwerte sich Gus.

»Kumpel, es ist besser für dich, wenn du es gut machst, egal, ob leicht oder nicht leicht.«

»Also schön, ihr Bullen, gehen wir«, sagte Gus.

Er führte sie über einen schmalen, dunklen Fußweg an dem verlassenen »Himmel des Friedens« vorbei hinunter zu einer Holzbaracke am Flussufer. Sie war dunkelgrün gestrichen, sah in der Nacht aber schwarz aus. Auf der Seite, die man vom Weg aus sah, befanden sich zwei mit Läden verschlossene Fenster, an der Front war eine schwere Holztür. Von innen drang kein Licht heraus. Kein Geräusch war zu hören, außer dem Tuckern von Schleppbooten, die Müllkähne den Fluss hinunter auf die offene See zogen.

Coffin Ed winkte Gus mit seiner Pistole zu.

Gus klopfte ein verabredetes Zeichen an die Tür. Das dauerte so lange, dass Coffin Eds Nerven kurz vor dem Zerreißen waren. Das leise Klicken beim Spannen seiner Pistole durchbrach die Stille wie die Explosion eines gewaltigen Feuerwerkskörpers, sodass Jackson schon fast aus der Haut gefahren wäre.

Plötzlich öffnete sich ein Guckfenster in der schwarzen Tür. Jacksons Herz schien ihm aus dem Hals springen zu wollen. Dann bemerkte er, dass er direkt in ein Auge blickte, das durch den Spion starrte. Er konnte das Auge nicht gut genug sehen, um es zu erkennen, aber es schien, als ob es zu ihm spräche.

Schlösser wurden betätigt und Riegel zurückgezogen, dann öffnete sich die Tür nach draußen.

Jetzt konnte Jackson das Auge und die Person, die dazugehörte, klar sehen. Ein hellgelbes, sinnliches Gesicht wurde vom Lichtschein eingerahmt. Es war Imabelles Gesicht. Sie sah Jackson fest in die Augen. Ihre Lippen formten die Worte: »Komm rein und leg ihn um, Daddy. Ich gehöre nur dir.« Dann trat sie zurück und machte ihm Platz, damit er eintreten konnte.

Ihre Worte schockierten Jackson. Unwillkürlich bekreuzigte er sich. Er wollte etwas zu ihr sagen, aber er hatte seine Stimme nicht unter Kontrolle. Er sah sie flehend an, versuchte zu schlucken und schaffte es nicht. Dann ging er hinein.

Es war ein einzelner Raum, etwa so groß wie eine Doppelgarage. Es gab zwei geschlossene Fenster auf jeder Seite und eine weitere Tür an der Rückwand, die verriegelt und verschlossen war. Dem Anschein nach war es mal das Büro eines Vorarbeiters oder eines Aufsehers irgendeiner Firma am Fluss gewesen.

Neben der Hintertür stand ein großer Schreibtisch mit einem Drehstuhl. Zwei billige Polstersessel, drei einfache Holzstühle, Aschenbecher, ein Cocktailtisch mit Glasplatte, ein Aktenschrank aus Blech und die Attrappe eines Panzerschranks aus Pappmaché, der mit schwarzem Segeltuch verdeckt war, sodass man in dem trüben Licht nur die untere Hälfte der Nummernscheibe erkennen konnte, waren offensichtlich als Staffage von den Ganoven aufgebaut worden. Sie sollten eine luxuriöse und behagliche Atmosphäre schaffen, um die Schafsköpfe zu beeindrucken, während sie geschoren wurden. Licht spendeten eine Stehlampe zwischen den Sesseln, eine Deckenlampe in einer Glaskugel und eine Tischlampe mit grünem Schirm.

Jackson blickte an Imabelle vorbei und erkannte Hank hinter dem Schreibtisch, dessen gelbes Gesicht im grünen Schein der Tischlampe wie das einer Leiche aussah.

Jodie saß auf einem Campingstuhl neben der Hintertür. Er

trug hohe Schnürstiefel und grobes Leinenzeug. Sein entkraustes Haar war grau vor Staub. Es fehlte nur noch ein räudiger Esel, und man hätte gemeint, er käme direkt von einem Bergpfad, beladen mit Goldnuggets.

Slim saß auf einem Stuhl neben dem Schreibtisch an der Wand. Über seinem Anzug trug er einen langen Laborkittel, wie er in billigen Horrorfilmen von verrückten Wissenschaftlern getragen wird. Auf der Brust hatte er ein gesticktes Schild mit der Aufschrift »US-Goldscheider«.

Bei Jacksons Anblick richteten sich alle drei kerzengerade auf und starrten ihn an.

Bevor einer eine Bewegung machen konnte, setzte Grave Digger seinen Fuß in Gus' Rücken und schob ihn mit solcher Kraft in den Raum, dass er über den Boden schoss und mit dem Kopf Jacksons Rücken rammte. Jackson fiel vornüber auf Jodie, als der gerade von seinem Campingstuhl aufstehen wollte. Jodie wurde gegen die Wand gedrückt.

Gleich darauf trat Grave Digger ein und schrie: »Ausrichten!«

Coffin Ed versperrte die Tür mit entsichertem Revolver und gab das Echo: »Abzählen!«

Slim sprang mit erhobenen Händen auf. Hank blieb wie erstarrt sitzen, die Hände auf der Tischplatte. Jodie, für einen Augenblick durch Jacksons Körper vor den Waffen der Detectives geschützt, boxte Jackson zweimal fest in den Bauch.

Jackson grunzte und packte Jodie bei der Kehle. Jodie stieß Jackson mit dem Knie in den Unterleib, sodass er mit einem schmerzerfüllten Stöhnen an Gus knallte. Gus fasste Jackson an den Schultern, um nicht zu fallen, aber Jackson dachte, er wolle ihn festhalten, und riss sich heftig los.

In blinder Wut zog Jodie sein Schnappmesser und schlitzte den Ärmel von Jacksons Mantel auf.

»Fallen lassen!«, schrie Grave Digger.

Jackson, der vor Schmerz und Zorn rot sah, trat Jodie gegen das Schienbein, als Jodie das Messer zurückzog, um ein zweites Mal zuzustechen.

Imabelle sah das gehobene Messer und schrie: »Pass auf, Daddy!«

Ihr Schrei war so gellend, dass sich jeder außer den beiden Detectives unwillkürlich duckte. Er kratzte sogar an den abgehärteten Nerven von Grave Digger. Seine Finger schlossen sich krampfhaft um den Abzug seiner Pistole, und die Explosion des Schusses in dem kleinen Raum ließ alle taub werden.

Gus hatte sich in die Schusslinie geduckt, und das .38er-Geschoss durchschlug seinen Schädel hinter dem linken Ohr und trat über dem rechten Auge wieder aus. Gus griff nach Jackson, während er sterbend zu Boden fiel, doch Jackson sprang zur Seite wie ein scheuendes Pferd, und Jodie hängte sich an ihn.

Jackson packte Jodies Handgelenk und versuchte ihn in Grave Diggers Reichweite zu stoßen, aber Jodie war stärker und schob stattdessen Jackson auf Grave Digger zu.

Hank nutzte die Verwirrung und griff ein Glas mit Säure, das vor ihm auf dem Tisch stand. Die Säure war dazu verwendet worden, den Reinheitsgrad des Golderzes zu belegen. Jetzt sah Hank die Chance, sie Coffin Ed ins Gesicht zu schütten.

Imabelle bemerkte es und schrie wieder: »Passt auf!«

Wieder duckte sich alles. Jackson und Jodie knallten versehentlich mit dem Kopf gegeneinander. Durch das Ducken geriet Slim zwischen Coffin Ed und Hank, als Hank die Säure ausschüttete und Coffin Ed schoss. Ein Teil der Säure ergoss sich über Slims Ohr und Hals, der Rest klatschte Coffin Ed ins Gesicht. Coffin Eds Schuss ging daneben und zertrümmerte die Schreibtischlampe.

Slim fuhr so heftig zurück, dass er gegen die Wand krachte.

Hank nahm im Bruchteil einer Sekunde Deckung hinter dem Schreibtisch, bevor Coffin Ed, von der beißenden Säure und äußerster Weißglut geblendet, seinen Revolver leerschoss und dabei die Schreibtischplatte und die Wand dahinter mit .38er-Kugeln durchlöcherte.

Eine der Kugeln traf einen versteckten Lichtschalter, sodass der Raum in Finsternis versank.

»Immer mit der Ruhe«, schrie Grave Digger warnend und wich zur Tür zurück, um den Fluchtweg abzuschneiden.

Coffin Ed wusste nicht, dass das Licht erloschen war. Er war ein zäher Bursche. Er musste ein zäher Bursche sein, um in Harlem als schwarzer Detective arbeiten zu können. Er presste die Augen vor dem brennenden Schmerz zu, war aber so von rasender Wut erfüllt, dass er anfing, in der Dunkelheit mit dem Pistolenknauf rechts und links um sich zu schlagen.

Er wusste nicht, dass es Grave Digger war, der mit dem Rücken gegen ihn stieß. Er spürte nur jemanden in seiner Reichweite und schlug Grave Digger mit solch erbitterter Raserei auf den Kopf, dass er ihn bewusstlos schlug. Grave Digger sank noch im gleichen Augenblick zu Boden, als Coffin Ed in die Dunkelheit fragte: »Wo bist du, Digger? Wo bist du, Mann?«

Einen Augenblick lang wurde die sprachlose Stille von einem wilden Durcheinander erfüllt. Im verzweifelten Sturm zur Tür stießen Körper zusammen. Krachendes Bersten und splitterndes Glas waren zu hören, als Stehlampe und Cocktailtisch umgestoßen und zertrampelt wurden.

Dann schrie Imabelle wieder: »Stech nicht nach mir.«

Eine wutverzerrte Stimme gellte: »Ich bring dich um, du verlogene Hure.«

Jackson stürzte sich in die Richtung, aus der Imabelles Stimme kam, um sie zu schützen.

»Wo bist du, Digger? Sag was, Mann«, schrie Coffin Ed und schlug wie wild im Dunkeln um sich. Trotz der unerträglichen Schmerzen dachte er als Erstes an seinen Partner.

»Lass sie in Ruhe, sie wars nicht«, ertönte eine andere Stimme.

Zwischen Jodie und Slim brach ein heftiger Streit aus. Jackson war auf einmal klar, dass einer von ihnen dachte, Imabelle hätte sie bei der Polizei verpfiffen, und sie jetzt deshalb umbringen wollte. Der andere protestierte. Jackson wusste aber nicht, wer der eine und wer der andere war. Er stürzte auf den Lärm der beiden Streitenden zu und war bereit, sich beide vorzuknöpfen.

Stattdessen landete er in Coffin Eds Armen. Im nächsten Augenblick wurde er durch einen Revolvergriff, der auf seinem Schädel landete, bewusstlos geschlagen.

»Bist du verletzt, Digger?«, fragte Coffin Ed ängstlich und stolperte im Dunkel über Grave Diggers ohnmächtigen Körper. »Bist du verletzt, Mann?«

»Komm, hauen wir ab!«, schrie Hank und sprang mit einem Satz durch die Türöffnung.

Imabelle lief hinter ihm her.

Wie auf ein Kommando brachen Slim und Jodie plötzlich ihren Streit ab, um hinter Imabelle herzujagen. Doch draußen, wo sie mehr sehen konnten, gingen sie wieder aufeinander los. Beide hatten offene Messer in der Hand und begannen wild aufeinander loszuhacken, stachen aber nur in die kalte Nachtluft.

Hinter der Hütte hustete ein Außenbordmotor, zuerst einmal, dann noch einmal. Beim dritten Mal sprang der Motor an. Jodie riss sich von Slim los und rannte um den Schuppen herum. Einen Augenblick später dröhnte ein Boot mit Außenbordmotor auf den Harlem River hinaus.

Slim packte Imabelle am Arm. »Komm, wir ziehen Leine, die haben uns reingelegt«, sagte er und zog sie den Fußweg hinauf zur Straße.

Plötzlich füllte sich die Nacht mit Sirenengeheul, als vier Streifenwagen näher kamen. Ein Autofahrer, der über die 155th Street Bridge gekommen war, hatte gemeldet, dass er am Harlem River Schüsse gehört hatte, und jetzt kam die Polizei angerückt wie die Panzerstaffel von General Sherman.

In Coffin Eds Ohren klang sie wie die Antwort auf ein Gebet. Der entsetzlich brennende Schmerz war für ihn fast unerträglich geworden. Er hatte seine Waffe nicht nachgeladen, weil er Angst hatte, sich dann vielleicht eine Kugel in den Kopf zu jagen. Jetzt blies er in seine Polizeipfeife, als ob er verrückt geworden wäre. Er blies so lang und laut hinein, dass Jackson wieder zu sich kam.

Grave Digger war immer noch ohnmächtig.

Coffin Ed hörte, wie Jackson sich aufrappelte, und lud rasch seine Pistole nach. Jackson hörte Patronen klicken, die in die Trommel geschoben wurden, und fühlte seine Knie weich werden.

»Wer ist da?«, rief Coffin Ed drohend.

Seine Stimme klang so laut und grob, dass Jackson zusammenfuhr und nichts mehr sagen konnte.

»Antworte, verdammt, oder ich schieß dich in zwei Hälften«, drohte Coffin Ed.

»Ich bins nur, Jackson, Mr. Johnson«, bekam Jackson gerade noch heraus.

»Jackson! Wo, zum Teufel, sind die anderen, Jackson?«

»Alle weg, nur ich nicht.«

»Wo ist mein Kumpel? Wo ist Digger Jones?«

»Weiß nicht, Sir. Hab ihn nicht gesehen.«

»Vielleicht ist er hinter ihnen her. Aber du bleibst, wo du bist, Jackson. Beweg dich nicht einen gottverdammten Schritt von der Stelle.«

»Nein, Sir. Gibts was, womit ich Ihnen helfen kann, Sir?«

»Nein, verdammt, beweg dich nur ja nicht vom Fleck. Du bist verhaftet.«

»Ja, Sir.«

Ich hätte es wissen sollen, dachte Jackson. Die wahren Ganoven waren weg, und nur ihn hatten sie geschnappt.

Er begann sich Zentimeter um Zentimeter auf die Tür zuzuschleichen.

»Bist du das, den ich da höre, Jackson?«

»Nein, Sir. Bin ich nicht.« Jackson bewegte sich ein Stück weiter. »Schwör ich bei Gott.« Noch ein Stück. »Müssen Ratten unter dem Fußboden sein.«

»Ratten, in Ordnung, Scheiße«, fluchte Coffin Ed. »Und sie werden unter der verfluchten Erde sein, bevor das hier ausgestanden ist.«

Durch die Türöffnung konnte Jackson dem verlassenen »Himmel« von Father Divine entlang die Lichter der Streifenwagen, die die Straße absuchten, hin und her blinken sehen. Er lauschte auf das Dröhnen der Motoren und das Heulen der Sirenen. Er spürte Coffin Ed hinter sich, der mit einer entsicherten .38er in der Pechschwärze seiner geblendeten Augen herumfuchtelte. Das schrille, eindringliche Gellen von Coffin Eds Polizeipfeife kratzte Schicht um Schicht von Jacksons Nerven herunter. Es klang, als ob über, unter, neben ihm und überall die Hölle ausgebrochen wäre und er nun zwischen Teufel und Fegefeuer stünde.

Besser im Laufen statt im Stehen erschossen werden, entschied er. Er duckte sich.

Coffin Ed spürte seine Bewegung. »Bist du noch da, Jackson?«, bellte er.

Jackson hechtete durch die Türöffnung, landete auf Händen und Knien und sprintete davon.

»Jackson, du Bastard!«, hörte er Coffin Ed schreien. »Heiliger Strohsack. Ich halt das nicht mehr aus. Hören die Scheißer mich denn nicht? Jackson!«, schrie er aus vollem Halse.

Drei Schüsse explodierten in der Nacht, die langen, roten Flammen aus der Mündung von Coffin Eds Revolver zuckten durch die Finsternis. Jackson hörte, wie die Kugeln die Holzwände durchschlugen. In einem Anfall von Panik galoppierte er davon und versuchte seinen kurzen schwarzen Beinen mehr Tempo zu entlocken. Es trieb ihm den Schweiß aus den Poren, Dampf schmorte in seinem eigenen Saft, laugte ihn aus, brachte ihn aus dem Schritt, machte ihn aber nicht schneller. In Harlem heißt es, ein dünner Mann kann nicht sitzen und ein dicker nicht rennen. Er versuchte, die andere Seite des alten Ziegellagerhauses, das in einen »Himmel« verwandelt worden war, zu erreichen, aber die schien so weit entfernt wie die Auferstehung von den Toten.

Hinter ihm krachten drei weitere Schüsse durch den engen Gang und trieben ihn vorwärts wie einen Hund, der brennende Lumpen am Schwanz hat. Er konnte an nichts anderes denken als an ein altes Volkslied, das er in seiner Jugend gelernt hatte:

Run, nigger, run; de patter-roller catch you;
Run, nigger, run; and try to get away ...

Sein Fuß glitt auf einer schlammigen Stelle aus, und er segelte kopfüber auf die alte hölzerne Verladebrücke hinter dem umfunktionierten »Himmel«, die im Dunkeln nicht zu sehen war. Mit einem Geräusch wie Fleisch auf einem Hackklotz schlug sein fettgepolsterter Mund auf die Kante einer schweren Planke. Der Schmerz trieb ihm Tränen in die Augen.

Als er zurücksprang und sich mit der Zunge über die geplatzten Lippen fuhr, hörte er das Trampeln von Füßen, die Polizisten gehörten und gerade auf der anderen Seite des »Himmels« waren.

Er kroch wie eine schwerfällige Krabbe, die vor einer zuschnappenden Schildkröte flieht, über die Kante der Ladebrücke. Zur Rechten befand sich eine Leiter in Reichweite, doch die sah er nicht.

Über ihm hing die 155th Street Bridge in der dunklen Nacht, geschmückt mit einer Kette erleuchteter Autos, die anhielten, während ihre Insassen den Hals verdrehten, um den Grund des Trubels herauszufinden.

Ein einsamer Schlepper, der zwei leere Müllkähne hinter sich herzog, tuckerte den Harlem River hinunter, um Müll zu laden, der für die offene See bestimmt war. Seine grünen und roten Positionslichter wurden als schimmernde Flecken von dem schwarzen Flusswasser reflektiert.

Jackson fühlte sich von beiden Seiten bedrängt; wenn die Bullen ihn nicht kriegten, bekam ihn der Fluss. Er sprang auf die Füße und begann wieder zu laufen. Seine Schritte auf den verrotteten Bohlen dröhnten in seinen Ohren wie Donnerschläge. Eine lockere Planke gab unter seinem Fuß nach, und er fiel vornüber auf den Bauch.

Ein Polizist, der um die andere Seite des »Himmels« gelaufen war und nun von der Straße her kam, beschrieb mit seiner Lampe einen weiten Bogen. Der Strahl ging über Jacksons ausgestreckte Gestalt hinweg – sie lag schwarz auf den schwarzen Bohlen – und bewegte sich am Ufer entlang.

Jackson sprang auf und begann wieder zu laufen. Das alte Volkslied ging ihm im Kopf herum:

Dis nigger run, he run his best,
Stuck his head in a hornet's nest.

Das irreführende Echo des Flusses und der Gebäude ließen seine Schritte für die Polizisten so klingen, als kämen sie aus der entgegengesetzten Richtung. Der Schein ihrer Lampen wandte sich flussabwärts, als sie vor dem Holzschuppen zusammentrafen.

»Hierher, verdammt noch mal«, hörte Jackson Coffin Eds Brüllen.

»Schon unterwegs«, kam die rasche Antwort.

»Da läuft einer davon«, hörte Jackson eine andere Stimme schreien.

Er setzte seine Füße auf den Boden und machte sich so schnell wie möglich davon, aber er brauchte so lange bis zum Ende des Kais, dass er sich fühlte, als wäre er vor Alter schlohweiß geworden und fast schon tot.

Aus den Augenwinkeln sah er, wie sich die Lichter der Polizisten flussabwärts wandten und sich ihm allmählich näherten. Und er konnte sich nirgends verstecken.

Plötzlich raste er über die Kante des Kais hinweg, ohne sie gesehen zu haben. Eben noch war er über Holzplanken gelaufen, und dann bemerkte er, wie er in der kalten Nachtluft sprintete. Im nächsten Augenblick plumpste er in einen Schlammtümpel. Seine Füße glitten so schnell unter ihm davon, dass er einen ganzen Salto schlug.

Die Lichtstrahlen oben auf dem Dock schossen über ihn hinweg und zogen sich an der Kante des Wassers entlang wieder zurück. Er war durch das Dock geschützt und für den Moment jedenfalls sicher im Schatten aufgehoben.

Zu seiner Linken erstreckte sich ein Gang: eine schmale Öffnung zwischen den Ziegelmauern des »Himmels« und den Wellblechwänden des angrenzenden Lagergebäudes. Weiter unten, eine Ewigkeit entfernt, befand sich ein schmales, erleuchtetes Rechteck, wo sich der enge Spalt auf die Straße hin öffnete. Er jagte darauf zu, rutschte im Schlamm aus, fing sich auf den Händen ab und tapste die nächsten zehn Meter wie ein Bär auf allen vieren voran. Als er harten Boden unter seinen Füßen spürte, richtete er sich auf. Er befand sich in einem engen Gang; er war so schnell hineingelaufen, dass er feststeckte, ehe er sich dessen bewusst wurde. Er wand und bog sich in blinder Panik, wie ein schwarzer Don Quijote, der allein gegen zwei große Lagerhäuser kämpft; er drehte sich seitwärts und lief wie eine Krabbe auf die Straße zu.

Der Gang war mit Konservendosen, Bierflaschen, wassergetränkten Pappkartons, Splittern von Holzkisten und sonstigem Abfall übersät. Jacksons Schienbeine kriegten allerlei Hiebe ab. Sein Mantel wurde von beiden Wänden gescheuert, während er seinen fetten Körper durch die enge Öffnung zwängte und dabei in seltsamer Weise seitwärts lief, der rechte Fuß nach vorn tapsend, den linken hinterherziehend.

Er konnte dieses verdammte Lied nicht aus dem Kopf kriegen. Es war wie ein Geist, der ihn jagte:

Dat nigger run, dat nigger flew,
Dat nigger tore his shirt in two.

13

Als Slim und Imabelle auf den Bürgersteig gelangten, heulte der erste Polizeiwagen mit hundertvierzig Kilometern die Stunde über die Eighth Avenue. Seine roten Lichter funkelten in der schwarzen Nacht wie Dämone, die aus der Hölle geflohen waren.

Slims Auto war zu weit weg geparkt, als dass die beiden es hätten erreichen können. Er versuchte es mit Gus' Cadillac, fand ihn aber verschlossen. Zum Glück stand ein Stück weiter, vor dem Cadillac, ein Taxi am Straßenrand.

Slim sah die Barmherzige Schwester an, die auf dem Rücksitz saß, und erkannte in ihr die schwarze Nonne, die man ihm vor Blumsteins Department Store als Spitzel gezeigt hatte. Er riss die

Tür auf, sprang als Erster hinein und zog Imabelle hinter sich her.

»Ein Notfall«, schrie er den Fahrer an. »Knickerbocker Hospital, aber flott.«

Er wandte sich an die Nonne: »Meine Frau hat irgendein Gift getrunken. Muss sie unbedingt ins Krankenhaus bringen.«

Die Verätzungen auf Slims Wange und Hals befanden sich auf der anderen Seite, doch Goldy hatte die Säureverbrennungen an der Schulter von Slims khakifarbenem Labormantel bereits bemerkt und wusste, dass also auch mit Säure gespritzt worden war. Er hatte die Schüsse gehört und ging davon aus, dass bei so viel Kugeln aus den Pistolen von Meisterschützen wie Grave Digger und Coffin Ed jemand tot sein musste. Er konnte nur hoffen, dass es nicht Jackson war, sonst musste er sich einen Weg ausdenken, wie er allein in den Besitz der Truhe gelangen konnte. Und das würde schwierig sein, weil Imabelle nicht wusste, dass er Jacksons Bruder war.

Im Augenblick war es die Hauptsache, bei ihnen keinen Verdacht zu erwecken.

»Habt Vertrauen in den Herrn«, flüsterte er heiser und versuchte möglichst einfältig zu erscheinen. »Lasst keinen Kummer in euer Herz.«

Slim warf ihm einen misstrauischen Blick zu, und für einen Moment fürchtete Goldy, dass er es übertrieben hatte. Doch Slim murmelte nur: »Kummer gibts erst, wenn wir hier nicht bald verschwinden.«

Imabelle war ohne ihren Mantel davongelaufen, und plötzlich zitterte sie vor Kälte.

Bevor das Taxi in den zweiten Gang geschaltet hatte, schnitt ihm ein Streifenwagen den Weg ab. Slim fluchte. Imabelle legte ihren Arm um Slims Schulter und lehnte ihren Kopf gegen seine Wange, um die Verätzungen zu verdecken. Zwei Polizisten sprangen aus dem Wagen, stelzten zu dem Taxi zurück und richteten ihre Lampen auf die Insassen. Als sie die Barmherzige Schwester sahen, salutierten sie respektvoll.

»Haben Sie jemanden hier vorbeilaufen sehen, Schwester?«, fragte einer von ihnen.

»Es ist keiner vorbeigekommen«, antwortete Goldy wahrheitsgemäß und wandte sich an seine Begleiter. »Haben Sie jemanden vorbeikommen sehen?«

»Ich hab keinen gesehen«, nahm Slim schnell den Faden auf und warf Goldy noch einen abschätzenden Blick zu. »Nicht eine Menschenseele.«

Zwei weitere Streifenwagen hielten mitten auf der Straße, der eine vor, der andere hinter ihnen. Vier Polizisten sprangen mit Stiefelgeklapper auf das Pflaster, doch ihre Kollegen, die die Insassen des Taxis verhörten, winkten ab. Sie drehten sich unschlüssig um, rannten dann zu ihren Wagen zurück und brausten in Richtung des dunklen Parkplatzes neben den Poloplätzen davon.

»Wohin wollen Sie denn?«, richtete der Polizist seine Frage an Goldy.

Goldy legte die Zeigefinger quer über das Goldkreuz auf seiner Brust und sagte feierlich: »Zum Himmel, lobet den Herrn, erbarme dich unserer Seele.«

Die Polizisten glaubten, er vollführe irgendein kabbalistisches Ritual, und zögerten. Doch Goldy hatte gesehen, wie der junge farbige Fahrer sich halb umgedreht und dann zurückgewandt hatte und jetzt starr geradeaus blickte. Er spürte, wie Slim auf dem Platz neben ihm zitterte. Verzweifelt versuchte er die Polizisten hinzuhalten und zugleich Slim davon abzubringen, seine Lüge zu wiederholen, er wolle Imabelle zum Krankenhaus bringen, denn ein Blick auf Imabelle genügte, um zu erkennen, dass sie so gesund war wie eine Zuchtstute.

»Vielleicht sind sie den Weg gegangen«, fügte er hinzu, bevor die Polizisten ihre Frage wiederholen konnten, und beschrieb zwei Kreise mit seinem Goldkreuz.

Die Polizisten starrten sie fasziniert an. Sie hatten viele merkwürdige religiöse Sekten in Harlem gesehen, und sie respektierten auf Anordnung des Polizeipräsidenten die Religion der Farbigen. Doch diese Nonne sah aus, als würde sie den Teufel verehren.

Schließlich fragte einer der Polizisten feierlich: »Welchen Weg?«

»Der Weg des Sünders ist dornenreich«, gab Goldy zur Antwort.

Die Polizisten sahen einander an.

»Lass uns weitermachen«, sagte der erste Polizist.

Der zweite Polizist schaute Slim und Imabelle noch einmal prüfend an. »Sind die beiden Ihre Anhänger, Schwester?«, fragte er.

Plötzlich steckte Goldy das goldene Kreuz in seinen Mund und spuckte es dann aus. »›Und ich nahm das kleine Buch aus der Hand des Engels und aß es‹«, rezitierte er geheimnisvoll. Er wusste, dass ein weißer Polizist in Harlem am leichtesten dadurch zu irritieren war, dass man in kurioser Weise aus der Bibel zitierte.

Die Polizisten rissen die Augen auf. Ihre Wangen blähten sich, und ihre Gesichter liefen rot an, während sie ein Lachen zu unterdrücken versuchten. Respektvoll tippten sie sich an die Mützen und gingen schnell davon. Sie waren verwirrt, hatten aber keinen Verdacht geschöpft.

»Glaubst du, dass sie betrunken ist?«, fragte der eine, laut genug, dass die im Wagen es hören konnten.

Der andere zuckte die Schultern. »Wenn nicht, dann bekifft.«

Sie gingen zu ihrem Streifenwagen zurück, machten auf quietschenden Reifen eine Kehrtwendung und brausten davon in Richtung der Kais unter der Brücke.

Es hatten sich schon Zuschauer versammelt, die wie halbbekleidete Gespenster aus der Dunkelheit auftauchten.

Das Taxi fuhr wieder an. Der Fahrer lenkte es vorsichtig an den Streifenwagen vorbei.

»Scheiß drauf, Arschloch«, knurrte Slim.

Der Fahrer behielt seine starre Kopfhaltung bei, aber das Taxi beschleunigte die Fahrt und raste die Eighth Avenue hinunter. Selbst der Hinterkopf des Fahrers sah verängstigt aus.

»Verdammt, lass die Finger von mir«, fluchte Slim und schob Imabelle beiseite. »Ich verbrenne.«

»Sprich nicht so zu mir«, sagte sie und kramte in ihrer Handtasche.

»Wenn du mit einem Messer auf mich losgehen willst ...«, legte Slim los, doch sie schnitt ihm das Wort ab: »Halts Maul.« Sie reichte ihm eine Dose mit Gesichtscreme. »Hier, trag das auf deine Verbrennungen auf.«

Er schraubte den Deckel ab und schmierte die weiße Creme dick auf seine Brandwunden.

»Hank hätte das nicht tun sollen«, sagte Imabelle.

»Halt du auch dein Maul«, brummte Slim. »Weißt du nicht, dass die alte Nonne hier ein Spitzel ist?«

Goldy spürte, wie Imabelle ihn neugierig ansah, und beugte seinen Kopf über das Goldkreuz, als wäre er in andächtige Meditation versunken.

»Du verdächtigst auch jeden«, sagte Imabelle zu Slim. »Wie soll sie denn wissen, wovon wir reden?«

»Wenn du noch weiterredest, zwingst du mich, ihr den Hals durchzuschneiden.«

»Immer nur die Tour mit dem Messer.«

»›Das Leid ist vorüber‹«, rezitierte Goldy salbungsvoll.

»Ein Glück, dass sie high ist«, meinte Slim.

Ein Krankenwagen kam quietschend die Straße rauf.

Keiner sagte mehr ein Wort, bis sie das Knickerbocker Hospital erreicht hatten. Slim ließ das Taxi vor dem Haupttor halten, statt es die Rampe zum Noteingang hinauffahren zu lassen. Er folgte Imabelle nach draußen, nahm sie am Arm und drängte sie die Treppen hinauf, ohne anzuhalten, um das Fahrgeld zu bezahlen. Goldy gab dem Fahrer Anweisung, um den Block zu fahren. Als sie zurückkamen, stiegen Slim und Imabelle gerade in ein Taxi vor ihnen wieder ein.

Goldy befahl seinem Fahrer, ihnen zu folgen. Der Fahrer murrte: »Hoffe, wir kriegen keinen Ärger, Ma'am.«

»›Es waren dort vierundzwanzig alte Männer‹«, zitierte Goldy und gab damit dem Fahrer einen Tipp für das Zahlenlotto des Tages. Er wusste, dass die meisten Leute in Harlem glaubten, dass heilige Menschen geradewegs in den Himmel schauen und jederzeit die Zahlen, die an dem betreffenden Tag kamen, voraussehen konnten.

Der Fahrer begriff. Er drehte den Kopf und zeigte der Nonne lächelnd seine Zähne. »Ja, Ma'am, vierundzwanzig Alte. Wer von den Alten kommt denn zuerst, was meinen Sie?«

»Vier der Alten werden die anderen zwanzig anführen«, sagte Goldy.

»Ja, Ma'am.«

Der Fahrer beschloss, noch vor 12 Uhr desselben Tages in jeder von Harlems vier großen Lotto-Annahmestellen fünf Dollar auf 420 zu setzen, so wahr er Beau Diddley hieß.

Sie folgten dem Taxi von Slim und Imabelle, bis es vor einem jener dunklen Mietshäuser, die nur über kaltes Wasser verfügten, in der Upper Park Avenue parkte. Doch sie waren so dicht hinter ihnen her, dass sie weiterfahren mussten, als das Taxi anhielt. Goldy duckte sich auf dem Rücksicht, um nicht gesehen zu werden. Er wusste, dass sie die Verfolgung nicht mitgekriegt hatten, weil sie nicht versucht hatten, ihn abzuschütteln, aber er war sich nicht sicher, ob sie sein Taxi wiedererkannten oder nicht, als es vorbeifuhr. Er musste das Risiko eingehen.

Als sie den Block zum zweiten Mal umrundeten, war das andere Taxi verschwunden. Goldy betrachtete die Front des Mietshauses und überlegte, ob er hineingehen und nach der Wohnung suchen sollte.

Nach einer Weile leuchtete jedoch kurz eine Lampe in einem Vorderfenster im zweiten Stock auf, bevor dort der Vorhang vorgezogen wurde. Das reichte ihm. Er wies den Fahrer an, ihn beim Tabakladen in der 121st Street abzusetzen.

Jackson war nirgends in Sicht. Goldy begann sich Sorgen zu machen. Er schloss den Laden auf, ging nach hinten zu seinem Zimmer, zündete die Kerosinlampe an und bereitete sich dann seine K&M-Mischung auf.

Er hatte Jackson angewiesen, dorthin zurückzukommen, falls es Ärger gab. Aber er hatte keine Ahnung, ob Jackson tot war oder nicht. Und es war noch zu früh, um im Revier anzurufen und zu fragen, ob Grave Digger oder Coffin Ed etwas zugestoßen war. Die weißen Bullen wären dadurch nur misstrauisch geworden und hätten ihn auch eingebuchtet.

Als die Dröhnung in seinem Hirn zu wirken begann, sah er jeden tot vor sich liegen. Er gab sich eine weitere Spritze, um die Angst zu unterdrücken.

14

Als Jackson aus dem engen Gang heraustrat, hatte sich auf der Straße schon eine Menschenmenge versammelt. Er sah aus wie irgendein Ding, das der Harlem River ausgespuckt hatte. Sein Mantel war zerrissen, die Knöpfe und ein Ärmel fehlten, er selbst war von schwarzem Unrat und tropfendem, schmierigem Schlamm bedeckt. Sein Mund war geschwollen, seine Augen gerötet, und er sah halb tot aus.

Doch die anderen Leute sahen auch nicht viel besser aus. Die Revolverschüsse und das Sirengeheul der Streifenwagen hatten sie aus dem Bett gejagt, um nach der Ursache der Aufregung zu sehen. Das hier klang wie eine königliche Schlacht, und Schießereien, Messerstechereien sowie sterbende und tote Menschen boten für Harlem eine gute Show.

Männer, Frauen und Kinder waren auf der Straße zusammengelaufen, in Decken oder zwei bis drei Mäntel gehüllt, die Schlafanzugbeine waren über den Stulpen von Gummistiefeln zu sehen. Sie hatten Handtücher um den Kopf gewickelt, manche waren in schmutzige Lumpen gehüllt, die sie in aller Eile vom Boden aufgelesen hatten. Im Vergleich zu einigen dieser Gestalten sah Jackson wie ein eleganter Mann aus.

Die meisten Leute drängten sich um die Polizeikette, die den Zugang zu dem Fußweg auf der anderen Seite des »Himmels«

abriegelte, der ebenfalls zu dem Schuppen hinunterführte, wo die Schießerei stattgefunden hatte. Hälse waren verrenkt, die Leute standen auf Zehenspitzen, manche saßen huckepack auf dem Rücken anderer, nur um zu sehen, was geschah.

Bloß ein Mann, der wie ein schwarzer Kokon in ein schmutzig gelbes Laken gehüllt war, sah Jackson aus der Öffnung schlüpfen. Zwei Polizisten kamen eben näher, deshalb blinzelte er nur.

Die Polizisten sahen Jackson misstrauisch an und wollten ihn gerade vernehmen, als auf der anderen Straßenseite eine Schlägerei ausbrach. Sie beeilten sich, um den Trupp uniformierter Polizisten zu erreichen, der auf die Kämpfenden zuging.

Jackson folgte rasch und mischte sich unter die Menge.

»Lasst die Nigger sich doch prügeln«, hörte er jemanden sagen.

»Fang einen Streit an, und schon wollen sich alle prügeln«, meinte ein anderer.

»Jeder in Harlem schlägt sowieso gleich um sich. Der kleinste Furz, und sie haben sich in den Haaren.«

Jackson konnte die Kämpfenden nicht sehen, aber er hielt auf das Zentrum der Menge zu und versuchte unterzutauchen.

Ein Mann sah ihn an und sagte: »Der Witzbold hat sich auch gestritten. Mit wem warst du im Clinch, Kleiner, mit deiner Alten?«

Jemand lachte.

Jackson bemerkte, wie ein Polizist ihn ansah. Er schlug eine andere Richtung ein.

»Die haben einen Bullen erledigt«, sagte eine Stimme. »Total erledigt.«

Die Menge wandte sich wieder der Polizeikette zu. Die Schlägerei schien geschlichtet zu sein.

»Weißer Bulle?«

»Ja, Mann.«

»Dann reißen die in Harlem noch jemandem den Arsch auf, bevor die Nacht vorbei ist.«

»Kannste wohl sagen.«

Jackson hatte sich bis ans Ende der Menschenmenge durchgedrängt und sah sich nun den beiden Polizisten gegenüber, die ihn zuerst bemerkt hatten.

»He, du«, rief einer der beiden.

Er tauchte wieder in der Menge unter, und die Polizisten begannen hinter ihm her zu pflügen.

Plötzlich richtete sich die Aufmerksamkeit der Menge auf das Knurren aufgebrachter Hunde. Es klang wie ein Rudel Wölfe, die um einen Kadaver stritten.

»He, Mann, guck dir das an«, schrie jemand.

Die Leute rückten geschlossen auf das Geheul der kämpfenden Hunde zu und drückten Jackson von den Polizisten, die ihn verfolgten, weg.

Auf der anderen Seite des »Himmels« – direkt vor dem Gang, durch den Jackson entkommen war – wälzten sich zwei riesige Hunde, die in einem wilden Kampf nacheinander schnappten, knurrten und geiferten. Der eine war ein Dobermann-Pinscher von der Größe eines ausgewachsenen Wolfs, der andere eine Dänische Dogge, so groß wie ein Shetland-Pony. Sie gehörten zwei Zuhältern, die mit ihnen auf die Straße gegangen waren, als die Schießerei losging. Die Zuhälter mussten zwei- bis dreimal in der Nacht mit ihnen rausgehen, weil die Wohnungen, in denen sie lebten, so klein waren, dass sie die Hunde die ganze Zeit über an der Kette halten mussten, und die jaulten dann und hielten sie damit wach. Die Köter waren so scharf, dass sie gleich übereinander hergefallen waren.

Sie rollten sich vor und zurück über den Gehsteig, in die Gosse hinein und wieder heraus, ihre Fänge blitzten in dem schummerigen Licht wie ein Maul voller Messer auf. Die Zuhälter schlugen mit ihren Eisenketten auf die kämpfenden Hunde ein. Andere wichen zurück, wenn die Hunde auf sie zurollten.

»Ich setz fünf Piepen, dass der schwarze Köter den anderen erledigt«, sagte ein Mann.

»Wen willst du verarschen?«, antwortete ein anderer. »Ich setz jeden Tag im Jahr auf schwarze Hunde.«

Die Polizisten ließen vorerst von Jackson ab, um die Hunde voneinander zu trennen. Sie näherten sich vorsichtig mit gezückten Pistolen.

»Schießen Sie nicht auf meinen Hund, Mister«, bat einer der Zuhälter.

»Die tun keinem was«, fügte der andere hinzu.

Die Polizisten zögerten. »Warum tragen die Hunde keinen Maulkorb?«, fragte einer von ihnen.

»Haben sie ja«, log der eine Zuhälter. »Aber sie haben die Maulkörbe verloren, als sie zu balgen anfingen.«

»Es gibt nur eine Art, sie zu trennen, nämlich mit Feuer«, meinte ein Zuschauer.

»Die Hunde sollte man abknallen«, riet ein anderer.

»Wer hat eine Zeitung?«, fragte der erste Zuhälter.

Jemand rannte los, um von einem Lumpenwagen, der ein Stück entfernt am Straßenrand stand, einige Zeitungen zu holen. Es war ein klappriger Karren mit Pappwänden und O-beinigen Rädern, der von einem räudigen, halb blinden und schiefbeinigen Pferd gezogen wurde, das in seinem Leben kein Gras mehr fressen würde. Der Lumpensammler, dem es gehörte, hatte sich zu der Menge um die kämpfenden Hunde gesellt.

Ein Mann nahm eine Zeitung von dem Stapel, den der Trödler gesammelt hatte, und brachte sie im Laufschritt herbei. Er drehte sie zu einer Fackel zusammen, und ein anderer entzündete sie, um sie zwischen die kämpfenden Hunde zu werfen. In dem schwachen Licht, das die Flamme spendete, konnte man sehen, wie sich die entblößten Fänge des Dobermanns in der Kehle der Dogge vergruben.

Der Polizist beugte sich vor und schlug dem Dobermann mit dem Griff seines Revolvers auf den Kopf.

»Bringen Sie meinen Hund nicht um«, jaulte der Zuhälter.

Jackson entdeckte den Karren, lief darauf zu, kletterte auf den Sitz, nahm die Zügel aus ausgefranstem Seil in die Hand und sagte: »Hü.«

Das Pferd streckte seinen räudigen Hals und drehte seinen

Kopf nach Jackson um. Es kannte die Stimme nicht, aber sein Blick reichte nicht so weit, um Jackson zu sehen.

»Hü«, wiederholte Jackson und drosch mit dem Seil auf die Flanken des Pferdes ein.

Das Pferd reckte seinen Hals und setzte sich in Bewegung. Aber es bewegte sich langsam wie in einer Zeitlupenaufnahme. Bei jedem Schritt setzte es gemächlich ein Bein vors andere, als ob es gelassen durch die Luft schwebe.

Ein Polizist, den Jackson zuvor nicht gesehen hatte, tauchte plötzlich auf und hielt ihn an. »Waren Sie die ganze Zeit hier?«

»Nee, Sir. Kam grad erst hier an«, sagte Jackson und sprach in einem Dialekt, mit dem er den Polizisten überzeugen wollte, dass er ein echter Lumpensammler war.

Der Polizist hegte daran keinen Zweifel. Ihm ging es nur um Informationen. »Und Sie haben niemanden vorbeilaufen sehen, der irgendwie verdächtig aussah?«

»Der kam grad erst her«, sagte der Mann, der bemerkt hatte, wie Jackson zwischen den beiden Gebäuden aufgetaucht war. »Hab ich selbst gesehen.«

In Harlem war es ungeschriebenes Gesetz, dass ein Farbiger dem anderen half, wenn er einen weißen Bullen anlog.

»Sie hab ich nicht gefragt«, sagte der Polizist.

»Hab keinen gesehn«, sagte Jackson. »Sitz nur hier rum und kümmer mich um meinen Kram und hab keinen gesehn.«

»Wer hat Ihnen denn ins Gesicht geschlagen?«

»Zwei junge Burschen wollten mich ausrauben. Aber das war kurz nachdems dunkel wurde.«

Der Polizist war gereizt. Farbige zu verhören brachte ihn jedes Mal aus der Fassung. »Zeigen Sie mal Ihre Lizenz«, verlangte er.

»Jawoll, Sir.« Jackson fing an, in seinen Manteltaschen zu kramen, mal in der einen, mal in der anderen. »Hab sie gleich.«

Ein Sergeant rief zu dem Polizisten herüber: »Was haben Sie mit dem Mann da vor?«

»Verhöre ihn nur.«

Der Sergeant sah Jackson kurz an. »Lassen Sie ihn gehen.

Kommen Sie und helfen Sie mit, den Eingang abzusperren.« Er deutete auf die Passage, durch die Jackson entwischt war. »Wir haben da irgendwo einen Mann in der Zange, er könnte versuchen, hier durchzukommen.«

»Ja, Sir.« Der Polizist ging, um das Schlupfloch abzuriegeln.

Jacksons farbiger Freund blinzelte ihm zu. »Der Chef ist weg, wie?«

Jackson wechselte einen Blick mit ihm. Er konnte es nicht wagen, zurückzublinzeln. »Hü«, sagte er zu dem Klepper und schlug ihm mit dem Zügel in die Flanken.

Gleichgültig gegenüber Jacksons Schlägen bewegte sich der Gaul in Zeitlupe von der Stelle. In dem Moment schaute der Lumpensammler aus der Menge auf, um sich zu vergewissern, ob sein Eigentum sicher sei, als er sah, wie Jackson mit seinem Wagen davonfuhr. Er blickte ihn an, als ob er es nicht glauben könnte.

»Mann, der Wagen ist meiner.«

Er war ein alter Mann, gekleidet in abgewetzte Lumpen und eine Pferdedecke, die er wie einen Schal trug. Er hatte ein schwarzes Wolltuch wie einen Turban um den Kopf gewickelt und darauf einen schmierigen Schlapphut gesetzt. Krauses weißes Haar, das unter dem Turban hervorschaute, ging in einen krausen weißen Bart über, der vor Schmutz und Tabaksaft starrte. Dazwischen zeigte sich ein runzliges schwarzes Gesicht mit wässerigen alten Augen. Seine Schuhe waren in Jutesäcke gewickelt, die von einer Kordel zusammengehalten wurden. Er sah aus wie Onkel Tom persönlich, völlig verloren und fehl am Platz in Harlem.

»He!«, schrie er Jackson mit hoher, klagender Stimme nach. »Du klaust meinen Wagen.«

Jackson peitschte auf den Gaul ein und versuchte zu entkommen. Der Lumpensammler lief ihm mit schlurfendem Gang hinterher. Der Gaul wie auch sein Besitzer liefen so langsam, dass Jackson schon meinte, die ganze Welt wäre in den Kriechgang verfallen.

»He, der hat mir den Wagen geklaut.«

Ein Polizist sah sich nach Jackson um. »Haben Sie dem Mann den Wagen gestohlen?«

»Nee, Sir. Der da ist mein Pa, er sieht nicht gut.«

Der Lumpensammler packte den Polizisten beim Kragen. »Ich bin nicht dein Pa, und ich seh genug, dass ich noch weiß, dass du gerade meinen Wagen stiehlst.«

»Pa, du bist betrunken«, sagte Jackson.

Der Polizist beugte sich vor und roch an dem Atem des Lumpensammlers. Er wich schnell zurück und stöhnte: »Puh.«

»Komm und steig auf, Pa«, sagte Jackson und blinzelte dem Lumpensammler über den Kopf des Polizisten zu.

Der Trödler kannte den Kodex. Jackson wollte sich aus dem Staub machen, und er sollte nicht derjenige sein, der ihn an einen weißen Polizisten verpfiff.

»Hab gar nicht gesehen, dass dus warst, Kleiner«, sagte er und stieg auf den Sitz neben Jackson.

Der Polizist zuckte die Achseln und wandte sich angewidert ab.

Der Lumpensammler fischte eine schmierige Ladung Kautabak aus seiner Manteltasche, pustete den Staub davon fort, biss ein Stück ab und bot es Jackson an. Jackson lehnte ab. Der Lumpensammler stopfte das abgebrochene Stück wieder in seine Taschen, griff nach den Zügeln, klopfte sie leicht ab und keuchte: »Hü, Jebusite.«

Jebusite trottete los, als würde er im Äther schweben. Der Lumpensammler lenkte ihn zwischen der Ansammlung von Streifenwagen hindurch, die in allen möglichen Richtungen auf der Straße parkten wie Panzer, die in der Wüste verreckt waren.

Weiter unten an der Straße waren Zivilautos geparkt, andere kamen hinzu, Neugierige drängten sich aus allen Richtungen herbei. Gerüchte, dass ein weißer Polizist getötet worden war, hatten die Nachbarschaft wie ein Blitz getroffen.

Der Lumpensammler sagte keinen Ton, bis sie fünf Blocks gefahren waren. Dann fragte er: »Warst du das?«

»War ich was?«

»Den Bullen fertig gemacht?«
»Ich hab nichts getan.«
»Wozu läufst du dann weg?«
»Ich will nur nicht gefasst werden.«

Der Lumpensammler verstand. Farbige in Harlem wollten nicht von der Polizei gefasst werden, ob sie was ausgefressen hatten oder nicht.

»Ich auch nicht«, sagte er. Er spuckte einen Strahl Tabaksaft auf die Straße und wischte sich mit dem Rücken seines schmutzigen Baumwollhandschuhs über den Mund. »Hast du was klein?«

Jackson wollte seine Rolle aus der Tasche ziehen, überlegte es sich aber, schälte eine Dollarnote ab und gab sie dem Lumpensammler.

Der Trödler betrachtete sie aufmerksam und versteckte sie dann unter seinen Lumpen. In der 142nd Street, direkt vor dem Haus, wo Jackson und Imabelle gewohnt hatten, hielt er sein Pferd an, stieg ab und begann in dem Müllhaufen herumzustochern.

Zum ersten Mal, seit er auf der Flucht war, dachte Jackson an Imabelle. Sein Herz schlug höher und pochte in seinem Hals.

»He«, rief er. »Nimmst du mich mit zur 121st Street?«

Den Arm voller Müll, sah der Lumpensammler auf. »Hast du noch was klein?«

Jackson schälte eine weitere Dollarnote ab. Der Lumpensammler warf den Müll hinten auf den Karren, stieg wieder auf seinen Sitz, verstaute den Dollar und schüttelte die Zügel. Der Gaul trabte los.

Sie fuhren in Schweigen gehüllt davon.

Jackson fühlte sich am Boden zerstört. Auf ihn war eingedroschen, gestochen, geschossen worden, die Haut hatte man ihm abgezogen, er war gehetzt und erniedrigt worden. Die Beule an seinem Kopf jagte Schmerzen durch seinen Schädel, als würde sich ein Meißel durch Stahl bohren, und seine verquollenen, aufgeschlagenen Lippen klopften wie Trommeln.

Er wusste nicht, ob Goldy Imabelles Adresse ausfindig gemacht hatte, ob man sie festgenommen hatte, ob sie tot oder lebendig war. Er wusste kaum noch, wie er selbst lebend davongekommen war, aber das war unwichtig. Er saß da, fuhr auf einem Lumpenkarren und wusste überhaupt nichts. Ihm war nur klar, dass gerade in diesem Augenblick sein Mädchen in tödlicher Gefahr sein konnte, und, was schlimmer war, nachdem die Bande jetzt wusste, dass die Polizei ihr auf den Fersen war, konnte sie sich mit Imabelles Golderz aus dem Staub machen. Aber wenn sie nur Imabelle in Ruhe ließen, kümmerte ihn das nicht.

Von außen waren seine Kleider nass von der Pfütze, in die er gefallen war, und von innen von seinem eigenen Schweiß. Und das eine wie das andere war eiskalt. Er saß vor Kälte und Kummer zitternd da und konnte nichts tun.

Farbige gingen auf den dunklen Gehsteigen vorüber, umgingen vorsichtig, den Kopf gesenkt, die dunklen, gefährlichen Hauseingänge. Jeder von ihnen sah aus, als stecke er in Schwierigkeiten.

Farbige und Schwierigkeiten, dachte Jackson, zwei Esel, die vor denselben Karren gespannt sind.

»Ist dir kalt?«, fragte der Lumpensammler.

»Nicht gerade warm.«

»Was trinken?«

»Hast du denn was?«

Der Lumpensammler fischte eine Flasche mit Fusel aus seinen Kleiderfetzen. »Hast du noch was klein?«

Jackson schälte eine weitere Dollarnote ab, reichte sie dem Lumpensammler, nahm die Flasche und setzte sie an den Mund. Seine Zähne klapperten am Flaschenhals. Der Fusel brannte in seinem Rachen und kochte in seinem Magen. Aber es ging ihm nicht besser.

Er reichte die halb leere Flasche zurück.

»Hast du 'ne Frau?«, fragte der Lumpensammler.

»Hab ich«, antwortete Jackson kläglich. »Ich weiß aber nicht, wo sie ist.«

Der Lumpensammler sah Jackson an, dann die Schnapsflasche und gab sie Jackson zurück. »Behalt sie«, sagte er. »Hast sie nötiger als ich.«

15

Goldy stand im Dunkeln und schaute durch die Glastür des Tabakladens, als Jackson gerade von dem Karren stieg. Er öffnete die Tür, um ihn hereinzulassen, und verschloss sie wieder hinter ihm.

»Hast du herausbekommen, wo sie ist?«, fragte Jackson sofort.

»Komm mit nach hinten in mein Zimmer, da können wir reden.«

»Reden? Wozu?«

»Sei still, Mann.«

Sie tasteten sich wie zwei Gespenster durch die Dunkelheit, ohne einander sehen zu können. Jackson war über jede vergeudete Sekunde ungehalten. Goldy überlegte derweil, wo er das Golderz verstecken könnte, wenn er es erst einmal hätte.

Goldy schaltete das Licht in seinem Zimmer an und verriegelte die Tür von innen mit dem Vorhängeschloss.

»Warum verschließt du die Tür?«, protestierte Jackson. »Hast du nicht rausgekriegt, wo sie ist?«

Bevor er antwortete, ging Goldy um den Tisch herum und setzte sich. Seine Perücke und die Haube lagen auf dem Tisch neben einer halb leeren Flasche Whiskey. Mit seinem runden schwarzen Kopf, der aus dem weiten schwarzen Gewand herausragte, sah er wie eine afrikanische Skulptur aus. Er war so bekifft, dass er eingebildete Flecken von seiner Robe wischte.

»Natürlich hab ich rausgekriegt, wo sie ist, aber erst mal muss ich wissen, was eigentlich passiert ist.«

Jackson stand in der Tür. Er begann vor Wut zu beben. »Goldy, schließ die Tür auf. So komm ich mir vor, als wäre ich nur einen halben Meter vom Gefängnis entfernt.«

Goldy stand auf, um die Tür aufzuschließen, seine Schultern zitterten von dem Rauschgift. »Oh, verdammt, setz dich und reg dich ab«, murmelte er. »Trink von dem Whiskey da. Du machst mich nervös.«

Jackson trank aus der Flasche. Seine Zähne klapperten so laut am Flaschenhals, dass Goldy zusammenfuhr.

»Mann, lass das. Hörst dich an wie 'ne Klapperschlange.«

Jackson knallte die Flasche auf den Tisch und warf Goldy einen wutschnaubenden Blick zu. »Vorsicht, Bruder, sei vorsichtig. Ich hab heute Nacht von allen möglichen Leuten mehr eingesteckt, als ich vertragen kann. Erzähl mir nur, wo mein Mädchen ist, und ich hol sie mir.«

Goldy setzte sich wieder und fing an, sein Kreuz mit schnellen, fahrigen Bewegungen zu polieren. »Erzähl du mir erst, was passiert ist.«

»Du müsstest wissen, was passiert ist, wenn du rausgekriegt hast, wo sie ist.«

»Hör zu, Mann, auf die Art verschwenden wir nur unsere Zeit. Ich war nicht dabei, als der Krawall losging. Ich saß draußen im Taxi, als sie und Slim rauskamen und bei mir einstiegen und er behauptete, sie wäre seine Frau und hätte Gift genommen, und er müsste sie ins Knickerbocker Hospital bringen. Sie fuhren mit mir zum Krankenhaus, sind ausgestiegen und haben das Taxi gewechselt. Dann sind sie zu dem Haus in der Park Avenue gefahren, wo sie wohnen. Ich bin ihnen gefolgt, das ist alles, was ich weiß. Jetzt erzähl du mir, was da in dem Schuppen passiert ist, dann können wir uns überlegen, was wir tun.«

Jackson machte sich erneut Sorgen. »Haben sie mitgekriegt, dass du ihnen gefolgt bist?«

»Woher soll ich das wissen? Slim bestimmt nicht, falls Imabelle es ihm nicht erzählt hat. Er hatte zu große Schmerzen, um irgendwas mitzukriegen.«

»Ist auch was in seine Augen gekommen?«

»Nein, nur auf Hals und Gesicht.«

»Kamst du ihnen verdächtig vor?«

»Weiß ich nicht. Und jetzt hör auf mit all den Fragen, und erzähl mir einfach, was du weißt.«

»Was ich weiß, spielt keine Rolle mehr, wenn sie wissen, dass du ihnen gefolgt bist. Weil Slim dann inzwischen längst von da weg ist, wo er war, falls er noch was sehen kann.«

»Hör zu, Brüderlein«, sagte Goldy und versuchte, ruhig zu bleiben. »Die Frau hat was auf dem Kasten. Kann sein, sie weiß, dass ich hinter ihnen war. Aber das heißt nicht, dass sie es Slim erzählt. Das hängt davon ab, was sie im Schilde führt. Eines ist jedenfalls sicher, sie hat dich gegen ein neues Modell ausgetauscht. Das ist sonnenklar.«

»Ich weiß, dass sie das nicht getan hat«, behauptete Jackson stur.

»Nein, das weißt du nicht, Brüderlein. Aber ob sie jetzt auch Slim gegen ein anderes Modell eintauschen wird, kann keiner sagen.«

»Das stimmt einfach nicht.«

»In Ordnung, Holzkopf. Leg es dir so zurecht, wie du willst. Wir werden es schon noch rauskriegen, wenn du es nur endlich schaffst, mir zu erzählen, was da passiert ist.«

»Na schön, Grave Digger hat Gus in den Kopf geschossen, und Hank hat Coffin Ed Säure in die Augen geschüttet – bei der Gelegenheit hat Slim auch was abgekriegt. Dann ging das Licht aus, es wurde in der Dunkelheit rumgeballert und losgeprügelt. Irgendjemand hat versucht, Imabelle zu erstechen. Ich wurde bewusstlos geschlagen, als ich ihr gerade helfen wollte. Und als ich wieder zu mir kam, waren alle weg.«

»Ach, du heiliger Bimbam! Ist Grave Digger auch umgebracht worden?«

»Weiß ich nicht. Als ich zu mir kam, lag er auf dem Boden – wenigstens meine ich, dass ers war –, und es war keiner mehr da außer mir und Coffin Ed. Und der wurde verrückt vor Schmerzen, war völlig blind da drin und bereit, mit geladener Pistole auf alles zu schießen, was sich bewegt. Nur Gott im Himmel weiß, wie ich da lebendig rausgekommen bin.«

Goldy stand abrupt auf und setzte seine Perücke und die Haube auf. Plötzlich hatte er es verdammt eilig.

»Hör zu, wir müssen jetzt schnell handeln, weil die Kerle hier in Harlem heißer sind als ein Koksofen bei uns zu Hause.«

»Das sag ich doch die ganze Zeit. Gehen wir.«

Goldy ließ sich Zeit genug, ihm einen bösen Blick zuzuwerfen. »Mann, warte ein Minütchen, verdammt. Wir können hier nicht mit dem nackten Arsch raus.« Er hob die Matratze von der Couch und holte einen großen, stahlblauen, sechsschüssigen Frontier Colt Kaliber .45 hervor.

»Ach, du liebes bisschen! Du hast das Ding die ganze Zeit hier drin gehabt!«, rief Jackson aus.

»Guck mal da in der Ecke nach, da liegt ein Stück Rohr, und hör endlich auf mit all den Fragen.«

Jackson tastete hinter dem Stapel Kartons herum und zog ein Eisenrohr von einem Meter Länge und einem Zoll Durchmesser hervor. Ein Ende war mit schwarzem Isolierband umwickelt, das als Griff diente. Er schwang es einmal, um ein Gefühl dafür zu kriegen, sagte aber kein Wort.

Goldy ließ die .45er in den Falten seines Nonnengewandes verschwinden. Jackson steckte den selbst gemachten Totschläger unter seinen nassen, zerrissenen Mantel. Goldy schaltete das Licht aus und verschloss die Tür. Wie zwei Gespenster, die zu Mord und Totschlag aufbrechen, tasteten sie sich durch den stockfinsteren Laden zur Eingangstür vor.

Es schneite ein wenig, als sie draußen waren. Die weißen Schneeflocken wurden schmutzig-grau, sobald sie auf die schwarze Straße fielen.

»Wir müssen einen Weg finden, an ihre Truhe zu kommen«, sagte Goldy.

Eine schwarze Katze schlich sich unter einer nassen Kiste hervor, die mit Abfall gefüllt war. Goldy trat hinterhältig nach ihr.

Jackson sah ihn missbilligend an. »Lass uns eins von diesen großen DeSoto-Taxis nehmen.«

»Mann, hör auf, mit deinen Füßen zu denken. Das Golderz ist inzwischen heiß genug, um ein Loch in den Harlem River zu brennen.«

»Vielleicht finden wir den Lumpenwagen, mit dem ich hergekommen bin.«

»Das ist auch nicht die Erleuchtung. Was du tun musst, ist, den Leichenwagen von deinem Chef klauen.«

Jackson blieb stocksteif stehen, um Goldy anzusehen. »Seinen Leichenwagen klauen! Sie ist doch nicht tot, oder?«

»Herr im Himmel, Mann, du wirst den Rest deines Lebens ein Idiot bleiben. Nein, sie ist nicht tot. Aber wir müssen irgendwie die Truhe vom Fleck kriegen.«

»Ich soll den Leichenwagen von Mr. Clay stehlen, damit wir die Truhe transportieren können?«

»Du hast doch schon alles Mögliche gestohlen, welches Problem hast du da mit dem Leichenwagen? Die Schlüssel hast du doch schon.«

Jackson griff in seine Hosentasche. An einer Eisenkette, die an seinem Gürtel befestigt war, befanden sich die Schlüssel des Leichenwagens und die zur Garage, in der er stand.

»Du hast meine Taschen durchsucht, als ich geschlafen hab.«

»Was spielt das schon für eine Rolle? Du hast ja ohnehin nichts, was dir irgendwer stehlen könnte. Komm, gehen wir.«

Schweigend trotteten sie die Seventh Avenue hinauf.

Die meisten Bars hatten geschlossen. Aber es waren noch Leute auf der Straße. Den Kopf unter heruntergezogenem Hut tief in den aufgeschlagenen Mantelkragen gesteckt, sahen sie aus wie Enthauptete. Sie waren auf dem Weg von oder zu den Apartmenthäusern, in denen Privatspelunken gediehen, organisierte Partys tobten, Huren ihrem Gewerbe nachgingen und Spieler irgendwelche Stümper ausnahmen.

Der Verkehr rauschte noch über die Avenue, Lastwagen und Busse fuhren Richtung Norden, über die 155th Street Bridge und den Saw Mill River Parkway ins Westchester County und weiter. Privatwagen und Taxis rasten vorbei, hielten kurz an, Leute stiegen ein und aus, die Privatwagen parkten, die Taxis fuhren weiter.

Streifenwagen mit roten Warnlampen sausten umher wie wildgewordene Flöhe, kamen quietschend zum Halten, Polizisten sprangen plattfüßig aufs Pflaster und lasen jeden verdächtig aussehenden Typ zur Vorführung im Revier auf. Ein schwarzer Halunke hatte einem schwarzen Detective Säure in die Augen gespritzt, und schwarze Ärsche mussten dafür bezahlen, solange es schwarze Ärsche auf dieser Welt gab.

Verkleidet als Schwester Gabriel, schleppte sich Goldy wie eine müde Heilige die schmutzige Straße entlang, hielt sein goldenes Kreuz wie ein Schild vor sich und beugte sich zu einer Seite, um die Ausbeulung durch den großen .45er-Westerncolt zu verbergen.

Jackson ging neben ihm her und presste das Stück Rohr unter seinem schmutzigen Mantel an sich.

Eine angesäuselte Miss, die aus einem der Nachtlokale kam, sah die beiden an und sagte zu ihrem großen, dunklen Begleiter: »Er sieht exakt so aus, als wär er ihr Bruder, wie?«

»Klein, schwarz und fett«, antwortete der große Mann.

»Still! Red nicht so über eine Nonne.«

Kein Polizist hielt sie an, keiner belästigte sie. Goldys schwarze Robe und Goldkreuz gaben ihnen Sicherheit.

Die Garage befand sich in derselben Straße wie das Beerdigungsinstitut, nur einen halben Block davon entfernt. Als sie die 133rd Street erreichten, bogen sie in Richtung Lenox Avenue ab und kamen durch die 134th Street zurück, um nicht gesehen zu werden.

Jackson schloss das Tor auf und ging hinein. »Mach das Tor zu«, sagte er zu Goldy, als er nach dem Lichtschalter tastete.

»Wozu, Mann? Du brauchst kein Licht. Steig einfach in den Wagen, und fahr rückwärts raus.«

»Ich muss mich umziehen. In den Sachen hier frier ich mich zu Tode.«

»Mann, du hast mehr Ausreden drauf als Lazarus«, beschwerte

sich Goldy und schloss das Tor. »Wir haben nicht die ganze Nacht Zeit.«

»Du bist es ja nicht, der erfriert«, erwiderte Jackson ärgerlich, während er sich bis auf seine lange, feuchte Unterhose auszog, die von der Farbe seines Anzugs schwarz gefleckt war, dann eine alte, dunkelgraue Uniform und einen Mantel anzog, die an einem Nagel hingen, und seine neue Chauffeursmütze aufsetzte, die er aus einem Werkzeugschrank nahm.

Als er sich umdrehte, um auf den Fahrersitz zu klettern, bemerkte er, dass hinten im Leichenwagen Zubehör für ein Begräbnis lag. Der Wagen war ein Cadillac aus dem Jahr 1947, der seine ersten Dienste als Krankenwagen geleistet hatte. Jetzt wurde er hauptsächlich dazu benutzt, Leichen zur Einbalsamierung abzuholen und Lasten zu transportieren. Das Gestell für den Sarg war zur Hälfte von einem Stoß schwarzer Tücher verdeckt, mit denen man die Kanzel während einer Beerdigung verkleidete. Außerdem lagen in dem Wagen noch Ständer aus Gips für Kerzen und Blumengebinde, Kränze aus künstlichen Blumen und ein Eimer halb voll mit Altöl, das von einer der Limousinen abgelassen worden war.

Jackson öffnete die doppelflügelige Hecktür, nahm das Motoröl heraus und fing an, die anderen Sachen abzuladen.

»Lass den Plunder drin«, meinte Goldy. »Wenn man sieht, wie viel Zeit du dir nimmst, könnte man meinen, es kümmert dich gar nicht, was aus deiner Alten wird.«

»Ich habs eiliger als du«, verteidigte sich Jackson. »Ich wollte nur Platz machen für die Truhe.«

»Wir packen sie dahin, wo sonst die Särge abgestellt werden. Komm schon, Mann, hau rein.«

Jackson schlug die Hecktüren zu, ging nach vorn und setzte sich hinter das Steuer. Er schaltete die Zündung ein, kontrollierte aus Gewohnheit die Armaturen und sagte Goldy, er solle das Licht ausschalten und das Tor öffnen. Er startete den Motor und fuhr rückwärts auf die Straße, direkt einem Streifenwagen in den Weg.

Der Polizeifahrer hielt seinen Wagen an. Die beiden Polizisten sahen von der Nonne zu dem Fahrer und stiegen ganz gemächlich aus, einer auf dieser, der andere auf der anderen Seite. Mit der gleichen Gemächlichkeit schloss und verriegelte Goldy das Garagentor und dachte rasch nach. Er kam zu dem Schluss, dass die beiden sich nur aufblasen wollten; er musste es sowieso drauf ankommen lassen. So ging er den Polizisten entgegen und fingerte dabei an seinem Goldkreuz herum.

Jackson sah die Polizisten an und spürte, wie ihm der Schweiß vom Gesicht auf die Hände tropfte und den Nacken hinunterlief.

»Fahren Sie mit dem Leichenwagen, Schwester?«, fragte einer der Polizisten und tippte sich respektvoll an die Mütze.

»Ja, Sir, im Dienste des Herrn«, entgegnete Goldy bedächtig in seiner salbungsvollsten Stimme. »Um das zu nehmen, was von dem übrig blieb, der vom ersten Tod dahingerafft wurde, gelobt sei der Herr, um in dem ewigen Fluss zu warten, bis er vom zweiten Tod genommen wird.«

Beide Polizisten sahen Goldy verständnislos an.

»Sie meinen, einen Toten abholen?«

»Ja, Sir, die Überreste von dem einfahren, der da vom ersten Tod genommen wurde.«

Die Polizisten schauten einander an. Einer von ihnen ging zu Jackson hinüber und leuchtete ihm mit seiner Taschenlampe ins Gesicht. Jacksons nasses Gesicht glänzte wie ein glimmender, nasser Brocken Kohle. Der Polizist beugte sich vor, um an seinem Atem zu riechen.

»Der Fahrer scheint mir betrunken, ich kann Whiskey an ihm riechen.«

»Nein, Sir, ich bin nicht betrunken«, stritt Jackson ab. Er sah nur verängstigt aus, aber das wusste der Polizist nicht. »Ich hab was getrunken, aber ich bin nicht betrunken.«

»Steigen Sie aus«, befahl der Polizist.

Jackson stieg aus und bewegte sich mit dem Rohr, das unter seinem Mantel versteckt war, so vorsichtig, als wären seine Knochen aus Zuckerwerk.

»Gehen Sie in einer geraden Linie da rüber«, befahl der Polizist und deutete auf einen Laternenpfahl auf der anderen Straßenseite.

Um die Aufmerksamkeit der Polizisten abzulenken, rezitierte Goldy heiser: »›Und er hielt den Drachen fest ...‹«

Die Polizisten drehten sich um, um ihn anzusehen. »Wie bitte, Schwester?«

»›Die alte Schlange‹«, zitierte Goldy, »›die der Teufel ist, der Satan, und er schlug sie für tausend Jahre in Bann.‹«

Inzwischen war Jackson an dem Pfahl angelangt. Doch Goldys Eingreifen war nicht nötig gewesen. Um zu verhindern, dass die Eisenstange unter seinem Mantel zum Vorschein kam, war Jackson so starr wie ein Zombie und so gerade wie eine abgefeuerte Kugel geradeaus gegangen. Der Schweiß lief ihm an den Beinen hinunter.

»Er sieht ziemlich nüchtern aus«, sagte der erste Polizist.

»Stimmt, scheint noch ganz sicher auf den Beinen zu sein«, bestätigte der andere.

Keiner von beiden hatte ihn wirklich gehen sehen.

»Steig wieder ein, Junge, und fahr die Nonne hier zu ihrer barmherzigen Mission.«

»Ist schon ziemlich spät, um die Zeit eine Leiche abzuholen«, bemerkte der zweite Polizist.

»Keiner bestimmt selbst die Zeit seines ersten Todes«, antwortete Goldy. »Sie alle gehen, wenn der Wagen des Herrn nach ihnen ruft, ob früh oder spät.«

Der Polizist lächelte. »Wir alle müssen gehen, wenn der Wagen des Herrn kommt. Sagt man nicht so in Harlem?«

»Ja, Sir, der Wagen des Herrn.«

»Wessen Leiche ist es denn?«

»Keiner kann darauf Anspruch erheben«, sagte Goldy. »Wir nehmen sie nur und setzen sie bei.«

Die Polizisten gaben es auf, irgendein vernünftiges Wort aus der Nonne herauszuholen. Sie zuckten die Achseln, stiegen wieder in ihren Streifenwagen und fuhren davon.

16

Wenn man von dem Turm der Riverside Church nach Osten schaut, wogen in einem Tal tief unten – eingezwängt von den Gebäuden der Universität auf den hohen Ufern des Hudson River – graue Dächer wie die Oberfläche eines Sees. Unter dieser Oberfläche, in den trüben Wassern stinkender Wohnungen, zuckt eine Stadt schwarzer Menschen in verzweifeltem Lebensdrang und schnappt wie Millionen hungriger kannibalischer Fische. Blinde Münder fressen an ihren eigenen Gedärmen. Steck eine Hand hinein, und du ziehst den Stumpf heraus.

Das ist Harlem.

Je weiter man sich nach Osten bewegt, desto schwärzer wird es.

Der Ostteil, zwischen Seventh Avenue und Harlem River, heißt The Valley. Von wimmelndem Leben erfüllte Wohnhäuser reihen sich in Elend und Schmutz aneinander. Ratten und Kakerlaken wetteifern mit ausgemergelten Hunden und Katzen um die von Menschen abgenagten Knochen.

Das Apartment, in dem Slim und Imabelle wohnten, befand sich in der Upper Park Avenue, zwischen 129th und 130th Street. Dieser Teil von The Valley wird »Staubsohle des Kohlenkastens« genannt.

Die Gleise der New-York-Central-Eisenbahnlinie, die von der Grand Central Station bei der 95th Street aus dem Boden kommen und über den Bahnhof an der 125th Street hinwegführen, verlaufen in der Mitte der Straße, da wo im Stadtzentrum Parks grünen, denen die Avenue ihren Namen verdankt.

Die Gleise erstrecken sich parallel zu der Trasse der Third-Avenue-Hochbahn, überqueren in einer Biegung den Harlem River Richtung Bronx und gehen dann weiter in die große, weite Welt, die dahinter liegt.

Dort oben in Harlem ist die Park Avenue von schäbigen Wohnhäusern gesäumt, in denen es nur kaltes Wasser gibt. Sie brüten zwischen Müllhalden, schmierigen Lagerhäusern, Fabriken, Garagen und Abfallhaufen, auf denen clevere junge Burschen Gras anbauen. Es ist eine von Lastwagen ausgefahrene Straße voller Gewalt und Gefahren, die in der Unterwelt als »Bluteimer« bekannt ist. Siehst du einen Mann in der Gosse, lass in dort liegen, er könnte tot sein.

Die beiden fetten Schwarzen in ihrer schwarzen Kluft, die in dem schwarzen Leichenwagen daherkrochen, waren Teil dieser schaurigen Nacht. Der alte Cadillac-Motor war in glänzendem Zustand und schnurrte wie ein Kätzchen. Schneeflocken trieben verloren durch das gedämpfte Licht seiner Scheinwerfer.

»Da ist es«, bedeutete Goldy.

Jackson blickte auf eine Tür neben den schmutzigen, gesprungenen Schaufensterscheiben eines Ledergeschäfts. Ein mottenzerfressener Stierkopf starrte aus schlecht eingefügten Glasaugen zurück. Ihn überlief eine Gänsehaut. Er war ans Ende des Weges gelangt und so von Angst erfüllt, dass er nicht wusste, ob er froh oder traurig sein sollte.

»Park einfach hier«, sagte Goldy. »Ist doch egal.«

Jackson brachte den Leichenwagen zum Stehen und schaltete die Lichter aus. Ein Lastwagen rumpelte an ihnen vorbei, der stadteinwärts zum Harlemer Markt hinter der 116th Street fuhr. Er ließ die Dunkelheit noch finsterer hinter sich zurück.

Jackson und Goldy spähten die verlassene Straße auf und ab. Jackson fühlte, wie es ihn kalt überlief.

»Können sie uns sehen?«, fragte er.

»Wenn sie nicht rausgucken, wohl nicht.«

Das hatte Jackson nicht gemeint, aber er ließ sich auf keine Diskussion ein. Er griff unter dem Mantel nach seinem Eisenrohr.

»Für deinen Knüppel ist die Zeit noch nicht reif«, warnte Goldy.

Jackson widerstrebte es, aus dem Leichenwagen zu steigen. »Ich lass den Motor laufen«, sagte er.

»Wozu? Willst du, dass er gestohlen wird?«

»Keiner klaut einen Leichenwagen.«

»Unsinn! Wovon redest du? Die Kerle hier bringens fertig, einem Blinden die Augen zu stehlen.«

Goldy glitt geräuschlos auf den Bürgersteig. Jackson holte tief Luft und folgte ihm. Sie gingen den Gehsteig entlang und betraten einen langen, engen Flur, der von einer schwachen, mit Fliegendreck verschmutzten Glühbirne erleuchtet wurde. Zeichnungen zierten die gekalkten Wände. Riesige Genitalien hingen an rohen, gnomenhaften Körpern wie die Ernte fremdartiger Früchte. Jemand hatte ein nacktes Paar im Geschlechtsverkehr gezeichnet. Andere hatten wiederum ihren Beitrag dazu geleistet, sodass ein komplettes Wandgemälde entstanden war.

Es war ein langer Flur, der sich im Dunkel verlor. Am äußersten Ende führten steile Stufen in absolute Finsternis.

Goldy ging auf Zehenspitzen voran, der Saum seines langen schwarzen Gewandes fegte über den schmutzigen Boden. Er stieg lautlos die Holzstufen hinauf und verschwand so plötzlich oben in der Dunkelheit, dass Jacksons Kopfhaut kribbelte. Jackson folgte ihm; aus seinem fetten Fleisch brach eiskalter Schweiß aus. Er zog sein Eisenrohr wieder hervor und packte den umwickelten Griff.

Die dunklen Gänge oben stanken nach abgestandenem Urin und liegen gebliebenem Müll.

Goldy ging weiter in den zweiten Stock hoch und den Flur entlang zur Tür des vorderen Apartments. Als Jackson ihn einholte, erkannte er in der Dunkelheit den stumpfen blauen Schimmer von Goldys Revolver.

Goldy klopfte leicht an die abgeblätterte braune Tür, erst einmal, dann dreimal kurz hintereinander, wieder einmal, dann zweimal kurz.

»Ist das das Signal?«, fragte Jackson flüsternd.

»Woher, zum Teufel, soll ich das wissen?«, flüsterte Goldy zurück.

Stille empfing sie.

»Vielleicht sind sie fort«, flüsterte Jackson.

»Das werden wir gleich wissen.«

»Was sollen wir dann tun?«

Goldy bedeutete ihm zu schweigen, klopfte noch einmal, leise, diesmal ein anderes Signal.

»Was soll das, wenn du das Signal doch nicht kennst?«

»Ich bring sie durcheinander.«

»Meinst du, es ist außer Slim noch jemand da?«

»Das ist mir verdammt egal, solange das Gold hier ist.«

»Vielleicht haben sie es mitgenommen.«

Goldy wartete und klopfte wieder, leise, diesmal mit einem anderen Rhythmus.

Hinter der Tür fragte eine vorsichtige Stimme: »Wer da?« Es klang wie die Stimme einer Frau, die ihren Mund dicht an die Türfüllung hielt.

Goldy stieß Jackson mit der Mündung seines Revolvers in die Rippen, damit er der Stimme antwortete. Doch er erschreckte Jackson damit so sehr, dass er sich wie ein wildes Pferd aufbäumte. Das Rohr flog ihm aus der Hand und schlug mit einem Knall gegen die Tür, was in dem stockfinsteren, totenstillen Flur wie ein Kanonenschuss klang.

»Wer ist da?«, fragte eine hohe Frauenstimme voller Panik.

»Ich bins, Jackson. Bist du das, Imabelle?«

»Jackson!«, sagte die Stimme erstaunt. Es klang so, als hätte sie nie von einem Jackson gehört.

Stille.

»Ich bins, Süße. Dein Jackson.«

Nach einer Weile fragte die Stimme misstrauisch: »Wenn du Jackson bist, wie ist dann der Vorname von deinem Boss?«

»Hosea. Hosea Exodus Clay. Du weißt das so gut wie ich, Schatz.«

»Was für ein Trottel«, murmelte Goldy vor sich hin.

Ein Schloss wurde umgedreht, dann noch eines, dann wurde ein Riegel zurückgezogen. Die Tür öffnete sich einen Spalt, gehalten durch eine Eisenkette.

Eine schwache Hängelampe brannte in einem dürftig möblierten Schlafzimmer. Jackson schob sein glänzendes schwarzes Gesicht in den Lichtschimmer.

»Oh, Süßer!« Die Kette wurde ausgehängt, und die Tür flog auf. »Gott, bin ich froh, dich zu sehen!«

Jackson hatte gerade noch Zeit zu bemerken, dass sie ein rotes Kleid und einen schwarzen Mantel anhatte, ehe sie in seine Arme fiel. Sie roch nach verbrannter Frisiercreme, heißblütiger Frau und Warenhausparfüm. Jackson umarmte sie und drückte dabei das Eisenrohr gegen ihr Rückgrat. Sie schmiegte sich fest an die Wölbung seines fetten Bauches und presste ihren von Lippenstift eingefetteten Mund gegen seine trockenen, aufgesprungenen Lippen.

Dann machte sie sich von ihm los. »Gott, Daddy, ich dachte schon, du kommst nie.«

»Ich kam, so schnell ich nur konnte, Schatz.«

Sie hielt ihn in Armlänge auf Abstand, sah das Eisenrohr an, das er immer noch in der Hand hielt, schaute dann in sein Gesicht und las darin wie in einem offenen Buch. Sie fuhr sich mit der Spitze ihrer roten Zunge über die vollen, kissenförmigen, sinnlichen Lippen, sodass sie leuchtend rot wurden, und sah ihn mit ihren glasigen, gefleckten Schlafzimmeraugen fest an.

Der Mann zerfloß.

Als er wieder zur Besinnung kam, starrte er zurück, von Leidenschaft gepackt, sein ganzes schwarzes Wesen war von Hochspannung erfüllt. Er war bereit! Vollkommen bereit, Kehlen durchzuschneiden, Schädel einzuschlagen, Polizisten zu entwischen, Leichenwagen zu stehlen, verschmutztes Wasser zu trinken, in einem hohlen Baum zu leben und jedes verfluchte Risiko einzugehen, um wieder einmal in den Armen seines hellgelben Herzchens zu liegen.

»Wo ist Slim? Ich schlag dem Bastard sein Hirn zu Himbeermus, der Herr vergebe mir«, sagte er.

»Er ist weg. Eben gegangen. Komm rein, schnell. Er muss jeden Augenblick zurückkommen.«

Als Jackson ins Zimmer trat, folgte Goldy ihm.

An der einen Wand stand ein zerschlissenes weißlackiertes Doppelbett aus Eisen, dessen Decken zurückgeschlagen waren, sodass man schmutzige, fleckige Laken und zwei Kissen mit schmieriggrauen Kreisen von Haarpomade sehen konnte. An der anderen Wand befand sich ein gepolstertes Sofa, durch dessen brüchigen, verblichenen grünen Bezug zwei Sprungfedern hervorschauten. An der Rückwand stand ein rostiger Kanonenofen auf einem ebenfalls rostigen quadratischen Stück Blech; daneben auf einer Seite eine Holzkiste, die als Kohlenkasten diente, auf der anderen eine Tür, die zur Küche führte. Ein runder Tisch mit einer von Messerschnitten zernarbten Platte und ein dreibeiniger Stuhl beherrschten das Zentrum des Holzfußbodens. Der Raum war zum Bersten gefüllt. Als die drei Leute eintraten, quoll er über.

»Was macht die hier?«, fragte Imabelle und warf Goldy einen überraschten Blick zu.

»Das ist mein Bruder. Er ist mitgekommen, um mir zu helfen, dich hier rauszuholen.«

Sie sah auf die große .45er in Goldys Hand. Sie riss die Augen auf, und ihre Lippen zuckten. Aber sie sah nicht überrascht aus.

»Ihr seid ja richtig für die Bärenjagd ausgerüstet.«

»Man kann nicht als Junge antanzen, um Männerarbeit zu machen«, sagte Goldy.

Sie sah Goldy scharf an. »Er sieht verdammt so aus wie die Schwester, mit der ich und Slim gefahren sind.«

»Ich bins«, grinste Goldy und ließ dabei seine beiden Goldzähne sehen. »So hab ich ja rausgekriegt, wo ihr seid. Ich hab euch verfolgt.«

»Na, wie find ich denn das? Gibt sich als Nonne aus. So treibt jeder sein Spielchen, wie?«

Goldy entdeckte als Erster die Truhe. Sie stand am Kopfende des Sofas und war durch den Tisch verdeckt, weshalb Jackson sie nicht sehen konnte.

»Was haben sie mit dir gemacht, Schatz?«, fragte Jackson ängstlich.

Plötzlich wurde Imabelle von wilder Hast gepackt. »Daddy, wir haben keine Zeit für große Reden. Slim sucht nach Hank und Jodie. Sie werden zurückkommen, um mein Golderz zu holen. Du musst mein Golderz retten, Daddy.«

»Warum sonst sollte ich hier sein, Schatz? Sag mir nur, wo es ist.«

Er blickte durch die Türöffnung in die Küche. Das einzig Saubere an dieser Wohnung war der Küchenboden. Er war gerade erst geschrubbt worden und immer noch feucht.

»Da drin ist es nicht«, bemerkte Goldy und zeigte auf die Truhe.

»Daddy, was bin ich froh, dass du gekommen bist!«, wiederholte Imabelle mit lauter Stimme und ging um den Tisch herum, um ihr Taschentuch unter einem Kissen hervorzuholen.

»Mach du dir keine Sorgen, ich rette dein Gold, Schatz. Dafür hab ich den Leichenwagen mitgebracht.«

»Den Leichenwagen? Den Leichenwagen von Mr. Clay?«

Sie ging zum vorderen Fenster und spähte durch die heruntergezogenen Jalousien. Als sie sich wieder umdrehte, kicherte sie. »Also, was sagt man dazu?«

»Das einzige Ding, mit dem wir es transportieren können«, sagte Jackson wie zur Verteidigung.

»Lass sie uns einfach nehmen und gehen, Daddy. Ich erzähl dir alles unterwegs.«

»Die Bastarde haben dich doch nicht geschlagen, oder?«

»Nein, Daddy, aber wir haben jetzt keine Zeit, darüber zu reden. Wir müssen uns überlegen, wo wir die Truhe verstecken können. Sie werden überall danach suchen.«

»Wir können sie nicht mit nach Haus nehmen«, sagte Jackson. »Die Vermieterin hat uns rausgeschmissen.«

»Wir stellen sie in mein Zimmer«, schlug Goldy vor. »Ich hab ein Zimmer, wo niemand sie finden kann. Brüderlein wirds bestätigen. Sie ist da sicher, nicht wahr, Brüderlein?«

»Ich lass mir was einfallen«, sagte Jackson ausweichend. Er wollte sich nicht darauf einlassen, dass Goldy die Truhe voll Golderz in die Finger kriegte.

»Was ist denn nicht in Ordnung mit meiner Bude?«

»Wir haben jetzt keine Zeit zu streiten«, sagte Imabelle. »Slim wird jeden Augenblick mit Hank und Jodie hier sein.«

»Da gibts gar nichts zu streiten«, versuchte Goldy es weiter. »Mein Zimmer ist sowieso der beste Ort.«

»Wir geben sie am Bahnhof auf«, sagte Imabelle, weil ihr das gerade einfiel. »Aber um Himmels willen, beeilt euch. Wir haben keine Zeit zu verlieren.«

Jackson klemmte das Rohr unter den Arm und ging um den Tisch herum, um die Truhe zu holen.

Goldy steckte die große .45er in sein schmutziges schwarzes Gewand und sah Jackson mitleidig an. »Je älter du wirst, desto dämlicher wirst du auch, Brüderlein«, sagte er traurig.

Imabelle schaute vom einen zum anderen und traf plötzlich einen Entschluss. »Bring sie in das Zimmer von deinem Bruder, Daddy. Dort ist sie sicher.«

Goldy und Imabelle tauschten Blicke aus.

»Ich warte auf euch in dem Leichenwagen«, sagte sie.

»Wir kommen dir gleich nach«, sagte Jackson und hob die Truhe an einem Ende an.

Goldy nahm das andere Ende. Sie schwankten unter dem Gewicht, quetschten sich zwischen Tisch und Sofa hindurch, schoben dabei den Tisch beiseite und zwängten sich durch die enge Türöffnung.

Sie hörten, wie Imabelles hohe Absätze schnell über die Holztreppe klapperten.

»Du gehst vor«, sagte Goldy.

Jackson drehte sich mit dem Rücken zur Truhe, packte die unteren Kanten, wuchtete sie auf den Rücken und ging voraus, die Treppe hinunter, wobei seine Knie bei jeder Stufe einknickten.

Als sie unten auf der Straße ankamen, war sein Mantel auf dem Rücken durchgeschwitzt. Der Schweiß tropfte ihm in die Augen und nahm ihm die Sicht. Er tastete sich auf dem Gehsteig bis zum Heck des Leichenwagens vor, balancierte die Truhe in einer Hand, öffnete mit der anderen die doppelflügelige Ladetür, räumte einen Teil der Sachen beiseite und hievte sein Ende der Truhe auf das Gestell für den Sarg. Dann trat er zurück und half Goldy, die Truhe ganz hineinzuschieben.

Die Truhe stand gut sichtbar zwischen den beiden Seitenfenstern, sie wirkte wie ein abgesägter Sarg, der für einen Mann ohne Beine angefertigt worden war.

Jackson schloss die Türen und ging um den Leichenwagen herum zum Fahrersitz. Goldy ging auf die andere Seite. Sie sahen einander über den leeren Sitz hinweg an.

»Wo ist sie hin?«, fragte Jackson.

»Woher, zum Teufel, soll ich wissen, wo sie abgeblieben ist? Sie ist doch dein Mädchen, oder?«

Jackson spähte die düstere Straße auf und ab. Weit unten am anderen Ende, fast auf Höhe des Bahnhofs, sah er ein paar Leute rennen. Es verwunderte ihn nicht weiter. In Harlem rannte immer irgendjemand.

»Sie muss irgendwo sein.«

Goldy kletterte auf den Vordersitz und bemühte sich, Geduld zu bewahren. »Lass uns erst die Truhe nach Hause bringen und dann zurückkommen, um sie zu holen.«

»Ich kann sie hier nicht zurücklassen, das weißt du. Wegen ihr bin ich doch eigentlich nur hier.«

Goldy wurde allmählich ungeduldig. »Mann, lass uns fahren. Die Frau findet ihren Weg allein.«

»Misch dich nicht in meine Angelegenheiten«, sagte Jackson und wollte zurück in die Wohnung gehen.

»Sie ist nicht da im Haus, verdammt. Willst du wirklich dein Leben lang ein Trottel bleiben? Sie ist weg.«

»Wenn sie gegangen ist, warte ich hier, bis sie zurückkommt.«

Goldy fummelte am Griff seines Revolvers herum, während er versuchte, seine Wut im Zaum zu halten. »Mann, das Einzige, was dieses Weibsstück will, ist, ihr Gold in Sicherheit zu bringen. Sie wird dich schon finden. Ihr ist doch jeder egal.«

»Ich hab gestrichen die Nase voll davon, wie du über sie redest«, fuhr Jackson auf und ging kampflustig auf Goldy zu.

Goldy zog den Revolver zur Hälfte aus seinem Gewand. Er musste es tun, um sich zu beherrschen. »Gott verdammt, du schwarzer Hurensohn, wenn du nicht mein Bruder wärst, würde ich dich umlegen«, sagte er und bebte vor unterdrückter Wut.

Jackson packte wieder den Griff seines langen Eisenrohrs, überquerte den Bürgersteig und kletterte abermals die Treppen des Hauses hinauf zur Wohnung.

»Imabelle. Bist du hier, Imabelle?«

Er durchsuchte das Apartment, schaute unter das Bett, hinter das Sofa, in die Küche, immer die Hand fest um das Rohr geschlossen, als ob er jemanden suchen würde, der so klein ist wie ein Hundebaby, aber so gefährlich wie ein ausgewachsenes Gorillamännchen.

Eine Ecke der Küche war mit einem ausgebleichten grünen Baumwollvorhang abgeteilt, der an einem durchhängenden Stück Schnur hing. Jackson zog den Vorhang zurück und blickte dahinter.

»Sie hat alle ihre Kleider hier gelassen«, stellte er laut fest.

Plötzlich fühlte er sich niedergeschlagen, müde bis auf die Knochen.

Er setzte sich auf den einzigen vorhandenen Küchenstuhl, legte den Kopf auf seine verschränkten Arme auf dem Küchentisch, die ein Kissen bildeten, schloss erschöpft seine Augen und war im nächsten Augenblick eingeschlafen.

17

Ein schwarzer Lieferwagen bog eilig von der 130th Street in die Park Avenue ein, fuhr auf der dem Mietshaus gegenüberliegenden Straßenseite ein Stück in Richtung Süden und verlangsamte plötzlich sein Tempo.

Vom Fahrersitz spähte Jodie angestrengt zu dem parkenden Leichenwagen hinüber. »Da steht ein Leichenwagen vor der Tür«, bemerkte er überflüssigerweise.

»Das seh ich«, sagte Hank und beugte sich vor, um ihm über die Schulter zu blicken.

»Was meinst du, was die da machen?«

»Bin ich Hellseher?«

»Meinst du, die Bullen sind bei denen?«

»Ich mein gar nichts. Lass uns nachsehen.«

Beide hatten sie ihre Kleidung gewechselt, nachdem sie aus dem Schuppen am Harlem River geflohen waren.

Jodie trug jetzt einen blauen Mantel, einen weit nach hinten in den Nacken geschobenen schwarzen Filzhut, blauen Anzug, braune Wildlederhandschuhe und schwarze Schuhe. Er hätte als Speisewagenkellner durchgehen können, ein Job, den er vier Jahre lang ausgeübt hatte.

Hank hatte einen dunkelbraunen Mantel an, einen braunen Hut und einen blauen Anzug. Sein Hut war tief in die Augen gezogen, und beide Hände hatte er in den Taschen seines Mantels vergraben.

Sie hatten sich für die Flucht zurechtgemacht.

Von seinem Platz auf dem Vordersitz des Leichenwagens hatte Goldy die Lichter des Lieferwagens gesehen, als er in die Park Avenue eingebogen war. Als der Wagen drehte und man erkennen konnte, um welches Fahrzeug es sich handelte, war Goldy sogleich skeptisch geworden. Er wusste, dass ein solcher Lieferwagen in einer Straße wie dieser und zu so einer Uhrzeit nichts verloren hatte. Er beugte sich auf dem Sitz vor, damit er nicht gesehen werden konnte, und spitzte die Ohren. Er hörte, wie der Lieferwagen langsam auf der anderen Straßenseite vorbeifuhr. Plötzlich kam ihm der Gedanke, es könnten Hank und Jodie sein, die zurückgekommen waren, um die Truhe mit Golderz abzuholen. Er zog den Revolver aus den Falten seines Gewandes, presste ihn gegen die Brust und drehte sich auf dem Sitz um, damit er in den Rückspiegel sehen konnte.

Als der Lieferwagen unmittelbar gegenüber dem Leichenwagen war, sagte Jodie: »Er ist leer.«

»Sieht leer aus.«

»Aber da ist was hinten drin. Nehm an, ein Sarg.«

»Nimm an, was du willst.«

Plötzlich konnte Jodie am Ende der Truhe vorbei durch das gegenüberliegende Fenster sehen. »Ist kein Sarg.«

Hank zog eine .38er Automatik aus seiner rechten Manteltasche und lud die Waffe durch.

Jodie machte eine Kehrtwendung, bevor er das Ende des Blocks erreicht hatte, kam auf der Straßenseite des Leichenwagens zurück und steuerte dann die Stützpfeiler der Bahnanlage an, um vorbeizufahren.

Goldy beobachtete die Lichter im Rückspiegel, bis sie aus dem Blickfeld waren, hörte aber den Lieferwagen langsam näher kommen.

Jetzt war Hank auf der Seite, die näher am Leichenwagen war. »Da ist eine Truhe drin«, sagte er.

Jodie sah an Hanks Schulter vorbei. »Meinst du, es ist ihre Truhe?«

»Das sollten wir uns ansehen.«

Jodie hielt den Lieferwagen am Bordstein vor dem Leichenwagen an, parkte und schaltete die Scheinwerfer aus. Er zog seine Handschuhe aus, schob sie in seine linke Manteltasche, steckte seine Hand in die rechte Tasche und packte den kalten Beingriff seines Messers.

Er stieg zur Straßenseite hin aus, während Hank auf den Bürgersteig glitt. Beide standen einen Augenblick gespannt da und suchten die stille Straße ab. Dann drehten sie sich gleichzeitig um und gingen leise zu dem stillen Leichenwagen zurück. Beide schauten im Vorbeigehen beiläufig auf den Vordersitz, bemerkten Goldy aber nicht. Sein schwarzes Gewand machte ihn in der Dunkelheit unsichtbar.

Schließlich blieben sie rechts und links neben dem Leichenwagen stehen und lugten durch die Glasscheiben, um die Truhe auf dem Sarggestell in Augenschein zu nehmen. Ihre Blicke trafen sich über dem Deckel. Sie gingen zum Heck des Wagens, probierten es an der Tür, fanden sie geöffnet und blickten hinein.

»Sie ist es, tatsächlich«, sagte Jodie.

»Das seh ich auch.«

Goldy hatte etwas den Kopf gehoben, um die beiden im Rückspiegel zu beobachten. Er erkannte sie sofort. So wie Hank dastand, die rechte Hand immer in der Tasche, wusste Goldy, dass er eine Waffe hatte. Bei Jodie war er sich nicht sicher, aber er wusste, dass Hank derjenige war, den er im Auge behalten musste.

Er sah, wie sie sich umdrehten und zum Fenster im zweiten Stock hinaufschauten.

»Ich seh kein Licht«, stellte Jodie fest.

»Das heißt nichts.«

»Ich werd nachsehen.«

»Sekunde noch.«

»Ich will hier nicht rumstehen und mir den Arsch abschießen lassen.«

»Wenn da einer drin ist, hat er uns längst gesehen.«

»Was heißt das, wenn da einer drin ist? Glaubst du vielleicht, Gespenster haben die schwere Truhe hier runtergebracht?«

»Ich nehm an, sie hat Jackson dazu gebracht, ihr zu helfen.«

»Jackson. Der beschissene Fettkloß. Wie, zum Teufel, hat der rausgekriegt, wo sie ist?«

»Wie, zum Teufel, hat er rausgekriegt, wo unser Versteck am Fluss war? Ein Hornochse wie er, der so heiß ist auf sein Milchkaffeemädchen, kriegt auch raus, wo Hitler begraben ist.«

»Dann muss das der Leichenwagen von seinem Boss sein.«

»Davon geh ich aus.«

Jodie lachte leise. »Dann lass uns den beschissenen Leichenwagen gleich mitnehmen.«

»Sehen wir nach, ob der Schlüssel steckt.«

Als sie sich zum Fahrersitz umdrehten, Jodie auf der Straßenseite, Hank auf der Seite des Bürgersteigs, tastete Goldy nach dem Fenster auf der Straßenseite und drückte den Knopf herunter, um die Tür zu verriegeln. Er nahm an, dass Jodie nur ein Messer hatte, er sich also auf Hank konzentrieren könnte.

Sein ganzer Körper war angespannt, als er beobachtete, wie

ihre Bilder auf beiden Seiten des Rückspiegels verschwanden, sein rechter Arm versteifte sich, die Finger umklammerten den Griff der großen .45er. Aber er wartete, bis Hank den Griff der Vordertür betätigte, bevor er den Revolver spannte, um den Schuss mit dem Klicken des Türschlosses zu synchronisieren.

Hank rechnete nicht mit einer Gefahr von dieser Seite. Als er die Tür aufzog, richtete sich Goldy auf dem Sitz auf, sah aus wie die Mutter aller bösen Geister und sagte: »Keine Bewegung!«

Hank blickte in den Lauf der .45er und erstarrte. Sein Herz hörte zu schlagen auf, seine Lungen atmeten nicht mehr, sein Blut stockte in den Adern. Dieses große Loch am Ende von Goldys .45er sah so groß aus wie die Mündung eines Kanonenrohrs.

Goldy glaubte, er sei von hinten durch die verriegelte Tür geschützt. Aber die Schlösser des alten Cadillac-Leichenwagens funktionierten nicht mehr.

Als er die erste Regung wahrnahm, riss Jodie mit seiner linken Hand die Tür hinter Goldy auf, zerrte ihn mit seiner rechten auf die Straße hinaus, bevor Goldy abdrücken konnte, schlug ihm die Waffe aus der Hand, während er noch nicht am Boden war, und trat ihn in den Nacken, als Goldys fetter, schwarz gekleideter Körper aufs Pflaster schlug.

Es kümmerte ihn nicht, ob derjenige, den er da trat, ein Mann, eine Frau oder ein Kind war. Er war von einem Anfall rasender Brutalität gepackt, sodass alles, was er noch sah, blanke Mordlust war.

Als der Revolver auf die Straße glitt, trat er Goldy in die Rippen, und als die Waffe in der Gosse vor der Bordsteinkante liegen blieb und im schwarzen Schlamm versank, trat er Goldy in die Nieren.

Hank rannte, die .38er Automatik im Anschlag, um die Vorderseite des Leichenwagens herum, als Jodie einen weiteren Tritt in Goldys Solarplexus landete.

»Hör auf«, sagte Hank und zielte mit der .38er auf Jodies Herz. »Du bringst sie um.«

Goldy wand sich auf dem schmutzigen, nassen Pflaster wie

ein Fisch an der Angel und schnappte nach Luft. Weißer Schaum hatte sich in seinen Mundwinkeln gesammelt, bevor er einen Ton sagen konnte.

Jodie stand wie gebannt da, durch Hanks Waffe in Schach gehalten, und keuchte seine Wut aus. »Noch ein Tritt, und sie wäre erledigt.«

»Herr, hab Erbarmen mit einer alten Frau«, brachte Goldy schließlich wimmernd hervor.

Wie ein Echo auf Goldys Winseln erklang die Pfeife eines Zuges, der über dem Harlem River einbog und sich dem Bahnhof näherte.

Hank trat dicht an Goldy heran, fasste plötzlich mit seiner linken Hand nach unten und hob Goldys Gesicht am Kinn hoch.

Goldy griff verzweifelt nach seinem Goldkreuz, das sich in den Falten seines Gewandes verfangen hatte. »Ich bin eine Barmherzige Schwester«, bettelte er mit weinerlicher Stimme. »Ich stehe im Dienste des Herrn.«

»Verschon uns mit dem Dreck, wir wissen, wer du bist«, antwortete Hank.

»Sie ist die Nonne, die für die beiden schwarzen Bullen spioniert, richtig? Was meinst du, was sie mit der Sache zu tun hat?«

»Wie, zum Teufel, soll ich das wissen? Frag sie.«

Jodie blickte hinunter in Goldys aschgraues Gesicht. In seinen schlammfarbenen Augen war keine Spur von Mitleid. »Schnell raus damit«, sagte er. »Du hast nämlich nicht viel Zeit.«

Das Rattern des nahenden Zuges, das über die Schienen und Eisenpfeiler übertragen wurde, nahm allmählich an Lautstärke zu.

»Hör zu ...«, winselte Goldy.

Ein kurzer scharfer Pfiff der Lokomotive, der bedeutete, dass der Zug den Fluss überquert und Harlem erreicht hatte, schnitt ihm das Wort ab.

»Hör zu, ich kann euch helfen, aus der Sache herauszukommen. Ihr seid fremd hier, aber ich kenn die Stadt in- und auswendig.«

Hank kniff die Augen zusammen. Er hörte aufmerksam zu.

Jodie zog seine Hand aus der Manteltasche und hielt darin den Griff seines Schnappmessers. Es hatte an der Oberseite einen Knopf, der vom Daumen betätigt wurde, und als er darauf drückte, schnellte eine fünfzehn Zentimeter lange Klinge mit leisem Klicken hervor, die in dem gedämpften Licht schwach aufblitzte.

Goldy sah die Klinge aus seinen Augenwinkeln und krabbelte auf die Knie. »Hört doch, ich kann sie für euch verstecken.« Seine instinktive Angst vor dem kalten Stahl ließ Tränen in seine Augen treten. »So hört doch, ich kann euch in Sicherheit bringen ...«

Jodie machte seinem Hass auf Spitzel dadurch Luft, dass er Goldy die Haube vom Kopf schlug. Die graue Perücke flog mit herunter und legte den runden Kopf bloß.

»Der schwarze Scheißer ist ein Mann«, sagte Jodie und trat hinter Goldy.

»Hör ihm zu«, meinte Hank.

»Ich hab ein Versteck, das keiner findet. Hört zu, ich kann für euch alle sorgen. Ich regele das mit den Bullen. Ich hab Verbindungen zum Revier. Ihr wisst jetzt über mich Bescheid. Ihr wisst, dass ihr mir trauen könnt. Hört zu, ich kann euch alle verstecken, es reicht sogar für ...« Seine Stimme verlor sich im Donnern des herannahenden Zuges.

Hank beugte sich nach unten, um ihn besser verstehen zu können, und starrte in sein Gesicht. »Wer gehört noch zu dir?«

»Da ist keiner mehr, ich schwörs ...«

Die Diesellokomotive ratterte über sie hinweg. Der Bahnkörper erzitterte und ließ auch die Eisenpfeiler beben. Die Straße erzitterte, die Gebäude erzitterten, die ganze schwarze Nacht erzitterte.

Goldy kauerte da wie in einem Gebet, die Knie auf die nasse, schmutzig-schwarze, zitternde Straße gepflanzt, sein fetter Körper bebte unter den wallenden Falten seines Gewandes, bebte, als ob er in einem Vakuum puren Schreckens betete.

Jodie beugte sich schnell hinter ihm vor. Auch er zitterte.
»Verlogener Scheiß...«, sagte er mit wutverzerrter Stimme.
Goldy erkannte sogleich seinen Fehler. Irgendjemand musste ihm geholfen haben, die Truhe herunterzutragen, für einen allein war sie zu schwer.

»Keiner außer ...«

Jodie langte mit einer wilden Bewegung nach unten, legte Goldy die linke Handfläche aufs Gesicht, stieß sein rechtes Knie zwischen Goldys Schulterblätter, riss Goldys Kopf zurück gegen den Druck seines Knies und durchschnitt Goldys gestreckte schwarze Kehle von Ohr zu Ohr bis hinunter auf den Knochen.

Goldys Aufschrei mischte sich in den Schrei der Lokomotive, als der Zug über sie hinwegdonnerte und das gesamte Wohnviertel erbeben ließ. Er ließ die schlafenden schwarzen Menschen in ihren verlausten Betten erbeben. Die alten Knochen und die schmerzenden Muskeln, die von Tuberkulose befallenen Lungen und die unerwünschten Embryos lediger Mädchen. Er schüttelte Putz von den Decken, löste Mörtel zwischen den Ziegeln der Mauern. Ließ die Ratten zwischen den Mauern erzittern und die Kakerlaken, die über Küchenabflüsse und Speisereste krochen; die schlafenden Fliegen, die wie Bienen in Trauben hinter den Fensterrahmen überwinterten. Er ließ die fetten, von Blut genährten Wanzen erzittern, die über schwarze Haut krabbelten. Ließ die Flöhe beben, dass sie hüpften. Ließ die schlafenden Hunde auf ihren schmutzigen Lagern zittern, die schlafenden Katzen und sogar die verstopften Toiletten, wo das Zittern die Scheiße in den Rohren löste.

Hank sprang gerade noch rechtzeitig zur Seite.

Das Blut schoss in einem Schwall aus Goldys durchschnittener Kehle und spritzte auf die schwarze Straße, den Kotflügel und das Vorderrad des Leichenwagens. Es glänzte für einen Augenblick mit einem leuchtend roten Schein auf dem schwarzen Pflaster. Im nächsten Augenblick trübte es sich, wurde dunkler und vertiefte sich zu einem schwärzlichen Purpur. Der erste mächtige Strahl ebbte zu einer langsam pulsierenden Fontäne ab, während das Herz seine letzten Schläge tat. Das Fleisch der klaffenden blutenden Wunde schloss sich wie blutende Lippen über blutigem Schaum.

Der süßliche, ungesunde Geruch frischen Blutes stieg von der nach Abfall stinkenden Straße auf und vermischte sich mit dem fauligen Gestank der Wohnhäuser Harlems.

Jodie trat zurück und ließ den sterbenden Körper mit dem Rücken aufs Pflaster sinken, wo er sich in dem schwarzen Gewand in Todeskrämpfen krümmte und drehte, als würde er einen leidenschaftlichen Orgasmus mit einer unsichtbaren Partnerin erleben.

Das Donnern des Zuges verlor sich in dem kreischenden Geräusch, wenn Metall über Metall schleift, während der Zug zu seinem Halt im Bahnhof an der 125th Street abbremste.

Jodie beugte sich hinunter und wischte die Klinge seines Messers am Saum von Goldys schwarzer Robe ab. Der Schnitt war so schnell ausgeführt worden, dass nur an der Messerklinge Blut klebte.

Er richtete sich auf und drückte auf den Knopf, der die Sperre löste. Die Klinge baumelte lose. Mit einem Schütteln seines Handgelenks zog er sie ein. Die Sperre klickte. Er steckte das Messer wieder zurück in die Manteltasche.

»Den Scheißkerl hab ich wie einen Eber ausbluten lassen«, sagte er stolz.

»Hat sich selbst ins Grab geredet.«

Wie auf ein Kommando sahen Hank und Jodie gleichzeitig die Straße auf und ab, hinauf zu dem Fenster der Wohnung im zweiten Stock und in den schwach erleuchteten Flur und betrachteten die Fenster der umliegenden Häuser.

Nichts rührte sich.

18

Der kurze scharfe Pfiff eines Zuges, der den Fluss Richtung Harlem überquert hatte, ließ Jackson in einem Meer des Schreckens erwachen.

Er sprang auf und warf dabei den Stuhl um. Er spürte, wie jemand von hinten nach ihm schlug, duckte sich und stieß den Tisch beiseite. Er fuhr herum und riss das Rohr vom Tisch, um Slim den Kopf einzuschlagen.

Aber da war niemand.

»Ich muss geträumt haben«, sagte er zu sich selbst.

Erst da wurde ihm bewusst, dass er geschlafen hatte.

»Da kommt ein Zug«, murmelte er.

Er war noch immer benommen.

Er merkte, dass seine Chauffeursmütze auf den Boden gefallen war. Er nahm sie auf und klopfte sie ab. Doch es war kein Staub darauf. Der Fußboden war blitzblank und immer noch feucht.

Die gescheuerten Dielen erinnerten ihn an Imabelle. Er fragte sich, wo sie hingegangen sein könnte. Vielleicht zu ihrer Schwester in der Bronx. Aber dort würden sie sie bestimmt finden. Auch die Polizei suchte nach ihr. Er musste ihre Schwester anrufen, sobald er das Golderz bei der Gepäckaufbewahrung im Bahnhof aufgegeben hatte. Er würde es nicht bei Goldy lassen, was immer die anderen auch sagen mochten.

Plötzlich wurde er von Hast gepackt.

Er wühlte in seinen Taschen nach einem Zettel, um Imabelle eine Nachricht zu hinterlassen, falls sie zurückkäme, um nach ihm zu suchen, aber nicht wüsste, wo sie ihn finden könnte. In der Innentasche seiner Chauffeursuniform war ein schmutziger Briefbogen mit Mr. Clays Adresse und einer Aufstellung des Zubehörs, das bei einem Begräbnis gebraucht wurde. In der Seitentasche seines Mantels entdeckte er einen Bleistiftstummel. Er strich das Papier auf dem Küchentisch glatt und kritzelte eilig: »Schatz, suche nach meinem Bruder, Schwester Gabriel, vor Blumsteins Warenhaus. Er wird dir sagen, wo ich bin ...«

Er wollte schon seinen Namen darunterschreiben, als ihm einfiel, dass Slim mit Hank und Jodie zurückkommen würde.

»Ich denk überhaupt nicht nach«, murmelte er vor sich hin, knüllte den Briefbogen zusammen und warf ihn in die Ecke.

Das anwachsende Donnern des nahenden Zuges ließ ihm wieder den undefinierbaren Schrecken in die Glieder fahren. Er dachte an einen Blues, den seine Mutter immer sang:

I flag de train an' it keep on easing by
I fold my arms; I hang my head an' cry.

Plötzlich war es ihm, als würde er rennen, aber er bewegte sich nicht wirklich von der Stelle. Er rannte innerlich. Es blieb ihm keine Zeit, darüber nachzudenken, wohin Imabelle gegangen sein könnte. Nur gerade so viel Zeit, sich Sorgen zu machen. Zumindest hatte er sie von Slim weggeholt.

Er nahm sein Schlagrohr vom Tisch. Seine Augen waren gerötet, die Lippen aufgesprungen, sein Gesicht war grau und trocken geworden.

Eine alte graue Ratte schob ihren Kopf unter dem fettbeschmierten, rostigen, holzbeheizten Herd hervor. Auch die Ratte hatte rote Augen. Die Ratte sah Jackson an, und Jackson sah die Ratte an.

Das Haus begann zu zittern. Der Boden erzitterte, die Ratte erzitterte, auch Jackson fühlte, wie er zu zittern begann. Sein Hirn fühlte sich an, als würde es im Schädel auf und ab beben und jeden Augenblick explodieren. Das Donnern des Zuges erfüllte den Raum und ließ den zitternden Mann und die zitternde Ratte in todesähnlicher Trance erstarren.

In dem Augenblick gellte die Signalpfeife. Sie schrie wie ein abgestochenes Schwein, das mit dem Messer im Hals über ein Maisfeld jagt.

Die Ratte verschwand.

Jacksons Füße setzten sich in Bewegung.

Er rannte blindlings aus der Küche durch das Schlafzimmer, stolperte über den dreibeinigen Stuhl, sprang wieder hoch, rannte in den stockfinsteren Flur und begann die Treppe hinunterzulaufen.

Dann fielen ihm Imabelles Kleider ein. Er drehte sich um, rannte in die Küche zurück, legte sein Eisenrohr auf den Tisch, klemmte die Kleider unter den Arm, drehte sich wieder um und rannte aus der Wohnung, ohne an das Rohr zu denken.

Er rannte durch den dunklen Flur, die steile, dunkle Treppe hinunter und bemühte sich, so leise wie möglich zu sein. Der Schweiß trat ihm aus der trockenen Haut. Er spürte, wie er den Nacken hinuntertriefte und aus den Achselhöhlen an den Seiten hinablief wie kriechende Würmer.

Imabelles Kleider schleiften über die schmutzigen Stufen. Auf dem ersten Treppenabsatz stolperte er über die Röcke, fiel vornüber, die Kleider noch unter den Arm geklemmt, und landete mit einem dumpfen Schlag auf dem Bauch.

»Herr, mein Erlöser«, murmelte er, als er aufstand. »Sieht so aus, als hätte ich nicht mehr viel Zeit hier.«

Er drückte die Kleider an sich, als stecke Imabelle darin, und konnte gerade noch über die Oberkante des Stapels sehen, als er unter der trüben Lampe im Flur des Erdgeschosses hinweg zur Haustür lief.

Er war darauf eingestellt, Goldy ungeduldig wartend auf dem Vordersitz des Leichenwagens zu sehen. Stattdessen sah er Hank und Jodie, die auf der anderen Seite des Leichenwagens standen, sich gegenseitig ansahen und miteinander redeten. Er war wie versteinert. Er stand da mit offenem Mund in seinem nassen schwarzen Gesicht, seine weißen Zähne glänzten in dem blassvioletten Zahnfleisch.

Hank und Jodie hatten gerade in dem Moment ihren Blick von dem erleuchteten Hauseingang abgewendet.

Hank sagte zu Jodie: »Schaffen wir ihn von der Straße weg.«

»Und wohin?«

»In den Leichenwagen.«

»Wozu? Warum lassen wir den Mistkerl nicht einfach da liegen, wo er ist?«

»Er ist ein Spitzel. Wenn die Bullen ihn hier finden, sind sie hinter uns her wie Mäuse hinter dem Speck.«

»Wenns nach mir geht, lassen wir ihn hier und kümmern uns nicht um die Polizei. Wir verdrücken uns doch sowieso, oder?«

Hank ging nach hinten und öffnete die Doppeltüren des Leichenwagens. Hätte er den Kopf gedreht, dann hätte er den versteinerten Jackson im Hauseingang gesehen. Aber er sah auf die Leiche hinunter, während er zurückging.

»Fass ihn an den Schultern«, sagte er und beugte sich vor, um die Füße hochzuheben.

Jodie begann seine Handschuhe anzuziehen. Auch er blickte auf die Leiche.

»Zum Teufel, hast du Angst, ihn mit den Händen zu berühren?«

»Der Scheißer ist tot. Davor hab ich Angst.«

Jackson dachte, sie wollten die Truhe herausholen. Der Gedanke löste seine erstarrten Muskeln. Am Rand seines Blickfelds sah er den Lieferwagen. Er nahm an, dass sie die Truhe nehmen und sie in den Lieferwagen stellen wollten, und er hatte keine Möglichkeit, sie daran zu hindern. Er hatte ja nicht mal sein Eisenrohr.

Zum ersten Mal wurde ihm bewusst, dass Goldy nirgends zu sehen war. Vielleicht hatte Goldy sie kommen sehen und sich versteckt. Goldy hatte den Revolver. Jackson hätte ihn zur ewigen Hölle verdammen können, aber zu allen anderen Sünden, die er schon begangen hatte, wollte er sich nicht auch noch der Blasphemie schuldig machen.

Er trat leise in den Flur zurück, stolperte bei jedem Schritt halb, drehte sich auf dem Treppenabsatz um und rannte die Treppen hinauf zur Wohnung. Dann dachte er noch einmal darüber nach. Wenn sie die Truhe in den Lieferwagen geschafft hatten, würden sie vielleicht aus dem einen oder anderen Grund in die Wohnung gehen.

Er sah sich nach einem Versteck um.

Der Raum unter der Treppe war verkleidet worden und bildete eine Kammer, deren Tür zu einer kleinen dunklen Ecke hinten im Flur wies. Er wich in die Ecke zurück, drückte auf die Klinke und fand die Kammertür unverschlossen.

Mülleimer waren chaotisch zwischen schmutzige Schrubber und Lappen gestopft. Er schlug die Kleider hoch, damit sie nicht in die Eimer baumelten, quetschte sich in die Kammer, schloss leise die Tür und stand, kaum atmend, in der stinkenden Dunkelheit.

Jodie fasste die Leiche unter den Armen, Hank packte sie an den Füßen. Sie schoben sie mit den Füßen nach vorn zwischen das Begräbniszubehör, das unter der Truhe lag. Sie klemmte, und sie mussten sie auf den Rücken drehen und die Füße gegen die Schultern schieben. Schließlich kriegten sie den Kopf weit genug hinein, um die Türen schließen zu können.

Hank ging zurück, hob die weiße Haube und die graue Perücke auf und setzte sie wieder auf den leblosen Kopf. Dann nahm er einen Teil von dem schwarzen Stoff und den künstlichen Kränzen, um den Kopf zu verdecken, bevor er die Tür schloss.

»Warum tust du das?«, fragte Jodie.

»Falls einer reinguckt.«

»Wer soll da reingucken?«

»Was, zum Teufel, weiß ich? Wir können jedenfalls nicht abschließen.«

Sie drehten sich um und schauten noch einmal hoch zu dem Fenster in der zweiten Etage.

Jodie zog seine Handschuhe aus, steckte seine bloße Hand in die Tasche und packte den Griff seines Messers.

»Was glaubst du, wer ihm geholfen hat?«

»Keine Ahnung. Ich hatte gedacht, sie und Jackson wären es gewesen, aber mit dem Spitzel hier sieht die Sache anders aus.«

»Meinst du, Jackson hängt mit drin?«

»Muss wohl. Das ist sein Leichenwagen.«

»Meinst du, sie sind noch oben?«

»Wir werden sofort nachsehen.«

Sie drehten sich um, überquerten den Bürgersteig und betraten den Hausflur. Beide hatten die Hände in den Manteltaschen. Hank hielt seine .38er Automatik fest, Jodie den knöchernen Griff seines Messers. Ihre Augen suchten die Dunkelheit ab.

Als sie die Stufen erreichten, sprachen sie laut genug, dass Jackson sie in seiner stickigen Kammer hören konnte.

»Die verlogene Nutte, ich hätte sie umlegen sollen ...«

»Sei still.«

Jackson hörte jeden Fußtritt leise auf die Holzdielen aufsetzen. Er hielt den Atem an.

»Ist mir egal, wenn sie mich hört, sie kann sich doch nirgendwo verstecken.«

»Halt die Klappe. Hier sind noch andere, die dich hören können.«

Jackson hörte die Füße, wie sie die Treppe hinaufgingen. Plötzlich blieb ein Paar stehen.

»Was heißt das eigentlich, halt die Klappe? Ich habs verdammt satt, dass du mir ständig erzählst, ich soll die Klappe halten.«

Das zweite Paar Füße hielt ebenso abrupt an.

»Ich meine, halt die Klappe. Genau das.«

Jackson hielt in der bedrohlichen Stille so lange den Atem an, dass seine Lunge schmerzte, als die Füße endlich weitergingen.

Kein Wort wurde mehr gesprochen.

Jackson atmete schwach und horchte auf die Schritte, die mit jeder Stufe leiser wurden. Er packte den Türgriff, zog ihn mit aller Kraft nach innen, drehte ihn so langsam um, dass kein Geräusch entstand, und öffnete die Tür mit unendlicher Vorsicht einen Spalt weit.

Er hörte die Füße die zweite Treppe hochgehen und nahm kaum noch wahr, wie sie sich den Flur im zweiten Stock entlangtasteten. Dann wartete er noch einen Augenblick und rannte aus der Kammer. Ein leerer Mülleimer kippte mit blechernem Scheppern um. Das Geräusch jagte ihn, seine Arme immer noch voller Kleider, aus dem Flur, als hätte ihn ein spitzer Schuh in den Hintern getreten.

Er hörte Füße auf den Holzboden im oberen Flur donnern

und auf die Holzstufen krachen wie ein Tausendfüßler in Stiefeln. Als er über den Bürgersteig stürmte, hörte er, wie über ihm ein Fenster aufgerissen wurde.

Er packte den Türgriff des Leichenwagens, riss die Tür auf, warf die Kleider auf den Sitz, sprang hinein, wühlte in seinen Taschen nach dem Zündschlüssel, schaltete die Zündung ein und betätigte den Starterknopf.

»Spring schon an, du gottverdammter Hurensohn, der Herr vergebe mir«, beschimpfte er den widerspenstigen Motor. »Spring an, du beschissener Bastard von einem Hurensohn, du gottverdammter Karren – Jesus Christus, ich habs nicht so gemeint.«

Er sah Jodie den schwach erleuchteten Flur entlangkommen und im Rechteck der Türöffnung größer und größer werden.

»Herr, hab Erbarmen«, betete Jackson.

Jodie hechtete mit einem langen Satz aus der Tür, die Schneide seines Messers funkelte in der Dunkelheit. Er landete auf dem Pflaster, rutschte auf den Bordstein zu, kippte nach vorn, wedelte mit beiden Armen, als versuche er, seinen Sturz in den Abgrund abzubremsen, gewann sein Gleichgewicht zurück und drehte sich zum Leichenwagen um, als der alte Cadillac-Motor aufheulte.

Jackson legte den Gang ein und trat mit aller Kraft aufs Gaspedal. Der betagte Leichenwagen schoss mit einem schweren Dröhnen davon, so schnell, dass die rechte Kante der Stoßstange gegen den linken hinteren Kotflügel des Lieferwagens knallte, bevor Jackson Kontrolle über sein Fahrzeug gewann. Der Kotflügel wurde zu einer zerfetzten Flosse verbogen, die im Vorbeifahren tiefe Narben in die schwarze Seite des Leichenwagens kratzte. Jackson konnte gerade noch an einem der Stahlträger der Hochbahn vorbeilenken, als er Richtung Westen in die 130th Street einbog.

»Noch eine Rasur von der Güte, Herr, und dieser Bruder weilt nicht mehr lange auf Erden«, murmelte Jackson, während er seine kurzen fetten Arme um das Lenkrad schlang und auf die Straße stierte, die ihm über die Motorhaube entgegenschoss.

19

Als Imabelle unten ankam, während Goldy und ihr Freund Jackson sich mit ihrer Truhe voll Golderz abmühten, warf sie einen kurzen Blick auf den abgestellten Leichenwagen, kicherte noch einmal und rannte dann die Park Avenue hinunter zum Bahnhof in der 125th Street.

Sie kannte den Fahrplan zwar nicht, aber es würde schon noch ein Zug nach Chicago fahren.

»Und dieses süße Mädchen wird dann bestimmt drinsitzen«, sagte sie zu sich selbst.

Der Bahnhof in der 125th Street hockte wie eine künstliche Insel unter der Hochbahn. Die doppelspurige Linie teilte sich in vier Gleise, wo sie oben an dem tristen, schwach erleuchteten hölzernen Bahnsteig vorbeiführte. Passagiere, die dort zum ersten Mal ausstiegen, hatten gleich das Gefühl, sich umdrehen und wieder in den Zug steigen zu müssen. Jedes Mal, wenn ein Zug einlief, wurde der Bahnsteig wie von einem Krampf geschüttelt, und die lockeren Bohlen klapperten wie trockene Knochen.

Von der Plattform aus konnte man den erleuchteten Streifen der 125th Street sehen, der über die Insel Manhattan verlief, von der Triborough Bridge aus, die die Bronx mit Brooklyn verband, bis zur 125th-Street-Fähre über den Hudson River nach New Jersey.

Zur Straße hin war der stickige, hellerleuchtete Warteraum mit Holzbänken, Zeitungsständen, Imbissstuben, Spielautomaten, Fahrkartenschaltern und ziellosen Menschen voll gestopft. An der Rückseite führte eine Doppeltreppe zu den Bahnsteigen hinauf, darunter befanden sich die Toiletten. Dahinter, nicht zu sehen, schwer auszumachen und unmöglich zu erreichen, lag die Gepäckaufbewahrung.

Die Gegend war zugepflastert mit Bars, fliegenverseuchten Absteigen, die sich Hotel nannten, 24-Stunden-Cafés, Bierkneipen, Puffs und Spielhöllen, die sich alle zusammen allen möglichen Launen der Natur widmeten.

Schwarze und Weiße verkehrten hier Tag und Nacht miteinander in den biertriefenden Bars, kriegten rote Augen und Wutanfälle von der Sauferei und prügelten sich auf der Straße zwischen vorbeifahrenden Autos. Sie hockten Seite an Seite in den Fressbuden und aßen Dinge an den verdreckten Tischen, die an nichts Essbares erinnerten.

Nutten schwirrten in der Gegend herum wie grüne Fliegen über Kochtöpfen mit Innereien.

Die winselnden Stimmen von Bluessängern, die aus albtraumhaft erleuchteten Musikboxen drangen, quäkten grausig:

*My mama told me when I was a chile
Dat mens and whiskey would kill me after a while.*

Straßenräuber mit zernarbten Gesichtern hefteten sich an einsame Fußgänger wie Hyänen, die den Löwen beim Fraß zusehen.

Taschendiebe landeten einen Coup, flitzten in den Schutz der Dunkelheit unter der Hochbahnbrücke und versuchten, den Kugeln der Polizisten zu entgehen, die an den Stahlpfeilern abprallten. Manchmal gelang es ihnen, manchmal auch nicht.

Weiße Gangster, zu viert oder sechst in ihren kugelsicheren Limousinen, fuhren bei den Hauptquartieren des Syndikats unten an der Straße ein und aus und begegneten unterwegs uniformierten Polizisten in ihren Streifenwagen, mit denen sie Blicke austauschten.

Im Bahnhof schoben Detectives in Zivil vierundzwanzig Stunden am Tag Wache. Draußen auf der Straße war immer ein Streifenwagen zu sehen.

Doch Imabelle hatte mehr Angst vor Hank und Jodie als vor irgendwelchen Polizisten. Man hatte sie nie für die Akten fotografiert oder ihr Fingerabdrücke abgenommen. Alles, was die Bullen je von ihr wollten, war eine schnelle Nummer. Imabelle gehörte zu den Mädchen, die fest davon überzeugt waren, dass man ein faires Geschäft nicht als Diebstahl bezeichnen konnte.

Sie hatte ihren schwarzen Mantel fest zugeknöpft, aber beim Gehen flatterte der Saum und legte ein aufreizendes Stück ihres roten Kleides frei.

Ein Mann mittleren Alters, Kirchgänger, treuer Ehegatte und Vater von drei schulpflichtigen Töchtern, auf seinem Weg zur Arbeit, in einen sauberen, gestärkten Overall und einen Armeepullover gekleidet, hörte das Klappern ihrer Absätze auf dem Straßenpflaster, als er aus seiner Erdgeschosswohnung kam.

»Die Nutte hat aber ein Tempo drauf«, murmelte er vor sich hin.

Als er auf die Straße trat, schaute er sich nach ihr um und sah im Schein der Laterne den Glanz ihres hellgelben Gesichts und den verführerischen Streifen des roten Rocks. Plötzlich hatte es ihn gepackt. Er war machtlos dagegen. Seine Frau kränkelte, und er war seit Gott weiß wie lange nicht mehr zum Zuge gekommen. Als er diese erlesene milchkaffeebraune Schönheit sah, die ihm da über den Weg lief, erstrahlten seine Zähne in seinem schwarzen Gesicht wie ein Leuchtturm auf offener See.

»Du bist was für mich, Baby«, sagte er mit tiefer Bassstimme und packte sie am Arm. Er war bereit, fünf Dollar springen zu lassen.

Ohne ihren Bewegungsfluss zu bremsen, schlug sie ihm ihre schwarze Handtasche ins Gesicht.

Der Schlag überraschte ihn mehr, als dass er ihn schmerzte. Er hatte gar nichts Böses im Sinn; er wollte nur ein bisschen mit dem Mädchen schäkern. Aber als er sich bewusst machte, dass da eine Hure einen Kirchgänger wie ihn schlug, packte ihn der Zorn. Er holte auf und riss sie an sich.

»Schlag mich nicht, du Hure.«

»Lass mich los, du schwarzer Scheißkerl«, fauchte sie und kämpfte wütend gegen seine Umklammerung an.

Er war Müllmann und so stark wie ein Pferd. Sie konnte sich nicht losreißen.

»Beschimpf mich nicht auch noch, du Nutte, ich krieg schon was von dir, ob du willst oder nicht«, tönte er großmäulig in einem überschäumenden Anfall von Wut und Lust und wollte sie aufs Pflaster werfen, um sie gleich dort zu vergewaltigen.

»Du kriegst was von deiner Mama, du riesiges Arschloch«, fluchte sie, zog ein Messer aus der Manteltasche, das dem von Jodie ähnelte, und verpasste ihm einen Schnitt quer über die Wange.

Er sprang zurück, hielt sich mit einer Hand an ihr fest und betastete mit der anderen die Wunde. Er zog seine verschmierte Hand zurück und betrachtete das Blut. Er sah verblüfft aus. Es war sein eigenes Blut.

»Du hast nach mir gestochen, du Nutte«, sagte er mit erstaunter Stimme.

»Ich machs noch mal, du Drecksau«, sagte sie und fing an, in weiblicher Rage mit dem Messer nach ihm zu stechen.

Er ließ sie los und schnellte zurück, wobei er sich mit den bloßen Händen gegen das Messer wehrte, als wollte er Wespen verscheuchen.

»Was ist los mit dir, du Flittchen?«, sagte er, aber seine Stimme ging unter im Donnern eines Zuges, der sich dem Bahnhof näherte. Plötzlich erklang die Pfeife der Lokomotive wie der Schrei eines Menschen.

Das Geräusch jagte ihr solche Angst ein, dass sie zurücksprang und den verwundeten Mann ansah, als ob er den Schrei ausgestoßen hätte.

»Ich mach dich kalt, du Nutte«, sagte er und wollte ihr schon das Messer entreißen.

Sie wusste, dass sie ihn nicht verjagen und auch nicht abstechen konnte, und wenn er sie überwältigte, war sie geliefert. Sie drehte sich um, rannte auf den Bahnhof zu und schwang das offene Messer in der Hand.

Er rannte hinter ihr her, und das Blut tropfte ihm von Gesicht und Händen.

»Lass dich nicht von ihm erwischen, Baby«, feuerte sie jemand aus der Dunkelheit an.

Der Zug überholte sie, donnerte über ihre Köpfe hinweg, erschütterte die Erde, ließ die rennenden Arschbacken der Frau erzittern und das Blut wie leise Regentropfen aus der Wunde des Mannes sickern. Der Zug begann mit mahlendem Quietschen zu bremsen. Das Donnern hatte sie in Panik versetzt; das schrille Geräusch füllte ihren Mund mit ätzender Säure.

Sie warf das Messer in den Rinnstein und rannte vorbei an den wartenden Taxis, den umherstreifenden Nutten und den farbigen Lumpenkerlen, bog durch den Seiteneingang in die Wartehalle ab, ohne anzuhalten, rannte dann zurück zur Damentoilette unter der Treppe und schloss sich dort ein.

Die kunterbunte Menschenmenge, die da herumstand oder auf den Holzbänken saß, schenkte dem kaum Beachtung. Es war in der Gegend nicht ungewöhnlich, dass eine Frau jemandem davonlief.

Doch als der Mann durch die Tür stürzte, blutend wie ein angestochener Bulle, richteten sich alle auf.

»Ich bring die Nutte um«, fluchte er, als er in den Wartesaal stürmte.

Ein farbiger Bruder sah ihn an und bemerkte: »Die Alte hat ihm ein paar ordentliche Liebesdienste verpasst.«

Der Mann war auf halbem Weg zur Toilette, als der weiße Detective ihn einholte und ihn an beiden Armen packte. »Immer langsam, Bruder Jones, ruhig Blut. Was ist los?«

Der Mann wehrte sich gegen den Griff des Polizisten, konnte sich aber nicht losreißen. »Hören Sie mal zu, Weißer, ich will keinen Ärger. Die Hure hat mich mit dem Messer verwundet, und ich hol mir, was mir zusteht.«

»Sachte, sachte, Bruder. Wenn sie dich mit dem Messer erwischt hat, ist sie ein Fall für uns. Aber du schnappst dir niemanden, verstanden?«

Der farbige Detective schlenderte herbei und sah den blutenden Mann gleichgültig an. »Wer war das?«

»Eine Frau, behauptet er.«

»Wo ist sie hin?«

»In die Damentoilette gerannt.«

Der farbige Detective fragte den Verletzten: »Wie sieht sie aus?«

»Hellbraune Frau in schwarzem Mantel und rotem Kleid.«

Der farbige Polizist lachte. »Lass lieber die Finger von zu hellen Nutten, Kleiner.« Er drehte sich um, lachte vor sich hin und ging auf die Damentoilette zu.

Zwei uniformierte Polizisten von einem Streifenwagen kamen schnell herein, als wären sie auf Scherereien gefasst. Sie sahen enttäuscht aus, als nichts derlei auszumachen war.

»Ruf doch mal 'nen Krankenwagen«, sagte der weiße Detective zu einem der beiden.

Der Polizist eilte hinaus zum Streifenwagen, um über das Funksprechgerät die Polizeiambulanz zu rufen. Der andere Polizist blieb einfach stehen.

Leute sammelten sich in einem Kreis, um auf den großen schwarzen Mann zu starren, aus dessen Schnittwunde rotes Blut auf den braunen Fliesenboden tropfte. Ein Bediensteter rückte mit einem nassen Schrubber an und betrachtete missbilligend den blutverschmierten Boden.

Niemand hielt das für ungewöhnlich. Dergleichen passierte ein- bis zweimal pro Nacht in diesem Bahnhof. Es fehlte eigentlich nur, dass jemand tot war.

»Warum hat sie auf Sie eingestochen?«, fragte der weiße Detective.

»Weil sie gemein ist, deshalb. Sie ist einfach nur eine gemeine Hure.«

Der Detective sah aus, als ob er dem zustimmen würde.

Der farbige Detective fand die Toilettentür verschlossen. Er klopfte an. »Aufmachen, Schätzchen.«

Niemand antwortete. Er klopfte noch einmal.

»Der Gesetzeshüter, Süße. Bring mich nicht dazu, dass ich den Bahnhofsvorsteher rufen muss, damit er die Tür aufschließt, sonst wird Papa ungemütlich.«

Der Riegel auf der anderen Seite wurde zurückgeschoben. Er drückte auf die Klinke, und die Tür ging auf. Imabelle sah ihn aus dem Spiegel an. Sie hatte sich das Gesicht gewaschen und gepudert, ihr Haar zurückgekämmt, Lippenstift aufgetragen und ihre hochhackigen schwarzen Wildlederschuhe abgestaubt und sah aus, als wäre sie gerade von einer Tribüne gestiegen.

Er ließ seine Polizeimarke blitzen und grinste sie an.

Sie beschwerte sich: »Kann sich eine Dame hier denn nicht mal ein bisschen zurechtmachen, ohne dass ihr Bullen reinschneit?«

Er sah sich um. Es waren außer ihr nur noch zwei weiße Damen mittleren Alters im Raum, die sich in eine entlegene Ecke verdrückt hatten.

»Sind Sie die Frau, die mit dem Kerl Ärger hatte?«, fragte er Imabelle und versuchte sie damit aufs Glatteis zu führen.

Sie fiel auf den Trick nicht herein. »Ärger mit welchem Kerl?« Sie verzog ihr Gesicht und sah ihn empört an. »Ich kam hier rein, um mich frisch zu machen. Ich weiß gar nicht, wovon Sie reden.«

»Lass gut sein, Baby, mach Papa keine Scherereien«, sagte er und begutachtete sie, als wollte er sie flachlegen.

Sie sah ihn aus ihren großen braunen Schlafzimmeraugen an und ließ ihr perlweißes Lächeln aufblitzen, als käme ihr der Vorschlag gerade recht. »Wenn ein Mann behauptet, er hat Ärger mit mir, dann liegt der Fehler wohl bei ihm.«

»Ich weiß, was du meinst, Kleines, aber du hättest ihn nicht aufschlitzen sollen.«

»Ich hab keinen aufgeschlitzt«, stritt sie ab und glitt an ihm vorbei in den Wartesaal.

»Das ist die Nutte, die mich verletzt hat«, sagte der Mann und zeigte auf sie mit einem bluttriefenden Finger.

Die phlegmatische Menge drehte sich um und starrte sie an.

»O Mann, die hätte ich erst mal selbst aufgeschlitzt«, sagte ein Spaßvogel. »Wenn ihr wisst, was ich meine.«

Imabelle ignorierte die Menschenmenge, während sie sich ihren Weg bahnte. Sie ging auf den verletzten Mann zu und sah ihm direkt in die Augen. »Ist das der Kerl, von dem Sie reden?«, fragte sie den farbigen Detective.

»Es ist der, der verletzt wurde.«

»Den hab ich in meinem Leben noch nicht gesehen.«

»Du verlogene Nutte!«, schrie der Mann.

»Immer langsam, Daddy-o«, warnte ihn der farbige Detective.

»Warum hab ich denn auf dich eingestochen, wenn ichs wirklich war?«, forderte Imabelle ihn heraus.

Die Zuschauer lachten.

Einem farbigen Bruder fiel dazu ein Spruch ein: Schwarzes Mädchen, und ein Güterzug entgleist; gelbes Mädchen, und dem Priester steht der kleine Geist.

»Na los, wo ist das Messer?«, wandte sich der weiße Detective an Imabelle. »Ich hab das Gequatsche satt.«

»Ich seh mal in der Toilette nach«, schlug der farbige Detective vor.

»Sie hats draußen weggeworfen«, sagte der Verletzte. »Ich hab gesehen, wie sies auf die Straße geschmissen hat, bevor sie hier reingerannt ist.«

»Warum haben Sie es nicht aufgehoben?«, fragte der Detective.

»Wozu?«, antwortete der Verletzte überrascht. »Ich brauch kein Messer, um die Nutte zu erledigen. Das schaff ich mit meinen bloßen Händen.«

Der Detective starrte ihn an. »Als Beweismittel. Sie haben gesagt, sie hat auf Sie eingestochen.«

»Komm, wir holen es«, sagte einer der uniformierten Polizisten zum anderen, und sie gingen hinaus, um das Messer zu suchen.

»Klar hat sie mich verletzt. Das sehen Sie doch«, meinte der Mann mit der Wunde.

Die Menge lachte und zerstreute sich allmählich.

»Wollen Sie Anzeige gegen die Frau erstatten?«

»Anzeige? Ich zeig sie Ihnen doch. Sie sehen doch selbst, dass sie mich mit dem Messer verletzt hat.«

Irgendein Witzbold bemerkte: »Wenn sie dich nicht geschnitten hat, solltest du mal einen Doktor fragen, wieso deine Venen nicht dicht sind.«

»Warum halten Sie mich fest?«, fragte Imabelle den weißen Detective. »Ich sag Ihnen doch, ich hab den Kerl noch nie gesehen. Er verwechselt mich mit einer anderen.«

Ein Team aus einem anderen Streifenwagen kreuzte auf und sah den verletzten Schwarzen mit der typischen Neugierde der Weißen an, während sie ihre dicken Handschuhe auszogen.

»Sie nehmen die Leute hier mit zum Revier«, befahl der weiße Detective. »Der Mann will Anzeige gegen diese Frau erstatten.«

»Lieber Himmel, ich hab keine Lust, dass er mir den Wagen vollblutet«, beschwerte sich einer der beiden Polizisten.

Aus der Ferne war das Heulen eines Krankenwagens zu hören.

»Da kommt die Ambulanz«, stellte der farbige Detective fest.

»Warum sollen die mich mitnehmen, wenn ich nichts verbrochen hab?«, wollte Imabelle von ihm wissen.

Er sah sie wohl wollend an. »Ich fühl mit dir, Baby, aber ich kann dir nicht helfen«, sagte er.

»Wenn Sie Ihre Unschuld beweisen, können Sie ihn wegen falscher Anschuldigungen drankriegen«, sagte der weiße Detective.

»Na, das bringt mich ja mächtig weiter«, gab sie ärgerlich zurück.

Draußen suchten die beiden Uniformierten die Straßenrinne nach dem Messer ab.

Zwei Farbige, die auf dem Bürgersteig standen, beobachteten sie schweigend.

Schließlich kam einer der Polizisten auf die Idee, sie zu fragen: »Hat einer von euch beiden gesehen, wie hier jemand ein Messer aufgehoben hat?«

»Hab 'nen schwarzen Jungen gesehen, ders genommen hat«, behauptete einer der Männer.

Die Polizisten liefen vor Zorn rot an. »Scheiße, haben Sie denn nicht mitgekriegt, wie wir hier danach gesucht haben?«, fragte einer von ihnen ärgerlich.

»Sie haben doch nicht gesagt, wonach Sie suchen, Boss.«

»Inzwischen ist der Bastard bestimmt schon ein paar Blocks weiter«, beklagte sich der zweite Polizist.

»Wo ist er hin?«, fragte der andere.

Der Mann zeigte die Park Avenue hinauf.

Beide Polizisten sahen ihn drohend an. »Wie sah er aus?«

Der Farbige drehte sich zu seinem Kollegen um. »Wie sah er aus, was meinst du?«

Dem zweiten Farbigen gefiel es gar nicht, dass sein Kumpel an weiße Bullen freiwillig Informationen über einen farbigen Jungen ausplauderte. »Hab keinen gesehn«, sagte er und gab deutlich sein Missfallen zu erkennen.

Beide Polizisten drehten sich um und starrten ihn wütend an. »Hast keinen gesehen«, äffte einer ihn nach. »Schön, verdammte Scheiße, ihr seid beide verhaftet.«

Die Polizisten führten die beiden Farbigen um das Portal des Bahnhofs herum und schoben sie auf den Rücksitz ihres Streifenwagens, während sie auf den Vordersitz kletterten. Passanten sahen die beiden schnell und neugierig an und gingen dann weiter.

Die Polizisten lenkten den Wagen auf der falschen Straßenseite die Park Avenue hinauf, um ihre Macht zu demonstrieren. Die rote Signallampe blinkte wie ein böses Auge. Sie fuhren langsam, ließen die verstellbaren Scheinwerfer über die Bürgersteige schweifen, richteten sie auf die Gesichter der Fußgänger, in Hauseingänge, Spalten, Ecken und leere Plätze und suchten unter einer halben Million Farbigen in Harlem nach einem schwarzen Jungen, der ein blutbeflecktes Messer aufgehoben hatte.

Sie kamen gerade rechtzeitig, um einen Lieferwagen mit verbeultem hinterem Kotflügel in die 130th Street einbiegen zu sehen, interessierten sich aber nicht dafür.

»Was sollen wir mit den schwarzen Hurensöhnen machen?«, fragte ein Polizist den anderen.

»Laufen lassen.«

Der Fahrer hielt an und sagte: »Verschwindet.«

Die beiden Farbigen stiegen aus und gingen zum Bahnhof zurück.

Als sie dort ankamen, fuhr der Krankenwagen gerade ab und brachte den Verletzten zum Harlem Hospital, damit seine Wunden genäht wurden, bevor man ihn zum Revier bestellte, damit er seine Anzeige gegen Imabelle erhob.

Zur gleichen Zeit fuhr der Streifenwagen, der Imabelle zum Revier brachte, auf der 125th Street in Richtung Osten. Unterwegs begegnete ihm ein Leichenwagen, der langsam aus der Madison Avenue einbog. Aber es war nichts Merkwürdiges daran, dass so früh am Morgen ein Leichenwagen durch die Straßen fuhr. In Harlem starben die Menschen rund um die Uhr.

Die Polizisten übergaben Imabelle dem diensthabenden Sergeant und ließen sie inhaftieren, bis der verletzte Mann käme, um seine Aussage zu machen.

»Sie meinen, ich soll hier bleiben, bis ...«

»Klappe und setz dich«, schnitt ihr der Sergeant gelangweilt das Wort ab.

Sie war nahe daran, aus der Haut zu fahren, überlegte es sich aber, ging hinüber zu einer der Holzbänke an der Wand, setzte sich in aller Ruhe mit übereinandergeschlagenen Beinen hin, sodass fünfzehn Zentimeter ihrer cremefarbenen Oberschenkel zu sehen waren, und betrachtete ihre rotlackierten Fingernägel.

Während sie dasaß, kam Grave Digger aus dem Büro des Captain. Er trug eine weiße Bandage unter seinem zurückgeschobenen Hut, und sein Gesicht verriet unbändige Wut. Er sah Imabelle beiläufig an, schaute noch einmal hin und erkannte sie. Er ging langsam durch den Raum und sah auf sie hinunter.

Sie warf ihm ihren Schlafzimmerblick zu und ließ ihren Rock noch höher rutschen, sodass noch mehr von ihren cremefarbenen Schenkeln zum Vorschein kam.

»Na, dann küss mal meine großen Plattfüße«, sagte er. »Baby, ich hab Neuigkeiten für dich.«

Sie schenkte ihm ihr viel versprechendes Lächeln, das auf angenehme Dinge hoffen ließ.

Da schlug er sie mit solch unbändiger Wut, dass sie von der Bank segelte und mit grotesk gespreizten Beinen bäuchlings auf dem Boden landete. Das rote Kleid rutschte dabei so hoch, dass man ihr schwarzes Nylonhöschen sehen konnte.

»Das ist aber noch nicht alles«, versprach er.

20

Als Jackson aus der Madison Avenue in die 125th Street in Richtung der Gepäckaufbewahrung des Bahnhofs einbog, fuhr er so vorsichtig, als wäre die Straße mit Eiern gepflastert.

Vom Scheitel seines Krauskopfs bis zu den weißen Sohlen seiner schwarzen Füße strömte ihm langsam der Schweiß aus allen Poren. Er war in Sorge um Imabelle, fragte sich, ob sein Mädchen in Sicherheit wäre, sorgte sich um ihre Truhe voller Golderz und hoffte, dass jetzt, da er sie diesen Gaunern entrissen hatte, nichts mehr schief gehen möge.

Er steuerte mit einer Hand den Wagen und bekreuzigte sich mit der anderen.

Mal betete er: »Herr, lass mich jetzt nicht im Stich.« Dann wieder stöhnte er einen schwermütigen Blues:

*If trouble was money
I'd be a millionaire ...*

Ein Streifenwagen, der in Richtung Revier fuhr, kam ihm entgegen wie eine Fledermaus aus der Hölle. Er sauste so schnell an ihm vorbei, dass er Imabelle auf dem Rücksitz nicht erkennen konnte. Er nahm an, sie würden irgendeinen Halunken ins Gefängnis bringen. Hoffentlich war es dieser Bastard Slim.

Dann brauste ein Krankenwagen an ihm vorbei. Er guckte sich die Augen aus dem Kopf, um zu sehen, wer drin war, sein Schweiß wurde kalt, und er wäre fast auf ein Taxi aufgefahren. Nur schwach erkannte er die Silhouette eines Mannes und war sogleich wieder beruhigt. Wer immer es auch war, jedenfalls nicht Imabelle.

Er fragte sich, wo sein Mädchen sein mochte. Er sorgte sich

so sehr um sie, dass er beinahe einen großen fetten Schwarzen über den Haufen gefahren hätte, der diagonal über die Straße schlurfte und dabei die Lokomotive spielte.

Stood on the corner with her feet soaking wet
Begging each and every man she met ...

Jackson lenkte den Leichenwagen an dem Fettsack vorbei, als würde er sich einen Weg durch eine Dornbuschsavanne bahnen. Nur nicht noch mal den Mund aufmachen. Man weiß nie, was ein Betrunkener als Nächstes anstellt. Er wollte keinen Ärger, bis die Truhe aufgegeben und vor Goldy in Sicherheit gebracht war.

Er musste vorn um den Bahnhof herumfahren, dann über die Park Avenue zurück und schließlich den Eingang der Gepäckaufbewahrung an der Rückseite ansteuern.

Als er vor der Tür des Gepäckraumes an die Bordsteinkante heranfuhr und hinter einer Reihe Lasttaxis parkte, hatte das Riesenbaby glücklich die Stromschnellen des Verkehrs auf der 125th Street umschifft und wälzte sich gerade über den voll gestopften Bürgersteig neben den erleuchteten Fenstern des Warteraums auf die Park Avenue und den Harlem River zu.

Keiner sagte etwas zu dem Fettsack. Kein Bedarf an Ärger mit einem prächtig gebauten farbigen Betrunkenen vom Kaliber dieses Dicken. Vor allem dann nicht, wenn seine Augen schon gerötet waren. Schließlich brechen auf die Art Rassenunruhen aus.

Jackson machte es nervös, dass sich gleich nebenan immer mehr Polizisten ansammelten, während er die Truhe mit Golderz aufgeben wollte. Er war so nervös, dass er vor seinem eigenen Schatten Angst bekam. Aus Gewohnheit ließ er den Motor laufen. Als er ausstieg, um in den Gepäckraum zu gehen, hatte der Fettsack ihn geortet.

»Kleiner Bruder!«, schrie das Riesenbaby, schlurfte auf Jackson zu und legte seinen großen fetten Arm um Jacksons gedrungene fette Schultern.

»Klein, schwarz und so fett wie ich. Sags ihnen, kleiner Dicker. Man kann einem Dicken nicht trauen, wie?«

Jackson befreite sich ärgerlich aus der Umarmung und sagte: »Kannst du dich nicht ordentlich benehmen? Du bist eine Schande für deine Rasse.«

Der Fettwanst schaltete die Lokomotive auf Gegenschub, ließ sie auf dem Gleis leer laufen und erhöhte den Dampfdruck.

»Welche Rasse, kleiner Bruder? Willst du mal was Rassiges erleben?«

»Unsere Rasse meine ich. Du weißt schon, wovon ich rede.«

Erstaunt über Jackson, riss das Riesenbaby seine blutunterlaufenen Augen auf. »Heißt das, du würdest ihnen deine Alte überlassen?«, schrie er.

»Werd mal nüchtern«, schrie Jackson mit unkontrollierbarem Zorn zurück, ging um den Fettsack herum wie um einen Berg und eilte in den Gepäckaufbewahrungsraum, ohne sich noch einmal umzublicken.

Der Fettsack vergaß ihn sofort und wälzte sich weiter die Straße rauf.

Jackson entdeckte einen farbigen Gepäckträger. »Ich hab da eine Truhe, die ich aufgeben möchte.«

Der Gepäckträger sah ihn an und wurde ärgerlich, nur weil Jackson ihn angesprochen hatte. »Wo solls denn hingehen?«, fragte er grob.

»Chicago.«

»Wo ist das Ticket?«

»Ich hab noch keins. Ich will die Truhe aufgeben, damit ich mir das Ticket holen kann.«

Der Gepäckträger wurde fuchsteufelswild. »Hier wird nirgendwo eine Truhe aufgegeben, wenn du kein Ticket hast«, schrie er aus vollem Hals. »Weißt du das denn nicht?«

»Was regst du dich so auf? Benimmst dich, als wären wir Gottes zornige Kinder.«

Der Gepäckträger hob die Schultern, als wollte er Jackson einen Hieb verpassen. »Ich reg mich doch gar nicht auf. Seh ich vielleicht so aus, als würd ich mich aufregen?«

Jackson wich zurück. »Hör zu, ich will das Ding nirgendwo

aufgeben. Es soll hier nur bleiben, bis ich heute Abend wiederkomm und mein Ticket abhol.«

»Du willst es also nirgendwo aufgeben. Mann, was ist los mit dir?«

»Wenn dus nicht annehmen willst, red ich mal mit dem Mann«, drohte Jackson.

Der Mann war der weiße Vorsteher.

Der Gepäckträger wollte keinen Ärger mit dem Mann. »Du meinst, du willst eine Truhe aufgeben«, sagte er und gab widerwillig nach. »Warum hast du nicht gleich gesagt, du willst nur eine Truhe aufgeben, statt herzukommen und was davon zu erzählen, dass du nach Chicago fahren willst?« Er schnappte sich eine Sackkarre, als wollte er sie nehmen und Jackson damit den Schädel einschlagen. »Wo ist das Ding?«

»Draußen.«

Der Gepäckträger schob die Sackkarre auf den Bürgersteig und blickte die Straße auf und ab. »Seh keine Truhe.«

»Sie ist da in dem Leichenwagen.«

Er sah durch die Fenster des Leichenwagens und entdeckte die Truhe auf dem Sarggestell. »Wozu fährst du eine Truhe in einem Leichenwagen durch die Gegend?«, fragte er misstrauisch.

»Wir benutzen den Wagen, um alles Mögliche zu transportieren.«

»Schön, dann hol sie mal raus«, sagte der Gepäckträger und war immer noch misstrauisch. »Ich fass keine Truhe in keinem Leichenwagen an, wo Tote gelegen haben.«

»Mann, Herr im Himmel. Sei nicht so gemein. Die Truhe ist schwer. Willst du mir wirklich nicht helfen, sie auszuladen?«

»Ich werd nicht dafür bezahlt, Truhen aus Leichenwagen zu holen. Ich kümmer mich drum, sobald sie auf der Straße stehen.«

»Ich helf dir beim Rausholen«, bot sich ein farbiger Pennbruder an.

Jackson und er gingen zum Heck des Leichenwagens. Der Gepäckträger folgte ihnen. Zwei weiße Taxifahrer, die gerade eine Pause machten, sahen ihnen neugierig zu. Weiter unten am Bürgersteig stand ein weißer Polizist, der die Gruppe geistesabwesend betrachtete.

Der Fettsack kam wieder die Straße heruntergeschlurft, als Jackson gerade die doppelflügelige Tür des Leichenwagens aufriss. »Vorsicht!«, schrie er. »Einem Dicken könnt ihr nicht trauen!«

Jackson, der Gepäckträger und die drei Farbigen machten gemeinsam einen Satz zurück, als hätten sie plötzlich dem Teufel ins nackte Gesicht gesehen.

Der Fettsack schlurfte näher heran und schaute Jackson über die Schulter. Die Lokomotive blieb wie tot auf dem Gleis stehen.

Alle vier Schwarzen waren aschgrau geworden.

»Großer Gott Allmächtiger!«, rief der Fettsack aus. »Schaut euch das an!«

Unter der Truhe lag ein Haufen schwarzer Tücher. Künstliche Blumen waren in heillosem Durcheinander darüber verteilt. Ein hufeisenförmiger Kranz künstlicher Lilien war heruntergerutscht. Aus dem Bogen weißer Lilien schaute ein schwarzes Gesicht heraus. Das Gesicht sah mit zurückgeworfenem Kopf nach hinten und ruhte auf dem Hinterkopf. Eine weiße Haube war auf eine graue Perücke gesetzt, die zur Seite gerutscht war. Das Gesicht zeigte eine schreckliche Grimasse reinster Boshaftigkeit. Weiße Augäpfel starrten die vier grauen Männer mit festem, unbeweglichem Blick an. Unter dem Gesicht befand sich die klaffende, pupurlippige Wunde der durchtrennten Kehle.

Jackson standen die Haare zu Berge, als er das Gesicht seines Bruders Goldy erkannte. Sein Mund ging halb auf und erstarrte. Seine Augen weiteten sich, bis er das Gefühl hatte, die Augäpfel träten ihm aus den Höhlen. Sein Kiefer begann zu schmerzen. Ein warmer, feuchter Strahl lief ihm plötzlich am Hosenbein entlang.

»Das ist doch 'ne Leiche, oder vielleicht nicht?«, stellte der Gepäckträger mit brüchiger Stimme fest, als hätte sich sein Verdacht plötzlich bewahrheitet. Seine Augen waren so weit aufgerissen und starr wie die des Toten.

»Wo?«, entfuhr es Jackson. Sein Verstand war vor Panik und Furcht gelähmt. Sein ganzer fetter Körper fing an zu zittern, als hätte er einen epileptischen Anfall.

»Wo?«, kreischte der Gepäckträger mit hoher, winselnder Stimme. Sie klang wie eine Feile, die über eine Säge fährt. »Da vor deiner Nase, wo sonst?«

Der dritte Farbige ging immer noch rückwärts die Straße rauf.

»Quer durchgeschnitten bis auf den Knochen«, sagte der Fettsack mit gedämpfter, anerkennender Stimme.

Die Taxifahrer schlenderten herüber und sahen auf den blutigen schwarzen Kopf hinunter.

»Jesus Christus!«, rief einer von ihnen aus.

»Das ist 'ne Perücke«, meinte der andere.

»Wie?«

»Sieh doch, da drunter ist kurzes Haar. Mein Gott, das ist ein Mann.«

Der uniformierte Polizist näherte sich langsam wie ein Vorbote des Untergangs und wirbelte dabei lässig seinen weißen Schlagstock. Mit der Miene eines Mannes, der mit allen Wassern gewaschen war, blickte er in den Leichenwagen. Gleich darauf schreckte er kreidebleich zurück und holte tief Luft. Mit solchem Wasser war er noch nicht in Berührung gekommen.

»Wie ist das da hingekommen? Wer hat das getan? Wem gehört der Leichenwagen?«, fragte er einfältig, versuchte seine Fassung zu finden und sah sich schnell nach Hilfe um. Sein Blick traf sich mit dem eines Detectives in Zivil am Eingang zum Warteraum, und er winkte ihn heran.

Der dritte Farbige war derweil rückwärts die Park Avenue hinauf gegangen, da wo es dunkel war, bis er es für sicher hielt, sich umzudrehen. Dann erst rannte er die finstere Straße entlang, so schnell seine Füße ihn trugen.

Der Fettsack war mittlerweile stocknüchtern und versuchte ebenfalls, sich zu verdrücken, als der Detective befahl: »Dass sich hier ja keiner aus dem Staub macht.«

»Mach ich ja gar nicht«, stritt der Fettsack ab. »Vertret mir nur ein bisschen die Beine.«

Die weißen Taxifahrer zogen sich zurück und lehnten sich Schulter an Schulter gegen die Wand der Gepäckaufbewahrung.

Der weiße Detective in Zivil schob den Gepäckträger beiseite und fragte: »Was ist los?« Er warf einen Blick in den Leichenwagen und wurde blass. »Was, zum Teufel, ist das?«

»Eine Leiche«, antwortete der Polizist.

»Wer ist der Fahrer?«

»Ich, Chef«, kam Jacksons zitternde Stimme.

Der uniformierte Polizist atmete mit einem tiefen Seufzer aus, froh darüber, dass nun der Detective in Zivil die Sache übernahm. Eine Menschenmenge begann sich zu sammeln, und er war dankbar, nun eine Aufgabe zu haben.

»Zurück!«, befahl er. »Alles zurückbleiben!«

Der Detective zog Notizbuch und Bleistift hervor. »Wie heißen Sie?«, fragte er Jackson.

»Jackson.«

»Wer ist Ihr Chef?«

»Mr. H. Exodus Clay, 134th Street.«

»Wo haben Sie die Leiche aufgeladen?«

»Weiß ich nicht, Boss. Sie war schon drin, als ich einstieg. Das schwör ich bei Gott.«

Der Detective hörte plötzlich zu schreiben auf und starrte Jackson ungläubig an.

Jeder starrte ihn an.

»Er sagt, er hat 'nen Mausetoten gefunden und weiß nicht, wo er her ist«, rief jemand in der Menge.

Jackson zitterte so stark, dass seine Zähne wie eine Rassel klapperten. Er hatte jetzt keine Angst mehr, sein Mädchen oder ihr Golderz zu verlieren. Er dachte nicht einmal mehr an das Mädchen oder ihr Gold. Er dachte nur noch an seinen Bruder, der mit durchschnittener Kehle tot dalag. Das war die instinktive Angst vor dem gewaltsamen Tod. Angst vor dem Tod selbst. Bis jetzt hatte er nicht daran gedacht, was nun mit ihm geschehen würde. Aber die nächste Frage des Detectives gab ihm Anlass, darüber nachzudenken.

»Wollen Sie damit sagen, Sie wussten nicht, dass die Leiche im Wagen war, als Sie ihn aus der Garage holten?«

»Nein, Sir, das schwör ich bei Gott.« In dem Moment kam der farbige Detective hinzu und fragte beiläufig: »Wo brennts denn?«

Ein Streifenwagen bog aus der 125th Street ein, fuhr auf der falschen Straßenseite weiter und pflügte eine Schneise in die Menschenmenge, die sich über die gesamte Straße ausgebreitet hatte.

»Er hat eine Leiche da drin und behauptet, er weiß nicht, wie sie da reingekommen ist«, antwortete der weiße Detective.

»Zu Fuß bestimmt nicht«, meinte der farbige Detective und zwängte sich zwischen Jackson und den Gepäckträger, um sich die Leiche anzuschauen.

»Ach du Scheiße«, rief er mit fast stockendem Atem aus und war von dem Anblick eher angeekelt als entsetzt. Dann sah er genauer hin. »Das ist Schwester Gabriel. Und der Scheißkerl war die ganze Zeit ein Mann!«

Der weiße Detective setzte Jacksons Vernehmung fort, als ob er sich für das Geschlecht der Leiche nicht interessierte. »Wie konnten Sie den Wagen aus der Garage holen, ohne zu wissen, dass eine Leiche drin war?«

»Der Boss hat mir gesagt, ich soll die Truhe zum Bahnhof bringen und aufgeben.« Er sprach stockend, kaum in der Lage zu atmen. »Schwörs bei Gott. Ich hab nur die Truhe runtergebracht, wie ers gesagt hat, sie da auf das Gestell geschafft und bin hier zum Bahnhof gefahren, wie er gesagt hat. Der Herr sei mein Zeuge.«

»Wozu die Truhe aufgeben?«

Hinter ihnen schoben die Polizisten aus dem Streifenwagen die Menge zurück. »Zurück da, zurück!«

Das Grau war aus Jacksons Gesicht gewichen, und er hatte wieder angefangen zu schwitzen. Er wischte sich den Schweiß aus dem Gesicht und tupfte seine blutunterlaufenen Augen mit seinem schmutzigen Taschentuch ab. »Hab Sie nicht verstanden, Boss.«

Gauner und Prostituierte und Arbeiter und Penner und Taschendiebe und Säufer und blinde Bettler und all der Abschaum, der rings um den Bahnhof wie schmutziges Strandgut auf Brackwasser herumtrieb, drängten sich aneinander. Die Nachricht von einer Leiche mit durchschnittener Kehle lockte sie an, diesen Anblick wollten sie sich nicht entgehen lassen.

»Ich hab gefragt, wieso er die Truhe aufgeben wollte.«

»Wieso? Wegen Chicago. Er fährt heut Abend nach Chicago und wollte die Truhe jetzt aufgeben, dann braucht er sich nicht damit rumschlagen, wenn er das Ticket kauft«, sagte Jackson keuchend.

Der weiße Detective klappte sein Notizbuch zu. »Von dem Scheißdreck glaub ich kein gottverdammtes Wort.«

»Es könnte aber stimmen«, meinte der farbige Detective. »Vielleicht hat ein Fahrer die Leiche gebracht und sie kurz im Wagen gelassen, und dieser Fahrer hier ...«

»Aber verdammt, wer gibt um die Zeit eine Truhe auf?«

Der farbige Detective lachte. »Das ist Harlem. Vielleicht hat sein Boss den Koffer mit Hundertdollarnoten voll gestopft.«

»Schön, das haben wir gleich. Passen Sie auf ihn auf. Wenn er die Leiche legal bekommen hat, wurde sie von der Mordkommission freigegeben.« Er schaute suchend über die Köpfe der Menge hinweg. »Wo, zum Teufel, ist der Streifenwagen? Ich werd im Revier anrufen.«

Plötzlich sah Jackson sich auf dem elektrischen Stuhl sitzen. Wenn sie ihn ins Revier brachten, würden sie das mit Slim und seiner Bande herausfinden. Und sie würden auch erfahren, dass Coffin Ed geblendet und Grave Digger verletzt oder vielleicht sogar getötet worden war. Sie würden alles über das Golderz und Goldy herausbekommen, und auch, dass er die fünfhundert Dollar und den Leichenwagen gestohlen hatte. Sie würden herauskriegen, dass Goldy sein Bruder war und annehmen, Goldy hätte das Golderz von seinem Mädchen stehlen wollen. Dann würden sie schließen, er hätte Goldy den Hals durchgeschnitten. Und sie würden seinen schwarzen Arsch zu einem Häufchen Asche verbrennen.

»Ich hab den Auftrag gesehen«, sagte er und bewegte sich allmählich auf den Bürgersteig zu. »Er lag auf dem Vordersitz, aber ich wusste nicht, um wen es ging.«

»Auftrag?«, fuhr ihm der weiße Detective dazwischen. »Wofür denn einen Auftrag?«

»Die Anweisung für den Toten. Wir bekommen von der Polizei einen Auftragsschein, die Leiche mitzunehmen. Ich hab ihn da auf dem Vordersitz gesehen.«

»Na, verdammt, warum sagen Sie das nicht? Zeigen Sie mal.«

Jackson ging nach vorn und öffnete die Tür. Er sah auf den leeren Sitz. »Der Schein lag hier«, sagte er.

Er krabbelte auf Händen und Knien halb in die Fahrerkabine hinein, wühlte hinter dem Sitz herum und schaute auf dem Boden nach. Er hörte den alten Cadillac-Motor leise brummen. Er schob sich halb auf den Sitz, um sich vorzubeugen und ins Handschuhfach zu sehen. Sein Ellbogen berührte den Schalthebel und schob ihn auf Fahrt, aber der Motor lief ruhig, und der Wagen bewegte sich nicht.

»Vor einer Minute war der Schein noch hier«, wiederholte er.

Jetzt standen beide Detectives auf dem Bürgersteig neben der Tür und beobachteten ihn skeptisch.

»Rufen Sie im Revier an, und erkundigen Sie sich nach einem kürzlichen Mordfall«, rief der weiße Detective einem der uniformierten Polizisten zu. »Nem farbigen Mann, der sich als Nonne ausgab, wurde die Kehle durchgeschnitten. Fragen Sie, ob die Leiche freigegeben wurde. Und erkundigen Sie sich nach dem Namen des Bestatters.«

»Wird gemacht«, antwortete der Polizist und rannte zu seinem Funksprechgerät.

Jackson kletterte ganz auf den Sitz, um über den Sonnenblenden zu suchen, wo ein Stapel Papiere steckte.

»Es lag hier. Ich habs gesehen.«

Er fasste mit der rechten Hand das Steuerrad, um sich abzustützen und besser sehen zu können. Plötzlich schlug er mit der linken Hand die Tür zu. Dann legte er sein ganzes Gewicht aufs Gaspedal.

Der alte Cadillac-Motor war das letzte Modell aus der 47er-Serie, die mit der großen Zylinderbohrung, und hatte genügend Kraft, einen beladenen Güterzug zu ziehen.

Als der schwarze Leichenwagen davonbrauste, klang das tiefe Dröhnen seiner großen Zylinder wie ein viermotoriges Stratosphärenflugzeug, das an Höhe gewinnt.

Fußgänger stieben in grotesker Flucht auseinander. Ein blinder Mann stolperte über ein Fahrrad, als er zur Seite springen wollte.

Zwischen einem großen Lastwagen mit Auflieger, der nach Osten in Richtung der Brücke fuhr, und einem Taxi, das auf der 125th Street nach Westen wollte, war eine Lücke von drei Metern. Jackson lenkte den Leichenwagen in gerader Linie über die Straße, sauste so schnell durch die Lücke, dass er keines der beiden anderen Fahrzeuge streifte, fuhr dann gerade weiter die schmale Fahrbahn der Park Avenue hinunter und vorbei an den Stahlträgern der Hochbahnanlagen. Die Kupplung schepperte, als der Wagen in den zweiten und dritten Gang und schließlich in den Schnellgang hochschaltete.

Rings um den Bahnhof ballerten die Pistolen wie Knallfrösche am chinesischen Neujahrstag.

Das gedämpfte, wimmernde Jaulen der Streifenwagen erklang und steigerte sich bald zu einem rasenden Kreischen, als der erste Streifenwagen die Verfolgung aufnahm. Er jagte direkt auf den großen Lastwagen zu, und der Polizist versuchte, dessen Geschwindigkeit abzuschätzen; er verschätzte sich und geriet ins Schleudern, als er auszuweichen versuchte. Der Streifenwagen krachte mit der Breitseite in den großen, hohen Stahlanhänger, schien sich darunterschieben zu wollen, prallte aber auf die Straße zurück und kam mit gebrochener Vorderachse zum Halten.

Die Motoren der beiden anderen Streifenwagen heulten gerade erst auf. Über diesem Höllenlärm ertönte das laut jubelnde Krähen des Fettsacks. »Was hab ich euch gesagt? Einem Dicken kann man nicht trauen! Der kleine fette Scheißkerl hat seiner eigenen Mama vom einen Ohr zum anderen die Kehle durchgeschnitten!«

21

Grave Digger stand in blinder Wut über Imabelles ausgestrecktem Körper. Eins der Weiber dieser Bastarde, die mit Säure spritzten, hatte versucht, mit ihm anzubändeln. Und sein Partner Coffin Ed lag im Krankenhaus und würde vielleicht sein Leben lang blind sein. Seine Wut erfüllte die Luft mit Hochspannung.

Außer seinem eigenen trug er auch Coffin Eds Revolver. Er hielt ihn in der Hand, ohne sich darüber im Klaren zu sein, dass er ihn gezogen hatte. Er hatte seinen Finger am Abzug und konnte sich gerade noch beherrschen, ein paar Löcher in ihre bezaubernde gelbe Haut zu schießen.

Zwei uniformierte Polizisten, die durch den Wachraum gingen, wandten sich zögernd in seine Richtung, um ihn zurückzuhalten, sahen die Pistole in seiner zitternden Hand und blieben mit stiller Verwunderung neben ihm stehen.

Zwei Polizisten von der Streife, die drei betrunkene Prostituierte hereinbrachten, hielten inne und starrten ihn mit weitaufgerissenen Augen an. Die laut fluchenden Stimmen der Prostituierten brachen mitten im Satz ab. Sie schienen körperlich zu schrumpfen, standen wie angewurzelt in geduckter Haltung da und wurden augenblicklich nüchtern.

Jeder in dem Raum dachte, Grave Digger würde Imabelle töten.

Die Stille hielt an, bis Imabelle sich hastig aufrappelte und Grave Digger mit einer Wut fixierte, die der seinen in nichts nachstand. »Was, zum Teufel, ist mit dir los, du Bulle?«, schrie sie ihn an. Sie war so wütend, dass sie vergaß, ihren Rock herunterzuziehen und sich den Staub von ihren Kleidern abzuklopfen.

»Wenn du dein Maul nur noch einmal aufmachst ...«, legte Grave Digger los.

»Immer sachte«, schnitt ihm der diensthabende Sergeant das Wort ab.

Imabelles linke Wange war knallrot und schwoll langsam an. Ihre Haare waren durcheinander, ihre Augen gelb wie die einer Katze, ihr Mund eine klaffende Wunde in einem Gesicht, das so hässlich aussah wie das einer Bulldogge.

Die uniformierten Polizisten sahen sie mitleidig an.

Grave Digger riss sich mit aller Macht zusammen. Seine Bewegungen waren fahrig, als er die Pistole ins Halfter zurückschob. Seine große gelenkige Gestalt bewegte sich zuckend wie eine Marionette. Er wagte es nicht, sie noch einmal anzusehen, und wandte sich dem diensthabenden Sergeant zu. »Was liegt gegen die Frau vor?« Seine Stimme war belegt.

»Hat drüben am Bahnhof 125th Street auf einen Mann eingestochen.«

»Schlimm?«

»Nee. Ein farbiger Arbeiter, der hinter dem Bahnhof im Bluteimer wohnt, behauptet, sie hätte ihn verletzt.«

Grave Digger drehte sich schließlich doch um und sah Imabelle an, als wollte er sie etwas fragen, überlegte es sich dann aber anders.

»Man hat ihn ins Harlem Hospital gebracht, damit er genäht wird«, fügte der Sergeant hinzu. »Sie dürften ihn jede Minute reinbringen, damit seine Aussage macht.«

»Ich will sie haben«, sagte Grave Digger mit ausdrucksloser Stimme.

Der Sergeant sah Grave Digger ins Gesicht. »Dann nimm sie«, sagte er.

Gleichzeitig betätigte er aber auf der Reihe mit Signalknöpfen auf seinem Schreibtisch die Klingel zum Büro des Captain. Er wollte keinen Streit mit Grave Digger, konnte ihn aber auch nicht ohne Befehl mit einer Gefangenen aus dem Revier gehen lassen.

Der Lieutenant, der Nachtdienst hatte, kam aus dem Büro des Captain und fragte: »Was gibts?«

Der Sergeant deutete mit dem Kopf auf Grave Digger und Imabelle. »Jones will sie mitnehmen.«

»Sie war heute Nacht bei der Geschichte am Fluss dabei«, sagte Grave Digger heiser.

»Was haben Sie mit ihr vor?«

»Sie wird mir zeigen, wo ich sie finde.«

Der Lieutenant sah so aus, als gefiele ihm die Idee nicht sonderlich. »Was liegt gegen sie vor?«, fragte er den Sergeant.

»Ein Farbiger sagte, sie hätte ihn mit einem Messer verletzt. Drüben auf der Park Avenue, im Bluteimer. Sie haben ihn noch nicht hergebracht.«

Der Lieutenant wandte sich wieder an Grave Digger. »Gibt es da einen Zusammenhang?«

»Das wird sie mir verraten«, sagte Grave Digger mit seiner heiseren, wattigen Stimme.

»Ich hab niemand mit 'nem Messer verletzt«, wandte Imabelle ein. »Den Kerl hab ich noch nie im Leben gesehen.«

»Schnauze«, sagte der Sergeant.

Der Lieutenant betrachtete sie von oben bis unten. »Ein richtiges Luder«, murmelte er ärgerlich und dachte, es sind hellbraune Luder wie sie, die ihre schwarzen Kerle zu all den Verbrechen verführen.

»Es wird spät«, sagte Grave Digger.

Der Lieutenant runzelte die Stirn. Es war gegen die Vorschriften, und er wollte nicht, dass während seines Dienstes etwas Ordnungswidriges ablief. Aber irgendwelche Halunken hatten einem Polizisten Säure in die Augen geschüttet. Dieses Mädchen gehörte zu den Halunken. Und da war der Partner des Polizisten.

»Nehmen Sie sie mit«, sagte er. »Lassen Sie sich von einem Kollegen begleiten. Nehmen Sie O'Malley.«

»Ich will nicht, dass mich jemand begleitet«, sagte Grave Digger. »Ich hab Eds Pistole bei mir, das reicht.«

Der Lieutenant drehte sich um, ohne ein weiteres Wort zu sagen, und ging zurück ins Büro des Captain.

Keiner der anderen Polizisten sagte etwas. Sie starrten von Grave Digger auf Imabelle.

Grave Digger ging auf sie zu. Sie blieb trotzig stehen. Er legte so schnell Handschellen um ihre Handgelenke, dass sie es nicht mal mitkriegte. Als er sie am Arm fasste und sie auf die Tür zuschob, drehte sie sich um und flehte den Sergeant vom Dienst an: »Wollen Sie es wirklich zulassen, dass mich dieser Verrückte wegbringt?«

Der Sergeant sah in eine andere Richtung, ohne zu antworten.

»Ich hab meine Rechte ...«, schrie sie.

Grave Digger zerrte sie so heftig durch die Tür, dass sie den Boden unter den Füßen verlor. Er schleifte sie die Betonstufen hinunter.

Sein Wagen war einen halben Block weiter unten an der Straße geparkt.

»Lass mich los. Ich kann allein gehen«, sagte sie, und er ließ ihren Arm los.

Es war die gleiche schwarze Limousine, in der er Gus' Cadillac zum Versteck der Bande am Fluss gefolgt war. Er öffnete die Vordertür. Durch die Handschellen behindert, stieg sie umständlich ein. Er ging um den Wagen herum und setzte sich auf den Fahrersitz.

»Dann mal los, wo sind sie?«

»Keine Ahnung, wo sie sind«, antwortete sie mürrisch.

Er drehte sich auf seinem Platz um und sah sie an. »Versuch nicht, mich für dumm zu verkaufen, Mädel. Ich will diese Bastarde, die mit Säure um sich werfen, und du wirst mich zu ihnen führen, sonst bearbeite ich dein Gesicht so lange mit der Pistole, bis dich kein Mann mehr ansieht.« Seine Stimme war so belegt, dass sie ihn kaum noch verstehen konnte.

Sie spürte die Gefahr, die von ihm ausging. Vielleicht hätte sie sich weiter gegen ihn aufgelehnt, wenn er gedroht hätte, sie umzubringen. Sie wollte verschwinden, bevor Hank und Jodie geschnappt und zum Sprechen gebracht wurden. Ohne deren Zeugenaussage konnte ihr nichts geschehen. Aber sie wusste, dass er es ernst damit meinte, ihr Gesicht zu entstellen.

»Ich bring Sie zu ihrer Bude. Ich will, dass man sie kriegt. Aber ich weiß nicht, ob sie noch dort sind. Gut möglich, dass sie sich inzwischen aus dem Staub gemacht haben.«

Er ließ den Motor an und stellte das Kurzwellengerät auf den Polizeisender ein. »Wo ist es?«

»In einem Wohnhaus in der St. Nicholas Avenue, über einer Arztpraxis. Er lebt in den untersten beiden Stockwerken und vermietet die beiden oberen.«

»Ich weiß, wo das ist, und du solltest beten, dass sie noch da sind.«

Sie wusste nichts darauf zu antworten.

Als sie auf der St. Nicholas Avenue nach Norden einbogen, meldete eine metallische Stimme im Radio: »... gesucht wird ein schwarzer verglaster Leichenwagen; Cadillac, Baujahr 1947; Kennzeichen Serie M, Nummer unbekannt. Fahrer ist ein kleiner Farbiger mit tiefschwarzer Haut, er trägt eine Fahreruniform ... Durch die Seitenfenster im Leichenwagen ist eine dunkelgrüne Seekiste auf dem Sarggestell sichtbar. Im Wagen befindet sich die Leiche eines männlichen Farbigen im Gewand einer Nonne. Bekannt als Schwester Gabriel. Kehle durchgeschnitten ... Leichenwagen fährt auf der Park Avenue Richtung Süden ... Stop ... Wiederhole ... Gesucht wird ...«

»Das macht die Sache komplizierter.« Grave Digger wusste sofort, dass Jackson der Fahrer des Leichenwagens war. Es musste eines von Mr. Clays Fahrzeugen sein. Irgendwie war die Bande auf Goldy gestoßen. Aber warum floh Jackson vor der Polizei?

Imabelle schauderte, als sie daran dachte, wie nah sie daran gewesen war, dass ihr selbst die Kehle durchschnitten wurde.

Grave Digger versuchte einen Schuss ins Blaue hinein. »Wo hast du mit Jackson Kontakt aufgenommen?«

»Ich hab Jackson gar nicht gesehen.«

»Was ist in der Truhe?«

»Golderz.«

Er sah sie nicht an.

Sie fuhren mit hoher Geschwindigkeit über das nasse schwarze Pflaster der St. Nicholas Avenue. Auf der östlichen Straßenseite standen Reihen von Apartmenthäusern, die allmählich größer, geräumiger und gepflegter wurden, je weiter sie fuhren. Auf der gegenüberliegenden Straßenseite fielen die steilen Klippen zu dem felsigen Park ab. Darüber erhob sich das Plateau des Universitätsgeländes, von dem aus man den Hudson River überschauen konnte.

»Ich hab jetzt keine Zeit, mir die Sache zurechtzulegen. Zuerst schnapp ich mir die Bastarde, und dann mach ich mir Gedanken darüber.«

»Hoffentlich bringen Sie die Kerle um«, sagte sie bösartig.

»Du wirst mir später noch eine Menge zu erzählen haben, Schwesterlein.«

Die Morgendämmerung setzte ein. Die Gebäude hoch oben auf dem Plateau erstrahlten bereits im Licht.

Sie passierten die Kreuzung der 145th Street, an deren vier Ecken U-Bahn-Eingänge lagen. Der Wagen tauchte die steile Straße hinab, dass es ihnen auf den Magen drückte, und stieg dann steil hoch zu dem Teil der Avenue, wo die Elite der Unterwelt zwischen Schwerarbeitern lebt.

Aus einem Lieferwagen wurden Ballen der *Daily News* auf den nassen Bürgersteig geworfen. Gleich neben einem Drugstore befand sich eine Grillstube, die die ganze Nacht geöffnet hatte. Auf den Hockern an der Theke saßen Arbeiter der Frühschicht, die im grellen Licht der Neonlampen geschmorte Rippchen zum Frühstück aßen. Die heißen Schweinerippchen drehten sich an vier automatischen Spießen vor einem riesigen elektrischen Grill, der nahe am Schaufenster in die Wand eingelassen war und von einem großen schwarzen Mann in weißer Kochuniform bedient wurde.

Zwei Häuser hinter dem Restaurant Eddie's Cellar deutete sie auf einen gelben Buick Roadmaster, der unter einer Laterne vor einem vierstöckigen Haus mit steinerner Fassade geparkt war.
»Das ist der Wagen.«

Grave Digger lenkte seine Limousine vor ihn hin, brachte den Wagen schleudernd zum Stehen, stieg aus und betrachtete die dunklen Vorderfenster des Hauses. In Straßenhöhe befand sich eine schwarzlackierte Tür mit einem blitzblanken Messingklopfer. Drei Klingeln mit weißer Emaille waren untereinander auf dem roten Türrahmen angebracht. Darüber war ein schwarzweißes Schild mit dem Namen Dr. J. P. Robinson zu sehen.

Das Haus lag im Schlaf versunken.

Grave Digger ging schnell zum Wagen zurück, musterte dabei die Straße und merkte sich das Kennzeichen auf dem gelben kalifornischen Nummernschild. Zuerst öffnete er die Motorhaube, zog die Kabel vom Zündverteiler, steckte den Verteilerfinger in die Jackentasche und schlug die Haube mit einem lauten Knall zu. Dann versuchte er die Türen zu öffnen, fand sie aber verschlossen und warf einen Blick ins Wageninnere. Hinten auf dem Boden stand ein Rindslederkoffer. Er ging zum Kofferraum, brach das Schloss mit der Klinge des Schraubenziehers an seinem schweren Taschenmesser auf, betrachtete kurz das darin aufgestapelte Gepäck, drückte die Klappe wieder herunter und ging zu seinem Wagen zurück. Das alles dauerte nicht mal eine Minute.

»Wo sind sie?«

»Bei Billie's.«

»Alle drei?«

Sie nickte. »Wenn sie nicht schon weg sind.«

Er setzte sich wieder hinter das Steuer seines Wagens und sah die gepflasterte St. Nicholas Avenue entlang, die sich als breiter schwarzer Streifen zwischen Zeilen eleganter Apartmenthäuser hinaufzog und im grauen Morgenlicht Gestalt annahm.

Arbeiter der Frühschicht tauchten aus den Seitenstraßen auf

und eilten zu den U-Bahnhöfen. Später würden die Bürodiener, die in der Innenstadt arbeiteten, in ununterbrochener Kette aus den überfüllten Wohnungen strömen. Sie würden ihre Overalls in polierten Lederaktentaschen tragen, um wie Geschäftsleute auszusehen, und die *Daily News* kaufen, um sie in der U-Bahn zu lesen.

Die Männer, die er suchte, waren nirgends in Sicht.

»Wer von ihnen ist auf Drogen?«, fragte er.

»Beide. Ich meine Hank und Jodie. Hank nimmt Opium und Jodie Heroin.«

»Was ist mit dem Dünnen?«

»Er trinkt nur.«

»Welche Namen benutzen sie bei Billie?«

»Hank nennt sich Morgan, Jodie Walker und Slim Goldsmith.«

»Dann weiß Billie also von ihrem Trick mit der Goldmine?«

»Ich glaube nicht.«

»Kleine, du wirst noch tausend Fragen zu beantworten haben«, sagte er, als er den Gang einlegte und den Wagen wieder in Bewegung setzte.

Sie fuhren vorbei an Luckys Cabaret, dem Restaurant King-of-the-Chicken, dem Friseursalon Elite, dem großen, steinernen Privathaus, das als Harlem Castle bekannt war, machten an der 155th Street eine Kehrtwendung zwischen den Eingängen der U-Bahn, passierten auf dem Rückweg The Fat Man's Bar and Grill und hielten vor dem Eingang eines großen, prächtigen, sechsstöckigen Apartmenthauses aus grauem Sandstein an. Die Bürgersteige in dieser Gegend waren von großen Luxusfahrzeugen gesäumt.

Von dort ging es über die steile 155th Street zur Brücke hinunter. Zu Fuß brauchte man keine fünf Minuten bis zu dem dunklen, heruntergekommenen Viertel am Harlem River, wo die Schießerei stattgefunden hatte.

22

Als Jackson in dem großen alten Cadillac-Leichenwagen die Park Avenue hinunterraste, hatte er keine Ahnung, wohin er fahren würde. Er wollte nur weg. Er klammerte sich mit beiden Händen ans Steuerrad. Seine vorquellenden Augen waren starr auf den schmalen Streifen des nassen Straßenpflasters geheftet, das sich über die Motorhaube pellte wie eine Apfelschale über eine Messerklinge, ganz so, als würde er darunter hinwegfahren. Auf der einen Seite flogen die eisernen Stützpfeiler der Hochbahn wie eng gesetzte Zaunlatten vorüber, auf der anderen bildete der Gehsteig mit den Ladenfronten im grauen Licht der Dämmerung ein dunkles, rasendes Kaleidoskop aneinandergehängter Bilder. Hinter ihm ertönte das tiefe, stete Donnern des Kompressors. Die offenen Hecktüren schwangen auf der unebenen Straße wild auf und zu und schlugen gegen den Kopf der Leiche, der unter der durchgerüttelten Truhe auf und ab hüpfte.

Er raste mit hundertfünfunddreißig Stundenkilometern auf die rote Ampel in der 116th Street zu. Er sah sie nicht einmal. Der schläfrige Taxifahrer nahm nur etwas Schwarzes wahr, das vor ihm vorbeirauschte, und dachte, er sähe Gespenster.

Die Verkaufsstände des Harlem Market unter den Bahnanlagen erstreckten sich von der 115th bis zur 101st Street. Lastwagen mit Fleisch, Gemüse, Obst, Fisch, Konserven, getrockneten Hülsenfrüchten, Baumwollartikeln und Kleidungsstücken rangierten auf der schmalen Spur zwischen den eisernen Stützpfeilern und dem Bürgersteig hin und her. Die Arbeiter und Händler und die Beifahrer und Fahrer der Lastwagen liefen umher, luden Waren ab, bauten Stände auf und bereiteten alles für den Käuferstrom am Samstag vor.

Jackson raste auf das bunte Treiben zu, ohne das Tempo zu verringern. Hinter ihm waren die heulenden Sirenen und die roten Augen der Streifenwagen, die ihn verfolgten.

»Achtung!«, schrie ein Farbiger.

Erschrockene Menschen sprangen in Deckung. Ein Lastwagen

drehte sich um die eigene Achse, als der Fahrer hektisch in eine und dann in die andere Richtung lenkte, um dem Leichenwagen auszuweichen.

Als Jackson schließlich den überfüllten Markt bemerkte, war es schon zu spät, um abzubremsen. Ihm blieb nichts anderes übrig, als zu versuchen, den Leichenwagen durch jede Lücke zu lenken, die sich ihm bot. Es war so, als wollte er ein Tau in ein feines Nadelöhr einfädeln.

Er steuerte nach rechts, um dem Lastwagen auszuweichen, sauste in einen Stapel Eierkisten und sah einen kräftigen gelben Strahl Dotter, mit Schalen gesprenkelt, der am Beifahrerfenster vorbeiklatschte.

Die Räder der rechten Seite des Leichenwagens hatten die Bordsteinkante überfahren und pflügten durch Gemüsekisten, sodass die flüchtenden Menschen und die Schaufensterscheiben mit zermatschtem Kohl, Spinatflocken, gequetschten Kartoffeln und zerdrückten Bananen überschüttet wurden. Zwiebeln jagten durch die Luft wie Kanonenkugeln.

»Leichenwagen außer Kontrolle! Leichenwagen außer Kontrolle!«, schrien die Menschen auf.

Der Leichenwagen fuhr in Kisten mit tiefgekühltem Fisch, die auf dem Gehsteig aufgestellt waren, kam bedenklich ins Schleudern und schlug gegen die Seite eines Kühlwagens. Die Hecktüren flogen weit auf, und die Leiche mit der durchgeschnittenen Kehle rutschte zu einem Drittel heraus. Der grausig anzusehende Kopf baumelte an der durchtrennten Kehle und starrte aus seinen weitaufgerissenen Augen auf das Bild der Verwüstung.

Aufschreie in sieben Sprachen waren zu hören.

Von dem Kühlwagen zurückgeschleudert, schwankte der Leichenwagen bedrohlich auf die andere Straßenseite zu, rollte über eine Ochsenhälfte, die ein Lieferant fallen gelassen hatte, um Reißaus zu nehmen, und schaukelte weiter die Straße entlang.

Jackson war so schnell durch den Marktbezirk gerast, dass ein farbiger Arbeiter mit fröhlicher Stimme verkündete: »Verdammt und zugenäht, das ging aber flott!«

»Aber hast du auch gesehen, was ich gesehen hab!«

»Du meinst, er hat ihn geklaut?«

»Muss wohl, Mann. Warum sollten die Bullen sonst hinter ihm her sein?«

»Was will er denn damit?«

»Verkaufen, Mensch, verkaufen. In Harlem kann man alles verhökern.«

Als der Leichenwagen bei der 100th Street wieder offenes Gelände erreichte, war er mit Eiern voll gespritzt, mit Gemüse gespickt und mit Blut befleckt. Klumpen von rohem Fleisch, Fischschuppen und Obstschalen klebten an seinen zerbeulten Kotflügeln. Die Hecktüren schwangen auf und zu.

Er hatte einen Vorsprung vor den Streifenwagen gewonnen, die im Marktbezirk ihr Tempo zurücknehmen mussten. Jackson hatte das Gefühl, sich mitten in einem Albtraum zu befinden. Panik hatte ihn gepackt, und er konnte ihr nicht entrinnen. Er konnte nicht mal denken. Er wusste nicht, wohin er wollte und was er tat. Er fuhr einfach, mehr nicht. Er hatte vergessen, warum er auf der Flucht war. Er floh, und das wars. Er fühlte sich, als sitze er nur da hinter dem Steuerrad und fahre diesen Leichenwagen über das Ende der Welt hinaus.

Er durchquerte den puertoricanischen Teil Harlems mit hundertfünfundvierzig Stundenkilometern. Eine alte Frau aus Puerto Rico sah den Leichenwagen vorbeikommen, bemerkte die aufschwingenden Hecktüren und sank ohnmächtig zusammen.

Ein Streifenwagen, der auf der Park Avenue Richtung Norden raste, entdeckte das nach Süden brausende Fluchtfahrzeug, als es sich der Kreuzung bei der 95th Street näherte. Der Streifenwagen beschrieb mit quietschenden Reifen eine Linkskurve. Jackson sah ihn und lenkte den großen Leichenwagen in eine weite Rechtskurve. Die Hecktüren klappten auf, die Leiche schob sich langsam nach draußen und sank wie ein Toter, der ins Meer versenkt wird, sanft auf das Pflaster und kullerte auf die Seite.

Der Streifenwagen schleuderte, als er auszuweichen versuchte, geriet außer Kontrolle und wirbelte wie ein Kreisel auf dem nassen Pflaster, hopste über den Rinnstein, riss einen Briefkasten um und zerschmetterte das Schaufenster eines Kosmetiksalons.

Jackson fuhr die 95th Street entlang bis zur Fifth Avenue. Als er die steinerne Mauer sah, die den Central Park einfasst, wurde ihm bewusst, dass er Harlem hinter sich gelassen hatte. Er war jetzt in der Welt der Weißen, wo es keinen Ort gab, den er aufsuchen konnte, keinen Platz, um das Gold seiner Freundin zu verstecken, nirgends, wohin er sich verkriechen konnte. Er fuhr mit hundertzehn Stundenkilometern, und vor ihm stand auf einmal eine Steinmauer.

Sein Verstand begann zu funktionieren, seine Gedanken verdichteten sich zu den Zeilen eines Spirituals:

Sometimes I feel like a motherless child,
Sometimes I feel like I'm almost gone ...

Es blieb ihm nur noch zu beten.

Er fuhr so schnell, dass, als er an der Fifth Avenue scharf nach Norden wieder in Richtung Harlem einbog, die Truhe ins Rutschen kam, über den Rand des Sarggestells glitt, auf den Boden des Leichenwagens knallte und mit einem Salto auf die Straße flog. Sie landete auf der Unterseite, und der Deckel sprang auf.

Jackson war so in sein Gebet vertieft, dass er nichts davon mitkriegte.

Er fuhr die Fifth Avenue entlang bis zur 110th Street, wechselte dort auf die Seventh Avenue, hielt sich nördlich bis zur 139th Street und blieb vor dem Haus seines Predigers stehen.

Unterwegs kam er an drei Streifenwagen vorbei. Die Polizisten warfen dem verbeulten, schmutzigen, mit Fleisch und Eiern bekleckerten Leichenwagen nur flüchtige Blicke zu und ließen ihn passieren. Schließlich befanden sich in dem Wrack weder Seekisten noch Leichen. Jackson bemerkte die Streifenwagen nicht einmal.

Er parkte vor dem Haus seines Predigers, stieg aus und ging um den Wagen herum, um die Türen zu schließen. Als er bemerkte, dass der Leichenwagen leer war, sah er das bittere Ende vor sich. Es war ihm nicht mal was geblieben, für das es sich gelohnt hätte zu beten. Sein Mädchen war fort. Ihr Golderz war dahin. Sein Bruder war tot und selbst die Leiche fort. Er wollte sich nur noch der Barmherzigkeit des Herrn anvertrauen. Das war alles, was er tun konnte, um nicht wie ein Kind loszuheulen.

Reverend Gaines war tief in einen großen religiösen Traum versunken, als seine Haushälterin ihn weckte. »Bruder Jackson ist unten im Arbeitszimmer und sagt, er will Sie wegen was sehr Wichtigem sprechen.«

»Jackson?«, rief Reverend Gaines aufs Äußerste gereizt aus und rieb sich den Schlaf aus den Augen. »Meinst du unseren Bruder Jackson?«

»Ja, Sir«, antwortete die geduldige schwarze Frau. »Ihr Jackson.«

»Der Herr bewahre uns vor Einfaltspinseln«, murmelte Reverend Gaines, als er aufstand, um seinen schwarzen Hausmantel aus Seidenbrokat über seinen violetten Seidenpyjama zu ziehen und ins Arbeitszimmer hinunterzugehen.

»Bruder Jackson, was führt dich um diese unchristliche Zeit zum Haus des Hirten unseres Herrn, da doch nun alle anderen Schäflein friedlich auf der Weide ruhen?«, fragte er streng.

»Ich habe gesündigt, Reverend Gaines.«

Reverend Gaines erstarrte, als hätte jemand in seiner Gegenwart Gotteslästerung begangen. »Gesündigt! Gütiger Gott, ist das etwa Grund genug, mich um diese Zeit in der Nacht zu wecken? Wer hätte noch nicht gesündigt? Ich stand gerade am Ufer des Jordan, gekleidet in ein flatterndes weißes Gewand, und bekehrte Sünder zu tausenden.«

Jackson starrte ihn an. »Hier im Haus?«

»Im Traum, Bruder Jackson, im Traum«, erklärte der Prediger und ließ sich zu einem Lächeln herab.

»Oh, tut mir leid, dass ich Sie geweckt hab, aber es ist ein Notfall.«

»Schon in Ordnung, Bruder Jackson, setz dich.« Er nahm

selbst Platz und goss sich aus einer Kristallkaraffe, die auf seinem Mahagonitisch stand, ein Glas Likör ein. »Nur ein bisschen Holunderlikör, um die Lebensgeister zu wecken. Willst du auch ein Glas?«

»Nein, Sir, danke«, lehnte Jackson ab, als er sich Reverend Gaines gegenüber an den Tisch setzte. »Meine Lebensgeister sind so schon hellwach.«

»Steckst du wieder mal in Schwierigkeiten? Oder sind es immer noch die gleichen Probleme? Probleme mit einer Frau, wars nicht so?«

»Nein, Sir, beim letzten Mal gings um Geld. Es sollte nicht so aussehen, als hätte ich es gestohlen. Aber diesmal ist es ernster. Es geht auch um mein Mädchen. Jetzt stecke ich wirklich tief in der Tinte.«

»Hat deine Freundin dich verlassen? Schließlich doch? Weil du das Geld nicht gestohlen hast? Oder weil du es genommen hast?«

»Nein, Sir, um so etwas geht es nicht. Sie ist fort, aber sie hat mich nicht verlassen.«

Reverend Gaines nahm noch einen Schluck von dem Likör. Er liebte es, Privataffären zu durchleuchten. »Lass uns niederknien und beten, dass sie wohlbehalten zurückkehrt.«

Jackson war schon vor dem Prediger auf den Knien. »Ja, Sir, aber ich will zuerst beichten.«

»Beichten?« Reverend Gaines, der im Begriff war, niederzuknien, richtete sich plötzlich wie ein Stehaufmännchen auf. »Du hast die Frau doch wohl nicht getötet, Bruder Jackson?«

»Nein, Sir, davon kann keine Rede sein.«

Reverend Gaines seufzte erleichtert auf und entspannte sich.

»Aber ich hab ihre Truhe mit Golderz verloren.«

»Was?« Reverend Gaines' Augenbrauen schossen nach oben. »Ihre Truhe voll Golderz? Soll das heißen, sie besaß eine Truhe voll Golderz und hat mir, ihrem Prediger, nie was davon erzählt? Bruder Jackson, du solltest eine vollständige Beichte ablegen.«

»Ja, Sir, das möchte ich ja.«

Als Jackson die Geschichte aufrollte, wie er bei dem »Knall« reingelegt worden war, dann Mr. Clay fünfhundert Dollar gestohlen hatte, um den falschen Marshall zu bestechen, und schließlich versucht hatte, den Verlust im Glücksspiel wettzumachen, war Reverend Gaines zuerst von Mitgefühl ergriffen.

»Der Herr ist barmherzig, Bruder Jackson«, sagte er tröstend. »Und wenn Mr. Clay halb so barmherzig ist, wird er dich diese Schuld abarbeiten lassen. Ich werde ihn anrufen und mit ihm darüber sprechen. Aber was ist mit dieser Truhe voll Golderz?«

Als Jackson nun die Truhe beschrieb und berichtete, wie die Bande sein Mädchen entführt hatte, um an die Truhe heranzukommen, begannen sich Reverend Gaines' Augen vor Neugier zu weiten.

»Willst du etwa sagen, dass diese große grüne Seekiste in dem kleinen Zimmer, wo du mit ihr gewohnt hast, voll Golderz war?«

»Ja, Sir. Erz mit reinem achtzehnkarätigem Gold. Aber es gehörte ihr nicht. Es gehörte ihrem Mann, und sie muss es zurückgeben. Deshalb hab ich meinen Bruder Goldy gebeten, uns bei der Suche nach den Leuten zu helfen.«

Abscheu trat an die Stelle von Neugier in Reverend Gaines' Augen, als Jackson Goldy beschrieb.

»Heißt das etwa, dass Schwester Gabriel ein Mann war? Dein Zwillingsbruder? Und er hat unsere armen, leichtgläubigen Menschen mit Eintrittskarten in den Himmel betrogen?«

»Ja, Sir, viele Menschen haben ihm geglaubt. Aber der einzige Grund, weshalb ich zu ihm gegangen bin, war der, dass er gerissen war und ich seine Hilfe brauchte.«

Als Jackson die Ereignisse der vergangenen Nacht schilderte, wurden Reverend Gaines' Augen größer und größer, und es trat allmählich purer Schrecken an die Stelle von Abscheu. Als Jackson bei seiner Flucht vor der Polizei am Bahnhof 125th Street angelangt war, saß Reverend Gaines mit heruntergeklapptem Kiefer und vorquellenden Augen auf der äußersten Kante seines Stuhls. Aber Jackson hatte die Geschichte so erzählt, wie er sie erlebt hatte, und Reverend Gaines begriff nicht, warum er vor der Polizei geflohen war.

»War es wegen deines Bruders?«, fragte er. »Haben sie herausbekommen, dass er sich als Nonne verkleidete?«

»Nein, Sir, das wars nicht. Es war deshalb, weil er tot war.«

»Tot!« Reverend Gaines sprang auf, als hätte ihn eine Wespe in den Hintern gestochen. »Großer Gott im Himmel!«

»Hank und Jodie hatten ihm die Kehle durchgeschnitten, als ich nach oben gegangen war, um nach Imabelle zu suchen.«

»Gütiger Gott, Mensch, warum hast du nicht um Hilfe geschrien? Hast du nicht die Schreie gehört?«

»Nein, Sir. Ich hatte mich für einen Augenblick hingesetzt, um zu ruhen, und war eingeschlafen.«

»Barmherziger Himmel, Mensch! Du bist eingeschlafen, als du nach deiner Freundin gesucht hast, die in tödlicher Gefahr steckte? Als ihr Vermögen unbewacht auf der Straße stand – noch dazu der gefährlichsten Straße in Harlem –, einzig bewacht von deinem Bruder, einem üblen Sünder, der selbst kaum mehr taugte als ein Mörder.« Reverend Gaines gesunde schwarze Haut wurde grau beim bloßen Gedanken an das, was geschehen war. »Und sie haben ihm die Kehle durchgeschnitten? Und ihn in den Leichenwagen gesteckt?«

Jackson wischte sich den Schweiß aus Augen und Gesicht. »Ja, Sir. Aber ich hatte nicht vor, einzuschlafen.«

»Und was hast du mit dem Leichenwagen gemacht? Ihn im Harlem River versenkt?«

»Nein, Sir, er steht draußen vor der Tür.«

Seine geistliche Würde vergessend, sprang Reverend Gaines auf und lief hastig durch das Zimmer, um durch das Fenster auf den zerbeulten Leichenwagen zu sehen, der in der grauen Dämmerung am Bordstein stand. Als er sich umdrehte, um Jackson anzuschauen, sah er aus, als wäre er um zwanzig Jahre gealtert. Sein unbeirrbares Selbstvertrauen war im tiefsten Kern erschüttert. Als er langsam zu seinem Platz zurückschlurfte, klappte sein Mantel aus Seidenbrokat auf, und die violette Hose seines

Seidenpyjamas begann zu rutschen. Aber er schenkte dem keine Beachtung.

»Willst du wirklich so dasitzen, Bruder Jackson, und mir erzählen, in dem Leichenwagen da draußen, der vor meinem Haus geparkt ist, befindet sich die Leiche deines Bruders mit durchschnittener Kehle und die Truhe deiner Freundin voll Golderz?«, fragte er voller Grausen.

»Nein, Sir, ich hab sie verloren. Sie sind irgendwo rausgefallen. Keine Ahnung, wo.«

»Sie sind aus dem Leichenwagen gefallen? Auf die Straße?«

»Es muss wohl auf der Straße gewesen sein. Ich bin nirgendwo anders langgefahren.«

»Aber warum bist du hergekommen, Bruder Jackson? Warum bist du zu mir gekommen?«

»Ich wollte einfach hier neben Ihnen knien, Reverend Gaines, und mich dem Herrn überantworten.«

»Was?!« Reverend Gaines fuhr auf, als hätte Jackson Gott gelästert. »Dich dem Herrn überantworten? Jesus Christus, Mann, wofür hältst du den Herrn? Du musst dich der Polizei stellen. Der Herr wir dich aus so einem Schlamassel nicht herausholen.«

23

Die Strahlen der über dem Harlem River aufgehenden Sonne fielen blutrot auf das oberste Stockwerk des Gebäudes, in dem Billie ihr Nachtlokal betrieb.

»Kann ich nicht einfach hier im Wagen warten?«, fragte Imabelle. Sie kriegte nur schwer Luft.

»Steig aus«, sagte Grave Digger grob.

»Wozu brauchen Sie mich? Sie sind oben, ich habs Ihnen doch gesagt. Sie wissen, dass ich mit den Handschellen nicht weglaufen kann.«

Er sah, dass sie Angst hatte. Sie zitterte am ganzen Körper.

»Na, kleine Schwester, wenns dein Grab ist, denk dran, dass du es dir selbst geschaufelt hast«, bemerkte er ungerührt. »Wenn Ed da wäre und dich sehen könnte, würde ich dich hier lassen.«

Sie stieg aus und stolperte, als ihre Knie unter ihr nachgaben. Grave Digger kam um die andere Wagenseite herum, fasste sie am Arm, schob sie über eine Flucht von Betonstufen nach oben und dann durch die gläserne Doppeltür in ein kleines, tadellos gepflegtes Foyer, in dem ein langer Tisch und polierte Stühle standen und Wandspiegel von Lampen mit Pergamentschirmen flankiert waren.

Nicht ein Geräusch war zu hören.

»Diese geleckten Gangster leben wie die Maden im Speck«, murmelte er. »Aber wenigstens machen sie keinen Lärm.«

Sie fuhren mit dem Aufzug in die fünfte Etage hinauf und wandten sich in dem quadratischen Vorraum links der jadegrünen Tür zu.

»Ich flehe Sie an«, bettelte Imabelle zitternd.

»Los, drück auf die Klingel!«, befahl Grave Digger, presste sich gegen die Wand neben der Tür und zog seinen vernickelten Revolver mit dem langen Lauf.

Sie drückte auf den Klingelknopf. Nach einer Weile ging der Spion mit einem Klicken auf.

»Ach, du bist es, Süße«, sagte eine tiefe Frauenstimme auf seltsam charmante Weise.

Die Tür wurde aufgeschlossen.

Grave Digger hielt seine .38er in der rechten Hand, legte die linke auf den Türgriff und warf sich dagegen.

In dem fast stockfinsteren Vorraum trat eine undeutliche Gestalt langsam zur Seite, um ihn hereinzulassen, und die tiefe Stimme sagte zu Imabelle, nun weniger charmant: »Na, dann komm mal rein und lass uns die Tür schließen.«

Imabelle zwängte sich hinter Grave Digger hinein, und damit war der kleine Vorraum schon überfüllt. In der Stille war das schwache Geräusch von Imabelles klappernden Zähnen zu hören.

Die Frau schloss die Tür und verriegelte sie, ohne etwas zu sagen.

»Du hast ein paar Freunde, die ich mir vorknöpfen will, Billie«, sagte Grave Digger.

»Komm mal kurz mit in mein Büro, Digger.«

Sie öffnete die erste Tür zur Linken mit einem Schlüssel, der an einer Kette um ihren Hals hing. Eine Lampe mit kupfernem Schirm warf einen weichen Schimmer auf einen Eichenschreibtisch. Als sie die helle Deckenleuchte einschaltete, zeigte sich eine luxuriöse Schlafzimmergarnitur, die in einem dicken, zinnoberroten Teppich fast versank. Sie schloss rasch die Tür hinter sich.

Grave Digger suchte den Raum mit einem schnellen Blick ab, schaute einen Augenblick länger auf die Türknöpfe zum Wandschrank und zum Badezimmer und stellte sich dann so in das Zimmer, dass Billie eine Zielscheibe zwischen ihm und der Flurtür abgab.

»Mach voran«, sagte er. »Es wird spät.«

Sie war eine braunhäutige Frau Mitte vierzig, mit einem festen, kräftigen Körper, der ihr rotes Gabardinekleid ausfüllte. Mit der Herrenfrisur und einem weichen, dichten, seidigen Schnurrbart wirkte ihr Gesicht wie das eines hübschen Mannes. Auch ihr Körper hatte Züge beider Geschlechter. Die beiden obersten Knöpfe ihres Kostüms standen auf, und zwischen ihren enormen, nach oben gestützten Brüsten sah man ein seidiges schwarzes Haarkleid. Wenn sie sprach, blitzte zwischen ihren beiden vorderen Schneidezähnen ein Diamant auf.

Sie warf einen Blick auf Imabelles geschwollene, violett angelaufene Wange und die angsterfüllten Augen und wandte dann ihre ganze Aufmerksamkeit Grave Digger zu. »Schnapp sie dir nicht hier im Haus, Digger. Ich schick sie raus.«

»Sind sie alle hier?«

»Alle? Hier sind nur zwei, die ich kenne. Hank und Jodie.«

»Slim müsste eigentlich auch hier sein«, bemerkte Imabelle mit atemloser Stimme. Grave Digger und Billie starrten sie an. »Vielleicht ist er fort und sucht nach mir.«

Billie wandte als Erste ihren Blick von ihr ab. Grave Digger sah sie noch eine Weile länger an. Dann widmeten sie sich wieder einander.

»Ich kauf mir die zwei«, sagte Grave Digger.

»Nicht hier, Digger. Sie sind voll gepumpt mit Stoff und gierig auf Mord. Zwei meiner besten Mädchen sind bei ihnen.«

»Das ist dein Risiko mit so einem Laden.«

»Ich betreibe ihn auch nicht kostenlos, das weißt du. Ich zahl wie verrückt. Und der Captain hat mir versprochen, dass es hier keinen Ärger geben wird.«

»Wo sind sie?«

»Dem Captain wird das nicht gefallen, Digger.«

Grave Digger sah sie nachdenklich an. »Billie, diese Leute haben Ed Säure in die Augen geschüttet.«

Billie schauderte. »Hör zu, Digger. Ich bereite alles vor. Ich bring sie selbst runter ins Foyer und liefere sie dir mit leeren Händen aus.«

»Du weißt selbst verdammt gut, dass sie auf die Art nicht von hier weggehen werden. Sie werden übers Dach steigen und aus dem Nachbarhaus rauskommen.«

»Also gut. Hör zu. Ich biete dir ein Geschäft an. Du kriegst von mir drei Taschendiebe, einen Einbrecher, hinter dem du schon seit Langem her bist ...«

»Es wird Zeit, Billie.«

»... und den Mörder von Wilson. Den, der bei dem Überfall im letzten Monat den Besitzer des Schnapsladens umgebracht hat.«

»Ich komme wieder, um mir die Leute zu holen. Aber die beiden will ich jetzt.«

Sie drehte sich blitzschnell um und öffnete die oberste Schublade ihres Schreibtischs.

Grave Digger richtete seine Pistole mitten auf ihren Rücken.

Sie zog die Schublade ganz heraus und warf sie aufs Bett. Sie war gleichmäßig mit Bündeln nagelneuer Zwanzigdollarnoten gefüllt.

»Hier sind fünf Riesen. Sie gehören dir.«

Er sah das Geld nicht mal an. »Wo sind sie, Billie? Ich hab nicht mehr viel Zeit.«

»Sie sind im Nebenzimmer. Aber sie haben sich eingeschlossen und würden nicht mal mir die Tür öffnen.«

»Ihr werden sie öffnen«, erwiderte Grave Digger und zeigte auf Imabelle.

Billie drehte sich um und starrte Imabelle an.

Imabelles Haut hatte die gelbe Färbung ranziger Sahne angenommen, und unter ihren angstgefüllten Augen zeigten sich schwarzblaue Halbmonde. Sie zitterte wie Espenlaub. »Verlangen Sie das nicht von mir. Bitte nicht.« Tränen strömten über ihr Gesicht. Sie sank auf den Boden und umschlang Grave Diggers Knie. »Ich mache alles. Ich werde Ihre Freundin oder trete im Zirkus auf ...«

»Steh auf«, befahl Grave Digger erbarmungslos. »Steh auf, sonst schieß ich die Tür auf und benutze dich als Schutzschild.«

Sie rappelte sich hoch wie eine alte Frau.

Billie sah sie an, ohne Mitleid mit ihr zu haben.

»Erkennen Sie Hank, wenn Sie ihn sehen?«, fragte Imabelle Grave Digger keuchend. »Den, der mit der Säure um sich geschmissen hat?«

»Das Schwein würde ich noch in der Hölle wiedererkennen.«

»Er ist der, der eine Pistole hat.«

»Digger, um Himmels willen, sei vorsichtig«, flehte Billie. »Sie haben zwei von meinen besten jungen Mädchen bei sich. Jeanie ist erst sechzehn, und sie ist mit Jodie zusammen ...«

»Mit deinem Gerede bringst du dich um deine Lizenz.«

»... und Jodie mit seinem Messer ist verdammt versessen auf einen Mord. Und Carol ist auch erst neunzehn.«

»Hoffen wir einfach, dass ihre Nummern noch nicht an der Reihe sind«, gab Grave Digger zurück.

Er wandte sich an Imabelle. »Geh runter und klopf an die Tür.«

Als sie das Zimmer verließen, kam ein Weißer aus der Toilette nebenan, knöpfte seinen Hosenstall zu, sah sie mit trunkenem Blick an und taumelte wortlos zum Salon zurück.

Imabelle ging den Flur entlang, als ob sie dem Tod entgegenschreite.

In der Wohnung befanden sich sechs Zimmer und ein Bad. Die vier Schlafzimmer lagen einander an dem langen Flur gegenüber, während sich das Bad zwischen Billies Büro und dem kleinen Raum befand, der als Nebenzimmer bezeichnet wurde. Der Flur mündete in einen großen Raum, der als Speisezimmer und Salon diente und Fenster mit Jalousien zur 155th Street und zur St. Nicholas Avenue besaß. Eine kleine Küche mit elektrischen Geräten lag rechter Hand.

In einer Ecke des Salons spielte leise eine Musikbox; zwei weiße Männer saßen dort mit drei farbigen Mädchen auf Sofas. Am anderen Ende, nahe der Küche, saßen zwei farbige Männer und eine Frau an einem großen Mahagonitisch und aßen Brathähnchen mit Kartoffelsalat. Die Beleuchtung war gedämpft, die Luft schwach mit Räucherstäbchen erfüllt.

In einem der Schlafzimmer lagen ein weißer Mann und ein farbiges Mädchen eng umschlungen in himmelblauen Laken. In einem anderen spielten fünf Farbige fast wortlos Poker in der rauchgeschwängerten Luft, tranken dabei kaltes Bier und aßen Sandwiches.

Das sogenannte Nebenzimmer besaß eine Tür zum Flur hin und eine weitere an der Rückseite, von der man in die Küche gelangte. Beide Türen waren verschlossen, die Schlüssel steckten. Es gab nur ein Fenster, von dort ging es zum Absatz der Feuertreppe, doch war es mit schweren Vorhängen verdeckt, die vor venezianische Schlagläden gezogen waren.

Hank hatte sich auf einer Couch ausgestreckt, er trug noch seinen blauen Anzug, sein Kopf ruhte auf zwei Sofakissen. Er sog gemächlich Opium aus einer Wasserpfeife ein. Die flache Schale mit der blubbernden Opiumkapsel stand über einem Holzkohlenöfchen auf der Glasplatte des Cocktailtisches. Der Rauch ging durch ein kurzes, gekrümmtes Rohr, blubberte durch einen

Glaskolben, der zur Hälfte mit lauem Wasser gefüllt war, und wurde durch ein langes, transparentes Plastikröhrchen in das Bernsteinmundstück eingesogen, das Hank locker zwischen seinen schlaffen Lippen hielt.

Seine .38er Automatik lag für andere unsichtbar neben ihm an der Wand.

Ein junges Mädchen in weißer Bluse über üppigen, reifen Brüsten und knallenger Hose saß auf dem grünen Teppich, die Knie angezogen, den Kopf gegen das Sofa gelehnt. Sie hatte ein glattes braunes Gesicht, große strahlende Augen und einen Mund mit breiten, an Blüten erinnernden Lippen.

Jodie saß auf der anderen Seite des Raumes auf einem grünen Lederdiwan. Sein Kopf war vorgebeugt und steckte fast im Lautsprecher einer Musiktruhe, während er dem »Bottom Blues« der Hot Lips Page lauschte. Er spielte die Platte wieder und wieder, so leise, dass die Noten auch in sein vom Rauschgift geschärftes Gehör nur schwach eindrangen.

Zwischen seinen ausgestreckten Beinen saß ein Mädchen auf dem Boden. Sie trug eine zitronengelbe Bluse über knospenden Brüsten und eine eng anliegende Hose. Sie hatte ein olivfarbenes, herzförmiges Gesicht, lange schwarze Wimpern, die halb ihre dunkelbraunen Augen verbargen, und einen Mund, der zu klein für ihre dicken Lippen war. Ihr Kopf lag auf Jodies Knien.

Jodie starrte über ihren Kopf hinweg und war tief in die schwermütige Musik versunken. Er strich mit seiner linken Hand langsam über ihre festen braunen Locken, als genieße er das Gefühl. Sein rechter Arm ruhte auf seinem Oberschenkel, und in seiner rechten Hand hielt er das Schnappmesser mit dem knöchernen Griff, das er auf- und zuklappen ließ.

»Hast du keine andere Platte?«, fragte Hank wie aus weiter Ferne.

»Mir gefällt sie.«

»Hat sie keine andere Seite?«

»Ich mag die Seite.«

Jodie spielte die Platte noch einmal ab. Hank blickte träumerisch zur Decke.

»Wann gehen wir?«, fragte Jodie.

»Sobald es hell wird.«

Jodie schaute auf das Zifferblatt seiner Armbanduhr. »Es müsste schon hell sein.«

»Lass dir Zeit. Wir haben keine Eile.«

»Ich will losfahren. Das Rumsitzen hier geht mir auf die Nerven.«

»Warte noch ein Weilchen. Die Zeit muss sein. Lass erst mal ein bisschen Verkehr auf der Straße sein. Ist besser, wenn unser Auto nicht als einziges mit kalifornischem Kennzeichen die Stadt verlässt.«

»Wie, zum Teufel, willst du wissen, dass es überhaupt noch andere gibt?«

»Dann eben Kennzeichen aus Ohio. Oder Illinois. Lass dir Zeit.«

»Ich lass dir Scheiß nochmal Zeit für ...«

Die Platte war zu Ende. Jodie spielte sie noch einmal ab, hielt sein Ohr an den Lautsprecher und ließ das Messer ständig auf- und zuschnappen.

»Hör auf, das Messer auf- und zuzuklappen«, sagte Hank mit gleichgültigem Ton.

»Hab gar nicht gemerkt, dass ich das tue.«

Ein zögerndes Klopfen übertönte den leise abgespielten Blues.

Hank starrte verträumt auf die verschlossene Tür. Jodies Blick war gespannt. Die Mädchen sahen nicht mal auf.

»Sieh nach, wer da ist, Carol«, sagte Hank zu dem Mädchen neben ihm. Das Mädchen wollte aufstehen. »Frag nur nach.«

»Wer ist da?«, erkundigte sie sich mit barscher Stimme, die die anderen hochfahren ließ.

»Ich, Imabelle.«

Hank und Jodie starrten weiter auf die verschlossene Tür. Die Mädchen drehten sich um und schauten ebenfalls in die Richtung. Niemand antwortete.

»Ich bins, Imabelle. Lasst mich rein.«

Hank griff an seine Seite und legte seine Finger um den Griff seiner Automatik. Jodies Messer sprang mit einem Klicken auf.

»Wer ist bei dir?«, fragte Hank gelassen.

»Niemand.«

»Wo ist Billie?«

»Sie ist hier.«

»Ruf sie.«

»Billie, Hank will mit dir sprechen.«

»Hank?«, sagte Hank. »Wer ist Hank?«

»Benutz den Namen nicht«, mischte sich Billie ein und sagte dann zu Hank: »Hier bin ich. Was willst du?«

»Wer ist bei Imabelle?«

»Niemand.«

»Öffne die Tür ein Stück«, sagte Hank zu Carol.

Sie stand auf und durchquerte das Zimmer mit schaukelnden Hüften, schloss die Tür auf und öffnete sie einen Spalt. Hank hatte seine Automatik auf den Spalt gerichtet.

Imabelle schob ihr Gesicht ins Blickfeld.

»Es ist Imabelle«, bestätigte Carol.

Billie schob die Tür ein bisschen weiter auf und sah an Imabelle vorbei auf Hank. »Willst du sie sehen?«

»Klar, lass sie reinkommen«, sagte Hank und legte die Pistole wieder außer Sicht neben sich.

Carol machte die Tür weit auf, und Imabelle betrat das Zimmer. Sie hatte solche Angst, dass sie immer wieder ihren Mageninhalt hinunterwürgen musste.

Hank und Jodie starrten ihr tränenüberströmtes Gesicht und die geschwollenen, verfärbten Wangen an.

»Schließ die Tür«, forderte Hank sie verträumt auf.

Imabelle trat zur Seite, und Grave Digger schoss aus dem dunklen Flur wie ein Monster, das aus dem Meer auftaucht. In jeder Hand hielt er einen vernickelten Revolver. »Ausrichten«, krächzte er.

»Das ist eine beschissene Falle«, fluchte Jodie.

Jodies linke Hand ruhte auf Jeanies Lockenkopf, seine Rechte mit dem offenen Messer war ausgestreckt. Mit einem plötzlichen festen Griff schloss sich seine linke Hand, und er zog das Mädchen an den Haaren vom Boden hoch. Er hielt sie als Schutz vor sich und führte die scharfe nackte Klinge an ihren Hals, als er sich rasch erhob.

Das Mädchen schrie nicht, gab keinen Laut von sich, wurde nicht ohnmächtig. Ihr Körper wurde schlaff unter Jodies Griff. Ihr Gesicht war bis zur Entstellung verzerrt, ein Tropfen Blut rann langsam an ihrem gespannten Hals hinunter. Ihre in den Winkeln hochgezogenen Augen glichen riesigen schwarzen Tümpeln animalischen Entsetzens, die ihr kleines, verzerrtes Gesicht beherrschten. Sie atmete nicht.

Grave Digger warf aus seinen Augenwinkeln einen Blick auf ihr Gesicht und bewegte sich nicht, weil er fürchtete, damit das Messer an ihrer Kehle in Gang zu setzen.

Hank starrte Grave Digger träumerisch an, ohne sich zu regen. Seine Finger umschlossen immer noch den Griff seiner versteckten .38er. Grave Digger starrte zurück. Sie warteten auf ein Flackern im Auge des anderen und achteten weder auf Jodie noch auf das vor Schreck gelähmte Mädchen. Carol stand wie erstarrt da und hielt mit einer Hand den Türgriff. Imabelle stand zitternd außer Reichweite auf der anderen Seite. Alles war wie in einer Pantomime. Jodie bewegte sich rückwärts auf die Küchentür zu. Das Mädchen wich mit ihm zurück, folgte jeder seiner Bewegungen mit einem entsprechenden Schritt, als würde sie einen makabren Tanz vollführen. Ihre Augen waren in Tümpeln unvergossener Tränen starr geradeaus gerichtet.

Jodie stieß gegen die Tür. »Greif hinter mich und öffne sie«, befahl er dem Mädchen.

Das Mädchen langte mit ihrer linken Hand vorsichtig um seinen Körper herum, tastete nach dem Schlüssel, drehte ihn um und öffnete die Tür.

Jodie wich in die Küche zurück und hielt das Mädchen weiterhin als Schild vor sich.

Billie stand stumm neben dem weiß emaillierten Elektroherd, eine Holzfälleraxt mit doppelter Klinge schlagbereit über ihrer rechten Schulter, und wartete, dass Jodie in Reichweite kam. Er ging noch einen Schritt rückwärts, seine Augen auf Grave Diggers Pistole geheftet.

Billie hieb in seinen Unterarm, um das Messer von der Kehle des Mädchens wegzuschlagen. Mit einer heftigen Reflexbewegung fuhr Jodie herum. Sein rechter Arm schlackerte wie ein leerer Ärmel, als das Messer klirrend auf dem Fliesenboden landete. Mit der linken Handkante schlug er zu. Billie steckte den Schlag auf den Mund ein, während sie ihm das Beil mitten zwischen die Schulterblätter hackte, als würde sie einen Baumstamm spalten, und ihn damit in die Knie zwang.

Sein Kopf fuhr herum, um sie anzustarren, als er schrie: »Beschissene ...«

Sie legte ihr ganzes Gewicht in den nächsten Schlag und versenkte die scharfe Klinge der Axt mit solcher Wucht seitlich in seinen Nacken, dass sie die Wirbelsäule durchtrennte und sein Kopf an einem dünnen Streifen Fleisch über die linke Schulter baumelte, während sein Fluchen ihm noch auf den Lippen lag.

Blut schoss aus dem roten Stumpf seines Halses über das Mädchen, das ohnmächtig wurde, während Billie die Axt sinken ließ, die Kleine in den Armen auffing und sie mit Küssen überschüttete.

Als ob das ein Signal wäre, auf das er gewartet hatte, riss Hank die schwarze Mündung seiner .38er Automatik hoch, obwohl er wusste, dass er keine Chance hatte.

Bevor er sie in Hüfthöhe gebracht hatte, schoss Grave Digger ihm mit seiner Pistole, die er in der rechten Hand hielt, ins rechte Auge. Während Hanks Körper von der Kugel, die in sein Gehirn einschlug, zusammensackte, sagte Grave Digger: »Die ist für dich, Ed«, zielte mit Coffin Eds Pistole, die er in der linken Hand hatte, und schoss dem sterbenden Killer in sein aufgerissenes linkes Auge.

Im Haus brach ein Höllenlärm aus. Imabelle schlüpfte unter

Grave Diggers Arm hindurch und schoss auf die Tür zu. Gäste kamen in panischer Flucht aus den Zimmern in den engen Flur gestürzt.

Doch Grave Digger war Imabelle bereits Richtung Flur gefolgt, drängte sie in eine Ecke und blockierte die Tür. Mit dem Lauf eines der beiden Revolver schaltete er die helle Deckenbeleuchtung ein und stand mit dem Rücken gegen die Tür, in jeder Hand eine Waffe.

»Ausrichten«, schrie er mit gellend lauter Stimme. Und dann, wie als Echo auf seine eigene Stimme, ahmte er Coffin Ed nach: »Abzählen.«

»Und jetzt, Schwesterlein«, sagte er zu der zusammengekauerten Frau in der Ecke: »Wo ist Slim?«

Ihre Zähne klapperten, dass sie kaum sprechen konnte. »In der ... in der Truhe«, stammelte sie.

24

Es war heiß in dem kleinen Raum hoch oben im einundzwanzigsten Stock des granitverkleideten County Buildings im Stadtzentrum. John Lawrence, der junge Stellvertreter des Staatsanwalts, der mit der Leitung der Vernehmungen beauftragt war, saß in einem rosa Hemd hinter einem großen, grünen Stahlschreibtisch. Sein blondes, kurzgeschorenes Haar glänzte vor Sauberkeit in den schräg einfallenden Strahlen der Nachmittagssonne.

Jackson hockte ihm gegenüber auf der Kante eines grünen Lederstuhls, schmutzig, verwahrlost und um einiges schwärzer, als er in Harlem jemals aussah. Grave Digger saß seitlich auf der breiten Fensterbank und schaute über die Insel Manhattan hinweg einem Ozeandampfer nach, der den Hudson River hinunter in Richtung der Narrows und Le Havre fuhr. Ein Gerichtsstenograf saß am Ende des Schreibtischs mit einem Stift über dem Stenoblock.

Einen Augenblick lang regte sich niemand.

Lawrence hatte gerade die Vernehmung Jacksons beendet. Plötzlich rührte er sich. Er wischte den Schweiß aus seinem sommersprossigen Gesicht, fuhr sich mit den manikürten Fingernägeln durchs Haar und hob seine athletischen Schultern in dem grauen Flanellanzug von Brooks Brothers an.

Er hatte Grave Diggers Bericht zweimal durchgelesen, bevor er mit seiner Befragung begonnen hatte. Er hatte auch den Report vom Revier in der 95th Street studiert. Die Truhe, in der sich Slims Leiche befand, war von einem Busfahrer auf der Fifth Avenue gemeldet worden, der sie offen auf der Straße liegend bemerkt hatte. Erst die Polizei entdeckte darin Slims Körper, von zwanzig Messerstichen durchbohrt und in eine Decke eingehüllt, die mit Steinbrocken beschwert war, und brachte ihn ins Leichenschauhaus.

Dorthin hatte man auch die Leichen von Hank und Jodie geschafft. Sie waren nach ihren Fingerabdrücken als die Männer identifiziert worden, die man in Mississippi wegen Mordes suchte.

Die Wohnung in der Upper Park Avenue war durchsucht worden. Alles, was dort an Beweismitteln zum Vorschein kam, war eine ordentliche Menge von goldfarbenem Schwefelkies auf den Kohlen im Kohlenkasten.

Zwei Stunden lang hatte Lawrence mit wachsender Entgeisterung den Ausführungen über die Geschichte von der hellgelben Frau und der Truhe voller Golderz gelauscht. Er konnte immer noch nicht glauben, alles richtig mitgekriegt zu haben.

Er starrte Jackson mit dem Ausdruck ehrfürchtiger Skepsis an.

»Puh!«, pfiff er leise vor sich hin und wechselte mit dem Gerichtsstenografen einen Blick.

Grave Digger drehte sich nicht um.

»Wollen Sie irgendwelche Fragen stellen, Jones?«, fragte Lawrence mit einem bittenden Unterton.

Grave Digger wandte seinen Kopf. »Wozu?«

Lawrence sah wieder Jackson an und sagte hilflos: »Und Sie

beharren darauf, nach Ihrem besten Wissen, dass die Truhe Golderz und nichts anderes enthielt?«

Jackson wischte sich seine schwarz glänzende Stirn mit einem Taschentuch ab, das fast die gleiche Farbe wie sein Gesicht hatte.

»Ja, Sir, das würd ich auf einem Stapel Bibeln beschwören. So oft, wie ich das Ding gesehen hab.«

»Sie erklären außerdem, dass nach Ihrem besten Wissen diese Frau namens Perkins den Schauplatz ... den Ort ... verlassen hat, als Ihr Bruder ...«, er schlug in seinen Aufzeichnungen nach, »... eh, Schwester Gabriel ermordet wurde.«

»Ja, Sir, das schwör ich. Ich hab überall nach ihr gesucht, und sie war futsch.«

Lawrence räusperte sich. »War fort, ja. Und Sie bleiben dabei, dass sie ... diese Perkins ... von der Bande ... von diesem Slim ... gegen ihren Willen festgehalten wurde.«

»Ich weiß, dass es so war«, erklärte Jackson.

»Wie können Sie sich da so sicher sein, Jackson? Hat sie Ihnen das gesagt?«

»Das muss sie mir nicht sagen, Mr. Lawrence. Ich weiß es einfach. Ich kenne Imabelle. Ich weiß, sie würd sich nie mit solchen Leuten einlassen, wenn die sie nicht gezwungen hätten. Ich kenne meine Imabelle. So etwas würde sie nicht tun. Das schwör ich.«

Grave Digger schaute weiter auf den Fluss hinaus.

Lawrence musterte Jackson verstohlen, während er so tat, als würde er seine Notizen lesen. Er hatte von einfältigen Farbigen wie Jackson gehört, aber er hatte nie einen in Fleisch und Blut vor sich gesehen.

»Ach so! Und Sie behaupten, sie hatte nichts damit zu tun, dass die Bande Sie um Ihr Geld betrogen hat?«

»Nein, Sir. Warum sollte sie? Es war ihr Geld so gut wie meins.«

Lawrence seufzte. »Ich vermute, die Frage ist überflüssig, aber es ist eine Formsache. Sie wollen keine Anzeige gegen sie erstatten, nicht wahr?«

»Anzeige gegen sie erstatten? Gegen Imabelle? Warum denn, Mr. Lawrence? Was hat sie getan?«

Lawrence klappte entschlossen sein Notizbuch zu und sah zu Grave Digger hinüber. »Was haben die städtischen Behörden ihm vorzuwerfen, Jones?«

Grave Digger drehte sich um, schaute Jackson aber immer noch nicht an. »Verkehrsgefährdendes Fahren. Sachbeschädigung, zum Teil ist das durch die Fahrzeugversicherung abgedeckt. Und Widerstand gegen die Festnahme.«

»Nehmen Sie ihn in Haft?«

Grave Digger schüttelte den Kopf. »Sein Chef hat schon die Kaution für ihn bezahlt.«

Lawrence starrte Grave Digger an.

»Wirklich?«, rief Jackson unwillkürlich aus. »Mr. Clay? Er hat die Kaution für mich hinterlegt? Hat er denn nicht meine Festnahme beantragt?«

Lawrence drehte sich um, um Jackson anzustarren.

»Er hat seinem Boss fünfhundert Dollar gestohlen«, erklärte Grave Digger. »Clay erstattete Anzeige, um ihn festnehmen zu lassen, aber heute, am späten Vormittag, hat er die Anzeige zurückgezogen.«

Lawrence fuhr erneut mit den Fingern durch seinen Bürstenhaarschnitt. »Diese Leute kommen mir alle so vor, als wären sie komplett verrückt«, murmelte er, aber als er bemerkte, dass der Stenograf seine Worte notierte, sagte er: »Das brauchen Sie nicht ins Protokoll zu nehmen.« Er sah Grave Digger wieder an: »Welchen Reim machen Sie sich darauf?«

Grave Digger zuckte leicht die Achseln. »Keine Ahnung.«

Lawrence starrte Jackson an. »Was haben Sie gegen Ihren Boss in der Hand?«

Jackson wand sich unter dem scharfen Blick und wischte sich übers Gesicht, um seine Unsicherheit zu verbergen. »Ich hab nichts gegen ihn in der Hand.«

»Soll ich ihn als Kronzeugen festsetzen?«, wandte sich Lawrence wieder an Grave Digger.

»Wozu? Als Zeugen gegen wen? Er hat alles erzählt, was er weiß, und er wird nirgendwohin verschwinden.«

Lawrence atmete tief aus. »Schön, Sie können gehen, Jackson. Das County hat keine Anschuldigungen gegen Sie. Aber ich rate Ihnen, sich sogleich mit allen Geschädigten in Verbindung zu setzen – den Leuten, deren Eigentum Sie beschädigt haben. Einigen Sie sich mit denen, bevor die Klage erheben.«

»Ja, Sir. Mach ich sofort.« Er stand auf, zögerte dann und drehte seine Chauffeursmütze zwischen den Händen. »Hat einer von Ihnen vielleicht was von meinem Mädchen gehört – wo sie ist oder so?«

Alle drei drehten sich wieder um und sahen ihn an. Schließlich sagte Lawrence: »Sie ist in Haft.«

»Wie? Im Gefängnis? Warum?«

Sie starrten ihn ungläubig an. »Wir halten sie zur Vernehmung fest«, sagte Lawrence schließlich.

»Kann ich sie sehen? Ich meine, mit ihr sprechen?«

»Jetzt nicht, Jackson. Wir haben selbst noch nicht mit ihr gesprochen.«

»Was glauben Sie, wann ich sie sehen kann?«

»Ziemlich bald, vielleicht. Sie müssen sich um sie keine Sorgen machen. Sie ist in Sicherheit. Ich rate Ihnen, die Geschädigten zu kontaktieren, und zwar so schnell es geht.«

»Ja, Sir. Ich gehe sofort zu Mr. Clay.«

Als Jackson fort war, sagte Lawrence zu Grave Digger: »Es scheint ziemlich klar zu sein, dass Jackson so unschuldig ist wie ein Lamm, meinen Sie nicht?«

»Ein geschorenes Lamm«, warf der Gerichtsstenograf ein.

Grave Digger grunzte.

»Haben Sie irgendwelche Neuigkeiten von Ihrem Partner, Jones?«, fragte Lawrence.

»Ich war im Krankenhaus.«

»Wie geht es ihm?«

»Sie sagen, dass er sein Augenlicht behält, aber er wird nie wieder so aussehen wie früher.«

Lawrence seufzte noch einmal, reckte seine Schultern und nahm den Ausdruck grimmiger Entschlossenheit an. Er drückte auf einen Knopf an seinem Schreibtisch, und als ein Polizist seinen Kopf vom Korridor her in den Raum streckte, sagte er: »Bringen Sie diese Perkins herein.«

Imabelle trug noch dasselbe rote Kleid, aber jetzt sah es ziemlich mitgenommen aus. Die Gesichtshälfte, auf die Grave Digger eingeschlagen hatte, war in ein tiefes Purpur mit orangefarbenen Streifen übergegangen.

Sie warf Grave Digger einen raschen Blick zu und scheute gleich vor seiner abschätzigen Miene zurück. Dann nahm sie den Platz gegenüber von Lawrence ein, wollte die Beine übereinanderschlagen, überlegte es sich aber und setzte sich mit zusammengepressten Knien, den Rücken gerade aufgerichtet, auf die äußerste Kante des Stuhls.

Lawrence sah sie kurz an und studierte dann die Notizen vor sich. Er nahm sich Zeit und las alle Berichte noch einmal durch. »Barmherziger Heiland, nur Messerstechereien und Schießereien«, murmelte er. »Das Zimmer hier schwimmt ja schon im Blut. Nein, nein, notieren Sie das nicht«, fügte er, zu dem Gerichtsstenografen gewandt, hinzu.

Er sah erneut Imabelle an, strich sich langsam über das Kinn und fragte sich, wo er mit der Vernehmung beginnen sollte.

»Wer war Slim?«, fragte er schließlich. »Wie war sein richtiger Name? Bei uns ist er als Goldsmith aufgeführt. In Mississippi war er als Skinner bekannt.«

»Jimson.«

»Jimson? Soll das ein Name sein? Vorname oder Familienname?«

»Clefus Jimson. Das war sein richtiger Name.«

»Und die beiden anderen, wie lauteten deren korrekte Namen?«

»Weiß ich nicht. Sie haben eine Menge Namen benutzt. Ich weiß nicht, was ihre richtigen Namen waren.«

»Dieser Jimson.« Der Name wollte ihm nicht recht über die

Lippen gehen.«Nennen wir ihn einfach Slim. Wer war Slim? Welche Verbindung hatten Sie zu ihm?«

»Er war mein Mann.«

»Dachte ich mir schon. Wo haben Sie geheiratet?«

»Wir waren nicht richtig verheiratet. Er war mein Mann nach dem Gewohnheitsrecht.«

»Oh! Waren Sie ... standen Sie in Kontakt mit ihm? Ich meine, als Sie mit Jackson zusammen waren?«

»Nein, Sir. Ich hatte ihn fast ein Jahr lang weder gesehen noch von ihm gehört.«

»Wie ist er dann in Kontakt mit Ihnen getreten – oder Sie mit ihm, wie auch immer?«

»Ich bin ihm zufällig bei Billie begegnet.«

»Bei Billie?« Lawrence zog erneut seine Notizen zurate. »Ach, ja, das ist da, wo die beiden anderen getötet wurden.« Mein Gott, all das Blut, dachte er. »Was hatten Sie bei Billie verloren?«

»War nur zu Besuch da. Ich ging nachmittags hin, wenn Jackson zur Arbeit war, einfach nur, um rumzusitzen und jemanden zu besuchen. Mir gefiel es nicht, in Bars herumzuhängen, weil ihn das ins falsche Licht gebracht hätte.«

»Ah, verstehe. Und als Sie Slim trafen, heckten Sie mit ihm den Plan aus, Jackson mit diesem Trick hereinzulegen ...« Er sah in seinen Notizen nach. »Mit dem ›Knall‹.«

»Ich wollte es nicht. Sie haben mich dazu gebracht.«

»Wie konnten sie Sie dazu zwingen, wenn Sie es nicht wollten?«

»Ich hatte eine Todesangst vor ihm. Vor allen dreien. Sie hatten es auf mich abgesehen, und ich hatte Angst, dass sie mich umbringen.«

»Sie meinen, sie hatten etwas gegen Sie. Warum?«

»Ich hatte die Truhe mit dem Golderz, mit der sie die Geschichte von der vergessenen Goldmine abzogen.«

»Sie meinen den Schwefelkies, der im Kohlenkasten der Wohnung gefunden wurde, wo Sie mit Slim lebten?«

»Ja, Sir.«

»Wann haben Sie die Truhe mitgenommen?«

»Als ich ihn in Mississippi verlassen habe. Er hat sich mit einer anderen Frau vergnügt, und als ich ging, bin ich einfach los und hab die Truhe mitgenommen und sie nach New York gebracht. Ich wusste, dass sie die Nummer nicht ohne das Ding drehen konnten.«

»Verstehe. Und als er Sie bei Billie fand, hat er Sie bedroht.«

»Das musste er gar nicht. Er hat einfach gesagt: ›Ich nehm dich mit zurück, und wir werden den Nigger, mit dem du da zusammenlebst, ordentlich rupfen.‹ Hank und Jodie waren auch da. Hank war völlig zugedröhnt und in diese gemeine, abgedrehte Tour verfallen, die er dann immer draufhatte, und Jodie war mit Heroin voll gestopft und ließ immer wieder sein Messer auf- und zuschnappen und sah mich an, als wollte er mir die Kehle durchschneiden. Und Slim, er war halb betrunken. Hank sagte, sie würden das Golderz nehmen und es einfach hier in New York mit der Nummer versuchen. Mir blieb keine Wahl. Ich musste mitmachen.«

»In Ordnung. Dann behaupten Sie also, dass Sie unter Zwang mitwirkten, dass Sie unter Todesandrohung genötigt wurden, bei dem Spiel mitzumachen?«

»Ja, Sir. Entweder machte ich mit, oder sie schnitten mir die Kehle durch. Was anderes gab es nicht.«

»Warum sind Sie nicht zur Polizei gegangen?«

»Was hätte ich der Polizei sagen sollen? Da hatten sie doch noch nichts angestellt. Und ich wusste nicht, dass sie in Mississippi wegen Mord gesucht wurden. Das war erst passiert, nachdem ich fort war.«

»Warum sind Sie denn nicht zur Polizei gegangen, nachdem die Bande Jackson um tausendfünfhundert Dollar betrogen hatte?«

»Das war die gleiche Geschichte. Da wusste ich noch nicht, dass Jackson gemerkt hatte, dass er aufs Kreuz gelegt worden war. Wenn ich da zur Polizei gegangen wäre und Jackson hätte sie nicht angezeigt, hätte die Polizei sie einfach gehen lassen. Und dann hätten sie mich mit Sicherheit umgebracht. Von Jacksons Bruder hatte ich da auch noch keine Ahnung. Ich wusste nur, dass Jackson selbst ein Trottel war und mir nicht helfen konnte.«

»Schön. Aber warum sind Sie nicht zur Polizei gegangen, nachdem die Leute Säure in Detective Johnsons Gesicht geschüttet hatten?«

Sie warf einen flüchtigen Blick auf Grave Digger und sank gleich in sich zusammen. Grave Digger fixierte sie voller Hass.

»Ich hatte nicht die geringste Chance«, beteuerte sie mit flehender Stimme. »Ich hätte es getan, aber es ging nicht. Slim war die ganze Zeit bei mir, bis wir zu Hause ankamen. Danach kamen Hank und Jodie mit dem gemieteten Motorboot den Fluss runter, sind unter der Eisenbahnbrücke ausgestiegen und erschienen direkt in der Wohnung, wo Slim und ich waren. Da hatte es keinen Zweck mehr, auch nur daran zu denken, zur Polizei zu gehen.«

»Was ist dort geschehen?«

Unter den konzentrierten Blicken brach ihr der Schweiß auf dem verunstalteten Gesicht aus.

»Na, sehen Sie, Jodie dachte, ich hätte sie an die Polizei verpfiffen, bis Slim ihm klarmachte, dass ich dazu gar keine Gelegenheit hatte. Ich hatte nie eine Chance dazu. Jodie war in Fahrt und bösartig, und wäre Hank nicht gewesen, hätten Jodie und Slim sich erneut geprügelt. Hank hatte als Einziger eine Pistole, und er richtete sie auf Jodie und hielt ihn so in Schach. Dann wollte Jodie, dass er und Hank das Golderz nehmen und verschwinden und Slim und mich zurücklassen sollten. Slim sagte, sie könnten das Golderz nicht haben, ohne ihn und mich mitzunehmen. Dann meinte Hank, Jodie hätte recht. Wegen der Verätzungen auf seinem Hals und im Gesicht könnten sie Slim nicht mitnehmen. Die Polizei würde ihn viel zu leicht identifizieren. Sie würden zwei und zwei zusammenzählen und sofort wissen, wer er war. Hank riet Slim, sich irgendwo zu verkriechen, bis seine Wunden abgeheilt wären, dann würden sie ihn holen. Aber in der Zwischenzeit würden sie das Golderz nehmen. Slim sagte, niemand würde sein Golderz anrühren, ihm wäre egal, was sie täten. Bevor Hank ihn aufhalten konnte, hatte Jodie Slim ins Herz gestochen und hieb immer weiter auf ihn ein, bis Hank sagte: ›Hör auf, verdammt, oder ich mach dich kalt.‹ Aber da war Slim schon tot.«

»Wo waren Sie, als das alles passierte?«

»Ich war dabei, aber ich konnte nichts tun. Ich hatte eine Todesangst, dass Jodie auch auf mich einstechen würde. Das hätte er auch getan, wenn Hank ihn nicht davon abgehalten hätte. Er war wie ein Irrer.«

»Aber warum haben sie die Leiche in die Truhe geschafft?«

»Sie wollten sie loswerden, damit sie nicht auch noch in New York einen Mord am Hals hatten. Hank sagte, er wüsste, wo in Kalifornien noch mehr vom falschen Gold aufzutreiben wäre. Deshalb haben sie genug davon in der Truhe gelassen, um sie zu beschweren, und den Rest in den Kohlenkasten geworfen. Sie wollten die Truhe im Harlem River versenken. Hank sagte, er würde einen Lastwagen organisieren, um sie wegzuschaffen, und Jodie sollte unten Schmiere stehen. Mir hat er befohlen, das Blut vom Boden wegzuschrubben. Ich hatte Angst, abzuhauen, wenn Jodie unten an der Treppe stand. Ich wusste nicht, dass er mit Hank weggegangen war, bis Jackson und sein Bruder kamen, um die Truhe zu holen.«

Lawrence rieb sich ärgerlich das Kinn und versuchte, sich ein klares Bild zu verschaffen. Auch seine Augen schienen nicht mehr klar sehen zu können.

»Aber welche Rolle spielten Sie in ihren Plänen?«

»Sie wollten mich mitnehmen. Ich hatte Angst, sie würden mich nach draußen schaffen und irgendwo auf der Straße umlegen.«

»Sie waren aber doch schon weg, als die beiden zurückkamen und Goldy ermordeten.«

»Ja, Sir. Davon wusste ich ja auch nichts.«

»Warum haben Sie da nicht die Polizei verständigt?«

»Das hatte ich vor. Ich war gerade auf dem Weg zur Polizeistation und wollte es dem ersten Polizisten erzählen, den ich sah. Aber dieser Kerl hat mich angegriffen, bevor ich überhaupt da ankam, und ehe ich die Chance hatte, irgendwas zu sagen, hat mich die Polizei ins Gefängnis gesteckt, nur weil ich versucht hatte, mich zu verteidigen.«

Lawrence machte eine Pause, um noch einmal den Report zu studieren.

»Ich hab Detective Jones erzählt, wo er Hank und Jodie finden konnte, sobald ich Gelegenheit dazu hatte«, fügte sie hinzu.

Lawrence atmete seufzend aus. »Aber Sie haben Ihren Freund Jackson und seinen Bruder – eh, Schwester Gabriel – angestiftet, die Truhe mit Slims Leiche wegzuschaffen, ohne ihnen zu sagen, was darin war.«

»Nein, Sir, ich hab sie nicht angestiftet. Sie waren fest entschlossen, sie mitzunehmen, und ich hatte Angst, wenn ich ihnen was erzählte, würden sie dort bleiben und versuchen, das Golderz zu kriegen. Dann wären Hank und Jodie zurückgekommen, hätten sie vorgefunden, und es hätte noch mehr Tote gegeben. Jackson glaubte, dass es echtes Golderz war, das wusste ich, und ich sah, dass sein Bruder auch davon überzeugt war. Ich hielt es für das Beste, die beiden die Truhe mitnehmen zu lassen und damit zu verschwinden, so schnell sie konnten. Dann wären sie weg gewesen, bevor Hank und Jodie zurückgekommen wären.«

»Sie sagten, Jodie hätte unten gestanden und aufgepasst.«

»Davon war ich zuerst auch überzeugt, aber als Jackson und sein Bruder die Treppe raufkamen, war mir klar, dass Jodie mit Hank weggegangen sein musste. Ich dachte, sobald sie fort und in Sicherheit wären, könnte ich der Polizei von allem berichten, und es würde keinem mehr was geschehen.«

Lawrence sah zu Grave Digger rüber. »Glauben Sie das?«

»Nein. Sie hat Jackson und Goldy die Leiche angehängt und hatte vor, mit dem erstbesten Zug aus der Stadt zu türmen. Ihr war scheißegal, was mit irgendwem passierte.«

»Ich wollte einfach nicht, dass noch jemand verletzt wurde«, protestierte Imabelle. »Es waren schon genug Leute umgebracht worden.«

»Schon gut, schon gut«, sagte Lawrence. »Das ist Ihre Geschichte.«

»Das ist keine Geschichte, es ist die Wahrheit. Ich wollte der Polizei alles erzählen. Aber dieses große schwarze Arsch... dieser Mann hat mich angegriffen, ehe ich Gelegenheit dazu hatte.«

»In Ordnung, in Ordnung, das haben wir schon gehört.«

Lawrence drehte sich zu Grave Digger um. »Ich sperre sie wegen Mittäterschaft ein.«

»Wozu? Sie können ihr nichts nachweisen. Sie behauptet, man hat sie dazu gezwungen. Jackson wird ihre Behauptung bestätigen. Er glaubt das, und sie weiß, dass er es glaubt. Es ist erwiesen, dass die beiden gefährlich waren. Wer ist noch übrig, der ihre Version bestreitet? Alle, die gegen sie aussagen könnten, sind tot, und jede Jury wird ihr glauben.«

Lawrence wischte sich über das hochrote Gesicht. »Was ist mit der Aussage von Ihnen und Johnson?«

»Lassen Sie sie laufen«, sagte Grave Digger schroff. Er sah aus, als wäre er am Rande eines Wutanfalls. »Ed und ich werden die Rechnung begleichen. Eines Tages erwischen wir sie, wenn sie die Hose unten hat.«

»Nein, das kann ich nicht zulassen«, sagte Lawrence. »Ich lasse sie nur gegen fünftausend Dollar Kaution frei.«

25

Mr. Clay hielt seinen Nachmittagsschlaf, als Jackson eintraf. Jackson fand die Vordertür offen und ging ins Haus, ohne anzuklopfen. Smitty, der andere Fahrer, schäkerte wieder mit einem Mädchen in der schwach erleuchteten Kapelle herum.

Jackson öffnete leise die Tür zu Mr. Clays Büro und trat geräuschlos ein. Mr. Clay lag mit dem Gesicht zur Wand auf der Couch. In seinen Gehrock gekleidet, das lange, buschige graue

Haar über den Überzug wallend, die pergamentartige Haut von der dunklen Wand umrahmt, sah er im schwachen Licht der Stehlampe, die Tag und Nacht im Schaufenster brannte, immer noch so aus, als wäre er einem Museum entsprungen.

»Bist du das, Marcus?«, fragte er plötzlich, ohne sich umzudrehen.

»Nein, Sir, ich bins, Jackson.«

»Hast du mein Geld dabei, Jackson?«

»Nein, Sir ...«

»Dachte ich mir.«

»Aber ich zahle Ihnen jeden Cent zurück, Mr. Clay – die fünfhundert Dollar, die ich mir geliehen hab, und die zweihundert, die Sie mir als Vorschuss auf mein Gehalt gegeben haben. Machen Sie sich darum keine Sorgen, Mr. Clay.«

»Ich mach mir keine Sorgen, Jackson. Du kannst wegen dem Geld, um das die Gauner dich betrogen haben, das County auf Schadenersatz verklagen.«

»Wirklich? Das County?«

»Ja. Die Leute hatten achttausend Dollar bei sich. Aber behalt das für dich, Jackson, behalts bloß für dich.«

»Ja, Sir, ganz bestimmt.«

»Noch was, Jackson ...«

»Ja, Sir?«

»Hast du meinen Leichenwagen zurückgebracht?«

»Nein, Sir. Ich wusste nicht, ob ich das darf. Ich hab ihn vor dem Revier stehen lassen.«

»Dann geh und hol ihn, Jackson. Und beeil dich, weil hier Arbeit auf dich wartet.«

»Sie wollen mich wieder einstellen, Mr. Clay?«

»Ich hab dich gar nicht entlassen, Jackson. Einen guten Mann wie dich findet man nicht so leicht.«

»Jawoll, Sir. Werden Sie meinen Bruder für mich beerdigen, Mr. Clay?«

»Das ist mein Gewerbe, Jackson. Mein Gewerbe. Wie hoch war seine Versicherung?«

»Weiß ich noch nicht.«

»Erkundige dich danach, Jackson, dann reden wir über das Geschäft.«

»Ja, Sir.«

»Was ist mit deinem gelben Mädchen, Jackson?«

»Ihr gehts gut, Mr. Clay. Aber im Augenblick ist sie im Gefängnis.«

»Zu dumm, Jackson. Aber egal, du weißt, dass sie dich nicht reingelegt hat.«

Jackson zwang sich zu einem Lachen. »Sie machen immer nur Witze, Mr. Clay. Sie wissen doch, dass sie nie so etwas tun würde.«

»Jedenfalls nicht, solange sie im Gefängnis ist«, sagte Mr. Clay schläfrig.

»Ich will jetzt hin und zusehen, ob ich sie besuchen kann.«

»In Ordnung, Jackson. Und geh zu Joe Simpson, damit er ihre Kaution bezahlt – falls die nicht zu hoch ist.«

»Ja, Sir. Danke Ihnen, Mr. Clay.«

Joe Simpson hatte sein Büro um die Ecke an der Lenox Avenue. Jackson fuhr mit ihm runter in die Stadt zum County Building.

Als der stellvertretende Staatsanwalt Lawrence erfuhr, dass für Imabelle Kaution gestellt wurde, ließ er Joe Simpson zu sich kommen. Grave Digger und der Gerichtsstenograf waren bereits gegangen, und Lawrence saß allein in seinem Büro.

»Joe, würden Sie mir bitte sagen, wer für diese Frau die Kaution stellt?«, fragte er.

Simpson sah ihn erstaunt an. »Na, Mr. Clay.«

»Du lieber Himmel!«, entfuhr es Lawrence. »Was soll das? Was ist da los? Was haben die gegen ihn in der Hand? Sie stehlen sein Geld, fahren seinen Leichenwagen zu Schrott, nützen ihn in jeder erdenklichen Weise aus, und er hat nichts Eiligeres zu tun, als Kaution für sie zu stellen, damit sie aus dem Gefängnis kommen. Ich möchte wissen, warum.«

»Zwei von den Burschen hatten achttausend Dollar bei sich, als sie getötet wurden.«

»Was hat das damit zu tun?«

»Ach, ich dachte, Sie wissen, wie das funktioniert, Mr. Lawrence. Das Geld wird für ihr Begräbnis verwendet. Und Mr. Clay führt die Bestattung durch. Das ist so, als hätten sie das Geschäft für ihn angekurbelt.«

Jackson war im anderen Flügel des Gebäudes und wartete im Vorraum, als die Aufseherin Imabelle aus ihrer Zelle brachte. Er stieß ein langes, seufzendes Lachen aus und schloss sie in seine Arme. Sie schmiegte sich fest an die Wölbung seines dicken Bauches und presste ihre geschwollenen Lippen gegen seinen verschwitzten Mund.

Dann wich sie zurück und sagte: »Daddy, wir müssen uns beeilen und zu dem alten Geier gehen, um unser Zimmer wiederzubekommen, damit wir heute Nacht einen Platz zum Schlafen haben.«

»Es ist alles wieder gut«, antwortete er. »Ich hab meinen Job wieder. Und Mr. Clay hat auch die Kaution für dich gestellt.«

Sie hielt ihn auf Armeslänge Abstand und sah ihm in die Augen. »Und du hast auch deinen Job wieder, Daddy? Na, ist das nicht großartig?«

»Imabelle«, meinte er einfältig. »Ich will dir nur sagen, es tut mir leid, dass ich deine Truhe mit dem Golderz verloren hab. Ich hab alles getan, sie zu retten.«

Sie lachte laut auf und kniff ihn in seine kräftigen, fetten Arme. »Daddy, mach dir keine Sorgen. Was kümmert mich die alte Truhe voller Golderz, wenn ich dich hab?«

Heiße Nacht für kühle Killer

1

I'm gwine down to de river,
Set down on de ground.
If de blues overtake me,
I'll jump overboard and drown ...

Big Joe Turner sang eine Rock-'n'-Roll-Version von *Dink's Blues*. Der laute, packende Rhythmus dröhnte so heiß aus der Musikbox, dass die Knochen schmolzen. Wie von Nadeln gestochen sprang eine Frau von ihrem Platz in der Nische auf, eine hagere Schwarze in einem rosa Jerseykleid und roten Seidenstrümpfen. Sie zog ihren Rock hoch und legte einen Shake hin, als ob sie die Nadeln einzeln abschütteln wollte.

Ihre Begeisterung war ansteckend. Andere Frauen sprangen von ihren Barhockern und legten auch los. Die Gäste lachten, feuerten sie an und fingen auch an zu tanzen. Der Gang zwischen der Bartheke und den Nischen war ein Gewimmel sich schüttelnder Körper.

Big Smiley, der hünenhafte Barmann, setzte schlurfend mit einem plattfüßigen Shuffle hinter der Bar ein. Die farbigen Gäste in Harlems *Dew Drop Inn*, Ecke 129th Street und Lenox Avenue, amüsierten sich blendend an diesem frischen Oktoberabend.

Ein Weißer, der etwa in der Mitte vor der Bartheke stand, sah dem Treiben zynisch-amüsiert zu. Er war der einzige Weiße im Raum.

Er war groß, über einen Meter achtzig, und trug einen grauen Flanelanzug, ein weißes Hemd und eine blutrote Krawatte. Sein großflächiges, fahles Gesicht und die unreine Haut zeigten Spuren eines ausschweifenden Lebenswandels. Das dichte schwarze Haar hatte graue Strähnen. Zwischen Zeige- und Mittelfinger der rechten Hand hielt er einen erloschenen Zigarrenstummel. Am Ringfinger stak ein Siegelring. Er sah wie etwa vierzig aus.

Es war, als ob die farbigen Frauen ausschließlich zu seiner Unterhaltung tanzten. Eine leichte Röte breitete sich auf seinem fahlen Gesicht aus.

Die Musik endete.

Über das Keuchen und Kichern hinweg knarrte eine gefährlich klingende Stimme: »Ich hätt direkt Lust, 'nem weißen Scheißkerl den Hals abzuschneiden.« Das Gelächter brach ab. Schlagartig wurde es still im Raum.

Der Mann, der gesprochen hatte, war ein dürrer kleiner Bantamgewichtler mit ausgemergeltem Hühnerhals. Seine großen Tage im Ring lagen zwanzig Jahre zurück, graue Bartstoppeln sprossen auf seiner rauen schwarzen Haut. Er trug einen zerbeulten, steifen schwarzen Hut, der schon Alterspatina angesetzt hatte, eine abgewetzte, karierte Jacke über einem Overall aus blauer Baumwolle.

Seine wütenden kleinen Augen glühten rot wie Kohlen. Steifbeinig stelzte er auf den großen weißen Mann zu, ein offenes Stellmesser in der rechten Hand, die Klinge gegen sein blaues Hosenbein gepresst.

Der große Weiße drehte sich zu ihm hin und schaute drein, als wüsste er nicht, ob er lachen oder sich ärgern sollte. Verstohlen wanderte seine Hand zum schweren Glasaschenbecher auf der Bar. »Immer mit der Ruhe, Kleiner, dann wird niemand zu Schaden kommen.«

Der kleine Messerheld blieb dicht vor ihm stehen. »Falls in unserer Gegend ein weißer Scheißkerl auftaucht, der hinter meinen Mädchen her ist, dann schneid ich dem die Gurgel durch«, verkündete er.

»Was denken Sie denn«, sagte der Weiße. »Ich bin Geschäftsmann. Ich verkaufe das gute King-Cola, das ihr Leute hier so gern trinkt. Ich bin nur hier, um meine Kunden zu besuchen.«

Big Smiley trat näher und legte seine schinkengroßen Fäuste auf die Bar. »Hör mal, du böser, böser Junge«, sagte er zu dem kleinen Messerhelden. »Mach meine Gäste nicht runter, nur weil du einen Kopf größer bist als sie.«

»Er will ja keinem was tun«, sagte der große Weiße. »Er will ja nur eine King-Cola zur Entspannung. Geben Sie ihm eine Flasche King-Cola.«

Der Kleine hieb mit seinem Messer nach der Kehle des Weißen und durchtrennte die rote Krawatte mit einem sauberen Schnitt dicht unter dem Knoten.

Der große Weiße fuhr erschrocken zurück. Sein Ellbogen stieß gegen die Kante der Theke, und der Aschenbecher, den er gepackt hatte, flog in ein Fach mit kunstvoll geschliffenen Weingläsern hinter der Bar.

Das Klirren der zersplitternden Gläser ließ ihn nochmals zurückspringen. Die zweite Reflexhandlung erfolgte so schnell auf die erste, dass er dem zweiten Schlag des Messers entging, ohne ihn auch nur wahrzunehmen. Der Knoten seiner Krawatte, der ihm geblieben war, wurde in der Mitte aufgeschlitzt und blühte auf wie eine blutige Wunde vor seinem weißen Kragen.

»... Halsabschneider!«, gellte eine aufgeregte Stimme, als ob sie einem erfolgreichen Torschützen zujubelte.

Big Smiley beugte sich über die Bartheke und packte den Messerhelden mit den rotunterlaufenen Augen an den Jackenaufschlägen und hob ihn vom Boden hoch. »Gib mir mal das Messer da, Kleiner, bevor ich dich zwinge, es zu fressen«, sagte er gelassen lächelnd, als ob das Ganze ein Witz wäre.

Der Messerheld wand sich in Big Smileys Griff und schlug ihm mit dem Messer auf den Arm. Der weiße Stoff von Big Smileys Jacke platzte wie ein berstender Ballon, und aus dem klaffenden Fleisch unter seiner schwarzen Haut ergoss sich der rote Strom.

Blut spritzte.

Big Smiley blickte auf seinen verletzten Arm. Er hielt den Messerhelden am Kragen seiner Jacke noch immer frei in der Luft.

Seine Augen hatten einen überraschten Ausdruck. Seine Nüstern blähten sich. »Du hast mich geschnitten?« Seine Stimme klang ungläubig.

»Ich schneid dich gleich nochmal«, keuchte der Kleine und wand sich in seinem Griff.

Big Smiley ließ ihn los, als ob er glühend heiß geworden wäre. Der kleine Mann landete auf den Füßen und schlug mit dem Messer nach Big Smileys Gesicht.

Big Smiley fuhr rechtzeitig zurück und griff mit der Rechten unter die Theke. Er zog eine Feuerwehraxt mit kurzem Stiel heraus. Der Stiel war rot lackiert, die gebogene Klinge rasiermesserscharf.

Der kleine Messerheld machte einen Luftsprung und hieb wieder nach Big Smiley. Er nahm es mit seinem Messer gegen Big Smileys Axt auf.

Big Smiley parierte mit einem rechten Schwinger der rotstieligen Axt. Die Klinge traf den Arm des Messerhelden mitten im Schlag und trennte ihn unmittelbar unter dem Ellbogen ab, als ob er guillotiniert worden wäre.

Der abgetrennte Arm samt Jackenärmel segelte durch die Luft, besprengte die nächststehenden Zuschauer mit Blutstropfen, landete auf dem Linoleumboden und glitt in einer der Nischen unter den Tisch, ohne dass die Hand daran das Messer losgelassen hätte.

Der kleine Messerheld landete auf den Füßen, vollführte mit seinem halben Arm immer noch schlagende Bewegungen. Er war zu betrunken, um voll zu erfassen, was geschehen war. Er sah, dass die untere Hälfte seines Arms fehlte; er sah, wie Big Smiley die Axt mit dem roten Stiel schwang. Er dachte, Big Smiley würde noch einmal zuschlagen.

»Wart nur, bis ich meinen Arm finde«, gellte er. »Er hat noch mein Messer in der Hand.« Er ließ sich auf die Knie fallen und tastete mit der Linken auf dem Boden herum, um seinen abgetrennten Arm zu suchen. Das Blut schoss aus dem zuckenden Armstumpf wie aus der Mündung eines Schlauchs.

Dann verlor er das Bewusstsein und fiel flach aufs Gesicht.

Zwei Gäste drehten ihn um. Einer schlang eine Krawatte als Aderpresse um den blutenden Armstumpf, der andere drehte sie mit einem Stuhlbein fest zusammen.

Eine Kellnerin und ein weiterer Gast schlangen ein zusammengedrehtes Handtuch um Big Smileys Arm. Er hatte immer noch die Feuerwehraxt in der rechten Hand und schaute noch immer überrascht drein.

Der weiße Geschäftsmann war auf die Theke geklettert und schrie: »Bleibt alle sitzen, Leute. Jeder geht an seinen Platz zurück und bezahlt die Zeche. Die Polizei ist benachrichtigt und wird sich um alles kümmern.«

Als ob er einen Startschuss abgefeuert hätte, setzte ein Spurt auf die Tür ein.

Als Sonny Pickens auf den Gehsteig hinauskam, sah er den großen Weißen durch eines der kleinen Vorderfenster in die Bar hineinspähen.

Sonny hatte gekifft und war mächtig high. Seinen berauschten Augen erschien der dunkle Nachthimmel leuchtend violett, und die kümmerlichen, rauchgeschwärzten Wohnhäuser sahen für ihn aus wie nagelneue Wolkenkratzer aus erdbeerfarbenen Mauersteinen. Die Neonröhren über den Bars und Billardstuben und billigen Esslokalen brannten wie phosphoreszierendes Feuer.

Aus der Innentasche seiner Jacke zog er einen Revolver aus blauem Stahl, ließ die Trommel rotieren und zielte auf den großen Weißen.

Seine beiden Freunde Rubberlips Wilson und Lowtop Brown sahen ihm verblüfft mit aufgerissenen Augen zu. Doch noch ehe einer der beiden ihn zurückhalten konnte, ging Sonny auf den Fußspitzen balancierend auf den Weißen los.

»He!«, schrie er. »Du bist der Kerl, der hinter meiner Alten her ist.«

Der große Weiße riss den Kopf herum und sah die Waffe. Seine Augen weiteten sich, er wurde käsebleich. »Um Gottes willen!«, rief er. »Sie irren sich! Jeder scheint mich hier mit irgendjemand zu verwechseln. Warten Sie!«

»Ich denk nicht dran!«, entgegnete Sonny und drückte ab.

Eine orangefarbene Flamme sprühte auf die Brust des großen Weißen zu. Der Knall hallte durch die Nacht.

Sonny und der Weiße hüpften gleichzeitig hoch in die Luft. Beide begannen zu rennen, noch ehe ihre Füße wieder den Boden berührt hatten. Beide rannten geradeaus los. Sie prallten mit voller Geschwindigkeit gegeneinander. Das weit größere Gewicht des Weißen warf Sonny um, und der Weiße rannte über ihn hinweg.

Er bahnte sich einen Weg durch die Menge der farbigen Zuschauer, fegte sie beiseite und rannte quer über die Fahrbahn, mitten durch den Verkehr, ohne sich um die fahrenden Autos zu kümmern.

Sonny sprang sofort auf und raste hinter ihm her. Er rannte über die Leute hinweg, die der große Weiße umgerissen hatte, und wäre beinahe über die Arme und Beine auf dem Asphalt gestolpert. Er schwankte wie betrunken. Schreie verfolgten ihn, Autoscheinwerfer schossen wie Leuchtspurgranaten auf ihn zu.

Der große Weiße drängte sich zwischen zwei geparkten Wagen hindurch auf den anderen Bürgersteig, als Sonny wieder auf ihn schoss. Der Weiße rettete sich unverletzt auf den Gehsteig und rannte, von den geparkten Wagen gedeckt, nach Süden. Sonny folgte ihm zwischen den Autos hindurch und blieb ihm auf den Fersen.

Die Leute in der Schusslinie vollführten akrobatische Sprünge, um sich in Deckung zu bringen.

Vor den beiden, die Straße hoch, drängten sich Menschen in den Hauseingängen, um zu sehen, was vorging. Sie sahen einen großen Weißen mit wilden blauen Augen und einem roten Krawattenstummel – was aussah, als sei ihm die Gurgel durchgeschnitten –, verfolgt von einem schlanken Schwarzen mit einem großen stahlblauen Revolver in der Hand. Da zogen sie sich schnell aus der Schusslinie zurück.

Hinter den beiden jedoch schlossen sich die Neugierigen der Jagd an. Allen voran war der Weiße. Als nächster kam Sonny. Rubberlips und Lowtop folgten Sonny auf den Fersen. Hinter ihnen die Zuschauer in lockerer Formation.

An der Ecke der 127th Street rannte der Weiße an einer Gruppe von acht Arabern vorbei. Alle diese Araber hatten dichte, grau durchzogene schwarze Bärte. Alle trugen hellgrüne Turbane, dunkle Brillen und knöchellange weiße Gewänder. Ihre Hautfarbe reichte von Ofenrohrschwarz bis Senfgelb. Sie schwatzten und gestikulierten wie eine aufgeregte Horde von Affen im Käfig. Um sie herum war die Luft mit dem prickelnden Geruch von Marihuana geschwängert.

»Ein Ungläubiger!«, schrie einer der Araber.

Das Schwatzen brach augenblicklich ab. Wie ein Mann drehte sich die Gruppe zu dem Weißen herum.

Der Weiße hörte den Ruf. Aus dem Augenwinkel nahm er die plötzliche Bewegung wahr. Mit einem Sprung verließ er den Gehsteig.

Ein Wagen, der schnell durch die 127th Street kam, bremste mit ohrenbetäubendem Kreischen, um ihn nicht zu überfahren. Im Scheinwerfer wurde sein verzerrtes, schweißbedecktes Gesicht hell erleuchtet. Seine blauen Augen waren schwarz vor Angst, sein grau meliertes Haar in wilder Unordnung.

Instinktiv sprang er gleichzeitig hoch und zur Seite, weg von dem heranrasenden Wagen. Es war ein groteskes Bild, wie er Arme und Beine hochriss.

In diesem Augenblick erreichte Sonny die Gruppe der Araber und feuerte auf den Weißen, noch ehe dessen Füße den Boden wieder erreicht hatten. Die orangefarbene Mündungsflamme warf einen Schein auf Sonnys verzerrtes Gesicht.

Ein Zucken durchlief den Körper des Weißen, dann sackte er schlaff in sich zusammen. Mit gespreizten Gliedern, das Gesicht nach unten, landete er auf dem Pflaster und blieb dort reglos liegen.

Sonny rannte mit der rauchenden Waffe in der Hand zu ihm

hin und stand nun im gleißenden Licht der Scheinwerfer. Er sah auf den Weißen hinunter, der mitten auf der Fahrbahn lag, und begann zu lachen. Er bog sich vor Lachen, wedelte mit den Armen, und sein ganzer Körper zuckte.

Lowtop und Rubberlips holten ihn ein. Die acht Araber traten zu ihnen ins Scheinwerferlicht.

»Mann, was ist denn passiert?«, fragte Lowtop.

Die Araber sahen ihn an und begannen zu lachen. Auch Rubberlips fing an zu lachen, schließlich auch Lowtop.

Alle standen sie in dem grellen weißen Licht, schwankten, schüttelten und bogen sich vor Lachen.

Sonny versuchte etwas zu sagen, konnte aber vor Lachen kein Wort herausbringen.

In der Nähe ertönte eine Polizeisirene.

2

Im Büro des Captains vom Polizeirevier in der 126th Street läutete das Telefon. Der uniformierte Beamte am Schreibtisch griff nach dem Hörer, ohne von dem Formular aufzublicken, das er gerade ausfüllte.

»Revier Harlem, Lieutenant Anderson«, meldete er sich.

Eine schrille Stimme erkundigte sich: »Sind Sie der diensthabende Beamte?«

»Ja, meine Dame«, antwortete Lieutenant Anderson geduldig und schrieb mit der freien Hand weiter.

»Ich möchte melden, dass ein Weißer von einem bewaffneten Farbigen durch die Lenox Avenue gejagt wird«, sagte die Stimme mit der selbstgefälligen Scheinheiligkeit einer erretteten Betschwester.

Lieutenant Anderson schob das Formular beiseite und zog einen Meldeblock zu sich.

Als er die wesentlichen Einzelheiten ihres wirren Berichts notiert hatte, sagte er: »Vielen Dank, Mrs. Collins.« Er legte den

Hörer zurück und griff nach dem Hörer der direkten Linie zur Polizeizentrale in der Centre Street.

»Geben Sie mir die Funkvermittlung.«

Im Kielwasser eines Busses fuhren zwei farbige Männer durch die 135th Street. Zerknautschte dunkle Hüte saßen gerade auf ihren kurzgeschorenen, krausen Köpfen, und ihre großen Gestalten füllten die Vordersitze der kleinen, klapprigen schwarzen Limousine.

Das Funkgerät begann zu knattern, dann verkündete eine metallische Stimme: »An alle Wagen! Weißer rennt über die Lenox Avenue nach Süden. Wird von einem betrunkenen Neger mit Waffe verfolgt. Mordgefahr!«

»Dann drück mal auf die Tube«, sagte der Mann auf dem Beifahrersitz mit rauer Stimme.

»Geht wohl nicht anders«, antwortete der Fahrer lakonisch. Er ließ seine Sirene kurz aufheulen und wendete den kleinen Wagen mit kreischenden Reifen mitten auf der Straße, wobei er einer Taxe die Fahrt abschnitt, die mit hohem Tempo von der Bronx her kam.

Die Taxe bremste scharf, um die Limousine nicht zu rammen. Der Fahrer sah die privaten Nummernschilder und hielt die beiden für zwei kleine Gauner, die mit der Sirene an ihrem Wagen angeben wollten. Er war ein Italiener aus der Bronx, der in der Zeit der großen Gangster aufgewachsen war, und kleine Ganoven aus Harlem konnten ihm nicht imponieren.

Er beugte sich aus dem Fenster und schrie: »Ihr seid hier nicht auf den Baumwollfeldern in Mississippi, ihr schwarzen Hurensöhne! Hier ist New York City, da muss man fahren können ...«

Sein farbiger Fahrgast beugte sich rasch vor und zog ihn am Ärmel. »Mann, reiß die Klappe nicht so weit auf«, warnte er besorgt. »Die beiden da sind Grave Digger Jones und Coffin Ed Johnson. Schau doch, die Polizeiantenne hinten an ihrem Wagen!«

»Oh, die sind das.« Der Fahrer kühlte so schnell ab wie ein Barmädchen bei einem Freier, der pleite ist. »Ich hab sie nicht erkannt.« Grave Digger hatte ihn zwar gehört, aber er gab Gas, ohne sich umzudrehen.

Coffin Ed zog seinen Revolver aus dem Schulterhalfter und ließ die Trommel rotieren. Im vorbeihuschenden Licht der Straßenlaternen glänzte der lange, vernickelte Lauf des Revolvers – Spezialanfertigung Kaliber .38. Die fünf Messingmantelgeschosse in den sechs Kammern sahen tödlich aus. Die Kammer unter dem Hahn war leer. Aber er trug immer eine Schachtel mit Reservemunition neben seinem Meldeblock und den Handschellen in der ledergefütterten rechten Jackentasche mit sich.

»Lieutenant Anderson hat mich gestern Abend gefragt, warum wir uns nicht von diesen altmodischen Knarren trennen, wo die neuen doch so viel besser sind. Er versuchte, mich für diese neuen, hydraulischen Automaten zu begeistern, die fünfzehn Schuss abgeben. Er meinte, die schießen schneller, leichter und ebenso genau. Aber ich habe ihm gesagt, wir bleiben bei diesen hier.«

»Hast du ihm auch gesagt, wie schnell du die da nachladen kannst?« Grave Digger trug unter dem linken Arm das Gegenstück zu Coffin Eds Waffe.

»Ach was. Ich hab ihm nur gesagt, er wüsste nicht, wie hart die Köpfe dieser Harlem-Neger sind«, antwortete Coffin Ed. Sein von Säurenarben gezeichnetes Gesicht sah im schwachen Schein des Armaturenbretts bedrohlich aus.

Grave Digger lachte leise. »Du hättest ihm sagen sollen, dass diese Leute nur dann Respekt vor einer Waffe haben, wenn sie einen schönen langen, glänzenden Lauf hat. Die wollen sehen, womit auf sie geschossen wird.«

»Oder es wenigstens hören. Sonst glauben sie, man könnte nicht mehr damit anfangen als sie mit ihren Messern.«

Als sie die Lenox Avenue erreichten, bog Grave Digger mit heulender Sirene durch das rote Licht nach Süden ab, fuhr dicht vor einem nach Osten rollenden Laster vorbei und verlangsamte sein Tempo hinter einem himmelblauen, mit gelben Metallleisten verzierten Cadillac Coupé de Ville, der die nach Süden führende Fahrbahn zwischen einem Bus und einer Flotte nach Norden fahrender Kühlwagen versperrte. Er hatte ein Kennzeichen des Staates New York mit der Nummer B-H-21 und gehörte Big Henry, der das Zahlenlotto »21« betrieb. Big Henry saß selbst am Steuer. Sein Leibwächter Cousin Cuts saß vorn neben ihm, und zwei weitere, ungemütlich aussehende Gestalten nahmen die Rücksitze ein.

Big Henry nahm mit der rechten Hand die Zigarre aus seinem wulstlippigen Mund und klopfte die Asche in dem aus dem Armaturenbrett herausragenden Aschenbecher ab. Er plauderte weiter mit Cuts, als ob er die Sirene nicht gehört hätte. Das Funkeln des Brillanten an seiner rechten Hand war durch das Rückfenster zu sehen.

»Schaff ihn aus dem Weg«, sagte Grave Digger mit tonloser Stimme.

Coffin Ed beugte sich aus dem rechten Seitenfenster und schoss den Rückspiegel des großen Cadillacs von der Strebe an der linken Tür ab.

Die Zigarrenhand von Big Henry erstarrte, und sein fetter schwarzer Nacken schwoll an, als er dem zerschmetterten Spiegel nachblickte. Cuts richtete sich von seinem Sitz auf, drehte sich drohend um und griff nach der Waffe. Als er Coffin Eds finsteres Gesicht sah, das ihm hinter dem langen, vernickelten Lauf der .38er entgegenstarrte, duckte er sich wie ein routinierter Baseballspieler vor einem scharf geworfenen Ball.

Coffin Ed pflanzte ein Loch in den vorderen Kotflügel des Cadillacs.

Grave Digger kicherte. »Das tut Big Henry mehr weh als ein Loch in Cousin Cuts' Kopf.«

Als er sich umdrehte, lag auf Big Henrys gedunsenem schwarzem Gesicht der Ausdruck fassungsloser Empörung. Aber kaum erkannte er die Detectives, schrumpfte er zusammen wie ein durchlöcherter Ballon. Er steuerte seinen Wagen hastig zur Seite und drückte dabei den rechten Kotflügel seines Cadillacs an der Seite des Busses ein.

Grave Digger hatte jetzt Platz genug, um sich hindurchzuzwängen. Im Vorbeifahren zielte Coffin Ed nochmals und schoss Big Henrys goldene Initialen von der Tür des Cadillacs. »Und bleib da drüben!«, schrie er mit rauer Stimme. Sie ließen Big Henry zurück, der ihnen mit Tränen in den Augen einen anklagenden »Wie-könnt-ihr-mir-das-nur-antun«-Blick nachsandte.

Als sie auf die Höhe des *Dew Drop Inn* kamen, sahen sie den verlassenen Krankenwagen und die vor ihnen herrennende Menge. Ohne das Tempo zu verringern, schlängelten sie sich zwischen den mitten auf der Straße kreuz und quer abgestellten Wagen hindurch und zwängten sich mit heulender Sirene durch das Gedränge. Sie hielten ruckartig an, als vor ihren Scheinwerfern die makabre Szene auftauchte.

»Auseinander«, zischte einer der Araber. »Jetzt gehts los.«

»Die Monster«, stimmte ein anderer zu.

»Was soll das, Idiot!«, schimpfte ein Dritter. »Die können uns nichts anhaben.«

Die beiden großen, schlaksigen, gelenkigen Detectives sprangen gleichzeitig aufs Pflaster, ihre vernickelten langen Revolver gezückt. Sie sahen aus wie breitschultrige, herausgeputzte Bauernknechte auf einem Samstagabendtanz.

»Achtung!«, schrie Grave Digger aus vollem Hals.

»Stillgestanden!«, kam das Echo von Coffin Ed.

In die Menge kam Bewegung. Die Sensationslüsternen und die Unschuldigen drängten sich näher. Wer etwas auf dem Kerbholz hatte, begann sich zu verkrümeln.

Sonny und seine beiden Freunde drehten sich erschrocken mit weit aufgerissenen Augen um. »Wo kommen die denn her?«, murmelte Sonny benommen.

»Ich übernehm ihn«, sagte Grave Digger.

»Ich geb dir Deckung«, antwortete Coffin Ed.

Ihre großen Plattfüße klatschten auf das Pflaster, als sie auf Sonny und die Araber eindrangen. Coffin Ed blieb an einer Stelle stehen, von der aus er sie alle in Schusslinie hatte.

Als sei es eine einzige Bewegung, sprang Grave Digger vor

Sonny und schlug ihm mit dem Lauf seines Revolvers auf den Ellbogen. Mit der freien Hand fing er Sonnys Waffe auf, die dem Burschen aus den gelähmten Fingern flog.

»Hab sie«, sagte er, als Sonny vor Schmerz aufschrie und mit der linken Hand nach seinem rechten Arm griff.

»Ich hab gar nicht ...«, versuchte Sonny zu erklären, aber Grave Digger brüllte: »Mund halten!«

»Greift nach den Sternen!«, befahl Coffin Ed in warnendem Ton und hob drohend seinen Revolver. Es klang, als spräche er mit zusammengebissenen Zähnen.

»Sags ihm, Sonny«, drängte Lowtop mit zitternder Stimme, wurde aber von Grave Digger übertönt, der die Menge andonnerte: »Zurücktreten!« Er jagte einen Schuss über ihre Köpfe.

Sie wichen zurück. Sonnys linker Arm schoss hoch, und seine beiden Freunde nahmen die Hände ebenfalls hoch. Er versuchte noch einmal, etwas zu sagen. Sein Adamsapfel tanzte hilflos in seiner trockenen, tonlosen Kehle.

Die Araber aber zeigten sich trotzig. Sie ließen ihre Arme hängen und schlurften herum. »Sind ja gar keine Sterne am Himmel«, quengelte einer heiser.

Coffin Ed packte ihn am Nacken und ließ ihn über dem Boden baumeln.

»Langsam, Ed«, warnte Grave Digger mit merkwürdig besorgtem Ton. »Immer mit der Ruhe.«

Coffin Ed hielt inne. Sein Revolver war schon bereit gewesen, dem Araber die Zähne einzuschlagen. Er schüttelte den Kopf wie ein Hund, der aus dem Wasser kommt, dann ließ er den Araber los, wich einen Schritt zurück und sagte mit seiner knarrenden Stimme: »Ich zähle bis drei. Zum Ersten ... Zum Zweiten ...«

»Zum ...« Das kam von Grave Digger. Doch ehe einer der beiden das »Drei« noch ausgesprochen hatte, standen die Araber mit Sonny in einer Reihe, die Hände über die Köpfe gehoben.

»Und jetzt haltet sie oben!«, befahl Coffin Ed.

»Oder einer von euch kann sich sofort neben den Toten legen«, fügte Grave Digger hinzu.

»Der ist gar nicht tot, der ist nur ohnmächtig«, brachte Sonny schließlich hervor.

»Stimmt«, bestätigte Rubberlips. »Der hat gar nichts abgekriegt. Der ist vor lauter Schiss umgefallen.«

»Nur bisschen schütteln, dann ist er wieder da«, fügte Sonny hinzu.

Die Araber fingen wieder an zu lachen, Coffin Eds finsteres Gesicht brachte sie aber zum Schweigen.

Grave Digger schob Sonnys Revolver unter seinen Gürtel, steckte seine eigene Waffe wieder ins Halfter und beugte sich nieder. Er hob den Kopf des Weißen hoch. Blaue Augen blickten starr ins Nichts. Behutsam ließ er den Kopf sinken, fasste nach einer schlaffen, warmen Hand und tastete nach dem Puls.

»Der ist nicht tot«, wiederholte Sonny, aber seine Stimme war unsicher geworden. »Nur ohnmächtig. Das ist alles.« Er und seine beiden Freunde beobachteten Grave Digger, als ob er Jesus Christus sei, der sich über Lazarus beugt.

Grave Digger untersuchte den Rücken des Weißen. Coffin Ed stand reglos daneben, sein narbiges Gesicht war wie eine Bronzemaske.

Grave Digger bemerkte einen dunklen, nassen Fleck im dichten, grau melierten Haar des Weißen, tief unten an der Schädelbasis. Vorsichtig tastete er nach. Die Fingerspitzen, die er danach in das weiße Scheinwerferlicht hielt, waren rot und nass.

Wortlos sah er auf.

Die Zuschauer drängten näher. Coffin Ed bemerkte es nicht. Er sah auf Grave Diggers blutige Fingerspitzen.

»Blut?«, flüsterte Sonny gepresst. Seine Grashüpferbeine wurden von einem Zittern gepackt, das langsam auf den ganzen Körper überging.

Grave Digger und Coffin Ed starrten ihn an, ohne etwas zu sagen.

»Ist er tot?«, fragte Sonny heiser vor Entsetzen. Seine zitternden Lippen waren staubtrocken, seine Augen wurden weiß in einem schwarzen Gesicht, das grau geworden war.

»So tot, wie er nur sein kann«, sagte Grave Digger unbewegt, tonlos.

»Ich wars nicht«, flüsterte Sonny. »Ich schwörs bei Gott im Himmel.«

»Er wars nicht«, bestätigten Rubberlips und Lowtop einstimmig.

»Wie ist es denn passiert?«, fragte Coffin Ed.

»Ganz klar, wie es passiert ist«, antwortete Grave Digger.

»So wahr mir Gott helfe, Boss, ich kanns nicht getan haben«, versicherte Sonny verstört.

Grave Digger starrte ihn mit achatharten Augen an und sagte nichts.

»Sie müssen ihm glauben, Boss. Er kanns nicht getan haben«, bezeugte Rubberlips.

»Nein, Sir«, bestätigte Lowtop.

»Ich wollte ihm nichts antun. Ich wollte ihm nur Angst machen«, sagte Sonny. Tränen rannen ihm übers Gesicht.

»Der verrückte Säufer mit seinem Messer hat das Ganze angefangen«, sagte Rubberlips. »Da hinten im *Dew Drop Inn*.«

»Nachher hat der Weiße dauernd durchs Fenster reingeglotzt, das hat Sonny wütend gemacht«, ergänzte Lowtop.

»War doch nur Spaß«, beteuerte Sonny.

Die Detectives starrten ihn mit ausdruckslosen Augen an. Die Araber rührten sich nicht. »Der will uns Märchen erzählen«, meinte Coffin Ed schließlich.

»Wie kann ich denn wegen meiner Alten eifersüchtig sein«, wandte Sonny ein. »Ich hab ja gar keine.«

»Was du nicht sagst«, meinte Grave Digger mit unbeteiligtem Gesicht und legte Sonny Handschellen an. »Spar dir das für den Richter.«

»Boss, so hören Sie mich doch. Ich schwöre bei Gott ...«

»Halt die Klappe, du bist festgenommen«, sagte Coffin Ed.

3

In der Ferne erklang eine Polizeisirene. Sie kam von Osten. Es begann wie das Jaulen eines gefolterten Dämons und steigerte sich zu einem Heulen. Eine weitere heulte im Westen auf; andere setzten aus Norden und Süden ein, eine nach der anderen, wie Düsenmaschinen, die von einem Flugzeugträger starten.

»Wollen mal sehen, was diese echt coolen Moslems zu bieten haben«, sagte Grave Digger.

»Abzählen, ihr Scheichs«, befahl Coffin Ed. Sie hatten den Fall abgeschlossen, noch ehe die Streifenwagen eingetroffen waren. Der Druck war weg. Sie konnten mit sich zufrieden sein.

»Gelobt sei Allah«, rief der größte der Araber. Wie in der Befolgung eines Rituals antworteten die anderen: »Mekka« und verneigten sich tief mit ausgestreckten Armen.

»Schluss mit dem Theater, bleibt gerade stehen«, sagte Grave Digger. »Wir nehmen euch als Zeugen fest.«

»Wer spricht das Gebet?«, fragte der Führer mit gesenktem Kopf.

»Ich spreche das Gebet«, erwiderte einer.

»Dann bete zum großen Monster«, befahl der Führer.

Der eine, der das Gebet sprechen sollte, drehte sich langsam um und präsentierte Coffin Ed seine weißverhüllte Rückseite. Ein Laut wie das Bellen eines Hundes ertönte von seinem Hinterteil.

»Allah sei gepriesen«, intonierte der Führer, und die weiten Ärmel der Gewänder aller anderen flatterten respondierend.

Coffin Ed begriff das Ganze erst, als Sonny und seine Freunde in Gelächter ausbrachen. Dann verzerrte sich sein Gesicht in schwarzer Wut. »Halunken!«, brüllte er heiser. Er versetzte dem sich verneigenden Araber einen Tritt, dass der sich überschlug, und richtete drohend seinen Revolver auf ihn.

»Sachte, Mann, sachte«, sagte Grave Digger und versuchte ein unbewegtes Gesicht zu zeigen. »Du kannst nicht auf einen schießen, nur weil er dich anfurzt.«

»Da, du Monster«, schrie ein dritter Araber, der plötzlich eine

Flasche in der Hand hatte, deren Inhalt er Coffin Ed entgegenspritzte. »Dufte süß!«

Coffin Ed sah das Blinken der Flasche, die spritzende Flüssigkeit. Er duckte sich und riss seinen Revolver hoch.

»Das ist doch nur Parfüm«, schrie der Araber entsetzt.

Aber in Coffin Eds Kopf rauschte das Blut so laut, dass er ihn nicht hörte. Er hatte nur einen Gedanken: Der Gangster namens Hank, der hatte ihm Säure ins Gesicht geschleudert. Und jetzt wollte ihn wieder einer mit Säure bespritzen. Die aufwallende, brennende Wut verwandelte sein Gesicht in eine Fratze, seine zernarbten Lippen entblößten zusammengebissene, fletschende Zähne.

Er feuerte in rascher Folge zwei Schüsse ab, der Araber mit der halb vollen Parfümflasche in der Hand sagte leise: »Oh« und sank langsam auf das Pflaster. In der Menge hinter ihm schrie gellend eine Frau auf, als eines ihrer Beine unter ihr nachgab.

Die anderen Araber stoben in wilder Flucht auseinander. Sonny floh mit ihnen. Einen Sekundenbruchteil später folgten ihm seine Freunde auf den Fersen.

»Verdammt, Ed!«, schrie Grave Digger und stürzte sich auf Coffin Eds Waffe. Er packte sie am Lauf, gerade noch rechtzeitig, ehe sich der nächste Schuss löste. Die Kugel zerriss ein Telefonkabel über ihren Köpfen. Die Enden fielen in die Menge und verursachten eine kreischende Panik. Alles stob auseinander.

Die verstörte Menge stürzte auf die nächsten Hauseingänge zu, trampelte über die angeschossene Frau und zwei weitere Personen, die umgerissen wurden.

Grave Digger rang mit Coffin Ed. Die beiden stolperten und fielen über den toten Weißen. Grave Digger hielt Coffin Eds Waffe am Lauf gepackt und versuchte, sie ihm zu entwinden.

»Ich bins, Ed, Digger«, wiederholte er ständig. »Lass die Waffe los.«

»Lass mich los, Digger, lass mich los. Ich leg ihn um«, stöhnte Coffin Ed wie von Sinnen, und Tränen strömten über sein verzerrtes Gesicht. »Sie haben es noch mal versucht.«

»Das war keine Säure, das war Parfüm«, keuchte Grave Digger. Sie wälzten sich über den Toten und wieder von ihm runter. »Lass mich los, Digger. Ich warne dich«, knurrte Coffin Ed. Während sie über und neben der Leiche miteinander rangen, verfolgten zwei der Araber Sonny in einen Hauseingang. Die Menschen, die sich unter der Haustür drängten, wichen zur Seite und ließen sie durch. Als Sonny das Gedränge auf der Treppe sah, lief er weiter durch den Hausflur und suchte einen Hinterausgang. Er kam in einen kleinen, von Mauern umschlossenen Hof. Die Araber folgten ihm. Der eine warf ihm eine Schlinge über den Kopf, riss ihm dabei den Hut herunter und zog die Schlinge fest an. Der andere zückte ein Stellmesser und presste ihm die Spitze gegen die Rippen.

»Wenn du schreist, bist du ein toter Mann«, warnte der Erste.

Jetzt tauchte auch der Anführer der Araber auf. »Schnell wegschaffen«, befahl er.

In diesem Augenblick trafen auf der Straße die ersten Streifenwagen ein. Zwei Streifenpolizisten und Detective Haggerty waren die Ersten, die den Schauplatz des Mordes erreichten.

»Heiliges Kanonenrohr!«, rief Haggerty aus. Die Polizisten starrten nur entsetzt. Für sie sah es so aus, als ob die beiden farbigen Detectives den großen Weißen in einem tödlichen Ringkampf umklammert hielten.

»Steht nicht so rum«, keuchte Grave Digger. »Helft mir doch.«

»Sie bringen ihn noch um«, schrie Haggerty, schlang seine Arme um Grave Digger und versuchte ihn fortzuzerren. »Packt ihr den anderen«, rief er den Polizisten zu.

»Den Teufel werd ich«, antwortete der eine, schwang seinen Schlagstock über Coffin Eds Kopf und schlug ihn bewusstlos.

Der andere zog seine Pistole und zielte auf die Leiche. »Keine Bewegung, oder ich schieße«, warnte er.

»Der bewegt sich nicht mehr. Der ist tot«, erklärte Grave Digger.

Der Polizist machte ein dummes Gesicht. »Ich dachte, Sie hätten mit ihm gerungen«, sagte er.

»Lasst mich los, verdammt noch mal«, knurrte Grave Digger seinen Kollegen an.

»Also, zum Teufel«, sagte Haggerty und gab ihn frei. »Sie wollten doch, dass ich Ihnen helfe. Woher soll man eigentlich wissen, was hier los ist?«

Grave Digger schüttelte sich und sah den dritten Polizisten böse an. »Ihr hättet ihn nicht niederschlagen müssen«, sagte er.

»Ich wollte nichts riskieren«, verteidigte sich der Polizist.

»Halten Sie den Mund, und bewachen Sie den Araber«, sagte Haggerty.

Der Polizist trat zu dem Araber und sah ihn sich an. »Der ist auch tot.«

»Heiliges Kanonenrohr«, sagte Haggerty. »Dann kümmern Sie sich um die Frau.«

Vier weitere Polizisten kamen angerannt. Auf Haggertys Befehl wandten zwei sich der angeschossenen Frau zu, die verlassen auf der Straße lag. »Sie ist bewusstlos, lebt aber noch«, stellte einer der Polizisten fest.

»Dann warten Sie bei ihr auf den Krankenwagen«, ordnete Haggerty an.

»Wen wollen Sie hier eigentlich rumbefehlen?«, entgegnete der Polizist. »Wir kennen unseren Job.«

»Sie können mich mal«, sagte Haggerty.

Grave Digger beugte sich über Coffin Ed, hob dessen Kopf hoch und hielt ihm eine offene Flasche Ammoniak unter die Nase. Coffin Ed stöhnte auf.

Ein rotgesichtiger Sergeant in Uniform mit einer Figur wie ein Sherman-Panzer ragte plötzlich über ihm auf. »Was ist hier passiert?«, fragte er.

Grave Digger blickte zu ihm auf. »Es kam zu einem Tumult, und wir verloren unseren Häftling.«

»Wer hat auf Ihren Partner geschossen?«

»Keiner. Niemand hat auf ihn geschossen. Er wurde nur niedergeschlagen.«

»Alles klar. Wie sieht Ihr Häftling aus?«

»Ein Schwarzer, etwa einssiebzig groß, zwischen fünfundzwanzig und dreißig, hundertvierzig bis hundertfünfzig Pfund, schmales Gesicht, fliehendes Kinn, trägt hellgrauen Hut, dunkelgrauen, gestreiften Anzug, weißen Eckenkragen, rot gestreifte Krawatte, gelbe Sportschuhe. Er ist mit Handschellen gefesselt.«

Die kleinen porzellanblauen Augen des Sergeants wanderten von der Leiche des großen Weißen zur Leiche des bärtigen Arabers.

»Welchen von den beiden hat er umgebracht?«, fragte er.

»Den Weißen«, antwortete Grave Digger.

»Alles klar. Den kriegen wir.« Mit erhobener Stimme rief er: »Professor!«

Ein Corporal, der sich gerade eine Zigarette anzündete, antwortete: »Ja?«

»Riegeln Sie die ganze verdammte Gegend hier ab«, befahl der Sergeant. »Lassen Sie niemand raus. Wir suchen einen Zulu im Harlemkostüm. Er hat einen Weißen getötet. Er kann nicht weit gekommen sein, weil er mit Handschellen gefesselt ist.«

»Den kriegen wir«, versicherte der Corporal.

»Alle Verdächtigen festnehmen«, befahl der Sergeant.

»Alles klar«, antwortete der Corporal und wandte sich schnell den weiteren Polizisten zu, die gerade eintrafen.

»Wer hat den Araber erschossen?«, fragte der Sergeant.

»Das war Ed«, entgegnete Grave Digger.

»Alles klar. Wir kriegen Ihren Häftling schon. Ich lasse den Lieutenant und den Polizeiarzt rufen. Sparen Sie sich alle Details für die auf.« Er drehte sich um und folgte dem Corporal.

Coffin Ed stand mit unsicheren Beinen auf. »Du hättest mich den Schweinehund umbringen lassen sollen, Digger«, sagte er.

»Sieh ihn dir doch an.« Grave Digger deutete mit dem Kopf auf den toten Araber.

Coffin Ed starrte auf den Toten hinunter. »Ich hatte keine Ahnung, dass ich ihn getroffen habe«, sagte er, als ob er aus einer Betäubung erwachte. Nach einem Augenblick fügte er hinzu:

»Aber er tut mir nicht leid. Ich sage dir, Digger, jeder Schuft, der noch einmal versucht, mir Säure ins Gesicht zu spritzen, spielt mit seinem Leben.«

»Riech doch mal an dir, Mann«, sagte Grave Digger.

Coffin Ed beugte den Kopf. Sein zerknitterter dunkler Anzug stank nach billigem Parfüm.

»Damit hat er gespritzt. Es war nur Parfüm«, sagte Grave Digger. »Ich habs dir noch zugerufen.«

»Das hab ich wohl überhört.«

Grave Digger atmete tief ein. »Verdammt noch mal, Mann, du musst dich beherrschen können.«

»Na ja, Digger. Ein gebranntes Kind fürchtet das Feuer. Jeder, der versucht, mich zu bespritzen, wenn er von mir festgenommen ist, riskiert, dass auf ihn geschossen wird.«

Grave Digger antwortete nicht.

»Was ist aus unserem Häftling geworden?«, fragte Coffin Ed.

»Er ist entkommen«, erklärte Grave Digger.

Sie drehten sich gleichzeitig um und betrachteten prüfend den Schauplatz.

Ständig trafen weitere Streifenwagen ein, spien Polizisten aus wie zu einer Invasion. Andere hatten bei der 126th und der 128th Street die Lenox Avenue abgesperrt und blockierten die 127th Street von beiden Seiten.

Die meisten Menschen waren von der Straße verschwunden, die zurückgebliebenen als verdächtig festgenommen worden. Mehrere Autofahrer, die versucht hatten, ihre Wagen wieder flottzubekommen, beteuerten laut protestierend ihre Unschuld.

Die überfüllten Bars in der Nachbarschaft wurden schnell von der Polizei abgeriegelt. Die Fenster der Wohnungen waren voll von schwarzen Gesichtern, die Hauseingänge von Polizisten bewacht.

»Die müssen diesen Dschungel mit der Lupe durchsuchen«, sagte Grave Digger. »Angesichts all dieser weißen Polizisten ist fast jede farbige Familie bereit, ihn zu verstecken.«

»Ich will auch diese Gangsterpunks«, sagte Coffin Ed.

»Jetzt müssen wir erst mal auf die Leute vom Morddezernat warten.«

Doch vorher noch traf Lieutenant Anderson ein. Der uniformierte Sergeant und Detective Haggerty hatten sich ihm angeschlossen. Zu fünft standen sie, von den Scheinwerfern beleuchtet, um die beiden Toten herum.

»Also los«, begann Anderson. »Berichten Sie mir zunächst einmal das Wesentliche. Ich habe selbst den Alarm gegeben, bin über den Ausgangspunkt also im Bild. Als ich die erste Meldung bekam, war der Mann noch am Leben.«

»Er war tot, als wir hier ankamen«, sagte Grave Digger mit seiner unbewegten, tonlosen Stimme. »Wir waren als Erste hier. Der Verdächtige stand mit einer Waffe in der Hand über dem Opfer ...«

»Einen Augenblick«, unterbrach ihn eine neue Stimme. Ein Lieutenant in Zivil und ein Sergeant vom Morddezernat traten zu dem Kreis.

»Das sind die Beamten, die den Verdächtigen festnahmen«, erklärte ihnen Anderson.

»Wo ist der Festgenommene?«, fragte der Lieutenant vom Morddezernat.

»Er ist entkommen«, antwortete Grave Digger.

»Gut, dann noch mal von vorn«, sagte der Lieutenant.

Grave Digger wiederholte für ihn den ersten Teil seines Berichts und fuhr dann fort: »Er hatte zwei Freunde bei sich, und eine Gruppe Gangsterpunks stand mit ihm um die Leiche herum. Wir entwaffneten den Verdächtigen und legten ihm Handschellen an. Als wir anfangen wollten, die Punks zu durchsuchen, kam es zu einem Tumult. Coffin Ed schoss einen der Kerle nieder. Der Verdächtige ist in dem Durcheinander entkommen.«

»Eines möchte ich klargestellt haben«, sagte der Lieutenant vom Morddezernat. »Waren die Jugendlichen auch in die Tat verwickelt?«

»Nein, wir wollten sie nur als Zeugen«, antwortete Grave Digger. »Wer der Täter ist, daran besteht kein Zweifel.«

»Alles klar.«

»Als ich herkam, rangen Jones und Johnson miteinander und wälzten sich auf der Leiche«, sagte Haggerty. »Jones versuchte, Johnson zu entwaffnen.«

Lieutenant Anderson und die Beamten vom Morddezernat sahen zu ihm hin, wandten sich dann ab und schauten zwischen Grave Digger und Coffin Ed hin und her.

»Es kam so«, sagte Coffin Ed. »Einer der Punks drehte mir seinen Arsch zu und furzte mich an und ...«

»Was?«, rief Lieutenant Anderson, und der Lieutenant vom Morddezernat fragte ungläubig: »Sie haben einen Mann getötet, weil er gefurzt hat?«

»Nein, der Halunke, den er niedergeschossen hat, war ein anderer«, antwortete Grave Digger mit seiner tonlosen Stimme. »Der Kerl hatte plötzlich eine Flasche in der Hand und spritzte Ed damit an. Ed dachte, es sei Säure ...«

Sie sahen auf Coffin Eds von Säure zernarbtes Gesicht und wandten verlegen den Blick wieder ab.

»Der Tote ist ein Araber«, sagte der Sergeant.

»Das ist nur eine Verkleidung«, erklärte Grave Digger. »Sie gehören zu einer Gang, die sich die *Real Cool Moslems* nennt.«

»Ha!«, warf der Lieutenant vom Morddezernat dazwischen.

»Meistens prügeln sie sich mit einer Bande junger Inder aus der Bronx herum«, führte Grave Digger weiter aus. »Wir überlassen solche Dinge jeweils den Leuten von der Fürsorge.«

Der Sergeant vom Morddezernat trat zu dem toten Araber, nahm ihm den Turban ab und entfernte den falschen Bart. Das Gesicht eines jungen Farbigen mit glattem, pomadisiertem Haar und bartlosen Wangen starrte ihm entgegen. Er ließ die Verkleidung neben den Toten fallen und seufzte.

»Ein Kind«, sagte er.

Für einen Augenblick schwiegen alle. Dann fragte der Lieutenant vom Morddezernat: »Haben Sie die Mordwaffe?«

Grave Digger zog Sonnys Revolver aus dem Gürtel. Er fasste ihn mit Daumen und Zeigefinger beim Lauf und hielt ihn dem

Lieutenant hin. Der Lieutenant musterte ihn verwundert, hüllte ihn dann in sein Taschentuch und schob ihn in die Jackentasche.

»Haben Sie den Verdächtigen vernommen?«, fragte er.

»Dazu sind wir nicht gekommen«, sagte Grave Digger. »Wir wissen nur, dass sich der Mord im Anschluss an eine Schlägerei im *Dew Drop Inn* ergab.«

»Das ist eine Kneipe ein Stück weiter oben in der Straße«, erklärte Anderson. »Dort war es kurz vorher zu einer Messerstecherei gekommen.«

»Eine heiße Nacht in unserem Städtchen«, meinte Haggerty.

Der Lieutenant vom Morddezernat sah Anderson mit hochgezogenen Augenbrauen fragend an.

»Befassen Sie sich mal mit dieser Angelegenheit, Haggerty«, befahl Lieutenant Anderson. »Kümmern Sie sich um die Messerstecherei. Stellen Sie fest, ob Zusammenhänge mit diesem Fall bestehen.«

»Das hatten wir uns auch schon vorgenommen«, warf Grave Digger ein.

»Lassen Sie ihn ruhig mal anfangen«, entschied Anderson.

»Gemacht«, sagte Haggerty. »Ich bin Spezialist für Messerstechereien.« Er ging.

»Nun wollen wir uns mal die Toten ansehen«, sagte der Lieutenant vom Morddezernat. Er unterwarf beide einer flüchtigen Untersuchung. Der Jugendliche war von einer Kugel getroffen worden, mitten ins Herz.

»Wir können nichts tun, als auf den Amtsarzt warten«, sagte der Lieutenant.

Darauf sahen sie sich auch die bewusstlose Frau an.

»Es hat sie am Oberschenkel erwischt«, sagte der Sergeant vom Morddezernat. »Starker Blutverlust, aber nicht lebensgefährlich, glaube ich.«

»Der Krankenwagen muss jeden Augenblick kommen«, sagte Anderson.

»Wieso hat sie überhaupt was abbekommen?«, fragte der Lieutenant vom Morddezernat.

»Ed hat zwei Schüsse auf den Gangster abgegeben«, antwortete Grave Digger. »Einer davon muss sie getroffen haben.«
»Alles klar.«
Niemand blickte zu Coffin Ed hin. Stattdessen ließen sie ihre Blicke über die umstehenden Häuser schweifen.
Anderson schüttelte den Kopf. »Das wird eine teuflische Arbeit werden, in diesen Slums Ihren Häftling zu finden«, meinte er.
»Ist nicht nötig«, sagte der Lieutenant vom Morddezernat. »Wenn er mit dieser Waffe hier geschossen hat, ist er so unschuldig wie Sie und ich. Damit kann man niemand töten.« Er zog den Revolver aus der Tasche und wickelte ihn aus dem Taschentuch. »Schreckschussrevolver Kaliber .37. Die einzige Munition, die dazu passt, sind Platzpatronen. Und an denen kann keiner so rumfummeln, dass sie tödlich sind. Und am Revolver hat auch keiner gebastelt.«
Alle starrten ihn verblüfft an.
»Na so was«, sagte Lieutenant Anderson schließlich, »jetzt hört doch alles auf.«

4

In der Betonmauer zwischen den engen Hinterhöfen war ein rostiges Eisentor. Der Anführer der Gang schloss es mit einem Schlüssel auf, den er an einem Bund bei sich hatte. Das Tor öffnete sich lautlos in geölten Angeln.
Er ging vor.
»Marsch!«, befahl der Scherge mit dem Messer und drückte es Sonny gegen die Seite.
Sonny marschierte.
Der andere hielt die Schlinge um Sonnys Hals straff wie eine Hundeleine.
Als sie durch das Tor gegangen waren, schloss der Führer der Bande es wieder ab.

Einer fragte: »Glaubst du, dass es Caleb schwer erwischt hat?«

»Keine Namen in Gegenwart des Gefangenen«, befahl der Anführer. »Begreifst du das endlich?«

Der rissige Betonboden war von zerbrochenen Flaschen, Lumpen und allerlei Unrat übersät, Abfälle, die die Bewohner durch die Hinterfenster in den Hof geworfen hatten: ein rostiger Sprungrahmen, eine Baumwollmatratze, in deren Mitte ein großes Brandloch war, der halbvertrocknete Kadaver einer schwarzen Katze, dem das linke Hinterbein fehlte und dem Ratten die Augen ausgefressen hatten.

Vorsichtig suchten sie sich ihren Weg durch den Abfall. Sonny stieß dabei gegen lose aufgestapelte Mülltonnen, und eine davon stürzte laut polternd um. Plötzlich stieg ein fauliger Gestank auf.

»Verdammt noch mal«, schnauzte der Anführer. »Pass auf, wo du hinläufst!«

»Ach was, Mann, niemand kommt drauf, dass wir hier hinten sind«, sagte Choo-Choo.

»Wie sollst du mich anreden?«, wies ihn der Anführer zurecht.

»Also dann, Scheich.«

»Was wollt ihr Witzbolde eigentlich von mir?«, fragte Sonny. Sein Marihuanarausch war inzwischen verflogen. Er fühlte sich schwach in den Knien und war hungrig. Im Mund hatte er einen schalen Geschmack, und sein Magen krampfte sich vor Angst zusammen.

»Wir verkaufen dich an die Juden«, antwortete Choo-Choo.

»Mir könnt ihr nichts vormachen. Ihr seid keine Araber«, sagte Sonny.

»Wir verstecken dich vor der Polizei«, sagte der Scheich.

»Ich hab nichts getan.«

Der Scheich blieb stehen, und alle drehten sich um und sahen Sonny an. Im Dunkeln schimmerten seine Augen wie weiße Halbmonde. »Na schön. Wenn du nichts getan hast, können wir dich ja wieder zu den Polizisten bringen.«

»Nein, nein, nicht so hastig. Ich will ja nur wissen, wo ihr mich hinbringt.«

»Wir nehmen dich mit zu uns nach Hause.«

»Gut, alles klar.«

In diesem Hof gab es keine Hintertür zum Hausflur wie bei dem Nebenhaus. Mürbe Zementstufen führten zu einer Kellertür hinunter. Der Scheich suchte auch für diese Tür einen Schlüssel an seinem Bund heraus. Sie kamen in einen dunklen Gang. Brackiges Wasser stand auf dem von Rissen durchzogenen Boden. Es roch nach schimmligen Lumpen und Abwasser. Um sehen zu können, mussten sie ihre dunklen Brillen abnehmen.

In der Mitte des Gangs fiel schwaches gelbes Licht aus einer offenen Tür. Sie traten in einen kleinen, schmutzigen Raum. Ein Kranker lag in langen Unterhosen unter einer zerlumpten Pferdedecke auf einem Stapel verdreckter Jutesäcke.

»Habt ihr was für den alten Bad Eye?«, fragte er winselnd.

»Wir haben ein hübsches schwarzes Mädchen für dich«, antwortete Choo-Choo.

Der alte Mann stützte sich auf den Ellbogen auf. »Wo ist sie?«

»Zieh ihn doch nicht auf«, sagte Inky zu Choo-Choo.

»Bleib liegen und gib Ruhe«, sagte der Scheich zum Alten. »Ich hab dir vorhin schon gesagt, dass wir heute Abend nichts für dich haben.« Dann zu seinen Kumpanen gewandt: »Los, Leute, beeilt euch.«

Sie begannen ihre Verkleidungen abzulegen. Unter den weißen Gewändern trugen sie T-Shirts und schwarze Hosen.

Die Bärte hatten sie sich mit Mastix angeklebt. Ohne ihre Verkleidung sahen sie wie Oberschüler aus.

Der Scheich war ein großer gelber Bursche mit merkwürdigen gelben Augen und rötlichem Kraushaar. Er hatte die breitschultrige, schmalhüftige Figur eines Athleten. Sein Gesicht war breit, die Nase flach mit weiten, geblähten Nasenlöchern, und seine Haut war fleckig. Er sah unangenehm aus.

Choo-Choo war kleiner, dicker und dunkler, mit einem eiförmigen Kopf und einem flachen, lebhaften Gesicht. Er hatte

O-Beine und setzte die Füße nach innen, war aber flink auf den Beinen.

Inky war ein unauffälliger Junge mittlerer Größe, sanft, unterwürfig und so schwarz wie ein Pik-As.

»Wo hast du die Waffe?«, fragte Choo-Choo, als er sie nicht im Gürtel des Scheichs stecken sah.

»Ich hab sie Bones zugesteckt.«

»Was soll er damit?«

»Halts Maul, und kümmere dich nicht um meine Angelegenheiten.«

»Was meinst du, wo die anderen hin sind, Scheich?«, fragte Inky und versuchte, damit Frieden zu stiften.

»Wenn sie vernünftig sind, sind sie nach Hause gegangen«, antwortete der Scheich.

Der Alte auf seinem Stapel Jutesäcke sah ihnen zu, wie sie ihre Kostüme zu kleinen Päckchen zusammenlegten.

»Nicht mal 'nen kleinen Schluck King-Kong?«, winselte er.

»Nein, nichts!«, sagte der Scheich.

Der alte Mann stützte sich wieder auf den Ellbogen auf. »Was soll das heißen, nichts? Ich schmeiß euch hier raus! Ich bin der Hausmeister! Ich nehme euch meine Schlüssel wieder ab ...«

»Halt dein Maul, ehe ichs dir stopfe, und wenn irgendein Bulle kommt, um hier herumzuschnüffeln, dann hältst dus besser auch. Morgen hab ich was für dich.«

»Morgen? Eine Flasche?« Der Alte legte sich besänftigt zurück.

»Kommt«, sagte der Scheich zu den anderen. Während sie gingen, schnappte er sich einen zerlumpten Militärmantel von einem Nagel an der Tür, ohne dass der Hausmeister es merkte.

Er hielt Sonny im Gang draußen an und nahm ihm die Schlinge vom Hals. Dann hängte er ihm den Militärmantel über seine gefesselten Hände. Es sah so aus, als ob Sonny den Mantel einfach mit beiden Händen trüge. »Jetzt kann keiner die Handschellen sehen«, sagte der Scheich. Zu Inky gewandt, setzte er hinzu: »Geh du zuerst rauf und schau dich um. Wenn du glaubst, dass wir an den Polizisten vorbeikommen können, gib uns das Signal.«

Inky stieg die brüchige Holztreppe hinauf und verschwand durch die Tür zum Hausflur. Nach etwa einer Minute öffnete er die Tür wieder und winkte. Einer hinter dem anderen gingen sie hinauf.

Fremde, die vor den Schüssen draußen im Haus Schutz gesucht hatten, wurden jetzt darin festgehalten, denn zwei uniformierte Polizisten blockierten den Hauseingang. Niemand beachtete Sonny und die drei Jugendlichen. Unbehindert stiegen sie hinauf in die oberste Etage.

Mit einem weiteren Schlüssel an seinem Bund schloss der Scheich die Tür auf und ging ihnen voran in die Küche.

Eine alte farbige Frau in einem verblassten blauen Mutter-Hubbard-Kleid mit dunklen Flicken darauf saß in einem Schaukelstuhl neben dem Kohlenherd und stopfte über einem Holzei eine abgetragene Wollsocke; dabei rauchte sie eine Maiskolbenpfeife.

»Bist du es, Caleb?«, fragte sie und blickte über die Gläser ihrer altmodischen Stahlbrille.

»Ich bins nur. Und Choo-Choo und Inky«, entgegnete der Scheich.

»Ach, du bist es, Samson.« Man hörte ihrer Stimme die Enttäuschung an. »Wo ist Caleb?«

»Er ist in die Stadt in einer Kegelbahn arbeiten gegangen, Granny. Kegel aufstellen«, antwortete der Scheich.

»Mein Gott, immer geht das Kind nachts zur Arbeit«, sagte die alte Frau mit einem Seufzer. »Ich hoffe nur, dass er bei all dieser Nachtarbeit nicht mal was anstellt, denn seine alte Granny ist zu alt, um wie eine Mammy auf ihn aufzupassen.«

Sie war so alt, dass ihre dunkelbraune Haut an einzelnen Stellen verblichen war und wie die fleckige Schale einer getrockneten Erbse aussah. Ihre früher einmal braunen Augen waren zu einem milchigen Blau verblasst. Ihr knochiger Schädel war über der Stirn kahl, die fleckige Haut spannte sich straff darüber. Was von ihrem kurzen grauen Haar übrig geblieben war, trug sie in einem festen kleinen Knoten am Hinterkopf. Die Umrisse ihrer

Fingerknochen, die die Stopfnadel führten, waren unter der durchscheinenden, pergamentartigen Haut deutlich sichtbar.

»Er wird schon nichts anstellen«, sagte der Scheich.

Inky und Choo-Choo drängten Sonny in die Küche und schlossen die Tür.

Granny blickte Sonny über ihre Brille an. »Den kenne ich nicht. Ist das auch ein Freund von Caleb?«

»Er ist der Mann, den Caleb bei der Arbeit vertritt«, antwortete der Scheich. »Er hat sich die Hände verletzt.«

Sie stülpte die Lippen vor. »Hier kommen und gehen dauernd so viele von euch Burschen, ich hoffe nur, dass ihr keine Dummheiten macht. Und der neue Junge da sieht viel älter aus als ihr anderen.«

»Du machst dir zu viel Sorgen«, sagte der Scheich grob.

»Was hast du gesagt?«

»Wir gehen jetzt in unser Zimmer. Auf Caleb brauchst du nicht zu warten. Der kommt erst spät.«

»Was hast du gesagt?«

»Kommt«, befahl der Scheich. »Jetzt hört sie nichts mehr.«

Die Zimmer der Wohnung gingen ineinander. Im nächsten Raum standen zwei kleine, weißlackierte Eisenbetten, in denen Caleb und seine Großmutter schliefen, und in der Ecke auf einem Blech ein kleiner Ofen. Auf einem Tisch standen ein Wasserkrug und eine Waschschüssel, über einer Kommode hing ein kleiner, billiger Spiegel. Wie schon in der Küche war auch hier alles makellos sauber.

»Gebt mir eure Sachen, und passt auf Granny auf«, sagte der Scheich und griff nach den zusammengerollten Kostümen.

Choo-Choo beugte sich zum Schlüsselloch hinunter.

Der Scheich schloss eine große, alte Zederntruhe mit einem weiteren Schlüssel von seinem Bund auf und verstaute die Bündel unter Lagen alter Decken und Hauswäsche. Es war Grannys Aussteuertruhe. Darin bewahrte sie Dinge auf, die ihr die Weißen, bei denen sie gearbeitet hatte, geschenkt hatten und die sie an Caleb weiterverschenken wollte, wenn er einmal heiratete.

Der Scheich verschloss die Truhe wieder und schloss die Tür zum nächsten Zimmer auf. Sie folgten ihm hinein, und er schloss wieder hinter ihnen ab.

Es war das Zimmer, das er und Choo-Choo zusammen gemietet hatten. Ein Doppelbett stand darin, in dem er und Choo-Choo schliefen, eine Kommode mit Spiegel, ein Tisch mit Krug und Waschschüssel wie im anderen Zimmer. Eine Ecke war mit einem Vorhang abgetrennt und diente als Kleiderschrank. Aber im Gegensatz zu dem anderen Raum war es hier unordentlich und schmutzig.

Ein schmales Fenster führte auf einen Absatz der rotgestrichenen Feuertreppe, die vorn am Haus hinunterführte. Das Fenster war durch ein Eisengitter mit Vorhängeschloss geschützt.

Der Scheich schloss das Gitter auf und kletterte auf die Feuertreppe hinaus. Choo-Choo kletterte ihm nach, Inky und Sonny drängten sich vor dem schmalen Fenster.

»Pass auf den Gefangenen auf, Inky«, befahl der Scheich.

»Ich bin kein Gefangener«, protestierte Sonny.

»Schaut euch das an«, sagte der Scheich, ohne auf Sonnys Einwand zu achten, und deutete auf die Straße.

Auf der breiten Avenue standen dicht zusammengedrängt die Streifenwagen wie riesige rotäugige Ameisen um einen ungeheuren Ameisenhaufen. Drei Krankenwagen suchten sich durch das Gewirr einen Weg, außerdem zwei Leichenwagen der Polizei, Wagen vom Amt des Chefs der uniformierten Polizei und von der Dienststelle des Leichenbeschauers.

Es wimmelte von uniformierten Polizisten und Beamten in Zivil.

»Die Männer vom Mars, das große Stahlnetz«, höhnte der Scheich. »Was hältst du davon, Choo-Choo?«

Choo-Choo war eifrig am Zählen.

Die tieferliegenden Absätze und Stufen der Feuertreppe waren von Menschen voll gepackt, die das Schauspiel betrachteten. So weit das Auge reichte, war jedes Fenster auf beiden Seiten der Straße von schwarzen Köpfen ausgefüllt.

»Ich habe einunddreißig Streifenwagen gezählt«, sagte Choo-Choo. »Das sind mehr als damals in der Eighth Avenue, als Coffin Ed die Säure ins Gesicht gespritzt bekam.«

»Sie durchsuchen die Häuser, eins nach dem anderen«, sagte der Scheich.

»Was sollen wir mit dem Gefangenen machen?«, fragte Choo-Choo.

»Wir müssen ihm erst die Handschellen abfeilen. Vielleicht können wir ihn oben im Taubenschlag verstecken.«

»Die Handschellen sollten wir ihm besser anlassen.«

»Das geht nicht. Wir müssen uns auf die Durchsuchung vorbereiten.« Der Scheich und Choo-Choo kletterten ins Zimmer zurück.

Der Scheich fasste Sonny am Arm. »Die suchen nur dich, Mann.«

Sonnys schwarzes Gesicht wurde wieder grau. »Ich hab nichts gemacht. Hatte gar keinen richtigen Revolver. Das war ein Schreckschussrevolver.«

Die drei starrten ihn ungläubig an. »So? Die da unten sehen das wohl anders«, erwiderte Choo-Choo.

Der Scheich starrte Sonny mit seltsamem Ausdruck an. »Ist das wirklich wahr?«, fragte er scharf.

»Klar doch. Hatte nur Platzpatronen geladen.«

»Dann hast du den großen weißen Schuft gar nicht erschossen?«

»Sag ich doch. Ich wars nicht. Unmöglich.«

Der Scheich veränderte sich plötzlich. Sein flaches, fleckiges gelbes Gesicht nahm einen brutalen Ausdruck an. Er schob die Schultern vor und versuchte, gefährlich und imponierend auszusehen. »Die Bullen versuchen dir was anzuhängen, Mann«, sagte er. »Jetzt müssen wir dich in Sicherheit bringen.«

»Wozu brauchst du 'ne Knarre, mit der man gar nicht schießen kann?«, erkundigte sich Choo-Choo.

»Die hab ich als Gag in meinem Schuhputzstand. Nur so«, entgegnete Sonny.

Choo-Choo schnippte mit den Fingern. »Ich kenn dich. Du bist der Joker, der im Stand neben dem Savoy arbeitet.«

»Das ist mein eigener Schuhputzstand.«

»Und wie viel Marihuana hast du da drin versteckt?«

»Tu ich nicht, ist nicht mein Fall.«

»Scheich, der Kerl ist doof.«

»Hör auf mit dem Quatsch«, sagte der Scheich. »Wir müssen dem Gefangenen die Handschellen abmachen.« Er mühte sich mit Schlüsseln und Dietrichen ab, bekam sie aber nicht auf. Schließlich gab er Inky eine Dreikantfeile und sagte: »Versuch die Kette durchzufeilen. Setzt euch da zusammen aufs Bett.« Dann fragte er Sonny: »Wie heißt du, Mann?«

»Aesop Pickens, aber die meisten nennen mich Sonny.«

»Also gut, Sonny.«

Da hörten sie die Stimme eines Mädchens, das mit Granny sprach, und lauschten stumm auf die Gummisohlen, die das angrenzende Zimmer durchquerten. Es klopfte einmal, dann schnell hintereinander dreimal kurz und wieder ein einzelnes Mal an der Tür.

»Gaza«, sagte der Scheich mit dem Mund dicht an der Türfüllung.

»Suez«, erwiderte die Mädchenstimme. Der Scheich schloss die Tür auf. Das Mädchen kam herein, und der Scheich schloss die Tür hinter ihr wieder ab.

Sie war groß und sepiafarben mit kurzen schwarzen Locken, trug einen schwarzen Rollkragenpullover zu einem karierten Rock, Knöchelsocken und weiße Wildlederschuhe. Sie hatte eine Stupsnase, einen breiten Mund mit vollen Lippen, ebenmäßige weiße Zähne und weit auseinanderstehende braune, von langen schwarzen Wimpern gesäumte Augen.

Sie sah wie etwa sechzehn aus und war atemlos vor Aufregung. Sonny starrte sie mit großen Augen an.

»Verdammt, bloß Sissie. Ich dachte, es wäre Bones mit der Waffe«, sagte Choo-Choo.

»Was hast du nur mit der Waffe? Die ist gut aufgehoben bei

Bones. Die Bullen durchsuchen doch kein Haus, in dem ein Müllfahrer wohnt. Sein Alter arbeitet genauso für die Stadt wie sie.«

»Was ist mit Bones und der Waffe?«, fragte Sissie.

»Der Scheich hat ...«

»Das geht Sissie nichts an«, schnitt der Scheich Choo-Choo das Wort ab.

»Jemand hat gesagt, ein Araber wär erschossen worden, und zuerst dachte ich, dass du es wärst«, sagte Sissie.

»Du hast wohl gehofft, dass ich es wäre«, bohrte der Scheich. Sie wandte sich ab und wurde rot.

»Sieh mich nicht so an«, sagte Choo-Choo zum Scheich. »Sag dus ihr. Sie ist dein Mädchen.«

»Es ist Caleb«, sagte der Scheich.

»Caleb! Mein Gott!« Sissie ließ sich neben Sonny auf das Bett fallen. Sie sah verstört aus. »Mein Gott! Der arme kleine Caleb. Was wird Granny machen?«

»Was, zum Teufel, kann sie machen?«, entgegnete der Scheich brutal. »Ihn von den Toten auferwecken?«

»Weiß sie es?«

»Sieht sie aus, als ob sie es wüsste?«

»Mein Gott, der arme kleine Caleb! Was hat er gemacht?«

»Ich hab den alten Coffin Ed angestunken ...«, begann Choo-Choo.

»Das hast du nicht getan«, rief sie aus.

»Und ob ich das getan hab!«

»Und was hat Caleb gemacht?«

»Er bespritzte das Monster mit Parfüm. Das ist der Gruß der Moslems für Bullen. Das hab ich dir schon einmal gesagt. Das Monster muss aber gedacht haben, Caleb wollte ihm Säure ins Gesicht spritzen. Ehe wir was erklären konnten, hatte er schon abgedrückt.«

»Mein Gott!«

»Wo ist Sugartit?«, fragte der Scheich.

»Zu Hause. Sie ist heute nicht in die Stadt gekommen. Ich hab mit ihr telefoniert, und sie sagte, sie wär krank.«

»Ah so. Hattest du Schwierigkeiten, hier reinzukommen?«

»Nein. Den Bullen vor dem Haus hab ich gesagt, dass ich hier wohne.«

Wieder wurde das Signal an die Tür geklopft. Sissie atmete hörbar ein.

Der Scheich sah sie misstrauisch an. »Was, zum Teufel, ist mit dir los?«, fragte er.

»Nichts.«

Er zögerte, ehe er die Tür aufschloss. »Erwartest du noch jemand?«

»Ich? Nein. Wen sollte ich erwarten?«

»Du benimmst dich verdammt komisch.«

»Ich bin einfach nervös.«

Das Signal wurde wiederholt. Der Scheich trat an die Tür und sagte: »Gaza.«

»Suez«, antwortete eine unbeschwerte Mädchenstimme.

Der Scheich warf Sissie einen drohenden Blick zu, während er die Tür aufschloss.

Ein feingliedriges, schokoladebraunes Mädchen, das wie Sissie gekleidet war, kam schnell in das Zimmer. Bei Sissies Anblick blieb es schuldbewusst stehen.

Der Scheich blickte finster von der einen zur anderen. »Ich dachte, du hättest gesagt, dass sie zu Hause ist?«, fragte er Sissie drohend.

»Das hab ich geglaubt«, verteidigte sich Sissie.

Er wandte sich Sugartit zu. »Was, zum Teufel, ist mit dir los? Was, zum Teufel, wird hier gespielt?«

»Ein Moslem ist getötet worden, und ich dachte, du wärst es«, antwortete sie.

»Ihr kleinen Nutten habt alle gehofft, dass ich es war«, knurrte er. Sie hatte Schlehenaugen mit langen schwarzen Wimpern. Sie warf Sissie einen schnellen, trotzigen Blick zu und sagte: »Von mir brauchst du das nicht zu denken.«

»Hast du Granny was davon gesagt?«

»Selbstverständlich nicht.«

»Es war dein Freund Caleb«, sagte der Scheich brutal.

Sie stieß einen spitzen Schrei aus und fuhr kratzend und tretend auf den Scheich los. »Du dreckiger Schuft!«, schrie sie. »Immer hackst du auf mir herum!«

Sissie riss sie zurück. »Nimm dich zusammen, und halt den Mund«, warnte sie eindringlich.

»Sag du ihr doch, dass es stimmt«, befahl der Scheich.

»Es ist wirklich Caleb«, bestätigte Sissie.

»Caleb«, schrie Sugartit und warf sich mit dem Gesicht nach unten der Länge nach über das Bett. Wie der Blitz fuhr sie wieder hoch und funkelte den Scheich an. »Du bist schuld. Du hast ihn umbringen lassen. Meinetwegen. Weil er der Anständigste von euch war und du mich nicht dazu bringen konntest, wozu du Sissie gezwungen hast.«

»Das ist eine Lüge«, widersprach Sissie.

»Caleb«, schrie Sugartit aus vollem Hals.

»Sei still. Granny hört dich noch«, warnte Choo-Choo.

»Granny! Caleb ist tot! Der Scheich hat ihn umgebracht!«, schrie sie wieder.

»Bring sie zum Schweigen«, befahl der Scheich Sissie. »Sie wird hysterisch, und ich will ihr nicht wehtun müssen.«

Sissie packte Sugartit von hinten, presste ihr eine Hand auf den Mund und drehte ihr mit der anderen einen Arm auf den Rücken.

»Granny kann nichts hören«, sagte Inky.

»Dummes Zeug«, widersprach Choo-Choo. »Wenn sie will, kann sie alles hören.«

»Lass mich los«, stammelte Sugartit und biss Sissie in die Hand.

»Aufhören«, schimpfte Sissie.

»Ich gehe zu ihm«, stammelte Sugartit. »Ich liebe ihn. Ihr könnt mich nicht zurückhalten. Ich will wissen, wer ihn erschossen hat.«

»Dein Alter hat ihn erschossen«, sagte der Scheich brutal. »Das Monster Coffin Ed.«

»Hab ich richtig gehört, dass ihr nach Caleb gerufen habt?«, fragte Granny hinter der Tür.

Der Scheich legte schnell seine Hände um Sugartits Kehle und drückte zu, damit sie nicht antworten konnte. »Nein, Granny«, rief er zurück. »Die albernen Mädchen hier haben sich nur in die Wolle gekriegt.«

»Ihr Kinder macht einen solchen Lärm, dass man seine eigenen Gedanken nicht versteht«, brummelte Granny. Sie hörten, wie die alte Frau in die Küche zurückschlurfte. »Mein Gott, jetzt sitzt sie da draußen und wartet auf ihn«, jammerte Sissie.

Der Scheich und Choo-Choo tauschten einen Blick. »Sie weiß nicht einmal, was unten auf der Straße passiert«, sagte Choo-Choo.

Der Scheich nahm seine Hände von Sugartits Kehle.

5

»Wie schnell können Sie feststellen, wodurch er getötet wurde?«, erkundigte sich der Chef der uniformierten Polizei.

»Er ist durch eine Kugel getötet worden«, gab der Assistent des Amtsarztes zurück.

»Sehr witzig«, sagte der Chef. »Was ich wissen wollte – welches Kaliber?« Seine Stimme klang belegt, und die Polizisten, die ihn gut kannten, fingen an nervös zu werden.

Der Assistent des Leichenbeschauers ließ mit einer abweisenden Geste seine Arzttasche zuschnappen und blickte den Chef durch seine schwarzgefasste Brille an. »Das kann man erst nach der Obduktion sagen. Die Kugel muss aus dem Schädel des Toten entfernt und verschiedenen Tests unterworfen werden ...«

Der Chef hörte ihn schweigend an, aber sein Gesicht wurde rot.

»Ich nehme die Obduktion nicht vor. Ich habe nur Nachtdienst. Ich stelle nur fest, ob sie tot sind. Diesen hier habe ich als T.b.E. klassifiziert. Das bedeutet ›Tot bei Eintreffen‹. Meinem

Eintreffen, nicht seinem. Ob er bei seinem Eintreffen schon tot war, wissen Sie besser als ich. Und auch, wie er getötet wurde.«

»Ich habe Ihnen eine höfliche Frage gestellt.«

»Und ich habe Ihnen eine höfliche Antwort gegeben. So höflich, wie es der Dienst erlaubt und vorschreibt. Die Leute, die die Obduktion vornehmen, treten ihren Dienst um neun Uhr an. Gegen zehn sollten Sie ihren Bericht haben.«

»Nur das wollte ich wissen. Danke. Und das nützt mir heute Nacht verdammt wenig, denn bis morgen um zehn wird der Mörder verschwunden und längst in einem anderen Teil der Vereinigten Staaten sein, wenn er einen Funken Verstand hat.«

»Das ist Ihre Sorge, nicht meine. Sie können die Leichen ins Leichenschauhaus schicken, wenn Sie mit ihnen fertig sind. Gute Nacht allerseits.«

Niemand antwortete ihm. Er ging.

»Ich habe nie begriffen, weshalb wir einen Scheißmediziner brauchen, um festzustellen, ob ein Toter tot ist oder nicht«, knurrte der Chef. Er war ein großer, wettergegerbter Mann, dessen Uniform mit einer Unmenge Litzen und Schnüre geschmückt war. Er war aus den unteren Rängen aufgestiegen. Alles an ihm, von dem glitzernden Gold am Ärmel bis zu den kantigen, handgearbeiteten Schuhen, verriet ihn als Plattfuß durch und durch.

Die Gruppe, die um die Leiche des Weißen herumstand, war inzwischen um zwei Stellvertreter des Polizeipräsidenten, einen Inspektor vom Morddezernat und einige namenlose Lieutenants von den angrenzenden Revieren angewachsen.

Die Stellvertreter des Polizeipräsidenten blieben stumm, nur der Präsident selbst, der aber zu Hause im Bett lag, hätte gegenüber dem Chef der Uniformierten so etwas wie Autorität aufbringen können.

»Das hier ist ein teuflisch heißes Eisen«, sagte der Chef. »Ist alles klar? Haben wir unsere Darstellung aufeinander abgestimmt?« Zustimmendes Kopfnicken. »Dann können wir die Presse ranlassen«, meinte er zum Lieutenant, dem das Revier in der 126th Street unterstand.

Sie überquerten die Straße und gingen auf das Rudel Reporter zu, das dort im Zaum gehalten wurde. »Na gut, Leute, Sie können Ihre Aufnahmen machen«, sagte er.

Blitzlichter explodierten ihm ins Gesicht. Dann drängten sich die Fotografen um den Toten und überließen den Chef den Reportern.

»Bisher ist Folgendes bekannt. Der Tote wurde durch seine Papiere als Ulysses Galen aus New York City identifiziert. Er wohnt in einer Zwei-Zimmer-Suite im Hotel Lexington. Das haben wir nachgeprüft. Dort gilt er als Witwer. Er ist Verkaufsleiter der King-Cola Company. Wir haben uns mit der Zentrale der Firma in Jersey City in Verbindung gesetzt und erfahren, dass Harlem zu seinem Bezirk gehört.« Seine heisere Stimme tropfte wie Milch und Honig durch die laue Nacht. Schreibstifte kratzten in Notizbüchern. Um die Leiche flammten Blitzlichter wie eine Flugabwehrkanonade auf.

»Ein Brief in seiner Tasche von einer Mrs. Helen Kruger aus Wading River, Long Island, fängt mit ›Lieber Dad‹ an. Ferner fanden wir einen nicht abgeschickten Brief, der an einen Homer Galen in der Michigan Avenue in Chicago gerichtet ist. Die Adresse liegt in einem Geschäftsviertel. Wir wissen nicht, ob Homer Galen sein Sohn oder ein anderer Verwandter ist.«

»Wie wurde er denn getötet?«, unterbrach ein Reporter.

»Wir wissen, dass er in den Hinterkopf geschossen wurde, und zwar von einem Schwarzen namens Sonny Pickens, der an der Ecke 134th Street und Lenox Avenue einen Schuhputzstand betreibt. Verschiedene Schwarze verübelten dem Opfer, dass es eine Bar an der 129th Street und Lenox Avenue besuchte …«

»Was hatte er denn in einer schäbigen Bar hier in Harlem zu suchen?«

»Das haben wir noch nicht herausbekommen. Wahrscheinlich trieb er sich nur herum. Wir wissen, dass der Barmann eine Messerverletzung erlitt, als er versuchte, das Opfer vor dem Angriff eines anderen Farbigen zu schützen …«

»Wie hat der Schuhputzer ihn denn angegriffen?«

»Keine Witze, Leute. Der erste Schwarze ging auf Galen mit einem Messer los und versuchte ihn anzugreifen. Der Barmann beschützte ihn. Nachdem Galen die Bar verlassen hatte, wurde er von Pickens auf der Straße verfolgt und von hinten niedergeschossen.«

»Haben Sie erwartet, er würde von vorn auf einen Weißen schießen?«

»Zwei farbige Detectives vom Revier in der 126th Street trafen rechtzeitig am Tatort ein und konnten Pickens unmittelbar nach der Tat festnehmen. Er hatte seine Waffe noch in der Hand«, fuhr der Chef der Uniformierten fort. »Sie fesselten ihn mit Handschellen und waren im Begriff, ihn einzuliefern, als er von einer jugendlichen Gang aus Harlem, die sich selbst *Real Cool Moslems* nennt, befreit wurde.«

Die Reporter brachen in Gelächter aus. »Was? Waren es nicht vielleicht die Mau-Mau?«

»Hier gibt es nichts zu lachen«, sagte der Chef. »Einer von der Bande versuchte, einem der Detectives Säure in die Augen zu spritzen.« Die Reporter verstummten.

»Wenn ich mich recht erinnere, ist vor einem Jahr schon einmal ein Säureattentat hier passiert«, sagte ein Reporter. »Das Opfer war ebenfalls ein farbiger Polizist. Er hieß Johnson, Coffin Ed Johnson, wie sie ihn hier nennen.«

»Es handelt sich um denselben Beamten.« Das waren die ersten Worte, die Anderson von sich gab.

»Er muss das magnetisch anziehen«, meinte der Reporter.

»Er ist scharf, und sie haben Angst vor ihm«, entgegnete Anderson. »Ein farbiger Polizist in Harlem muss scharf sein. Bedauerlicherweise haben Farbige keinen Respekt vor farbigen Polizisten, wenn sie nicht scharf sind.«

»Er schoss auf den Säureattentäter und tötete ihn«, sagte der Chef.

»Meinen Sie jetzt den von damals oder den von heute?«, fragte der Reporter.

»Den von heute, den Moslem«, antwortete Anderson.

»Bei dem entstehenden Tumult entkamen Pickens und die anderen in der Menschenmenge«, sagte der Chef.

Er drehte sich um und deutete auf ein Haus auf der anderen Straßenseite. Das grelle Licht eines Dutzends starker Scheinwerfer enthüllte, wie unbeschreiblich hässlich es war. Polizisten standen auf dem Dach, andere kamen und gingen durch den Eingang. Noch andere streckten ihre Köpfe aus den Fenstern, um sich durch Rufe mit den Polizisten auf der Straße zu verständigen. Die übrigen Fenster waren von farbigen Gesichtern angefüllt, die in dem grellen weißen Licht wie Trauben einer fremden violetten Frucht aussahen.

»Sie können selbst sehen, wie wir nach dem Mörder suchen«, sagte der Chef. »Wir durchkämmen diese Häuser, eins nach dem anderen, Wohnung für Wohnung, Zimmer für Zimmer. Wir haben eine Personenbeschreibung des Mörders. Er trägt Handfesseln aus Hartstahl. Bis morgen früh spätestens sollten wir ihn festgenommen haben. Aus diesem Netz kommt er niemals heraus.«

»Wenn er nicht bereits draußen ist«, entgegnete ein Reporter.

»Er ist nicht draußen. Dazu waren wir zu schnell hier.«

Danach begannen die Reporter, Fragen zu stellen.

»Gehört Pickens auch zu den *Real Cool Moslems?*«

»Wir wissen, dass er von sieben Moslems befreit wurde. Der achte wurde getötet.«

»Liegt ein Hinweis auf Raub vor?«

»Nein, falls das Opfer nicht Wertgegenstände bei sich hatte, von denen wir nichts wissen. Seine Brieftasche, seine Uhr und seine Ringe sind unangetastet.«

»Und das Motiv für die Tat? Weibergeschichten?«

»Kaum. Der Mann war wohlhabend, der hatte es nicht nötig, hier irgendwelche Geschichten anzufangen.«

»Hats alles schon gegeben.«

Der Chef spreizte die Hände. »Richtig, aber in diesem Falle wurde er von zwei Schwarzen angegriffen, weil sie an seiner Anwesenheit in einer Bar für Farbige Anstoß nahmen. Sie haben ihren Unwillen darüber deutlich zum Ausdruck gebracht. Wir haben farbige Zeugen, die es hörten. Beide Schwarzen waren berauscht. Sie hatten den ganzen Abend über getrunken, und Pickens hatte überdies Marihuana geraucht.«

»Alles klar, Chef, das wäre im Moment wohl alles«, sagte der rangälteste Reporter und beendete damit die Befragung.

Der Chef und Anderson gingen über die Straße zu der schweigenden Gruppe zurück.

»Sind Sie damit durchgekommen?«, fragte einer der Stellvertreter des Polizeipräsidenten.

»Verdammt noch mal, irgendetwas musste ich ihnen Ja sagen«, entgegnete der Chef abweisend. »Oder sollte ich denen vielleicht erzählen, dass ein weißer Geschäftsmann mit fünfzehntausend Dollar Jahresgehalt auf einer Straße in Harlem von einem bekifften Neger mit einer Schreckschusspistole niedergeschossen wurde und der Täter gleich darauf von einer Gang befreit wurde und die ganze verdammte Polizei als Lohn ihrer Mühe nichts anderes vorzuweisen hat als einen toten Jugendlichen, der sich einen *Real Cool Moslem* nannte.«

»Und tatsächlich schon kalt sein dürfte«, warf Haggerty mit gedämpfter Stimme dazwischen.

»Sollen wir zum Gespött der ganzen Stadt werden?«, fuhr der Chef fort und redete sich in Hitze. »Wollen Sie, dass man sagt, die New-Yorker Polizei hätte hilflos danebengestanden, während ein Weißer mitten auf einer belebten Niggerstraße erschossen wird?«

»War es denn nicht so?«, fragte der Lieutenant vom Morddezernat.

»Ich habe Ihnen keinen Vorwurf gemacht«, sagte der Stellvertreter des Polizeipräsidenten entschuldigend.

»Pickens tut mir leid, er muss die Sache ausbaden«, sagte Anderson. »Wir haben ihn zum Killer gemacht, obwohl wir genau wissen, dass er nicht der Täter ist.«

»Wir wissen überhaupt nichts«, entgegnete der Chef und wurde violett vor Wut. »Vielleicht hat er die Platzpatronen mit

Kugeln geladen. Verdammt noch mal, alles schon vorgekommen. Und selbst wenn er ihn nicht erschossen hat, hätte er ihn nicht mit einem Revolver, der verdammt echt und gefährlich aussah, durch die Straßen jagen dürfen. Wir haben nur ihn, an den wir uns halten können, und deshalb gehts um seinen schwarzen Hintern.«

»Jemand hat den Weißen erschossen, aber nicht mit Platzpatronen«, sagte der Lieutenant vom Morddezernat.

»Also gut, dann machen Sie sich auf die Suche, und finden Sie heraus, wer es war«, brüllte der Chef. »Sie sind beim Morddezernat, und das ist Ihre Aufgabe.«

»Warum nicht einer der Moslems«, schlug der Stellvertreter hilfsbereit vor. »Die Bande war am Tatort anwesend, und diese jugendlichen Kriminellen tragen immer Waffen auf sich.«

Für einen Augenblick herrschte Stille, alle erwogen diese Möglichkeit.

»Was meinen Sie, Jones?«, fragte der neben Grave Digger stehende Chef. »Glauben Sie, dass eine Verbindung zwischen Pickens und diesen Moslems besteht?«

»Wie ich schon gesagt habe«, antwortete Grave Digger, »es sieht mir nicht danach aus. Ich nehme an, dass die Jugendlichen sich unmittelbar nach der Schießerei um den Toten drängten, wie alle anderen auch. Und als Ed zu schießen begann, rannten sie davon, wie alle anderen auch. Ich sehe keinen Grund zur Annahme, dass Pickens sie auch nur kannte.«

»Das vermutete ich auch«, stimmte der Chef etwas enttäuscht zu.

»Aber wir sind hier in Harlem«, ergänzte Grave Digger. »Hier kann niemand genau sagen, was es für Querverbindungen gibt.«

»Sie haben Haggertys Bericht über die Aussagen, die der Barmann und der Geschäftsführer des *Dew Drop Inn* gemacht haben«, warf Anderson ein. »Sowohl Pickens wie dieser andere Schwarze hatten sich darüber geärgert, dass Galen anscheinend farbigen Mädchen nachstellte. Von der Moslembande war zu der Zeit noch nichts zu sehen.«

»Es kann auch ein Unbekannter gewesen sein, der ähnlich empfand wie sie«, meinte Grave Digger. »Der Betreffende hat vielleicht beobachtet, wie Pickens auf Galen schoss, und die Gelegenheit benutzt, ihm eine Kugel zu verpassen.«

»Das sind mir Leute!«, sagte der Chef. »Also gut, Jones, Sie werden der Sache nachgehen. Versuchen Sie, ob Sie etwas ausgraben können, aber lassen Sie die Presse nicht ran.«

Als Grave Digger sich umdrehte und ging, schloss Coffin Ed sich ihm an. »Sie nicht, Johnson«, hielt ihn der Chef zurück. »Sie gehen nach Hause.«

»Bin ich vom Dienst suspendiert?«, fragte Coffin Ed mit rauer Stimme.

»Für den Rest der Nacht«, antwortete der Chef der uniformierten Polizei. »Ich wünsche, dass Sie beide sich morgen um neun Uhr im Büro des Polizeipräsidenten melden. Jones, Sie beginnen mit Ihren Ermittlungen. Sie kennen Harlem. Sie wissen, wohin Sie gehen und mit wem Sie sprechen müssen.« Er wandte sich an Anderson: »Haben Sie jemand, den Sie ihm beigeben können?«

»Haggerty«, schlug Anderson vor.

»Ich arbeite allein«, erklärte Grave Digger.

»Kein Risiko«, warnte der Chef. »Wenn Sie Hilfe brauchen, rufen Sie. Greifen Sie hart durch. Mir ist es egal, wie viele Schädel Sie einschlagen, ich werde Sie decken. Aber legen Sie nicht noch mehr Jugendliche um.«

Grave Digger wandte sich ab und ging mit Coffin Ed zu ihrem Wagen.

»Ich fahr mit der U-Bahn, setz mich bei der Station Independent ab«, sagte Coffin Ed. Sie wohnten beide in Jamaica und fuhren mit der Linie E, wenn sie den Wagen nicht benutzten.

»Ich habe es kommen sehen«, sagte Grave Digger.

»Wenn es früher passiert wäre, hätte ich mit meiner Tochter ins Kino gehen können«, sagte Coffin Ed. »Ich sehe sie so selten, dass ich sie kaum noch kenne.«

6

»Lass sie jetzt los«, befahl der Scheich. Sissie ließ sie los.

»Ich bring ihn um!«, tobte Sugartit mit würgender Stimme. »Dafür bring ich ihn um.«

»Wen willst du umbringen?«, fragte der Scheich und sah sie stirnrunzelnd an.

»Meinen Vater. Ich hasse ihn, diesen Schuft! Ich klaue ihm seinen Revolver und schieße ihn über den Haufen.«

»Sag so etwas nicht«, widersprach Sissie. »Man soll so nicht von seinem Vater reden.«

»Ich hasse ihn, den dreckigen Bullen.«

Inky blickte von den Handschellen auf, an denen er feilte. Sonny starrte Sugartit an.

»Jetzt sei ruhig«, sagte Sissie.

»Soll sie ihn doch umlegen«, sagte der Scheich.

»Hör auf, sie aufzuhetzen«, sagte Sissie.

»Ihr würde nicht mal was passieren«, sagte Choo-Choo. »Sie braucht nur zu behaupten, dass ihr Alter sie dauernd verprügelt hat, und dann werden alle anfangen zu heulen und davon reden, was für ein armes, misshandeltes Mädchen sie ist. Nach einem Blick auf Coffin Ed wird man ihr jedes Wort glauben.«

»Sie werden ihr einen Orden geben«, sagte der Scheich.

»Die alten Tanten von der Wohlfahrt werden eine anständige Familie suchen, bei der sie leben kann. Sie wird alles bekommen, was sie will. Sie wird nichts zu tun brauchen, außer essen, schlafen, ins Kino gehen und in einem großen Auto herumfahren«, erklärte Choo-Choo.

Sugartit warf sich über das Fußende des Bettes und brach in lautes Schluchzen aus.

»Es würde uns die Mühe ersparen«, sagte der Scheich.

Sissies Augen weiteten sich. »Das würdest du nicht wagen«, sagte sie.

»Und ob ich das wagen würde.«

»Wenn du so weiterredest, mache ich nicht mehr mit.«

Der Scheich warf ihr einen drohenden Blick zu. »Bei was?«

»Bei den Moslems.«

»Die einzige Möglichkeit, bei uns auszusteigen, hat Caleb vorgeführt«, sagte der Scheich.

»Wenn ich je geahnt hätte, dass der arme kleine Caleb ...«

»Ich bring dich noch mit meinen eigenen Händen um«, fuhr der Scheich sie an.

»Ach, lass doch, Scheich, das meint sie doch nicht so«, warf Choo-Choo nervös ein. »Warum stecken wir uns nicht alle etwas an und fliegen ein bisschen nach Mekka.«

»Damit die Bullen es riechen, wenn sie hierherkommen, und uns alle mitnehmen. Du bist doch plemplem.«

»Wir könnten aufs Dach rauf.«

»Auf dem Dach sind auch Bullen.«

»Dann auf die Feuertreppe. Wir machen das Fenster zu.«

Der Scheich dachte ernsthaft darüber nach. »Also gut, auf der Feuertreppe. Ich hab zwar nur noch zwei, aber die müssen wir sowieso loswerden.«

»Ich schau mal nach, wo die Bullen inzwischen sind«, sagte Choo-Choo und setzte seine Sonnenbrille auf.

»Nimm das Ding da ab«, befahl der Scheich. »Willst du, dass die Bullen dich sofort erkennen?«

»Ach was, daran können die mich nicht erkennen. Halb Harlem trägt die ganze Nacht über Sonnenbrillen.«

»Also los, sieh dich mal auf der Avenue um.«

Choo-Choo kletterte aus dem Fenster.

In diesem Augenblick trennten sich die Glieder der Handschellen mit einem leisen Klirren unter Inkys Feile. »Scheich, ich habe sie auseinander«, meldete Inky triumphierend.

»Zeig her.«

Sonny stand auf und reckte die Arme.

»Wer ist das?«, fragte Sissie, als ob sie ihn erst jetzt bemerkte.

»Unser Gefangener«, antwortete der Scheich.

»Ich bin kein Gefangener«, widersprach Sonny. »Ich bin nur mitgekommen, weil ihr versprochen habt, mich zu verstecken.«

Sissie sah mit großen Augen auf die durchgetrennten Handschellen, die um seine Handgelenke baumelten. »Was hat er getan?«, fragte sie.

»Er ist der Killer, der den Boss des Syndikats umgelegt hat«, antwortete der Scheich.

Sugartit hörte unvermittelt auf zu schluchzen, wälzte sich herum und sah aus weiten, nassen Augen zu Sonny auf. »War er das?«, fragte Sissie bewundernd. »Ich meine, der Mann, der umgebracht wurde.«

»Klar, wusstest du denn das nicht?«, entgegnete der Scheich.

»Ich hab doch schon gesagt, dass ich ihn nicht erschossen hab«, widersprach Sonny.

»Er behauptet, er hätte nur einen Schreckschussrevolver gehabt«, sagte der Scheich. »Aber er versucht bloß, sich herauszureden. Die Polizisten wissen es besser.«

»Es war ein Schreckschussrevolver«, erklärte Sonny wieder.

»Weshalb hat er ihn erschossen?«, fragte Sissie.

»Die haben einen Bandenkrieg, und er hatte von der Bande in Brooklyn den Auftrag, den Mann umzulegen.«

»Quatsch nicht so blöd«, sagte Sissie.

»Ich hab niemand umgebracht«, sagte Sonny.

»Maul halten«, schnauzte der Scheich. »Gefangene müssen schweigen.«

»Mir reichts jetzt dann«, murrte Sonny.

Der Scheich sah ihn drohend an. »Sollen wir dich den Bullen ausliefern?«

Sonny machte schnell einen Rückzieher. »Nein, Scheich, aber, verdammt, du brauchst meine Lage nicht so auszunutzen ...«

Choo-Choo streckte den Kopf durchs Fenster und unterbrach ihn. »Da unten wimmelt es von Bullen. Nichts als Bullen.«

»Wo sind sie jetzt?«, fragte der Scheich.

»Überall, aber im Augenblick nehmen sie sich gerade das übernächste Haus vor. Sie haben eine Menge Scheinwerfer drauf gerichtet und patrouillieren davor mit Maschinenpistolen. Höchste Zeit, dass wir den Gefangenen wegschaffen.«

»Ruhig Blut, Dummkopf«, sagte der Scheich. »Sieh nach dem Dach.«

»Gelobt sei Allah«, antwortete Choo-Choo und kroch auf Händen und Knien wieder hinaus.

»Zieh Jacke und Hemd aus«, befahl der Scheich Sonny.

Als Sonny sich bis auf das Unterhemd ausgezogen hatte, sah der Scheich ihn an und meinte dann: »Nigger, bist du aber schwarz. Deine Mammy hat dir sicher den Mund mit Kreide angemalt, als du ein Baby warst, damit sie dich nicht verkehrt rum an die Brust legt.«

»Ich bin nicht schwärzer als Inky«, verteidigte sich Sonny.

Der Scheich grinste ihn spöttisch an. »Du hattest da keine Schwierigkeiten, Inky, was? Deine Mammy hat bei dir Leuchtfarbe benutzt.«

»Mach schon. Mir wird kalt«, sagte Sonny.

»Behalt die Hose an. Es sind Damen anwesend«, sagte der Scheich. Er hängte Sonnys Jacke zu seiner Garderobe an den Draht hinter dem Vorhang und warf das Hemd in eine Ecke. Dann warf er Sonny einen verblichenen, alten roten Rollkragenpullover hin. »Zieh die Ärmel über die Handschellen hinunter, und dann ziehst du diesen Mantel an«, befahl er und deutete auf den alten Militärmantel, den er vom Hausmeister mitgenommen hatte.

»Das ist doch viel zu warm«, protestierte Sonny.

»Machst du jetzt, was ich dir sage, oder brauchst du erst Prügel?«

Sonny zog den Mantel an.

Der Scheich holte dann ein Paar lederner Fahrerhandschuhe aus dem Pappkoffer unter seinem Bett und reichte sie Sonny.

»Was soll ich denn damit?«

»Anzieh und Mund halten, du Idiot«, sagte der Scheich. Dann holte er hinter dem Bett eine lange Bambusstange hervor und fing an, sie durchs Fenster zu schieben. An ihrem Ende hing ein zerfranster Wimpel der New York Giants.

Choo-Choo kam gerade rechtzeitig die Feuertreppe herunter,

um die Stange in Empfang zu nehmen und sie gegen die Feuertreppe zu lehnen.

»Auf unserem Dach sind noch keine Bullen, aber auf dem Dach des Hauses, das sie gerade durchsuchen, wimmelt es davon«, berichtete er. Sein Gesicht glänzte von Schweiß, und das Weiße seiner Augen hatte angefangen zu leuchten.

»Mach jetzt nicht schlapp.« Der Scheich wandte sich an Sonny. »Ich brauche jetzt was zu Rauchen, für die Nerven. Wir ziehn uns zwei rein. Raus mit dir, Bursche.«

Sonny warf ihm einen Blick zu und zögerte, kletterte dann aber auf den Absatz der Feuertreppe hinaus.

»Ich will mitgehen«, sagte Sissie. Sugartit setzte sich plötzlich interessiert auf.

»Ich will, dass ihr beiden kleinen Lockvögel genau hier im Zimmer bleibt und euch nicht von der Stelle rührt«, befahl der Scheich in scharfem Ton und wandte sich dann an Inky. »Komm du mit, Inky. Dich brauch ich.«

Inky kletterte zu den anderen auf die Feuertreppe hinaus. Als Letzter folgte der Scheich und schloss das Fenster hinter sich. Sie hockten in einem Kreis zusammen. Der Treppenabsatz war gedrängt voll.

Der Scheich holte zwei verbogene Zigaretten aus seiner Hemdtasche und steckte sie in den Mund. »Mann!«, rief Choo-Choo aus. »Die hast du uns verheimlicht.«

»Gib mir Feuer, und quatsch nicht so viel«, sagte der Scheich. Choo-Choo schnippte sein billiges Feuerzeug an und hielt es an beide Zigaretten. Der Scheich zog den Rauch tief in die Lungen und gab dann eine der Zigaretten an Inky. »Für dich und Choo-Choo je die Hälfte, ich und der Gefangene teilen uns die andere.«

Abwehrend hob Sonny beide behandschuhte Hände. »Ohne mich. Die Dinger haben mich in die Scheiße geritten, und ich weiß nicht, wie ich da wieder rauskomme.«

»Feigling«, sagte der Scheich verächtlich und zog wieder den Rauch ein. Er schluckte den Rauch jedes Mal wieder zurück, wenn er aus seinen Lungen aufstieg. Sein Gesicht quoll auf und fing an dunkler zu werden, als sein Blut die Droge aufnahm. Seine Augen weiteten sich, und seine Nasenflügel fingen an zu beben.

»Mann, wenn ich meine Knarre hier hätte, ich wette, dass ich den Sergeant dort mit einem Schuss zwischen die Augen umlegen könnte.« Die Zigarette klebte an seiner Unterlippe und wippte auf und ab, während er sprach.

»Mir wäre eine .38er mit langem Lauf lieber, so eine wie Grave Digger und Coffin Ed sie haben«, sagte Choo-Choo. »Mit den Knarren kann man einen Felsen umbringen. Aber ich würde mir einen Schalldämpfer dran machen, dann könnt ich hier sitzen und jedes Arschloch abschießen. Ich würde aber auf keinen schießen, wenn es nicht ein hohes Tier oder der Polizeichef oder so jemand ist.«

»Du redest nur davon, was wäre, wenn ... Ich rede von Tatsachen«, sagte der Scheich.

»Für die du, wenn du nicht aufpasst, noch mal in Sing-Sing schmoren wirst«, entgegnete Choo-Choo.

»Was willst du damit sagen?«, fauchte der Scheich und stand drohend auf. »Gleich rutschst du auf dem Arsch die Feuertreppe runter.«

Choo-Choo sprang auf und wich gegen das Geländer zurück. »Ach, und du meinst, ich mach jetzt in die Hosen?«

Auch Inky erhob sich und trat zwischen sie. »Was wird mit dem Gefangenen, Scheich?«, fragte er beunruhigt.

»Scheißgefangener«, tobte der Scheich, riss ein Messer mit einem Beingriff aus der Tasche und ließ mit der gleichen Bewegung die sechs Zoll lange Klinge aufschnappen.

»Nein!«, schrie Inky.

Der Scheich warf ihn mit einem Schlag seines Handrückens gegen die eisernen Stufen zurück und packte Choo-Choo beim Hemdkragen. »Noch ein Ton, und ich schneide dir deinen verdammten Hals durch«, drohte er. Mordlust wallte in ihm auf wie davonströmendes Blut.

Choo-Choos Augäpfel verdrehten sich, und seine dunkelbraune Haut schwitzte einen fiebrigen Schweiß aus. »War nicht so gemeint, Scheich«, winselte er beschwörend mit gedämpfter Stimme. »Du weißt, dass ichs nicht so gemeint hab. Man darf doch mal 'n kleinen Scherz machen.«

Die wilde Aufwallung des Scheichs verebbte, aber die Mordlust hielt ihn noch gepackt. »Sobald ich sehe, dass du kneifen willst, bring ich dich um.«

»Du weißt genau, dass ich nicht kneife, Scheich. Dazu kennst du mich zu gut.«

Der Scheich ließ Choo-Choos Kragen los. Choo-Choo stieß einen tiefen Seufzer aus.

Inky richtete sich auf und rieb sich sein aufgeschrammtes Schienbein. »Jetzt habe ich wegen dir meine Zigarette verloren«, klagte er.

»Scheißzigarette«, schnauzte der Scheich.

»Ganz meine Meinung«, stimmte Sonny ihm zu. »Die Dinger, die sie jetzt verkaufen, bringen einen noch so weit, dass man seiner eigenen Mama den Hals durchschneidet. Die mischen sicher Loco-Kraut oder so was rein.«

»Maul halten«, sagte der Scheich, das geöffnete Messer noch in der Hand. »Ich sags dir nicht noch einmal.«

Sonny warf einen Blick auf das Messer und sagte: »Bin ja schon still.«

»Ist auch besser so«, entgegnete der Scheich und wandte sich dann zu Inky: »Du bringst den Gefangenen aufs Dach und lässt mit ihm zusammen Calebs Tauben fliegen. Du, Sonny, sagst den Bullen, wenn sie kommen, dass du Caleb Bowee heißt, und versuchst, deinen Tauben beizubringen, bei Nacht zu fliegen. Verstanden?«

»Ja ...«, antwortete Sonny zweifelnd.

»Du weißt doch, wie man Tauben fliegen lässt?«

Sonny zögerte. »Man wirft mit Steinen nach ihnen.«

»Verdammter Nigger, du hast nicht mehr Verstand als ein Huhn. Du kannst doch mit all den Bullen, die hier sind, da oben nicht mit Steinen werfen. Du musst die Stange hier nehmen und sie wegscheuchen, wenn sie sich setzen wollen.«

Sonny betrachtete skeptisch die Bambusstange. »Und wenn sie wegfliegen und nicht wiederkommen?«

»Sie fliegen nicht weg. Die flattern nur im Kreis herum und versuchen dauernd, wieder in ihren Schlag zu kommen.« Der Scheich bog sich plötzlich vor Lachen. »Tauben sind strohdumm.«

Die anderen sahen ihn nur an. Schließlich fragte Inky: »Und was soll ich tun?«

Der Scheich richtete sich schnell auf und hörte auf zu lachen. »Du bewachst den Gefangenen und passt auf, dass er nicht wegläuft.«

»Oh«, machte Inky. Und kurz darauf erkundigte er sich: »Und was soll ich den Bullen sagen, wenn sie mich fragen, was ich da oben mache?«

»Verdammt, du sagst den Bullen, dass Caleb dir beibringen will, wie man Tauben dressiert.«

Inky bückte sich und rieb wieder sein Schienbein. Ohne aufzublicken, fragte er: »Meinst du wirklich, dass die Bullen mir das abnehmen, Scheich? Glaubst du, die sind so verrückt, dass sie einem glauben, er würde bei dem ganzen Tumult hier in der Gegend Tauben dressieren?«

»Ach, das sind weiße Bullen«, meinte der Scheich verächtlich. »Die halten doch alle Nigger für verrückt. Du und Sonny, ihr braucht euch nur dämlich genug anzustellen, dann fressen sie es wie Schokoladeneis. Die werden euch höchstens in den Hintern treten und sich darüber totlachen, wie verrückt Nigger sind. Und wenn sie nach Haus kommen, erzählen sie ihrer Alten und jedem, den sie treffen, dass sie auf einem Dach zwei dämliche Nigger gefunden haben, die in der Nacht Tauben dressieren wollten, während die größte Razzia stattfand, die es in Harlem je gegeben hat. Ihr werdet sehen, dass es so kommt.«

Inky massierte weiter sein Schienbein. »Das will ich ja nicht bestreiten, Scheich. Aber angenommen, sie glauben es nicht ...«

»Jetzt geh aufs Dach und mach, was ich dir gesagt habe, und hör auf, mir zu widersprechen«, fauchte der Scheich, von einem neuen Wutanfall gepackt. »Wenn ich dich und den Nigger da sehe, dann glaub ich es selbst beinahe, und ich bin kein dämlicher Bulle.«

Widerstrebend drehte Inky sich um und stieg die Stufen zum Dach hinauf. Sonny warf noch einen langen Seitenblick auf das offene Messer des Scheichs, ehe er folgte.

»Warte, Dummkopf. Du hast die Stange vergessen«, sagte der Scheich. »Ich hab dir gesagt, du sollst nicht mit Steinen nach den Tauben werfen. Vielleicht wirfst du eine tot, aber dann zwinge ich dich, sie roh zu fressen.« Er schüttelte sich vor Lachen über seinen Witz.

Sonny griff mit düsterem Gesicht nach der Stange und kletterte langsam hinter Inky her.

»Los, mach das Fenster auf«, befahl der Scheich Choo-Choo. »Wir wollen wieder rein.«

Ehe Choo-Choo sich umdrehte und bückte, um das Fenster zu öffnen, sagte er: »Hör mal, Scheich, ich hab damit gar nichts gemeint vorhin.«

»Schon gut«, antwortete der Scheich.

Sissie und Sugartit kauerten mit geängstigten und niedergeschlagenen Gesichtern schweigend nebeneinander auf der Bettkante. Sugartit hatte aufgehört zu weinen, aber ihre Augen waren gerötet und ihr Gesicht fleckig.

»Mein Gott, man könnte meinen, hier wär ein Begräbnis«, knurrte der Scheich.

Niemand antwortete. Choo-Choo trat verlegen von einem Fuß auf den anderen.

»Jetzt hört endlich auf, triste Fratzen zu schneiden, ihr Heulsusen«, schnauzte der Scheich. »Wir müssen vergnügt und gut gelaunt aussehen, wenn die Bullen hier auftauchen. So, als ob wir keinen Grund zu Sorgen hätten.«

»Dann fang doch an, und mach uns das mal vor«, sagte Sissie. Der Scheich sprang auf sie los und versetzte ihr einen Schlag, der sie auf die Seite warf. Wortlos erhob sie sich und ging zum Fenster.

»Wenn du durchs Fenster gehst, schmeiß ich dich auf die Straße runter«, drohte der Scheich.

Sissie blieb stehen und blickte hinaus. Sie drehte dem Scheich den Rücken zu und gab keine Antwort. Sugartit saß stumm auf der Bettkante und zitterte.

»Mist«, knurrte der Scheich angewidert und warf sich hinter Sugartit der Länge nach auf das Bett. Sie stand auf und trat neben Sissie ans Fenster.

»Los, Choo-Choo, die Zicken sollen uns den Buckel runterrutschen«, sagte der Scheich. »Wir müssen entscheiden, was wir mit dem Gefangenen machen.«

»Jetzt kommst du endlich zur Sache.« Choo-Choo war begeistert und setzte sich rittlings auf einen Stuhl. »Hast du schon einen Plan?«

»Klar. Gib mir eine Zigarette.«

Choo-Choo fischte zwei Zigaretten aus der zerdrückten Packung, die er unter dem eingerollten Saum seines Turnhemds hervorzog, zündete beide an und reichte eine dem Scheich. »Nach dem guten Kraut macht einen das billige Zeug verrückt«, sagte er dabei.

»Mann, ich hab das Gefühl, dass mir gleich der Kopf platzt, so viele Ideen habe ich drin«, sagte der Scheich. »Wenn ich eine richtige Bande hätte wie Dutch Schultz, hätte ich mit all meinen Einfällen ganz Harlem in der Tasche. Mir fehlen nur die richtigen Leute.«

»Teufel, du hast doch mich. Wir zwei können das allein«, meinte Choo-Choo.

»Wir bräuchten Waffen und so was, richtige Knarren aus einer Waffenfabrik, und ein oder zwei Maschinenpistolen und vielleicht auch ein paar Handgranaten.«

»Wenn wir Grave Digger und das Monster umlegen, hätten wir zwei schon mal zwei ordentliche Knarren«, regte Choo-Choo an.

»Mit den Hengsten legen wir uns erst an, wenn wir organisiert sind«, antwortete der Scheich. »Dann sollten wir uns vielleicht ein paar Spezialisten von auswärts holen, um den Treffer zu landen. Aber dazu brauchen wir auch Geld.«

»Zum Teufel, wir können für den Gefangenen Lösegeld verlangen«, sagte Choo-Choo.

»Wer bezahlt für diesen Nigger denn schon Lösegeld«, widersprach der Scheich. »Ich wette, seine eigene Mammy würde keinen Cent dafür geben, den zurückzubekommen.«

»Er soll sich selbst freikaufen«, meinte Choo-Choo. »Er hat doch den Schuhputzstand. Schuhputzstände bringen ordentlich Knete. Vielleicht hat er auch einen Wagen.«

»Teufel, ich wusste ja, dass er wertvoll ist«, sagte der Scheich. »Drum hab ich dafür gesorgt, dass wir ihn uns schnappen.«

»Wir können seinen Schuhputzstand übernehmen«, sagte Choo-Choo.

»Ich hab noch andere Pläne«, sagte der Scheich. »Wir können ihn gegen eine umgebaute Schreckschusskanone an die ›Sterne Davids‹ zu verkaufen. Die haben sie in rauen Mengen, sind nur zu feige, sie zu gebrauchen.«

»Gute Idee. Oder wir tauschen ihn bei den Puertorikanern gegen Burrhead ein. Wir haben Burrhead versprochen, dass wir ihn auslösen, und sie haben gesagt, wenn wir uns nicht beeilen und ihn abholen, schneiden sie ihm den Hals durch.«

»Sollen sie doch«, sagte der Scheich kalt. »Dieser feige Hund nutzt uns doch nichts.«

»Ich weiß noch was, Scheich«, sagte Choo-Choo aufgeregt. »Wir können ihn in einen Sack stecken, wie sie es früher immer gemacht haben, Dutchman und die anderen, und ihn in den Harlem River werfen. Ich wollte schon immer mal so ein Schwein in einen Sack stecken.«

»Weißt du denn, wie man so einen Kerl in einen Sack steckt?«, fragte der Scheich.

»Klar, man ...«

»Halts Maul, ich sag dir, wies geht. Zuerst schlägt man den

Kerl bewusstlos, damit er nicht herumzappelt. Dann legt man ihm eine Drahtschlinge um den Hals. Dann knickt man ihn zu einem Z und bindet das lose Ende des Drahtes an seinen Knien fest. Wenn man ihn dann in den Sack steckt, muss man aber aufpassen, dass der Sack groß genug ist, denn er muss Platz haben, dass er sich bewegen kann. Kommt er dann wieder zu sich und will sich strecken, erwürgt er sich selbst. Niemand hat ihn umgebracht. Das Arschloch hat Selbstmord begangen.« Der Scheich wälzte sich vor Lachen.

»Man muss ihm erst aber die Hände auf dem Rücken fesseln«, wandte Choo-Choo ein.

Der Scheich hörte auf zu lachen, und sein Gesicht verzerrte sich. »Ist doch klar, du Idiot!«, schrie er. »Natürlich muss man ihm die Hände auf dem Rücken fesseln. Willst du mir vielleicht sagen, ich wüsste nicht, wie man einen Kerl in den Sack steckt? Ich werde dich in den Sack stecken.«

»Klar weißt du Bescheid, Scheich«, versicherte Choo-Choo hastig. »Ich wollte nur, dass du auch nichts vergisst, wenn wir den Gefangenen in den Sack stecken.«

»Ich werde schon nichts vergessen«, sagte der Scheich.

»Und wann wollen wir ihn in den Sack stecken?«, fragte Choo-Choo. »Ich weiß, wo wir einen Sack herkriegen.«

»Gut. Wir stecken ihn in den Sack, sobald die Bullen durch sind. Dann bringen wir ihn runter und lassen ihn im Keller«, entschied der Scheich.

7

Grave Digger ließ seine Polizeimarke vor den zwei Polizisten aufblinken, die den Eingang zum *Dew Drop Inn* bewachten, stieß die Tür auf und trat ein. Das Lokal war von Farbigen gefüllt, die den großen Weißen hatten sterben sehen, aber niemand schien es groß zu kümmern.

Die Musikbox spuckte eine stompende Version von *Big-Legged-*

Woman aus. Flehende Saxophone, stichelnde Hörner, ein wummernder Bass, ein plapperndes Schlagzeug, ein giftiges Klavier hauten den Jive raus, und über allem röhrte ein raue Frauenstimme:

> *… you can feel my thigh,*
> *But don't you feel up high.*

Die Frauen auf den hohen Barhockern wippten und zuckten, dass ihnen fast die Kleider vom Leib fielen.

Grave Digger ging durch das Sägemehl, das auf die Blutflecken gestreut worden war, die nach dem Aufwischen zurückgeblieben waren, und ließ sich auf einem Hocker am Ende der Bar nieder. Big Smiley servierte die Drinks mit dem linken Arm in einer Schlinge. Der weiße Geschäftsführer, die Ärmel seines sandfarbenen Seidenhemds hochgekrempelt, half mit.

Big Smiley schlurfte hinter der Bar zu Grave Digger und zeigte den größten Teil seines kräftigen gelben Gebisses. »Was trinken, Chef, oder nur dasitzen und nachdenken?«

»Was macht der Arm?«, fragte Grave Digger.

»Nicht übel. Der Schnitt ist nicht sehr tief gegangen. Das ist bald wieder heil.«

Der Geschäftsführer trat hinzu: »Wenn ich geahnt hätte, dass es ein echtes Problem gibt, hätte ich sofort die Polizei gerufen.«

»Was nennen Sie in der Kneipe hier ein echtes Problem?«, fragte Grave Digger.

Der Geschäftsführer wurde rot. »Ich meinte den Weißen, der umgebracht wurde.«

»Wie hat der Krawall denn angefangen?«

»Krawall kann mans eigentlich nicht nennen, Chef«, antwortete Big Smiley. »Da war nur ein Besoffener, der mit einem Messer auf den weißen Gast losging, und natürlich musste ich meinen Gast schützen.«

»Und was hatte er gegen den Weißen?«

»Nichts, Chef, wirklich nichts. Er saß da drüben und trank einen Whisky nach dem anderen und stierte den Weißen an, der hier an der Bar stand und sich um niemand kümmerte. Dann schnappte der Nigger plötzlich über und ging in seinem Suff mit dem Messer auf den Weißen los. Das war alles. Natürlich konnte ich das nicht dulden.«

»Er muss doch einen Grund gehabt haben. Du willst mir doch nicht einreden, dass er ohne jeden Grund auf den Weißen losgegangen ist.«

»Ganz bestimmt, Chef. Ich wette meinen Kopf, dass er gar keinen Grund hatte, den Mann anzugreifen. Sie wissen doch, wie unsere Leute sind, Chef. Er war eben einer dieser Nigger, die auf Weiße losgehen, wenn sie besoffen sind, weil ihnen dann all das Böse einfällt, das die Weißen ihnen angetan haben. Das ist alles. Wahrscheinlich hat ihm vor zwanzig Jahren im Süden ein Weißer mal was getan, und dafür wollte er sich jetzt an diesem Weißen rächen. Es ist schon so, ich habs dem weißen Detective auch gesagt, der hier war. Dieser Weiße stand allein hier an der Bar, und der Nigger bildete sich ein, bei all den vielen Farbigen hier kann er problemlos auf den Weißen losgehen.«

»Mag sein. Wie heißt er?«

»Ich hab diesen Nigger noch nie gesehen, Chef. Ich weiß nicht, wie er heißt.«

Ein Gast vom anderen Ende der Bar rief: »He, Boss, wird man hier noch mal bedient?«

»Wenn Sie mich brauchen, Jones, rufen Sie nur«, sagte der Geschäftsführer und ging zum Gast.

»Alles klar«, antwortete Grave Digger. Dann fragte er Big Smiley: »Wer war die Frau?«

»Da ist sie«, antwortete Big Smiley und nickte in Richtung einer Nische. Grave Digger drehte sich und musterte sie. Die schwarze Frau in dem rosa Jerseykleid und den roten Seidenstrümpfen saß wieder auf ihrem ursprünglichen Platz in einer Nische, um sie herum drei Araber.

»Sie hatte nichts damit zu tun«, fügte Big Smiley hinzu.

Grave Digger glitt von seinem Hocker, ging zur Nische und ließ seine Marke blinken. »Ich will mit dir sprechen.«

Sie blickte auf die goldene Marke und beschwerte sich: »Warum könnt ihr mich nicht in Ruhe lassen. Ich hab dem weißen Polizisten doch schon alles gesagt, was ich von der Schießerei weiß, nämlich gar nichts.«

»Komm, ich lade dich zu einem Drink ein«, sagte Grave Digger.

»Na schön, in dem Fall ...«, antwortete sie und kam mit an die Bar. Auf Grave Diggers Bestellung hin schenkte Big Smiley ihr widerstrebend einen Schluck Gin ein, doch Grave Digger befahl: »Vollmachen.«

Big Smiley goss das Glas voll und blieb stehen, um zuzuhören.

»Wie gut kanntest du den Weißen?«, fragte Grave Digger die Frau.

»Überhaupt nicht. Hab ihn nur ein- oder zweimal hier gesehen.«

»Was hat er da gemacht?«

»Aufriss ...«

»Allein?«

»Ja.«

»Hast du beobachtet, dass er jemand mitnahm?«

»Nein, er war einer von der Sorte, der nie was sah, das ihn anmachte.«

»Wer war der Farbige, der mit dem Messer auf ihn losging?«

»Woher soll ich das wissen?«

»Er war nicht zufällig mit dir verwandt?«

»Mit mir verwandt? Zum Glück nicht.«

»Jetzt wiederhole mir genau, was er zu dem Weißen sagte, als er auf ihn losging.«

»Ganz genau kann ich mich nicht erinnern. Er sagte was davon, dass der Weiße hinter seinem Mädchen her ist.«

»Genau das Gleiche hat ihm der andere Farbige, dieser Sonny Pickens, vorgeworfen.«

»Davon weiß ich nichts.«

Grave Digger bedankte sich und notierte sich ihren Namen und ihre Adresse. Sie ging zu ihrem Platz zurück. Er wandte sich wieder an Big Smiley: »Weshalb haben sich Pickens und der Weiße gestritten?«

»Die haben sich gar nicht gestritten, Chef, jedenfalls nicht hier. Dass er erschossen wurde, hat gar nichts mit dem zu tun, was hier drin passiert ist.«

»Es muss einen Grund geben«, beharrte Grave Digger. »Ein Raubüberfall war es nicht, und die Leute aus Harlem ermorden keinen aus Rache.«

»Jedenfalls schießen sie nicht deswegen.«

»Eher spritzen sie Säure oder ätzende Lauge«, sagte Grave Digger.

»Nein, Chef, nicht auf weiße Gentlemen.«

»Dann geht es also um eine Frau?«

»Nein, Chef«, widersprach Big Smiley nachdrücklich. »Das wissen Sie selbst. Keine farbige Frau hält es für Untreue, wenn sie mit einem Weißen rummacht. Für die ist das nichts anderes als ein Job, nur besser bezahlt und weniger anstrengend. Außerdem nimmts nicht viel Zeit in Anspruch. Und die Männer sehens genauso. Für beide, für sie und ihren Alten, ists wie gefundenes Geld auf der Straße. Und damit meine ich nicht nur Gesindel, ich meine Kirchgänger und Christen und alle andern auch.«

»Wie alt bist du, Smiley?«, fragte Grave Digger.

»Am siebten Dezember werd ich neunundvierzig.«

»Du redest von alten Zeiten, mein Sohn. Die jungen farbigen Männer halten nicht viel von diesen Bräuchen aus der Sklavenzeit.«

»Ach was, Chef. Das ist ein Witz. Dem alten Smiley können diese versauten Harlem-Weiber nichts vormachen. Sie und ich, wir kennen genug farbige Ladys der High Society hier, die nur drum angesehen sind, weil sie es mit irgendeinem weißen Bonzen treiben. Und ihre Alten verdienen mit. Die sind noch stolz, wenn ihre Frauen einen weißen Macker haben. Ach was, auch der ehrenwerteste Nigger würde nie auf einen Weißen schießen, wenn er nach Feierabend heimkommt und ihn mit nacktem Arsch bei seiner Alten im Bett findet. Vielleicht verprügelt er die Alte, aber nur, um ihr zu zeigen, wer Herr im Haus ist, und nachdem er ihr das Geld abgenommen hat. Aber er wird sie bestimmt nicht so schwer verprügeln, wie wenn sie einen anderen Nigger vögelt.«

»Darauf würde ich nicht wetten«, sagte Grave Digger.

»Wie Sie meinen, Chef, aber ich glaube trotzdem, Sie sind auf dem Holzweg. Passen Sie auf, ich kann mir nur eine Möglichkeit vorstellen, dass ein Farbiger in Harlem einen Weißen umbringt, und das ist bei einer Schlägerei. Wenn ihm einer zu hart auf die Hühneraugen tritt, greift er zum Messer und ersticht ihn vielleicht. Aber ich wette meinen Kopf, dass kein Nigger hier einen Weißen kaltblütig niederschießt – keinen bedeutenden weißen Gentleman wie den.«

»Vielleicht wusste der Mörder nicht, dass der Weiße ein wichtiger Mann war.«

»Das wusste er bestimmt.«

»Hast du den Mann denn gekannt?«, fragte Grave Digger.

»Nein, Chef, das kann ich nicht sagen. Er ist zwei- oder dreimal hier gewesen, aber seinen Namen weiß ich nicht.«

»Und ich soll dir glauben, du hättest nicht versucht, herauszubekommen, wer er ist, wenn er zwei- oder dreimal hier war?«

»Ich wollte nicht behaupten, dass ich keine Ahnung habe, wie er heißt«, wich Big Smiley aus. »Aber ich wiederhole, Chef, eine Spur finden Sie hier nicht. Das steht fest.«

»Du musst mir schon mehr erzählen, mein Junge«, sagte Grave Digger mit trockener, tonloser Stimme.

Big Smiley sah ihn an, dann beugte er sich plötzlich über die Bar und sagte leise: »Versuchen Sies bei Bucky.«

»Warum bei Bucky?«

»Ich hab ihn hier mal mit einem Zuhälter gesehen, der oft bei Bucky rumhängt.«

»Name?«

»Erinnere mich nicht, Chef. Sie kamen zusammen im Wagen des Weißen und blieben nur ganz kurz, als ob sie jemand suchten. Dann gingen sie wieder und fuhren weg.«

»Mach mir nichts vor«, sagte Grave Digger und zeigte plötzlich Ärger. »Wir sind hier nicht im Kino. Das hier sind Tatsachen. In Harlem ist ein Weißer umgebracht worden, und Harlem ist mein Revier. Ich nehme dich mit auf die Wache und lasse ein Dutzend weiße Polizisten auf dich los. Die werden dich bearbeiten, dass dir die schwarze Farbe abblättert.«

»Ready Belcher ist der Name, Chef. Aber keiner darf wissen, dass ichs Ihnen gesagt habe«, flüsterte Big Smiley. »Ich will keinen Ärger mit dem Kerl.«

»Ready«, wiederholte Grave Digger und glitt von seinem Hocker. Er wusste nicht viel von Ready, nur dass dessen Arbeitsgebiet im schicken Teil Harlems lag, oberhalb der 145th Street in Washington Heights.

Er fuhr zum Polizeirevier in der 154th Street, an der Ecke zur Amsterdam Avenue, und fragte nach seinem Freund Bill Cresus. Bill war ein farbiger Detective im Sittendezernat. Niemand wusste, wo Bill sich gerade aufhielt. Er hinterließ die Nachricht, Bill solle bei Bucky mit ihm Kontakt aufnehmen, falls er sich innerhalb einer Stunde melde.

Dann stieg er wieder in seinen Wagen, raste den steilen Abhang zur St. Nicholas Avenue hinunter und bog nach der weniger steilen Strecke hinter der 149th Street nach Süden ab.

Äußerlich war es ein ruhiges Viertel mit Wohnblocks und hohen Apartmenthäusern beidseits der breiten, schwarzgepflasterten Straße. Die Häuser waren aber in Ein-Zimmer-Wohnungen mit winzigen Kochnischen aufgeteilt und wurden für 25 Dollar pro Woche an hitzige Pärchen vermietet, die für eine Saison zusammen hausen wollten. Und hinter den respektablen Fassaden der Wohnblocks befanden sich die plüschgepolsterten Opium- und Lasterhöhlen.

Die Aufregung über die Razzia war noch nicht bis hierher vorgedrungen, und die Straße war verhältnismäßig leer.

Vor einem unscheinbaren Souterrain-Eingang brachte er seinen Wagen zum Stehen. Vier Stufen unter Straßenhöhe befand sich eine schwarze Tür mit einem blanken Messingklopfer in

Form von drei Musiknoten. Über der Tür leuchtete in roten Neonbuchstaben das Wort Bucky's.

So allein fühlte sich Grave Digger etwas unbehaglich. Als Coffin Ed damals mit seinen Säureverletzungen im Krankenhaus gelegen hatte, war er auch allein hier gewesen. Diese Erinnerung ließ ihm das Blut in den Kopf steigen, und es kostete ihn besondere Anstrengung, sein Temperament zu beherrschen.

Er drückte gegen die Tür, und sie ging auf.

In einem langen, schmalen Raum saßen Leute an weißgedeckten Tischen unter Wandlampen mit rosa Schirmen und aßen gebratene Hähnchen schicklich mit den Fingern. Da waren eine Tischrunde von sechs Weißen, verschiedene farbige Paare und zwei farbige Männer mit weißen Frauen. Sie waren gut gekleidet und sahen recht gepflegt aus.

Die Wände hinter ihnen waren mit zahllosen kleinen, rosa getönten Bleistiftzeichnungen aller Prominenten und Möchtegern-Prominenten bedeckt, die je in Harlem gelebt hatten. Neun von zehn waren Musiker.

Das Mädchen in der winzigen Garderobe neben dem Eingang streckte mit einem geringschätzigen Blick die Hand aus. Grave Digger behielt seinen Hut auf und schritt durch den schmalen Gang zwischen den Tischen.

Ein feister Pianist mit glänzendschwarzer Haut und einem goldenen Lächeln, gekleidet in ein Sportjackett aus hellbraunem Tweed und ein weißseidenes Sporthemd mit offenem Kragen, saß hinter dem Stutzflügel, der zwischen dem letzten Tisch und der halbkreisförmigen Bar eingezwängt war. Mildes weißes Licht fiel auf seinen fast kahlen Schädel, während er mit einem Schlafzimmeranschlag eine Nocturne klimperte.

Er warf Grave Digger einen besorgten Blick zu, stand auf und folgte ihm in das Halbdunkel an der Bar. »Hoffentlich sind Sie nicht dienstlich hier, Digger. Ich bezahle dafür, dass dieses Lokal von der Polizei unbehelligt bleibt«, sagte er mit flatternder Stimme.

Grave Diggers Blick wanderte die Bar entlang. Die hohen

Hocker waren von einer vielfältigen Gesellschaft besetzt: ein großer, dunkelhaariger Weißer, zwei schlanke junge Farbige, ein kleiner, untersetzter Weißer mit blondem Bürstenhaarschnitt, zwei dunkelhäutige Frauen in weißseidenen Abendkleidern, ein schokoladenfarbener Dandy in einem doppelreihigen Smoking mit gepolsterten Schultern, der einen schnürsenkelschmalen Querbinder zur Schau stellte. Eine hellgelbe Kellnerin mit einem Metalltablett stand wartend in der Nähe. Ein weiterer großer, schlanker, ebenholzschwarzer junger Mann präsidierte hinter der Bar.

»Ich schau mich nur um, Bucky«, antwortete Grave Digger.

»Hier haben sich schon viele umgeschaut«, sagte Bucky anzüglich.

»Daran zweifle ich nicht.«

»Aber vielleicht finden Sie hier nicht, was Sie suchen.«

»Ich suche eine Spur. Vor nicht allzu langer Zeit wurde ein wohlhabender Weißer auf der Lenox Avenue erschossen.«

Bucky gestikulierte abwehrend mit seinen gepflegten Händen. Seine manikürten Nägel schimmerten dabei im gedämpften Licht. »Und was hat das mit uns zu tun? Hier ist alles still und freundlich. Sehen Sie selbst. Anständige Menschen, die gemütlich zu Abend essen. Gute Küche. Leise Musik, gedämpftes Licht und Heiterkeit. Hier wird die Polizei keine Verbrecher finden.«

In der Pause nach diesen Worten wurde die gezierte Stimme eines der gepflegten schwarzen Beaus laut: »Ich habe ihren Mann nicht mal angesehen, da springt die auf und haut mir die Whiskyflasche über den Kopf!«

»Diese schwarzen Hexen sind brutal«, stimmte sein Begleiter zu.

»Und so stark, Liebling.«

Grave Digger lächelte verdrossen. »Der Mann, der getötet wurde, war einer deiner Gäste«, sagte er. »Er hieß Ulysses Galen.«

»Mein Gott, Digger, ich kenne doch nicht die Namen aller Leute, die in mein Lokal kommen. Ich spiele nur für sie und versuche, sie zufrieden zu stellen.«

»Das glaube ich«, sagte Grave Digger. »Galen wurde oft mit Ready zusammen gesehen. Fällt dir dazu etwas ein?«

»Ready«, rief Bucky unschuldig aus. »Der kommt doch kaum jemals hierher. Wer erzählt denn so was?«

»Was soll das!«, entgegnete Grave Digger. »Er betreibt von hier seine Kuppelgeschäfte.«

»Hast du das gehört?«, kreischte Bucky entsetzt zum Barmann hinüber, fasste sich aber schnell, als seine sensiblen Ohren die plötzliche Stille seiner Gäste wahrnahmen.

Mit unterdrückter Empörung fügte er hinzu: »Da kommt ein Bulle rein und beschuldigt mich, dass ich Kupplern Vorschub leiste.«

»Noch ein Wort, dann reichts mir, Junge«, sagte Grave Digger mit seiner tonlosen Stimme.

»Pass auf, der Mann ist unberechenbar«, warnte der Barmann. »Geh an dein Klavier, ich frage, was er will.« Er trat hinter die Bar, stützte die Hände in die Hüften und sah hochnäsig auf Grave Digger hinab. »Und was können wir für Sie tun, Sie Grobian?« Die Weißen an der Bar lachten. Bucky drehte sich um und wollte sich davonmachen.

Grave Digger packte ihn am Arm und riss ihn zurück. »Zwinge mich nicht, energisch zu werden«, murmelte er.

»Wagen Sie nicht, mich anzurühren«, antwortete Bucky mit einem leisen, scharfen Flüstern, wobei sein ganzer feister Körper vor Empörung bebte. »Von Ihnen brauch ich mir das nicht gefallen zu lassen. Ich bin gedeckt.«

Der Barmann wich zurück und schüttelte sich. »Lassen Sie nicht zu, dass er Bucky was tut.« Alarmiert und Hilfe suchend wandte er sich an die Weißen.

»Vielleicht kann ich Ihnen helfen«, sagte der Weiße mit dem blonden Bürstenhaarschnitt zu Grave Digger. »Sie sind doch Detective, oder?«

»Ja«, antwortete Grave Digger, hielt Bucky aber fest. »Heute Abend wurde in Harlem ein Weißer ermordet, und ich suche den Mörder.«

Die Augenbrauen des Weißen gingen in die Höhe. »Und Sie glauben, dass Sie ihn hier finden?«

»Ich verfolge nur eine Spur, sonst nichts. Der Mann wurde mit einem Zuhälter namens Ready Belcher gesehen, der hier verkehrt.«

Die Augenbrauen des Weißen senkten sich wieder. »Oh, Ready, den kenne ich, aber der ist nur …«

Bucky schnitt ihm das Wort ab. »Dem brauchen Sie überhaupt nichts zu sagen. Sie stehen hier unter Schutz.«

»Gewiss«, erwiderte der Weiße. »Genau das will dieser Officer, uns alle schützen.«

»Recht hat er«, sagte eine der farbigen Frauen im weißen Abendkleid. »Wenn Ready einen Freier umgebracht hat, den er zu Reba geschickt hat, dann hat er den elektrischen Stuhl verdient.«

»Halts Maul, Weibsstück«, zischte der Barmann wütend.

Die Muskeln in Grave Diggers Gesicht begannen zu zucken, als er Bucky losließ. Er stemmte sich mit den Absätzen auf der Querstrebe des Barhockers hoch und beugte sich über die Theke. Er erwischte den Barmann, der mit einem Tanzschritt auszuweichen versuchte, vorn an dessen rotem Seidenhemd. Das Hemd platzte mit einem reißenden Laut in der Naht, hielt aber genügend, sodass Grave Digger den Barmann zu sich heranzerren konnte.

»Du nimmst den Mund verdammt voll, Tarbelle«, sagte er mit dumpfer, wattiger Stimme und versetzte ihm mit der flachen Hand eine Ohrfeige, die ihn durch den Halbkreis hinter der Theke taumeln ließ.

»Das wäre nicht nötig gewesen«, sagte die erste Frau.

Grave Digger wandte sich ihr zu und sagte rau: »Und du, Schwesterchen, du und ich, wir gehen jetzt zu Reba.«

»Reba!«, erwiderte ihre Begleiterin. »Kennst du jemand, der Reba heißt? Mein Gott, ich nicht.«

Grave Digger glitt vom Hocker. »Schluss mit dem albernen Theater. Hoch den Arsch«, sagte er grob, »oder ich nehme meinen Revolver und schlag dir die Zähne ein.«

Die beiden Weißen starrten ihn an, als ob er ein aus dem Zoo entlaufenes Raubtier wäre.

»Ist das dein Ernst?«, fragte die Frau.

»Es ist mein Ernst.«

Sie kletterte schwerfällig von ihrem Hocker. »Gib mir meinen Mantel, Jule.«

Der schokoladenfarbene Dandy nahm von der Musikbox hinter sich einen Mantel.

»Das geht doch wohl ziemlich weit«, protestierte der blonde Weiße in beherrschtem Ton.

»Ich bin nur ein Cop«, sagte Grave Digger rau. »Wenn ihr Weißen unbedingt nach Harlem kommen wollt, wo ihr Farbige zwingt, in verkommenen Slums zu leben, dann ist es mein Job, dafür zu sorgen, dass ihr sicher seid.«

Der Weiße wurde knallrot.

8

Der Sergeant klopfte an die Tür. Er wurde von zwei Polizisten in Uniform und einem Corporal begleitet.

Ein weiterer Suchtrupp, der von einem anderen Sergeant angeführt wurde, stand vor der gegenüberliegenden Tür.

Weitere Polizisten durchsuchten von unten nach oben sämtliche Etagen des Hauses und riegelten den Bereich ab, den sie überprüft hatten.

»Herein«, rief Granny keifend. »Die Tür ist nicht abgeschlossen.« Mit zahnlosen Kiefern biss sie auf das Mundstück ihrer Maiskolbenpfeife.

Der Sergeant trat mit seinen Leuten in die kleine Küche. Damit war sie überfüllt.

Beim Anblick der alten Frau, die arglos in ihre Stopferei vertieft war, wollte der Sergeant sofort seine Mütze abnehmen, erinnerte sich dann aber, dass er im Dienst war, und behielt sie auf.

»Schließen Sie Ihre Tür nie ab, Oma?«, fragte er freundlich.

Granny sah die Polizisten über den Rand ihrer altmodischen Brille an, und ihre alten Finger kamen über dem Stopfei zur Ruhe. »Nein, Sir. Ich hab nichts, was sich zu stehlen lohnt, und einer alten Frau wie mir tut niemand was zu Leide.«

Der Sergeant sah sich mit seinen leicht vorquellenden blauen Augen in der Küche um. »Sie haben es hier aber mächtig sauber, Oma«, stellte er überrascht fest.

»Ja, Sir. Hat noch keinem geschadet, seine Wohnung sauber zu halten, und meine alte Missy hat immer gesagt, wer sauber ist, ist göttlich.«

In ihren alten, milchigen Augen stand eine bange Frage, die sie nicht zu stellen wagte, und ihr alter, magerer Körper begann zu zittern.

»Sie meinen gütig«, sagte der Sergeant.

»Nein, Sir, ich meine göttlich. Ich weiß doch, was sie gesagt hat.«

»Sie meint, Sauberkeit gehöre zur Gläubigkeit«, mischte sich der Corporal ein.

»Aha, unser Professor«, spottete einer der Polizisten.

Granny stülpte die Lippen vor. »Ich weiß, was meine Missy gesagt hat. Göttlich, das hat sie gesagt.«

»Waren Sie noch in der Sklaverei?«, fragte der Sergeant, als sei ihm das plötzlich eingefallen.

Die anderen sahen die alte Frau überrascht und neugierig an.

»Weiß ich wirklich nicht mehr, Sir. Kann schon sein.«

»Wie alt sind Sie denn?«

Ihre Lippen bewegten sich lautlos; offenbar rechnete sie angestrengt nach.

»Sie muss mindestens hundert sein«, meinte der Professor.

Das Zittern ihres Körpers wurde schlimmer, sie konnte es nicht mehr unterdrücken. »Was wollen die weißen Polizisten denn bei mir, Sir?«, fragte sie schließlich.

Der Sergeant bemerkte endlich ihr Zittern und sagte aufmunternd: »Wir wollen nichts von Ihnen, Oma. Wir suchen einen entflohenen Häftling und ein paar jugendliche Gangster.«

»Gangster?« Die Brille rutschte auf ihrer Nase herunter, und ihre Hände zitterten jetzt wie nach einem Schlaganfall. »Sie gehören zu einer Bande aus der Umgebung hier und nennen sich die *Real Cool Moslems.*«

Ihr Entsetzen verwandelte sich in Empörung. »Wir sind hier keine Heiden, Sir«, sagte sie streng und tadelnd. »Wir sind gottesfürchtige Christen.«

Die Polizisten lachten. »Es sind keine richtigen Moslems«, erklärte der Sergeant. »Sie nennen sich nur so. Einer von ihnen, der älter ist als die anderen, heißt Sonny Pickens. Er hat drunten auf der Straße einen Weißen ermordet.«

Ohne dass Granny es merkte, fiel ihr die Stopfarbeit aus den gefühllosen Fingern. Die Maiskolbenpfeife wackelte in ihrem verzogenen Mund. »Ein Weißer! Barmherziger Himmel!«, rief sie bebend aus. »Was soll aus dieser bösen Welt noch werden?«

»Das weiß niemand«, antwortete der Sergeant. Dann schlug er unvermittelt einen anderen Ton an. »Also, kommen wir endlich zur Sache, Oma. Wie heißen Sie?«

»Bowee, Sir, aber jeder nennt mich Granny.«

»Bowee, wie buchstabiert man das, Oma?«

»Weiß ich nicht genau, Sir. Es ist eigentlich eine Abkürzung für Boll Weevil, Baumwollkäfer. Meine alte Missy hat mich sogenannt. Sie hat gesagt, die Baumwollkäfer seien ganz übel gewesen in dem Jahr, als ich geboren wurde.«

»Und was ist mit Ihrem Mann, hatte der keinen Namen?«

»Hatte nie einen richtigen Mann, Sir. Wer halt grad da war.«

»Haben Sie Kinder?«

»Was soll das«, unterbrach ihn der Professor, »ihr jüngstes Kind wäre mindestens sechzig.«

Die beiden Polizisten lachten. Der Sergeant errötete verlegen. »Wer wohnt sonst noch hier, Granny?«, fragte er.

Die knochige Gestalt unter dem verblassten Mutter-Hubbard-Gewand erstarrte. Die Maiskolbenpfeife fiel ihr in den Schoß und rollte unbeachtet auf den Boden. »Nur ich und mein Enkel

Caleb, Sir«, antwortete sie gepresst. »Und ich vermiete ein Zimmer an zwei junge Burschen. Sind gute Jungs, haben nie jemand was getan.«

Die Polizisten wurden plötzlich nachdenklich.

»Aber dieser Enkel Caleb, Oma«, begann der Sergeant behutsam.

»Kann auch mein Großenkel sein«, unterbrach sie ihn.

Er runzelte die Stirn. »Also Großenkel. Wo ist er jetzt?«

»Sie meinen genau jetzt, Sir?«

»Ja, Oma, genau in dieser Minute.«

»Bei der Arbeit auf einer Kegelbahn in der Stadt.«

»Wie lange ist er schon bei der Arbeit?«

»Er ging gleich nach dem Abendessen fort, Sir. Im Allgemeinen essen wir um sechs Uhr.«

»Und hat er eine feste Stelle bei dieser Kegelbahn?«

»Nein, Sir. Nur heute Abend. Er geht in die Schule. Aber ich weiß nicht genau in welche.«

»Wo ist diese Kegelbahn, wo er heute Abend arbeitet?«

»Weiß ich auch nicht, Sir. Da müssen Sie wohl Samson fragen. Das ist einer meiner Mieter.«

»Samson also.« Der Sergeant merkte sich den Namen. »Und seit dem Abendessen haben Sie Caleb nicht mehr gesehen – sagen wir etwa seit sieben Uhr?«

»Weiß nicht, wie spät es war. War aber gleich nach dem Abendessen.«

»Als er hier fortging, ging er da gleich zur Arbeit?«

»Ja, Sir. Sie finden ihn bestimmt dort. Ist ein guter Junge und folgt immer, wenn ich ihm was sage.«

»Und Ihre Mieter? Wo sind die?«

»Die sind in ihrem Zimmer. Da vorn. Sie haben Besuch.«

»Was für Besuch?«

»Mädchen.«

»Aha.« Dann sagte er zu seinen Begleitern: »Gehen wir.« Sie gingen durch das mittlere Zimmer wie Bluthunde auf einer heißen Spur. Der Sergeant wollte die Tür zum Vorderzimmer öffnen, ohne anzuklopfen, fand sie aber verschlossen und pochte ärgerlich.

»Wer ist da?«, fragte der Scheich.

»Polizei!«

Der Scheich schloss die Tür auf. Die Polizisten drängten hinein. Die Augen des Scheichs funkelten.

»Warum, zum Teufel, habt ihr die Tür abgeschlossen?«, fragte der Sergeant.

»Wir wollten nicht gestört werden.«

Vier Paar Augen schweiften schnell durch den Raum.

Zwei farbige junge Mädchen saßen nebeneinander auf dem Bett und blätterten in einer Illustrierten. Ein anderer Jugendlicher stand am geöffneten Fenster und blickte auf das Treiben auf der Straße hinunter.

»Ihr glaubt wohl, ihr könnt uns mit eurem dummen Theater irreführen?«, brüllte der Sergeant.

»Sie bestimmt nicht«, antwortete der Scheich schnippisch.

Die Hand des Sergeants zischte wie eine Peitsche dicht vor den Augen des Scheichs durch die Luft.

Der Scheich sprang zurück, als ob er verbrüht worden wäre.

»Bekifft bis über beide Ohren«, sagte der Sergeant und sah sich im Zimmer genau um. Seine Augen leuchteten auf, als er Choo-Choos halb leere Zigarettenpackung auf dem Tisch entdeckte. »Leeren Sie das mal aus«, befahl er einem der Polizisten und beobachtete scharf die Reaktionen des Scheichs. »Lassen Sie es«, fügte er hinzu. »Der Kerl hat die Dinger schon beiseite geschafft.«

Wie ein Boxer ging er auf den Scheich los und schob sein rotes, verschwitztes Gesicht bis auf wenige Fingerbreit an das des Scheichs heran. Der Blick seiner blutunterlaufenen blauen Augen bohrte sich in die blassgelben Augen des Scheichs.

»Wo ist das Araberkostüm?«, dröhnte er einschüchternd.

»Was für ein Araberkostüm? Sehe ich vielleicht aus wie ein Araber?«

»Du siehst aus wie ein mieser, kleiner Ganove.«

»Sie haben wohl auch noch nie einen Preis in einem Schönheitswettbewerb gewonnen.«

»Spar dir deine Frechheiten, du Lump, oder ich schlage dir die Fresse ein.«

»Ich könnte Ihnen auch die Fresse einschlagen, wenn ich die Uniform eines Sergeants und drei Bullen hätte.«

Die Polizisten starrten ihn mit leeren, nichts sagenden Gesichtern an. »Wie nennt man dich? Mohammed oder Nasser?«, brüllte der Sergeant.

»Man nennt mich bei meinem Namen, Samson.«

»Samson was?«

»Samson Hyers.«

»Spar dir das Lügen. Wir wissen, dass du einer von diesen Moslems bist.«

»Ich bin kein Moslem. Ich bin Kannibale.«

»Du glaubst wohl, das ist komisch?«

»Sie sind derjenige, der komische Fragen stellt.«

»Wie heißt der andere Halunke da?«

»Fragen Sie ihn selbst.«

Der Sergeant ohrfeigte ihn mit solcher Wucht, dass es wie der Schuss einer Kaliber .22 klang. Der Scheich taumelte zurück, blieb aber auf den Füßen. Aufwallendes Blut verdunkelte sein Gesicht zur Farbe von Rinderleber. Der Abdruck der Hand des Sergeants glühte hochrot. Die blassgelben Augen des Scheichs funkelten wie die einer gereizten Wildkatze, aber er hielt wohlweislich den Mund.

»Wenn ich eine Frage stelle, will ich eine Antwort«, sagte der Sergeant.

Der Scheich antwortete nicht.

»Hast du mich gehört?«

Keine Antwort.

Der Sergeant trat auf ihn zu, beide Fäuste wie rote Metzgerbeile gehoben. »Ich will eine Antwort.«

»Ja, ich hab es gehört«, murmelte der Scheich verbissen.

»Filzen!«, befahl der Sergeant dem Professor, und dann zu den beiden Polizisten: »Sie und Price durchsuchen das Zimmer. Aber gründlich.«

Der Professor nahm sich den Scheich methodisch vor, als ob er ihn auf Körperläuse untersuchte, während die beiden Polizisten den Inhalt der Schubladen auf den Tisch kippten.

Der Sergeant überließ sie ihrer Arbeit und wandte seine Aufmerksamkeit Choo-Choo zu. »Und was für ein Moslem bist du?«

Choo-Choo fing an, zu grinsen und Grimassen zu ziehen wie ein echter Onkel Tom. »Bin kein Moslem, Boss. Ich bin ein stinknormaler Christ.«

»Dann heißt du wohl Delilah?«

»Haha, nein, Sir. Aber Sie sind gut. Ich heiße Justice Broome.«

Alle drei Polizisten blickten auf und grinsten, und auch der Sergeant musste die Zähne zusammenbeißen, um nicht zu grinsen.

»Kennst du diese Moslems?«

»Welche Moslems, Boss?«

»Die Harlem-Moslems aus dieser Gegend hier.«

»Nein, Boss. Ich kenne keine Moslems in Harlem.«

»Du willst mich wohl für dumm verkaufen! Das ist eine Bande. Jeder schwarze Halunke hier kennt die.«

»Alle außer mir, Boss.«

Die Hand des Sergeants schoss vor und traf Choo-Choo unerwartet auf den Mund, als er ihn noch grinsend offen hielt. Der Schlag brachte seinen kurzen, schweren Körper nicht ins Wanken, aber Choo-Choo verdrehte die Augen. Er spuckte Blut auf den Boden. »Boss, bitte vorsichtig mit meinen Kauern. Die sind empfindlich.«

»Ich hab deine Lügerei verdammt satt.«

»Boss, ich schwöre bei Gott, wüsst ich was von diesen Moslems, würd ichs Ihnen sofort sagen.«

»Beruf?«

»Ich arbeite.«

»Was?«

»Aushilfe.«

»Bei was? Oder willst du ein paar Zähne verlieren?«

»Ich helfe einem Mann, der Zahlen schreibt.«

»Wie heißt der Mann?«

»Wie der heißt?«

Der Sergeant ballte die Faust.

»Ach, Sie meinen seinen Namen, Sir? Er heißt Four-Four Row.«

»Und das soll ein Name sein?«

»Ja, Boss. So nennen ihn alle.«

»Was macht dein Freund?«

»Das Gleiche«, antwortete der Scheich.

Der Sergeant fuhr zu ihm herum. »Maul zu. Wenn ich was von dir will, werd ich mich an dich wenden.« Und mit einem Blick zum Professor: »Sorgen Sie dafür, dass der Kerl die Schnauze hält.«

Der Professor hakte seinen Knüppel ab. »Ich bring ihn schon zur Ruhe.«

»Du sollst ihn nicht zur Ruhe bringen, du sollst dafür sorgen, dass er schweigt. Ich hab noch ein paar Fragen an den da.« Er wandte sich wieder zu Choo-Choo. »Wann arbeitet ihr Halunken?«

»Morgens, Boss. Die Zahlen müssen bis Mittag fertig sein.«

»Und was tut ihr den restlichen Tag?«

»Da gehen wir rum und zahlen aus.«

»Und wenn nichts auszuzahlen ist?«

»Gehen wir so rum.«

»Wo ist euer Revier?«

»Die Umgebung hier.«

»Verdammt noch mal, willst du mir erzählen, dass du hier in der Umgebung arbeitest und nichts von diesen Moslems gehört hast?«

»Ich schwörs beim Grab meiner Mutter, Boss. Die stammen sicher aus einer anderen Gegend.«

»Um welche Zeit seid ihr heute Abend aus dem Haus gegangen?«

»Ich war überhaupt nicht fort, Boss. Wir sind direkt nach dem Essen hergekommen und sind seitdem nicht mehr fort gewesen.«

»Lüg mich nicht an! Vor einer halben Stunde hab ich euch beide hier hereinschleichen sehen.«

»Nein, Boss. Sie müssen jemand gesehen haben, der so aussah wie wir, wir sind die ganze Zeit hier gewesen.«

Der Sergeant ging zur Tür und stieß sie weit auf. »He, Oma!«, rief er.

»Häh?«, antwortete sie keifend aus der Küche.

»Wie lange sind diese Burschen schon in ihrem Zimmer?«

»Häh?«

»Sie müssen lauter sprechen. Sie kann Sie nicht hören«, belehrte ihn Sissie. Der Scheich und Choo-Choo warfen ihr drohende Blicke zu.

Der Sergeant ging durch das mittlere Zimmer zur Küche. »Wie lange sind Ihre Mieter schon hier, seit sie vom Essen kamen?«, brüllte er.

Granny sah ihn verständnislos an. »Häh?«

»Sie kann Sie nicht mehr hören«, rief Sissie. »Manchmal wird sie so.«

Der Sergeant fluchte und nahm sich wieder Choo-Choo vor. »Wo habt ihr diese Mädchen aufgegabelt?«

»Wir haben sie nicht aufgegabelt. Sie sind von selbst hergekommen.«

»Sie sind so verdammt unschuldig, dass es schon beinahe strafbar ist.« Der Sergeant wusste nicht weiter. Er wandte sich an den Professor. »Was haben Sie bei dem Halunken gefunden?«

»Dieses Messer.«

»Mist«, antwortete der Sergeant. Er nahm das Messer und schob es, ohne es anzusehen, in die Tasche. »Na schön, nehmen Sie sich den anderen Burschen vor – diesen Justice.«

»Im Namen der Justiz«, witzelte der Professor.

Die beiden anderen Polizisten sahen sich fragend an. Sie hatten alle Schubladen geleert, alle Kartons und Pappkoffer ausgekippt und wollten sich über das Bett hermachen. »Steht mal auf, ihr Hübschen, und macht euch dünn«, sagte der eine. Die Mädchen erhoben sich von dem Bett und standen verloren mitten im Zimmer herum.

»Etwas gefunden?«, fragte der Sergeant.

»Nichts, das die Mühe gelohnt hätte«, antwortete der eine Polizist.

Der Sergeant wandte sich an die Mädchen. »Wie heißt du?«, fragte er Sissie.

»Sissieratta Hamilton.«

»Sissie was?«

»Sissieratta.«

»Wo wohnst du, Sissie?«

»Seventh Avenue 2707, bei meiner Tante und meinem Onkel, Mr. und Mrs. Dunbar.«

»Soso«, sagte der Sergeant. »Und wie heißt du?«, wandte er sich an Sugartit.

»Evelyn Johnson.«

»Wo wohnst du, Eve?«

»In Jamaica bei meinen Eltern, Mr. und Mrs. Edward Johnson.«

»Ist es nicht schon reichlich spät für dich, so weit von zu Hause fort zu sein?«

»Ich bleibe über Nacht bei Sissieratta.«

»Wie lange seid ihr beide schon hier?«

»Ungefähr eine halbe Stunde. Vielleicht etwas länger, vielleicht nicht ganz«, antwortete Sissie.

»Dann habt ihr also die Schießerei unten auf der Straße gesehen?«

»Es war schon vorbei, als wir herkamen.«

»Dann wisst ihr also nicht, ob diese Burschen den ganzen Abend hier waren oder nicht?«

»Sie waren hier, als wir kamen, und sie sagten, sie hätten seit dem Abendessen hier gewartet. Wir hatten versprochen, dass wir um acht Uhr kämen, aber wir mussten meiner Tante helfen und haben uns deshalb verspätet.«

»Klingt zu schön, um wahr zu sein«, meinte der Sergeant.

Die Mädchen gaben darauf keine Antwort.

Die Polizisten waren mit der Durchsuchung des Bettes fertig, und der redseligere der beiden verkündete: »Nichts drin außer Gestank.«

»Keine dummen Sprüche«, sagte der Sergeant. »Oma ist sehr sauber.« Dann fuhr er plötzlich auf den Scheich los, als ob er etwas Wichtiges vergessen hätte. »Wo ist Caleb?«

»Oben auf dem Dach bei seinen Tauben.«

Alle vier Polizisten erstarrten. Sie sahen den Scheich wieder mit diesen ausdruckslosen Gesichtern an. Schließlich erwiderte der Sergeant lauernd: »Seine Großmutter hat uns gesagt, ihr hättet ihr erzählt, dass er in der Stadt auf einer Kegelbahn arbeitet.«

»Das haben wir ihr nur gesagt, damit sie sich keine Sorgen macht. Sie hat es nicht gern, wenn er abends aufs Dach geht.«

»Wenn ich dahinter komme, dass ihr Halunken mir was vormacht, dann gnade euch Gott«, sagte der Sergeant eisig.

»Sehen Sie doch nach«, antwortete der Scheich.

Der Sergeant nickte dem Professor zu. Der Professor kletterte zum Fenster hinaus in das grelle Licht der Scheinwerfer und fing an, die Feuertreppe hinaufzusteigen.

»Was macht er denn in der Nacht mit den Tauben?«, fragte der Sergeant den Scheich.

»Weiß ich nicht. Wahrscheinlich beibringen, dass sie schwarze Eier legen.«

»Noch eine Frechheit, und du kommst mit aufs Revier, Freundchen«, knurrte der Sergeant. »Dann unterhalten wir uns mal unter vier Augen. Das wird dir gut tun.«

Der Professor kam wieder vom Dach herunter und rief durch das offene Fenster herein: »Dort oben sind ein Taubenschlag und zwei schwarze Brüder, Sergeant.«

»Die seh ich mir mal an. Du behältst dieses Gesindel hier im Auge«, sagte er zu einem der beiden Polizisten und kletterte zu dem Professor auf die Feuertreppe hinaus.

9

»Einsteigen«, befahl Grave Digger. Sie hob ihr Abendkleid hoch, zog den schwarzen Mantel fest um sich und ließ ihr massiges Hinterteil auf den Sitz gleiten, den im allgemeinen Coffin Ed einnahm. Grave Digger ging auf die andere Seite des Wagens, setzte sich ans Steuer und wartete.

»Muss ich wirklich mit, Süßer?«, fragte die Frau mit einschmeichelnder Stimme. »Ich kann dir doch genauso gut sagen, wo sie ist.«

»Genau darauf warte ich.«

»Warum hast du das nicht gleich gesagt? Sie wohnt in den Knickerbocker Apartments in der 45th Street. Nummer 660 im sechsten Stock.«

»Wer ist sie?«, bohrte Grave Digger nach.

»Was soll sie schon sein? Puffmutter!«

»Das hab ich nicht gemeint.«

»Ach so. Jetzt versteh ich. Du weißt tatsächlich nicht, wer Reba ist, Digger?« Sie versuchte, die Frage scherzhaft klingen zu lassen, aber es gelang ihr nicht. »Sie ist die Puffmutter, die früher dem alten Captain Murphy seine Deals vermittelt hat, ehe er wegen all der Schmiergelder, die er genommen hat, eingesperrt wurde. Stand alles in der Zeitung.«

»Das ist zehn Jahre her, und damals hieß sie Sheba.«

»Ja, stimmt, aber sie hat ihren Namen geändert nach dieser Schießerei damals. Du erinnerst dich sicher. Sie erwischte ihren Nigger mit irgendeiner kleinen Nutte und jagte ihn nackt aus dem Fenster vom dritten Stock. Wäre nicht weiter schlimm, aber während er runterstürzte, schoss sie ihm auch noch in den Kopf. Das war damals, als sie noch im Valley lebte. Inzwischen ist sie auf den Berg raufgezogen. War ja nur ihr Alter gewesen, und sie bekam nicht einen einzigen Tag dafür. Hatte immer ein glückliches Händchen, die Reba.«

Er riskierte einen Schuss ins Dunkle. »Hatte jemand einen Grund, Galen zu erschießen?«

Sie wurde steif vor Misstrauen. »Wer ist denn das?«

»Du weißt verdammt gut, wer das ist. Das ist der Weiße, der heute Abend erschossen wurde.«

»Nein, den Herrn kenne ich gar nicht. Keine Ahnung, warum jemand den erschießen wollte.«

»Bei eurem ständigen Kneifen und Ausweichen, wenn man eine Frage stellt, könnte ich Zahnschmerzen kriegen. Warum bekommt man niemals eine vernünftige Antwort aus euch heraus!«

»Wenn du mich was frägst, was ich nicht weiß ...«

»Na denn. Steig aus.«

Sie war schneller aus dem Wagen, als sie hineingekommen war.

Er fuhr die abschüssige Strecke der St. Nicholas Avenue hinab und die 145th Street zur Convent Avenue wieder hoch. An der linken Ecke neben einem vierzehnstöckigen Apartmenthaus, das von einer weißen Versicherungsgesellschaft errichtet worden war, befand sich die *Brown Bomber Bar*. Ihr gegenüber lag *Big Crip's Bar*. An der rechten Ecke war Cohens Drugstore, die vergitterten Schaufenster voll gepackt mit Elektrogeräten zum Straffen des Haars, Hi-Life-Haarpomade, Black-and-White-Bleichcreme, Blutreinigungsmitteln, Hühneraugenpflastern, Frisierhauben aus Nylon mit Kinnriemen, um das Haar im Schlaf fest an den Schädel zu pressen, einer Schüssel mit Kupfervitriol gegen Körperläuse, Kanistern mit Spiritus zum Heizen und Trinken, Halloween-Glückwunschkarten und den modernsten Email-Schüsseln für die Körperhygiene. Gegenüber befand sich Zacullys Delikatessenladen, der auf der Schaufensterscheibe in weißen Buchstaben ankündigte: *Gefrorene Kaldaunen und andere exklusive Delikatessen.*

Grave Digger parkte vor einem großen Gebäude mit abblätterndem gelbem Putz, das zu einem Bürohaus umgebaut worden war, stieg aus und ging zum Nachbarhaus, einem sechsstöckigen Wohnhaus aus morschen Ziegeln, das längst abbruchreif war.

Am Straßenrand standen drei Autos. Zwei kamen aus dem nördlichen Teil des Staates New York, das dritte aus dem mittleren Teil von Manhattan. Er stieß eine schäbige Haustür auf, die unter einem Betonbogen mit der Aufschrift KNICKERBOCKER hindurchführte. Ein alter Mann mit fleckigem braunem Gesicht saß auf einem Stuhl unmittelbar neben dem Eingang zu einem halbdunklen Korridor. Vorsichtig zog der Alte seine knochigen Füße zurück und musterte Grave Digger aus trüben, gleichmütigen Augen.

»'n Abend«, sagte er.

Grave Digger blickte ihn an. »'n Abend.«

»Vierte Etage rechts, Nummer 421.«

Grave Digger blieb stehen. »Wohnt da Reba?«

»Sie wollen nicht zu Reba, Sie wollen zu Topsy, Nummer 421.«

»Was ist bei Topsy los?«

»Krach, wie immer.«

»Was für ein Krach?«

»Das Übliche. Schlägereien und Messerstechereien.«

»Krach interessiert mich nicht. Mich interessiert Reba.«

»Sie sind doch der Mann, oder nicht?«

»Ja, ich bin der Mann.«

»Dann wollen Sie nach 421. Bin der Hausmeister.«

»Wenn Sie der Hausmeister sind, kennen Sie auch Mr. Galen.«

Ein Schleier senkte sich über das Gesicht des Alten. »Wer?«

»Das ist der große Weiße, der zu Reba kommt.«

»Kenne keinen Weißen, Boss. Weiße kommen nicht hierher. Nur Farbige. Sind alle bei Topsy.«

»Er wurde heute Abend drüben auf der Lenox Avenue erschossen.«

»Aha.«

Grave Digger wandte sich ab.

Der alte Mann rief ihm nach: »Wahrscheinlich wundern Sie sich, dass wir so hohe Nummern an den Türen haben.«

Grave Digger hielt inne. »Na und, warum?«

»Macht sich gut.« Der Alte kicherte.

Grave Digger stieg über knarrende Holzstufen fünf Treppen hoch und klopfte an einer rotgestrichenen Tür mit einem runden Spion in der oberen Füllung. Nach einer Pause fragte eine dunkle Frauenstimme: »Wer da?«

»Digger.«

Riegel knackten, und die Tür ging, an einer Kette knarrend, einen Spalt weit auf. Eine große, dunkle Silhouette ragte in dem Spalt vor bläulichem Licht auf.

»Ich hab dich nicht erkannt«, sagte eine angenehme Bassstimme. »Dein Gesicht war im Schatten von deinem Hut. Wir haben uns lange nicht gesehen.«

»Mach die Kette los, Reba, ehe ich sie wegschieße.«

Ein tiefes Lachen begleitete das Klirren der Kette, und die Tür schwang nach innen auf. »Digger, wie er leibt und lebt. Erst schießen, dann reden. Komm rein. Hier gibts keine Weißen, lauter Freunde.«

Er trat in eine blau erleuchtete, mit Teppichen ausgelegte Diele, in der es nach Räucherstäbchen stank. »Bist du ganz sicher?«

Sie lachte wieder, während sie die Tür verriegelte. »Nein, keine Freunde. Es sind Kunden.« Dann drehte sie sich gelassen zu ihm um. »Du hast Sorgen, mein Schatz?«

Sie war ebenso groß wie er mit seinen einsfünfundachtzig, hatte schneeweißes, kurzgestutztes Haar wie ein Mann, das sie glatt aus der Stirn zurückgebürstet trug. Ihre Lippen waren nelkenrot geschminkt und ihre Lider silbern. Doch ihre glatte, faltenlose rabenschwarze Haut war makellos. Sie trug ein schwarzes, mit Ziermünzen geschmücktes Abendkleid und im spitzen Ausschnitt auf ihrem Mammutbusen, der von einem helleren Braun als ihr Gesicht war, eine rote Rose. Sie sah aus wie die letzte der Amazonen, geschwärzt von der Zeit.

»Wo können wir sprechen?«, fragte Grave Digger. »Ich will nicht stören.«

»Du störst nicht, mein Lieber«, antwortete sie und öffnete die erste Tür rechts. »Komm in die Küche.« Sie stellte eine Flasche Bourbon und einen Siphon neben zwei hohe Gläser auf den Tisch und setzte sich auf einen Küchenstuhl. »Sag, wie viel«, bat sie und goss ihm ein.

»Das reicht«, antwortete Grave Digger, schob sich den Hut auf den Hinterkopf und stützte einen Fuß auf den Küchenstuhl.

Sie setzte die Flasche ab.

»Schenk dir auch ein«, sagte er.

»Ich trinke nicht mehr«, antwortete sie. »Ich habe Schluss gemacht, nachdem ich Sam umgebracht habe.«

Er kreuzte die Arme auf seinem aufgestützten Knie, beugte sich vor und sah sie an. »Früher trugst du immer einen Rosenkranz«, sagte er.

Sie lächelte und zeigte die Goldkronen auf ihren Schneidezähnen. »Als ich den wahren Glauben fand, habe ich damit aufgehört«, erklärte sie.

»Was für einen Glauben denn?«

»Den wahren, Digger, den richtigen Geist.«

»Und der hat dir befohlen, diesen Laden zu führen?«

»Warum nicht? Es ist natürlich, genau wie essen. Nichts in meinem Glauben spricht gegen essen. Ich sorge für ihr Wohlbefinden, und sie bezahlen dafür.«

»Beschaff dir lieber einen neuen Schlepper. Der da unten ist schwachsinnig.«

Wieder lachte ihr tiefer Bass laut auf. »Er arbeitet nicht für uns. Er macht das freiwillig.«

»Also, mach es dir nicht schwer«, begann Grave Digger. »Zwischen uns beiden kann alles ganz glatt gehen.«

Sie sah ihn gelassen an. »Ich habe nichts zu fürchten.«

»Wann hast du Galen zum letzten Mal gesehen?«

»Den großen Weißen? Das ist schon einige Zeit her, Digger, drei oder vier Monate. Er kommt nicht mehr hierher.«

»Warum?«

»Ich lasse ihn nicht mehr rein.«

»Weshalb nicht?«

»Sei vernünftig, Digger. Ich führe dieses Haus für meine Gäste. Wenn ich einen stinkreichen Weißen nicht mehr reinlasse, habe ich sicher gute Gründe. Und wenn ich meine anderen weißen Kunden behalten will, ist es besser, dass ich nicht darüber rede. Du kannst meinen Laden nicht zumachen, und du kannst mich nicht zum Reden zwingen. Warum wollen wir es nicht dabei belassen?«

»Der Mann wurde heute Abend drüben auf der Lenox Avenue erschossen.«

»Ich hab es soeben im Radio gehört.«

»Ich versuche herauszufinden, wer es war.«

Sie sah ihn überrascht an. »Im Radio hieß es, der Mörder ist bekannt. Ein gewisser Sonny Pickens. Es hieß, eine Gang, die sich irgendwas mit Moslems nennt, hätte ihn geschnappt.«

»Der war es nicht. Drum bin ich hier.«

»Wenn er es nicht war, musst du das Rätsel lösen«, sagte sie. »Ich würde dir gerne helfen, aber ich kann nicht.«

»Vielleicht nicht«, antwortete er. »Vielleicht doch.«

Sie hob leicht die Augenbrauen. »Wo ist denn eigentlich dein Partner Coffin Ed? Das Radio sagte, er hätte einen von der Bande erschossen.«

»Ja. Er wurde suspendiert.«

Sie wurde still wie ein Tier, das Gefahr wittert. »Lass es nicht an mir aus, Digger.«

»Ich will nur wissen, warum du den Weißen rausgestellt hast.«

Sie starrte ihn an. Sie hatte dunkelbraune Augen mit klarem Weiß und langen schwarzen Wimpern. »Du kannst mit Ready sprechen. Er weiß Bescheid.«

»Ist er jetzt hier?«

»Er steht auf eins meiner Mädchen hier. Kann sie nicht für fünf Minuten allein lassen. Ich werde sie bald beide rauswerfen. Ich hätte es schon längst getan, aber meine Kunden mögen sie.«

»War der Weiße ihr Kunde?«

Sie stand langsam auf und ächzte leise vor Anstrengung. »Ich schicke ihn hierher.«

»Bring ihn mir selbst her.«

»Also gut. Aber nimm ihn mit, Digger. Ich will nicht, dass er hier spricht. Ich will keinen Ärger mehr. Ich habe mein Leben lang genug Probleme gehabt.«

»Ich geh mit ihm weg«, versprach er.

Sie verließ die Küche, und Grave Digger hörte, wie Türen sachte geöffnet und geschlossen wurden, und dann, wie ihre beherrschte, tiefe Stimme sagte: »Woher soll ich das wissen? Er sagte nur, er ist ein Freund.«

Ein großer Mann mit schmutzigschwarzer, pockennarbiger Haut trat in die Küche. Eine alte Rasiermessernarbe zog einen tiefroten Wulst von seinem linken Ohrläppchen bis zur Kinnspitze. Sein eines Auge war trüb, das andere rötlich braun. Schütteres Kraushaar klebte auf seinem erdnussförmigen Schädel. Er trug einen hellbraunen, auffälligen Anzug. An zwei vergoldeten Ringen glitzerte Glas. Seine spitzen gelben Schuhe waren spiegelblank poliert.

Bei Grave Diggers Anblick fuhr er zurück und warf Reba einen bösen Blick zu. »Du hast gesagt, ein Freund«, sagte er vorwurfsvoll mit rauer Stimme.

Unbeeindruckt schob sie ihn vor sich her in die Küche und schloss die Tür. »Das ist er doch?«, fragte sie.

»Was soll das? Ein Hinterhalt?«, schrie der Mann.

Grave Digger musste unwillkürlich über dessen wütendes Gesicht lachen. »Wie kann ein solcher Kotzbrocken Zuhälter sein?«, fragte er.

»Ihre Mutter hat auch nichts Schöneres gehabt«, erwiderte Ready gehässig und schob die rechte Hand in die Hosentasche.

Ohne etwas anderes als seinen Arm zu bewegen, versetzte ihm Grave Digger mit der Faust einen Schlag in die Magengrube, der Ready die Luft nahm, drehte sich dann auf dem linken Fuß und ließ einen rechten Schwinger auf die gleiche Stelle folgen, hob gleichzeitig ein Knie und stieß es Ready in den Bauch. Der hagere Bursche klappte zusammen. Aus seinem fischartigen Mund sprühte Speichel, und seine Augen schienen beide nichts mehr wahrzunehmen, als Grave Digger ihn beim Kragen packte, ihn hochriss und ihn mit ausgestreckter Hand zu ohrfeigen begann.

Reba fiel Grave Digger in den Arm und bat: »Nicht hier, Digger. Bitte. Ich will hier kein Blut. Du wolltest ihn mitnehmen.«

»Der Kerl soll mir was erzählen«, antwortete Grave Digger mit seiner wattigen Stimme und schüttelte ihren Griff ab.

»Dann paß bitte auf. Ich möchte nicht, dass jemand hereinkommt und Blut auf dem Fußboden sieht.«

Grave Digger grunzte, und sein Zorn verebbte etwas. Er lehnte Ready gegen die Wand, hielt die knieweiche Gestalt mit einer Hand aufrecht, während er ihm mit der anderen das Messer aus der Tasche nahm und ihn schnell durchsuchte.

Als Readys gesundes Auge wieder klar blickte, trat Grave Digger zurück und sagte: »Los, gehen wir unauffällig, mein Sohn.«

Ohne ihn anzusehen, zog Ready seine Jacke und seine Krawatte zurecht, fischte einen fettigen Kamm aus der Tasche und kämmte sich sein zerwühltes Kraushaar. Er konnte sich immer noch nicht ganz aufrichten vor Schmerzen, und in seinen Mundwinkeln stand weißer Schaum. Schließlich murmelte er: »Ohne Haftbefehl können Sie mich nicht mitnehmen ...«

»Du gehst mit und hältst den Mund«, sagte Reba schnell.

Ready warf ihr einen flehenden Blick zu. »Du erlaubst, dass er mich wegschleppt?«

»Wenn er dich nicht mitnimmt, werfe ich dich persönlich hinaus«, antwortete sie. »Ich will hier keinen Lärm und kein Geschrei, das meine weißen Kunden vertreibt.«

»Das wirst du mir büßen«, zischte Ready.

»Keine Drohungen, Nigger«, entgegnete sie hart. »Und komm mir ja nicht wieder unter die Augen.«

»Also gut, Reba. Wir zwei sind fertig miteinander«, gab Ready langsam zurück. »Ich beuge mich der Gewalt.« Er warf ihr einen letzten, mürrischen Blick zu und wandte sich ab.

Reba ging vor zur Tür und ließ sie hinaus.

»Hoffentlich kriege ich, was ich will«, sagte Grave Digger. »Sonst komme ich wieder.«

»Wenn du es nicht kriegst, ist es deine Schuld«, antwortete sie.

Er führte Ready vor sich her die knarrende Treppe hinunter.

Der alte Mann auf dem durchgewetzten roten Sessel blickte überrascht auf. »Sie haben den falschen Nigger«, sagte er. »Das ist nicht der, der ständig Ärger macht.«

»Wen meinen Sie denn?«, fragte Grave Digger.

»Cocky. Der greift immer gleich zum Messer.«

Grave Digger merkte sich den Namen für kommende Fälle. »Heute habe ich den gefunden«, sagte er, »und werde mir ihn mal vornehmen.«

»Verrückt«, murmelte der Alte angeekelt. »Der ist doch nur ein lahmer Stenz.«

10

Weiches Licht fiel schräg an der Dachkante vorbei und bildete eine milchige Wand in der Dunkelheit. Hinter der Wand aus Licht lag über dem flachen, geteerten Dach Halbdunkel.

Der Sergeant tauchte wie eine Tiefseeschildkröte über der hellen Dachkante auf. Mit einem Blick nahm er Sonny wahr, der hemmungslos mit einer langen Bambusstange nach einem Schwarm von Panik ergriffener Tauben schlug, und Inky, der so reglos dastand, als ob er in der Dachpappe Wurzeln geschlagen hätte.

Die Stange in den behandschuhten Händen, stieß Sonny so verzweifelt nach den Tauben, als ob sein Leben davon abhinge. Seine rollenden Augen waren weiß, als er zum rotgesichtigen Sergeant schaute. Sein zerfetzter Mantel flatterte im Wind. Die Tauben wichen ihm aus und kreisten in wildem Durcheinander über ihm, die Köpfe zur Seite gedreht, während sie seine Freiübungen aus ängstlichen Knopfaugen verfolgten.

Inky stand wie eine aus schwarzem Papier geschnittene Silhouette da und starrte ins Nichts. Das Weiße seiner Augen schimmerte in der Dunkelheit.

Der Taubenschlag war ein windschiefes Gehege von etwa sechs Fuß Höhe, das, aus Resten von Drahtgeflecht, weggeworfenen Fliegenfenstern und allen möglichen Lumpen und einem Gerüst aus morschen Brettern zusammengezimmert, an der Ziegelwand des Nachbarhauses lehnte. Das Dach bestand aus einer Zeltplane, unter ihr befanden sich schwankende Sitzstangen, rostige Konservenbüchsen mit Wasser und ein Futternapf aus rostigem Blech.

Weiße Polizisten in blauer Uniform bildeten einen unregelmäßigen Halbkreis um Sonny und starrten ihn in stummer und nachdenklicher Verwirrung an.

Der Sergeant kletterte schnaufend auf das Dach hinauf und blieb kurz stehen, um sich über die Stirn zu wischen. »Was macht der da? Voodoo-Zauber?«, fragte er.

»Wohl eher ein schwarzer Don Quichotte im Kampf mit einer Windmühle«, meinte der Professor.

»Das ist nicht komisch«, entgegnete der Sergeant. »Ich mag Don Quichotte nicht.«

Der Professor verzichtete auf eine Antwort.

»Ist er schwachsinnig?«, fragte der Sergeant.

»Falls er dazu genug Verstand hat«, sagte der Professor.

Sonny sah ihn aus den Augenwinkeln an und wedelte weiter mit der Stange. Inky starrte mit stummer Intensität ins Nichts.

»Schon gut, schon gut«, sagte der Sergeant. »Welcher von euch beiden Halunken ist Caleb?«

»Ich bins«, antwortete Sonny, ohne die Tauben einen Augenblick lang zu vernachlässigen.

»Was, zum Teufel, machst du da?«

»Meinen Tauben das Fliegen beibringen.«

Der Sergeant blies die Backen auf. »Ist das ein Witz?«

»Nein, Sir, will nicht sagen, dass die gar nicht fliegen können. Am Tag können sies. Aber sie wissen nicht, wie nachts fliegen.«

Der Sergeant sah den Professor an. »Fliegen Tauben nachts nicht?«

»Woher soll ich das wissen?«, antwortete der Professor.

»Nein, Sir«, sagte Inky. »Nur wenn man sie zwingt.« Alle sahen ihn an.

»Zum Teufel, er kann sprechen«, sagte der Professor verwundert.

»Dann schlafen sie«, fügte Sonny hinzu.

»Sitzen auf der Stange und pennen«, verbesserte Inky.

»Wir werden auch ein paar Vögel zum Fliegen bringen«, sagte der Sergeant. »Vögel, die singen.«

»Wenn sie nicht singen, werden sie gebraten«, sagte der Professor.

Der Sergeant wandte sich an Inky. »Wie heißt du denn, junger Freund?«

»Ich werde Inky genannt, aber mein richtiger Name ist Rufus Tree.«

»Du bist also Inky«, sagte der Sergeant.

»In die Tinte gefallen sind sie beide«, meinte der Professor. Die Polizisten lachten.

Der Sergeant lächelte hinter der vorgehaltenen Hand. Dann wandte er sich unvermittelt an Sonny und fuhr ihn an: »He, Sonny, weg mit der Stange da!«

Sonny machte eine heftige Bewegung und stieß einer Taube die Stange in den Bauch, ließ sie aber nicht fallen. Die Taube flatterte verstört auf. Als Sonny sich wieder gefasst hatte, drehte er sich langsam um und sah den Sergeant mit großen, unschuldigen Augen an. »Sprechen Sie mit mir, Boss?« Sein schwarzes Gesicht glänzte vor Schweiß.

»Ja, ich spreche mit dir, Sonny.«

»Ich heiß nicht Sonny, Boss. Ich heiß Caleb.«

»Du siehst aber wie ein Bursche aus, der Sonny heißt.«

»Gibt viele, die Sonny heißen, Boss.«

»Warum hast du dich denn so erschrocken, wenn du nicht Sonny bist? Du bist ja beinahe in die Luft gegangen.«

»Jeder fährt in die Luft, wenn Sie ihn anbrüllen, Boss.«

Der Sergeant unterdrückte ein Lächeln. »Zu deiner Oma hast du gesagt, dass du in der Stadt arbeiten wolltest.«

»Sie mag nicht, dass ich abends mit den Tauben rummache. Sie denkt immer, ich fall vom Dach.«

»Wo bist du seit dem Abendessen gewesen?«

»Hier oben, Boss.«

»Er ist ungefähr seit einer halben Stunde hier oben«, warf einer der Polizisten ungefragt dazwischen.

»Nein, Sir, ich war die ganze Zeit hier«, widersprach Sonny. »Ich war im Taubenschlag drin.«

»Haben Sie im Taubenschlag nachgesehen?«, fragte ihn der Sergeant.

Der Polizist wurde rot. »Nein, habe ich nicht.«

Der Sergeant wandte sich plötzlich an die anderen Polizisten: »Sind die Halunken hier durchsucht worden?«

»Wir haben auf Sie gewartet.«

Der Sergeant seufzte theatralisch. »Na, und worauf warten Sie jetzt noch?« Zwei Polizisten fielen bereitwillig über Inky her. Ein dritter und der Professor nahmen sich Sonny vor.

»Leg die verdammte Stange weg!«, schrie der Sergeant Sonny an.

»Die soll er ruhig behalten«, widersprach der Professor. »Dann hält er die Hände hoch.«

»Warum, zum Teufel, hast du diesen dicken Mantel an?« Der Sergeant wollte sich immer noch nicht zufrieden geben.

»Weil mir kalt ist«, entgegnete Sonny, dem der Schweiß in Strömen über das Gesicht lief.

»Das sieht man«, sagte der Sergeant.

»Mein Gott, stinkt der Kerl«, beklagte sich der Professor, der Sonny schnell durchsuchte, um aus dessen Nähe zu kommen.

»Nichts?«, fragte der Sergeant, als der Professor fertig war.

»Nichts«, bestätigte der Professor. In seiner Eile hatte er nicht daran gedacht, Sonny die Stange hinlegen und die Handschuhe ausziehen zu lassen.

Der Sergeant sah zu den Polizisten hinüber, die Inky durchsuchten. Sie schüttelten die Köpfe. »Was soll aus Harlem werden«, klagte der Sergeant. »Na gut, ihr Halunken, macht, dass ihr hinunterkommt«, befahl er.

»Muss meine Tauben in den Schlag bringen«, sagte Sonny. Der Sergeant sah ihn nur an.

Sonny lehnte die Stange gegen den Taubenschlag und begann mit den Armen zu wedeln. Inky öffnete die Klappe des Taubenschlags und wedelte gleichfalls. Die Tauben warfen einen Blick auf die geöffnete Klappe, stießen im Sturzflug auf sie zu, um in den Schlag zu kommen.

»Stoßzeit auf der U-Bahn«, bemerkte der Professor.

Die Polizisten lachten und gingen weiter auf das nächste Dach. Der Sergeant und der Professor folgten Inky und Sonny die Feuertreppe hinunter und durch das Fenster ins Zimmer.

Sissie und Sugartit hockten wieder nebeneinander auf dem Bett. Choo-Choo saß auf dem harten Stuhl. Der Scheich stand mit gespreizten Beinen mitten im Zimmer und sah dem Sergeant herausfordernd entgegen. Die beiden Polizisten lehnten sich mit dem Hintern gegen die Tischkante und machten gelangweilte Gesichter. Durch die vier Neuankömmlinge war das Zimmer voll gestopft. Alle sahen den Sergeant an und warteten auf seinen nächsten Schritt. »Holt Oma herein«, befahl er.

Der Professor ging in die Küche hinaus. Sie hörten ihn sagen: »Oma, Sie werden gebraucht.« Er bekam keine Antwort. »Großmama!«, hörten sie ihn rufen.

»Sie schläft«, rief Sissie ihm zu. »Sie ist schwer wachzukriegen, wenn sie erst einmal eingeschlafen ist.«

»Sie schläft nicht«, rief der Professor ärgerlich zurück.

»Schon gut. Lasst sie in Ruhe«, befahl der Sergeant.

Der Professor kam mit rotem Gesicht und ratlos zurück. »Sie saß da und sah mich an, ohne einen Laut von sich zu geben«, sagte er.

»Sie ist manchmal so«, erklärte Sissie. »Sie schließt sich einfach von der Welt ab, und dann sieht und hört sie nichts mehr.«

»Kein Wunder, dass ihr Enkel schwachsinnig ist«, meinte der Professor und warf Sonny einen bösartigen Blick zu.

»Was, zum Teufel, sollen wir mit denen anfangen?«, fragte der Sergeant ratlos und ungehalten.

Die Polizisten wussten auch keinen Rat.

»Nehmen wir sie doch alle fest«, sagte der Professor.

Der Sergeant sah ihn nachdenklich an. »Wenn wir in diesem Block alle Halunken, die wie die Araber aussehen, festnehmen wollen, haben wir bald tausend Häftlinge beisammen«, sagte er.

»Na und?«, erwiderte der Professor. »Wir können nicht riskieren, Pickens entkommen zu lassen, nur wegen ein paar Hundert Schwarzen.«

»Vielleicht ist es wirklich das Beste«, überlegte der Sergeant laut.

»Wollen Sie die auch festnehmen?«, fragte der Scheich und deutete auf Sugartit auf dem Bett. »Sie ist Coffin Eds Tochter.«

Der Sergeant fuhr herum. »Was? Was war das mit Coffin Ed?«

»Evelyn Johnson dort ist seine Tochter«, wiederholte der Scheich gelassen.

Die Polizisten drehten sich um, als ob ihre Köpfe synchronisiert wären, und starrten sie an. Keiner tat einen Mucks.

»Fragt sie doch selbst«, sagte der Scheich.

Der Sergeant bekam einen hochroten Kopf. Es war der Professor, der sie ansprach: »Wie ist das, Mädchen? Bist du die Tochter von Detective Johnson?«

Sugartit zögerte. »Sags ihnen«, sagte der Scheich.

»Ja, das bin ich«, bestätigte sie schließlich.

»Das lässt sich leicht nachprüfen«, sagte der Professor und trat zum Fenster. »Er und sein Partner müssen hier in der Nähe sein.«

»Nein. Jones vielleicht, aber Johnson wurde nach Hause geschickt.«

»Was? Suspendiert?«, fragte der Professor.

Sugartit blickte erschrocken auf. Der Scheich grinste selbstgefällig. Die anderen blieben unbewegt. »Ja, weil er diesen Halunken von Moslem umgelegt hat.«

»Deswegen?«, rief der Professor empört. »Seit wann werden Polizisten bestraft, wenn sie in Notwehr schießen?«

»Man kann dem Chef keinen Vorwurf machen«, sagte der Sergeant. »Aber die Zeitungen werden bestimmt Lärm schlagen, weil es ein Minderjähriger war.«

»Jedenfalls sollte Jones sie kennen«, sagte der Professor, kletterte auf die Feuertreppe hinaus und rief den Polizisten unten auf der Straße etwas zu. Da er sich nicht verständlich machen konnte, stieg er die Treppe hinunter.

»Hast du einen Ausweis da?«, fragte der Sergeant das Mädchen.

Sugartit zog eine rotlederne Ausweishülle aus der Rocktasche und reichte sie ihm wortlos hin.

Sie enthielt einen schwarzen, weißbeschrifteten Ausweis mit ihrem Foto und Daumenabdruck, der den Dienstausweisen der Polizisten ähnelte. Sie hatte ihn als Geschenk zu ihrem sechzehnten Geburtstag bekommen, und er trug die Unterschrift des Polizeichefs.

Der Sergeant warf nur einen kurzen Blick darauf und reichte ihn ihr zurück. Er hatte schon mehrere solche Ausweise gesehen. Seine eigene Tochter besaß auch einen.

»Weiß dein Vater, dass du diese Halunken hier besuchst?«, fragte er.

»Natürlich«, antwortete Sugartit. »Das sind meine Freunde.«

»Du lügst«, sagte der Sergeant grimmig.

»Er weiß nicht, dass sie hier ist«, warf Sissie dazwischen.

»Davon bin ich fest überzeugt«, sagte der Sergeant.

»Sie hat gesagt, dass sie mich besucht.«

»Wissen deine Angehörigen, dass du hier bist?«

Sissie schlug die Augen nieder. »Nein.«

»Eve und ich, wir sind verlobt«, sagte der Scheich mit einem dreckigen Grinsen.

Der Sergeant sprang mit erhobener rechter Faust auf ihn zu.

Der Scheich duckte sich reflexartig, hob die Arme zum Schutz. Der Sergeant versetzte ihm unter der Deckung hindurch einen linken Haken in den Magen, und als der Scheich die Arme senkte, versetzte er ihm mit der Rechten einen Schlag seitlich gegen den Kopf, dass er taumelte. Dann traf er ihn mit der harten Kante seiner rechten Hand im Nacken. Der Scheich ging wie von der Axt getroffen zu Boden.

Der Professor kam gerade noch rechtzeitig zurück, um zu sehen, wie der Sergeant den Scheich mit voller Wucht ins Gesäß trat. »He, was ist denn mit dem passiert?«, fragte er, während er hastig durch das Fenster hereinkletterte.

Der Sergeant nahm die Mütze ab und wischte sich mit einem schmuddeligen weißen Taschentuch über seine schweißbedeckte Stirn. »Sein Maul ist mit ihm durchgegangen«, sagte er.

Der Scheich stöhnte leise, obwohl er bewusstlos war.

Der Professor lachte verhalten. »Er kann das Maul noch immer nicht halten.« Dann berichtete er: »Jones war nicht zu finden, Lieutenant Anderson sagte, dass er eine andere Spur verfolgt.«

»Schon gut, sie hat einen Ausweis«, sagte der Sergeant. Dann fragte er: »Ist der Chef noch da?«

»Ja, irgendwo treibt er sich rum.«

»Na ja, das ist sein Job.«

Der Professor musterte die schweigende Gruppe, einen nach dem anderen. »Was machen wir jetzt?«

»Wir gehen weiter ins nächste Haus«, antwortete der Sergeant. »Wenn ich noch hier bin, wenn der Halunke zu sich kommt, bin ich wahrscheinlich der Nächste, der suspendiert wird.«

»Dürfen wir jetzt gehen?«, fragte Sissie.

»Ihr beiden Mädchen könnt mit uns kommen«, bot der Sergeant an. Der Scheich stöhnte und wälzte sich auf den Rücken.

»Wir können ihn so nicht allein lassen«, sagte Sissie. Der Sergeant zuckte mit den Schultern. Die Polizisten gingen ins Nebenzimmer. Der Sergeant wollte ihnen folgen, zögerte dann aber. »Also gut, ich bringe das in Ordnung«, sagte er.

Er nahm die beiden Mädchen mit hinaus auf die Feuertreppe und rief die Polizisten an, die unten die Haustür bewachten. »Lasst diese beiden Mädchen durch«, schrie er.

Die Polizisten musterten die Mädchen, die im grellen Scheinwerferlicht standen. »Wird gemacht.«

Der Sergeant folgte ihnen wieder ins Zimmer. »An eurer Stelle würde ich blitzartig diesen Burschen sausen lassen«, riet er und stieß den Scheich mit der Fußspitze an. »Dem geht es einmal noch übel, sehr übel.«

Keine der beiden antwortete.

Der Sergeant folgte dem Professor aus der Wohnung.

Granny saß reglos im Schaukelstuhl, wie sie sie verlassen hatten, und hielt die Armlehnen fest gepackt. Mit dem Ausdruck heftiger Missbilligung auf ihrem besorgten alten Gesicht und in ihren trüben, milchigen Augen starrte sie die beiden an.

»Das ist nun mal unser Beruf, Oma«, entschuldigte sich der Sergeant. Sie gab keine Antwort. Verlegen gingen sie an ihr vorbei.

Im Vorderzimmer stöhnte der Scheich und setzte sich auf. Alle begannen sich zu bewegen. Die Mädchen zogen sich von ihm zurück. Sonny begann den schweren Mantel auszuziehen. Inky und Choo-Choo beugten sich über den Scheich. Jeder fasste ihn an einem Arm, sie halfen ihm auf die Füße.

»Wie fühlst du dich?«, fragte Choo-Choo.

Der Scheich sah benommen hoch. »Ein Polyp kann mir doch nichts anhaben«, murmelte er mühsam und kam dann schwankend auf die Beine.

»Tut es weh?«

»Nein, es tut nicht weh«, antwortete er mit schmerzverzerrtem Gesicht. Dann sah er sich belämmert um. »Sind sie fort?«

»Ja«, bestätigte Choo-Choo triumphierend und machte einen Tanzschritt. »Wir haben sie geschlagen, Scheich. Die haben wir richtig angeschmiert.«

Der Scheich gewann sofort sein Selbstvertrauen zurück. »Ich hab euch doch gesagt, dass wir die schaffen.«

Sonny grinste und hob seine gefalteten Hände zum Boxergruß. »Mich haben sie sogar am Sack ins Schwitzen gebracht«, gestand er.

Ein wahnwitziger, triumphierender Ausdruck verzerrte das flache, fleckige Gesicht des Scheichs. »Ich bin der Scheich, Mann«, sagte er. Seine gelben Augen blickten wieder wild.

Sissie sah ihn an und sagte furchtsam: »Ich und Sugartit, wir müssen jetzt gehen. Wir wollten uns nur überzeugen, dass dir nichts fehlt.«

»Ihr könnt jetzt nicht gehen – wir müssen feiern«, sagte der Scheich.

»Wir haben nichts zum Feiern«, sagte Choo-Choo.

»Natürlich haben wir«, widersprach der Scheich. »Idiotische Bullen. Steig aufs Dach rauf, und hol die Stange.«

»Wer? Ich, Scheich?«

»Dann eben Sonny.«

»Ich?«, protestierte Sonny. »Hab genug vom Dach.«

»Los«, drängte der Scheich. »Du bist jetzt ein Moslem, und ich befehle es dir im Namen Allahs.«

»Gelobt sei Allah«, sagte Choo-Choo.

»Will kein Moslem sein«, widersprach Sonny.

»Also gut, dann bist du noch unser Gefangener«, entschied der Scheich. »Geh du die Stange holen, Inky. Auf der einen Seite hab ich fünf Joints versteckt.«

»Verdammt, dann geh ich«, sagte Choo-Choo.

»Nein, lass Inky gehen. Er war schon mal oben und wird den Bullen nicht auffallen.«

Als Inky hinaufgeklettert war, um die Stange zu holen, sagte der Scheich zu Choo-Choo: »Unser Gefangener wird frech, seit wir ihn vor den Bullen gerettet haben.«

»Ich werd nicht frech«, erklärte Sonny. »Ich möcht hier nur endlich raus und die Manschetten loskriegen, ohne dass ich deswegen ein Moslem werden muss.«

»Du weißt zu viel von uns, wir können dich nicht laufen lassen«, sagte der Scheich und tauschte einen Blick mit Choo-Choo.

Inky kam mit der Stange zurück und zog einen Pflock aus dem einen Ende. Dann schüttelte er fünf Zigaretten auf die Tischplatte.

»Eine Party!«, rief Choo-Choo aus. Er griff hastig nach einer Zigarette, ritzte das Ende mit dem Daumennagel auf und zündete sie an.

Der Scheich zündete sich eine andere an. »Nimm eine, Inky«, sagte er. Inky nahm sich eine. Sie setzten Sonnenbrillen auf.

»Granny wird riechen, dass ihr raucht«, warnte Sissie.

»Sie denkt, das ist Lakritze.« Choo-Choo äffte Granny nach. »Ihr Kinder sollt nicht Lakritze rauchen! Das macht einen so komisch im Kopf.« Er und der Scheich bogen sich vor Lachen.

Das Zimmer stank nach dem beißenden Rauch.

Sugartit nahm eine Zigarette, setzte sich aufs Bett und zündete sie an.

»Los, Baby, zieh dich aus«, drängte der Scheich. »Feiere den Mist, den dein Alter gemacht hat, und zeig uns was.«

Sugartit stand auf und öffnete den Reißverschluss ihres Rocks und begann mit einem langsamen Striptease.

Sissie packte sie bei den Armen. »Hör damit auf«, drängte sie. »Geh lieber nach Hause, ehe dein Alter zurückkommt und dich sucht.«

In plötzlicher Wut riss der Scheich Sissies Hände von Sugartit los und warf Sissie auf das Bett.

»Lass sie in Ruhe«, schrie er sie an. »Sie wird den Scheich unterhalten.«

»Wenn sie wirklich Coffin Eds Tochter ist, solltest du sie nach Hause lassen«, sagte Sonny nüchtern. »Du riskierst Kopf und Kragen, wenn du mit seiner Tochter rummachst.«

»Choo-Choo, geh in die Küche, und hol Grannys Wäscheleine«, befahl der Scheich.

Choo-Choo ging grinsend hinaus. Als er Granny sah, die ihn mit so scharfer Missbilligung ansah, sagte er schuldbewusst: »Kümmere dich nicht um mich, Granny« und schnitt eine Grimasse.

Sie gab keine Antwort.

Mit einer umständlichen Pantomime schlich er auf Fußspitzen zum Schrank und holte ihre zusammengerollte Wäscheleine heraus. »Wir wollen nur die Wäsche aufhängen«, sagte er. Sie antwortete wieder nicht.

Auf Fußspitzen trat er dicht an ihren Stuhl heran und bewegte seine Hand langsam vor ihrem Gesicht. Sie zuckte mit keiner Wimper. Sein Grinsen wurde breiter.

Als er in das Vorderzimmer zurückkam, sagte er: »Granny schläft fest mit offenen Augen.«

»Überlasse sie Gabriel«, sagte der Scheich, nahm die Wäscheleine und begann sie zu entrollen. »Was wollt ihr denn damit?«, fragte Sonny misstrauisch.

Der Scheich knüpfte am einen Ende eine Schlinge. »Wir spielen Cowboy«, antwortete er. »Pass auf.« Blitzartig warf er die Schlinge Sonny über den Kopf und zog die Leine mit aller Kraft an. Die Schlinge schloss sich um Sonnys Hals, und der Scheich riss ihn von den Füßen.

»Packt ihn, Männer«, befahl der Scheich.

Die beiden anderen warfen sich auf Sonny. Choo-Choo packte ihn an den Armen und Inky an den Füßen.

Sissie rannte auf den Scheich zu und versuchte, ihm die Leine aus den Händen zu reißen. »Du erwürgst ihn ja«, schrie sie. Der Scheich schlug sie mit einem Schlag des Handrückens nieder.

»Du kannst jetzt lockern«, sagte Choo-Choo. »Wir haben ihn.«

»Jetzt werd ich dir zeigen, wie man einen Kerl fesselt, um ihn in den Sack zu stecken«, sagte der Scheich.

11

Grave Digger blieb vor dem gelben Fachwerkhaus neben dem KNICKERBOCKER stehen. Es war in Büros aufgeteilt worden, und sämtliche Vorderfenster trugen Firmenschilder.

»Kannst du die Schrift in diesen Fenstern lesen?«, fragte Grave Digger Ready Belcher.

Ready sah ihn misstrauisch an. »Natürlich kann ich die Schrift lesen.«

»Dann lies vor«, verlangte Grave Digger.

Ready warf ihm wieder einen verstohlenen Blick zu. »Welche denn?«

»Such dir eine aus.«

Ready blinzelte mit seinem gesunden Auge in die Dunkelheit und las vor: »Joseph C. Clapp, Grundstücksmakler und öffentlicher Notar.« Er sah Grave Digger an wie ein Hund, der einen Stock apportiert hat. »War es die richtige?«

»Versuch eine andere.«

Ready zögerte. Die Lichter vorüberfahrender Wagen spielten auf seinem pockennarbigen schwarzen Gesicht, ließen den weißen Schleier auf seinem blinden Auge aufscheinen und beleuchteten seinen hellen Stutzeranzug.

»Ich hab nicht viel Zeit«, warnte Grave Digger.

»*Probieren und staunen! Hundertjähriges Zigeuneröl verleiht ewige Jugend.*« Ready sah Grave Digger an wie der Hund, der noch einen Stock apportiert hat.

»Die nicht«, sagte Grave Digger.

»Verdammt, was soll das? Ein Witz?«, murrte Ready.

»Lies nur.«

»*Joseph – der einzige Originalhautbleicher. Ich garantiere, die dunkelste Haut in sechs Monaten um zwölf Schattierungen aufzuhellen.*«

»Willst du deine Haut aufhellen?«

»Ich bin mit meiner Haut zufrieden«, antwortete Ready mürrisch.

»Dann lies weiter.«

»*Die Zauberformel für erfolgreiche Gebete* ... Ist es das?«

»Ja, das ist es. Lies, was da drunter steht.«

»*Was Sie unbedingt wissen müssen. Wann soll man beten? Wo soll man beten? Wie soll man beten? Die Zauberformel für Gesundheit und Erfolg durch Gebet. Der Sieg über die Angst durch Gebet. Wie man Arbeit findet durch Gebet. Wie man zu Geld kommt durch Gebet. Wie man andere durch Gebet beeinflusst ...«*

»Das reicht.« Grave Digger holte tief Atem und sagte mit einer Stimme, die wieder belegt und wattig geworden war: »Ready, wenn du mir nicht sagst, was ich wissen will, dann lernst du eines dieser Gebete, denn ich bringe dich jetzt zur 129th Street unten am Harlem River. Weißt du, was da ist? Ein öder Dschungel von leeren Lagerhäusern und verlassenen Schrottplätzen unter der Brücke der New York Central.«

»Ja, ich weiß, was da ist.«

»Und ich schlage dich mit meinem Revolver so zusammen, dass deine eigene Hure dich nicht wiedererkennt. Und wenn du versuchst fortzulaufen, dann lasse ich dir zwanzig Schritt Vorsprung, ehe ich dir durch den Kopf schieße. Hast du verstanden?«

»Ja, verstanden.«

»Glaubst du mir?«

Ready warf einen schnellen Blick auf Grave Diggers wutverquollenes Gesicht und antwortete hastig: »Ja, ich glaub Ihnen.«

»Mein Partner wurde heute Abend suspendiert, weil er eine kriminelle Ratte wie dich umgelegt hat, und es ist mir egal, wenn die mich auch suspendieren.«

»Sie haben mich noch nicht gefragt, was Sie wissen wollen.«

»Einsteigen.«

Der Wagen parkte am Straßenrand. Ready setzte sich auf Coffin Eds Platz. Grave Digger ging um den Wagen herum und kletterte hinter das Steuer. »Die Stelle hier ist so gut wie jede andere«, sagte er. »Rede endlich.«

»Worüber?«

»Über den großen Weißen. Ich will wissen, wer ihn umgebracht hat.«

Ready fuhr auf wie von einem Wespenstich. »Digger, ich schwöre bei Gott ...«

»Nenn mich nicht Digger, du mieser Zuhälter!«

»Mister Jones, hören Sie ...«

»Ich höre.«

»Eine Menge Leute hätten ihn umgebracht, wenn sie gewusst hätten, dass ...« Er brach ab. Die Pockennarben auf seinem Gesicht begannen sich mit Schweiß zu füllen.

»Wenn sie was gewusst hätten? Ich habe nicht die ganze Nacht Zeit.«

Ready schluckte mühsam und sagte: »Er war ein Peitscher.«

»Ein was?«

»Er hat sie gern ausgepeitscht.«

»Huren?«

»Eigentlich nicht. Wenn es richtige Huren waren, wollte er nur diese großen schwarzen Mannweiber, denen man zutraut, dass sie einem Kerl die Kehle durchschneiden. Am liebsten hatte er kleine farbige Schulmädchen.«

»Wirklich? Hat Reba ihn deshalb nicht mehr hereingelassen?«

»Ja, Sir. Er hats ihr einmal vorgeschlagen. Sie wurde so wütend, dass sie ihn mit der Pistole bedrohte.«

»Hat sie auf ihn geschossen?«

»Nein. Sie hat ihm nur Angst gemacht.«

»Ich meine heute Abend. Hat sie ihn erschossen?«

Readys Augen begannen in ihren Höhlen zu rollen, und der Schweiß lief ihm über sein widerliches Gesicht. »Sie meinen, dass sie ihn umgebracht hat? Nein, sie war den ganzen Abend zu Hause.«

»Wo warst du?«

»Ich war auch bei ihr.«

»Wohnst du da?«

»Nein, Sir. Ich mach da nur ab und zu einen Besuch.«

»Wo fand er die Mädchen?«

»Die Schulmädchen?«

»Wen sollte ich sonst meinen?«

»Er fuhr in seinem Wagen rum und gabelte sie auf der Straße auf. Er hatte immer eine kleine mexikanische Viehpeitsche mit neun Schwänzen im Wagen. Damit hat er sie ausgepeitscht.«

»Wo hat er sie hingebracht?«

»Er brachte sie zu Reba, bis sie wegen des Aufruhrs und des lauten Geschreis misstrauisch wurde. Zunächst dachte sie sich nichts dabei. Diese kleinen Nutten machen für einen Weißen oft viel Geschrei. Aber sie machten mehr Lärm, als normal war, und Reba ging einmal rein und erwischte ihn. Bei der Gelegenheit machte er ihr seinen Vorschlag.«

»Wie hat er sie dazu gebracht, dass sie das mitmachen?«

»Was mitmachen?«

»Sich auspeitschen lassen.«

»Oh, er zahlte hundert Dollar. Das wars ihnen wert.«

»Weißt du das ganz genau, dass er ihnen hundert Dollar bezahlte?«

»Ja, Sir. Nicht nur ich, fast alle kleinen Nutten in Harlem wussten das. Hundert Dollar ist doch nichts für den. Auch die Freunde der Mädchen wussten es. Oft haben die ihre Mädchen erst dazu gebracht. Überall lauerten diese Nutten ihm auf. Natürlich hatten die meisten nach dem ersten Mal genug.«

»Hat er sie verletzt?«

»Er bekam was für sein Geld. Ein paar hat er bös zusammengeschlagen. Sicher hat er mehr als eine schwer verletzt. Wissen Sie noch die Kleine, die im Broadhurst-Park gefunden wurde? Stand alles in der Zeitung. Sie lag drei oder vier Tage im Krankenhaus und behauptete, sie wäre überfallen worden, aber die Polizei meinte, dass sie von einer Bande verprügelt wurde. Ich glaube, sie war so eine.«

»Wie hieß sie?«

»Hab ich vergessen.«

»Wohin ist er mit den Mädchen gegangen, nachdem Reba ihn vor die Tür gesetzt hat?«

»Weiß ich nicht.«

»Kennst du irgendeine beim Namen?«

»Nein, Sir. Er brachte sie mit und nahm sie auch wieder mit fort. Ich hab nie eine von ihnen gesehen.«

»Du lügst.«

»Nein, Sir. Ich schwöre es bei Gott.«

»Woher weißt du, dass es Schulmädchen waren, wenn du nie eine von ihnen gesehen hast?«

»Er hats mir gesagt.«

»Was hat er dir noch gesagt?«

»Sonst nichts. Er sprach mit mir nur von Mädchen.«

»Wie alt ist deine Freundin?«

»Meine Freundin?«

»Die du da bei Reba hast.«

»Oh, die ist fünfundzwanzig oder noch älter.«

»Noch eine Lüge, und wir fahren los.«

»Sie ist sechzehn, Boss.«

»Hat er sie auch gehabt?«

»Ja, einmal.« Der Schweiß strömte über Readys Gesicht.

»Einmal. Warum nur einmal?«

»Sie hatte Angst.«

»Hast du versucht, sie noch mal dazu zu bringen?«

»Nein, war nicht nötig. Es hat mehr gekostet, als es einbrachte.«

»Was wolltest du mit ihm im *Dew Drop Inn*?«

»Er suchte ein Mädchen, das er kannte, und hat mich aufgefordert mitzukommen. Das war alles, Boss.«

»Wann war das?«

»Etwa vor einem Monat.«

»Behauptest du immer noch, dass du nicht wüsstest, wohin er sie brachte, nachdem Reba ihn nicht mehr reinließ?«

»Ich weiß es nicht. Ich schwöre bei ...«

»Spar dir diesen Onkel-Tom-Quatsch. Reba hat gesagt, dass sie ihn schon seit drei oder vier Monaten nicht mehr reinlässt.«

»Ja, Sir, aber ich hab nicht gesagt, dass ich ihn seitdem nicht mehr gesehen hab.«

»Wusste Reba, dass du dich mit ihm triffst?«

»Ich habe ihn nur das eine Mal gesehen, Boss. Ich war in der *Alabama-Georgia-Bar*, und er kam zufällig rein.«

Grave Digger deutete mit dem Kopf auf die drei auswärtigen Wagen, die vor ihnen parkten. »Gehört einer dieser Wagen ihm?«

»Diese miesen Karren?« Verachtung vertrieb die Angst aus Readys Stimme. »Nein, Sir. Er hatte einen Traumkreuzer, einen großen grünen Cadillac Coupé de Ville.«

»Wer ist die Kleine, die ihr beide gesucht habt?«

»Ich hab sie nicht gesucht. Ich ging nur mit, als er nach ihr suchte.«

»Ich habe gefragt, wer sie ist.«

»Ich kenn sie nicht. Irgendein Flittchen, das sich in der Gegend rumtreibt.«

»Wieso kannte er sie?«

»Er sagte, er hätte einmal ihre Freundin Sissie ausgepeitscht. Daher kannte er sie.«

»Sissie? Du hast doch gesagt, du weißt keine Namen.«

»Die hatte ich vergessen, Boss. Mit der ist er einmal zu Reba gekommen. Von ihr weiß ich nur, was er mir selbst gesagt hat.«

»Was hat er genau gesagt?«

»Er sagte nur, Sissies Freund, irgendein Typ, den sie den Scheich nennen, würd es für ihn arrangieren. Dann wollte er von dem Scheich, dass er es auch mit der anderen arrangiert, aber das hat der Scheich nicht geschafft.«

»Wie wurde die andere genannt, die ihr gesucht habt?«

»Er nannte sie Sugartit. Ist Sissies Freundin. Er hat sie einmal mit Sissie zusammen auf der Seventh Avenue gesehen, nachdem er Sissie ausgepeitscht hatte.«

»Wo hast du sie gefunden?«

»Wir haben sie nicht gefunden. Das schwör ich bei ...«

»Kennt deine Freundin die beiden?«

»Wen soll sie kennen, Boss?«

»Sissie und Sugartit.«

»Nein, Sir. Mein Mädchen ist eine Professionelle, und das sind nur so Flittchen. Ich erinner mich, dass er mal gesagt hat, die beiden gehörten zu einer Gang in der Gegend. Ich meine diese beiden Flittchen und den Scheich. Er sagte, der Scheich ist der Chef.«

»Wie heißt die Bande?«

»Er sagte, sie nennen sich die *Real Cool Moslems*. Er fand das komisch.«

»Hast du heute im Radio die Abendnachrichten gehört?«

»Sie meinen, was die über den Mord gesagt haben? Nein. Ich habe eine Jazzsendung gehört, aber Reba hat mir davon erzählt, gerade als Sie kamen.«

»Du hast vorhin etwas gesagt, dass ihn eine Menge Leute hätten umbringen können, wenn sie über ihn Bescheid gewusst hätten. Wer alles?«

»Ich hab nur an die Väter der Mädchen gedacht, den von Sissie oder einer anderen. Vielleicht hat er wieder auf Sugartit gewartet und ihr Pa ist irgendwie dahinter gekommen und hat ihm aufgelauert, und als er ihn über die Straße laufen sah, hat ers ihm besorgt.«

»Meinst du, er sei hinter dem Weißen her gewesen?«

»Möglich wärs doch, oder?«

»Und was ist mit diesen Moslems, dieser Gang?«

»Die? Weshalb sollten die ihn umlegen? Für die war er doch eine Goldgrube.«

»Wer ist Sugartits Vater?«

»Ihr Alter?«

»Ich meine ihren Vater.«

»Woher soll ich das wissen, Boss? Ich hab nie was von ihr gehört, bevor er mir von ihr erzählte.«

»Was hat er von ihr gesagt?«

»Nur dass sie ihn interessiert.«

»Hat er gesagt, wo sie wohnt?«

»Nur was ich Ihnen schon gesagt hab, Boss. Das schwör ich bei Gott.«

»Du stinkst. Warum schwitzt du eigentlich so?«

»Weil ich nervös bin. Ist alles.«

»Du stinkst vor Angst. Wovor hast du Angst?«

»Ist doch normal, Boss. Sie haben den großen Revolver, und Sie sind auf alle wütend, reden von Umbringen und all das, das reicht doch.«

»Du hast vor etwas anderem Angst, etwas ganz Bestimmtem. Was verheimlichst du mir?«

»Ich verheimliche nichts. Ich hab Ihnen alles gesagt, was ich weiß. Das schwör ich, Boss. Ich schwör bei allem, was mir auf dieser Welt heilig ist.«

»Ich weiß, dass du lügst. Ich höre es deiner Stimme an. Was lügst du mir vor?«

»Ich lüg nicht, Boss. Wenn ich lüge, soll mich Gott auf der Stelle vom Schlag treffen lassen.«

»Du weißt sehr genau, wer ihr Vater ist, hab ich recht?«

»Nein, Sir, Boss. Ich schwörs. Hab alles gesagt, was ich weiß. Prügeln Sie mich, bis mein Kopf so weich wie Brei ist, aber ich kann Ihnen nicht mehr erzählen, als ich schon gesagt hab.«

»Du weißt, wer ihr Vater ist, und hast Angst, es mir zu sagen.«

»Nein, Sir, ich schwör ...«

»Ist er ein Politiker?«

»Boss, ich ...«

»Ein Lotterie-Unternehmer?«

»Ich schwör es, Boss ...«

»Halts Maul, ehe ich dir deine verfluchten Zähne einschlage.« Grave Digger trat auf den Anlasser, als wolle er auf Readys Kopf trampeln. Der Motor sprang an, aber Grave Digger kuppelte nicht ein. Er saß da, lauschte auf den leise surrenden Motor in dem unauffälligen, kleinen schwarzen Wagen und versuchte, seine Wut zu beherrschen.

Schließlich sagte er: »Wenn ich herausbekomme, dass du gelogen hast, schlage ich dich tot. Ich erschieße dich nicht, sondern breche dir alle Knochen. Ich versuche herauszubekommen, wer Galen umgebracht hat, weil ich dafür bezahlt werde und darauf meinen Eid geleistet habe, als ich diese Stellung antrat. Wenn es aber nach mir ginge, bekäme der Betreffende einen Orden, und ich würde euch verfluchte Schweine, die ihr Galen geholfen habt, aufhängen. Mir dreht sich der Magen um, und es fällt mir verdammt schwer, dir nicht auf der Stelle den Schädel einzuschlagen.«

12

Die Aufnahme des Harlem Hospital an der Lenox Avenue, zehn Blocks südlich vom Schauplatz des Mordes, lag in mitternächtlicher Stille. In diesem Krankenhaus gab es keine Rassentrennung. Über die Hälfte der Ärzte und Schwestern waren Farbige.

Hinter dem Schreibtisch der Aufnahme saß eine Schwester. Eine Schreibtischlampe mit einem Bronzeschirm warf ihr Licht auf die Krankenliste vor ihr, ihr braunhäutiges Gesicht dagegen blieb im Schatten. Sie blickte Grave Digger und Ready Belcher, die Seite an Seite auf sie zukamen, entgegen.

»Sie wünschen?«, fragte sie mit dienstlicher Höflichkeit.

»Ich bin Detective Jones«, sagte Grave Digger und wies seine Marke vor.

Sie sah sie an, berührte sie aber nicht.

»Vor etwa zwei Stunden haben Sie einen Unfallpatienten aufgenommen, einen Mann, dem der rechte Arm abgetrennt war.«

»Ja?«

»Ich möchte ihn vernehmen.«

»Ich werde Dr. Banks rufen. Mit ihm können Sie sprechen. Nehmen Sie bitte Platz.«

Grave Digger schob Ready auf die Stühle zu, die um einen Tisch mit Zeitschriften standen. Schweigend wie Verwandte eines Schwerkranken saßen sie da.

Dr. Banks kam leise auf Gummisohlen über den mit Linoleum bedeckten Gang. Er war ein großer, athletischer junger Farbiger, ganz in Weiß gekleidet. »Entschuldigen Sie, dass ich Sie warten ließ, Mister Jones«, sagte er zu Grave Digger, den er vom Sehen kannte. »Sie wollen etwas über den Fall mit dem abgetrennten Arm wissen.« Er hatte ein schnelles Lächeln und eine angenehme Stimme.

»Ich möchte mit dem Mann sprechen.«

Dr. Banks zog sich einen Stuhl heran und setzte sich. »Er ist tot. Er war Blutgruppe Null, die wir in unserer Blutbank nicht vorrätig hatten. Wir mussten uns an die Blutbank des Roten

Kreuzes wenden. Sie hat Vorräte in Brooklyn, aber die kamen zu spät. Kann ich Ihnen irgendwie behilflich sein?«

»Ich möchte wissen, wer er war.«

»Das wüssten wir auch gern. Aber er starb, ohne dass wir seine Identität erfahren konnten.«

»Machte er vor seinem Tod noch irgendwelche Aussagen?«

»Es war schon ein Polizeibeamter hier, aber da war der Patient gerade bewusstlos. Später wachte er kurz wieder auf, da war der Detective aber schon gegangen. Er hat die Effekten des Mannes überprüft, aber nichts gefunden, woraus man seine Identität feststellen könnte.«

»Hat der Patient überhaupt nicht gesprochen? Hat er kein Wort mehr gesagt?«

»Doch, eine ganze Menge sogar, aber das meiste war zusammenhanglos. Soviel ich herausgehört habe, bedauerte er, den Mann, auf den er losgegangen ist, nicht getötet zu haben – ich meine den Weißen, der später erschossen wurde.«

»Hat er irgendwelche Namen genannt?«

»Nein. Einmal sagte er: ›die Kleine‹, aber meistens benutzte er den Ausdruck ›Motherfucker‹, mit dem die Einwohner Harlems jeden, ob Freund oder Feind oder Fremden, betiteln.«

»Na gut, da kann man nichts machen«, sagte Grave Digger. »Was er wusste, hat er mit sich genommen. Trotzdem möchte ich mir seine Effekten ansehen, was immer die auch sind.«

»Aber gern. Es sind nur die Sachen, die er bei der Einlieferung bei sich hatte.« Dr. Banks stand auf. »Kommen Sie bitte mit.«

Grave Digger erhob sich und gab Ready mit dem Kopf ein Zeichen, sich anzuschließen.

»Ist er auch von der Polizei?«, erkundigte sich Dr. Banks.

»Nein, er ist mein Häftling«, sagte Grave Digger. »So krass ist der Personalmangel bei der Polizei noch nicht.«

Dr. Banks lächelte. Er führte sie durch einen Gang, in dem es stark nach Äther roch, zu einem Raum am hintersten Ende, wo die Kleidungsstücke und persönlichen Effekten der Patienten sauber gebündelt in Regalen aufbewahrt wurden.

Er griff nach einem der Bündel und legte es auf den blanken Holztisch. »Das ist es.«

Ready starrte wie fasziniert auf die Zahl 219 auf dem Metallschild, das an dem Kleiderbündel befestigt war, und flüsterte: »Die Todeszahl.«

Dr. Banks warf ihm einen Blick zu und sagte zu Grave Digger: »Die meisten unserer Angestellten spielen Lotto. Wenn ein Unfallpatient eingeliefert wird, befestigen sie das Schild mit der Todeszahl an seinem Bündel, und wenn er stirbt, setzen sie darauf.«

Grave Digger grunzte und wickelte das Bündel auseinander.

»Wenn Sie etwas entdecken, wodurch er identifiziert werden kann, lassen Sie es uns bitte wissen«, bat Dr. Banks. »Wir möchten gern die Angehörigen benachrichtigen.« Er ließ sie allein.

Grave Digger breitete die blutverkrustete Jacke und den Overall auf dem Tisch aus. Readys Gesicht verfärbte sich beim Anblick der schwarzen Klumpen von geronnenem Blut.

Der Inhalt der Taschen war in einen Cellophanbeutel gesteckt worden. Grave Digger leerte ihn auf dem Tisch aus: zwei unglaublich schmierige Ein-Dollar-Noten, etwas Kleingeld, eine kleine braune Papiertüte mit getrockneten Wurzeln, zwei Schlüssel und ein Dietrich an einem rostigen Schlüsselring, ein Kaninchenfuß, ein Stück schmutzigen Kolophoniums, ein Lappen, der als Taschentuch gedient hatte, ein Kittmesser, ein kleines Stück Bimsstein und ein Fetzen schmutziges Schreibpapier, der zu einem kleinen Quadrat gefaltet war. Das Kittmesser und der Bimsstein bewiesen, dass der Mann irgendwo als Hausmeister gearbeitet hatte. Das Kittmesser hatte er gebraucht, um Kaugummi vom Boden zu kratzen, und den Bimsstein, um anschließend seine Hände zu säubern.

Das alles half nicht viel weiter.

Grave Digger faltete das Papier auseinander und fand eine Notiz, die in einer kindlichen Handschrift auf ein Stück billiges Papier aus einem Schulheft geschrieben war.

GB, das musst du wissen. Der große Weiße treibt sich im Dew Drop Inn herum, wie findest du das? Bee.

Grave Digger faltete das Papier wieder zusammen und steckte es in die Tasche. »Heißt dein Mädchen Bee?«, fragte er Ready.

»Nein, sie heißt Doe.«

»Kennst du irgendein Mädchen, das Bee genannt wird? Ein Schulmädchen?«

»Nein, Sir.«

»Und GB?«

»Nein, Sir.«

Grave Digger drehte die Taschen der Kleidungsstücke um, fand aber nichts mehr. Er rollte das Bündel wieder zusammen und befestigte das Schild daran. Er bemerkte, dass Ready wieder auf die Zahl starrte.

»Lass dich nicht von der Nummer da erwischen«, warnte er. »Wenn du nicht aufpasst, hängt sie auch mal an deinem schönen Anzug.«

Ready leckte sich über die trockenen Lippen.

Auf dem Weg hinaus begegneten sie Dr. Banks nicht mehr. Grave Digger blieb in der Aufnahme noch einmal stehen, um die Schwester zu informieren, dass er nichts gefunden habe, um den Toten zu identifizieren.

»Jetzt suchen wir den Wagen des Weißen«, sagte er zu Ready.

Sie fanden den großen grünen Cadillac unter einer Straßenlaterne in der 130th Street, zwischen der Lenox und Seventh Avenue. Er hatte eine Nummer des Stadtteils Empire State – UG 16 – und parkte vor einem Feuerhydranten. Der Wagen war so auffällig wie ein Feuerwehrauto. Sie hielten hinter ihm an.

»Wer hat ihn in Harlem gedeckt?«, fragte Grave Digger Ready.

»Weiß nicht, Mister Jones.«

»War es der Captain vom Revier?«

»Mister Jones ...«

»Einer unserer Stadtverordneten?«

»So wahr mir Gott helfe, Mister Jones ...«

Grave Digger stieg aus und ging zum Cadillac. Die Türen waren abgeschlossen. Mit dem Knauf seines Revolvers schlug er die Scheibe des linken Ausstellfensters ein, griff in den Wagen und öffnete die Tür. Die Innenbeleuchtung ging an. Eine schnelle Durchsuchung erbrachte den üblichen Kram jedes Autofahrers: Handschuhe, Papiertaschentücher, angebrochene Zigarettenpackungen verschiedener Marken, Versicherungspapiere, Damenüberschuhe aus Kunststoff und eine Puderdose. Ein Stoffaffe baumelte am Rückspiegel, und zwei mittelgroße Puppen, eine schwarzhaarige Topsy und eine blonde kleine Eva, saßen auf dem Rücksitz in den Ecken.

Im Handschuhfach fand er die kleine Viehpeitsche und einen Umschlag mit postkartengroßen Fotos. Er hielt die Fotos ans Licht. Es waren Bilder nackter farbiger Mädchen in verschiedenen Stellungen, und jedes Foto enthüllte eine andere Technik des Sadisten. Auf den meisten Bildern waren die Gesichter der Mädchen deutlich zu erkennen, wenn sie auch von Schmerz und Scham verzerrt waren.

Er schob die Peitsche in seine ledergefütterte Jackentasche, behielt die Fotos aber in der Hand und warf die Wagentür zu. Er ging zu seinem eigenen Wagen zurück und setzte sich hinter das Steuer.

»Hat er fotografiert?«, fragte er Ready.

»Möglich, Sir. Manchmal hatte er eine Kamera bei sich.«

»Hat er dir Aufnahmen gezeigt, die er machte?«

»Nein, Sir. Er hat nie was von Aufnahmen gesagt. Ich hab ihn nur mit der Kamera gesehen.«

Grave Digger schaltete die Innenbeleuchtung ein und zeigte Ready die Fotos. »Erkennst du eine von ihnen?«

Ready pfiff leise und riss die Augen auf, während er ein Bild nach dem anderen betrachtete. »Nein, Sir, ich kenn keine«, sagte er und reichte die Aufnahmen zurück.

»Deine Freundin ist also nicht dabei?«

»Nein, Sir.«

Grave Digger steckte den Umschlag ein und drückte auf den Anlasser. »Ready, lass dich nicht von mir bei einer Lüge erwischen«, warnte er wieder und legte den Gang ein.

13

Grave Digger parkte unmittelbar vor dem *Dew Drop Inn* und stieß Ready vor sich her durch die Tür. Auf den ersten Blick sah alles genauso aus, wie er es zurückgelassen hatte. Die beiden weißen Polizisten bewachten die Tür, und die farbigen Gäste feierten geräuschvoll. Er führte Ready zwischen der Bar und den Nischen nach hinten. Gesichter verschiedenster Schattierungen wandten sich ihnen neugierig zu, als sie vorbeikamen.

In der letzten Nische bemerkte er jedoch Neuankömmlinge. Die Nische war von Jugendlichen besetzt, drei Schülern und vier Schülerinnen, die vorher noch nicht da gewesen waren. Sie brachen ihr Gespräch ab und sahen ihm gespannt entgegen, als er und Ready näher kamen. Beim Anblick der Viehpeitsche zuckten alle vier Mädchen zusammen, und ihre jungen dunklen Gesichter zeigten plötzlich Angst. Er fragte sich, wie sie an den weißen Polizisten an der Tür vorbeigekommen sein mochten.

Alle Plätze an der Bar waren besetzt.

Big Smiley kam herbei und bat zwei der Gäste, ihre Plätze freizugeben. Der eine begann sich zu beschweren. »Weshalb soll ich meinen Stuhl irgendeinem andern Nigger lassen?«

Big Smiley deutete mit dem Daumen auf Grave Digger. »Der da ist der Mann.«

»Oh, einer von den zwei.« Beide Männer standen eilfertig auf, nahmen ihre Gläser und gaben die Hocker frei, wobei sie Grave Digger unterwürfig angrinsten.

»Zeigt mir nicht eure Zähne«, knurrte Grave Digger. »Ich bin kein Zahnarzt. Ich behandle keine Zähne. Ich bin ein Bulle. Ich schlage euch die Zähne höchstens ein.«

Das Grinsen verschwand, die Männer machten sich davon. Grave Digger warf die Viehpeitsche auf die Bartheke und setzte sich auf den hohen Hocker. »Setz dich«, befahl er Ready, der zögernd neben ihm stand. »Na los, setz dich.«

Ready setzte sich so behutsam hin, als ob der Hocker mit Zuckerguss überzogen wäre.

Big Smiley sah von einem zum anderen und lächelte abwartend.

»Du hast mir etwas verschwiegen«, sagte Grave Digger mit seiner von glimmender Wut belegten, wattigen Stimme. »Das passt mir nicht.«

Big Smileys Lächeln wurde plötzlich starr. Er warf einen schnellen Blick auf Readys ausdrucksloses Gesicht, fand dort aber nichts Ermutigendes und besann sich auf seinen verletzten Arm, den er in einer Schlinge trug. »Vielleicht hab ich Wundfieber bekommen, Chef, denn ich kann mich nicht erinnern, was ich Ihnen gesagt hab.«

»Du hast gesagt, du weißt nicht, wen Galen hier suchte.«

Big Smiley warf verstohlen einen zweiten Blick auf Ready, zog aber wieder eine Niete. Er seufzte schwer. »Wen er suchte? Haben Sie mich das gefragt?«, antwortete er ausweichend und versuchte, Grave Diggers zornigem Blick standzuhalten. »Ich weiß nicht, nach wem er hier suchte, Chef.«

Grave Digger erhob sich auf den Querstreben des Barhockers, als ob seine Füße in Steigbügeln steckten, packte die Viehpeitsche und klatschte sie Big Smiley links und rechts ins Gesicht, ehe Big Smiley zur Abwehr seine unverletzte Hand heben konnte.

Big Smiley lächelte nicht mehr. An der ganzen Bar brachen plötzlich die Gespräche ab, in den Nischen versickerten sie.

In die folgende Leere klagte Lil Greens Stimme aus der Musikbox:

*Why don't you do right
Like other men do ...*

Grave Digger ließ sich schwer atmend auf den Hocker zurücksinken und kämpfte darum, seine Wut zu beherrschen. An seinen Schläfen standen die Adern hervor, wuchsen aus seinem kurzgeschorenen Kraushaar wie gespenstige Wurzeln und verschwanden unter der Krempe seines zerknautschten Hutes. Seine braunen Augen waren von roten Äderchen durchzogen und strahlten eine stetige Weißglut aus.

Der weiße Geschäftsführer, der am vorderen Ende der Bar gearbeitet hatte, hastete empört nach hinten.

»Verschwinden Sie«, fauchte Grave Digger heiser.

Der Geschäftsführer verschwand.

Grave Digger stieß mit seinem linken Zeigefinger nach Big Smiley und sagte mit einer Stimme, die so verquollen war, dass man ihn kaum verstand: »Smiley, ich will von dir nur die Wahrheit, und ich hab nicht viel Zeit, sie zu erfahren.«

Big Smiley gönnte Ready keinen Blick mehr. Er lächelte nicht. Er winselte nicht. Er sagte: »Fragen Sie nur, Chef. Ich werd nach bestem Wissen antworten.«

Grave Digger sah sich nach den Jugendlichen in der Nische um. Sie lauschten mit offenem Mund, starrten ihn aus aufgerissenen Augen an. Er atmete heiß mit bebenden Nasenflügeln und wandte sich wieder Big Smiley zu, blieb aber für einen Augenblick still sitzen, um seiner aufwallenden Wut Zeit zu lassen, abzukühlen.

»Wer hat ihn umgebracht?«, fragte er schließlich.

»Ich weiß es nicht.«

»Er wurde auf deiner Straße getötet.«

»Ja, Sir, aber ich weiß nicht, wer es getan hat.«

»Kommen Sissie und Sugartit hierher?«

»Ja, manchmal.«

Aus dem Augenwinkel bemerkte Grave Digger, dass Readys Schultern einsackten. »Setz dich gerade hin, verdammt noch mal«, befahl er. »Du hast noch reichlich Zeit, dich hinzulegen, wenn ich feststelle, dass du gelogen hast.«

Ready setzte sich gerade. Grave Digger wandte sich an Big Smiley. »Hat Galen sie hier getroffen?«

»Nein, Sir. Er hat Sissie einmal hier getroffen, aber mit Sugartit habe ich ihn nie gesehen.«

»Was hat sie dann hier getan?«

»Sie ist zweimal mit Sissie hergekommen.«

»Woher weißt du ihren Namen?«

»Ich hörte, dass Sissie sie so nannte.«

»War der Scheich dabei, als Galen sie traf?«

»Meinen Sie Sissie, als sie sich hier mit dem großen Mann traf? Ja, Sir.«

»Hat er dem Scheich Geld bezahlt?«

»Das konnte ich nicht genau erkennen, Chef, aber ich hab gesehen, dass er Geld gegeben hat. Wer es bekam, weiß ich nicht.«

»Er hat es bekommen. Sind die beiden mit ihm fortgegangen?«

»Meinen Sie den Scheich und Sissie?«

»Genau die meine ich.«

Big Smiley zog ein großes blaues Taschentuch heraus und wischte sich über sein verschwitztes schwarzes Gesicht.

Die vier Schülerinnen in der Nische machten Anstalten zu gehen. Grave Digger fuhr zu ihnen herum. »Bleibt sitzen. Mit euch will ich noch reden.«

Sie protestierten schrill. »Wir müssen nach Hause ... Morgen um neun ist Schule ... Haben unsere Schularbeiten noch nicht fertig ... Dürfen nicht so lange fortbleiben ... Wir kriegen Ärger ...«

Grave Digger stand auf und ging zu ihnen, um seine goldene Polizeimarke vorzuweisen. »Den bekommt ihr sowieso. Ihr bleibt hier ruhig sitzen.« Er griff nach den beiden Mädchen, die aufgestanden waren, und schob sie auf ihre Plätze zurück.

»Er kann euch nicht festhalten, wenn er keinen Haftbefehl hat«, sagte der Junge, der auf dem Stuhl im Gang saß.

Grave Digger wischte ihn mit einer Ohrfeige von seinem Platz, griff nach unten, riss ihn an den Aufschlägen seiner Jacke hoch und setzte ihn hart auf seinen Stuhl zurück.

»Jetzt sag das noch mal«, schlug er vor.

Der Junge blieb stumm. Grave Digger wartete noch einen Augenblick, bis sich alle wieder gesetzt hatten und still waren, dann kehrte er zu seinem Barhocker zurück.

Weder Big Smiley noch Ready hatten sich gerührt. Sie hatten keinen Blick gewechselt.

»Du hast meine Frage nicht beantwortet«, sagte Grave Digger.

»Als er mit Sissie fortging, blieb der Scheich auf seinem Platz sitzen«, sagte Big Smiley.

»Verflucht, was soll das heißen?«

»So war es aber, Chef.«

»Wo hat er sie hingebracht?«

Ströme von Schweiß rannen über Big Smileys Gesicht. Er seufzte. »Nach unten«, antwortete er.

»Nach unten? Hier in dem Lokal?«

»Ja, Sir. Die Treppe ist im Hinterzimmer.«

»Was ist unten?«

»Nur ein Keller, wie ihn jede Bar hat. Voll von Flaschen, altem Bargerümpel und Bierfässern. Der Kompressor für das Zapfbier ist dort und die Kühlanlage für die Kühlschränke. Das ist alles, und ein paar Ratten. Und wir halten uns da eine Katze.«

»Kein Bett oder Schlafzimmer?«

»Nein, Sir.«

»Er hat sie da unten in diesem Loch ausgepeitscht?«

»Ich weiß nicht, was er getan hat.«

»Hast du denn nichts gehört?«

»Durch diesen Boden kann man nichts hören. Sie könnten da unten Ihren Revolver abschießen, man würde es hier oben nicht hören.«

Grave Digger sah Ready an. »Hast du das gewusst?«

Ready fing wieder an, hin und her zu rutschen. »Nein, Sir, ich schwör bei ...«

»Setz dich gerade hin, verdammt noch mal. Ich will es nicht noch mal sagen müssen.«

Er wandte sich an Big Smiley. »Hat er das gewusst?«

»Glaube nicht, wenn Galen es ihm nicht gesagt hat.«

»Ist Sissie oder Sugartit unter den Mädchen da drüben?«

»Nein, Sir«, antwortete Big Smiley, ohne hinüberzusehen. Grave Digger zeigte ihm die pornografischen Aufnahmen. »Kennst du welche von denen?«

Big Smiley sah die Fotos langsam durch, ohne eine Miene zu verziehen. Er zog drei Fotos heraus. »Die hab ich mal gesehen.«

»Wie heißen sie?«

»Ich kenn nur zwei.« Er sortierte sie behutsam mit spitzen Fingern aus, als ob die Fotos mit einem Kontaktgift überzogen wären. »Die beiden. Die hier wird Good Booty und die andere Honey Bee genannt. Die da hab ich nie beim Namen nennen hören.«

»Wie heißen sie mit Familiennamen?«

»Den richtigen Namen von den beiden kenn ich nicht.«

»Er hat sie mit nach unten genommen?«

»Nur die beiden.«

»Wer ist mit ihnen hergekommen?«

»Sie kamen allein. Das taten die meisten.«

»War er mit ihnen verabredet?«

»Nein, Sir. Jedenfalls mit den meisten nicht. Sie kamen einfach her und lauerten ihm auf.«

»Sind sie zusammen gekommen?«

»Manchmal ja, manchmal nicht.«

»Gerade hast du gesagt, sie seien allein gekommen.«

»Ich meinte, sie haben ihre Freunde nicht mitgebracht.«

»Hat er sie vorher gekannt?«

»Kann ich nicht sagen. Wenn er herkam und sie hier gesehen hat, suchte er sich einfach eine aus.«

»Wusste er, dass sie hier herumlungerten und auf ihn warteten?«

»Ja, Sir. Als er anfing herzukommen, war er bereits bekannt.«

»Wann war das?«

»Vor drei oder vier Monaten. Genau erinner ich mich nicht.«

»Wann fing er damit an, sie in den Keller zu nehmen?«

»Ungefähr vor zwei Monaten.«

»Hast du ihm das vorgeschlagen?«

»Nein, Sir. Den Vorschlag machte er mir.«

»Wie viel hat er dir dafür bezahlt?«

»Fünfundzwanzig Dollar.«

»Du redest dich selbst nach Sing-Sing.«

»Schon möglich.«

Grave Digger zog den an »GB« gerichteten und »Bee« unterschriebenen Zettel, den er bei den Effekten des Toten gefunden hatte, aus der Tasche, betrachtete ihn und reichte ihn dann Big Smiley.

»Das war in der Tasche des Mannes, dem du den Arm abgehackt hast«, sagte er.

Big Smiley las den Zettel sorgfältig. Seine Lippen buchstabierten jedes Wort. Er atmete mit einem seufzenden Laut aus. »Dann ist er sicher ein Verwandter von ihr.«

»Hast du das nicht gewusst?«

»Nein, Sir. Ich schwör es bei Gott. Wenn ich das gewusst hätt, hätt ich nicht mit der Axt nach ihm geschlagen.«

»Was hat er genau zu Galen gesagt, als er mit dem Messer auf ihn losging?«

Big Smiley runzelte die Stirn. »Genau erinnere ich mich nicht. Irgendwas wie, wenn er herausbekommt, dass ein weißer Scheißkerl sich über seine Mädchen hermacht, würde er ihm den Hals abschneiden. Aber ich hab das so aufgefasst, dass er farbige Frauen ganz allgemein meinte. Sie wissen ja, wie unsere Leute reden. Ich hab nicht geahnt, dass er von seiner Familie sprach.«

»Vielleicht war der Vater von einem anderen Mädchen auf die gleiche Idee gekommen, hat aber einen Revolver genommen?«, meinte Grave Digger.

»Kann sein«, antwortete Big Smiley.

»Offensichtlich ist er also der Vater und hat mehr als eine Tochter.«

»Sieht so aus.«

»Er ist tot.«

Big Smileys verzog keine Miene. »Das tut mir leid.«

»Man siehts dir an. Wer hat deine Kaution gestellt?«

»Mein Boss.«

Grave Digger fixierte ihn. »Wer deckt dich?«, fragte er sachlich.

»Niemand.«

»Ich weiß, dass das gelogen ist, aber lassen wirs. Wer deckte Galen?«

»Weiß ich nicht.«

»Auch diese Lüge will ich durchgehen lassen. Was hat er heute Abend hier gewollt?«

»Er suchte Sugartit.«

»War er mit ihr verabredet?«

»Er sagte, sie würde mit Sissie herkommen.«

»Sind die beiden gekommen, nachdem Galen fort war?«

»Nein, Sir.«

»Also gut, Smiley, jetzt kommt das Entscheidende. Wer ist Sugartits Vater?«

»Ich kenn von keiner die Familie und weiß auch nicht, wo sie wohnen, Chef, wie ich Ihnen schon mal gesagt hab. Es war mir gleichgültig.«

»Du musst aber doch eine Vorstellung haben.«

»Nein, Sir. Es ist, wie ich gesagt hab. Ich hab nie dran gedacht. In Harlem kümmert sich keiner, wo ein Mädchen wohnt, außer wenn er mit ihr nach Hause geht. Für die Adresse von jemand interessiert sich hier keiner.«

»Lasse dich nicht bei einer Lüge erwischen, Smiley.«

»Ich lüge nicht, Chef. Ich bin einmal ein ganzes Jahr lang mit einer Frau gegangen und hab nie erfahren, wo sie wohnt. Es interessierte mich auch nicht.«

»Wer sind die *Real Cool Moslems*?«

»Diese Halunken! Eine Gang hier aus der Nachbarschaft.«

»Wo halten sie sich im Allgemeinen auf?«

»Weiß ich nicht genau. Irgendwo weiter unten in der Straße.«

»Kommen sie hierher?«

»Nur drei, der Scheich – der ist, glaub ich, ihr Führer – und ein Junge namens Choo-Choo und einer, den sie Bones nennen.«

»Wo wohnen sie?«

»Irgendwo in der Nähe, aber genau weiß ich es nicht. Der Junge mit den Tauben muss es wissen. Der wohnt zwei Blocks weiter auf der anderen Straßenseite. Seinen Namen kenne ich nicht, aber er hat einen Taubenschlag auf dem Dach.«

»Gehört er dazu?«

»Genau weiß ich das nicht, aber man kann eine Bande von Jungen auf dem Dach sehen, wenn er seine Tauben fliegen lässt.«

»Ich werde ihn finden. Weißt du, wie alt die Mädchen dort in der Nische sind?«

»Wenn ich sie frage, sagen sie, sie sind achtzehn.«

»Du weißt genau, dass sie noch minderjährig sind.«

»Ich vermute es, aber ich kann nicht mehr tun, als sie fragen.«

»Hat Galen eine von ihnen gehabt?«

»Ich weiß es nur von einer.«

Grave Digger drehte sich um und sah wieder die Mädchen an. »Welche?«, fragte er.

»Die mit der grünen Wollmütze.« Big Smiley schob eines der drei Fotos vor. »Das hier ist sie. Das ist die, die sie Good Booty nennen.«

»Na schön, Junge, das ist im Augenblick alles.«

Grave Digger erhob sich vom Hocker und ging nach vorn, um mit dem Geschäftsführer zu sprechen.

Sobald er ihm den Rücken gekehrt hatte, beugte sich Big Smiley, ohne ein Wort zu sagen oder eine Warnung zu geben, vor und rammte Ready seine schinkengroße Faust ins Gesicht. Ready segelte vom Hocker herunter, krachte gegen die Wand und sackte in sich zusammen. Grave Digger blickte noch rechtzeitig zurück, um Readys Kopf unter der Barkante verschwinden zu sehen, wandte aber seine Aufmerksamkeit dem weißen Geschäftsführer zu.

»Kassieren Sie ab, und machen Sie Feierabend. Ich schließe das Lokal, und Sie sind festgenommen«, sagte er.

»Weshalb?«, protestierte der Geschäftsführer erregt.

»Wegen Beihilfe zum Missbrauch Jugendlicher.«

Der Geschäftsführer schimpfte: »Und morgen Abend ist hier wieder auf.«

»Kein verdammtes Wort weiter«, herrschte Grave Digger ihn an und fixierte ihn, bis der Geschäftsführer den Mund schloss und sich abwandte.

Dann winkte Grave Digger dem einen der weißen Polizisten an der Tür und sagte zu ihm: »Ich nehme den Geschäftsführer und den Barmann fest und schließe das Lokal. Sie werden den Geschäftsführer und einige Jugendliche, die ich Ihnen noch übergebe, bewachen. Ich gehe in einer Minute fort und schicke Ihnen den Wagen. Den Barmann nehme ich mit.«

»In Ordnung, Jones«, antwortete der Polizist freudestrahlend wie ein Kind mit einem neuen Spielzeug.

Grave Digger ging nach hinten zurück.

Ready kauerte auf Händen und Knien auf dem Boden und spuckte Blut und Zähne aus. Grave Digger blickte auf ihn hinunter und lächelte grimmig. Dann sah er Big Smiley an, der mit einer großen roten Zunge seinen aufgeschlagenen Handknöchel leckte.

»Du bist festgenommen, Smiley«, sagte er. »Wenn du zu fliehen versuchst, schieße ich dir von hinten durch den Kopf.«

»Ja, Sir«, antwortete Big Smiley.

Grave Digger schüttelte einen Gast von einem mit Kunststoff überzogenen Stuhl herunter, zog ihn zur Nische und setzte sich rittlings darauf.

Er musterte die verängstigten, stummen Jugendlichen, zog sein Notizbuch und einen Bleistift heraus und notierte sich ihre Namen, Adressen, die Schulen, die sie besuchten, und ihr Alter.

Der älteste war ein Junge von siebzehn.

Keiner gab zu, Sissie oder Sugartit oder den großen Weißen namens Galen oder irgendeinen, der zu den *Real Cool Moslems* gehörte, zu kennen.

Er rief den zweiten Polizisten von der Tür zu sich und sagte: »Halten Sie diese Kinder hier fest, bis der Wagen kommt.« Dann sagte er zu dem Mädchen mit der grünen Wollmütze, das Gertrude B. Richardson als seinen Namen angegeben hatte: »Du kommst jetzt mit mir, Gertrude.«

Eines der Mädchen kicherte. »Das hätte man sich denken können, dass er sich Good Booty aussucht«, sagte sie.

»Mein Name ist Beauty«, sagte Good Booty und warf geringschätzig den Kopf in den Nacken.

Einem plötzlichen Impuls folgend, hielt Grave Digger sie zurück, als sie aufstehen wollte. »Wie heißt dein Vater, Gertrude?«

»Charlie.«

»Was ist er von Beruf?«

»Hauswart.«

»Ah so. Hast du Schwestern?«

»Eine. Sie ist ein Jahr jünger als ich.«

»Was macht deine Mutter?«

»Weiß ich nicht. Sie wohnt nicht bei uns.«

»Ich verstehe. Ihr beiden Mädchen wohnt bei eurem Vater.«

»Wo sollen wir sonst wohnen?«

»Das ist eine gute Frage, Gertrude, aber ich kann sie nicht beantworten. Kanntest du den Mann, dem heute Abend hier der Arm abgehackt worden ist?«

»Ich hab davon gehört. Na und? Hier in der Gegend werden dauernd Leute verletzt.«

»Dieser Mann ist seiner Töchter wegen mit einem Messer auf den Weißen losgegangen.«

»Tatsächlich?«, Sie kicherte. »Ein Dummkopf.«

»Zweifellos. Der Barmann hackte ihm mit einer Axt den Arm ab, um den Weißen zu schützen. Was hältst du davon?«

Sie kicherte wieder. Diesmal nervös. »Vielleicht dachte der Barmann, der Weiße ist wichtiger als so ein farbiger Besoffener.«

»So war es wohl. Der Mann starb vor einer knappen Stunde im Harlem Hospital.«

Ihre Augen wurden groß und ängstlich. »Was wollen Sie damit sagen, Mister?«

»Ich will damit sagen, dass es dein Vater ist.«

Grave Digger hatte nicht mit ihrer Reaktion gerechnet. Sie schoss so schnell von ihrem Platz auf, dass sie an ihm vorbei war, ehe er nach ihr greifen konnte.

»Haltet sie!«, schrie er.

Ein Gast auf einem der Barhocker fuhr nach ihr herum, und sie stach mit den Fingern nach seinen Augen. Der Mann wich ihr aus und versuchte sie festzuhalten. Sie entwand sich seinem Griff und sprang auf die Tür zu. Der weiße Polizist versperrte ihr den Weg und schlang seine Arme um sie. Sie wand sich in seinem Griff wie eine von Panik gepackte Katze und versuchte seine Waffe zu packen. Sie hatte sie schon aus dem Halfter gezogen, als ein Farbiger sich einmischte und ihr die Waffe entriss. Der weiße Polizist warf sie mit dem Rücken auf den Boden, kauerte über ihr und hielt ihre Arme fest. Der Farbige packte sie an den Füßen. Sie warf sich wild hin und her und spuckte dem Polizisten ins Gesicht.

Grave Digger kam hinzu und sah aus traurigen braunen Augen auf sie hinunter. »Jetzt ist es zu spät, Gertrude, sie sind beide tot«, sagte er.

Plötzlich begann sie zu weinen. »Warum musste er sich einmischen?«, schluchzte sie. »Oh, Pa, warum musstest du dich einmischen?«

14

Zwei uniformierte Polizisten, die in der Dunkelheit auf einem Dach Wache standen, unterhielten sich.

»Glaubst du, dass wir den finden?«

»Ob ich glaube, dass wir den finden? Weißt du denn, wonach wir suchen? Hast du auch nur einen Augenblick lang überlegt, dass wir einen Farbigen suchen, der angeblich mit Handschellen gefesselt ist, und nach sieben weiteren Farbigen, die grüne Turbane und falsche Bärte trugen, als sie zuletzt gesehen wurden? Hast du dir das mal überlegt? Inzwischen sind die ihre komische

Verkleidung losgeworden und Pickens vielleicht sogar die Handschellen. Und wie sehen sie dann für uns aus, frage ich dich? Sie sehen genauso aus wie achtzehntausend oder hundertachtzigtausend andere Farbige. Alle gleich, einer wie der andere. Ist dir klar, dass es in Harlem fünfhunderttausend Farbige gibt – eine halbe Million Menschen mit schwarzer Haut, die alle gleich aussehen, und unter denen versuchen wir, acht herauszufinden. Das ist genauso, wie wenn man Schlacke im Kohlenkasten sucht. Das ist unmöglich.«

»Glaubst du denn, dass alle Farbigen hier wissen, wer Pickens und die Moslems sind?«

»Natürlich wissen die das. Jeder weiß es. Und solange nicht irgendeiner von denen Pickens anzeigt, wird er nie gefunden. Die lachen doch nur über uns.«

»Der Chef ist so scharf auf diesen Burschen, dass derjenige, der ihn findet, bestimmt befördert wird«, meinte der erste Polizist.

»Ja, ich weiß, aber es ist einfach nicht möglich«, erwiderte der zweite. »Wenn der Bursche nur einen Funken Verstand hat, hat er die Handschellen längst auseinandergefeilt.«

»Was nützt ihm das, wenn er die einzelnen Teile nicht abbekommt?«

»Na und? Er könnte Handschuhe mit Stulpen anziehen wie ... Halt mal, haben wir nicht so einen Burschen gesehen? Einen, der Motorradhandschuhe trug?«

»Ja, der Schwachkopf mit den Tauben.«

»Er trug Stulpenhandschuhe und einen zerlumpten, alten Mantel, und kohlschwarz war der Bursche auch. Die Beschreibung passt genau auf ihn.«

»Dieser Schwachkopf? Hältst du für möglich, dass er das ist?«

»Los, komm! Worauf warten wir noch?«

»Jetzt brauchen wir diesen Kerl nur noch an den Bullen vorbeizuschaffen und ihn in den Fluss zu werfen«, sagte der Scheich.

»Tut das nicht, bitte, Scheich«, flehte Sonnys Stimme gedämpft aus dem Sack.

»Pssst«, warnte Choo-Choo. »Da sind wieder schnüffelnde Bullen.«

Die beiden Polizisten beugten sich vor und blickten durch das offene Fenster ins Zimmer. »Wo ist der Bursche, der die Handschuhe trug?«, fragte der eine.

»Handschuhe?«, echote Choo-Choo und verwandelte sich wie ein Chamäleon, das die Farbe wechselt, in einen Clown. »Meinen Sie Boxhandschuhe?«

Der zweite Polizist schnüffelte. »Hier wurde gekifft«, rief er. Sie kamen ins Zimmer geklettert. Ihre Blicke wanderten schnell durch den ganzen Raum. Es roch scharf nach Marihuana-Rauch. Alle waren high, auch die, die selbst nicht geraucht hatten, waren high durch eingeatmeten Rauch und das exzentrische Verhalten der anderen.

»Wer hat das Zeug?«, fragte der erste Polizist scharf.

»Los, heraus damit. Wer hat die Stäbchen?«, wiederholte der zweite und sah vom einen zum anderen. Er ging zum Scheich hinüber, der mitten im Zimmer stand, wo er nach Choo-Choos Warnruf bewegungslos erstarrt war. Er sah die Polizisten an, als ob er zu erkennen versuchte, was sie wollten. Der Polizist wandte sich Inky zu, der dabei überrascht worden war, wie er sich hinter dem Vorhang in der Ecke verstecken wollte, und jetzt halb verdeckt dastand wie auf einem Plakat für einen Film mit leichten Mädchen. Er endete schließlich bei Choo-Choo, der das schlechteste Gewissen zu haben schien, denn er grinste wie ein Idiot.

»Hast du die Stäbchen, Bursche?«

»Stäbchen? Meinen Sie die Taubenstange da?«, antwortete Choo-Choo und deutete auf die Bambusstange, die neben dem Bett auf dem Boden lag.

»Komm mir nicht komisch, Bursche.«

»Keine Ahnung, was Sie meinen, Boss.«

»Lassen wir die Stäbchen«, sagte der erste Polizist. »Suchen wir lieber den Jungen mit den Handschuhen.« Er sah sich um. Sein Blick fiel auf Sugartit. Sie saß auf dem Stuhl und blickte mit starrem Ausdruck auf etwas, das wie ein mit großen Kohlenbrocken gefüllter Sack aussah. Der Sack lag mitten auf dem Bett.

»Was ist in dem Sack?«, fragte er misstrauisch.

Einen Augenblick lang antwortete niemand. Dann sagte Choo-Choo: »Nur Kohlen.«

»Auf dem Bett?«

»Es sind saubere Kohlen.«

Der Polizist heftete seinen drohenden Blick auf ihn.

»Es ist mein Bett«, sagte der Scheich. »Da kann ich drauflegen, was ich will.«

Beide Polizisten wandten sich ihm zu und fixierten ihn scharf.

»Du hast ein ziemlich freches Maul. Wie heißt du?«

»Samson.«

»Wohnst du hier?«

»Genau hier.«

»Dann bist du der Bursche, den wir suchen. Der Taubenschlag auf dem Dach gehört dir.«

»Nein, das ist er nicht«, sagte der zweite Polizist. »Der Bursche, den wir suchen, war schwärzer und hieß anders.«

»Was bedeutet bei den Kerlen schon ein Name?«, meinte der erste Polizist geringschätzig. »Den ändern sie doch dauernd.«

»Nein, der, den wir suchen, hieß Inky. Das war der, der die Handschuhe anhatte.«

»Jetzt weiß ichs wieder. Caleb war es. Der mit den Handschuhen. Inky war der andere, der, der nicht sprechen wollte.«

Der zweite Polizist fuhr zum Scheich herum. »Wo ist Caleb?«

»Ich kenne keinen Caleb.«

»Dreckige Lüge! Caleb wohnt hier bei dir.«

»Nein, Sir. Sie meinen den Jungen, der unten im ersten Stock wohnt«, sagte Choo-Choo.

»Erzähl mir nicht, was ich meine. Ich meine den Kerl, der hier in diesem Stock wohnt. Der mit dem Taubenschlag.«

»Nein, Boss. Wenn Sie den Caleb meinen, dem der Taubenschlag gehört, der wohnt im ersten Stock.«

»Lüg mich nicht an. Ich habe gesehen, wie der Sergeant ihn über die Feuertreppe in diesen Stock herunterbrachte.«

»Nein, Boss. Der Sergeant hat ihn vom Dach runtergeholt und ihn über die Feuertreppe zum ersten Stock gebracht. Wir haben sie gesehen, als sie am Fenster vorbeikamen. Stimmt das nicht?«, rief er Inky zu.

»Das ist wahr, Sir«, bestätigte Inky. »Die kamen draußen am Fenster vorbei.«

»An welchem Fenster sollten sie sonst vorbeikommen?«

»An keinem anderen, Sir.«

»Sie hatten noch einen bei sich, der Inky heißt«, sagte Choo-Choo. »Es sah so aus, als hätten sie die beiden festgenommen.«

Der zweite Polizist musterte Inky scharf. »Der Bursche da sieht mir so aus, als ob er Inky wäre. Bist du Inky?«

»Nein, Sir«, begann Inky, aber Choo-Choo schnitt ihm schnell das Wort ab: »Den nennen sie Smokey. Inky ist der andere.«

»Lass ihn selbst reden«, wies ihn der erste Polizist zurecht. Der zweite Polizist heftete seinen Blick wieder drohend auf Choo-Choo. »Willst du mich zum Narren halten?«

»Nein, Boss. Ich will nur helfen.«

»Lass ihn in Ruhe«, sagte der erste Polizist. »Die Kerle sind total bekifft. Die sind nicht zurechnungsfähig.«

»Zurechnungsfähig oder nicht, sie sollen lieber vorsichtig sein, wenn sie nicht ein paar Beulen abbekommen wollen.«

Der erste Polizist bemerkte Sissie, die still in der Ecke stand und die Hand an ihre zerschundene Wange hielt. »Du kennst sie doch, diesen Caleb und den Inky, Mädchen?«, fragte er sie.

»Nein, Sir. Ich kenne nur Smokey«, antwortete sie.

Plötzlich nieste Sonny.

Sugartit kicherte.

Der Polizist drehte sich rasch zum Bett um, sah erst auf den Sack und dann sie an. »Wer hat da geniest?« Sie legte die Hand auf den Mund und versuchte ihr Lachen zu unterdrücken.

Der Polizist lief rot an und zog seine Waffe. »Da liegt noch jemand unter dem Bett«, sagte er. »Halt die anderen in Schach, während ich nachsehe.« Der zweite Polizist zog auch seine Waffe. »Nur schön artig, dann passiert keinem was«, sagte er trocken. Der erste Polizist ließ sich auf Hände und Knie nieder, seine Waffe schussbereit, und schaute unter das Bett.

Sugartit legte sich beide Hände auf den Mund und biss sich in die Handfläche. Ihr Gesicht schwoll an vom unterdrückten Gelächter, und Tränen liefen ihr über die Wangen.

Der Polizist richtete sich auf den Knien auf und stützte sich auf die Bettkante. Sein rotes Gesicht zeigte einen perplexen Ausdruck. »Hier stimmt was nicht«, sagte er. »In dem Zimmer ist noch jemand.«

»Hier sind nur wir Gespenster, Boss«, sagte Choo-Choo.

In hilfloser Wut warf der Polizist ihm einen bösen Blick zu und stand auf. »Bei Gott, ich werde ...« Er verstummte, als er würgende Laute hörte, die aus dem Sack drangen. Er sprang hoch und zurück, als ob eines der Gespenster tatsächlich gestöhnt hätte. Er hob seine Waffe und krächzte: »Was ist in dem Sack?«

Sugartit brach in ein hysterisches Gelächter aus.

Zunächst erhielt er keine Antwort. Dann sagte Choo-Choo schnell: »Das ist nur Joe.«

»Was sagst du da?«

»In dem Sack ist nur Joe.«

»Joe?« Vorsichtig beugte der Polizist sich vor, hielt seinen Revolver schussbereit in der Rechten und löste mit der Linken die Schnur, mit der der Sack zugebunden war. Dann zog er den Sack zurück.

Hervorquellende Augen starrten ihn aus einem grauschwarzen Gesicht an. Der Polizist fuhr entsetzt zurück. Sein Gesicht wurde bleich, und ein Schaudern rann über seine große, kräftige Gestalt. »Das ist eine Leiche«, würgte er hervor. »Völlig zusammengeschnürt.«

»Das ist doch keine Leiche. Das ist nur Joe«, sagte Choo-Choo ganz ernsthaft.

Der zweite Polizist trat schnell näher, um hinzusehen. »Er lebt noch«, sagte er.

»Er erstickt!«, schrie Sissie, rannte zum Bett und begann, die Schlinge von Sonnys Hals zu lösen.

Keuchend sog Sonny tief Luft ein.

»Mein Gott! Wie kommt er da hinein?«, fragte der erste Polizist verstört.

»Er probiert nur einen Zaubertrick«, erklärte Choo-Choo. Vor Aufregung begann er zu schwitzen.

»Einen Zaubertrick?«

Der zweite Polizist bemerkte, dass der Scheich sich langsam dem Fenster näherte, und richtete seine Waffe auf ihn. »Nein, nein, das lassen wir schön sein«, sagte er. »Komm wieder zurück.« Der Scheich drehte sich um und kam näher.

»Probiert einen Zaubertrick!«, rief der erste Polizist aus. »In einem Sack?«

»Ja, Sir, er versucht zu lernen, wie er da wieder allein rauskommt, wie Houdini.«

In das Gesicht des Polizisten kam die Farbe zurück. »Den sollte man wegen Erregung öffentlichen Ärgernisses festnehmen«, sagte er.

»Warum denn? Er hat doch noch den Sack an«, sagte der zweite Polizist und lachte laut über seinen eigenen Witz.

Beide grinsten auf Sonny hinunter, als ob er ein harmloser Irrer wäre. Dann sagte der zweite Polizist plötzlich: »Das ist doch wohl nicht möglich. Einen so Verrückten gibts nur einmal auf der Welt!«

Der erste Polizist sah sich Sonny näher an und bestätigte gedehnt: »Ich glaube, du hast recht.« Dann befahl er den anderen: »Holt ihn aus dem Sack raus.«

Der Scheich rührte sich nicht, aber Choo-Choo und Inky traten hastig hinzu und zogen Sonny aus dem Sack, den Sissie unten festhielt.

Die Polizisten starrten verblüfft auf Sonny. »Sieht aus wie ein geschnürter Rollbraten, findest du nicht?«, meinte der erste Polizist.

Wieder brach Sugartit in Gelächter aus.

Sonnys schwarze Haut zeigte eine graue Blässe, als ob er leicht mit Holzasche bestäubt worden wäre. Er zitterte wie Espenlaub. Der zweite Polizist streckte den Arm aus und drehte Sonny um. Alle starrten auf die Klammern der Handschellen, die Sonnys Handgelenke umschlossen.

»Das ist unser Mann«, sagte der erste Polizist.

»Herr im Himmel, Sir. Wäre ich doch nur nach Hause und ins Bett gegangen«, klagte Sonny jämmerlich.

»Kann ich gut verstehen«, entgegnete der Polizist.

Sugartit hörte nicht mehr auf zu lachen.

15

Die Toten waren in die Leichenhalle gebracht worden. Zurückgeblieben waren dort, wo sie gelegen hatten, nur die Kreideumrisse auf dem Pflaster.

Die Straße war von Privatwagen geräumt worden. Abschleppwagen der Polizei hatten jene Autos fortgeschafft, die mitten auf der Fahrbahn abgestellt worden waren. Die meisten Streifenwagen hatten ihren üblichen Dienst wieder aufgenommen. Die zurückgebliebenen riegelten das Gebiet ab.

Der Wagen des Chefs der uniformierten Polizei stand im Zentrum des Geschehens. Er parkte mitten auf der Kreuzung zwischen 127th Street und Lenox Avenue. Neben dem Wagen standen der Chef, Lieutenant Anderson, der Lieutenant vom Morddezernat und der Reviersergeant, der einen Suchtrupp geführt hatte, um einen jungen Burschen namens Bones herum. Der Lieutenant vom Morddezernat hielt eine Zip-Pistole in der Hand.

»Also gut, sie gehört dir nicht«, sagte der Lieutenant mit mühsam beherrschter Geduld zu Bones. »Wem gehört sie dann? Für wen versteckst du sie?«

Bones blickte verstohlen zum Gesicht des Lieutenants auf und schnell wieder auf das Pflaster hinunter. Sein Blick kroch über vier Paar große Polizistenstiefel. Sie sahen aus wie die Sechste Flotte vor Anker. Er gab keine Antwort.

Er war ein schlanker schwarzer Junge mittlerer Größe mit mädchenhaften Gesichtszügen und kurzem, an den Wurzeln fast straffem Haar, das er an der Seite gescheitelt trug. Er trug eine saubere Jacke über seinem Turnhemd und eng anliegende schwarze Hosen über blank polierten, spitzen hellbraunen Schuhen.

Ein älterer Mann, einen Kopf größer, mit einem von schwerer Arbeit im Freien gegerbten Gesicht stand neben ihm. Krauses Haar wuchs wie kriechendes Unkraut auf seinem glänzenden schwarzen Schädel, und besorgte braune Augen blickten durch eine stahlgefasste Brille auf Bones hinunter.

»Mach schon, Junge. Sags ihnen. Sei vernünftig«, drängte er. Dann blickte er auf und sah Grave Digger mit seinen Häftlingen näher kommen. »Da kommt Digger Jones, dem kannst dus sagen, oder nicht?«

Alle blickten sich um.

Grave Digger hielt Good Booty am Arm gefasst. Big Smiley und Ready Belcher gingen mit Handschellen aneinandergefesselt vor ihm her.

Grave Digger sah Lieutenant Anderson an und sagte: »Ich habe das *Dew Drop Inn* geschlossen. Der Geschäftsführer und einige Jugendliche werden von den Beamten dort festgehalten. Sie sollten einen Wagen hinschicken.«

Anderson pfiff nach der Besatzung eines Streifenwagens und gab ihnen den Befehl.

»Was haben Sie über Galen herausgebracht?«, fragte der Chef Grave Digger.

»Ich habe herausgefunden, dass er pervers war.«

»Das klingt einleuchtend«, sagte der Lieutenant vom Morddezernat.

Der Chef wurde rot. »Mir ist scheißegal, was er war. Haben Sie herausgefunden, wer ihn umgebracht hat?«

»Nein. Im Augenblick habe ich nur eine Vermutung«, antwortete Grave Digger.

»Na schön, aber vermuten Sie schnell. Ich habe die Nase voll, hier herumzustehen und mir diese Verwechslungskomödie anzusehen.«

»Ich kann Sie schnell informieren, und dann können Sie auch Vermutungen anstellen«, sagte Grave Digger.

»Gut, machen Sies kurz, aber ich werde bestimmt keine Vermutungen anstellen«, erwiderte der Chef.

»Hören Sie, Digger«, mischte sich der farbige Zivilist ein, »Sie und ich, wir arbeiten beide für die Stadt. Sagen Sie ihnen, dass mein Junge nichts verbrochen hat.«

»Er hat gegen das Gesetz über verbotenen Waffenbesitz verstoßen, weil er diese Pistole bei sich hatte«, sagte der Lieutenant vom Morddezernat.

»Das kleine Ding da?«, entgegnete Bones' Vater verächtlich. »Ich glaub nicht mal, dass es schießt.«

»Schaffen Sie diese Leute von hier weg, Jones soll berichten«, sagte der Chef ungehalten.

»Los, kümmern Sie sich darum, Sergeant«, befahl Lieutenant Anderson.

»Kommen Sie, Sie beide«, sagte der Sergeant und fasste den Mann am Arm.

»Digger ...«, flehte der Mann.

»Es reicht«, sagte Grave Digger schroff. »Ihr Junge gehört zur Moslemgang.«

»Nein, nein, Digger ...«

»Muss ich erst zuschlagen?«, fragte der Sergeant.

Der Mann ließ sich mit seinem Sohn über die Straße führen. Der Sergeant überantwortete sie einem Corporal und kam eilig zurück. Noch ehe er drei Schritte gemacht hatte, winkte der Corporal zwei Polizisten heran, um ihnen Vater und Sohn zu übergeben.

»Was arbeitet er denn bei der Stadt?«, fragte der Chef.

»Er untersteht dem Gesundheitsamt«, sagte der Sergeant. »Er ist bei der Müllabfuhr.«

»Also los, fangen Sie an, Jones«, befahl der Chef.

»Galen griff farbige Schulmädchen auf, Teenager, und nahm sie mit in einen Puff in der 145th Street«, sagte Grave Digger mit trockener, tonloser Stimme.

»Haben Sie ihn geschlossen?«, fragte der Chef.

»Das eilt nicht. Ich suche den Mörder«, antwortete Grave Digger. Er zog die kleine Viehpeitsche aus der Tasche. »Damit hat er sie ausgepeitscht.«

Der Chef griff schweigend danach. »Haben Sie eine Liste der Mädchen, Jones?«, fragte er.

»Wozu?«

»Hier könnte ein Zusammenhang bestehen.«

»Darauf komme ich noch …«

»Dann kommen Sie endlich darauf.«

»Die Puffmutter, eine Frau namens Reba – früher nannte sie sich Sheba –, das ist die Frau, die damals Captain Murphy belastet hat …«

»Ah so, die«, sagte der Chef leise. »Diesmal kommt sie uns nicht durch.«

»Dann reißt sie jemanden mit herein«, warnte Grave Digger. »Sie wird gedeckt. Auch Galen wurde gedeckt.«

Alle schwiegen. Der Chef sah Lieutenant Anderson nachdenklich an.

Schließlich platzte der Sergeant heraus: »Das liegt nicht in unserem Revier.«

Anderson sah den Sergeant an. »Niemand hat Sie beschuldigt.«

»Weiter, Jones«, drängte der Chef.

»Reba bekam es mit der Angst zu tun und verbot Galen das Haus. Nachdem er keine Bleibe mehr hatte, traf er sich mit den Mädchen im *Dew Drop Inn*. Er bestach den Barmann, damit er sie dort im Keller auspeitschen konnte.«

Alle außer Grave Digger schienen verlegen zu werden. »Galen lernte ein Mädchen namens Sissie kennen«, fuhr Grave Digger fort. »Wie, spielt im Augenblick keine Rolle. Sie ist die Freundin eines Burschen, der Scheich genannt wird und der Anführer der *Real Cool Moslems* ist.«

Schlagartig folgte ihm die Gruppe mit gespannter Aufmerksamkeit.

»Der Scheich hat ihm Sissie verkauft. Dann wollte Galen ihre Freundin Sugartit haben, aber der Scheich konnte Sugartit nicht dazu überreden oder zwingen. Trotzdem suchte Galen hier die Gegend nach ihr ab. Hier sind der Barmann und ein kleiner Zuhälter, der ein Mädchen bei Reba hat. Er hat Galen auch einige von diesen Kindern angeschleppt – so viel hab ich aus beiden herausbekommen.«

Die Polizisten sahen die beiden aneinandergefesselten Häftlinge abschätzend an.

»Wenn die beiden schon so viel wissen, wissen sie wohl auch, wer Galen umgebracht hat«, sagte der Chef.

»Es würde für die beiden von Nutzen sein, wenn es so wäre«, erwiderte Grave Digger, »aber ich glaube, dass sie sich in diesem Punkt an die Wahrheit halten. Ich glaube, dass die ganze Sache an Sugartit hängt und dass er ihretwegen umgebracht wurde.«

»Von wem?«

»Das ist die große Preisfrage.«

Der Chef sah Good Booty an. »Ist dieses Mädchen Sugartit?« Auch die anderen starrten sie an.

»Nein, das ist eine andere.«

»Wer ist Sugartit dann?«

»Das habe ich noch nicht herausgefunden. Die Kleine hier weiß es, will es aber nicht sagen.«

»Bringen Sie sie dazu.«

»Wie?«

Dem Chef schien diese Frage peinlich zu sein. »Also, was, zum Teufel, wollen Sie mit ihr anfangen, wenn Sie sie nicht zum Sprechen bringen können?«, knurrte er.

»Ich glaube, dass sie sprechen wird, wenn wir nahe genug an die Wahrheit herankommen. Die Moslemgang treibt sich irgendwo hier in der Umgebung herum. Der Barmann hier glaubt, sie könnte in der Wohnung eines Burschen sein, der einen Taubenschlag hat.«

»Ich weiß, wo das ist«, rief der Sergeant aus. »Ich habe die Wohnung durchsucht.«

Alle, einschließlich der Häftlinge, starrten ihn an. Der Sergeant wurde dunkelrot. »Jetzt erinnere ich mich daran«, sagte er. »In der Wohnung waren mehrere Burschen. Der Junge, der die Tauben hält, er heißt Caleb Bowee, wohnt dort bei seiner Großmutter, und die beiden anderen sind Untermieter.«

»Warum, zum Teufel, haben Sie die Burschen nicht festgenommen?«, fragte der Chef.

»Ich fand nichts, um sie mit der Moslemgang oder dem entkommenen Häftling in Verbindung zu bringen«, verteidigte sich der Sergeant. »Der Bursche mit den Tauben ist ein Schwachkopf. Er ist harmlos, und ich bin überzeugt, dass die Großmutter eine Bande in ihrer Wohnung nicht dulden würde.«

»Woher, zum Teufel, wissen Sie, dass er harmlos ist«, brauste der Chef auf. »Die Hälfte aller Mörder in Sing-Sing sehen so aus wie Sie und ich.«

Der Lieutenant vom Morddezernat und Anderson tauschten ein Lächeln.

»Sie hatten zwei Mädchen da ...«

»Warum, zum Teufel, haben Sie die nicht festgenommen?«, unterbrach ihn der Chef.

»Wie hießen die Mädchen?«, fragte Grave Digger.

»Eine wurde Sissieratta genannt und ...«

»Das muss Sissie sein«, sagte Grave Digger. »Es passt alles zusammen. Die eine war Sissie, und die andere war Sugartit, und einer der Burschen war der Scheich.« Er wandte sich an Big Smiley und fragte: »Wie sieht der Scheich aus?«

»Ein Bursche mit einem fleckigen, gelben Gesicht wie ein fahles Pferd und mit gelben Katzenaugen«, antwortete Big Smiley teilnahmslos.

»Es stimmt«, gab der Sergeant verlegen zu. »Das ist einer von ihnen. Ich hätte mich auf meinen Instinkt verlassen sollen. Ich wollte diesen Halunken festnehmen.«

»Zum Teufel, dann setzen Sie jetzt Ihren fetten Hintern in

Bewegung«, brüllte der Chef, »wenn Sie weiter bei der Polizei bleiben wollen.«

»Ja, aber ... Die andere Kleine, die, die Jones Sugartit nennt, war Ed Johnsons Tochter«, platzte der Sergeant heraus. »Sie hatte einen dieser Polizeiausweise, die Sie selbst unterschreiben, und ich dachte ...«

Er wurde von dem stumpfen, schmatzenden Laut unterbrochen, den Metall verursacht, das gegen einen menschlichen Schädel trifft.

Keiner hatte gesehen, dass Grave Digger sich bewegte.

Was sie jetzt sahen, war, dass Ready Belcher mit verdrehten Augen und einer weißen, zwei Zoll breiten Platzwunde auf der schwarzen, pockennarbigen Stirn, die noch nicht angefangen hatte zu bluten, in sich zusammensank.

Big Smiley am anderen Ende der Handschellen wich zurück wie ein Wagenpferd, das vor einer Klapperschlange scheut.

Grave Digger packte seinen Revolver an dem langen, vernickelten Lauf und schwang ihn wie eine Keule. Die Muskeln an seinem Nacken waren vor Wut geschwollen, und sein Gesicht war verzerrt.

Wie gelähmt starrten alle ihn an.

»Haltet ihn zurück, verflucht noch mal, haltet ihn! Er bringt ihn sonst um«, brüllte der Chef.

Die erstarrten Gestalten der Polizisten erwachten zum Leben. Der Sergeant umschlang Grave Digger von hinten. Grave Digger beugte sich vor und schleuderte den Sergeant über seinen Kopf weg auf den Chef zu, der seinerseits auswich und den Sergeant an sich vorbeisegeln ließ.

Lieutenant Anderson und der Lieutenant vom Morddezernat gingen aus entgegengesetzten Richtungen auf Grave Digger los. Jeder packte Grave Digger an einem Arm, solange er noch in gebückter Stellung war, und riss ihn hoch und zurück.

Ready lag ausgestreckt auf dem Pflaster. Blut sickerte jetzt aus der Delle in seinem Schädel.

Ein schlaffer Arm wurde von der Handschelle an Big Smileys

Handgelenk straff nach oben gezogen. Er sah aus, als ob er schon tot wäre.

Big Smiley bot den Anblick eines erschreckten, blinden Bettlers, der von einem Bombenangriff überrascht wird. Seine Riesengestalt zitterte von Kopf bis Fuß.

Grave Digger hatte gerade noch Zeit, Ready einen Tritt ins Gesicht zu versetzen, ehe die Polizeibeamten ihn außer Reichweite zerrten.

»Schafft ihn ins Spital, schnell!«, schrie der Chef und fügte im nächsten Atemzug hinzu: »Gebt ihm eins über den Schädel!«

Grave Digger hatte die Lieutenants mit sich zu Boden gerissen, und keiner von beiden war in der Lage, die Aufforderung des Chefs zu befolgen.

Der Sergeant hatte sich schon wieder aufgerappelt und machte sich auf den Befehl des Chefs im Galopp davon.

»Telefonieren Sie, verflucht noch mal, rennen Sie nicht selbst hin!«, schrie der Chef. »Wo, zum Teufel, ist überhaupt mein Chauffeur?«

Aus allen Richtungen kamen Polizisten angerannt. »Helft gefälligst!«, befahl der Chef. »Wir müssen ihn bändigen!« Vier Polizisten sprangen hinzu. Schließlich hatten sie Grave Digger fest auf dem Boden.

Der Sergeant stieg in den Wagen des Chefs und begann in das Telefon zu sprechen.

Plötzlich tauchte Coffin Ed auf. Niemand hatte ihn von seinem Wagen, der weiter unten an der Straße parkte, kommen sehen.

»Mein Gott, was ist denn hier los, Digger?«, rief er aus. Alle schwiegen. Ihre Verlegenheit war unverkennbar.

»Was ist los?«, fragte Coffin Ed noch einmal und blickte von einem zum anderen. »Was, zum Teufel, geht hier vor?«

Grave Diggers Muskeln entspannten sich. »Ich bins, Ed«, sagte er und blickte vom Boden zu seinem Freund auf. »Ich hab nur mal schnell den Kopf verloren. Das ist alles.«

»Lasst ihn los«, befahl Anderson seinen Helfern. »Jetzt ist er wieder normal.« Die Polizisten gaben Grave Digger frei, und er stand von der Straße auf.

»Wieder abgekühlt?«, fragte der Lieutenant vom Morddezernat.

»Ja. Geben Sie mir meine Waffe«, antwortete Grave Digger. Der Lieutenant gab ihm seinen Revolver zurück. Coffin Ed blickte auf Ready Belchers blutigen Kopf hinunter. »Du also auch, Partner«, sagte er. »Was hat dieser Halunke getan?«

»Ich habe ihm versprochen, dass ich ihn umbringe, wenn er mir etwas verschweigt.«

»Du hast offensichtlich Wort gehalten«, meinte Coffin Ed. Dann fragte er: »Ist die Sache so schlimm?«

»Schmutzig, Ed. Galen war ein übler Schweinehund.«

»Das überrascht mich nicht. Hast du schon etwas herausgebracht?«

»Ein bisschen, nicht viel.«

»Was, zum Teufel, wollen Sie hier, Johnson?«, wandte sich der Chef an Coffin Ed. »Vielleicht Ihrem Freund helfen, noch ein paar Ihrer Leute zusammenzuschlagen?«

Grave Digger wusste, dass der Chef versuchte, das Gespräch von Coffin Eds Tochter abzulenken, wusste aber nicht, wie er ihm helfen konnte.

»Ihr zwei benehmt euch, als ob ihr die ganze Bevölkerung von Harlem umbringen wolltet«, fuhr der Chef fort.

»Sie haben mir befohlen, ich soll hart vorgehen«, erinnerte Grave Digger ihn.

»Ja, aber ich meinte nicht vor meinen Augen und nicht, dass ich dabei Zeuge sein muss.«

»Hier ist unser Revier«, kam Coffin Ed seinem Freund zu Hilfe. »Wenn es Ihnen nicht passt, wie wir den Fall bearbeiten, warum lösen Sie uns dann nicht ab?«

»Sie sind schon abgelöst«, sagte der Chef. »Warum, zum Teufel, sind Sie überhaupt wieder hergekommen?«

»In einer ganz privaten Angelegenheit.«

Der Chef schnaubte.

»Meine Tochter ist nicht nach Hause gekommen, und ich mache mir Sorgen um sie«, erklärte Coffin Ed. »Es ist gar nicht ihre Art, so lange fortzubleiben und uns nicht zu sagen, wo sie ist.«

Der Chef wandte sich ab, um seine Verlegenheit zu verbergen.

Grave Digger schluckte hörbar. »Ach was, Ed, du brauchst dich nicht um Eve zu sorgen«, sagte er, wie er hoffte, in zuversichtlichem Ton. »Sie wird bald zu Hause sein. Du weißt, dass ihr nichts passieren kann. Sie hat diesen Polizeiausweis, den du ihr zu ihrem letzten Geburtstag beschafft hast, oder nicht?«

»Ich weiß. Sie ruft aber immer ihre Mutter an, wenn sie länger fortbleibt.«

»Während du sie hier suchst, ist sie wahrscheinlich nach Hause gekommen. Fahr doch zurück, und leg dich schlafen. Ihr wird nichts passieren.«

»Jones hat ganz recht, Ed«, sagte der Chef brüsk. »Fahren Sie nach Hause, und ruhen Sie sich aus. Sie sind außer Dienst und uns hier im Weg. Ihrer Tochter kann nichts passieren. Sie leiden einfach an Wahnvorstellungen.«

Aus der Ferne erklang eine Sirene. »Da kommt der Krankenwagen«, sagte Lieutenant Anderson.

»Ich werde noch einmal zu Hause anrufen«, sagte Coffin Ed. »Nimm dich zusammen, Digger. Pass auf, dass du nicht auch suspendiert wirst.«

Als er sich umdrehte, erklang aus dem obersten Stockwerk eines nahe gelegenen Hauses eine Folge von Schüssen: Zehn Schüsse aus einem .38er Dienstrevolver der Polizei wurden so schnell hintereinander abgegeben, dass es wie eine geschlossene Kette klang, als ihr Knallen die Straße erreichte.

Jeder Polizist in Hörweite verharrte regungslos. Mit fast übermenschlicher Anstrengung versuchten sie die Richtung auszumachen, aus der die Schüsse gekommen waren. Ihre Blicke glitten über jeden Fleck und Winkel der Hausfassaden.

Es fielen aber keine weiteren Schüsse mehr.

Das einzige Lebenszeichen waren die erlöschenden Lichter. Beinahe ebenso schnell, wie die Schüsse gefallen waren, ging ein Licht nach dem anderen aus, bis nur noch ein einziges erleuchtetes Fenster in dem dunklen Block übrig blieb. Es war das Fenster hinter dem Absatz der Feuertreppe im obersten Stockwerk eines Wohnhauses einen halben Block weiter unten an der Straße.

Auf diese Stelle waren alle Augen gerichtet.

Die groteske Silhouette von etwas, das über das Fenstersims kroch, erschien in grellem Licht. Langsam richtete es sich auf und nahm den Umriss eines gedrungenen, kräftigen Mannes an. Er schwankte langsam über den drei Fuß breiten Eisenrost und lehnte sich gegen das niedrige äußere Geländer. Für einen Augenblick wankte er in einer makabren Pantomime hin und her und fiel dann langsam wie eine Roulettekugel, die die letzte Hürde vor der endgültigen Nummer nimmt, über das Geländer, drehte sich in der Luft und entging um Haaresbreite dem Geländer des zweiten Absatzes. Wieder drehte sich der Körper, traf das dritte Geländer und drehte sich schneller und schneller. Er landete mit einem widerhallenden Aufschlag auf einem geparkten Wagen und blieb dort liegen; eine Hand hing neben dem Fenster des Fahrers hinunter, als ob sie ein Zeichen zum Anhalten gäbe.

»Verflucht noch mal, worauf wartet ihr?«, brüllte der Chef mit Stentorstimme. Einen Augenblick später fügte er hinzu: »Sie nicht, Jones, Sie nicht!«, und rannte zu seinem Wagen, um das Megaphon zu holen.

Schon hatte Bewegung eingesetzt. Polizisten stürmten auf das Haus zu wie Marineinfanteristen bei einem Landungsunternehmen. Die beiden Polizisten, die den Hauseingang bewachten, rannten auf die Straße heraus, um festzustellen, woher die Schüsse gekommen waren.

Der Chef packte sein Megaphon und schrie: »Licht auf das Haus!«

Zwei Scheinwerfer, die ausgeschaltet worden waren, gingen

sofort wieder an und strahlten den obersten Stock des Hauses an.

Ein Polizist kletterte durch das Fenster auf den Absatz der Feuertreppe und hob deutlich sichtbar die Hand. »Alles stehen bleiben!«, schrie er. »Ich will den Chef! Ist der Chef da?«

»Das Licht tiefer«, rief der Chef durch das Megaphon. »Ich bin hier. Was ist los?«

»Rufen Sie einen Krankenwagen. Peterson ist angeschossen ...«

»Krankenwagen kommt.«

»Ja, Sir, aber lassen Sie noch niemand hier herauf ...«

Grave Digger packte Coffin Ed am Arm. »Jetzt bleib mal ganz ruhig, Ed«, sagte er, »deine Tochter ist da oben.« Er spürte, wie Coffin Eds Muskeln unter seinem Griff hart wurden, während der Polizist weitersprach.

»Wir haben Pickens gefunden, aber einer von der Moslembande packte Petersons Waffe und hat ihn angeschossen. Er benutzte einen seiner Kumpels als Schild, und ich erwischte diesen Burschen. Doch dann riss er eins der Mädchen hier an sich und floh mit ihr ins hintere Zimmer. Dort hat er sich eingeschlossen, und zu dieser Bude gibt es keinen anderen Zugang. Er sagt, das Mädchen ist die Tochter von Detective Ed Johnson. Er hat gedroht, ihr den Hals durchzuschneiden, wenn er nicht mit Ihnen und Grave Digger sprechen kann. Was soll ich tun?«

Der Krankenwagen kam näher, und der Chef musste warten, bis dessen Sirene verklungen war, ehe er sich verständlich machen konnte.

»Hat er Petersons Waffe noch?«

»Ja, Sir, aber sie ist leergeschossen.«

»Gut, bleiben Sie am Platz«, antwortete der Chef durch das Megaphon. »Wir holen Peterson über die Feuertreppe herunter, und ich komme hoch und schaue, was los ist.«

Coffin Eds säureverbranntes Gesicht war entstellt vor Angst.

16

»Sie bleiben hier unten, Johnson«, befahl der Chef. »Ich nehme Anderson und Jones mit.«

»Nur wenn Sie mich erschießen«, erwiderte Coffin Ed. Der Chef sah ihn an.

»Lassen Sie ihn mitkommen«, sagte Grave Digger.

»Ich sollte auch mit. Ich kenne die Wohnung«, sagte der Sergeant.

»Es ist meine Aufgabe, dass ich mitkomme«, sagte der Lieutenant vom Morddezernat.

»Verdammt noch mal, wer führt hier eigentlich das Kommando?«, brauste der Chef auf.

»Wir dürfen keine Zeit verlieren«, entgegnete Grave Digger.

Alle gingen, so schnell und leise wie möglich. Keiner von ihnen sprach, bis der Chef an der Küchentür rief: »Hier spricht der Chef. Komm raus und ergib dich, dann wird dir nichts geschehen!«

»Woher soll ich wissen, dass du der Chef bist?«, fragte eine undeutliche Stimme von innen zurück.

»Wenn du die Tür aufmachst und rauskommst, wirst dus ja sehen.«

»Du bist ja ein ganz Schlauer. Du bist der Chef, aber ich bin der Scheich.«

»Na schön, du bist also der Big Boss einer Top-Gang. Was willst du?«

»Lenken Sie ihn ab«, flüsterte Coffin Ed. »Ich klettere aufs Dach.«

»Wer ist bei dir?«, fragte der Scheich scharf.

Grave Digger deutete auf den Sergeant und Lieutenant Anderson.

»Der Revierlieutenant und ein Sergeant«, antwortete der Chef.

»Wo ist Grave Digger?«

»Er ist noch nicht hier. Ich muss ihn erst holen lassen.«

»Schick die anderen Scheißkerle fort. Wir wollen das unter uns ausmachen: der Scheich und der Chef.«

»Woran willst du erkennen, dass sie fort sind, wenn du Angst hast, herauszukommen und nachzusehen?«

»Von mir aus können sie bleiben. Mir ist das scheißegal. Und glaub nicht, dass ich Angst habe. Null Risiko. Mit der linken Hand hab ich Coffin Eds Tochter am Haar gepackt, und mit der rechten drück ich ihr ein rasiermesserscharfes Küchenmesser gegen den Hals. Wenn du versuchst, mich reinzulegen, schneide ich ihr den verdammten Kopf ab, bevor ihr durch die Tür seid.«

»Also gut, Scheich, wir sind in der Klemme, aber raus kommst du hier nicht. Warum gibst du also nicht auf und stellst dich wie ein Mann? Ich gebe dir mein Wort, dass wir gerecht mit dir verfahren werden. Der Polizist, den du angeschossen hast, ist nicht ernstlich verletzt. Sonst liegt nichts gegen dich vor. Das gibt höchstens fünf Jahre. Bei guter Führung kommst du nach drei Jahren wieder raus. Warum willst du einen schnellen Tod oder den heißen Stuhl riskieren, nur um für einen Augenblick den starken Mann zu spielen?«

»Spar dir dein dämliches Geschwätz. Du wirst mir eine Anklage wegen Menschenraub anhängen, weil ich mir deinen Häftling geschnappt habe.«

»Zum Teufel mit dem! Den kannst du behalten. Den wollen wir nicht mehr. Wir haben festgestellt, dass er den Weißen nicht umgebracht hat. Pickens hat nur mit einem Schreckschussrevolver geschossen.«

»Er hat den Mann also nicht umgebracht?«

»Nein.«

»Wer hats denn getan?«

»Das wissen wir noch nicht.«

»Ihr wisst also nicht, wer den großen Weißen umgelegt hat?«

»Was soll denn das? Warum interessiert dich das? Du willst doch nicht in was reingezogen werden, was dich nichts angeht?«

»Du bist wohl ein besonders smarter Bulle, was? Du bist so schlau, dass ich ihr gleich den Hals abschneide, nur um dir zu zeigen, wie dämlich du bist.«

»Bitte, reizen Sie ihn nicht, Chef, bitte«, flehte eine dünne, verängstigte Stimme von innen. »Er bringt mich sonst um. Das weiß ich.«

»Mund halten«, unterbrach der Scheich sie brutal. »Dass ich dich umbringe, kann ich ihnen auch selbst erzählen.«

Schweißtropfen bildeten sich auf dem roten Nasenrücken und um die blauen Tränensäcke des Chefs. »Warum benimmst du dich wie ein Feigling?«, drängte er und ließ seine Stimme verächtlich klingen. »Sei ein Mann wie John Dillinger. Viel bekommst du nicht. Drei Jahre, keinen Tag mehr. Versteck dich nicht hinter einem unschuldigen Mädchen.«

»Wen willst du mit dem Quatsch für dumm verkaufen? Ich bin der Scheich. Kein dämlicher Bulle kann den Scheich zum Narren halten. Du hast nur den heißen Stuhl für mich und bildest dir ein, du könntest mich überreden, freiwillig rauszukommen und mich draufzusetzen?«

»Spiel dich nicht so auf, du mieser Lump!«, schrie der Chef, der für einen Augenblick die Selbstbeherrschung verlor. »Du hast einen Polizisten angeschossen, aber du hast ihn nicht getötet. Du hast einen Häftling befreit, den wir gar nicht wollen. Jetzt willst du das an einem Mädchen auslassen, das sich nicht verteidigen kann. Und du nennst dich Scheich? Ein großer Bandenchef? Du bist nichts als ein kleiner Halunke, durch und durch ein Feigling!«

»Weiter, mach nur weiter! Mich täuschst du nicht mit dem dämlichen Geschwätz. Dir war doch gleich klar, dass ichs war, als ihr festgestellt habt, dass der dumme Nigger mit Platzpatronen geschossen hat.«

»Was?«, fragte der Chef überrascht. Unwillkürlich wandte er sich an Grave Digger: »Wovon redet der Kerl denn?«

»Galen.« Grave Digger bildete das Wort lautlos mit den Lippen.

»Galen?«, schrie der Chef. »Willst du mir einreden, dass du den Weißen erschossen hast, du Dreckskerl?«, brüllte er.

»Weiter, immer nur weiter. Du weißt verdammt gut, dass ich dem großen Weißen das Ding verpasst hab.« Es klang, als ob er über eine persönliche Beleidigung wütend wäre. »Wen willst du hier für dumm verkaufen? Du hast es mit dem Scheich zu tun. Du glaubst wohl, weil ich ein Farbiger bin, bin ich so dämlich, dass ich auf deine Kindermärchen reinfalle?«

Der Chef musste erst seine Gedanken ordnen. »Du hast also Galen umgebracht?«

»Für mich ist er nur ein Weißer wie jeder andere«, antwortete der Scheich verächtlich. »Nichts als ein geiler Bock, der sich hier amüsieren wollte. Ja, ich hab ihn umgelegt.« In seiner Stimme lag Stolz.

»Das könnte stimmen«, sagte der Chef nachdenklich. »Du hast ihn durch die Straße laufen sehen. Das hast du ausgenutzt und ihn von hinten niedergeschossen, typisch für einen Feigling wie dich. Wahrscheinlich hast du ihm aufgelauert, aber du hattest zu große Angst, ihm wie ein Mann ehrlich gegenüberzutreten.«

»Ich hab dem Scheißkerl nicht aufgelauert oder sonst was. Ich wusste nicht mal, dass er in der Gegend war.«

»Du hattest mit ihm eine Rechnung offen.«

»Ich hab nichts gegen ihn gehabt. Du bist besoffen. Für mich war er nur ein geiler weißer Miesling.«

»Warum, zum Teufel, hast du ihn dann niedergeschossen?«

»Ich wollte meine neue Zip-Pistole ausprobieren. Ich hab das Arsch vorbeilaufen sehen, da hab ich einfach auf ihn gezielt, um zu sehen, wie meine neue Pistole schießt.«

»Du gottverdammte kleine Ratte«, knurrte der Chef, aber in seiner Stimme lag mehr Kummer als Zorn. »Das ist ja krank. Was, zum Teufel, soll man mit so was wie dir anfangen?«

»Du sollst nur nicht länger versuchen, mich für dumm zu verkaufen, sonst schneide ich dem Mädchen gleich den Hals ab.«

»Also gut«, gab der Chef eiskalt zurück. »Was verlangst du?«

»Ist Grave Digger schon da?« Grave Digger nickte.

»Ja, jetzt ist er hier.«

»Dann soll er was sagen.«

»Eve, ich bin es, Digger Jones«, sagte Grave Digger, ohne sich um den Scheich zu kümmern.

»Antworte ihm«, befahl der Scheich.

»Ja, Mr. Jones.« Ihr dünnes Stimmchen schwebte schwerelos wie Eiderdaunen zur angespannten Gruppe draußen vor der Küchentür.

»Ist Sissie bei euch drinnen?«

»Nein, Sir, nur Granny Bowee, und die sitzt in ihrem Sessel und schläft.«

»Wo ist Sissie?«

»Sie und Inky sind im Vorderzimmer.«

»Hat er dir was angetan?«

»Schluss mit dem Geschwätz«, unterbrach der Scheich drohend. »Ich zähle jetzt bis drei, dann ist Schluss.«

»Bitte, Mr. Jones, tun Sie, was er sagt. Sonst bringt er mich um.«

»Keine Angst, Kind. Wir machen alles, was er sagt«, versicherte Grave Digger und fügte hinzu: »Was willst du also, Junge?«

»Ich stelle folgende Bedingungen: Die Straße muss von allen Polizisten geräumt werden, die Polizeisperren müssen zurückgezogen werden ...«

»Was, zum Teufel ...«, platzte der Chef heraus.

»Wird geschehen«, versprach Grave Digger.

»Ich will hören, dass der Chef es zusagt«, verlangte der Scheich.

»Ich will verdammt sein, ehe ich das tue«, tobte der Chef.

»Bitte!«, kam eine winzige Stimme wie ein Gebet.

»Und wenn es um Ihre Tochter ginge?«, fragte Grave Digger.

»Ich zähle bis drei«, drohte der Scheich.

»Also gut, ich verspreche es«, sagte der Chef und schwitzte Blut.

»Auf dein Ehrenwort als großer weißer Mann?«, fragte der Scheich hartnäckig.

Aus dem verschwitzten Gesicht des Chefs wich jede Farbe. »Jawohl, jawohl, mein Ehrenwort«, gab er nach.

»Dann will ich, dass ein Krankenwagen vor die Haustür gefahren wird. Ich will, dass alle Türen offen stehen, damit ich reinsehen kann, in die hintere Tür und beide Seitentüren. Und ich will, dass der Motor läuft.«

»Jawohl, jawohl. Was sonst noch? Die Freiheitsstatue zum Geleit?«

»Ich will, dass das Haus geräumt wird ...«

»Jawohl, jawohl, ich habe schon gesagt, dass das geschieht.«

»Ich will nicht, dass Alarm gegeben wird. Ich will nicht, dass irgendein Arschloch versucht, sich mir in den Weg zu stellen. Wenn mir jemand lästig wird, ehe ich fortkomme, könnt ihr ein totes Mädchen begraben. Ich werde sie irgendwo sicher absetzen, wenn ich unbehindert fortkomme, irgendwo über die Staatsgrenze.«

»Reizen Sie ihn nicht«, flüsterte Grave Digger eindringlich. »Er ist high bis über beide Ohren.«

»Also gut«, sagte der Chef. »Wir geben dir freien Abzug. Wenn du dem Mädchen nichts tust. Wenn du dem Mädchen was tust, wirst du uns noch anflehen, dir eine Kugel durch den Kopf zu jagen. Und jetzt hast du fünf Minuten Zeit, herauszukommen und zu machen, dass du wegkommst.«

»Du glaubst wohl immer noch, du könntest mich für dumm verkaufen?«, antwortete der Scheich. »So dämlich bin ich nicht. Ich will, dass Grave Digger reinkommt und seine Waffe hier auf den Tisch legt. Erst dann komme ich raus.«

»Du bist wohl verrückt. Glaubst du, dass ich dir eine Waffe in die Finger gebe?«, brüllte der Chef.

»Dann bringe ich sie sofort um.«

»Du bekommst meinen Revolver«, versprach Grave Digger.

»Sie sind ab sofort suspendiert«, schrie der Chef.

»Alles klar«, sagte Grave Digger, und dann zum Scheich: »Was soll ich tun?«

»Du stellst dich draußen vor die Tür und hältst den Revolver am Lauf. Wenn ich die Tür aufmache, streckst du ihn vor und kommst so in die Küche, dass ich zuerst den Griff sehe. Dann geh gradaus weiter, und leg den Revolver auf den Küchentisch. Verstanden?«

»Ja, das habe ich verstanden.«

»Die anderen sollen alle nach unten«, sagte der Scheich.

Die beiden Lieutenants und der Sergeant sahen den Chef an und warteten auf Befehle.

»Von mir aus, Jones, es ist Ihr Spiel«, sagte der Chef und fügte dann noch hinzu: »Ich wünsche Ihnen viel Glück.« Er drehte sich um und ging die Treppe hinunter.

Die anderen zögerten. Grave Digger winkte ihnen heftig zu, auch zu gehen. Widerwillig folgten sie dem Chef.

Es wurde still in der Küche, als die Schritte der Polizisten auf der Treppe verklangen.

Grave Digger stand vor der Küchentür und hielt seinen Revolver wie angewiesen. Über sein knotiges dunkelbraunes Gesicht strömte der Schweiß und sammelte sich am Kragen.

Schließlich wurde Bewegung aus der Küche hörbar. Das Türschloss wurde mit einem Klicken geöffnet, ein Riegel knarrend zurückgeschoben, eine Kette gelöst. Langsam öffnete sich die Tür nach innen.

Von der Tür aus war nur Granny zu sehen. Sie saß aufrecht in ihrem Schaukelstuhl. Ihre Hände hielten die Armlehnen umfasst, und ihre alten, milchigen Augen standen weit offen und starrten Grave Digger mit einem Blick heftigster Missbilligung an.

Hinter der Tür sagte der Scheich: »Dreh den Revolver so, dass ich sehen kann, ob er geladen ist.«

Ohne sich umzusehen, drehte Grave Digger die Waffe, dass der Scheich die Patronen in den Kammern der Trommel sehen konnte.

»Los, geh weiter.«

Grave Digger bewegte sich langsam durch den Raum und sah sich immer noch nicht um. Als er den Tisch erreichte, warf er schnell einen Blick auf das kleine Fenster an der Rückseite. Es befand sich neben einem primitiven selbstgezimmerten Regal, das den Blick von außen in die Küche teilweise verdeckte und nur den Teil zwischen Tisch und Seitenwand offen ließ.

Grave Digger sah, was er sehen wollte.

Langsam beugte er sich vor und legte seinen Revolver auf die andere Seite des Küchentischs. »Da«, sagte er.

Er hob die Hände über den Kopf und wandte sich langsam vom Tisch ab, der hinteren Wand zu. Er stand so, dass der Scheich entweder vor ihm vorbei oder auf der anderen Seite um den Tisch herumgehen musste, um an den Revolver zu kommen.

Der Scheich stieß die Tür mit dem Fuß zu und zeigte sich und Sugartit, aber Grave Digger drehte nicht den Kopf, bewegte nicht einmal die Augen, um zu ihnen hinzusehen.

Der Scheich packte Sugartits Pferdeschwanz fest mit der linken Hand, zog ihren Kopf scharf zurück, sodass sich ihr schlanker brauner Hals unter der Klinge des Messers straff spannte. Sie begannen sich langsam und schlurfend vorzuschieben, wie bei einem Apachen-Tanz in einem Nachtlokal auf dem Montmartre.

Sugartits weit aufgerissene Augen hatten den feuchten Blick eines sterbenden Rehs, und ihr kleines braunes Gesicht sah so zerbrechlich aus wie frisch gebackene Meringue. Auf ihrer Oberlippe standen Schweißtröpfchen.

Der Scheich hielt seinen Blick auf Grave Diggers Rücken geheftet, während er langsam auf der anderen Seite der Küche vorbeischlich und sich dem Tisch näherte. Als die Waffe in Griffweite kam, ließ er Sugartits Pferdeschwanz los, presste die Messerklinge stärker gegen ihre Kehle und griff mit der linken Hand nach der Waffe.

Coffin Ed hing kopfüber vom Dach herab. Nur Kopf und Schultern waren unter der Oberkante des Küchenfensters sichtbar. Dort hing er seit zwanzig Minuten und wartete, dass der Scheich in sein Blickfeld trat. Er zielte sorgfältig auf eine Stelle unmittelbar über dem linken Ohr des Scheichs.

Irgendein sechster Sinn veranlasste den Scheich, genau in dem Augenblick, als Coffin Ed abdrückte, den Kopf herumzureißen.

Ein drittes Auge, klein und schwarz und blicklos, erschien plötzlich mitten auf der Stirn, genau zwischen seinen überraschten gelben Katzenaugen.

Grave Digger fuhr blitzschnell herum, um das ohnmächtig werdende Mädchen aufzufangen, während das Messer harmlos klappernd auf die Tischplatte fiel.

Der Scheich war tot, ehe er umfiel. Er sank neben Grannys Schaukelstuhl in sich zusammen.

Der Raum war voll von Polizisten. »Das war verdammt riskant, viel zu riskant«, sagte Lieutenant Anderson und schüttelte benommen den Kopf.

»Was ist in unserem Beruf nicht riskant?«, entgegnete der Chef großspurig. »Polizisten müssen riskieren.«

Niemand widersprach ihm.

»Wir leben in einer gewalttätigen Stadt«, fügte er kriegerisch hinzu.

»So groß war das Risiko gar nicht«, sagte Coffin Ed. Er hatte seinen Arm um die bebenden Schultern seiner Tochter gelegt. »Wenn man sie in den Kopf schießt, setzen die Reflexe aus.«

Sugartit zuckte krampfhaft.

»Bring Eve nach Hause«, sagte Grave Digger rau.

»Ist wohl das Beste«, antwortete Coffin Ed und humpelte vor Schmerzen, während er seine Tochter behutsam zur Tür führte.

»Mein Gott«, sagte ein junger Streifenpolizist. »Nicht zu glauben, er hat die ganze Zeit da draußen nur an einem Draht um den Fuß gehangen. Ich kann mir nicht vorstellen, wie er die Schmerzen ausgehalten hat.«

»Wenn es um Ihre Tochter gegangen wäre, hätten Sie das auch ausgehalten«, sagte Grave Digger.

»Vergessen Sie das von der Suspendierung«, sagte der Chef.

»Das hab ich überhaupt nicht mitbekommen«, antwortete Grave Digger.

»Lieber Himmel, seht euch das an!«, rief der Sergeant plötzlich überrascht aus. »Trotz all dem Krach schläft Granny immer noch.«

Alle drehten sich um und sahen sie an. Auf einmal waren alle von einer gewissen Ehrfurcht ergriffen.

»Nichts wird sie je wieder aufwecken«, sagte der Lieutenant vom Morddezernat. »Sie muss seit Stunden tot sein.«

»Alles klar, macht schon, macht schon!«, schrie der Chef. »Wir räumen hier auf und gehen. Der Fall ist geklärt.« Dann fügte er stolz hinzu: »War gar nicht so schwierig, oder?«

17

Es war elf Uhr am nächsten Vormittag. Inky und Bones hatten ausgepackt.

Sie hatten dabei einiges durchgemacht, und als die Polizisten mit ihnen fertig waren, hatten die beiden so viel Beulen wie billiges Fichtenholz Astlöcher.

Die übrigen Mitglieder der *Real Cool Moslems* – Camel Mouth, Bean Baby, Punkin Head und Slow Motion – waren festgenommen und verhört worden und befanden sich jetzt wie Inky und Bones in Haft.

Ihre Aussagen waren praktisch gleich lautend:

Sie hatten an der Ecke der 127th Street und der Lenox Avenue gestanden.

Frage: Warum?
Antwort: War nur eine Kostümprobe.
Frage: Was? Kostümprobe?
Antwort: Ja, Sir. Wie am Broadway. Wir probierten zum ersten Mal unsere neuen Araberkostüme aus.
Frage: Und dann saht ihr Mr. Galen vorbeilaufen?
Antwort: Ja, Sir. Da haben wir ihn gesehen.
Frage: Habt ihr ihn erkannt?
Antwort: Nein, Sir. Wir kannten ihn nicht.
Frage: Hat der Scheich ihn gesehen?
Antwort: Ja, Sir. Aber er hat uns nicht gesagt, dass er ihn kennt, und wir hatten ihn nie gesehen.
Frage: Choo-Choo muss ihn aber auch gekannt haben.

Antwort:	Ja, Sir, wahrscheinlich. Er und der Scheich haben zusammengewohnt.
Frage:	Aber ihr habt gesehen, dass der Scheich auf ihn schoss?
Antwort:	Ja, Sir. Er hat gesagt: »Passt auf«, und dann zog er seine neue Zip-Pistole und schoss.
Frage:	Wie oft hat er geschossen?
Antwort:	Einmal. Öfter schießt eine Zip-Pistole nicht.
Frage:	Ja, diese Zip-Pistolen sind einschüssig. Ihr wusstet aber, dass er die Waffe hat?
Antwort:	Ja, Sir. Er hat fast eine Woche lang dran gearbeitet.
Frage:	Hat er sie selbst gemacht?
Antwort:	Ja, Sir.
Frage:	Habt ihr gesehen, dass er vorher schon mal damit geschossen hat?
Antwort:	Nein, Sir. Er hatte sie grade erst fertig. Er hatte sie noch nie ausprobiert.
Frage:	Ihr wusstet aber, dass er sie bei sich hatte?
Antwort:	Ja, Sir. Er wollte sie an dem Abend ausprobieren.
Frage:	Und nachdem er auf den Weißen geschossen hat, was tatet ihr dann?
Antwort:	Der Mann fiel hin, und dann sind wir zu ihm gegangen, um zu sehen, ob der Scheich getroffen hat.
Frage:	Kanntet ihr den ersten Verdächtigen, diesen Sonny Pickens?
Antwort:	Nein, Sir. Den haben wir auch zum ersten Mal gesehen, als er bei der Schießerei vorbeikam.
Frage:	Als der Weiße tot war, wusstet ihr da schon, dass der Scheich ihn erschossen hatte?
Antwort:	Nein, Sir. Wir dachten, das wäre der andere gewesen.
Frage:	Welcher von euch, hm – hat den Wind gelassen?
Antwort:	Was?
Frage:	Welcher von euch den Wind gelassen hat.
Antwort:	Ah, das war Choo-Choo. Der hat gefurzt.
Frage:	Hatte das eine besondere Bedeutung?

Antwort: Was?
Frage: Warum hat er das getan?
Antwort: Das ist nur unser Gruß für Polizisten.
Frage: Oh! Gehört Parfümspritzen auch dazu?
Antwort: Ja, Sir. Wenn sie wütend wurden, bespritzte Caleb sie mit Parfüm.
Frage: Um ihren Ärger zu besänftigen, wie? Um sie freundlicher zu stimmen?
Antwort: Um sie wütender zu machen.
Frage: Aha. Aber warum hat der Scheich Pickens, den anderen Verdächtigen, verschleppt?
Antwort: Nur um die Bullen zu ärgern. Er hasste die Bullen.
Frage: Warum?
Antwort: Was?
Frage: Warum hasste er die Polizei? Hatte er einen bestimmten Grund, die Polizei zu hassen?
Antwort: Einen bestimmten Grund? Die Bullen zu hassen? Nein, Sir. War nicht nötig. Es waren Bullen, das reicht.
Frage: Ah ja, das reicht. Ist das die Zip-Pistole, die der Scheich hatte?
Antwort: Ja, Sir. Jedenfalls sieht sie genauso aus.
Frage: Wie ist Bones in ihren Besitz gekommen?
Antwort: Der Scheich gab sie Bones, ehe er fortlief. Bones' alter Herr arbeitet bei der Stadt, und er meinte, bei Bones wäre sie sicher.
Frage: Das ist alles, Jungens, und jetzt könnt ihr euch auf was gefasst machen.
Antwort: Alles klar, Sir.

So stand der Fall. Völlig geklärt.

Gegen Sonny Pickens konnte keine Mordanklage erhoben werden. Er wurde aber vorläufig wegen öffentlicher Ruhestörung in Haft gehalten, während die Staatsanwaltschaft die Strafgesetze von New York durchforstete, um festzustellen, nach welchem

Paragrafen es strafbar war, mit einer Schreckschusspistole auf Mitbürger zu schießen.

Seine Freunde Lowtop Brown und Rubberlips Wilson befanden sich unter dem Verdacht der Beihilfe gleichfalls in Haft.

Der Fall der beiden Mädchen war an die Fürsorgebehörde überwiesen worden, die bisher jedoch noch nichts unternommen hatte. Angeblich befanden sich beide bei ihren Familien und litten unter den Nachwirkungen des Schocks.

Das Geschoss war aus dem Gehirn des Opfers entfernt und dem Laboratorium für Ballistik übergeben worden. Eine weitere Obduktion war nicht erforderlich. Die Tochter von Galen, Mrs. Helen Kruger aus Wading River, Long Island, hatte die Freigabe der Leiche beantragt.

Die anderen Toten, Granny und Caleb, Choo-Choo und der Scheich, lagen im Leichenschauhaus. Niemand interessierte sich für sie. Die Baptistengemeinde von Harlem, der Granny angehört hatte, würde ihr ein anständiges, christliches Begräbnis geben. Sie hatte aber keine Lebensversicherung und gehörte auch keiner Sterbekasse an, deshalb würde es für die Gemeinde eine finanzielle Belastung werden, falls die Mitglieder nicht spendeten, um die Kosten zu decken. Caleb würde mit dem Scheich und Choo-Choo auf Pottersfield begraben werden, falls nicht die medizinische Fakultät einer der Universitäten ihre Leichen zur Sektion erwarb. Allerdings würde sich kaum eine Fakultät für die Leiche von Choo-Choo interessieren, da sie stark beschädigt war.

Ready Belcher befand sich im Harlem Hospital. Er lag in der gleichen Abteilung, in der Charlie Richardson, dem Big Smiley den Arm abgehackt hatte, am Vorabend gestorben war. Readys Zustand war ernst, aber er würde die Verletzung überleben. Allerdings würde er niemals mehr so aussehen wie früher, und falls seine Teenager-Nutte ihn je wieder zu Gesicht bekam, würde sie ihn kaum wiedererkennen.

Big Smiley und Reba befanden sich wegen Beihilfe zum Verbrechen, Missbrauch von Jugendlichen, Totschlag, gewerbsmäßiger Kuppelei und verschiedener anderer Delikte in Haft.

Die Frau, der Coffin Ed ins Bein geschossen hatte, lag im Knickerbocker-Hospital. Zwei Winkeladvokaten auf Klientensuche, die dort Krankenwagen auflauerten, versuchten, sich gegenseitig auszutricksen und von ihr den Auftrag zu erhalten, mit einem Erfolgshonorar von fünfzig Prozent gegen Coffin Ed und die New-Yorker Polizei Schadenersatzklage zu erheben, aber ihr Mann verweigerte noch seine Zustimmung und verlangte sechzig Prozent.

Und so lautete die Geschichte, die zweite, korrigierte Version. Die Spätausgaben der Morgenzeitungen hatten die erste, falsche bereits herausposaunt.

Der angesehene New-Yorker Bürger war nicht, wie zunächst berichtet, in einer Bar in Harlem von einem angetrunkenen Schwarzen erschossen worden, der an der Anwesenheit des Weißen Anstoß genommen hatte. Nein, keineswegs. Er war von einem minderjährigen Gangster aus Harlem erschossen worden, der sich »Scheich« nannte und Anführer einer Gang namens *Real Cool Moslems* war. Warum? Weil der Scheich prüfen wollte, ob seine neue Zip-Pistole tatsächlich funktionierte.

Die Redakteure griffen heftig in die Tasten, um die bizarren Aspekte dieser dreischichtigen Harlemer Bluttat auszumalen. Und sie überschütteten die beherzten Polizisten mit Lob. Die hatten bis in die frühen Morgenstunden gearbeitet und den Mörder weniger als sechs Stunden nach dem tödlichen Schuss im Dschungel Harlems aufgespürt und in seinem Unterschlupf erschossen.

Die Schlagzeilen lauteten:

Polizei räuchert Real Cool Moslems aus!
Mord aus Übermut mit dem Tode bezahlt!
Wahnsinniger läuft Amok in Harlem!

Doch schon wurde diese Story Vergangenheit, so tot wie ihre vier Hauptfiguren.

»Weg damit«, befahl der Lokalredakteur einer Nachmittagszeitung. »Woanders ist ein frischer Mord passiert.«

In Harlem schien die Sonne auf das gleiche düstere Bild, das sie jeden Morgen um elf Uhr beleuchtete. Niemand vermisste die paar entbehrlichen Farbigen, die unter den verschiedensten Anschuldigungen im Gefängnisteil des großen neuen Granit-Wolkenkratzers in der Centre Street, der das alte New-Yorker Polizeipräsidium ersetzte, festgehalten wurden.

Im gleichen Gebäude, in einem Raum hoch oben an der Südwestecke mit schöner Aussicht auf die Battery und den North River, wurden die letzten Reste des Falles geklärt.

Zuvor hatten der Chef der uniformierten Polizei und der Polizeipräsident vertraulich unter vier Augen die Möglichkeiten der Korruption in den Harlemer Revieren erwogen.

»Es bestehen schwerwiegende Hinweise, dass Galen durch eine einflussreiche Persönlichkeit gedeckt wurde, entweder in der Polizei oder in der Stadtverwaltung«, hatte der Polizeipräsident gesagt.

»Nicht bei der Polizei«, hatte der Chef nachdrücklich widersprochen. »Erstens verrät die niedrige Zulassungsnummer seines Wagens – UG 16 –, dass seine Freunde höher gestellt sind als ein Revier-Captain, denn solche Nummern werden nur besonders Privilegierten zugeteilt, und dazu gehöre nicht einmal ich.«

»Konnten Sie irgendeine Verbindung zu einem Politiker in dieser Gegend feststellen?«

»Bei Galen nicht. Aber Reba, die Frau, rief heute Morgen einen farbigen Stadtverordneten an und befahl ihm, sofort herzukommen und sie gegen Kaution auszulösen.«

Der Polizeipräsident seufzte. »Wir werden wohl nie erfahren, in welchem Umfang Galen dort aktiv war.«

»Vielleicht nicht, aber eines steht fest«, antwortete der Chef. »Das Schwein ist tot, und er kann mit seinem Geld niemand mehr korrumpieren.«

Anschließend überprüfte der Polizeipräsident die Suspendierung von Coffin Ed. Grave Digger und Lieutenant Anderson nahmen neben dem Chef an der Besprechung teil.

»Im Licht der späteren Entwicklung dieses Falles bin ich geneigt, gegenüber Detective Johnson nachsichtig zu sein«, sagte der Polizeipräsident. »Seine zwanghafte Reaktion, auf den Jugendlichen zu schießen, wird durch sein früheres unerquickliches Erlebnis mit einem Gangster, der ihn mit Säure bespritzte, zwar nicht gerechtfertigt, aber verständlich.« Der Polizeipräsident war auf dem Weg über eine Anwaltspraxis in sein Amt gelangt und konnte diese zungenbrechenden Vokabeln leichter handhaben als die Polizisten, die ihren Beruf vorwiegend beim Pflastertreten in den Revieren lernten.

»Was meinen Sie, Jones?«, fragte er.

Grave Digger hockte an seinem gewohnten Platz, eine Arschbacke auf der Fensterbank, einen Fuß auf den Boden gestützt. Er drehte sich um und antwortete: »Ja, Sir, er ist empfindlich und im höchsten Grad misstrauisch, seit ihm ein Verbrecher Säure in die Augen gespritzt hat. Aber er war nie brutal, wenn sich einer im Recht befand.«

»Zum Teufel, das war weniger eine Disziplinarmaßnahme gegen Johnson als der Versuch, die gesamte verdammte Polizei vor ungerechtfertigten Vorwürfen zu schützen«, verteidigte der Chef seine Handlung. »Sämtliche Heulsusen, männlich und weiblich, in der ganzen Stadt hätten uns die Hölle heiß gemacht, wenn sich diese Gang als ein Haufen harmloser Herumtreiber erwiesen hätte.«

»Sie befürworten also, dass er seinen Dienst wieder antritt?«, fragte der Polizeipräsident.

»Warum nicht?«, entgegnete der Chef. »Wenn er seine Anfälle bekommt, soll er sie an diesen Halunken in Harlem abreagieren, die sie verursacht haben.«

»Ganz richtig«, stimmte der Polizeipräsident zu und wandte sich dann wieder an Grave Digger. »Vielleicht können Sie mir einen Punkt erklären, Jones. Ein Aspekt dieses Falles ist mir rätselhaft. Alle Berichte bestätigen übereinstimmend, dass beim Tod des Opfers, als der tödliche Schuss abgegeben wurde, eine riesige Menschenmenge anwesend war. In einem der Berichte heißt es ...« Er wühlte in den Papieren auf seinem Schreibtisch, bis er das gesuchte Blatt fand. »Die Straße war zwei Blocks weit mit Menschen dicht gefüllt, als der Getötete einem Schuss zum Opfer fiel. Wie kommt das? Warum laufen in Harlem die Leute am Schauplatz eines Mordes zusammen, als ob das eine Zirkusvorstellung wäre?«

»Genau das ist es«, erwiderte Grave Digger abweisend. »Die größte Schau der Welt.«

»So ist es doch überall«, sagte Anderson. »Bei einem Mord laufen die Leute immer zusammen, überall.«

»Ja, natürlich. Aus einer morbiden Neugier. Aber das meine ich eigentlich nicht. Den Berichten zufolge, nicht nur den Berichten über diesen Fall, sondern nach allen Berichten, die auf meinen Schreibtisch kommen, tritt dieses, nun, sagen wir mal, dieses Phänomen in Harlem deutlicher zu Tage als anderswo. Was meinen Sie dazu, Jones?«

»Es ist wohl so«, antwortete Grave Digger. »Jeden Tag sehen die Farbigen in Harlem zwei- oder dreimal, wie ein Farbiger von einem anderen Farbigen mit einem Messer oder einer Axt oder einem Knüppel rumgehetzt wird. Oder von einem weißen Polizisten mit einer Pistole, oder von einem Weißen mit den Fäusten. Aber nur einmal alle Jubeljahre bekommen sie zu sehen, wie einer von ihnen einen Weißen jagt. Und erst noch einen großen Weißen. Das ist ein Ereignis. Die Chance, zu sehen, dass zur Abwechslung einmal weißes Blut vergossen wird, und erst noch weißes Blut durch einen Schwarzen. Das war ein größeres Ereignis als die Emanzipationsfeiern. Wie die Leute in Harlem sagen: Das ist Spitze. Ed und ich, wir stehen immer wieder vor diesem Phänomen, wenn wir Harlem für Weiße sicher machen wollen.«

»Vielleicht kann ich das erklären«, meinte der Polizeipräsident.

»Mir nicht«, sagte der Chef trocken. »Ich habe nicht die Zeit, es mir anzuhören. Wenn die Leute da Blut sehen wollen, können sieso viel Blut sehen, wie sie wollen. Sie müssen nur noch mal einen Weißen umbringen.«

»Jones hat recht«, sagte Anderson. »Aber darin liegt die Gefahr.«

»Gefahr!«, wiederholte Grave Digger. »Die kennen dort nichts anderes. Wenn Gefahr Geld wäre, wäre jeder in Harlem Millionär.«

Das Telefon klingelte.

Der Polizeipräsident nahm den Hörer ab. »Ja? Schicken Sie ihn herauf.« Er legte den Hörer zurück und erklärte: »Jetzt kommt der Bericht der Ballistiker. Er wird heraufgebracht.«

»Sehr gut«, sagte der Chef. »Nehmen wir ihn zu den Akten, und betrachten wir den Fall als abgeschlossen. Vom Anfang bis zum Ende eine schmutzige Geschichte, und ich will nichts mehr davon hören.«

»Ganz richtig«, stimmte der Polizeipräsident zu.

Es klopfte.

»Herein«, rief der Polizeipräsident.

Der Lieutenant vom Morddezernat, der den Fall bearbeitet hatte, kam herein und legte die Zip-Pistole und das verformte Bleigeschoss, das aus dem Gehirn des Ermordeten entfernt worden war, dem Polizeipräsidenten auf den Schreibtisch.

Der Polizeipräsident griff nach der Waffe und betrachtete sie neugierig. »Das ist also eine Zip-Pistole?«

»Ja, Sir. Sie ist aus einer gewöhnlichen Spielzeugpistole gemacht. Der Lauf wurde abgesägt und an seiner Stelle dieses vier Zoll lange Stück Messingrohr befestigt. Es wurde an den Rahmen gelötet und dann noch zur Verstärkung mit nachstellbaren Rohrschellen gesichert, wie sie zur Befestigung von dünnen Rohren oder elektrischen Kabeln verwendet werden. Die Patrone kommt direkt in den Lauf, dann wird diese Klammer angebracht, um zu verhindern, dass der Schuss nach hinten geht. Der Schlagbolzen ist an den ursprünglichen Hahn angelötet. In diesem Fall besteht er aus dem Kopf und einem viertel Zoll langen Stück eines gewöhnlichen Nagels, das spitz zugefeilt wurde.«

»Noch viel primitiver, als ich es mir vorgestellt habe, aber zweifellos einfallsreich.«

Die anderen betrachteten die Waffe mit gelangweilter Gleichgültigkeit. Sie hatten Zip-Pistolen schon öfter gesehen.

»Und damit kann man einem Geschoss genügend Wucht verleihen, dass es einen Menschen tötet, einen Schädelknochen durchschlägt?«

»Ja, Sir.«

»Interessant. Und dies ist also die Waffe, mit der Galen getötet wurde, was dazu führte, dass der Bursche, der sie gemacht hat, selbst auch getötet wurde.«

»Nein, Sir, das war die Waffe nicht.«

»Wie bitte?«

Alle richteten sich auf, mit aufgerissenen Augen und offenem Mund. Wenn der Lieutenant behauptet hätte, das Empire State Building sei gestohlen und aus der Stadt geschmuggelt worden, hätte er keine größere Sensation auslösen können.

»Was soll das heißen, das war nicht die Waffe?«, raunzte der Chef.

»Um Ihnen das zu erklären, bin ich ja selbst gekommen«, antwortete der Lieutenant. »Mit dieser Waffe kann man Patronen vom Kaliber .22 abfeuern. Die Hülse einer Patrone vom Kaliber .22 steckte im Lauf, als der Sergeant die Waffe fand. Galen wurde aber von einem Geschoss vom Kaliber .32 getötet, das von einer viel stärkeren Waffe abgefeuert werden muss.«

»Jetzt stehen wir also wieder genau am Anfang«, sagte Anderson.

»Kommt überhaupt nicht infrage!«, röhrte der Chef wie ein gereizter Bulle. »Das Communiqué, er sei mit dieser Waffe da getötet worden, ist schon bei der Presse, und sie haben sich wie wild darauf gestürzt. Wir machen uns zum Gelächter der ganzen Welt.«

»Nein«, erklärte der Polizeipräsident ruhig, aber fest. »Wir haben einen Irrtum begangen, das ist alles.«

»Kommt überhaupt nicht infrage!«, erwiderte der Chef, und sein Gesicht wurde dunkelrot vor Erregung. »Ich behaupte, der Schweinehund wurde mit dieser Waffe getötet, und der Halunke, der jetzt in der Leichenhalle liegt, hat ihn mit dieser Waffe umgebracht, und ich gebe einen Dreck drauf, was die Ballistiker behaupten.«

Der Polizeipräsident blickte wieder von einem Gesicht zum anderen. In seinen Augen stand keine Frage, aber er wartete, bis ein anderer sprach.

»Ich glaube nicht, dass es sich lohnt, den Fall neu aufzurollen«, sagte Lieutenant Anderson. »Galen war nicht gerade ein besonders sympathischer Mitbürger.«

»Sympathisch oder nicht, wir haben den Mörder, und das ist die Tatwaffe, und damit basta«, erklärte der Chef nachdrücklich.

Der Polizeipräsident blickte wieder von einem zum anderen. »Können wir es uns erlauben, einen Mörder frei ausgehen zu lassen?«, fragte er dann.

»In diesem Fall ja«, erwiderte Grave Digger schroff. »Er hat der menschlichen Gesellschaft einen Dienst erwiesen.«

»Darüber haben wir nicht zu entscheiden«, erklärte der Polizeipräsident.

»Sie werden diese Entscheidung treffen müssen, Sir«, sagte Grave Digger. »Denn falls Sie mich beauftragen, den Mörder zu suchen, trete ich aus der Polizei aus.«

»Wie war das? Sie wollen den Dienst quittieren?«

»Jawohl, Sir. Ich sage, dieser Mörder wird nie wieder töten, und ich werde nicht seine Spur aufnehmen und ihn verfolgen, damit er für diesen Mord büßt, selbst wenn es mich meine Stellung kostet.«

»Wer hat Galen getötet, Jones?«

»Das kann ich nicht sagen, Sir.«

Der Polizeipräsident sah ihn ernst an. »War Galen ein so übler Bursche?«

»Jawohl, Sir.«

Der Polizeipräsident sah den Lieutenant vom Morddezernat an. »Aber mit dieser Zip-Pistole wurde geschossen?«

»Ja, Sir. Und ich habe in allen Krankenhäusern und bei allen

Revieren in Harlem nachgeforscht, es wurde aber keine entsprechende Schussverletzung gemeldet oder angezeigt.«

»Es kann jemand verletzt worden sein, der Angst hat, sich zu melden.«

»Oder die Kugel hat harmlos eine Hauswand oder ein Auto getroffen.«

»Gewiss. Aber da sind die anderen jungen Burschen, die in die Angelegenheit verwickelt sind. Sie können der Beihilfe angeklagt werden. Wenn sie überführt werden, dass sie bei der Tat Komplizen waren, steht ihnen die Höchststrafe für Mord bevor.«

»Richtig, Sir«, bestätigte Anderson. »Aber es ist ziemlich einwandfrei nachgewiesen, dass die Tat ... oder richtiger, dass der Bursche, der mit dieser Zip-Pistole schoss, nicht vorbedacht oder geplant handelte. Die anderen wussten überhaupt nichts von seiner Absicht, auf Galen zu schießen, bis es zu spät war, ihn daran zu hindern.«

»Ihrer eigenen Aussage zufolge.«

»Wir müssen entscheiden, ob wir diese Aussage akzeptieren oder die Burschen zur Eröffnung der Voruntersuchung vor die Geschworenen bringen. Wenn wir sie nicht der Beihilfe beschuldigen, werden sie allenfalls wegen öffentlicher Ruhestörung angeklagt und kommen mit einer Geldstrafe davon.«

Der Polizeipräsident sah wieder den Lieutenant vom Morddezernat an. »Wer weiß alles von dieser Geschichte?«

»Niemand außerhalb dieses Raums. Die Ballistiker haben die Waffe nie zu sehen bekommen. Sie hatten nur das Geschoss.«

»Sollen wir darüber abstimmen?«, fragte der Polizeipräsident.

Niemand antwortete.

»Allgemeine Übereinstimmung«, sagte der Polizeipräsident. Er griff nach dem kleinen Bleiklumpen, der einen Menschen getötet hatte. »Jones, auf der anderen Seite des Parks steht ein Haus mit einem Flachdach. Glauben Sie, dass Sie dieses Ding so weit werfen können, dass es dort landet?«

18

Das alte Haus Seventh Avenue 2702 war mit pseudogriechischem Stuckwerk überladen, Überbleibseln aus der Zeit, als Harlem ein elegantes weißes Wohnviertel gewesen war und die Negerslums sich um San Juan Hill an der 42nd Street West konzentrierten.

Grave Digger stieß die Haustür mit der gesprungenen Scheibe auf und suchte auf den Reihen der Briefkästen, die in der Eingangshalle an die Wand genagelt waren, nach dem Namen Collie Dunbar. Er fand ihn auf einer fleckigen Karte und dahinter die Nummer der Wohnung 3-B.

Der automatische Fahrstuhl, einer der allerersten, die gebaut worden waren, funktionierte nicht. Er stieg also die dunkle, altmodische Treppe zur zweiten Etage hinauf und klopfte an der linken Tür vorn.

Eine braunhäutige Frau mittleren Alters, der man die Sorgen ansah, öffnete die Tür und sagte: »Collie ist zur Arbeit, und ich habe den Leuten schon gesagt, dass wir ins Büro kommen und die Miete bezahlen, wenn ...«

»Ich bin nicht der Kassierer für die Miete, ich bin Detective«, unterbrach Grave Digger sie und ließ seine Marke aufblitzen.

»Oh!« Anstelle des sorgenvollen Ausdrucks trat ängstliche Erwartung. »Sie sind der Partner von Mr. Johnson. Ich dachte, Sie wären mit Sissie fertig.«

»Nahezu. Kann ich mit ihr sprechen?«

»Ich sehe nicht ein, dass Sie sich immer noch um sie kümmern, wenn gegen Mr. Johnsons Tochter nichts vorliegt«, beschwerte die Frau sich und gab den Eingang nicht frei. »Die beiden haben dasselbe gemacht.«

»Ich will sie ja nicht festnehmen. Ich will ihr nur ein paar Fragen stellen, um die letzten Unstimmigkeiten zu klären.«

»Sie ist jetzt im Bett.«

»Das stört mich nicht.«

»Also gut«, fügte sie sich widerwillig. »Kommen Sie herein. Aber wenn Sie sie festnehmen, dann können Sie sie gleich behalten. Das Mädchen hat schon genug Schande über Collie und mich gebracht. Wir sind ehrenwerte Kirchgänger ...«

»Davon bin ich überzeugt«, schnitt Grave Digger ihr das Wort ab. »Aber sie ist Ihre Nichte, oder stimmt das nicht?«

»Sie ist Collies Nichte. In meiner Familie gibt es keine Nichtsnutze wie sie.«

»Da haben Sie aber Glück«, antwortete er.

Sie stülpte nur die Lippen vor und öffnete die Tür neben der Küche. »Hier ist ein Polizist, der mit dir sprechen will, Sissie«, sagte sie.

Grave Digger trat in das kleine Zimmer und schloss die Tür hinter sich.

Sissie lag in einem schmalen Bett, die Decken bis ans Kinn heraufgezogen. Beim Anblick von Grave Digger weiteten sich erschreckt ihre geröteten, von Tränen geschwollenen Augen.

Er zog sich den einzigen vorhandenen Stuhl heran und setzte sich.

»Du hast sehr, sehr viel Glück gehabt, kleines Mädchen«, begann er. »Du bist gerade noch einmal davongekommen, als Mörderin verhaftet zu werden.«

»Ich weiß nicht, was Sie meinen«, antwortete sie mit angstvollem Flüstern.

»Hör mir mal gut zu«, sagte er. »Lüg mich nicht an. Ich bin hundemüde, und ihr Kinder habt mich ohnehin total deprimiert. Ihr wisst nicht, was für eine Hölle es manchmal bedeutet, Polizist zu sein.«

Sie beobachtete ihn wie eine kleine, halbwilde, fluchtbereite Katze. »Ich habe ihn nicht getötet. Der Scheich hat ihn umgebracht«, flüsterte sie.

»Ja, wir wissen, dass der Scheich ihn umgebracht hat«, sagte er mit tonloser Stimme. Er sah völlig erschöpft aus. »Jetzt paß auf. Ich bin nicht als Polizist hier. Ich bin hier als ein Freund. Ed Johnson ist mein bester Freund, und seine Tochter ist deine beste Freundin. Das sollte auch uns zu Freunden machen. Und als Freund sage ich dir, dass wir die Waffe beiseite schaffen müssen.«

Sie zögerte, kämpfte mit sich selbst und sagte dann schnell, ehe sie es sich anders überlegen konnte: »Ich habe sie in der 128th Street in der Nähe der Fifth Avenue in einen Gully geworfen.«

Er seufzte. »Das genügt nicht. Was für eine Waffe war es?«

»Eine Zweiunddreißiger. Auf dem Griff war ein Eulenkopf, und Onkel Collie nannte sie auch seinen Eulenkopf.«

»Hat er sie schon vermisst?«

»Er vermisste sie in seiner Schublade, als er heute Morgen zur Arbeit ging, und fragte Tante Cora, ob sie sie woanders hingelegt hätte. Aber zu mir hat er noch nichts darüber gesagt. Er hatte sich schon verspätet, und ich glaube, er wollte mir den Tag über Zeit lassen, sie wieder zurückzulegen.«

»Braucht er sie bei seiner Arbeit?«

»Aber nein. Er arbeitet in einer Garage in der Bronx.«

»Gut. Hat er einen Waffenschein dafür?«

»Nein, Sir. Deshalb macht er sich ja solche Sorgen.«

»Also gut. Nun hör mir zu. Wenn er dich heute Abend danach fragt, dann sagst du, du hättest sie an dich genommen, um dich gegen Galen zu wehren, und du hättest sie in der Aufregung im Zimmer des Scheichs vergessen. Sage ihm, dass ich sie dort gefunden hätte, aber nicht wüsste, wem sie gehört. Dann wird er nicht mehr darüber reden.«

»Ja, Sir. Aber er wird furchtbar wütend auf mich werden.«

»Nun, Sissie, du kannst nicht jeder Strafe entgehen.«

»Nein, Sir.«

»Warum hast du überhaupt auf Mr. Galen geschossen? Du kannst es mir ruhig sagen, weil es jetzt keine Rolle mehr spielt.«

»Es war nicht meinetwegen«, antwortete sie. »Es war wegen Sugartit – Evelyn Johnson. Er war die ganze Zeit hinter ihr her, und ich hatte Angst, er könne sie rumkriegen. Sie versucht wild zu sein und macht manchmal die verrücktesten Sachen, und ich hatte Angst, er würde sie so rumkriegen wie mich und mit ihr machen, was er mit mir gemacht hat. Das würde sie kaputtmachen. Sie ist keine Waise wie ich, bei der sich niemand wirklich drum kümmert, was aus ihr wird. Sie kommt aus einer guten

Familie, hat Vater und Mutter und ein schönes Heim, und ich wollte nicht zulassen, dass sie ruiniert wird.«

Er saß da und hörte ihr zu, ein großer, harter Polizist mit knotigem Gesicht, und sah aus, als ob er weinen wollte.

»Wie wolltest du das machen?«, fragte er.

»Ich wollte ihn einfach erschießen. Ich hatte ihm gesagt, Sugartit und ich würden im *Dew Drop Inn* auf ihn warten; das stimmte aber nicht. Ich wollte ihn dazu bringen, mich in seinem Wagen irgendwo hinzufahren, indem ich ihm vormachte, wir müssten sie irgendwo abholen, und dabei wollte ich ihn erschießen und dann fortlaufen. Ich nahm Onkel Collies Revolver und versteckte ihn unten beim Hauseingang in einem Loch im Putz, damit ich ihn mitnehmen konnte, wenn ich aus dem Haus ging. Doch noch ehe es für mich Zeit war, kam Sugartit hierher. Ich hatte sie nicht erwartet und konnte ihr nicht gut sagen, sie sollte gleich wieder gehen. Darum dauerte es einige Zeit, bis ich sie endlich losbekam. Ich trennte mich von ihr am U-Bahnhof in der 125th Street und dachte, sie würde nach Hause fahren. Dann lief ich die ganze Strecke zur Lenox Avenue, um mich mit Mr. Galen zu treffen, und als ich dort hinkam, herrschte schon all die Aufregung. Dann sah ich Galen durch die Straße laufen und Sonny, der hinter ihm herjagte und mit einem Revolver auf ihn schoss. Es sah aus, als ob halb Harlem hinter ihm herrannte. Ich mischte mich unter die Leute und verfolgte ihn auch, und als ich ihn in der 127th Street einholte, sah ich, dass Sonny wieder auf ihn schoss, und da habe ich auch geschossen. Ich glaube nicht, dass jemand gesehen hat, wie ich auf ihn geschossen habe, denn alle achteten ja nur auf Sonny. Aber als ich sah, wie er hinfiel und die ganzen Moslems in ihren Kostümen zu ihm hinrannten und ihn umringten, bekam ich Angst, dass einer von ihnen mich gesehen hatte, darum lief ich um den Block, warf den Revolver in den Gully und kam dann aus der anderen Richtung zu Calebs Wohnung zurück und tat so, als ob ich nicht wüsste, was passiert war. Da wusste ich noch nicht, dass Caleb auch erschossen worden war.«

»Hast du irgendetwas davon weitererzählt?«
»Nein, Sir.«
»Gut. Auch ich werde keinem etwas davon sagen. Das behalten wir ganz für uns, sozusagen als unser privates Geheimnis. Einverstanden?«
»Sir. Sie können sich darauf verlassen, dass ich kein Wort davon weitererzähle. Ich wünschte nur, ich könnte selber vergessen, was geschehen ist.«
»Gut. Ich brauche dir wohl nicht erst noch zu raten, dir deine Freunde besser auszusuchen. Diese Lektion wirst du inzwischen selbst gelernt haben.«
»Das werde ich tun. Das verspreche ich Ihnen.«
»Also, Sissie«, sagte Grave Digger und stand langsam auf. »Wie man sich bettet, so liegt man. Beklage dich also nicht.«

Es war in der Besuchsstunde am nächsten Tag im Gefängnis in der Centre Street.
Sissie sagte: »Ich hab dir ein paar Zigaretten gebracht, Sonny. Ich wusste nicht, ob du eine Freundin hast, die dir welche bringt.«
»Danke«, sagte Sonny. »Nein, ich hab keine Freundin.«
»Was meinst du, wie lange werden sie dir geben?«
»Sechs Monate, denk ich.«
»So viel? Für das bisschen, was du getan hast?«
»Leute, die auf andere schießen, mögen die nicht. Auch wenn man gar nicht trifft. Auch wenns nur Platzpatronen sind.«
»Ich weiß«, sagte sie mitfühlend. »Vielleicht kommst du damit sogar billig davon.«
»Ich beklag mich nicht«, sagte Sonny.
»Was willst du machen, wenn du wieder herauskommst?«
»Wieder Schuhe putzen, denke ich.«
»Was wird denn aus deinem Schuhputzstand?«
»Ach, den werd ich wohl verlieren. Aber dann such ich mir eben einen andern.«
»Hast du einen Wagen?«

»Ich hatt mal einen, aber ich konnte die Raten nicht zahlen, und da hat der Händler ihn wieder genommen.«

»Du brauchst ein Mädchen, das auf dich aufpasst.«

»Ja, wer braucht das nicht? Aber was willst du jetzt machen, nachdem dein Freund tot ist?«

»Ich weiß noch nicht. Ich würde gern heiraten.«

»Das sollte für dich nicht sehr schwer sein.«

»Ich kenne keinen, der mich haben will.«

»Warum nicht?«

»Ich hab eine Menge böser Sachen gemacht.«

»Zum Beispiel?«

»Ich würd mich schämen, wenn ich dir alles sage, was ich gemacht hab.«

»Hör mal, ich will dir beweisen, dass ich vor nichts Angst habe, was du vielleicht mal getan hast: Willst du mein Mädchen werden?«

»Ach, ich will nicht mehr nur rummachen.«

»Wer redet denn davon? Ich rede von für immer.«

»Ist mir recht. Aber ich muss dir erst was sagen. Von mir und dem Scheich.«

»Was ist mit dir und dem Scheich?«

»Ich bekomm ein Baby von ihm, wenn du aus dem Gefängnis kommst.«

»Das ist natürlich was anderes«, sagte er. »Dann heiraten wir am besten gleich. Ich will mit dem Boss hier reden und ihn fragen, ob er das nicht arrangieren kann.«

Fenstersturz in Harlem

1

Es war vier Uhr morgens, am Mittwoch, dem 14. Juli, in Harlem, USA. Die Seventh Avenue lag so dunkel und verlassen da wie ein verhexter Friedhof.

Ein Farbiger machte sich gerade daran, einen Geldsack zu stehlen.

Es war ein kleiner weißer Leinensack, oben mit einer Kordel zugebunden. Er lag auf dem Vordersitz einer Plymouth-Limousine, die in zweiter Reihe vor einem A&P-Lebensmittelladen in der Mitte des Blocks zwischen 131st und 132nd Street geparkt war.

Besitzer des Plymouth war der Manager der A&P-Filiale. Im Sack befanden sich Silbermünzen, die als Wechselgeld dienen sollten. Da der Parkstreifen mit chromblitzenden Straßenkreuzern zugepflastert war, hatte der Manager seinen Wagen nur kurz in zweiter Reihe abgestellt, um den Laden aufzuschließen und das Geld im Safe zu verstauen. Zu so früher Stunde wollte er nicht riskieren, mit einem Geldsack unter dem Arm auch nur einen Häuserblock in dieser Gegend entlangzumarschieren.

Wenn der Manager morgens aufkreuzte, stand bereits ein farbiger Wachposten vor dem Laden. Bis der Manager eintraf, hielt er ein Auge auf die Kartons und Kisten voller Konserven, Lebensmittel und Gemüse, die der A&P-Lieferwagen auf dem Bürgersteig abgeladen hatte.

Aber der Manager war ein Weißer, der auch dann kein Vertrauen in die Straßen Harlems hatte, wenn dort ein Polizist auf Streife ging. Sein Argwohn erwies sich als vollauf berechtigt.

Als er vor der Ladentür stand und gerade den Schlüssel aus seiner Tasche ziehen wollte – direkt neben ihm der farbige Polizist –, schlich sich der Dieb hinter den geparkten Autos heran, streckte seinen langen, nackten, schwarzen Arm durch das offene Fenster des Plymouth und ließ sang- und klanglos den Münzsack mitgehen.

Der Manager warf zufällig genau in diesem Moment einen Blick über die Schulter, als die gebückte Gestalt des Diebes, die da die Straße entlangstrich, hinter einem parkenden Wagen verschwand.

»Stehen bleiben, du Dieb!«, schrie er. Schon aus Prinzip ging er davon aus, dass der Mann nur ein Dieb sein konnte.

Die Worte waren dem Manager noch kaum über die Lippen gekommen, da rannte der Dieb schon nach Leibeskräften davon. Er trug ein abgewetztes dunkelgrünes T-Shirt, ausgebleichte Jeans und vor Schmutz starrende Turnschuhe, eine Kluft, die genau wie seine Hautfarbe so sehr mit dem schwarzen Asphalt verschmolz, dass man ihn nur schwer erkennen konnte.

»Wo ist er denn hin?«, fragte der Polizist.

»Da hinten läuft er!«, tönte es von oben.

Der Manager und der Polizist hörten die Stimme, doch keiner blickte hoch. Ihnen war ein dunkler Schatten aufgefallen, der in einer scharfen Kurve in die 132nd Street einbog, woraufhin beide gleichzeitig die Verfolgung aufnahmen.

Die Stimme gehörte einem Mann, der in einem erleuchteten Fenster in der zweiten Etage stand – dem einzigen erleuchteten Fenster in diesem Block fünf- und sechsstöckiger Häuser. Hinter der vom Licht umrissenen Gestalt des Mannes waren die schwachen Laute einer Jamsession zu hören, die irgendwo in den Tiefen der Räume stattfand. Die leidenschaftlichen Schnörkel eines Tenorsaxophons erklangen im Takt der Füße, die unten aufs Straßenpflaster schlugen, und die Bassläufe eines Pianos wogten im Widerhall zum sanft-dumpfen Donnern einer Pauke.

Die Silhouette wurde kürzer und kürzer, als sich der Mann weiter und weiter aus dem Fenster lehnte, um die Verfolgungsjagd zu beobachten. Was zuerst nach einem hageren großen Kerl aussah, verwandelte sich nun allmählich in einen untersetzten

Zwerg. Und der Mann lehnte sich noch weiter hinaus. Als der Polizist und der Manager um die Ecke bogen, hing er so weit aus dem Fenster, dass seine Silhouette kaum noch einen halben Meter maß. Von der Taille aufwärts ragte die Gestalt schon hinaus.

Dann folgten die Hüften. Das Hinterteil schob sich ins Licht wie eine gemächlich anrollende Welle, kippte dann über die Fensterbank, während sich Beine und Füße langsam in die Lüfte erhoben. Für einen beträchtlich langen Augenblick klebte diese Silhouette aus zwei von Füßen gekrönten Beinen in dem gelbleuchtenden Rechteck. Dann verschwand sie langsam aus dem Blickfeld, wie eine Leiche, die kopfüber ins Wasser gleitet.

Der Mann fiel in Zeitlupe, weiterhin vornüber gebeugt, sodass er sich langsam in der Luft überschlug. Ein Stockwerk tiefer flog er an dem Fenster vorbei, dessen schwarze Lettern verkündeten:

Steh Aufrecht, Heb Mal Richtig Ab
Salbe deine Liebesäpfel
Mit Vater Amors Original
Adamsabalsam
Löst Alle Liebesprobleme

Neben den Kartons und Kisten befand sich ein langer Weidenkorb mit frischem Brot. Die großen, teigig-weichen Laibe waren in Wachspapier eingepackt und Stück für Stück wie Wattepakete aufgestapelt.

Der Mann landete ausgestreckt auf seinem Rücken, genau auf der Matratze aus weichem Brot. Rings um den Körper, der in das warme Brotbett einsank, flogen die Laibe auf wie die Gischt schäumender Wellen.

Nichts regte sich. Nicht einmal die laue Morgenluft.

Das erleuchtete Fenster oben war leer. Die Straße lag verlassen da. Der Dieb und seine Verfolger waren in der Nacht Harlems verschwunden.

Zeit verstrich.

Allmählich bewegte sich die Oberfläche des Brothaufens. Ein Brot erhob sich und kullerte über den Rand des Korbes auf den

Bürgersteig, als würde der ganze Brothaufen überkochen. Ein weiteres zerquetschtes Brot folgte dem ersten.

Langsam erhob sich der Mann aus dem Korb, wie ein Zombie, der aus dem Grab aufsteigt. Kopf und Schultern erschienen zuerst. Dann griff er nach den Rändern des Korbes und reckte den Oberkörper hoch. Er streckte ein Bein hinaus und tastete mit seinem Fuß nach dem Bürgersteig. Der war immer noch da. Er belastete seinen Fuß ein wenig, um den Untergrund zu prüfen. Der Gehsteig hielt stand. Also legte er den zweiten Fuß über die Kante aufs Trottoir und stand auf.

Als Erstes rückte er seine goldumrandete Brille auf der Nase zurecht. Dann tastete er die Hosentaschen ab, um zu prüfen, ob er etwas verloren hatte. Alles schien noch an seinem Platz zu sein – Schlüssel, Bibel, Messer, Taschentuch, Brieftasche und das Fläschchen mit Kräutermedizin, die er gegen seine nervösen Magenbeschwerden nahm.

Anschließend klopfte er so energisch seine Kleider ab, als klebten noch Brotlaibe daran. Dann nahm er einen kräftigen Schluck von seiner Nervenarznei. Sie schmeckte bittersüß und stark nach Alkohol. Mit dem Handrücken wischte er sich über die Lippen.

Schließlich blickte er nach oben. Das erleuchtete Fenster war noch da, aber irgendwie erschien es ihm seltsam – wie ein zahnloser Kiefer.

2

Deep South röhrte mit heiserem Bass: »*Steal away, daddy-o, steal away to Jesus ...*«

Seine fleischigen schwarzen Finger griffen wie wahnsinnig in die weißen Tasten seines mächtigen Pianofortes. Susie Q. drosch aus seiner Pauke den Rhythmus heraus, und Pigmeat gab seinem Tenorsaxophon Zunder.

Das große Luxuswohnzimmer des Apartments in der Seventh

Avenue war voll gestopft mit Freunden und Verwandten von Big Joe Pullen, die dessen Dahinscheiden betrauerten.

Mamie Pullen, die schwarz gekleidete Witwe, wachte über das Servieren der Erfrischungen.

Dulcy, derzeitige Gattin von Big Joes Patensohn, Johnny Perry, wanderte im Zimmer umher und schien nur so zur Zierde da zu sein, während Alamena, Johnnys Ex-Frau, sich nützlich zu machen versuchte.

Doll Baby, eine Süße aus dem Varieté, die eine heimliche Schwäche für Dulcys Bruder Val hatte, war bloß hier, um zu sehen und gesehen zu werden.

Chink Charlie Dawson, der wiederum eine Schwäche für Dulcy hatte, hätte besser mit Abwesenheit glänzen sollen.

Die anderen trieften nur so vor Kummer, wenn nicht aus tiefstem Herzen, so dank ihres Alkoholpegels, und weil einem bei der drückenden Hitze das Trauern so wunderbar leicht von der Seele ging.

Die Schwestern der Holy-Roller-Gemeinde weinten und klagten und rieben sich ihre blutunterlaufenen Augen mit schwarzgesäumten Taschentüchern.

Speisewagenkellner lobten ihren verstorbenen Chef in den Himmel.

Bordelldamen schwelgten in Memoiren an ihren einstigen Freier.

Und die alten Zockerfreunde wetteten darauf, dass er gleich bei der ersten Runde den Volltreffer landen und einen Platz im Paradies kassieren würde.

Eiswürfel klirrten in randvollen Halblitergläsern mit Gingerale-Bourbon, Cola-Rum und Gin-Tonic. Alle tranken und aßen. Essen und Drinks waren ja gratis.

Die blaugraue Luft war vor Rauch so dick wie Erbsensuppe, angereichert mit dem stechenden Geruch von billigem Parfüm und Treibhauslilien, dem Mief schwitzender Körper und dem Dunst von Alkohol, brutzelndem Essen und schlechtem Atem.

Der große bronzierte Sarg ruhte auf einem Gestell vor der

Wand zwischen dem Piano und der Truhe für TV- und Musikanlage. Um einen hufeisenförmigen Lilienkranz waren Blumen arrangiert, ganz so, wie beim Kentucky Derby der Siegergaul umkränzt wurde.

Mamie Pullen sagte zu Johnny Perrys junger Frau: »Dulcy, ich muss mit dir reden.«

Trauer und Sorge lasteten schwer auf ihrem normalerweise sanften braunen Gesicht, das umrahmt war von ihrem glatt gekämmten, zu einem festen Dutt geknoteten grauen Haar.

Dulcy sah sie unwillig an. »Sakra, Tante Mamie, kannst du mich denn nie in Ruhe lassen?«

Mit aller Gewalt versteifte sich Mamies großer, dürrer, ans Schuften gewöhnter alter Körper, der in einem schwarzen, über den Boden schleifenden Satinkleid von anno dazumal steckte. Sie sah aus, als wäre sie mit allen Wassern gewaschen und hätte jede Wäsche unbefleckt überstanden.

Einem plötzlichen Impuls folgend, packte sie Dulcy am Arm, bugsierte sie ins Bad, zog die Tür hinter sich zu und verriegelte sie.

Doll Baby hatte die beiden aufmerksam vom anderen Ende des Zimmers beobachtet. Sie ließ Chink Charlie stehen und nahm Alamena beiseite. »Hast du das gerade gesehen?«

»Was gesehen?«, fragte Alamena.

»Mamie hat Dulcy mit aufs Scheißhaus genommen und die Tür abgeschlossen.«

Alamena betrachtete sie mit plötzlicher Neugier. »Und was weiter?«

»Wieso tun die so geheimnisvoll?«

»Woher, zum Teufel, soll ich das wissen?«

Doll Baby runzelte die Stirn. Das milderte ein wenig ihren dümmlichen Gesichtsausdruck. Sie war vom Typ dunkles Model, schlank, sonnenverwöhnt und niedlich. Sie trug ein knallenges, grell orangefarbenes Seidenkleid und war dermaßen mit schwerem Modeschmuck behängt, dass sie, mal eben ins Wasser gestoßen, flugs auf den Grund des Ozeans gesunken wäre. Sie arbeitete bei der Tanztruppe im Small's Paradise Inn, und genauso sah sie auch aus.

»Das finde ich bei so einer Gelegenheit doch reichlich komisch«, beharrte sie und fragte dann verstohlen weiter: »Soll Johnny denn was erben?«

Alamena hob die Augenbrauen. Sie rätselte, ob Doll Baby etwas mit Johnny Perry vorhatte. »Warum fragst du ihn nicht selbst, Süße?«

»Das muss ich nicht. Ich kanns mir auch von Val erzählen lassen.«

Alamena grinste bösartig. »Vorsicht, Mädel. Dulcy ist verdammt eigen, wenn es um die Frauen ihres Bruders geht.«

»Alte Schlampe! Sollte sich lieber um ihren Kram kümmern. Ein Skandal, wie scharf sie auf Chink ist.«

»Beim Skandal bleibts wohl nicht, jetzt, wo Big Joe tot ist«, sagte Alamena ernst. Ein Schatten zog über ihr Gesicht.

Früher war sie genauso ein Typ wie Doll Baby gewesen, doch zehn Jahre gehen nicht spurlos vorüber. Zwar machte sie in ihrem dunkelvioletten, hochgeschlossenen Seidenjerseykleid immer noch eine gute Figur, aber ihre Augen waren die einer Frau, der vieles gleichgültig geworden war.

»Val hat nicht das Kaliber, um mit Johnny fertig zu werden, und Chink schmeißt sich an Dulcy ran, als wäre er erst zufrieden, wenn man ihn eines Tages umnietet.«

»Eben das kapier ich nicht«, sagte Doll Baby leicht verwirrt. »Wieso trägt er hier so dick auf? Nur um Johnnys Puppe anzubaggern?«

Alamena seufzte und fummelte unwillkürlich am Kragen herum, der ihren Hals umschloss. »Es sollte ihm lieber jemand sagen, dass Johnny eine Silberplatte im Kopf hat, die ihm zu sehr aufs Hirn drückt.«

»Wer kann diesem gelben Nigger überhaupt was sagen?«, fragte Doll Baby. »Sieh doch nur mal zu ihm rüber!«

Sie drehten sich um und betrachteten den großen gelbhäutigen Kerl, der sich seinen Weg durch den überfüllten Raum zur

Tür bahnte, als hätte ihn irgendwas auf die Palme gebracht, und beim Hinausgehen die Tür hinter sich zuknallte.

»Er möchte bloß allen vorgaukeln, er wäre sauer, dass Dulcy zum Quatschen mit Mamie ins Scheißhaus gegangen ist, dabei will er nichts als Land gewinnen, bevor Johnny aufkreuzt.«

»Warum gehst du nicht hinterher und misst ihm die Temperatur, Süße?«, bemerkte Alamena boshaft. »Du hast ihm doch schon den ganzen Abend das Händchen gehalten.«

»Hab kein Interesse an dem Whisky-Jongleur«, sagte Doll Baby.

Chink arbeitete in der Innenstadt als Barkeeper im University Club in der East 48th Street. Er verdiente dort einen ordentlichen Batzen Geld, hing mit den Stutzern aus Harlem herum und konnte sich an jedem Finger zehn von Doll Babys Sorte leisten.

»Seit wann denn nicht?«, fragte Alamena sarkastisch. »Seit er gerade zur Tür rausgegangen ist?«

»Ach was, jedenfalls muss ich Val suchen«, ging Doll Baby in die Defensive und schwirrte ab. Gleich darauf verließ auch Alamena das Zimmer.

Mamie Pullen saß auf dem Klodeckel im verriegelten Badezimmer und klagte: »Dulcy, Liebling, ich wünschte, du würdest dich von Chink Charlie fern halten. Du machst mich verdammt nervös, Kindchen.«

Dulcy schnitt ihrem eigenen Spiegelbild Grimassen. Sie quetschte ihre Schenkel so fest gegen den Waschbeckenrand, dass sich ihr rosafarbenes, hautenges Kleid tief in das Tal zwischen ihren runden, appetitlichen Pobacken versenkte.

»Ich versuchs ja, Tante Mamie«, sagte sie und ordnete nervös ihre kurz geschnittenen orangegelben Locken, die den olivfarbenen Teint ihres herzförmigen Gesichts einrahmten. »Aber du weißt doch, wie Charlie ist. Er tanzt mir ständig vor der Nase herum, egal wie sehr ich ihm zeige, dass ich kein Interesse habe.«

Mamie grummelte skeptisch vor sich hin. Dunkelhäutige Blondinen, Harlems letzter Schrei, waren nicht nach ihrem Geschmack. Ihre sorgenvollen alten Augen musterten Dulcys schillernden Aufzug: die regenbogenfarbigen Nuttenschuhe mit den vier Zoll hohen Pfennigabsätzen, die enge Halskette aus rosa Zuchtperlen, die diamantenbesetzte Uhr, das Smaragdarmband, das schwere goldene Talisman-Armband, die beiden Diamantringe an ihrer linken Hand und der Rubin an ihrer rechten, die rosafarbenen Perlenohrringe, die wie versteinerte Kaviarkügelchen geformt waren.

Schließlich bemerkte sie: »Alles, was ich dir dazu sagen kann, Süße: Deine Aufmachung fällt etwas aus dem Rahmen.«

Dulcy drehte sich wütend zu ihr um, aber ihre von langen Wimpern gesäumten feurigen Augen wanderten rasch von Mamies kritischem Blick hinunter zu den derben, eher für Männer geschusterten Latschen, die unter dem Saum ihres langen schwarzen Satinkleides hervorlugten.

»Was stimmt denn nicht mit meinen Kleidern?«, fragte sie angriffslustig.

»Die sind nicht gerade dafür gemacht, irgendwas von dir zu verstecken«, erwiderte Mamie trocken, und bevor Dulcy kontern konnte, fragte sie rasch: »Mal ehrlich, was ist eigentlich letzten Samstag zwischen Johnny und Chink in Dickie Wells' Kneipe passiert?«

Schweißperlen standen auf Dulcys Oberlippe. »Das alte Spiel eben. Johnny ist so eifersüchtig, dass ich manchmal denke, er hat sie nicht mehr alle.«

»Warum setzt du dann immer noch eins drauf? Musst du unbedingt bei jedem Mann, der vorbeigeht, mit dem Arsch wackeln?«

Dulcy gab sich empört. »Ich und Chink waren schon befreundet, lange bevor ich Johnny kannte, und ich weiß nicht, wieso ich ihm nicht mal hallo sagen darf, wenn ich will. Johnny tut ja auch nichts, um seine alten Flammen auf Abstand zu halten, dabei hatte ich noch nicht mal was mit Chink.«

»Kind, jetzt erzähl nicht, der ganze Krach kommt daher, dass du Chink hallo sagst.«

»Ich kann dir nicht vorschreiben, was du glauben willst. Jedenfalls saßen ich, Val und Johnny friedlich am Tisch bei der Tanzfläche, als Chink vorbeikam und nur meinte: ›Hallo, Kleines, ist die Ader noch kräftig durchblutet?‹ Ich lachte. Jeder in Harlem weiß, dass Chink Johnny ›meine Goldader‹ nennt, und hätte Johnny nur die Spur von Humor, hätte er mitgelacht. Stattdessen sprang er auf, bevor auch nur einer begriff, was los war, er zog sein Käsemesser und brüllte herum, dass er diesen Scheißkerl auf Vordermann bringen wollte. Logisch, dass Chink auch nach seinem Dolch griff. Wären Val, Joe Turner und Big Caesar nicht dazwischengegangen, hätte Johnny ihn auf der Stelle zerlegt. Aber so ist rein gar nichts passiert, sind nur ein paar Tische und Stühle geflogen. Wenn das Ganze überhaupt nach Radau aussah, dann bloß, weil ein paar dieser hysterischen Hühner zu kreischen anfingen und gar nicht wieder aufhörten, nur um ihren Niggern einzuschärfen, dass sie bei der kleinsten Messerstecherei die Flatter kriegen.«

Plötzlich kicherte sie. Mamie erschrak. »Da gibts nichts zu lachen«, sagte sie entrüstet.

Dulcys Kiefer klappte nach unten. »Ich lach doch gar nicht«, behauptete sie. »Ich hab Angst. Johnny wird ihn umbringen.«

Mamie erstarrte. Erst nach einer Weile fasste sie sich wieder, aber ihre Stimme versagte fast vor Entsetzen. »Hat er dir das gesagt?«

»War nicht nötig. Ich weiß es einfach. Habs im Gespür.«

Mamie stand auf und legte ihren Arm um Dulcy. Beide zitterten. »Wir müssen ihn irgendwie davon abbringen, Kind.«

Dulcy drehte sich wieder zum Spiegel um, als könne das Gesicht darin ihr Mut einflößen. Sie öffnete ihre pinkfarbene Basthandtasche und begann ihr Makeup aufzufrischen. Ihre Hand zitterte, als sie ihre Lippen nachzog.

»Ich weiß nicht, wie man ihn davon abbringen kann, ohne selbst dabei draufzugehen«, sagte sie, als sie fertig war.

Mamie nahm ihren Arm von Dulcys Taille und rang verzweifelt die Hände. »O Gott, ich wünschte, dass Val sich beeilen und bald hier sein würde.«

Dulcy schaute auf ihre Armbanduhr. »Schon fünf vor halb fünf. Eigentlich müsste Johnny inzwischen da sein.« Nach einer kurzen Pause fügte sie hinzu: »Keine Ahnung, wo Val bleibt.«

3

Irgendjemand begann kräftig an die Tür zu hämmern. Bei dem Getöse im Zimmer war das Poltern jedoch kaum zu hören.

»*Macht die Tür auf!*«, schrie eine Stimme. Sie war so durchdringend, dass sogar Dulcy und Mamie sie hinter der geschlossenen Badezimmertür hören konnten.

»Frag mich, wer das sein kann«, sagte Mamie.

»Bestimmt nicht Johnny oder Val, die würden nicht so ein Theater veranstalten«, antwortete Dulcy.

»Wahrscheinlich ein Betrunkener.«

Einer von den Angeheiterten, die schon drin waren, trällerte wie ein Bänkelsänger: »Ma' ma' auf, Richard.«

So hieß ein Harlemer Gassenhauer, den zwei schwarzgeschminkte Komödianten im Apollo-Theater auf die Bühne gebracht hatten; bei dem Sketch kam ein farbiger Mitbruder betrunken heim und bekniete Richard, ihm die Tür zu öffnen.

Die anderen Besoffenen im Zimmer grölten vor Lachen.

Alamena war gerade in die Küche gegangen. »Schau mal nach, wer an der Tür ist«, sagte sie zu Baby Sis.

Baby Sis, die mit dem Abwasch beschäftigt war, blickte auf und bemerkte mürrisch: »Diese Säufer machen mich krank.«

Alamena erstarrte. Baby Sis war nur ein Hausmädchen, das Mamie als Aushilfe eingestellt hatte. Es stand ihr nicht zu, die Gäste zu kritisieren. »Mädel, du bist wohl übergeschnappt«, sagte sie. »Überleg dir besser, was du sagst. Geh schon und öffne die Tür, und dann sieh zu, dass du diesen Saustall in Ordnung bringst.«

Baby Sis musterte die verlotterte Küche, und ihre verkniffenen Augen in dem verschmierten schwarzen Gesicht verhießen nichts Gutes.

Der Tisch, der Spülstein, die Anrichten und der größte Teil des Bodens waren mit leeren oder angebrochenen Flaschen übersät: Gin-, Whisky- und Rumflaschen, Limoflaschen, Gewürzflaschen; Töpfe, Pfannen und Tabletts mit Essen lagen herum, eine Schüssel mit Resten von Kartoffelsalat, hohe Eisentöpfe mit klebrigen Teilen von gebratenen Hähnchen, Fisch und Schweinekoteletts; Backbleche mit zerkrümelten und zermatschten Plätzchen, Backformen mit Überbleibseln von glitschig gefüllten Pasteten; eine Waschwanne mit Eiswürfeln, die in Spülwasser schwammen; Kuchenstücke und aufgeweichte, angebissene Weißbrot-Sandwiches ...

»Krieg ich nie weg, die Schweinerei, unmöglich«, beschwerte sie sich.

»Zisch ab, Mädchen«, sagte Alamena scharf.

Baby Sis bahnte sich ihren Weg durch die Bande lärmender Trinker im voll gestopften Wohnzimmer.

»Jetzt mach doch mal einer die Tür auf!«, schrie die Stimme verzweifelt von draußen.

»Bin ja unterwegs!«, rief Baby Sis von drinnen. »Mach dir mal nicht gleich in die Hose.«

»Dann beeil dich!«, tönte es zurück.

»Ob es wohl kalt draußen ist, Baby«, platzte einer der Betrunkenen heraus.

Baby Sis baute sich vor der geschlossenen Tür auf und rief: »Wer is'n da und haut auf die Tür, wie wenn er sie zerdeppern will?«

»Hier ist Hochwürden Short«, antwortete die Stimme.

»Und ich bin die Königin von Saba«, antwortete Baby Sis, die sich vor Lachen bog und auf die prallen Schenkel klopfte. Sie wandte sich an die Gäste, damit ja keiner den Spaß verpasste: »Sagt, er ist Hochwürden Short.« Einige der Gäste lachten und tobten, als wären sie auf 'nem Trip. Baby Sis drehte sich wieder zur Tür und rief: »Versuchs noch mal, Kumpel, und sag nicht, du bist Petrus und willst Big Joe holen.«

Die drei Musiker sülzten derweil weiter wie eine hängen gebliebene Schallplatte, ihre starren Augen schienen aus den versteinerten Gesichtern über den Jordan hinweg ins Gelobte Land zu blicken.

»Ich sag dir doch, ich bin Reverend Short«, bekräftigte die Stimme.

Baby Sis' Lachen verwandelte sich schlagartig in böswillige Feindseligkeit. »Soll ich dir sagen, wie ich weiß, dass du nicht Reverend Short bist?«

»Genau das würde ich gerne hören«, antwortete die Stimme gereizt.

»Weil Reverend Short schon hier drin ist«, erwiderte Baby Sis triumphierend. »Und du kannst nicht Reverend Short sein, weil du draußen bist.«

»Gütiger Gott im Himmel«, sagte die Stimme wehklagend. »Lass mich geduldig sein.« Doch statt sich in Geduld zu üben, fing er wieder an, gegen die Tür zu poltern.

Mamie Pullen schloss die Badezimmertür auf und streckte ihren Kopf hinaus.

»Was ist denn da draußen los?«, fragte sie. Und als sie Baby Sis vor der Tür stehen sah, rief sie: »Wer ist da an der Tür?«

»So 'n Säufer, behauptet, er ist Reverend Short«, war Baby Sis' Antwort.

»Aber ich *bin* Reverend Short!«, schrie die Stimme von draußen.

»Kann ja nicht sein«, beharrte Baby Sis.

»Was ist los mit dir, Mädel, bist du betrunken?«, sagte Mamie wütend, während sie sich zur anderen Seite des Zimmers kämpfte.

Von der Küchentür hörte man Alamena sagen: »Vielleicht ist es Johnny, der wieder so eine komische Nummer abzieht.«

Mamie war jetzt an der Tür angelangt, schob Baby Sis beiseite und machte auf. Reverend Short schritt torkelnd über die Schwelle und schien kaum in der Lage, sich auf den Beinen zu halten. Sein aschfahles, knochiges Gesicht war von äußerster Empörung gezeichnet, seine rötlichen Augen funkelten wütend hinter der blankgeriebenen Goldrand-Brille.

»Da fällt mir nichts mehr ein!«, rief Baby Sis mit ehrfürchtiger Stimme. Ihr schwarzes verschmiertes Gesicht wurde blass, und ihre Augäpfel traten hervor, als habe sie ein Gespenst gesehen. »Wahrhaftig, Reverend Short.«

Reverend Shorts dünner, schwarz gekleideter Körper wurde vor Zorn so heftig geschüttelt wie ein Setzling im Taifun. »Ich hab dir doch gesagt, ich bins«, zischte er. Sein Mund war geformt wie das Maul eines Karpfen, und beim Sprechen verpasste er Dulcy, die herübergekommen war und einen Arm um Mamies Schulter gelegt hatte, eine Spuckdusche.

Ärgerlich trat sie einen Schritt zurück und wischte sich ihr Gesicht mit dem kleinen schwarzen Seidentaschentuch ab, das sie in ihrer Hand hielt und das ihre Trauerkleidung darstellte. »Hören Sie doch mit der Sabberei auf«, fuhr sie ihn an.

»Er hat dich doch nicht absichtlich angespuckt, meine Liebe«, sagte Mamie beschwichtigend.

»*Po' sinner stands a-trembling ...*«, schrie Deep South dazwischen.

Reverend Shorts Körper durchfuhren krampfartige Zuckungen, als hätte er einen epileptischen Anfall. Alle blickten ihn erwartungsvoll an.

»*... stands a-trembling, Daddy Joe*«, echote Susie Q.

»Mamie Pullen, wenn Sie diese Scheusale nicht augenblicklich davon abbringen, *Steal Away*, dieses süße, alte Spiritual, zu verhunzen, dann schwöre ich bei Gott, dass ich auf Big Joes Beerdigung nicht die Predigt halten werde«, drohte Reverend Short mit wutentbrannter Stimme.

»Das ist halt ihre Art, ihm die letzte Ehre zu erweisen«, schrie Mamie, um sich in dem Lärm Gehör zu verschaffen. »Schließlich war es Big Joe, der ihnen den Weg zum Ruhm geebnet hat, als sie noch kleine Fische in Eddy Prices Spelunke waren, und jetzt geben sie alles, um ihn auf seinem Weg in den Himmel zu begleiten.«

»So schickt man aber keinen in den Himmel«, antwortete der Geistliche heiser, wobei sich seine Stimme bei seinem Geschrei fast überschlug. »Sie veranstalten einen solchen Lärm, dass sie eher die Toten wecken, die ohnehin schon oben sind.«

»Oh, na schön, ich bring sie zum Schweigen«, sagte Mamie, ging hinüber und legte ihre runzelige kleine Hand auf Deep South' schweißnasse Schulter. »Habt ihr gut gemacht, Jungs, aber jetzt könnt ihr mal 'ne Pause einlegen.«

Die Musik brach so jäh ab, dass in der plötzlichen Stille sogleich jeder Dulcys ärgerlich geflüsterten Kommentar hören konnte: »Tante, was hat sich dieser Hinterhofprediger in deine Angelegenheiten einzumischen?«

Reverend Short warf ihr einen vernichtenden Blick zu. »Kehren Sie erst mal vor der eigenen Tür, Schwester Perry, bevor Sie mich kritisieren«, krächzte er.

Die nachfolgende Stille wurde unerträglich.

Da fiel Baby Sis mit trunkener Stimme laut johlend ein: »Möcht nur mal gern wissen, Reverend Short, wie ums Verrecken Sie da draußen gelandet sind.«

Der Bann war gebrochen. Alle lachten.

»Man hat mich aus dem Schlafzimmerfenster gestoßen«, erklärte Reverend Short mit einer Stimme, die vor Boshaftigkeit überschäumte.

Baby Sis konnte sich nicht mehr halten und prustete schallend los, doch als sie Reverend Shorts finstere Miene erblickte, hielt sie mitten in der ersten Salve inne.

Die anderen hörten genauso abrupt mit ihrem Gelächter auf. Totenstille legte sich wie ein Leichentuch über den Trubel. Die Gäste starrten Reverend Short mit Stielaugen an. Ihre Grimassen hätten herzlich gern weitergelacht, doch ihr Grips bremste sie. Einerseits konnte der Ausdruck unterdrückter Rachsucht auf Reverend Shorts Gesicht der eines Mannes sein, den man tatsächlich aus dem Fenster gestoßen hatte. Andererseits wies sein Körper keinerlei Anzeichen dafür auf, dass er vom zweiten Stock auf den Betonbürgersteig geknallt war.

»Chink Charlie wars«, krächzte Reverend Short.

Mamie schnappte nach Luft. »Was?!«

»Sie machen wohl Witze, wie?«, bemerkte Alamena scharf.

Baby Sis fing sich als Erste wieder. Sie lachte versuchsweise und verpasste Reverend Short einen aufmunternden Knuff. »Sie haben den Vogel abgeschossen, Reverend!«, sagte sie.

Reverend Short umklammerte ihren Arm, um nicht hinzufallen.

In ihrem Grinsen lag die blödsinnige Bewunderung, die ein Witzbold für den anderen hegt.

Mamie drehte sich wutschnaubend um und gab ihr eine Backpfeife. »Schleunigst ab mit dir in die Küche«, sagte sie unnachgiebig. »Und für heute Finger weg vom Sprit.«

Baby Sis' Gesicht wurde schrumpelig wie eine Trockenpflaume, und sie fing an zu schluchzen. Bei dieser jungen, großen und kräftigen Frau mit ihrer Eselnatur wirkte die Heulerei wie das Symptom hochgradigen Schwachsinns. Sie machte kehrt, um zurück in die Küche zu eilen, stolperte aber über ihre eigenen Füße und fiel betrunken zu Boden. Niemand kümmerte sich um sie, denn nun, da Baby Sis als Stütze ausgefallen war, drohte auch Reverend Short umzukippen.

Mamie ergriff seinen Arm und half ihm in einen Sessel. »Bleiben Sie einfach da sitzen, Reverend, und erzählen Sie mir, was passiert ist«, sagte sie.

Er hielt sich die linke Seite des Brustkorbs, als hätte er starke Schmerzen, und krächzte mit atemloser Stimme: »Ich ging ins Schlafzimmer, um frische Luft zu schnappen, und als ich so am Fenster stand, beobachtete ich einen Polizisten, der einem Dieb hinterherjagte; da schlich sich Chink Charlie an mich heran und stieß mich aus dem Fenster.«

»Mein Gott!«, rief Mamie aus. »Dann hat er ja versucht, Sie umzubringen.«

»Was Sie nicht sagen!«

Alamena sah hinunter auf Reverend Shorts knochiges Gesicht und sagte mit überzeugendem Ton: »Mamie, der ist doch total besoffen.«

»Nicht die Spur«, stritt er ab. »In meinem ganzen Leben habe ich nicht einen Tropfen von diesem teuflischen Alkohol angerührt.«

»Wo ist Chink?«, fragte Mamie und blickte sich um. »Chink!«, rief sie. »Bringt mir sofort diesen Chink her.«

»Er ist gegangen«, sagte Alamena. »Hat sich verdrückt, als du mit Dulcy auf dem Klo warst.«

»Dein Prediger hat sich das doch nur aus den Fingern gesaugt, Tante Mamie«, sagte Dulcy. »Weil er mit Chink Krach wegen deiner Gäste hatte.«

Mamie blickte von ihr zu Reverend Short. »Was ist denn mit denen?«

Die Frage war an den Reverend gerichtet, aber Dulcy beantwortete sie: »Er meinte, es sollten nur Kirchenmitglieder und Big Joes Logenbrüder hier sein, aber Chink erinnerte ihn daran, dass Big Joe ja auch Spieler war.«

»Ich behaupte nicht, dass Big Joe ohne Sünde war«, sagte Reverend Short mit seiner kräftigen Kanzelstimme und vergaß für einen Augenblick sein Gebrechen. »Aber Big Joe war über zwanzig Jahre Koch bei der Pennsylvania-Bahngesellschaft und außerdem Mitglied der First Holy Roller Church von Harlem, und genau das bleibt er auch in den Augen Gottes.«

»Aber die Leutchen hier, das waren doch alles seine Freunde«, protestierte Mamie bestürzt. »Haben alle mit ihm gearbeitet und sind Jahr und Tag mit ihm zusammen gewesen.«

Reverend Short spitzte die Lippen. »Darum geht es nicht. Sie dürfen eben seine arme Seele nicht einfach mit einem Stall voll Sündern und Hurenböcken verabschieden und erwarten, dass Gott ihm dann noch gnädig ist.«

»Wie hab ich das zu verstehen?«, hakte Dulcy erregt nach.

»Lass ihn in Ruhe«, sagte Mamie. »Ist ja alles schon ohne sein Gezeter schlimm genug.«

»Wenn der nicht bald aufhört, seine schmutzigen Fantasien an mir auszulassen, sag ich Johnny, er soll ihm den Arsch versohlen«, raunte Dulcy mit dumpfer Stimme Mamie zu, doch laut genug, dass alle es hören konnten.

Reverend Short durchbohrte sie mit einem Blick voll triumphierendem Abscheu. »Drohe mir, so viel du willst, Luzifer, aber der Herr weiß, dass es deine Teufelei war, die Joe Pullen in der Blüte seiner Jahre dahinraffte.«

»Da verdrehen Sie was«, widersprach Mamie Pullen. »Er war einfach reif. Seit Jahren hielt er diese Nickerchen und hatte dabei seine Zigarre im Mund, irgendwann musste es passieren, dass er den Stumpen verschluckt und daran erstickt.«

»Wenn du dir unbedingt das Gefasel von diesem Aushilfsprediger anhören willst, dann bitte«, sagte Dulcy zu Mamie. »Aber ich geh jetzt nach Hause, und du kannst Johnny gern verraten, warum.«

Keiner sagte einen Ton, als sie sich umdrehte und das Apartment verließ. Sie schlug die Tür geräuschvoll hinter sich zu.

Mamie seufzte. »O Herr, ich wünschte, Val wäre hier!«

»Dieses Haus ist voller Mörder!«, rief Reverend Short aus.

»Das sollten Sie nicht sagen, nur weil Ihnen Chink Charlie was angetan hat«, meinte Mamie.

»Nun reichts aber, Mamie!«, explodierte Alamena. »Wenn er wirklich aus dem Schlafzimmerfenster gefallen wäre, läge er doch jetzt mausetot auf dem Bürgersteig.«

Reverend Short starrte sie mit glasigen Augen an. In seinen Mundwinkeln hatte sich weißer Schaum gesammelt. »Ich habe eine schreckliche Vision«, murmelte er.

»Da sagen Sie was Wahres«, stellte Alamena angewidert fest. »Ist ja alles Vision, was Sie im Hirn haben.«

»Ich sehe einen toten Mann, dem man ein Messer ins Herz gestoßen hat«, sagte er.

»Ich braue Ihnen 'nen Grog und stecke Sie ins Bett«, versuchte ihn Mamie zu beruhigen. »Und du, Alamena ...«

»Der braucht nicht noch mehr zu trinken«, fuhr Alamena dazwischen.

»Herrgott im Himmel, Alamena, hör auf damit. Ruf Doktor Ramsey an und sag ihm, er soll kommen.«

»Der ist doch nicht krank«, sagte Alamena.

»Das habe ich auch nicht behauptet«, ließ Reverend Short vernehmen.

»Der will doch nur aus irgendeinem Grund herumstänkern.«

»Verletzt bin ich«, behauptete Reverend Short. »Wer wäre das nicht, wenn er aus dem Fenster gestoßen wird?«

Mamie ergriff Alamena am Arm und versuchte sie beiseite zu ziehen. »Geh schon und ruf den Arzt.«

Doch Alamena sträubte sich. »Hör mal, Mamie Pullen, in deinem Alter solltest du um Gottes willen vernünftiger sein. Wäre er aus dem Fenster gefallen, hätte er es todsicher nicht wieder bis hierher geschafft. Bestimmt wird er dir als Nächstes erzählen, er wäre in Abrahams Schoß gelandet.«

»Nein, aber in einem Korb voller Brote«, erklärte Reverend Short.

Endlich lachten die Gäste wieder erleichtert auf. Der rechtschaffene Geistliche scherzte also doch. Sogar Mamie konnte sich kaum noch zusammenreißen.

»Ist jetzt klar, was ich meine?«, fragte Alamena.

»Reverend Short, Sie sollten sich schämen, uns so auf den Arm zu nehmen«, sagte Mamie nachsichtig.

»Wenn ihr mir nicht glaubt, dann seht euch doch das Brot an«, forderte Reverend Short sie auf.

»Welches Brot?«

»Das in dem Korb, in den ich gefallen bin. Er steht auf dem Bürgersteig vor dem A&P-Laden. Gott hat ihn dort hingestellt, um mich sanft zu betten.«

Mamie und Alamena tauschten Blicke aus.

»Ich schau nach, und du rufst den Arzt an«, schlug Mamie vor.

»Ich wills aber auch sehen.«

Jeder wollte das.

Mamie ließ einen lauten Seufzer vernehmen, als würde sie sich wider jede Vernunft auf die Schnapsidee eines Spinners einlassen, und führte die Gruppe an.

Die Schlafzimmertür war geschlossen. Mamie öffnete sie und rief erstaunt: »Nanu, das Licht brennt ja!«

Mit wachsender Bestürzung durchquerte sie das erleuchtete Schlafzimmer und lehnte sich aus dem offenen Fenster. Auch Alamena blickte hinaus. Die anderen quetschten sich ebenfalls in den nicht allzu großen Raum, und jeder versuchte, den beiden Frauen über die Schulter zu spähen.

»Ist es noch da?«, fragte jemand aus dem Hintergrund.

»Sieht wer was?«

»Schon richtig, da steht so was wie ein Korb«, sagte Alamena.

»Aber von Brot seh ich gar nichts«, bemerkte der Mann, der über ihre Schulter lugte.

»Sieht noch nicht mal wie ein Brotkorb aus«, sagte Mamie und versuchte, mit ihren kurzsichtigen Augen das Dämmerlicht zu durchdringen. »Mehr wie so ein Weidenkorb, in dem man Leichen abtransportiert.«

Inzwischen hatten sich Alamenas Argusaugen der Dunkelheit angepasst. »Es ist wirklich ein Brotkorb. Aber es liegt auch jemand drin.«

»Ein Betrunkener«, sagte Mamie erleichtert. »Sicher hat Reverend Short den gesehen und dabei den Einfall gehabt, uns hochzunehmen.«

»Für betrunken halte ich den nicht«, sagte der Mann, der sich über ihre Schulter beugte. »Dafür liegt der zu kerzengerade, und Besoffene schlafen immer irgendwie gekrümmt.«

»Mein Gott!«, schrie Alamena in Panik. »In dem steckt ja ein Messer.«

Mamie entfuhr ein langer, heulender Klagelaut. »Herr, beschütze uns. Kannst du sein Gesicht erkennen, Kind? In meinem Alter kann ich kaum die Hand vor den Augen sehen. Ist es Chink?«

Alamena legte ihren Arm um Mamies Taille und zog sie langsam vom Fenster zurück.

»Nein, Chink ist es nicht«, sagte sie. »Sieht so aus, als wärs Val.«

4

Jeder stürzte zur Wohnungstür, um als Erster unten zu sein. Doch bevor Mamie und Alamena draußen waren, klingelte das Telefon.

»Wer, zum Teufel, ruft jetzt noch an?«, fragte Alamena gereizt.

»Geh schon vor, ich nehme das Gespräch an«, sagte Mamie.

Ohne zu antworten, lief Alamena zur Tür hinaus.

Mamie ging ins Schlafzimmer zurück und nahm den Hörer vom Telefon, das auf dem Nachttisch neben dem Bett stand. »Hallo.«

»Ist da Mrs. Pullen?«, fragte eine gedämpfte Stimme. Sie war so verzerrt, dass die Worte kaum zu verstehen waren. »Vor Ihrem Haus liegt ein Toter.«

Sie hätte schwören können, dass die Stimme mühsam ein Lachen unterdrückte. »Und wer sind Sie?«, fragte sie misstrauisch.

»Niemand.«

»Die Angelegenheit ist nicht so verdammt komisch, dass Sie Witze darüber reißen sollten«, sagte sie schroff.

»Ich mach keine Witze. Wenn Sie mir nicht glauben, gehen Sie ans Fenster und schauen Sie nach.«

»Warum, zum Teufel, haben Sie nicht die Polizei angerufen?«

»Ich dachte, es wäre Ihnen vielleicht nicht recht, wenn sie es erfährt.«

Plötzlich erschien Mamie Pullen das ganze Gespräch unsinnig. Sie versuchte sich zu konzentrieren, war aber so müde, dass ihr der Kopf brummte. Erst dieses ganze Affentheater von Reverend Short, und dann wird Val erstochen, während Big Joe hier tot im Sarg liegt. Sie fühlte sich ganz so, als sei sie bereits übergeschnappt. »Mein Gott, warum soll ich was dagegen haben, dass die Polizei es erfährt?«, fragte sie zornig.

»Weil er aus Ihrer Wohnung kam.«

»Woher wissen Sie, dass er aus meiner Wohnung kam? Ich hab ihn die ganze Nacht nicht hier gesehen.«

»Ich aber. Ich sah, wie er aus Ihrem Fenster purzelte.«

»Wie? Ach, Sie reden von Reverend Short. Haben Sie ihn tatsächlich fallen sehen?«

»Das sag ich ja. Und jetzt liegt er unten auf dem Gehsteig im Brotkorb von A&P und ist so tot, wie man nur sein kann.«

»Das ist nicht Reverend Short. Der hat sich nicht mal verletzt. Kam einfach wieder die Treppe rauf.« Als die Stimme nicht antwortete, fuhr sie fort: »Das ist Val. Valentine Haines. Und er wurde erstochen.«

Sie wartete auf eine Antwort, aber die Stimme blieb stumm. »Hallo«, rief sie. »Hallo, sind Sie noch dran? Wenn Sie so oberschlau sind, warum wissen Sie das denn nicht?«

Sie hörte nur ein ganz leises Knacken. »Der Lump hat aufgelegt«, murmelte sie vor sich hin und fügte hinzu: »Also, wenn das nicht ziemlich merkwürdig ist ...«

Sie blieb einen Augenblick stehen und versuchte nachzudenken, aber ihr Verstand funktionierte nicht. Dann ging sie hinüber zum Frisiertisch und griff nach der Schnupftabakdose. Mit einem Wattestäbchen nahm sie eine ordentliche Prise und klemmte den Wattebausch unter die Lippe, sodass nur noch das Stäbchen aus dem Mund ragte. Der Tabak dämpfte ein wenig die aufsteigende Panik. Aus Rücksicht auf ihre Gäste hatte sie sich die ganze Nacht über nicht eine Prise gegönnt, obwohl man sie im Allgemeinen nicht ohne den Wattebausch sah.

»Mein Gott, wenn doch Big Joe noch leben würde! Er wüsste, was zu tun ist«, sagte sie vor sich hin, während sie mit langsamen, schweren Schritten ins Wohnzimmer zurückging.

Der Raum war übersät mit schmutzigen Gläsern, Tellern mit Speiseresten und Aschenbechern, die überquollen vor glimmenden Zigaretten- und Zigarrenstummeln. Der von einem rotbraunen Teppich bedeckte Fußboden starrte vor Schmutz. Zigarettenglut hatte Löcher in den Polstermöbeln hinterlassen und Narben in die Tischplatte gebrannt. Das Ascheskelett einer ganzen Zigarette lag unversehrt auf dem Flügel. Das alles erinnerte an ein Gelände, auf dem gerade ein Zirkus seine Zelte abgebrochen hatte, und darüber schwebte in dem heißen, engen

Raum der überwältigende Geruch von Tod, Maiglöckchen und menschlichen Ausdünstungen.

Mamie schleppte sich durch das Zimmer und blickte ihren verstorbenen Mann in seinem bronzierten Sarg an.

Big Joe war in einen cremefarbenen Sommeranzug und ein blassgrünes Crêpe-de-Chine-Hemd gekleidet, dazu ein brauner, mit handgemalten Engeln gemusterter Seidenschlips, der mit einer brillantenbesetzten, hufeisenförmigen Krawattennadel festgesteckt war. Das große, kantige, dunkelbraune Gesicht war glattrasiert, den breiten Mund umgaben tiefe Falten. Er sah aus, als sei er soeben massiert worden. Seine Augen waren geschlossen. Sein störrisches, graues Kraushaar war nach dem Tod frisch geschnitten und in mühseliger Arbeit gekämmt und gebürstet worden. Mamie selbst hatte das getan und ihn auch selbst angekleidet. Seine Hände waren so über der Brust gefaltet, dass man an der Linken einen Brillantring, an der Rechten den Siegelring seiner Loge sah.

Sie nahm ihm alle Schmuckstücke ab und schob sie in die tiefe Vordertasche ihres langen, wie ein Sack über den Boden schleifenden schwarzen Satinkleids. Dann schloss sie den Sarg.

»Welch eine missratene Totenwache«, klagte sie vor sich hin.

»Er ist tot«, sagte Reverend Short plötzlich mit seiner neuen, krächzenden Stimme.

Mamie fuhr zusammen. Sie hatte Reverend Short nicht bemerkt. Er saß saft- und kraftlos in einem Polstersessel und starrte mit glasigen Augen auf die gegenüberliegende Wand.

»Was denken Sie denn wohl?«, antwortete sie grob. Nach der Entdeckung von Vals Leiche war jede Etikette von ihr gewichen. »Dass ich ihn lebendig begrabe?«

»Ich sah, wie es passierte«, fuhr Reverend Short unbeirrt fort, als hätte sie gar nichts gesagt.

Sie starrte ihn verblüfft an. »Ach, Sie meinen Val.«

»Ein Weib, erfüllt mit der Sünde der Lüsternheit und des Ehebruchs, tauchte auf aus dem Schlund der Hölle und stach ihn ins Herz.«

Seine Worte drangen nur langsam zu Mamies vernebeltem Verstand vor. »Eine Frau?«

»*Und ich gab ihr Gelegenheit, ihre Hurerei zu bereuen, doch sie bereute nicht.*«

»Haben Sie sie dabei beobachtet?«

»*Denn ihre Sünden schreien gen Himmel, und Gott wird ihrer Verderbtheit gedenken.*«

Mamie sah das Zimmer vor sich schwanken. »Der Herr erbarme sich unser«, sagte sie.

Sie sah Big Joe in seinem Sarg, sah den Flügel und die TV-Radio-Truhe allmählich zum Himmel aufsteigen. Dann erhob sich der dunkelbraunrote Teppich langsam, bis er sich vor ihren Augen wie ein See von geronnenem Blut ausbreitete, in den sie ihr Gesicht tauchte.

»Sünde, Wollust und Missetaten vor dem Antlitz des Herrn«, krächzte Reverend Short und fügte dann mit leisem, trockenem Wispern hinzu: »Sie ist nichts als eine Hure, o Herr.«

5

Die Aufzugkabine befand sich im Erdgeschoss, und die meisten der neugierigen Trauergäste rannten lieber die Treppe hinunter, als auf den Lift zu warten. Dennoch waren sie nicht die Ersten.

Dulcy und Chink standen einander gegenüber und schauten sich über den Brotkorb mit der Leiche hinweg an. Chink war ein großer, gelbhäutiger Bursche, noch jung, aber schon ziemlich feist, und trug einen beigefarbenen Sommeranzug. Er hatte sich steif vorgebeugt.

Der Erste, der dazukam, hörte noch Dulcys Ausruf: »Verdammt und zugenäht, du musstest ihn nicht gleich umbringen!«, und Chink antwortete mit vor plötzlichem Eifer bebender Stimme: »Nicht mal für dich …« Dann hielt er inne und warnte in scharfem Flüsterton, ohne die Lippen zu bewegen: »Halts Maul und schalte auf Durchzug.«

Sie gab keinen Laut mehr von sich, bis sich alle Trauergäste versammelt, sich alles genau angesehen und gesagt hatten, was es zu sagen gab. »Es ist Val, er ist wahrhaftig tot.«

»Wenn der nicht kalt ist, wäre Petrus ziemlich überrascht.«

Alamena hatte sich weit genug herangedrängt, um die Leiche genau betrachten zu können. Sie hörte einen Schlafwagenkellner sagen: »Ob er da erstochen wurde, wo er jetzt liegt?«

Eine Stimme hinter ihr antwortete: »Muss ja wohl. Sonst ist nirgendwo Blut.«

Die Leiche lag in voller Länge auf der Unterlage aus weichen, eingepackten Brotlaiben, als ob der Korb nach Maß angefertigt worden wäre. Die linke Hand, an der ein Goldring steckte, ruhte mit der Handfläche nach oben über einem breiten schwarzen Seidenschlips, der über dem Kragen eines weichen sandfarbenen Leinenhemds geknotet war; die Rechte lag mit der Handfläche nach unten über dem mittleren Jackenknopf eines olivfarbenen, graubraun glänzenden Gabardineanzugs. Die Füße zeigten steil nach oben, und man sah die etwas abgenutzten Kreppsohlen leichter englischer Sportschuhe.

Das Messer stak in der Jacke, knapp unterhalb der Brusttasche, aus der ein viertel Zoll breit die Zipfel eines Ziertaschentuchs hervorschauten. Es war ein Jagdmesser mit Hirschhorngriff, Schnappklinge und Handschutz, wie es Jäger zum Ausweiden von Wild verwenden. Blut hatte unregelmäßige Muster auf Jacke, Hemd und Krawatte gezeichnet. Auch auf den Wachspapierhüllen der Brotlaibe und an einer Seite des Weidenkorbs waren Spritzer zu sehen, nicht jedoch auf dem Gehsteig.

Das Gesicht war im Ausdruck ungläubigen Entsetzens erstarrt. Die weitaufgerissenen, vorquellenden Augen ließen das Weiße erkennen und stierten auf einen Punkt oberhalb und jenseits der Füße.

Es war ein hübsches Gesicht mit glatter brauner Haut und Zügen, die große Ähnlichkeit mit denen von Dulcy aufwiesen. Der Tote trug keine Kopfbedeckung, hatte krauses schwarzes Haar, das mit Pomade fest an den Schädel geklebt war.

Ein Augenblick beklommenen Schweigens folgte den Worten des letzten Sprechers, mit denen klar wurde, dass der Mord genau hier stattgefunden hatte.

Dulcy unterbrach das Schweigen: »Er sieht so überrascht aus.«

»Was meinst du, wie überrascht du aus der Wäsche gucken würdest, wenn dir jemand ein Messer ins Herz bohrt«, sagte Alamena barsch.

Unvermittelt wurde Dulcy von einem hysterischen Anfall gepackt. »Val!«, schrie sie. »Den werd ich erwischen, Val, mein Süßer, o Gott ...«

Fast hätte sie sich über die Leiche gestürzt, doch Alamena riss sie sofort zurück, und ein paar andere Trauergäste packten ebenfalls zu und hielten sie fest.

Wie wild versuchte sie, sich loszureißen, und schrie: »Lasst mich los, ihr Hurenböcke! Er ist mein Bruder, und irgendein Hurenbock muss dafür bezahlen ...«

»Um Himmels willen, Halts Maul!«, fuhr Alamena sie an.

Chink fixierte sie mit einem Blick aus seinem großen, gelben, vor Wut verzerrten Gesicht. Das brachte Dulcy sofort zum Schweigen, und sie gewann ihre Fassung zurück.

Da kam vom Eingang des Nachbarhauses ein farbiger Polizist herüber. Angesichts der Menschenansammlung straffte er die Schultern und begann seine Uniform glatt zu ziehen. »Was ist denn hier los?«, fragte er laut und selbstsicher. »Jemand verletzt?«

»Könnte man so sagen«, antwortete eine Stimme.

Der Polizist zwängte sich zum Korb vor und sah auf die Leiche hinunter. Der Kragen seiner blauen Uniform stand offen, der Mann roch nach Schweiß.

»Wer hat ihn erstochen?«, fragte er.

Pigmeat antwortete mit hoher Falsettstimme: »Sollten Sie lieber nicht fragen.«

Der Polizist kniff die Augen zusammen und begann plötzlich zu grinsen, wobei er zwei Reihen großer gelber Zähne zeigte. »Welchem Chor bist du denn entsprungen, Sohnemann?«

Alle starrten ihn an und warteten, was er nun tun würde. Ihre Gesichter schienen im Licht der grauenden Morgendämmerung dunkler zu werden.

Doch der Polizist stand nur grinsend da und tat nichts. Er wusste einfach nicht, was er tun sollte, aber das schien ihn nicht weiter zu beunruhigen.

Von fern drang das Gellen einer Sirene durch die feuchte Morgenluft. Die Menge begann sich zu zerstreuen.

»Hat einer was von Weglaufen gesagt?«, bellte der Polizist.

Das rote Auge eines Streifenwagens kam von Süden die Seventh Avenue herauf. Der Wagen schrieb mit quietschenden Reifen eine Kehre um den Grünstreifen zwischen den beiden Fahrbahnen und bremste abrupt neben den am Straßenrand parkenden Autos. Ein weiteres rotes Auge sauste mit wütendem Jaulen von Norden die dunkle Straße hinunter. Ein drittes bog aus der 132nd Street um die Ecke und hätte beinahe das zweite gerammt. Ein viertes schoss aus der 129th Street heraus und heulte auf der Gegenfahrbahn nach Norden.

Im fünften Streifenwagen kam schließlich der weiße Sergeant vom Revier. »Haltet die Leute beisammen«, befahl er mit lauter Stimme.

Inzwischen hingen aus jedem Fenster des Blocks halbangezogene Gestalten, andere hatten sich auch schon auf der Straße versammelt.

Der Sergeant bemerkte einen weißen Mann in einem kurzärmeligen, weißen Sporthemd und Khakihosen, der ein wenig abseits stand, und fragte ihn: »Arbeiten Sie hier in der A&P-Filiale?«

»Ich bin der Manager.«

»Schließen Sie auf. Wir werden die Verdächtigen da reinbringen.«

»Ich protestiere«, entgegnete der Weiße. »Mich hat heute Nacht schon so ein Halunke bestohlen, direkt vor meinen Augen, und der Polizist da hat den Dieb nicht mal gefasst.«

Der Sergeant sah den farbigen Polizisten an.

»War bestimmt sein Kumpel«, beschuldigte ihn der A&P-Manager.

»Wo ist er denn jetzt?«, fragte der Sergeant.

»Woher, zum Teufel, soll ich das wissen?«, gab der Manager zur Antwort. »Ich musste ihn laufen lassen und hierher zurück, um den Laden aufzuschließen.«

»Na, dann mal los, schließen Sie auf«, befahl der farbige Polizist.

»Ich übernehme die Verantwortung, wenn was gestohlen wird«, erklärte der Sergeant.

Wortlos machte sich der Manager daran, die Ladentür aufzuschließen.

Eine unauffällige schwarze Limousine steuerte an den Straßenrand und parkte unbemerkt unten am Ende des Blocks. Aus dem Wagen stiegen zwei große, hagere Farbige in schwarzen Mohairanzügen, die aussahen, als hätten sie darin geschlafen, und kamen dann zum Tatort zurück. Ihre zerknitterten Jacken waren unter der linken Schulter ausgebeult. Über der Brust ihrer blauen Baumwollhemden sah man die glänzenden Riemen ihrer Schulterhalfter.

Der eine mit dem verätzten Gesicht ging um die Menschenansammlung herum und stellte sich am Ende der Gruppe auf, der andere blieb vorn stehen.

Plötzlich rief eine laute Stimme: »Ausrichten!«

Eine ebenso laute Stimme antwortete: »Abzählen!«

»Die Detectives Grave Digger Jones und Coffin Ed Johnson melden sich zum Dienst, General«, murmelte Pigmeat.

»Du lieber Himmel!«, wütete Chink. »Jetzt schwirren hier diese verdammten Wildwestschützen herum und stellen alles auf den Kopf.«

Der Sergeant winkte einem weißen Polizisten zu und sagte: »Sperrt sie in das Geschäft, Sie, Jones und Johnson. Ihr habt ja den Bogen raus mit solchen Leuten.«

Grave Digger blickte ihn scharf an. »Für uns sehen die alle gleich aus, Commissioner – weiß, blau, schwarz und merino.«

Dann wandte er sich an die Menge und kommandierte: »Dann mal rein, Vettern.«

»Die halten bestimmt noch eine Gebetsstunde ab«, sagte Coffin Ed.

Als die Polizisten die Tür hinter den eingepferchten Verdächtigen schlossen, näherte sich ein großer Cadillac, ein cremefarbenes Luxus-Cabrio mit heruntergeschlagenem Verdeck, und hielt neben den geparkten Wagen hinter der Reihe Polizeifahrzeuge an. Auf jeder Tür befand sich die Prägung einer kleinen weißen Spielkarte. In den Ecken trug jede Karte ein emailliertes Pik, Herz, Karo und Kreuz. Die Türen hatten die Größe von Scheunentoren.

Eine der Türen schwang auf. Ein Mann stieg aus. Er war groß, aber als er aufrecht stand, verlor seine Größe von einsachtzig durch die Hängeschultern und die langen Arme an Wirkung. Der Mann trug einen lichtblauen Anzug aus Shantungseide, ein blassgelbes Hemd aus Seidencrêpe, eine handbemalte Krawatte, auf der eine orangefarbene Sonne in einem dunkelblauen Morgen aufstieg, auf Hochglanz polierte leichte, helle Schuhe mit Gummisohlen, als Krawattennadel die Miniaturausgabe einer Herz zehn, deren Herzen aus Opalen bestanden, und drei Ringe – den schweren, goldenen Siegelring seiner Loge, einen gelben Diamanten, der auch in einen schweren Goldreifen gefasst war, und einen großen, undefinierbaren bunten Klunker, ebenfalls in einem schweren Goldreifen. Seine Manschettenknöpfe waren schwere, goldene, mit Brillanten besetzte Quadrate. Er trug nicht aus Eitelkeit so viel Gold mit sich herum. Er war ein Spieler, und das Gold stellte seine Reserve für den Notfall dar.

Er war barhäuptig. Sein graugesprenkeltes Kraushaar war auf die Länge eines Dreitagebarts geschoren, auf einer Seite war ein Scheitel hineinrasiert. Im trüben Morgenlicht zeigte sein grobes, wulstiges Gesicht, dass es seinen Anteil abbekommen hatte. Mitten auf der Stirn befand sich eine aufgeworfene bläuliche Narbe mit Nebenkämmen, die sich wie die erstarrten Fangarme eines Polypen ausbreiteten. Sie verlieh ihm den Ausdruck permanenter Wut, was noch durch das glimmende Feuer verstärkt wurde, das dicht unter der Oberfläche seiner schlammbraunen Augen schwelte und jederzeit zum Ausbruch kommen konnte.

Er wirkte hart, stark, gefährlich und unerschrocken.

»Johnny Perry!«

Der Name kam jedem unwillkürlich auf die Lippen, der in Harlem lebte. »Er ist der Größte«, sagten sie.

Dulcy winkte ihm aus dem Geschäft zu.

Er ging auf die Polizisten zu, die sich vor der Tür versammelt hatten. Er ging elastisch, trat mit den Fußballen auf wie ein Berufsboxer. Eine Welle der Nervosität lief durch die Reihen der Polizisten.

»Was soll das Theater?«, fragte er den Sergeanten.

Einen Augenblick schwiegen alle.

Dann nickte der Sergeant zu dem Brotkorb auf dem Gehsteig und sagte: »Da hats wen erwischt«, ganz so, als hätte die hektische, heiße Flamme, die in Johnnys Augen aufflackerte, ihm die Worte abgerungen.

Johnny drehte den Kopf, um nachzusehen, ging dann hinüber und starrte auf Vals Leiche herunter. Er stand fast eine Minute wie angewurzelt da. Als er sich wieder umwandte, hatte sein dunkles Gesicht einen tiefen Purpurschimmer angenommen, und die Fangarme der Narbe auf seiner Stirn schienen zum Leben erwacht zu sein. In seinen Augen funkelte das heiße, schwelende Glühen von feuchtem Holz, das jeden Moment auflodern konnte. Doch seine Stimme behielt den unverrückbar gedehnten, tiefen Klang des Spielers. »Wissen Sie, wer ihn erstochen hat?«

Der Sergeant hielt seinem Blick ungerührt stand. »Noch nicht. Wissen Sies?«

Johnny streckte die linke Hand aus, die Finger steif und gespreizt, dann zog er sie zurück und steckte sie in die Jackentasche, genau wie seine andere Hand. Er antwortete nicht.

Dulcy hatte sich zwischen den im Schaufenster ausgestellten Waren hindurchgeschlängelt und war nahe genug an die Scheibe gekommen, um dagegenzuklopfen.

Johnny warf ihr einen Blick zu und sagte dann zu dem Sergeanten: »Ihr habt meine Frau da mit drin. Lasst sie raus.«

»Sie gehört zu den Verdächtigen«, antwortete der Sergeant tonlos.

»Es ist ihr Bruder«, sagte Johnny.

»Sie können sie auf dem Revier sehen. Die Wagen werden bald hier sein«, entgegnete der Sergeant gleichgültig.

Flammen flackerten in Johnnys trüben Augen auf.

»Lassen Sie sie raus«, sagte Grave Digger. »Er wird sie hinbringen.«

»Und wer, verdammt noch mal, bringt ihn hin?«, fuhr der Sergeant wütend auf.

»Das tun wir«, antwortete Grave Digger. »Ich und Ed.«

Der erste Transportwagen bog um die Ecke in die Seventh Avenue. Der Sergeant öffnete die Tür und sagte: »Na los, fangen wir damit an, sie da rauszuholen.«

Dulcy kam als Dritte an die Reihe. Sie musste warten, bis die Polizisten die beiden Männer vor ihr gefilzt hatten. Einer der Cops bat um ihre Handtasche, aber sie lief an ihm vorbei und warf sich Johnny in die Arme.

»Oh, Johnny«, schluchzte sie und beschmierte seinen lichtblauen Seidenanzug mit Lippenstift, Wimperntusche und Tränen, als sie ihr Gesicht an seine Brust drückte.

Er umarmte sie mit einer Zärtlichkeit, die bei einem Mann seines Aussehens überraschte. »Weine nicht, Baby«, sagte er mit seiner monotonen Stimme, »ich werd den Schweinehund schon kriegen.«

»Steigen Sie lieber in den Wagen«, riet ihm ein weißer Polizist und ging auf Dulcy zu. Grave Digger winkte ihn zurück.

Johnny geleitete Dulcy zu seinem Cadillac, als litte sie an einem Gebrechen.

Als Alamena aus dem Laden kam, trat sie sogleich aus der Reihe, lief zu dem Cadillac und setzte sich neben Dulcy.

Niemand sprach sie an.

Johnny ließ den Motor an, wurde aber durch einen Wagen

der Gerichtsmedizin aufgehalten, der direkt vor ihm anhielt. Der Polizeiarzt stieg aus, seinen schwarzen Koffer in der Hand, und ging zu der Leiche. Vom Eingang des Wohnhauses kamen zwei Polizisten in Begleitung von Mamie Pullen und Reverend Short.

»Kommt hierher«, rief Alamena.

»Gott sei Dank«, seufzte Mamie. Sie wand sich langsam zwischen den geparkten Wagen hindurch und kletterte dann auf den Rücksitz.

»Hier ist auch noch Platz für Sie, Reverend Short«, rief Alamena.

»Ich fahre nicht mit einem Mörder«, antwortete er mit seiner krächzenden Stimme und ging mit torkelnden Schritten auf den zweiten Polizeiwagen zu, der inzwischen vorgefahren war.

Die Augen aller Polizisten wanderten schnell von seinem Gesicht hinüber zu den Insassen des cremefarbenen Cadillacs.

»Nehmen Sie den Fluch von mir!«, schrie Dulcy und wurde wieder hysterisch.

»Halt die Klappe!«, befahl Alamena schroff.

Johnny legte den Gang ein, ohne sich umzusehen, und der große, glänzende Wagen rollte langsam an. Coffin Ed und Grave Digger folgten dicht hinter ihm in ihrer klapprigen, kleinen schwarzen Limousine.

6

Die Voruntersuchungen wurden von einem anderen Kriminalbeamten, Detective Sergeant Brody von der Zentralen Mordkommission, geleitet, wobei ihm die beiden Detectives vom zuständigen Revier, Grave Digger Jones und Coffin Ed Johnson, assistierten.

Das Verhör fand in einem schalldichten, fensterlosen Raum im ersten Stock statt. Dieser Raum war in Harlems Unterwelt als »Singvogelkäfig« bekannt. Es hieß, egal wie hart das Ei war, es musste nur lange genug hier weich geklopft werden, dann würde ihm schon ein Singvogel entschlüpfen.

Der Raum wurde durch den heißen, grellen Strahl eines 300-Watt-Scheinwerfers erleuchtet, der auf einen niedrigen Schemel gerichtet war, der wiederum in der Mitte des Raums auf die Dielen des nackten Fußbodens geschraubt war. Der Sitz des Schemels war vom Hin- und Herrutschen der zahllosen Verdächtigen, die darauf gesessen hatten, blank poliert.

Sergeant Brody saß an einem großen, reichlich lädierten Schreibtisch, der vor der Wand neben der Tür stand, und stützte die Ellbogen auf die Platte. Der Tisch befand sich jenseits der Schattenlinie, die den Ermittlungsbeamten von den Verdächtigen trennte, die im gleißenden Licht schmorten.

An der einen Schmalseite des Schreibtischs saß ein Polizeistenograf auf einem Stuhl mit seinem Block auf der Tischplatte vor sich. Coffin Ed bildete in der Ecke hinter ihm einen großen, konturlosen Schatten. Grave Digger stand auf der anderen Seite des Schreibtischs und hatte den Fuß auf den einzigen freien Stuhl im Zimmer gestellt. Beide hatten ihren Hut aufbehalten.

Die Hauptfiguren – Vals Freunde und Vertraute, Johnny und Dulcy Perry, Mamie Pullen, Reverend Short und Chink Charly – wurden oben im Büro der Detectives bis zuletzt zurückgehalten.

Die anderen waren unten im Arrestraum zusammengetrieben worden und wurden nun, jeweils zu viert, heraufgebracht und nebeneinander in dem Lichtkegel aufgereiht.

Der Anblick der Leiche und die anschließende Fahrt im Polizeiwagen hatte sie alle zu plötzlich ernüchtert. Sie waren verschwitzt und verärgert, Männer und Frauen gleichermaßen. Ihre hageren, hell- bis dunkelhäutigen Gesichter nahmen sich in dem kalkweißen Licht wie afrikanische Kriegsmasken aus.

Nachdem ihre Namen, Anschriften und Berufe notiert waren, stellte ihnen Sergeant Brody mit leidenschaftsloser Polizistenstimme die üblichen Fragen: »Gab es Streit bei der Trauerfeier? Handgreiflichkeiten? Hat einer von Ihnen gehört, dass der Name von Valentine Haines fiel? Hat einer von Ihnen gesehen, dass Chink Charly Dawson das Zimmer verließ? Um welche Zeit? War er allein? Ging Doll Baby mit ihm fort? Vor ihm? Nach ihm?

Hat einer von Ihnen gesehen, dass Reverend Short das Haus verließ? Dass er aus dem Wohnzimmer ging? Ging er ins Schlafzimmer? Haben Sie darauf geachtet, ob die Schlafzimmertür den größten Teil des Abends über offen oder geschlossen war? Wie viel Zeit verstrich zwischen seinem Verschwinden und seiner Rückkehr?

Hat einer von Ihnen bemerkt, dass Dulcy Perry das Haus verließ? Bevor Reverend Short zurückkam oder nachher?

Wie viel Zeit verstrich zwischen Reverend Shorts Rückkehr und dem Zeitpunkt, als Sie alle zum Fenster im Schlafzimmer gingen, um nach dem Brotkorb zu sehen? Fünf Minuten? Mehr? Weniger? Ist während dieser Zeit jemand anders fortgegangen? Weiß einer, ob Val Feinde hatte? Irgendjemand, der sich an ihm rächen wollte? Steckte er in irgendwelchen Schwierigkeiten?«

Unter den Aufgegriffenen befanden sich sieben Männer, die nicht bei der Totenfeier gewesen waren. Brody fragte sie, ob sie jemanden aus dem Fenster in der zweiten Etage fallen gesehen hätten. Oder ob jemand die Straße entlangkam, zu Fuß oder in einem Wagen. Keiner von ihnen wollte etwas gesehen haben. Alle schworen, sie seien in ihrer Wohnung gewesen, im Bett, und erst auf die Straße hinausgegangen, nachdem die Streifenwagen eintrafen.

»Hat einer von Ihnen einen Schrei gehört?«, fragte Brody. »Das Geräusch eines vorbeifahrenden Wagens? Oder sonst irgendeinen ungewöhnlichen Laut?«

Alle seine Fragen wurden verneint.

»Also gut, also gut«, grollte er. »Ihr wart alle im Bett, habt den Schlaf des Gerechten genossen und von den Engeln im Himmel geträumt. Ihr habt nichts gesehen, ihr habt nichts gehört, und ihr wisst nichts. Schon gut ...«

Alle wurden gefragt, ob sie die Mordwaffe, die Brody jeder der Gruppen vorlegte, identifizieren könnten. Niemand konnte es.

Zwischen den Fragen und Antworten hörte man, wie der Federhalter des Stenografen kratzend Blatt um Blatt des Schreibpapiers füllte.

Der Tascheninhalt jeder Person wurde auf die Schreibtischplatte gehäuft, sobald eine Gruppe hereingeführt worden war. Der Sergeant untersuchte nur die Messer. Wenn die Klingen die gesetzlich erlaubte Länge von zwei Zoll überschritten, schob er sie in den Spalt zwischen der Mittelschublade und der Schreibtischplatte und knackte sie mit einem leichten Druck nach unten ab. Mit der Zeit häuften sich die abgebrochenen Klingen in der Schublade an.

Als Brody mit der letzten Gruppe fertig war, blickte er auf seine Uhr. »Zwei Stunden und siebzehn Minuten«, sagte er. »Und alles, was ich bisher erfahren habe, ist, dass die Leute hier in Harlem so ehrenwert sind, dass nicht einmal ihre Finger stinken.«

»Was haben Sie denn erwartet?«, fragte Grave Digger. »Dass einer sagt, sie hätten es getan?«

»Wollen Sie, dass ich das Protokoll vorlese?«, fragte der Polizeistenograf.

»Um Gottes willen, nein! Laut Bericht des Polizeiarztes wurde das Opfer an der Stelle getötet, wo die Leiche lag. Aber niemand hat den Ermordeten kommen sehen. Keiner erinnert sich genau, wann Chink Charly die Wohnung verlassen hat. Niemand weiß, wann Dulcy Perry weggegangen ist. Keiner ist sich sicher, ob Reverend Short überhaupt aus dem verdammten Fenster gefallen war. Glauben Sie das, Digger?«

»Warum nicht? Wir sind in Harlem. Hier kann alles passieren.«

»Ja, wir hier in Harlem glauben alles«, bestätigte Coffin Ed.

»Ihr wollt mich doch wohl nicht auf den Arm nehmen, Kollegen?«, fragte Brody trocken.

»Ich versuche nur, Ihnen klarzumachen, dass die Leute hier nicht so einfältig sind, wie Sie meinen«, antwortete Grave Digger. »Sie versuchen, den Mörder ausfindig zu machen. Also gut.

Ich bin bereit zu glauben, dass jeder Einzelne von ihnen es gewesen sein kann, wenn wir genug Beweise dafür finden.«

»Mir solls recht sein«, antwortete Brody. »Bringt Mamie Pullen herein.«

Als Grave Digger Mamie in den Raum geleitete, schob er ihr den Stuhl, den er als Fußstütze benutzt hatte, bequem zurecht, sodass sie sich mit dem Arm an den Schreibtisch lehnen konnte, wenn sie wollte. Dann trat er zum Scheinwerfer und stellte ihn so ein, dass sein Licht sie nicht belästigte.

Sergeant Brodys erster Blick galt dem schwarzen Satinkleid, dessen Saum auf dem Boden schleifte und das an die strenge Uniform der Bordellmütter in den Zwanzigerjahren erinnerte. Er nahm die Kappen der robusten Herrenschuhe wahr, die unter dem Rock hervorschauten. Sein Blick ruhte länger auf dem Zwei-Karat-Diamanten in einem Platinreif, der einen knotigen braunen Ringfinger umschloss, und verweilte reichlich lange auf der Halskette aus weißer Jade mit einem schwarzen Onyxkreuz als Anhänger, die wie ein sorgsam gehüteter Rosenkranz bis zu Mamies Taille hinabhing. Dann blickte er in das alte, braune Gesicht, das von Kummer und Sorgen zerfurcht war und dessen schlaffe Falten unter dem festen Knoten kurzer, gestraffter, grau melierter Haare herabhingen.

»Das ist Sergeant Brody, Tante Mamie«, sagte Grave Digger Jones. »Er muss Ihnen ein paar Fragen stellen.«

»Guten Tag, Mr. Brody«, sagte sie und streckte ihre geschundene, ungeschmückte rechte Hand über den Schreibtisch.

»Das ist eine böse Geschichte, Mrs. Pullen«, sagte der Sergeant und schüttelte ihr die Hand.

»Sieht so aus, als ob ein Tod immer einen anderen nach sich zieht«, sagte sie. »War immer schon so, seit ich denken kann. Ein Mensch stirbt, und dann nimmt es kein Ende. Ich glaube, Gott hat das so geplant.«

Dann hob sie den Kopf, um das Gesicht des Polizisten zu sehen, der so freundlich zu ihr gewesen war, und rief aus: »Gott im Himmel, du bist doch der kleine Digger Jones! Dich kenne ich, seit du ein Lausbub mit kahl geschorenem Kopf in der 116th Street warst. Wusste gar nicht, dass du derjenige bist, den sie Grave Digger nennen.«

Grave Digger Jones grinste verlegen wie ein kleiner Junge, den man beim Äpfelstehlen erwischt hat. »Ich bin jetzt erwachsen, Tante Mamie.«

»Wie die Zeit vergeht. Big Joe hat immer gesagt: *Tempers fugits*. Du musst doch jetzt mindestens fünfunddreißig Jahre alt sein.«

»Sechsunddreißig. Das hier ist Eddy Johnson, mein Partner.«

Coffin Ed trat einen Schritt vor ins Licht. Beim Anblick seines Gesichts war Mamie entsetzt. »Gott im Himmel!«, rief sie unwillkürlich. »Was ist denn mit ...« Dann riss sie sich zusammen.

»Ein Lump hat mir eine Flasche Säure ins Gesicht geschüttet.« Er zuckte die Achseln. »Berufsrisiko, Tante Mamie. Ich bin Polizist. Da muss man es drauf ankommen lassen.«

Sie entschuldigte sich. »Jetzt fällt mir ein, dass ich was darüber gelesen habe, aber ich wusste nicht, dass du das warst. Ich geh fast nie aus, nur manchmal mit Big Joe, als er noch lebte.« Dann fügte sie aufrichtig hinzu: »Ich hoffe, man hat den Kerl, wer immer es war, ins Gefängnis gesperrt und den Schlüssel weggeworfen.«

»Er liegt schon unter der Erde, Tante Mamie«, sagte Coffin Ed.

Grave Digger erklärte: »Ed bekommt von seinem Oberschenkel Haut ins Gesicht verpflanzt, aber das dauert seine Zeit. Bestimmt noch ein Jahr, ehe es ganz fertig ist.«

»Und nun, Mrs. Pullen«, mischte sich der Sergeant entschlossen ein, »schlag ich vor, dass Sie mir in Ihren eigenen Worten schildern, was gestern Nacht oder richtiger heute Morgen in Ihrer Wohnung geschah.«

Sie seufzte. »Ich sag Ihnen, was ich weiß.«

Als sie ihren Bericht beendet hatte, sagte der Sergeant: »Das gibt uns wenigstens ein klares Bild davon, was in Ihrem Haus tatsächlich in der Zeit zwischen der Rückkehr Reverend Shorts in Ihre Wohnung und der Entdeckung des Leichnams geschah. Glauben Sie, dass Reverend Short aus Ihrem Schlafzimmerfenster fiel?«

»O ja, das glaube ich. Er hatte keinen Grund, das zu behaupten, wenn er nicht wirklich gefallen wäre. Außerdem war er draußen, und niemand hat ihn zur Tür rausgehen sehen.«

»Kommt Ihnen das nicht merkwürdig vor, dass er aus einem Fenster im zweiten Stock gefallen sein soll?«

»Na ja, Sir, der Reverend ist ein gebrechlicher Mann, und er gerät manchmal in Trance. Vielleicht war das so eine Trance.«

»Meinen Sie Epilepsie?«

»Nein, Sir, richtig religiöse Trance. Er hat Visionen.«

»Was für Visionen?«

»Oh, alle möglichen Visionen. Er predigt auch darüber. Er ist ein Prophet wie der heilige Johannes, der Offenbarer.«

Sergeant Brody war Katholik, und er machte ein verständnisloses Gesicht.

Grave Digger erklärte: »Der heilige Johannes, der Offenbarer, ist der Prophet, der die sieben Schleier und die vier Apokalyptischen Reiter sah. Die Leute hier in Harlem haben großen Respekt vor dem heiligen Johannes. Er war der einzige Prophet, der in seinen Visionen je Gewinnzahlen sah.«

»Die *Offenbarung* ist die Bibel der Wahrsager«, fügte Coffin Ed hinzu.

»Es ist nicht nur das«, sagte Mamie. »Der heilige Johannes sah, wie wundervoll es im Himmel und wie schrecklich es in der Hölle war.«

»Also gut, um nochmal zu diesem Mord zurückzukommen, kann Chink Charly irgendeinen Grund haben, Reverend Short töten zu wollen?«, fragte Brody. »Einen anderen als die Tatsache, dass der Reverend ein Prophet ist?«

»Nein, Sir, auf gar keinen Fall. Es war einfach so, dass Reverend Short durch den Sturz um seinen Verstand gebracht worden war und nicht wusste, was er sagte.«

»Aber er und Chink hatten sich doch vorher gestritten?«

»Nicht richtig gestritten. Reverend Short und er hatten nur Meinungsverschiedenheiten über die Leute, die bei der Trauerfeier waren. Aber das geht keinen von beiden was an.«

»Gibt es zwischen Dulcy und Reverend Short böses Blut?«

»Böses Blut? Nein, Sir. Es ist nur so, dass Reverend Short glaubt, Dulcy müsse gerettet werden, und sie lässt keine Gelegenheit aus, ihn zu reizen. Aber ich vermute, er ist insgeheim scharf auf Dulcy, nur schämt er sich dafür, weil er doch Prediger und sie eine verheiratete Frau ist.«

»Wie steht der Reverend zu Johnny und Val?«

»Jeder der drei respektierte die Angelegenheiten der anderen, und damit hatte es sich.«

»Wie viel Zeit verging von dem Augenblick, als Dulcy die Wohnung verließ, bis zu dem Moment, als Sie ans Schlafzimmerfenster traten und die Leiche entdeckten?«

»Das dauerte gar nicht lange«, erklärte sie nachdrücklich. »Sie hatte noch nicht mal genug Zeit, um die Treppe hinunterzukommen.«

Sergeant Brody stellte noch ein paar Fragen zu den anderen Trauergästen, erfuhr aber nichts, was sich mit Val in Verbindung bringen ließ.

Dann versuchte er es von einer anderen Seite: »Erkannten Sie die Stimme des Mannes, der Sie anrief, nachdem die Leiche entdeckt worden war?«

»Nein, Sir. Sie klang nur weit entfernt und undeutlich.«

»Aber wer immer es auch war, wusste, dass in dem Brotkorb ein Toter lag.«

»Nein, Sir, es war so, wie ich eben schon gesagt hab. Wer immer es war, sprach nicht von Val. Er sprach von Reverend Short. Er hatte den Reverend fallen sehen und dachte, dass er tot da unten liegt, und deshalb rief er an. Davon bin ich überzeugt.«

»Wie sollte er denn wissen, dass der Reverend tot ist, wenn er gar nicht nahe genug an ihn herangekommen war, um ihn zu untersuchen?«

»Weiß ich nicht, Sir. Ich nehm an, er dachte einfach, er wäre tot. Sie würden auch jeden für tot halten, der aus dem Fenster im zweiten Stock fällt und dann daliegt und nicht wieder aufsteht.«

»Aber nach Aussagen der Zeugen ist Reverend Short aufgestanden und aus eigener Kraft den ganzen Weg die Treppen wieder hinaufgekommen.«

»Also, ich hab auch keine Ahnung, wie das war. Ich weiß nur, dass jemand anrief, und als ich sagte, er sei erstochen worden – ich meine Val –, hängte er einfach ein, als ob ihn das überrascht hätte.«

»Kann das Johnny Perry gewesen sein?«

»Nein, Sir. Ich bin hundertprozentig sicher, dass er es nicht war. Und wenn einer seine Stimme kennt, dann müsste ich das sein, so lange wie ich die schon höre.«

»Er ist Ihr Stiefsohn? Oder ist er Ihr Patensohn?«

»Na ja, eigentlich keins von beiden, aber wir haben ihn immer als unseren Sohn angesehen, weil, als er seine Zeit abgesessen hatte ...«

»Seine Zeit abgesessen? Wo?«

»In Georgia. Er war da eine Weile zu Zwangsarbeit verurteilt.«

»Weshalb?«

»Er hat einen Mann umgebracht, weil der seine Mutter schlug – seinen Stiefvater. Na, immerhin war sie die Lebensgefährtin von ihm, also seine Ma, aber sie taugte nichts, und Johnny war immer ein guter Junge. Dafür kriegte er ein Jahr beim Straßenbau.«

»Wann war das?«

»Ist schon sechsundzwanzig Jahre her, dass er rauskam. Während er im Bau war, brannte seine Ma mit einem anderen durch, und dann zogen ich und Big Joe nach Norden. Da haben wir ihn einfach mitgenommen. Er war gerade zwanzig Jahre alt.«

»Dann ist er jetzt sechsundvierzig.«

»Ja, Sir. Und Big Joe beschaffte ihm einen Job bei der Bahn.«

»Als Kellner?«

»Nein, Sir, als Küchengehilfe. Wegen seiner Narbe konnte er nicht als Kellner arbeiten.«

»Wo hat er die her?«

»Das war bei der Zwangsarbeit. Er und ein anderer Sträfling bekamen Streit beim Kartenspiel und gingen mit Pickeln aufeinander los. Johnny war immer schon ein Hitzkopf, und dieser andere Sträfling hatte behauptet, Johnny hätte ihn um ein Fünfcentstück betrogen. Dabei war Johnny immer so ehrlich wie der helle Tag.«

»Wann hat er denn seinen Spielclub hier eröffnet?«

»Den Tia Juana Club? Den hat er vor etwa zehn Jahren aufgemacht. Big Joe hat das Geld vorgestreckt. Aber er hatte schon vorher ein kleines Mietshaus, in dem gespielt wurde.«

»Hat er damals Dulcy geheiratet, ich meine Mrs. Perry, also zu der Zeit, als er den Tia Juana Club eröffnete?«

»Aber nein, nicht doch, er hat sie vor gerade mal anderthalb Jahren geheiratet, am 2. Januar im vergangenen Jahr, einen Tag nach Neujahr. Davor war er mit Alamena verheiratet.«

»Ist er mit Dulcy richtig verheiratet, oder lebt er nur mit ihr zusammen?« Der Sergeant sah sie mit vertraulichem Zwinkern an.

Sie richtete sich steif auf. »Ihre Heirat ist so legal wie Whisky. Ich und Big Joe waren die Trauzeugen. Sie haben im Standesamt geheiratet.«

Der Sergeant wurde feuerrot.

Grave Digger sagte gedämpft: »Es gibt Paare in Harlem, die heiraten.«

Sergeant Brody fühlte sich auf unsicherem Gelände und griff schnell nach einer neuen Frage. »Hat Johnny immer viel Bargeld bei sich?«

»Das weiß ich nicht, Sir.«

»Auf der Bank vielleicht, oder hat er sein Geld in Immobilien angelegt? Wissen Sie, was er an Vermögenswerten besitzt?«

»Nein, Sir. Vielleicht wusste es Big Joe, aber er hat es mir nie erzählt.«

Der Sergeant ließ den Punkt fallen. »Würden Sie mir sagen, was Sie und Dulcy – Mrs. Perry – so Wichtiges zu besprechen hatten, dass Sie sich mit ihr im Badezimmer einschließen mussten?«

Sie zögerte und warf Grave Digger einen flehenden Blick zu. Grave Digger sagte: »Wir sind nicht hinter Johnny her, Tante Mamie. Das alles hat nichts mit seinem Spielclub oder der Einkommensteuer oder irgendwas zu tun, das die Bundesregierung angeht. Wir wollen nur herausfinden, wer Val erstochen hat.«

»Mein Gott, es ist mir schleierhaft, wer Val etwas antun wollte. Er hatte in der ganzen Welt nicht einen einzigen Feind.«

Der Sergeant ging darüber hinweg. »Dann haben Sie und Dulcy also nicht über Val gesprochen?«

»Nein, Sir. Ich wollte mich nur nach einer Auseinandersetzung erkundigen, die Johnny mit Chink am letzten Samstagabend bei Dickie Wells hatte.«

»Worum ging es da? Geld? Spielschulden?«

»Nein, Sir. Johnny ist wegen Dulcy wahnsinnig eifersüchtig. Eines Tages wird er ihretwegen noch mal jemanden umbringen. Und Chink bildet sich ein, er wäre Gottes Geschenk an die Frauen. Ständig ist er hinter Dulcy her. Die Leute sagen, er denkt sich gar nichts dabei, aber ...«

»Welche Leute?«

»Na ja, Val und Alamena und sogar Dulcy selbst. Aber an was soll ein Mann schon denken, wenn er hinter einer Frau her ist, außer dass er sie haben will? Und Johnny ist so eifersüchtig und jähzornig, ich habe eine Todesangst, dass doch noch mal Blut fließt.«

»Welche Rolle spielte Val dabei?«

»Val? Er war immer nur der Schlichter, klar stand er auf Johnnys Seite. Es sah so aus, als ob er die meiste Zeit damit verbrachte, Johnny den Ärger vom Hals zu halten. Aber er hatte auch nichts gegen Chink.«

»Dann waren Johnnys Feinde also auch seine Feinde?«

»Nein, Sir. Das würde ich nicht sagen. Val war nicht der Mensch, der Feinde hatte. Er und Chink haben sich immer gut verstanden.«

»Wer ist denn Vals Freundin?«

»Eine feste Freundin hatte er nie. Nicht dass ich wüsste. Er spielte einfach nur herum. Ich glaube, zuletzt war es Doll Baby. Er hatte aber nicht die Absicht, sich von irgendeinem Mädchen einfangen zu lassen.«

»Sagen Sie mir eines, Mrs. Pullen: Fiel Ihnen nicht irgendwas Ungewöhnliches an der Leiche auf?«

»Nun ...« Sie runzelte die Augenbrauen. »Ich kann mich an nichts erinnern. Natürlich habe ich ihn nicht von Nahem gesehen. Ich sah ihn nur von meinem Fenster aus. Aber was Ungewöhnliches ist mir nicht aufgefallen.«

Der Sergeant starrte sie an. »Finden Sie es nicht seltsam, dass ein Messer in seinem Herz steckte?«

»Ach, Sie meinen, weil er erstochen wurde. Ja, Sir. Das kam mir schon seltsam vor. Ich konnte mir nicht vorstellen, warum einer ausgerechnet Val umbringen wollte.«

Der Sergeant starrte sie weiter an, wusste aber nicht so recht, was er von dieser Antwort halten sollte. »Wenn Johnny statt Val da gelegen hätte, wäre Ihnen das nicht so seltsam vorgekommen.«

»Nein, Sir.«

»Aber haben Sie sich nicht auch gewundert, wie es kam, dass er dort in dem Brotkorb lag, ein paar Minuten nachdem Reverend Short aus Ihrem Fenster in genau diesen Brotkorb gefallen war?«

Zum ersten Mal nahm ihr Gesicht einen furchtsamen Ausdruck an. »Ja, Sir«, antwortete sie flüsternd und lehnte sich gegen den Schreibtisch, um sich zu stützen. »Mächtig seltsam. Der Herr allein weiß, wie er dort hinkam.«

»Nein, der Mörder weiß es auch.«

»Ja, Sir. Aber eins will ich Ihnen sagen, Mr. Brody. Johnny ist es nicht gewesen. Vielleicht hat er seinen Schwager nicht gerade innig geliebt, aber Dulcy zuliebe hat er ihn in seiner Nähe geduldet. Und er hätte es auch nicht zugelassen, dass ihm einer ein Haar auf dem Kopf krümmt, geschweige dass er selbst ihm was getan hätte.«

Brody nahm die Mordwaffe aus der Schublade und legte sie auf die Schreibtischplatte. »Haben Sie das schon mal gesehen?«

Sie starrte auf das Messer, eher neugierig als entsetzt. »Nein, Sir.«

Er beließ es dabei. »Wann findet die Beisetzung statt?«

»Heute Nachmittag um zwei.«

»Also gut, Sie können jetzt nach Hause gehen. Sie haben uns sehr geholfen.«

Sie erhob sich langsam, stützte sich dabei auf die Schreibtischplatte und streckte mit der Höflichkeit einer Südstaatlerin Sergeant Brody ihre Hand entgegen.

Sergeant Brody war an dergleichen nicht gewöhnt. Er war der Hüter des Gesetzes. Die Leute auf der anderen Seite seines Schreibtisches standen im Allgemeinen auch auf der anderen Seite des Gesetzes. Er war so verwirrt, dass er ungeschickt aufstand, dabei seinen Stuhl umwarf und Mamies Hand wie einen Pumpenschwengel schüttelte, wobei sein Gesicht wie ein frisch gekochter Hummer glühte.

»Ich hoffe, dass bei Ihrem Begräbnis alles gut geht, Mrs. Pullen – ich meine natürlich das Begräbnis Ihres Gatten.«

»Danke, Sir. Wir können nichts anderes tun, als ihn in die Erde zu legen und zu hoffen.«

Grave Digger und Coffin Ed traten vor, geleiteten sie respektvoll zum Ausgang und hielten ihr die Tür weit auf, um sie hinausgehen zu lassen. Ihr schwarzes Satinkleid schleifte über den Boden und fegte Staub auf ihre kräftigen, strapazierfähigen Schuhe. Sergeant Brody seufzte nicht. Er war stolz auf die Tatsache, dass er nie seufzte. Aber als er wieder auf die Uhr blickte, sah er aus, als ob er es doch gern getan hätte.

»Es ist zwanzig nach zehn. Glaubt ihr, wir werden vor der Mittagspause fertig?«

»Wir sollten es hinter uns bringen«, sagte Coffin Ed schroff. »Ich habe überhaupt nicht geschlafen und bin so hungrig, dass ich sogar einen Hund verspeisen könnte.«

»Dann wollen wir uns jetzt mal den Prediger vornehmen.«

Als Reverend Short den blankgewetzten, hölzernen Hocker erblickte, der mitten im Lichtschein des grellen Scheinwerfers stand, blieb er direkt im Türrahmen stehen und zitterte wie ein Schaf, das abgestochen werden soll.

»Nein!«, krächzte er und wollte in den Korridor zurückweichen. »Da gehe ich nicht rein.«

Die beiden uniformierten Polizisten, die ihn aus den Hafträumen heraufgebracht hatten, packten ihn bei den Armen und drängten ihn in den Raum.

Er wehrte sich gegen ihren Griff und vollzog dabei Bewegungen wie ein Tempeltänzer. Die Adern auf seinen knochigen Schläfen traten hervor. Hinter seinen goldgefassten Brillengläsern quollen seine Augen vor wie die einer Wanze unter einem Mikroskop, und sein Adamsapfel tanzte auf und ab wie der Schwimmer an einer Angelrute.

»Nein, nein! Hier spuken die Seelen gefolterter Christen«, kreischte er.

»Komm schon, Alterchen, lass die Spielchen«, sagte einer der Polizisten und stieß ihn grob vor. »Hier sind noch nie Christen reingekommen.«

»Doch, doch!«, kreischte er mit seiner krächzenden Stimme. »Ich höre ihre Schreie. Das ist die Folterkammer der Inquisition. Ich rieche das Blut der Märtyrer.«

»Dann müssen Sie Nasenbluten haben«, sagte der andere Polizist, um es mit einem Witz zu versuchen.

Sie hoben ihn an den Armen empor, sodass seine Beine und Füße grotesk wie die einer Marionette an ihren Schnüren baumelten, trugen ihn über den Fußboden und setzten ihn auf dem Hocker ab.

Die drei Inquisitoren starrten ihn an, ohne sich zu regen. Der Stuhl, auf dem Mamie Pullen gesessen hatte, diente Grave Digger wieder als Fußstütze. Coffin Ed hatte sich in den Schatten seiner dunklen Ecke zurückgezogen.

»Cäsaren!«, krächzte der Reverend.

Die Polizisten standen neben ihm, jeder eine Hand auf seiner Schulter.

»Kardinäle!«, schrie er. »Der Herr ist mein Hirte, ich werde mich nicht fürchten.« Seine Augen funkelten, als sei er von Sinnen.

Sergeant Brodys Gesicht blieb ungerührt, aber er sagte: »Außer uns armen Hühnchen ist niemand hier, Reverend.«

Reverend Short beugte sich vor und spähte in den Schatten, als ob er versuchte, eine undeutliche Gestalt im Nebel zu erkennen.

»Wenn Sie Polizeibeamter sind, dann will ich Ihnen melden, dass Chink Charly mich aus dem Fenster stieß, um mich zu Tode zu bringen, aber der Herr breitete den Leib Christi auf dem Boden aus, um meinen Fall aufzufangen.«

»Es war ein Brotkorb«, berichtete der Sergeant.

»Der Leib Christi.« Reverend Short blieb stur.

»In Ordnung, Reverend, lassen wir die Komödie«, sagte Brody. »Wenn Sie versuchen, auf Unzurechnungsfähigkeit zu plädieren, sind Sie auf dem Holzweg. Niemand erhebt irgendeine Beschuldigung gegen Sie.«

»Es war dieser Luzifer Dulcy Perry, sie hat ihn mit dem Messer erstochen, das Chink Charly ihr gab, um den Mord auszuführen.«

Brody beugte sich leicht vor. »Haben Sie gesehen, wie er ihr das Messer gab?«

»Ja.«

»Wann?«

»Am Tag nach Weihnachten. Sie saß in ihrem Wagen vor meiner Kirche und nahm an, dass niemand sie beobachtete. Er kam zu ihr, setzte sich auf den Sitz neben sie, gab ihr das Messer und zeigte ihr, wie sie es benutzen sollte.«

»Und wo waren Sie?«

»Ich beobachtete sie durch einen Spalt im Fenster. Mir kam es gleich verdächtig vor, dass sie in meine Kirche kam, um mir für wohltätige Zwecke alte Kleider zu bringen.«

»Sind sie und Johnny Mitglieder Ihrer Kirche?«

»Sie nannten sich Gemeindemitglieder, nur weil Big Joe Pullen ein Mitglied war, aber sie kommen nie in die Kirche, weil sie nicht gern rollen.«

Grave Digger bemerkte, dass Brody damit nichts anfangen konnte, darum erklärte er: »Es ist eine Kirche der Heiligen Roller, Sergeant. Wenn ihre Mitglieder in Ekstase sind, rollen sie auf dem Boden herum.«

»Mit der Frau eines anderen«, fügte Coffin Ed hinzu.

Brodys Gesicht verlor jeden Ausdruck; der Polizeistenograf hörte auf zu schreiben und sah mit offenem Mund auf.

»Sie behalten ihre Kleidung an«, ergänzte Grave Digger. »Sie rollen nur auf dem Boden herum und zucken dabei, einzeln und in Paaren.«

Der Stenograf schien enttäuscht.

»Aha«, sagte Brody und räusperte sich. »Also, als Sie zuerst aus dem Fenster blickten, sahen Sie Val unten in dem Brotkorb liegen. Ein Messer steckte in seiner Brust, und Sie erkannten das Messer als dasjenige, das Chink Charly Dulcy Perry gegeben hatte?«

»Da war dort noch gar kein Brot«, stellte Reverend Short fest.

Sergeant Brody grinste. »Was war denn da, wenn es kein Brot war?«

»Da waren ein farbiger Polizist und ein weißer Mann, die einen Dieb jagten.«

»Ach, das haben Sie also gesehen«, sagte Brody, der endlich etwas hatte, an dem er sich festbeißen konnte. »Dann müssen Sie auch gesehen haben, wie der Mord begangen wurde.«

»Ich sah, wie sie ihn erstach«, erklärte Reverend Short.

»Sie können sie gar nicht gesehen haben, weil sie zu dem Zeitpunkt noch gar nicht die Wohnung verlassen hatte«, bemerkte Brody.

»Da sah ich es auch nicht. Da wurde ich aus dem Fenster gestoßen. Ich sah es erst später, nachdem ich in das Zimmer zurückgekommen war.«

»In welches Zimmer zurückgekommen?«

»Das Zimmer, in dem der Sarg stand.«

Brody fixierte ihn und begann langsam rot anzulaufen. »Hören Sie zu, Reverend«, warnte er. »Das hier ist ernst. Wir untersuchen einen Mordfall. Hier werden keine Witze gemacht.«

»Ich mache keine Witze«, sagte Reverend Short.

»Na schön, Sie wollen sagen, dass Sie sich das alles einbilden?«

Reverend Short richtete sich auf und starrte Brody empört an. »Ich sah es in einer Vision.«

»Und in dieser Vision sahen Sie, wie Sie aus dem Fenster gestoßen wurden?«

»Erst nachdem ich aus dem Fenster gestoßen wurde, hatte ich die Vision.«

»Haben Sie solche Visionen oft?«

»Regelmäßig, und sie bewahrheiten sich immer.«

»Also gut, wie hat sie ihn denn getötet, ich meine, in Ihrer Vision?«

»Sie fuhr mit dem Fahrstuhl runter, und als sie auf die Straße trat, lag Valentine Haines in dem Korb, in den ich gefallen war ...«

»Ich dachte, Sie hätten gesagt, da war gar kein Korb?«

»Als ich fiel, noch nicht, aber der Leib Christi hatte sich in einen Brotkorb verwandelt, und in diesem Brot lag er, als sie das Messer aus ihrer Handtasche nahm, an ihn herantrat und ihn erstach.«

»Was hatte Val denn da verloren?«

»Er lag da und wartete, dass sie herauskam.«

»Um sich erstechen zu lassen, nehme ich an?«

»Er erwartete nicht, dass sie ihn erstechen würde. Er wusste nicht einmal, dass sie ein Messer hatte.«

»Na schön. Davon kaufe ich Ihnen kein Wort ab. Haben Sie nun tatsächlich jemanden aus dem Haus gehen sehen – ich meine, wirklich gesehen –, während Sie unten waren?«

»Meine Augen waren verschleiert. Ich wusste, dass mich eine Vision überkommen würde.«

»Also gut, Reverend. Ich werde Sie jetzt laufen lassen«, sagte Brody und betrachtete den Inhalt von Reverend Shorts Taschen, der vor ihm auf dem Schreibtisch lag. »Aber für einen Mann, der sich selbst als Diener des Evangeliums bezeichnet, waren Sie nicht gerade eine Stütze.«

Reverend Short regte sich nicht.

Brody schob Taschenbibel, Taschentuch, Schlüsselbund und Brieftasche über die Schreibtischplatte, zögerte bei der Medizinflasche, zog spontan den Korken heraus und roch daran. Er blickte überrascht auf. Dann führte er die Flasche an die Lippen, kostete und spuckte auf den Boden. »Du lieber Himmel!«, rief er aus. »Pfirsichschnaps mit Laudanum. Trinken Sie etwa so ein Zeug?«

»Das ist für meine Nerven«, erklärte Reverend Short.

»Sie meinen für Ihre Visionen. Wenn ich so etwas trinken würde, hätte ich auch Visionen.« Angewidert sagte Brody zu den beiden Polizisten: »Bringt ihn raus!«

Plötzlich begann Reverend Short zu schreien: »Lasst sie nicht entkommen! Verhaftet sie! Verbrennt sie! Sie ist eine Hexe! Sie steht mit dem Teufel im Bunde! Und Chink ist ihr Komplize!«

»Wir werden uns schon um sie kümmern«, versprach der eine Polizist spottend, als sie ihn von dem Hocker hoben. »Für Hexen ist hier der richtige Platz – und auch für Hexenmeister. Seien Sie also vorsichtig.«

Reverend Short riss sich von ihnen los und fiel zu Boden. Er rollte sich umher und schlug krampfhaft um sich. Schaum stand ihm vor dem Mund, als ob er einen epileptischen Anfall hätte.

»Jetzt begreife ich, was ihr unter Heiligen Rollern versteht«, sagte Brody.

Der Polizeistenograf kicherte.

»Nein, da ist wohl eher eine Vision im Anmarsch«, sagte Grave Digger mit ernstem Gesicht. Brody sah ihn scharf an.

Die Polizisten fassten Reverend Short bei den Schultern und Füßen und trugen ihn hinaus. Einen Augenblick später kam einer der beiden zurück, um die Sachen des Reverend zu holen.

»Ist der verrückt, oder spielt er nur Theater?«, fragte Brody.

»Vielleicht beides«, antwortete Grave Digger.

»Schließlich kann an dem, was er sagt, was dran sein«, gab Coffin Ed zu bedenken. »Wenn ich mich richtig an die Bibel erinnere, waren alle Propheten entweder Verrückte oder Epileptiker.«

»Mir gefällt manches von dem, was er sagte, das schon«, gab Brody zu. »Aber die Art, wie er es sagte, gefällt mir nicht.«

»Wer kommt jetzt dran?«, fragte Grave Digger.

»Nehmen wir uns Johnnys Ex-Frau vor«, meinte Brody.

Alamena kam brav herein und fingerte an ihrem hochgeschlossenen Kragen herum, ganz so wie eines der Mädchen, die schon mal in dem Raum gewesen waren und genau wussten, was ihnen bevorstand.

Sie setzte sich in den Lichtkreis und faltete ihre Hände auf dem Schoß. Sie trug keinerlei Schmuck.

»Wie soll ich Sie anreden?«, fragte Brody.

»Einfach Alamena«, antwortete sie.

»Schön. Und jetzt klären Sie mich mal kurz über Val und Dulcy auf.«

»Da gibts nicht viel. Dulcy kam vor ein paar Jahren her, um in Small's Cabaret zu singen. Nach sechs Monaten hatte sie sich Johnny geangelt, und damit hatte sie ausgesorgt. Val kam zur Hochzeit und blieb dann hier.«

»Wer waren Dulcys Liebhaber, bevor sie heiratete?«

»Sie sah sich nur so um, erkundete das Gelände.«

»Und wie war das mit Val? Erkundete er auch das Gelände?«

»Warum sollte er? Als er herkam, wartete doch schon die Goldgrube auf ihn.«

»Er hat doch nur im Club ausgeholfen?«, vermutete Brody.

»Davon war nicht viel zu merken«, antwortete sie. »Jedenfalls hätte Johnny Val nie sein Geld anvertraut, um damit zu spielen.«

»Was ging denn nun zwischen Dulcy und Chink und Val und Johnny vor sich?«

»Nichts, soweit ich weiß.«

»Soso. Na schön. Wer waren Vals Feinde?«

»Er hatte keine Feinde. Dazu war er nicht der Typ.«

Brodys Gesicht lief dunkel an. »Verdammt, er hat sich doch nicht selbst ins Herz gestochen.«

»Soll auch schon mal vorgekommen sein«, erwiderte sie.

»Aber nicht bei ihm. Das wissen wir. Andererseits gibt es keinerlei äußere Anzeichen dafür, dass er voll mit Drogen oder Alkohol war. Natürlich kann der Polizeiarzt das erst bei der Autopsie eindeutig feststellen. Aber nehmen wir mal an, Val hätte da gelegen, so früh am Morgen, und dann in diesem Brotkorb. Warum nur?«

»Vielleicht stand er daneben und fiel hinein, als er erstochen wurde.«

»Nein, er wurde erstochen, als er da drin lag. Und vom Zustand der Brote konnte er mit Sicherheit ablesen, dass vorher schon jemand oder etwas in dem Korb gelegen hatte. Vielleicht hat er sogar Reverend Short aus dem Fenster fallen sehen. Und jetzt will ich Ihnen nur eine simple Frage stellen. Warum sollte er sich freiwillig dort hingelegt und zugelassen haben, dass sich jemand mit einem Messer über ihn beugt und ihn ersticht, ohne auch nur den geringsten Widerstand zu leisten?«

»Keiner rechnet damit, von einem Freund erstochen zu werden, wenn er glaubt, dass der nur einen Scherz macht«, sagte sie.

Alle drei Detectives horchten unmerklich auf.

»Sie glauben, es war ein Freund?«

Sie zuckte mit den Schultern und machte eine leichte Bewegung mit ihren Händen. »Glauben Sie das nicht?«

Brody nahm das Messer aus der Schublade. Sie betrachtete es gleichgültig, als ob sie schon sehr viele Messer gesehen hätte.

»Ist es das?«

»Es sieht so aus.«

»Haben Sie es schon einmal gesehen?«

»Nicht dass ich wüsste.«

»Würden Sie sich daran erinnern, wenn Sie es schon einmal gesehen hätten?«

»Jeder in Harlem hat ein Messer bei sich. Denken Sie vielleicht, ich weiß, wie jedes Messer aussieht?«

»Nicht jeder in Harlem hat ein Messer wie das hier«, erklärte Brody. »Das ist ein handgeschmiedetes, importiertes englisches Messer mit einer Klinge aus Sheffieldstahl. Das einzige Geschäft, wo man es unseres Wissens in New York kaufen kann, ist Abercrombie and Fitch in der City, Madison Avenue. Es kostet zwanzig Dollar. Können Sie sich vorstellen, dass ein kleiner Halunke aus Harlem in die City geht und zwanzig Dollar für ein importiertes Jagdmesser ausgibt, um es dann in seinem Opfer stecken zu lassen?«

Ihr Gesicht nahm eine merkwürdig schmutziggelbe Färbung an, und ihre dunklen braunen Augen sahen gehetzt aus.

»Warum nicht? Das ist ein freies Land«, flüsterte sie. »Wird doch immer behauptet.«

»Sie können jetzt gehen«, sagte Brody.

Keiner rührte sich, als sie aufstand und mit dem ungelenken, blinden Schritt eines Schlafwandlers zur Tür ging und den Raum verließ.

Brody wühlte in seiner Jackentasche nach seiner Pfeife und seinem Tabakbeutel aus Kunststoff.

Er ließ sich Zeit, die abgegriffene Bruyèrepfeife zu stopfen, riss dann ein Streichholz an der Kante des Schreibtisches an und entzündete den Tabak.

»Wer hat ihr die Kehle aufgeschlitzt?«, fragte er durch eine Rauchwolke, die Pfeife zwischen den Zähnen.

Grave Digger und Coffin Ed vermieden es, einander anzusehen. Beide schienen in seltsamer Weise verlegen.

»Johnny«, antwortete Grave Digger schließlich.

Brody erstarrte, fasste sich aber so schnell wieder, dass es kaum zu bemerken war. »Hat sie ihn angezeigt?«

»Nein. Es wurde als Unfall ausgegeben.«

Der Polizeistenograf hörte auf, in seinen Aufzeichnungen zu blättern, und blickte hinüber.

»Wie, zum Teufel, kann man sich durch einen Unfall den Hals durchschneiden?«, fragte Brody.

»Sie sagte, dass er es nicht mit Absicht getan hat, es sei nur ein Scherz gewesen.«

»Ein ziemlich derber Scherz«, bemerkte der Stenograf.

»Warum?«, fragte Brody. »Warum hat er es getan?«

»Sie blieb zu lange kleben«, erklärte Grave Digger. »Er wollte Dulcy, und sie mochte ihn nicht freigeben.«

»Und sie klebt immer noch an ihm?«

»Warum nicht? Er hat ihr den Hals durchgeschnitten, und jetzt hat sie ihn ein Leben lang.«

»Merkwürdige Methode, einen Mann zu binden, kann ich da nur sagen.«

»Möglich. Aber vergessen Sie nicht, dies ist Harlem. Die Leute hier sind schon glücklich, wenn sie nur leben.«

7

Sie riefen Chink als nächsten herein.

Er sagte aus, er habe den Abend mit einer kleinen freundschaftlichen Pokerpartie in seinem Zimmer begonnen. Um halb zwei hätten sie aufgehört, und er sei um zwei Uhr eingetroffen. Um fünf vor vier habe er die Trauergemeinde wieder verlassen, um eine Verabredung mit Doll Baby in ihrem Ein-Zimmer-Apartment im Nachbarhaus einzuhalten.

»Sahen Sie auf Ihre Uhr, als Sie fortgingen?«, fragte Brody.

»Nein, erst als ich im Fahrstuhl hinunterfuhr.«

»Wo genau befand sich Reverend Short, als Sie gingen?«

»Reverend Short? Zum Teufel, auf den hab ich überhaupt nicht geachtet.« Er hielt kurz inne, als ob er sich zu erinnern versuchte, und sagte: »Ich glaube, er stand neben dem Sarg, aber genau weiß ich es nicht.«

»Was passierte, als Sie auf die Straße kamen?«

»Nichts. Ein farbiger Polizist stand da und bewachte die Lieferung für das A&P-Geschäft auf dem Gehsteig. Vielleicht erinnert er sich daran, dass er mich gesehen hat.«

»War jemand bei ihm?«

»Nein, es sei denn ein Gespenst.«

»In Ordnung, Sohnemann, gib uns die Fakten, und verschone uns mit deinen Späßen«, meinte Brody gereizt.

Chink sagte, er habe im Hauseingang auf Doll Baby gewartet, und sie seien dann in ihr Apartment hinaufgegangen, das sich an der Rückseite im zweiten Stock befindet. Aber sie sei nicht in Stimmung gewesen, darum sei er noch einmal fortgegangen, um von einem Freund, der weiter unten in der Straße wohnte, ein paar Marihuana-Stäbchen zu holen.

»Wo?«, fragte Brody.

»Raten Sie mal«, antwortete Chink herausfordernd.

Brody ging darüber hinweg. »Waren zu der Zeit Leute auf der Straße?«, fragte er.

»Gerade als ich auf die Straße hinaustrat, kam Dulcy Perry aus dem Nachbarhaus, und wir sahen beide zugleich Vals Leiche in dem Brotkorb.«

»Hatten Sie den Brotkorb schon vorher bemerkt?«

»Klar. Er war voll von normalem Brot.«

»War sonst noch jemand zu sehen, als Sie und Dulcy sich begegneten?«

»Kein Mensch.«

»Wie verhielt Dulcy sich, als sie die Leiche ihres Bruders sah?«

»Sie schnappte einfach über.«

»Was sagte sie?«

»Daran erinnere ich mich nicht mehr.«

Brody zeigte ihm das Messer.

Chink bestätigte, dass es wie das Messer aussah, das in Vals Körper gesteckt hatte, bestritt aber, es jemals vorher gesehen zu haben.

»Reverend Short hat ausgesagt, er hätte gesehen, wie Sie Dulcy Perry dieses Messer am Tag nach Weihnachten vor seiner Kirche gaben, und dass Sie ihr zeigten, wie man es benutzt«, sagte Brody.

Chinks verschwitztes gelbes Gesicht nahm die blasse Farbe eines schmutzigen Betttuchs an. »Dieser Hurensohn von einem Prediger bringt sich noch ganz um den Verstand mit seiner Opiumtinktur und dem Kirschschnaps«, wütete er. »Ich habe Dulcy kein verdammtes Messer gegeben, und ich habs vorher noch nie gesehen.«

»Aber Sie waren hinter ihr her wie ein Köter hinter einer läufigen Hündin«, entgegnete Brody vorwurfsvoll. »Das sagt jeder.«

»Man kann niemanden aufhängen, nur weil er das versucht«, verteidigte sich Chink.

»Nein, aber man kann den Bruder eines Mädchens umbringen, wenn er sich einmischt«, sagte Brody.

»Val hat keine Schwierigkeiten gemacht«, murmelte Chink. »Er hätte mir geholfen, wenn er nicht solche Angst vor Johnny gehabt hätte.«

Brody rief die Polizisten herein. »Sperrt ihn ein«, befahl er.

»Ich will meinen Anwalt sprechen«, forderte Chink.

»Lasst ihn seinen Rechtsanwalt anrufen«, sagte Brody. Dann fragte er, ob Doll Baby Grieves festgenommen worden sei.

»Schon lange«, antwortete der eine Polizist.

»Schickt sie rein.«

Doll Baby hatte sich umgezogen und trug jetzt ein Tageskleid, das aber immer noch wie ein getarntes Nachthemd aussah. Sie setzte sich auf den Hocker in dem Lichtkreis und schlug die Beine übereinander, als ob es ihr gefiele, mit drei Männern in einem Raum zu sein und angestrahlt zu werden, selbst wenn die Männer nur Polizisten waren. Sie bestätigte Chinks Aussage, nur sagte sie, er sei fortgegangen, um Sandwiches zu holen, keine Marihuana-Zigaretten.

»Haben Sie bei der Trauerfeier nicht genug zu essen bekommen?«, fragte Brody.

»Na ja, wir hatten uns unterhalten, und davon kriege ich immer Hunger«, sagte sie.

Brody fragte sie nach ihrer Beziehung zu Val, und sie behauptete, sie seien verlobt gewesen.

»Und dann hatten Sie mitten in der Nacht Besuch von einem anderen Mann in Ihrem Zimmer?«

»Tja, schließlich hatte ich bis vier Uhr auf Val gewartet, und ich dachte, er wäre hinter irgendeinem Mädchen her.« Sie kicherte. »Und was gut ist für den Gänserich, kann der Gans auch nicht schaden.«

»Er ist tot, oder haben Sie das schon vergessen«, erinnerte Brody sie.

Sie war plötzlich wieder ganz sachlich und legte die gebührende Trauermiene auf.

Brody fragte sie, ob ihr jemand begegnet sei, als sie die Trauerfeier verließ. Sie sagte, sie habe einen farbigen Polizisten und den Manager der A&P-Filiale gesehen, der gerade vorgefahren sei. Sie kannte den Manager vom Sehen, weil sie in dem Geschäft einkaufte, und der Polizist war ihr sogar persönlich bekannt. Beide hätten sie gegrüßt. »Wann haben Sie Val zum letzten Mal gesehen?«, fragte Brody.

»Er kam gegen halb elf zu mir.«

»War er auch bei der Trauerfeier?«

»Nein. Er sagte, er käme direkt von zu Hause. Ich rief Mr. Small an und bekam die Nacht frei, um an der Trauerfeier für Big Joe teilzunehmen – im Allgemeinen arbeite ich von elf Uhr abends bis vier Uhr morgens –, und dann haben ich und Val zusammen bei mir gesessen und uns bis halb zwei unterhalten.«

»Sind Sie sich über die Zeit ganz sicher?«

»Ja. Val sah auf seine Uhr und sagte, es wäre halb zwei, er müsse in einer Stunde fort, weil er noch zu Johnnys Club wollte, ehe er zur Trauerfeier ging, und ich sagte, ich wollte Grillhähnchen essen.«

»Mamie Pullens Küche ist wohl nicht Ihr Fall«, vermutete Brody.

»O doch. Ich esse gern, was sie kocht, aber ich war hungrig.«

»Sie sind ein hungriges Mädchen.«

Sie kicherte. »Reden macht mich immer hungrig.«

»Wo gingen Sie denn hin wegen der Grillhähnchen?«

»Wir nahmen ein Taxi und fuhren hinüber zur College Inn, Ecke 151st Street und Broadway. Da blieben wir eine Stunde lang, und dann sah Val auf seine Uhr und sagte, es wäre halb drei, und er würde jetzt zu Johnnys Club gehen und mich in etwa einer Stunde auf der Trauerfeier treffen. Wir nahmen ein Taxi, und er setzte mich vor Mamies Haus ab und fuhr weiter in die Stadt zu Johnny.«

»Welches krumme Ding hat er denn gedreht?«, schoss Brody heraus.

»Krummes Ding? Val doch nicht. Er war ein Gentleman.«

»Wer waren seine Feinde?«

»Er hatte keine, es sei denn Johnny.«

»Wieso Johnny?«

»Vielleicht hatte Johnny es satt, Val ständig um sich zu haben. Johnny ist komisch und manchmal furchtbar jähzornig.«

»Wie war das mit Chink? Hatte Val nichts gegen Chinks Vertraulichkeiten mit seiner Braut einzuwenden?«

»Davon wusste er nichts.«

Brody zeigte ihr das Messer. Sie bestritt, es jemals gesehen zu haben.

Er ließ sie gehen.

Dulcy wurde als nächste hereingebracht. Sie kam in Begleitung von Johnnys Rechtsanwalt Ben Williams.

Ben Williams war ein braunhäutiger Mann um die Vierzig, schon etwas korpulent, hatte makellos geschnittenes Haar und einen dichten Schnurrbart. Er trug den zweireihigen grauen Flanellanzug, die Hornbrille und die zeitlosen schwarzen Schuhe, an denen man in Harlem den echten Profi erkennt.

Brody verzichtete auf die Routineermittlungen und fragte Dulcy: »Waren Sie die Erste, die die Leiche entdeckte?«

»Sie müssen das nicht beantworten«, sagte der Rechtsanwalt schnell.

»Verdammt noch mal, warum nicht?«, fuhr Brody auf.

»Fünfte Ergänzung zur Verfassung«, erklärte der Rechtsanwalt.

»Wir machen keine Jagd auf Kommunisten«, sagte Brody angewidert. »Ich kann Sie als unentbehrliche Zeugin festsetzen und vor ein Geschworenengericht bringen, wenn Sie das lieber wollen.«

Der Rechtsanwalt schien nachzudenken. »Gut, Sie können

antworten«, sagte er zu Dulcy. Danach schwieg er. Er hatte sein Geld verdient.

Sie sagte, Chink habe neben dem Brotkorb gestanden, als sie aus der Tür herauskam.

»Sind Sie sich dessen ganz sicher?«, fragte Brody.

»Ich bin doch nicht blind«, antwortete sie schroff. »Das hat mich doch erst darauf gebracht, nachzuschauen, was er sich ansah, und dann erkannte ich Val.«

Brody beließ es vorerst dabei und begann nach den Anfängen ihrer Karriere in Harlem zu fragen. Das Wesentliche, was dabei herauskam, hatte er bereits gehört.

»Hat Ihr Mann ihm ein Gehalt gezahlt?«, fragte Brody.

»Nein, er hat ihm nur Geld zugesteckt, wenn Val ihn anpumpte, und manchmal ließ er ihn beim Spiel gewinnen. Außerdem gab ich ihm was, soweit es mir möglich war.«

»Wie lange war er mit Doll Baby verlobt?«

Sie lachte sarkastisch. »Verlobt? Er ist doch nur aus reiner Gewohnheit mit der Schlampe herumgezogen.«

Brody ließ den Punkt fallen, wiederholte die Fragen nach Vals Geschäften, seinen Feinden, ob er viel Geld bei sich gehabt habe, als er getötet wurde, und dann bat er sie, den Schmuck zu beschreiben, den er trug. Ihre Schilderung der Armbanduhr, des goldenen Rings und der Manschettenknöpfe entsprach den Gegenständen, die man bei dem Toten gefunden hatte. Sie sagte, die siebenunddreißig Dollar, die er in seiner Brieftasche gehabt hätte, seien in etwa seine Barschaft.

Dann erkundigte Brody sich nach dem zeitlichen Ablauf.

Sie sagte, Val habe ihre Wohnung gegen zehn verlassen. Er habe gesagt, er würde sich gern im Apollo-Theater eine Show ansehen – Billy Ecksteins Band trat dort gemeinsam mit den Nicholas Brothers auf –, und habe sie gefragt, ob sie mit ihm kommen wollte, aber sie sei bei ihrem Friseur angemeldet gewesen. Darum habe er beschlossen, zum Club zu gehen und dann mit Johnny zur Trauerfeier zu kommen, und er habe noch gesagt, die beiden würden sie dort abholen.

Um Mitternacht hatte sie ihre Wohnung zusammen mit Alamena verlassen, die eine Etage tiefer im selben Haus in einem Zimmer zur Untermiete wohnte.

»Wie lange waren Sie und Mamie im Badezimmer eingeschlossen?«, fragte Brody.

»Oh, ungefähr eine halbe Stunde. Genau weiß ich es nicht. Als ich auf meine Uhr sah, war es 4 Uhr 25, und genau in dem Augenblick fing Reverend Short an, gegen die Tür zu klopfen.«

Brody zeigte ihr das Messer und wiederholte, was Reverend Short gesagt hatte. »Hat Chink Charlie Ihnen dieses Messer gegeben?«, fragte er.

Der Rechtsanwalt mischte sich ein, um ihr zu sagen, dass sie diese Frage nicht zu beantworten brauche.

Sie begann hysterisch zu lachen, und es dauerte fünf Minuten, ehe sie sich so weit beruhigt hatte, um zu antworten: »Er sollte schauen, dass er heiratet, wo er jeden Sonntag den Heiligen Rollern zusieht und selbst so gern rollen möchte.«

Brody wurde rot.

Grave Digger grunzte. »Ich dachte, ein Prediger der Heiligen Roller ist berufen, mit allen Schwestern der Gemeinde zu rollen«, sagte er.

»Die meisten von ihnen schon«, antwortete Dulcy. »Aber Reverend Short hat zu viele Visionen, um sich mit irgendeiner zu rollen, wenn es nicht gerade ein Gespenst ist.«

»Schön, das wärs erst einmal«, sagte Brody. »Ich werde Sie nur gegen eine Kaution von fünftausend Dollar gehen lassen.«

»Machen Sie sich darüber keine Sorgen«, sagte der Rechtsanwalt zu ihr.

»Tue ich auch nicht«, antwortete sie.

Johnny erschien mit fünfzehn Minuten Verspätung. Sein Anwalt musste mit einem Geldgeber telefonieren, um Dulcys Kaution zu regeln, und Johnny weigerte sich, ohne Ben Williams auszusagen.

Noch bevor Brody ihn mit seiner ersten Frage bombardieren konnte, legte der Anwalt eidesstattliche Erklärungen von Johnnys Gehilfen Kid Nickels und Pony Boy vor, wonach Johnny seinen Tia Juana Club an der Ecke 124th Street und Madison Avenue um 4 Uhr 45 allein verlassen habe und Val die ganze Nacht nicht im Club gewesen sei.

Ohne auf Fragen zu warten, rückte Johnny freiwillig mit der Information heraus, dass er Val nicht mehr gesehen habe, seit er um neun Uhr am vorherigen Abend seine Wohnung verlassen hatte.

»Was empfanden Sie dabei, einen Schwager zu unterstützen, der keinen Finger rührte, um sich sein eigenes Geld zu verdienen?«, fragte Brody.

»Hat mich nicht gestört«, antwortete Johnny. »Wenn ich ihn nicht bei mir aufgenommen hätte, hätte sie ihm Geld zugesteckt, und ich wollte sie nicht in die Verlegenheit bringen.«

»Sie haben es also nicht bereut?«, fragte Brody hartnäckig.

»Es war so, wie ich gesagt habe«, erklärte Johnny mit seiner tonlosen Stimme. »Es hat mich nicht gestört. Er war zu nichts nütze, aber auch kein Schnorrer. Er verstand nichts von Geschäften, konnte nicht spielen und taugte nicht mal als Zuhälter. Aber ich hatte ihn gern um mich. Er war witzig, immer zu einem Scherz aufgelegt.«

Brody zeigte ihm das Messer.

Johnny nahm es, öffnete und schloss es wieder, drehte es in seiner Hand und legte es wieder hin.

»Mit dem Dolch könnte man jeden Scheißkerl fertig machen«, sagte er.

»Sie haben es nie zuvor gesehen?«, fragte Brody.

»Wenn, dann hätte ich mir selbst so eins beschafft«, antwortete Johnny.

Brody erzählte ihm, was Reverend Short über Chink Charly, Dulcy und das Messer gesagt hatte.

Als Brody fertig war, zeigte Johnnys Gesicht keinerlei Ausdruck. »Sie wissen, dass dieser Prediger eine Schraube locker hat«, meinte er nur. Seine Stimme klang tonlos und gleichgültig.

Einen Augenblick lang starrten sie einander an, beide mit

einer undurchdringlichen, reglosen Miene. Dann sagte Brody: »Also gut, mein Junge, Sie können jetzt gehen.«

»Prächtig«, sagte Johnny und stand auf. »Aber sagen Sie nicht ›mein Junge‹ zu mir.«

Brody wurde rot. »Wie, zum Teufel, soll ich Sie denn nennen – Mr. Perry?«

»Mich nennt jeder Johnny. Reicht Ihnen das nicht?«, entgegnete Johnny.

Brody antwortete nicht.

Johnny verließ den Raum, seinen Rechtsanwalt im Kielwasser.

Brody stand auf und sah von Grave Digger zu Coffin Ed. »Haben wir Kandidaten dabei?«

»Sie könnten versuchen herauszubekommen, wer das Messer gekauft hat«, sagte Grave Digger.

»Das war das Erste, was wir heute Morgen getan haben. Abercrombie and Fitch nahmen vor einem Jahr sechs Stück von der Sorte ins Lager und haben bisher nicht ein einziges verkauft.«

»Aber sie sind nicht das einzige Geschäft in New York, das Jagdausrüstung anbietet«, hielt Grave Digger dem Sergeant entgegen.

»Das bringt uns alles sowieso nicht weiter«, erklärte Coffin Ed. »Man kann nicht sagen, wer es war, solange wir nicht herausfinden, warum es getan wurde.«

»Da liegt der Hase im Pfeffer«, bestätigte Grave Digger. »Die Nuss ist verdammt hart.«

»Finde ich nicht«, erwiderte Brody. »Eines ist sicher. Er wurde nicht wegen Geld erstochen, folglich muss eine Frau hinter der Geschichte stecken. *Schärschee lä damm,* wie die Franzosen sagen. Aber das bedeutet nicht, dass es keine andere Frau gewesen sein kann.«

Grave Digger nahm seinen Hut ab und rieb sein kurzes, krauses Haar. »Wir sind hier in Harlem«, sagte er. »So einen Ort gibts nicht noch einmal auf der Welt. Hier muss man ganz von vorn anfangen, weil die Leute in Harlem aus Gründen Dinge tun, auf die niemand sonst in der Welt kommt. Sehen Sie, da waren mal zwei schwer schuftende schwarze Jungs, beide hatten Familie. Die fingen in einer Bar in der Fifth Avenue Nähe 118th Street eine Schlägerei an und brachten sich gegenseitig um, weil sie sich nicht einig waren, ob Paris in Frankreich oder Frankreich in Paris liegt.«

»Das ist noch gar nichts«, lachte Brody. »Zwei Iren drüben in Hell's Kitchen bekamen Streit und erschossen sich gegenseitig, weil sie sich nicht einigen konnten, ob die Iren von den Göttern oder die Götter von den Iren abstammen.«

8

Alamena wartete auf dem Rücksitz des Wagens auf sie. Johnny und Dulcy stiegen vorn ein, und der Rechtsanwalt setzte sich hinten neben Alamena.

Ein paar Häuser weiter lenkte Johnny zum Straßenrand und drehte sich so, dass er Dulcy und Alamena im Blickfeld hatte.

»Hört mal, ich will, dass ihr beiden Frauen über die Geschichte die Klappe haltet. Wir gehen jetzt zu Fats', und dass mir keine von euch mit Bemerkungen anfängt. Wir wissen nicht, wer es war.«

»Chink war es«, sagte Dulcy voller Überzeugung.

»Das weißt du nicht.«

»Von wegen weiß ich nicht.«

Er sah sie so lange an, bis sie nervös wurde.

»Wenn du das weißt, dann weißt du auch warum.«

Sie biss sich einen manikürten Nagel ab und antwortete mit mürrischem Trotz: »Ich weiß nicht warum.«

»Hast du gesehen, wie er es tat?«

»Nein«, gab sie zu.

»Dann halt deine verdammte Klappe und lass die Polypen herausfinden, wer es war«, sagte er. »Dafür werden sie ja bezahlt.«

Dulcy fing an zu weinen. »Dich kümmert es überhaupt nicht, dass er tot ist«, beschuldigte sie ihn.

»Ich habe meine eigene Art, mich um Dinge zu kümmern, und ich will nicht, dass die Sache jemandem angehängt wird, der unschuldig ist.«

»Du versuchst immer, den lieben Gott zu spielen«, schluchzte Dulcy. »Warum müssen wir uns alle den Quatsch von den Bullen gefallen lassen, wenn ich genau weiß, dass es Chink war?«

»Weil jeder andere es auch gewesen sein kann. Er hat das sein ganzes beschissenes Leben lang nicht anders gewollt. Er nicht, und du auch nicht.«

Keiner sagte einen Ton. Johnny sah Dulcy unentwegt an. Sie biss sich noch einen ihrer manikürten Nägel ab und schaute weg. Der Rechtsanwalt rutschte unbehaglich auf seinem Sitz hin und her, als ob er von Ameisen gebissen würde. Alamena starrte ausdruckslos auf Johnnys Profil.

Johnny drehte sich auf seinem Sitz um, lenkte den Wagen vom Bürgersteig fort und fuhr langsam weiter.

Fats' Down Home Restaurant besaß eine schmale Fensterfront mit Vorhängen. Die Neonreklame darüber zeigte die Umrisse eines Mannes, der wie ein Nilpferdbulle aussah.

Bevor der große Cadillac völlig zum Stillstand gekommen war, hatten ihn bereits magere schwarze Kinder umringt, die in schäbige Baumwollfetzen gekleidet waren und schrien: »Vier Asse Johnny Perry ... Heckflossen Johnny Perry ...«

Mit ehrfurchtsvollem Blick berührten sie die Seiten und glänzenden Heckflossen des Wagens, als ob es Altäre wären.

Dulcy sprang schnell hinaus, stieß die Kinder beiseite und eilte, mit ihren hohen Absätzen ärgerlich klappernd, über den schmalen Gehsteig auf die mit einer Gardine verhängte Glastür zu.

Alamena und der Rechtsanwalt folgten ihr mit lässigerem Schritt, aber keiner von beiden schenkte den Kindern auch nur ein leises Lächeln.

Johnny ließ sich Zeit. Er schaltete die Zündung ab, schob die Schlüssel in die Tasche und sah zu, wie die Kinder seinen Wagen streichelten. Sein Gesicht blieb todernst, aber seine Augen schauten amüsiert zu. Er trat auf den Gehsteig, ließ das Verdeck seines Wagens offen, sodass die Sonne auf die schwarzen Lederpolster brannte, und war sogleich von den Kindern umringt, die an seinen Kleidern zerrten und ihm auf die Füße traten, während er über den Bürgersteig auf die Tür zuging.

Er tätschelte den mageren schwarzen Mädchen die Köpfe mit den abstehenden Zöpfchen und den mageren schwarzen Knaben die Krausköpfe. Kurz bevor er das Restaurant betrat, griff er in seine Taschen, drehte sich noch einmal um und streute die Münzen, die er bei sich hatte, über die Straße. Dann ließ er die Kinder in ihrer Balgerei zurück.

Im Restaurant war es kühl und so dunkel, dass er seine Sonnenbrille abnehmen musste, als er eintrat. Der unverwechselbare Geruch nach Whisky, Huren und Parfüm stieg ihm in die Nase und gab ihm sogleich ein Gefühl der Entspannung.

Wandleuchten warfen einen sanften Schimmer über Borde mit Flaschen und eine kleine Mahagonibar, hinter der ein riesiger schwarzer Mann in einem weißen Sporthemd regierte. Beim Anblick Johnnys blieb er stocksteif stehen, in seiner Hand das Glas, das er polieren wollte.

Drei Männer und zwei Frauen wandten sich auf ihren hohen Barhockern um und begrüßten Johnny. Alles an ihnen kennzeichnete die Männer als Spieler und ihre Begleiterinnen als Puffdamen.

»Ein Unglück kommt selten allein«, sagte eine der Damen mitfühlend.

Johnny blieb stehen. Seine große Gestalt mit den hängenden Schultern war völlig gelassen. »Wir alle kippen um, wenn wir an der Reihe sind«, antwortete er.

Ihre Stimmen blieben gedämpft und monoton, ausdruckslos wie die von Johnny. Sie sprachen in der typisch lässigen Art ihres Metiers. »Zu traurig, das mit Big Joe«, sagte einer der Spieler. »Mir wird er fehlen.«

»Big Joe war ein richtiger Kerl«, sagte eine der Damen.

»Das kann man wohl sagen«, bestätigten die anderen.

Johnny schob seine Hand über die Theke und schüttelte die Rechte des riesigen Barmannes. »Wie siehts aus, Pee Wee?«

»Steh nur hier rum und stöhn sacht vor mich hin, Pops.« Mit der Hand, die das halbpolierte Glas hielt, machte er eine kurze Bewegung. »Geht auf Rechnung des Hauses.«

»Bring uns einen Krug Limonade.«

Johnny wendete sich zu dem Durchgang, der nach hinten ins Speisezimmer führte.

»Wir sehen uns beim Begräbnis, Pops«, sagte eine Stimme hinter ihm.

Er antwortete nicht, weil ein Mann, der seinem Namen alle Ehre machte, ihn mit seinem Bauch aufhielt. Er glich dem Ballon, mit dem die Stratosphäre erforscht wurde, nur schien er um hunderte von Graden heißer. Der Mann trug ein altmodisches weißes Seidenhemd ohne Kragen, das am Hals von einem brillantenbesetzten Kragenknopf zugehalten wurde, und eine Hose aus schwarzem Alpaka. Aber seine Beine waren so dick, dass sie aneinandergewachsen schienen, und seine Hose wirkte wie ein trichterförmiger Rock. Sein runder brauner Kopf, der als Notballon hätte dienen können, falls ihm der Bauch geplatzt wäre, war glatt rasiert. Nicht ein einziges Haar war oberhalb seiner Brust zu sehen, weder in seinem Gesicht noch in den Nasenlöchern, den Ohren, an den Augenbrauen oder Wimpern. Es machte den Eindruck, als ob sein ganzer Kopf gebrüht und wie ein geschlachtetes Schwein abgeschabt worden wäre.

»Wie geht das für uns aus, Pops?«, fragte er und streckte eine riesige, schwammige Hand aus. Seine Stimme war ein keuchendes Flüstern.

»Weiß keiner, bevor die Karten aufgedeckt sind«, sagte Johnny. »Vorerst sehen sich alle noch ihr eigenes Blatt an.«

»Und dann gehts ans Reizen.« Er sah an sich hinunter, aber seine Füße in Filzpantoffeln, die auf dem mit Sägemehl bedeckten Boden gepflanzt waren, wurden ihm durch seinen Bauch verdeckt. »Mir tuts verdammt leid, dass Big Joe gehen musste.«

»Hast deinen besten Kunden verloren«, sagte Johnny und wies die Tröstung ab.

»Weißt du, Big Joe hat hier nie was gegessen. Kam nur rein, um sich die Flittchen anzusehen und über meine Küche zu maulen.« Fats schwieg, dann fügte er hinzu: »Aber er war ein Mann.«

»Hau rein, Johnny, verdammt«, rief Dulcy von der anderen Seite des Raumes. »Das Begräbnis beginnt um zwei, und es ist schon fast ein Uhr.« Sie hatte ihre Sonnenbrille aufbehalten und sah in ihrem rosa Seidenkleid ganz nach Hollywood aus.

Der Raum war klein. Seine acht quadratischen, mit rot-weiß kariertem Wachstuch bedeckten Küchentische standen einen Zoll tief in frischem, leicht feuchtem Sägemehl, das den Boden überzog.

Dulcy saß am Tisch in der hintersten Ecke, flankiert von Alamena und dem Rechtsanwalt.

»Ich will dich jetzt mal essen lassen«, sagte Fats. »Du musst hungrig sein.«

»Bin ich das nicht immer?«

Das Sägemehl fühlte sich gut an unter Johnnys gummibesohlten Schuhen, und er dachte für einen Augenblick daran, wie schön das Leben als einfacher Bauernjunge in Georgia gewesen war, bevor er einen Mann umgebracht hatte.

Der Koch steckte seinen Kopf durch die Luke zur Küche, an der die Bestellungen angenommen wurden, und rief: »Na du, Pops.«

Johnny winkte mit einer Hand.

Drei weitere Tische waren von Männern und Frauen der Branche besetzt. Der Laden war der Oberklasse von Harlems Geschäftemachern vorbehalten, denjenigen, die vom Glücksspiel und von der Prostitution lebten, niemand anders wurde hier geduldet. Jeder kannte jeden, und alle Gäste grüßten Johnny, als er vorbeiging.

»Traurig, das mit Big Joe, Pops.«

»Man kann das Spiel nicht abbrechen, nur weil der Geber ausfällt.«

Niemand erwähnte Val. Er war ermordet worden, und keiner wusste, wer es getan hatte. Es ging niemand anders etwas an als Johnny, Dulcy und die Bullen, und jeder hielt sich strikt aus der Sache heraus.

Als Johnny sich setzte, kam die Kellnerin mit der Speisekarte, und Pee Wee brachte einen großen Glaskrug mit Limonade, in dem Scheiben von Zitronen und Limonen und dicke Eisbrocken schwammen.

»Ich will einen Singapur Sling«, sagte Dulcy.

Johnny warf ihr einen Blick zu.

»Also schön, dann Brandy mit Soda. Du weißt ganz genau, dass eiskalte Getränke meine Verdauung durcheinanderbringen.«

»Ich möchte Eistee«, sagte der Rechtsanwalt.

»Das bekommen Sie von der Kellnerin«, antwortete Pee Wee.

»Für mich Gin Tonic«, sagte Alamena.

Die Kellnerin kam mit den Bestecken, Gläsern und Servietten, und Alamena reichte dem Rechtsanwalt die Speisekarte.

Er fing an zu lachen, als er die aufgeführten Gerichte las:

Tagesgericht
Aligatorschwanz mit Reis
Gebratener Schinken, Süßkartoffeln und Succotash
Kutteln, Krautwickel und Okra
Hühnchen und Klöße, mit Reis oder Süßkartoffeln
Gegrillte Rippchen
Geschmorte Schweinepfötchen à la mode
Nackenkoteletts und Maisbrei

(Warme Brötchen oder Maisbrot nach Wahl)

Beilagen
Krautwickel – Okra – Gefleckte Bohnen und Reis –
Maiskolben – Succotash – Tomaten- und Gurkenscheiben

Nachtisch
Hausgemachte Eiscreme – Napfpastete aus Süßkartoffeln –
Pfirsich-Cocktail – Wassermelone – Brombeertorte

Getränke
Eistee – Buttermilch – Sassafraswurzel-Tee – Kaffee

Aber er schaute auf, sah den ernsten Ausdruck in den Gesichtern der anderen und hielt inne.

»Ich habe noch gar nicht gefrühstückt«, sagte er und wandte sich an die Kellnerin. »Kann ich eine Portion Hirn mit Ei und Brötchen haben?«

»Ja, Sir.«

»Ich möchte gern gebratene Austern«, sagte Dulcy.

»Wir haben keine Austern. Ist nicht die Saison dafür.« Sie warf Dulcy einen verschlagenen Seitenblick zu.

»Dann nehme ich Hühnchen mit Klößchen, aber ich will nur Schenkel haben«, sagte Dulcy hochmütig.

»Ja, Ma'am.«

»Für mich gebratenen Schinken«, sagte Alamena.

»Ja, Ma'am.« Sie sah Johnny mit verliebten Kuhaugen an. »Das Gleiche wie immer, Mr. Johnny?«

Er nickte. Johnnys Lunch, der sich nie änderte, bestand aus einem gehäuften Teller Reis, vier dicken Scheiben geröstetem Salzspeck, dessen ausgelassenes Fett über den Reis gegossen war, und einer Kanne mit schwarzem Hirsesirup, den er darüber goss. Dazu bekam er einen Teller mit acht anderthalb Zoll dicken Brötchen nach Südstaatenart.

Er aß geräuschvoll, ohne zu sprechen. Dulcy hatte inzwischen drei Brandys mit Soda getrunken und erklärte, sie sei nicht hungrig.

Johnny unterbrach sein Kauen so lange, um zu sagen: »Iss trotzdem.«

Sie stocherte in ihrem Essen herum, beobachtete die Gesichter der anderen Gäste und versuchte einige Brocken ihrer Unterhaltung aufzuschnappen.

Zwei Personen standen von ihrem Tisch in der anderen Ecke auf. Die Kellnerin ging hinüber, um abzuräumen. Da kamen Chink und Doll Baby herein.

Sie hatte sich umgezogen und trug ein frisches, rückenfreies Kleid aus rosa Leinen, dazu eine riesige, tiefdunkle Sonnenbrille mit einem rosa Gestell.

Dulcy starrte sie mit giftigem Hass an. Johnny trank zwei Gläser der eiskalten Limonade.

Schweigen erfüllte den Raum.

Dulcy stand plötzlich auf.

»Wo willst du hin?«, fragte Johnny.

»Ich will eine Platte auflegen«, sagte sie trotzig. »Hast du was dagegen?«

»Setz dich«, sagte er tonlos, »und sei nicht so verdammt oberschlau.«

Sie setzte sich und biss sich einen weiteren Fingernagel ab.

Alamena fingerte an ihrem Hals und starrte auf ihren Teller.

»Sag es der Kellnerin«, meinte sie. »Sie wird sie auflegen.«

»Ich wollte diese Platte von Jelly Roll Morton spielen, *I want a little girl to call my own.*«

Johnny hob sein Gesicht und sah sie an. Wut flackerte in seinen Augen auf.

Sie griff nach ihrem Drink, um ihr Gesicht dahinter zu verstecken, aber ihre Hand zitterte, weshalb sie etwas davon über ihr Kleid schüttete.

Auf der anderen Seite des Raumes sagte Doll Baby mit lauter Stimme: »Schließlich war Val doch mein Verlobter.«

Dulcy richtete sich vor Wut auf. »Du bist eine verlogene Hure!«, schrie sie zurück.

Johnny warf ihr einen drohenden Blick zu.

»Und wenn einer die Wahrheit wissen will, man hat ihn nur erstochen, damit ich ihn nicht bekomme«, sagte Doll Baby.

»Der hatte doch schon die Nase voll von dir«, sagte Dulcy.

Johnny gab ihr eine Ohrfeige, dass sie von ihrem Stuhl kippte. Sie taumelte in die Ecke und sank auf dem Boden zusammen. Doll Baby stieß ein hohes, schrilles Lachen aus. Johnny fuhr auf den Hinterbeinen seines Stuhles herum. »Stopf der Hure das Maul«, sagte er.

Fats kam angewatschelt und legte seine schwammige Hand auf Johnnys Schulter.

Pee Wee trat hinter der Bar hervor und stellte sich in den Durchgang.

Schweigend nahm Dulcy wieder auf dem Stuhl Platz.

»Bind deinem eigenen Miststück das Maul zu«, fauchte Chink.

Johnny erhob sich. Stühle scharrten, als sich jeder von Chinks Tisch davonmachte. Doll Baby sprang auf und rannte in die Küche. Pee Wee ging auf Johnny zu.

»Ruhig, Pops«, sagte Pee Wee.

Fats watschelte schnell zu Chinks Tisch hinüber und sagte: »Schaff sie raus. Und lass du dich hier auch nie wieder blicken. Mich so auszunutzen!«

Chink stand auf, sein gelbes Gesicht zornrot und verquollen. Doll Baby kam aus der Küche zu ihm. Als er mit hochgezogenen Schultern und steifen Knien hinausging, sagte er zu Johnny: »Wir sprechen uns noch, Großmaul.«

»Sprechen wir uns doch gleich«, antwortete Johnny tonlos und wollte ihm folgen. Die Narbe auf seiner Stirn war angeschwollen und lebendig geworden.

Pee Wee verstellte ihm den Weg. »Lohnt sich nicht, den Nigger umzubringen, Pops.«

Fats gab Chink einen Stoß in den Rücken. »Lump, du hast Glück, Glück, Glück«, keuchte er. »Zieh Leine, bevor es aus ist mit deinem Glück.«

Johnny sah auf seine Uhr, ohne Chink weiter zu beachten. »Müssen gehen, das Begräbnis hat schon angefangen«, sagte er.

»Wir kommen alle«, sagte Fats. »Aber du geh mal vor, bist ja der Leidtragende Nummer zwei.«

9

Hitze stieg von dem großen, schwarzglänzenden Cadillac-Leichenwagen auf, der vor der Ladenfront der Holy Roller Church an der Ecke Eighth Avenue und 143rd Street geparkt war. Ein magerer, kleiner schwarzer Junge mit großen, glänzenden Augen berührte den glühend heißen Kotflügel und riss sogleich die Hand zurück.

Die schwarzgestrichenen Fensterscheiben des Gebäudes, das einmal ein Supermarkt gewesen war, bevor die Holy Rollers es übernahmen, reflektierten Zerrbilder von den drei schwarzen Cadillac-Limousinen und den großen Luxusautomobilen, die wie eine Batterie von Legehennen hinter dem prunkvollen Leichenwagen aufgereiht waren.

Menschen vielerlei Hautfarben, in Gewänder aller erdenklichen Art gekleidet, die Krausköpfe mit Strohhüten jeder Form bedeckt, drängten sich auf der Straße, um die Größen der Harlemer Unterwelt zu sehen, die an Big Joe Pullens Begräbnis teilnahmen. Schwarze Ladys trugen knallbunte Schirme und grünlich funkelnde Sonnenbrillen, um sich gegen das gleißende Licht zu schützen.

Die Leute bissen in Scheiben geeister Wassermelonen, spuckten die schwarzen Kerne aus und schwitzten unter den senkrechten Strahlen der Julisonne. Aus Halbliterflaschen tranken sie Bier und Wein und aus kleineren Flaschen Brause und Cola, die aus dem schmutzstarrenden Lebensmittelladen gleich nebenan stammten. Sie lutschten schokoladeüberzogene Eiscremestangen aus dem gekühlten Handkarren des Eismannes. Sie kauten triefende Sandwiches mit gegrillten Schweinerippen, warfen die abgenagten Knochen zutraulichen Hunden und Katzen und die Brotkrusten den Schwärmen der hitzegemarterten Harlemer Spatzen zu.

Staub wurde von der dreckigen Straße auf ihre verschwitzte Haut und in ihre klebrigen Augen geweht.

Das Durcheinander greller Stimmen, schrillen Lachens und

das Klingeln der Schellen von Verkäufern vermischte sich mit den Trauertönen, die aus der offenen Kirchentür drangen, und dem lauten sommerlichen Dröhnen der vorbeifahrenden Autos.

Kein Picknick war je so schön.

Schwitzende Polizisten auf schaumbedeckten Pferden, Kriminalbeamte in Zivil mit aufgeknöpftem Kragen und Streifenwagen mit heruntergedrehten Fenstern patrouillierten auf und ab.

Als Johnny seinen Cadillac in die freigehaltene Lücke manövrierte und nach Dulcy und Alamena ausstieg, ging ein Murmeln durch die Menge, und sein Name lag auf allen Lippen.

In der Kirche war es wie in einem Backofen. Die rohen Holzbänke waren vollbesetzt mit Big Joes Freunden – Spielern, Zuhältern, Huren, Flittchen, Puffmüttern, Speisewagenkellnern und Holy Rollers –, die gekommen waren, um den Toten zu begraben, und stattdessen geschmort wurden.

Mit seinen zwei Frauen drängte sich Johnny zu der Bank für die nächsten Angehörigen vor. Sie fanden Plätze neben Mamie Pullen, Baby Sis und den Sargträgern – unter ihnen ein weißer Speisewagensteward; der Großmeister von Big Joes Loge, gekleidet in die eindrucksvollste rot-blaue, mit Goldborte besetzte Uniform, die man je zu Land oder zu Wasser gesehen hatte; ein grauhaariger, plattfüßiger Kellner, den man Onkel Gin nannte, und zwei Diakone der Holy Rollers.

Big Joes Sarg, von Treibhausrosen und Maiglöckchen bedeckt, nahm den Ehrenplatz vor dem Kanzelpodest ein. Grüne Fliegen summten aufgeregt über dem Sarg.

Auf der wackeligen Kanzel dahinter hüpfte Reverend Short auf und ab wie der Leibhaftige mit dem Pferdefuß, der auf rot- und weiß glühenden Kohlen tanzt.

Sein knochiges Gesicht zuckte vor religiösem Eifer und war von Schweißbächen überströmt, die über seinen hohen Zelluloidkragen liefen und in der Jacke seines schwarzen Wollanzuges versickerten. Seine goldgeränderte Brille war beschlagen. Über seinem Gürtel hatte sich eine Schweißpfütze gebildet, die bereits seine Jacke durchnässte.

»*Und der Herr sprach*«, schrie er, wobei er nach den grünen Brummern schlug, die sich auf sein Gesicht zu setzen versuchten, und wie ein Rasensprenger heißen Speichel um sich sprühte, »*so viele wie ich liebe, so viele will ich verwerfen und züchtigen ... Hört ihr mich?*«

»Wir hören dich«, antwortete seine Gemeinde im Chor.

»*Darum seid strebsam und bereuet ...*«

»... bereuet ...«

»*Und so wähle ich meinen Text aus der Schöpfungsgeschichte ...*«

»... Schöpfungsgeschichte ...«

»*Gott der Herr schuf Adam nach seinem Bilde ...*«

»... Herr schuf Adam ...«

»*Darum bin ich euer Prediger, und ich werde euch eine Parabel lehren.*«

»... Prediger lehrt Parabel ...«

»*Dort liegt Big Joe in seinem Sarg, so sehr ein Mann, wie Adam einer war, so tot, wie Adam immer sein wird, geschaffen nach dem Bild des Herrn ...*«

»... Big Joe nach dem Bild des Herrn ...«

»*Adam zeugte zwei Söhne, Kain und Abel ...*«

»... Kain und Abel ...«

»*Und Kain erhob sich gegen seinen Bruder auf dem Felde, und er stieß ein Messer in Abels Herz und ermordete ihn ...*«

»... Jesus schütze uns, ermordete ihn ...«

»*Ich sehe Jesus Christus in all seiner Herrlichkeit den Himmel verlassen, sich kleiden in das Gewand eures Predigers, sein Gesicht schwärzen, den Finger der Anklage erheben und zu euch ruchlosen Sündern sagen:* ›*Wer durch das Schwert lebt, soll durch das Schwert umkommen ...*‹«

»... durch das Schwert umkommen, Herr, Herr ...«

»*Ich sehe Ihn seinen Finger heben und sagen: Wenn Adam noch lebte, würde er tot in diesem Sarg liegen, und sein Name wäre Big Joe Pullen ...*«

»... hab Erbarmen, Jesus ...«

»*Und er hätte einen Sohn namens Abel ...*«

»... einen Sohn Abel ...«
»*Und sein Sohn hätte eine Frau ...*«
»... Sohn hätte eine Frau ...«
»*Und seine Frau wäre eine Schwester Kains ...*«
»... Schwester Kains ...«
»*Ich kann Ihn aus der Rippe des Nichts heraustreten sehen ...*«
»... Rippe des Nichts ...«

Speichel rann aus den Winkeln seines Fischmundes, als er mit zitternden Fingern geradewegs in Dulcys Richtung deutete. »*Ich höre Ihn sagen: ›O du Schwester des Kain, warum hast du deinen Bruder erschlagen?‹*«

Totenstille senkte sich wie ein Leichentuch über die schmorende Trauergemeinde. Aller Augen waren auf Dulcy gerichtet. Sie sackte auf ihrem Platz zusammen. Johnny starrte den Prediger mit bedrohlicher Wachsamkeit an, und die Narbe auf seiner Stirn wurde plötzlich wieder wach.

Mamie erhob sich halb und schrie: »Das stimmt nicht! Sie wissen, dass es nicht stimmt!«

Dann sprang eine Glaubensschwester in der Armenecke auf, die Arme nach oben gereckt, die Finger gespreizt, und kreischte: »Jesus im Himmel, hab Erbarmen mit der armen Sünderin.«

Ein Höllenlärm brach los, als die Holy Rollers aufsprangen und krampfhaft zu zucken anfingen.

»*Mörderin!*«, schrie Reverend Short in Ekstase.

»... Mörderin ...«, hallte es von der Kirchengemeinde wider.

»Das ist nicht wahr!«, schrie Mamie.

»*Ehebrecherin!*«, gellte Reverend Short.

»... Ehebrecherin ...«, wiederholte die Gemeinde.

»Du verlogener Mistkerl!«, schrie Dulcy, die endlich ihre Stimme wiederfand.

»Lass ihn sich austoben«, sagte Johnny, sein Gesichtsausdruck hölzern und seine Stimme monoton.

»*Unzucht!*«, schrie Reverend Short.

Bei dem Wort Unzucht verfiel alles in Raserei.

Holy Rollers warfen sich auf den Boden. Schaum stand ihnen

vor dem Mund. Sie rollten, schlugen um sich und schrien: »Unzucht ... Unzucht ...«

Männer und Frauen rangen und rollten. Bänke wurden zersplittert, die Kirche dröhnte, der Sarg bebte. Ein riesiger Gestank nach schwitzenden Körpern stieg auf. »Unzucht ... Unzucht ...«, gellte die wahnsinnig gewordene Versammlung.

»Ich verschwinde hier«, sagte Dulcy und stand auf.

»Setz dich«, befahl Johnny. »Solche religiösen Narren sind gefährlich.«

Der Organist begann den Refrain zu *Roberta Lee* auf dem Harmonium zu spielen und versuchte die Ordnung wiederherzustellen, und ein großer, fetter Speisewagenkellner stimmte mit hohem Tenor an:

Dis world is high,
Dis world is low,
Dis world is deep and wide,
But the longes' road I ever did see,
Was de one I walked and cried ...

Der Gedanke an den langen Weg brachte die Ekstatiker wieder auf die Beine. Sie klopften ihre Kleidung ab, rückten einfältig die zerbrochenen Bänke zurecht, und der Organist ging zu *Roll, Jordan, Roll* über.

Aber Reverend Short hatte jetzt jegliche Selbstkontrolle verloren. Er hatte die Kanzel verlassen und war vor den Sarg getreten, um seinen Finger vor Dulcys Gesicht zu schütteln. Die beiden Gehilfen des Leichenbestatters warfen ihn zu Boden und knieten auf ihm, bis er sich beruhigt hatte. Dann nahm die Trauerfeier ihren weiteren Verlauf.

Die Gemeinde erhob sich unter den Harmoniumklängen von *Nearer My God To Thee* und zog an dem Sarg vorüber, um einen letzten Blick auf Big Joe Pullens sterbliche Überreste zu werfen. Die engsten Angehörigen kamen als Letzte an die Reihe, und als der Sarg geschlossen wurde, warf sich Mamie darüber und jammerte laut: »Gehe nicht von mir, Joe, lass mich nicht allein.«

Der Leichenbestatter zog sie beiseite, und Johnny legte seinen Arm um ihre Taille, um sie zum Ausgang zu führen. Doch der Bestatter zupfte ihn am Ärmel und hielt ihn zurück. »Sie sind der oberste Sargträger, Mr. Perry. Sie können nicht gehen.«

Johnny übergab Mamie der Obhut von Dulcy und Alamena. »Begleitet sie«, sagte er.

Dann nahm er seinen Platz bei den anderen fünf Sargträgern ein, und sie hoben den Sarg auf, trugen ihn durch den freigeräumten Mittelgang und an den Reihen der Polizisten auf dem Gehsteig vorbei und schoben ihn auf den Leichenwagen.

Mitglieder von Big Joes Loge waren in Paradeformation auf der Straße angetreten, im vollen Schmuck ihrer scharlachroten Jacken mit goldenen Schnüren, hellblauen Hosen mit goldenen Streifen und angeführt von der Kapelle der Loge.

Die Kapelle stimmte *The Coming of John* an, und die Leute auf der Straße fielen in den Gesang des Chores ein.

Die Trauerprozession, angeführt von dem Leichenwagen, schloss sich den marschierenden Logenbrüdern an.

Dulcy und Alamena saßen zu beiden Seiten von Mamie Pullen in der ersten der schwarzen Limousinen.

Johnny fuhr allein in seinem großen, offenen Heckflossen-Cadillac hinter der dritten Limousine her.

Zwei Wagen hinter ihm folgten Chink und Doll Baby in einem blauen Buick-Cabrio.

Die Kapelle spielte den alten Trauergesang im Swing-Rhythmus, und der Trompeter nahm die Melodie auf und schmetterte die Stakkatotöne klar und hoch in den heißen Himmel über Harlem. Die Menge war wie elektrisiert. Unter den Menschen, die im Swing-Rhythmus marschierten, brach eine wahre Massenhysterie aus. Sie marschierten in alle möglichen Richtungen, vorwärts, rückwärts, im Kreis, im Zickzack. Ihre Körper nahmen den Takt der Synkopen auf. Sie bewegten sich zuckend und in den Hüften wiegend quer über die Straße hin und zurück, zwischen den geparkten Wagen, auf die Gehsteige hinauf und wieder hinunter, manchmal fasste ein Junge ein Mädchen zu einem schnellen Wirbel, ansonsten marschierte jeder allein zu der Musik, aber nicht nach ihrem Tempo. Sie marschierten und tanzten nach dem Rhythmus, gegen den Takt, nicht mit ihm, gaben sich ganz dem Rausch des Swing hin und hielten doch mit der gemächlich voranziehenden Prozession Schritt.

Der Trauerzug bewegte sich die Eighth Avenue hinunter zur 125th Street, dort nach Osten Richtung Seventh Avenue, bog beim Theresa Hotel um die Ecke und wandte sich dann nach Norden zur Brücke an der 155th Street, die in die Bronx führt. Doch vor der Brücke blieb die Kapelle stehen, die Marschierenden hielten an, die Menge begann sich zu zerstreuen, die Prozession löste sich auf. Harlem endet an dieser Brücke, und nur die engsten Angehörigen fuhren hinüber in die Bronx und begaben sich auf die lange Fahrt über die Bronx Park Road, vorbei am Bronx Park Zoo, zum Woodlawn-Friedhof.

Vom Plattenspieler, der in den Leichenwagen eingebaut war, ertönte eine Orgeleinspielung. Die dünnen, sacharinsüßen Töne schwebten von dem Lautsprecher über die nachfolgenden Wagen hinweg.

Sie fuhren durch den Torbogen auf den riesigen Friedhof und hielten in einer langen Reihe hinter dem gelben Lehmmund des offenen Grabes an.

Die Trauergemeinde umringte das Grab, während die Träger den Sarg vom Leichenwagen hoben und ihn auf eine mechanische Vorrichtung setzten, die ihn langsam ins Grab senkte.

Eine Orgelaufnahme von *Swing Low, Sweet Chariot* erklang, und der Chor fiel mit seinem Klagegesang ein.

Reverend Short hatte sich inzwischen wieder gefangen. Er stand am Kopf des Grabes und hob mit seiner krächzenden Stimme an: *»... im Schweiße deines Angesichts sollst du dein Brot essen, bis du wieder zu Erde wirst; denn daraus wurdest du genommen; aus Staub bist du gemacht, und zu Staub sollst du wieder werden ...«*

Als der Sarg den Boden des Grabes berührte, stieß Mamie Pullen einen Schrei aus und versuchte sich hinunterzustürzen. Während Johnny sie festhielt, sank Dulcy plötzlich zusammen und schwankte auf den Rand der Grube zu. Alamena fasste sie um die Taille, doch Chink Charly drängte sich von hinten vor, legte seinen Arm um Dulcy und bettete sie ins Gras. Johnny nahm das aus den Augenwinkeln wahr. Er schob Mamie einem Diakon in die Arme und stürzte sich auf Chink. Seine Augen waren gelb vor Wut, und die Narbe auf seiner Stirn brannte feurig und zuckte wie ein selbstständiges Lebewesen.

Chink sah ihn kommen, wich zurück und versuchte sein Messer zu ziehen. Johnny täuschte mit der Linken und gab Chink einen Tritt gegen das rechte Schienbein. Der scharfe Schmerz am Knochen ließ Chink kopfüber zusammenknicken. Die Reflexbewegung war noch nicht beendet, da traf Johnny Chink mit einer wuchtigen Rechten hinter das Ohr, und als Chink auf Hände und Knie fiel, trat Johnny mit dem linken Fuß nach Chinks Kopf, verfehlte ihn aber und streifte ihn nur an der linken Schulter. Sein funkelnder Blick nahm einen Spaten in der Hand eines Totengräbers wahr; er riss ihn an sich und wollte mit der Kante nach Chinks Nacken stechen. Big Tiny aus Fats' Restaurant war hinzugestürzt, um Johnny zurückzuhalten. Er griff nach Johnnys Arm, der den Spaten erhoben hatte, bekam ihn aber nicht zu fassen. Zumindest gelang es ihm, den Schlag abzudrehen, sodass der Spaten Chink nicht mit der Kante traf, sondern mit der Blattfläche mitten auf den Rücken. Er wurde kopfüber ins Grab geschleudert und landete auf dem Sarg.

Dann konnten Tiny und ein halbes Dutzend anderer Männer Johnny entwaffnen, ihn auf den Kiesweg und von der Grabreihe fortdrängen. Johnny war von seinen Unterweltfreunden eingekreist, und Fats keuchte erregt: »Gott verdammt, Johnny. Wir wollen nicht noch mehr Tote. Das war doch kein Grund, gleich so durchzudrehen.«

Johnny schüttelte ihre Hände ab und zog seine verrutschte Jacke zurecht. »Ich will nicht, dass dieser halbweiße Scheißmischling sie anfasst«, sagte er mit seiner gelassenen Stimme.

»Aber, lieber Himmel. Sie ist doch ohnmächtig geworden«, keuchte Fats.

»Nicht mal, wenn sie mausetot umfällt«, sagte Johnny.
Seine Freunde schüttelten den Kopf.
»Für heute hast du ihm genug verpasst«, sagte Kid Nickels.
»Ich werd ihm nichts mehr tun«, versicherte Johnny. »Bringt mir mein Weibervolk zum Wagen. Ich fahre sie nach Hause.«
Er ging zu seinem Cadillac und stieg ein.
Einen Augenblick später war die Musik verklungen. Alle Gerätschaften des Bestatters wurden vom Grab entfernt. Die Totengräber begannen Erde einzuschaufeln. Die bedrückten Trauergäste gingen bedächtig zu ihren Fahrzeugen zurück.
Mamie kam zwischen Dulcy und Alamena zu Johnnys Wagen. Sie setzte sich mit Alamena auf den Rücksitz. Baby Sis folgte ihnen stumm.
»O Gott, mein Gott«, sagte Mamie mit klagender Stimme. »Nichts als Jammer auf dieser Erde. Aber ich weiß, meine Zeit ist auch bald abgelaufen.«

10

Nachdem sie den Friedhof verlassen hatten, löste sich die Kolonne auf, und jeder Wagen fuhr seiner Wege.
Kurz bevor Johnny auf die Brücke zurück nach Harlem einbog, geriet er in einen Verkehrsstau, der durch das Ende eines Baseballspiels im Yankee-Stadion ausgelöst wurde.
Johnny und Dulcy wohnten mit anderen gutverdienenden Zuhältern, Puffmüttern und Glücksspielern Harlems im sechsten Stock des eleganten Roger-Morris-Apartmenthauses. Es stand an der Ecke 157th Street und Edgecombe Drive, am Coogan's Bluff, und bot Ausblick auf den Poloplatz, den Harlem River und die ansteigenden Straßen der Bronx am anderen Ufer. Es war sieben Uhr, als Johnny mit seinem Heckflossen-Cadillac vor dem Hauseingang vorfuhr.
»Der Weg vom Baumwollpflücker in Alabama bis hierher war zu lang, um jetzt alles zu verlieren«, stellte er fest.

Jeder im Wagen sah ihn an, aber nur Dulcy sagte etwas. »Wovon redest du?«, fragte sie vorsichtig.

Er antwortete nicht.

Mamies Gelenke knackten, als sie sich anschickte, auszusteigen. »Komm, Baby Sis, wir nehmen uns ein Taxi«, sagte sie.

»Du kommst mit rauf und isst mit uns«, sagte Johnny. »Baby Sis und Alamena können Abendessen machen.«

Sie schüttelte den Kopf. »Ich und Baby Sis fahren gleich nach Hause. Ich will gar nicht erst anfangen, jemandem lästig zu werden.«

»Du bist keinem lästig«, widersprach Johnny.

»Ich hab keinen Hunger«, sagte Mamie. »Ich will nur nach Hause und mich hinlegen und schlafen. Ich bin schrecklich müde.«

»Es ist nicht gut für dich, wenn du jetzt allein bist«, redete Johnny auf sie ein. »Gerade jetzt brauchst du Menschen um dich herum.«

»Baby Sis ist doch da, Johnny, und ich möchte einfach nur schlafen.«

»Also gut, dann bringe ich dich nach Hause«, sagte Johnny. »Du weißt genau, dass du nicht mit einem Taxi fährst, solange ich noch einen Wagen habe, der läuft.«

Keiner regte sich.

Johnny wandte sich an Dulcy und sagte: »Du und Alamena steigt jetzt endlich aus. Ich habe kein Wort davon gesagt, dass ich euch mitnehme.«

»Ich hab es bald satt, dass du mich dauernd herumkommandierst«, erwiderte Dulcy aufgebracht und stieg wütend aus. »Ich bin doch kein Hund.«

Johnny sah sie warnend an, antwortete aber nicht.

Alamena stieg aus dem Fond des Wagens, und Mamie setzte sich nach vorn zu Johnny. Sie legte eine Hand über ihre geschlossenen Augen, wie um diesen schrecklichen Tag aus ihren Gedanken zu verdrängen.

Ohne etwas zu sagen, fuhren sie zu Mamies Wohnung.

Nachdem Baby Sis ausgestiegen und ins Haus gegangen war, sagte Mamie: »Johnny, du bist zu grob zu Frauen. Du erwartest von ihnen, dass sie sich wie Männer benehmen.«

»Ich erwarte nur, dass sie tun, was man ihnen sagt und was nun mal ihre Aufgabe ist.«

Sie stieß einen tiefen, traurigen Seufzer aus. »Das tun die meisten Frauen ja auch, Johnny, aber sie haben ihre eigene Art, es zu tun. Und genau das verstehst du nicht.«

Sie schwiegen einen Augenblick und betrachteten die Menschenmenge, die in der Dämmerung auf dem Gehsteig an ihnen vorbeiströmte.

Es war eine Straße der Widersprüche: unverheiratete junge Mütter, die ihre Babys stillten und vom Mitleid anderer lebten; fette schwarze Ganoven, die in großen, grellfarbigen Cabrios auf und ab fuhren, neben sich ihr Püppchen aus solidem Gold und in den Taschen riesige Beträge an Bargeld; hartarbeitende Männer, die alle Last der Stadt auf ihren Schultern trugen und hier in Harlem, wo ihre weißen Vorgesetzten sie nicht hören konnten, mit lauter Stimme ihren Ärger abließen; jugendliche Gangster, die sich zu Bandenschlachten zusammenrotteten und Marihuana rauchten, um sich Mut zu machen; alle auf der Flucht vor den Backöfen, in denen sie lebten, und auf der Suche nach Erholung auf einer Straße, die durch Autoabgase und die von den Betonmauern und dem Asphalt ausströmende Hitze noch stickiger war.

Schließlich sagte Mamie: »Bring ihn nicht um, Johnny. Ich bin eine alte Frau, und ich sage dir, es gibt keinen Grund dafür.«

Johnny sah weiter auf den Strom der Fahrzeuge, die auf der Straße vorbeiglitten. »Entweder bedrängt er sie, oder sie reizt ihn. Was soll ich glauben?«

»So klar sind die Dinge nicht, Johnny. Ich bin eine alte Frau, ich sage dir, so klar ist das alles nicht. Was du betreibst, ist Haarspalterei. Er ist nur ein Großmaul, und ihr gefällt es nun mal, wenn sie beachtet wird. Weiter nichts.«

»In einem Sarg gäbe er ein gutes Bild ab«, antwortete Johnny.

»Hör auf eine alte Frau, Johnny«, sagte sie. »Du kümmerst dich zu wenig um Dulcy. Du beschäftigst dich mit deinen Angelegenheiten, mit deinem Club und allem möglichen. Das kostet all deine Zeit, und für sie bleibt nichts übrig.«

»Tante Mamie, das war der gleiche Ärger mit meiner Ma«, sagte er. »Pete hat schwer für sie gearbeitet, aber sie war nur zufrieden, wenn sie sich mit anderen Männern rumtreiben konnte, und ich musste ihn umbringen, damit er sie nicht totschlug. Aber der Fehler lag bei meiner Ma, und ich hab das immer gewusst.«

»Ich weiß, Johnny, aber Dulcy ist nicht so«, stritt Mamie ab. »Sie treibt sich mit keinem herum, aber du musst Geduld mit ihr haben. Sie ist jung. Du weißt, wie jung sie war, als du sie geheiratet hast.«

»So jung ist sie auch wieder nicht«, antwortete er mit seiner ausdruckslosen Stimme, immer noch ohne Mamie anzusehen. »Und wenn sie nicht mit ihm herummacht, dann eben er mit ihr – das bleibt sich letztlich gleich.«

»Gib ihr eine Chance, Johnny«, flehte Mamie. »Vertraue ihr.«

»Du ahnst nicht, wie gern ich dem Mädchen vertrauen würde«, gestand Johnny. »Aber ich lasse mich weder von ihr noch von ihm, noch von sonst wem zum Narren halten. Ich mäste doch keine Frösche für Schlangen. Und damit Schluss.«

»O Johnny«, bat sie und schluchzte in ihr mit schwarzer Spitze gesäumtes Taschentuch. »Es hat schon einen Mord zu viel gegeben. Bring nicht noch jemanden um.«

Zum ersten Mal wandte Johnny sich ihr zu und sah sie an. »Welcher Mord war zu viel?«

»Ich weiß, das mit deiner Ma damals war nicht deine Schuld«, sagte sie. »Aber du musst nicht noch einmal jemanden umbringen.« Sie versuchte ihre Gedanken zu verbergen, aber sie sprach zu schnell und in erregtem Ton.

»Das ist doch nicht, was du gemeint hast«, antwortete Johnny. »Du denkst an Val.«

»Davon hab ich nichts gesagt«, entgegnete sie.

»Aber gemeint hast du es.«

»Ich hab nicht an ihn gedacht. Nicht so«, leugnete sie noch einmal. »Ich will nur nicht noch mehr Blut fließen sehen, das ist alles.«

»Du brauchst nicht um das herumzureden, was du denkst«, sagte er. »Du kannst seinen Namen nennen. Du kannst sagen, dass er erstochen wurde, genau hier auf dem Gehsteig. Das macht mir nichts aus. Sag ruhig, was du meinst.«

»Du weißt, was ich meine«, antwortete sie verstockt. »Ich meine, du sollst es nicht zulassen, dass sie zum Anlass für einen weiteren Mord wird, Johnny.«

Er versuchte sie mit seinem Blick zu fixieren, aber sie wich seinen Augen aus. »Du denkst, ich hätte ihn ermordet«, sagte er.

»Davon hab ich kein Wort gesagt«, widersprach sie.

»Aber das denkst du.«

»Das hab ich nicht gesagt, und du weißt es.«

»Es geht nicht darum, was du gesagt hast. Was ich wissen will, ist, warum du glaubst, dass ich ihn ermorden wollte.«

»O Johnny, ich glaube doch gar nicht, dass du ihn ermordet hast«, gab sie mit kläglicher Stimme zurück.

»Davon rede ich gar nicht, Tante Mamie«, sagte er. »Ich will wissen, welchen Grund ich haben sollte, ihn zu ermorden. Ob du denkst, dass ich ihn getötet habe oder nicht, ist mir gleichgültig. Ich will nur wissen, aus welchem Grund du glaubst, dass ich es gewesen sein soll.«

Sie sah ihm gerade in die Augen. »Es gibt keinen Grund für dich, ihn zu töten, Johnny«, sagte sie, »und das ist so wahr wie das Evangelium.«

»Warum fängst du dann an, so auf mich einzureden, dass ich Dulcy trauen soll, und vermutest als Nächstes, sie hätte mir Grund gegeben, Val zu töten? Das ist es, was ich wissen will«, sagte er hartnäckig. »Was geht da in deinem Kopf vor?«

»Johnny, im Leben sind die Spielregeln nun mal so, dass du ihr ebenso viel geben musst, wie du von ihr verlangst«, antwortete sie. »Du kannst nicht gewinnen, ohne selbst was zu riskieren.«

»Ich weiß«, gab er zu. »Das ist für Spieler ein Gesetz. Aber ich muss jeden Tag acht Stunden in meinem Club sein. Das ist für sie genauso viel wie für mich. Aber das bedeutet auch, sie hat alle Chancen der Welt, mich zum Narren zu halten.«

Mamie streckte ihre knotigen alten Finger aus und versuchte, seine harte langfingrige Hand zu ergreifen, aber er zog sie zurück.

»Ich werde sie nicht um Gnade bitten«, sagte er schroff. »Ich will auch niemanden verletzen. Wenn sie ihn haben will, erwarte ich nur, dass sie mich verlässt und zu ihm geht. Ich werde ihr nichts tun. Doch wenn sie ihn nicht haben will, lasse ich es nicht zu, dass er sie bedrängt. Es macht mir nichts aus, zu verlieren. Jeder Spieler muss manchmal verlieren. Aber ich lasse mich nicht betrügen.«

»Ich weiß, wie du dich fühlst, Johnny«, sagte Mamie. »Aber du musst lernen, ihr zu vertrauen. Ein eifersüchtiger Mann kann nicht gewinnen.«

»Ein arbeitender Mann kann nicht spielen, und ein eifersüchtiger Mann kann nicht gewinnen«, zitierte Johnny ein altes Spielersprichwort. Nach einer Weile fügte er hinzu: »Wenn es so ist, wie du sagst, wird keinem was passieren.«

»Ich geh jetzt nach oben und leg mich schlafen«, sagte sie und stieg langsam auf den Gehsteig hinaus. Dann blieb sie stehen, die Hand auf der Wagentür, und fügte hinzu: »Jemand muss auf seinem Begräbnis predigen. Kennst du einen Prediger, der es tun würde?«

»Geh doch zu deinem Prediger«, antwortete er. »Das tut er sowieso am liebsten, Grabreden halten.«

»Sprich du mit ihm«, sagte sie.

»Ich will mit dem Mann nicht mehr reden«, lehnte er ab. »Nicht nach dem, was er heute gesagt hat.«

»Du musst mit ihm reden«, drängte sie ihn. »Dulcy zuliebe.«

Er antwortete nicht, und auch sie sagte nichts mehr. Als sie im Hauseingang verschwand, ließ er den Motor an und fuhr langsam durch den trägen Verkehr zur Kirche der Holy Rollers mit der Ladenfront an der Eighth Avenue.

Reverend Short wohnte in einem Hinterzimmer, das früher ein Lagerraum gewesen war. Der Eingang von der Straße war nicht verschlossen. Johnny trat ein, ohne anzuklopfen, und durchquerte den Gang zwischen den zerbrochenen Bänken. Die Tür zu Reverend Shorts Schlafzimmer stand ein paar Zentimeter weit offen. Die Schaufensterscheiben an der Frontseite waren von innen zwar zu drei Viertel ihrer Höhe mit schwarzer Farbe gestrichen, aber durch das schmutzige Glas darüber drang genügend schummeriges Licht, um Reverend Shorts Brille blinken zu lassen, als er durch die schmale Öffnung der Tür hinausspähte.

Die Brille verschwand, und die Tür wurde geschlossen, als Johnny um das Kanzelpodest herumging. Er hörte das Schloss knacken, als er sich der Tür näherte.

Er klopfte und wartete. Schweigen antwortete ihm.

»Hier ist Johnny Perry, Reverend. Ich möchte mit Ihnen sprechen«, sagte er.

Von drinnen ertönte ein Rascheln, als ob Ratten in dem Zimmer umherliefen, und Reverend Short antwortete schroff mit seiner krächzenden Stimme: »Glaube bloß nicht, ich hätte dich nicht erwartet.«

»Gut«, sagte Johnny, »dann wissen Sie, dass es um das Begräbnis geht.«

»Ich weiß, warum du kommst, und ich bin darauf vorbereitet«, krächzte Reverend Short.

Johnny hatte einen langen, anstrengenden Tag hinter sich, und seine Nerven waren überreizt. Er drückte auf die Klinke und fand die Tür verschlossen.

»Machen Sie auf«, sagte er barsch. »Wie, zum Teufel, wollen Sie über Geschäfte sprechen, wenn die Tür verschlossen ist?«

»Aha, du glaubst, du könntest mich täuschen?«, krächzte Reverend Short.

Johnny rüttelte an der Klinke. »Hören Sie, Prediger«, sagte er, »Mamie Pullen schickt mich, und ich werde Sie dafür bezahlen, also was ist los mit Ihnen, verdammt noch mal?«

»Ich soll dir allen Ernstes glauben, dass eine gute Christin wie Mamie Pullen dich schickt, um ...«, begann Reverend Short zu krächzen, als Johnny in einem plötzlichen Wutanfall die Klinke packte und die Tür aufbrechen wollte.

Als ob Reverend Short seine Gedanken gelesen hätte, warnte er mit dünner, trockener Stimme, die so gefährlich wie das Rasseln einer Klapperschlange war: »Brich ja die Tür nicht auf, Johnny Perry!«

Johnny riss seine Hand zurück, als ob eine Schlange nach ihm geschlagen hätte. »Was ist los mit Ihnen, Prediger, haben Sie eine Frau da drin?«, fragte er argwöhnisch.

»Darauf bist du also aus?«, antwortete Reverend Short. »Du glaubst, dass die Mörderin sich hier versteckt?«

»Herr im Himmel, Mann, sind Sie komplett verrückt geworden?«, entgegnete Johnny und verlor seine Selbstbeherrschung. »Machen Sie jetzt diese verfluchte Tür auf. Ich will nicht den ganzen Abend hier draußen stehen und mir Ihr dummes Gequatsche anhören.«

»Lass den Revolver fallen!«, warnte Reverend Short.

»Ich habe keinen Revolver, Prediger. Sind Sie wahnsinnig?«

Johnny hörte das Knacken einer Waffe, die gespannt wurde.

»Ich warne dich, wirf den Revolver weg!«, wiederholte Reverend Short.

»Zur Hölle mit Ihnen«, sagte Johnny angewidert und wollte sich umdrehen. Aber ein sechster Sinn warnte ihn vor einer unmittelbaren Gefahr, und er warf sich flach auf den Boden, kurz bevor der doppelte Knall einer Schrotflinte ein Loch in der Größe eines Esstellers durch die obere Füllung der Holztür riss. Johnny schnellte vom Boden hoch, als ob er aus Gummi wäre. Er traf die Tür voller Wucht mit seiner Schulter, sodass das Schloss ausbrach und die Tür mit einem lauten Krachen gegen die Wand schlug. Man hätte es fast für das Echo des Gewehrschusses halten können.

Reverend Short ließ das Gewehr fallen und zog aus der Seitentasche seiner Hose so schnell ein Messer, dass die Klinge schon offen in seiner Hand stand, bevor das Gewehr auf den Boden polterte.

Johnny stürzte mit vorgerecktem Kopf so schnell auf ihn zu, dass er nicht mehr anhalten konnte. Darum streckte er seine Linke aus, ergriff Reverend Shorts Handgelenk und rammte ihm seinen Kopf in den Solarplexus. Reverend Shorts Brille flog wie ein aufflatternder Vogel von seinem Gesicht, und er stürzte rückwärts über ein ungemachtes Bett mit weißgestrichenem Eisengestell. Johnny landete auf ihm, die Muskeln entspannt wie eine Katze, die auf ihre vier Pfoten fällt, drehte im gleichen Augenblick mit der einen Hand das Messer aus Reverend Shorts Griff und begann ihn mit der anderen zu würgen.

Seine Knie umklammerten Reverend Shorts Taille, während er ihm die Kehle zudrückte. Reverend Shorts kurzsichtige Augen begannen vorzuquellen wie Bananen, die aus ihrer Schale gequetscht werden, und alles, was er sehen konnte, war die glühende Narbe, die sich auf Johnnys blutroter Stirn wie ein gereizter Polyp blähte und zuckte.

Aber Reverend Short zeigte keine Anzeichen von Furcht.

Kurz bevor er dem Prediger den dürren Hals brach, fasste Johnny sich wieder. Er atmete tief ein, und sein ganzer Körper erzitterte, als ob ein elektrischer Schlag sein Gehirn getroffen hätte. Dann nahm er seine Hände von Reverend Shorts Kehle, richtete sich auf, immer noch auf ihm hockend, und sah nüchtern in das bläuliche Gesicht auf dem Bett unter sich.

»Prediger«, sagte er langsam. »Sie schaffen es noch, dass ich Sie umbringe.«

Reverend Short hielt seinem Blick stand, während er nach Luft japste. Als er schließlich sprechen konnte, sagte er in herausforderndem Ton: »Nur zu, bring mich um. Aber damit kannst du sie nicht retten. Sie werden sie sowieso erwischen.«

Johnny stand von dem Bett auf und trat dabei auf Reverend Shorts Brille. Wütend stieß er die Splitter mit seinem Fuß fort und blickte auf Reverend Short hinunter, der in der gleichen Stellung liegen geblieben war.

»Hören Sie, ich will Ihnen nur eine Frage stellen«, sagte Johnny mit seiner ausdruckslosen Spielerstimme. »Warum sollte sie ihren eigenen Bruder töten wollen?«

Reverend Short erwiderte seinen Blick voller Bosheit. »Du weißt genau, warum«, antwortete er.

Johnny stand totenstill, als ob er lauschte, und sah auf den Prediger hinunter. Schließlich sagte er: »Sie haben versucht, mich zu töten. Ich werde deswegen nichts unternehmen. Sie haben sie eine Mörderin genannt, auch deswegen werde ich nichts tun. Ich glaube nicht, dass Sie verrückt sind. Die Erklärung können wir also ausschließen. Ich will Sie nur eines fragen, nämlich *warum?*«

Reverend Shorts kurzsichtige Augen begannen wieder eine gefährliche Bösartigkeit anzunehmen. »Es gibt bei euch nur zwei, die es getan haben können«, antwortete er mit dünner, trockener Stimme, die kaum lauter als ein Flüstern herauskam. »Du und sie. Und wenn du es nicht warst, dann war sie es. Und wenn du nicht weißt, warum, dann frag sie. Und wenn du glaubst, dass du sie retten kannst, indem du mich umbringst, nur zu, tu es.«

»Ich habe nicht viel in der Hand«, sagte Johnny, »aber ich werde meine Karte aufdecken.«

Er drehte sich um und tastete sich an den Kirchenbänken entlang zur Tür. Licht von den Straßenlaternen drang durch den oberen, nicht gestrichenen Streifen der schmutzigen Schaufenster und wies ihm den Weg.

11

Es war acht Uhr, aber noch hell.

»Drehen wir eine Runde«, sagte Grave Digger zu Coffin Ed, »und schauen uns die Gegend an. Mal sehen, wie braune Mädchen in rosafarbenen Kleidern aufblühen, und den Duft von Mohn und Marihuana riechen.«

»Und hören, was die Pfeifer zwitschern«, ergänzte Coffin Ed.

Sie fuhren in der kleinen, zerbeulten schwarzen Limousine

über die Seventh Avenue Richtung Süden. Grave Digger lenkte den kleinen Wagen hinter einem langsam fahrenden, großen Laster mit Anhänger her, und Coffin Ed heftete seinen Blick auf den Gehsteig.

Ein illegaler Lottoeinnehmer stand vor Madame Sweetiepies Frisiersalon, wedelte mit einer Hand voll Zettel mit den Gewinnzahlen des Tages drauf, sah auf und bemerkte Coffin Eds Unheil verkündenden Blick, der auf ihn gerichtet war. Sofort begann er die Zettel wie zähe Karamellbonbons zu zerkauen.

Durch den großen Anhänger verdeckt, überraschten sie eine Gruppe Junkies, die vor der Bar an der Ecke der 126th Street standen. Acht junge Lausebengel in engen schwarzen Hosen, knalligen Strohhüten mit bunten Bändern, spitzen Schuhen und grellfarbigen Sporthemden. Sie trugen dunkle Brillen und sahen wie eine Versammlung exotischer Grashüpfer aus. Ihre erste Marihuana-Zigarette hatten sie schon aufgeraucht, und sie reichten gerade die zweite herum, als einer von ihnen rief: »Auseinander, da kommen King Kong und Frankenstein.«

Der Jüngling, der gerade an der Zigarette sog, verschlang sie so schnell, dass ihm die Glut den Rachen verbrannte und er sich würgend vornüberbeugte.

Einer, den sie Gigolo nannten, sagte: »Ruhig Blut, ruhig Blut! Einfach nichts zugeben, das ist alles.«

Sie ließen ihre Schnappmesser vor der Bar auf den Gehsteig fallen. Einer der Jünglinge griff sich die beiden übrig gebliebenen Marihuana-Zigaretten und schob sie rasch in den Mund, bereit, sie hinunterzuschlingen, falls die Detectives anhielten.

Grave Digger lächelte grimmig. »Ich könnte dem Lump in den Bauch hauen und ihn genug Belastungsmaterial ausspucken lassen, um ihn ein Jahr in den Bau zu bringen«, sagte er.

»Den Trick bringen wir ihm ein anderes Mal bei«, antwortete Coffin Ed.

Zwei der Typen klopften dem würgenden Jüngling auf den Rücken, die anderen fingen an, mit großspurigen Gesten aufeinander einzureden, als diskutierten sie eine wissenschaftliche

Abhandlung über die Prostitution. Gigolo starrte die Detectives trotzig an.

Gigolo trug einen schokoladenfarbenen Strohhut, der ein breites gelbes Band mit winzigen blauen Tupfen besaß. Als Coffin Ed mit dem Zeige- und dem Mittelfinger seiner rechten Hand das rechte Revers seiner Jacke betastete, schob Gigolo seinen Strohhut in den Nacken und sagte: »Die Scheißer da haben 'nen Knall. Sie können uns nichts beweisen.«

Grave Digger hielt nicht an, sondern fuhr langsam weiter und beobachtete im Rückspiegel, wie der eine die feuchten Marihuana-Zigaretten vorsichtig aus dem Mund nahm und auf sie blies, um den Speichel zu trocknen. Sie fuhren bis zur 119th Street weiter, bogen in Richtung Eighth Avenue ab und fuhren zum Stadtzentrum zurück. Vor einem heruntergekommenen Mietshaus zwischen der 126th und 127th Street parkten sie. Alte Leute hockten auf dem Gehweg auf Küchenstühlen, die sie gegen die Hauswand gelehnt hatten.

Sie stiegen die dunkle, steile Treppe zur dritten Etage hinauf. Grave Digger klopfte an eine Tür, die weiter hinten lag; drei einzelne Schläge im Abstand von genau zehn Sekunden. Eine Minute lang war kein Laut zu vernehmen. Es war kein Geräusch von einem Schloss zu hören, doch langsam öffnete sich die Tür fünf Zoll nach innen. In dieser Stellung wurde sie oben und unten von zwei Eisenketten angehalten.

»Wir sinds, Ma«, sagte Grave Digger. Die Enden der Ketten wurden aus den Schlitzen gelöst, und die Tür öffnete sich ganz.

Vor ihnen stand eine magere, alte, grauhaarige Frau mit runzeligem schwarzem Gesicht, die etwa neunzig Jahre alt sein mochte und ein bodenlanges altmodisches Kleid aus verblasster schwarzer Baumwolle trug. Sie trat zur Seite, ließ die beiden Detectives in den pechschwarzen Gang ein und schloss die Tür hinter ihnen. Kommentarlos folgten sie ihr bis zum Ende des Gangs. Sie öffnete eine Tür, und plötzlich fiel Licht auf sie und ließ ein Schnupftabakstäbchen neben dem einen Winkel ihres von Runzeln umgebenen Mundes erkennen.

»Da ist er«, sagte sie. Coffin Ed folgte Grave Digger in das kleine Hinterzimmer und stieß die Tür hinter sich zu.

Gigolo hockte auf der Bettkante, seinen knalligen Strohhut in den Nacken geschoben, und kaute hektisch an seinen schmutzigen Fingernägeln. Die Pupillen seiner Augen standen als große schwarze Scheiben in seinem angespannten, verschwitzten braunen Gesicht.

Coffin Ed setzte sich rittlings vor ihn auf den einzigen Holzstuhl. Grave Digger stand neben ihm, sah auf Gigolo hinunter und sagte: »Du hast dich ja ganz schön mit Heroin zugedröhnt.«

Gigolo zuckte die Achseln. Seine mageren Schultern stachen unter dem kanariengelben Sporthemd hervor.

»Reg ihn nicht auf«, mischte Coffin Ed sich ein und fragte Gigolo dann in vertraulichem Ton: »Wer hat gestern Nacht das Ding gedreht, Kleiner?«

Gigolos Körper begann zu zucken, als ob ihm jemand ein glühendes Schüreisen unter den Hosenboden geschoben hätte. »Poor Boy hat wieder Geld«, antwortete er schnell und undeutlich.

»Was für Geld?«, fragte Grave Digger.

»Hartes Geld.«

»Keine grünen Scheine?«

»Wenn er welche hat, zeigt er sie nicht.«

»Und wo mag Poor Boy jetzt stecken?«

»Acey-Deuceys Billardsalon. Der steht auf Pool.«

Grave Digger fragte Coffin Ed: »Kennst du ihn?«

»Die Stadt ist voll von Poor Boys«, antwortete Coffin Ed und wandte sich wieder dem Spitzel zu. »Wie sieht er aus?«

»Schlanker schwarzer Junge. Hat gute Nerven. Der riskiert was, rutscht aber nie aus. Sieht ein bisschen so aus wie Country Boy, bevor sie ihn einlochten.«

»Was hat er an?«, fragte Grave Digger.

»Wie schon gesagt. Alte Blue Jeans, T-Shirt, Turnschuhe, sieht immer so zerlumpt aus wie ein Sack Kartoffeln.«

»Hat er einen Partner?«

»Iron Jaw. Den kennt ihr doch.«

Grave Digger nickte.

»Aber der ist bei dem Ding wohl nicht dabei gewesen. Ist heute nirgendwo aufgekreuzt«, fügte Gigolo hinzu.

»Na schön, Sportsfreund«, sagte Coffin Ed und stand auf. »Und lass die Finger vom Heroin.«

Gigolos Körper begann noch heftiger zu zucken. »Was soll man denn machen? Ihr Jungs macht mir ständig die Hölle heiß. Wenn einer rauskriegt, dass ich euer Spitzel bin, wird man mir den Kopf runterschütteln.« Das bezog sich auf eine Geschichte, die in Harlem über eine Messerstecherei zwischen zwei Ganoven kursierte. Der eine sagte, Mann, du hast mich nicht erwischt, worauf der andere meinte, wenn du nicht glaubst, dass ich dich erwischt habe, dann schüttel doch mal den Kopf, der fällt bestimmt runter.

»Mit dem Heroin sitzt dein Kopf auch nicht fester«, warnte Coffin Ed.

Auf dem Weg nach draußen sagte er zu der alten Dame, die sie eingelassen hatte: »Halte Gigolo kürzer, Ma. Er dröhnt sich so zu, dass er eines Tages überschnappt.«

»Du lieber Gott, bin doch kein Arzt«, klagte sie. »Ich weiß doch nicht, wie viel die vertragen. Ich verkauf es nur, wenn sie bezahlen können. Ihr wisst, dass ich selbst das Zeug nicht anrühr.«

»Schön, halt ihn trotzdem kürzer«, antwortete Grave Digger schroff. »Wir lassen dich nur gewähren, weil du unsere Schnüffler versorgst.«

»Wenn ihr eure Schnüffler nicht hättet, wärt ihr auch raus aus dem Geschäft«, entgegnete sie. »Polypen kriegen nie und nimmer was raus, wenn ihnen keiner was sagt.«

»Misch einfach Backpulver in das Zeug, statt es ihnen pur zu geben«, empfahl Grave Digger. »Wir wollen nicht, dass die Boys blind werden. Und jetzt lass uns aus dem Loch hier raus, wir habens eilig.«

Tief gekränkt schlurfte sie durch den finsteren Gang und öffnete geräuschlos die drei schweren Schlösser an der Wohnungstür.

»Die alte Hexe geht mir auf die Nerven«, sagte Grave Digger, als sie in ihren Wagen stiegen.

»Was du brauchst, ist Urlaub«, meinte Coffin Ed. »Oder wenigstens ein Abführmittel.«

Grave Digger lachte in sich hinein.

Sie fuhren rüber zur 137th Street und Lennox Avenue, gegenüber vom Savoy-Ballsaal, und stiegen neben der Boll Weevil Bar über eine schmale Treppe zu Acey-Deuceys Billardsalon im zweiten Stock hinauf.

Vorn war ein kleiner Raum durch eine hölzerne Barriere als Büro abgeteilt. Ein fetter, kahlköpfiger, braunhäutiger Mann mit einem grünen Augenschirm, kragenlosem Seidenhemd und schwarzer Weste, die mit einer dicken Goldkette geschmückt war, saß auf einem hohen Hocker hinter der Registrierkasse an der Barriere und überwachte die quer zu dem langen, schmalen Raum aufgestellten sechs Billardtische.

Als Grave Digger und Coffin Ed auf dem Treppenabsatz erschienen, begrüßte er sie mit dem tiefen Bass, der typisch ist für Leichenbestatter. »Wie gehts uns denn, Gentlemen, was machen die Geschäfte der Polizei an so einem prächtigen Sommertag?«

»Glänzend, Acey«, antwortete Coffin Ed, und seine Augen überflogen die beleuchteten Tische. »Bei der Hitze werden mehr Leute beraubt, überfallen und erstochen als gewöhnlich.«

»Ist nun mal die Saison für hitzige Gemüter«, meinte Acey.

»Und da lügst du nicht mal, Sohnemann«, antwortete Grave Digger. »Was macht Deucey?«

»Ruht sich aus wie immer«, antwortete Acey. »Jedenfalls soweit ich weiß.«

Deucey war der Mann, von dem Acey den Billardsalon gekauft hatte. Er war seit einundzwanzig Jahren tot.

Grave Digger hatte inzwischen ihren Mann am vierten Tisch entdeckt und zwängte sich als Erster durch den voll gestopften Gang. Er nahm sich einen Stuhl am einen Ende des Tisches, Coffin Ed am anderen.

Poor Boy spielte Pool gegen einen aalglatten, halbweißen Billardhai um fünfzig Cents den Point und befand sich schon vierzig Dollar im Rückstand.

Die Bälle waren für ein neues Spiel aufgesetzt. Poor Boy war an der Reihe, und er kreidete gerade sein Queue. Aus den Augenwinkeln blickte er von einem Detective zum anderen und kreidete sein Queue so lange, dass sein Gegner schließlich gereizt sagte: »Los, fang schon an, Mann. Du hast schon so viel Kreide auf dem verdammten Stock, dass du einen Fünfzehnbandenstoß machen kannst.«

Poor Boy setzte seinen Spielball auf die Markierung, zielte mit dem Queue ein paar Mal unter seinem gebogenen linken Zeigefinger, stieß endlich zu und rutschte ab. Er riss zwar nicht das Tuch auf, hinterließ aber eine lange weiße Spur. Sein Ball trudelte langsam über die Platte und berührte die aufgesetzten Kugeln so leicht, dass sie kaum von der Stelle rollten.

»Der Junge sieht nervös aus«, sagte Coffin Ed.

»Hat wohl nicht gut geschlafen«, antwortete Grave Digger.

»Ich bin jedenfalls nicht nervös«, sagte der Hai. Er führte seinen Stoß, und drei Kugeln rollten in die Taschen. Dann fing er erst richtig an und erreichte ohne Unterbrechung mit sieben Stößen hintereinander hundert Punkte. Als er seinen Billardstock hob und den Hundertermarker gegen die neunundneunzig anderen am Zähler über sich schob, brachen alle anderen Spieler ihre Partien ab, und die Zuschauer drängten sich näher an den Tisch heran, um besser sehen zu können.

»Du bist noch nicht nervös«, korrigierte ihn Coffin Ed.

Der Hai sah Coffin Ed herausfordernd an und krähte: »Ich hab doch gesagt, ich bin nicht nervös.«

Als der Mann, der die Spielaufsicht führte, den Papierbeutel mit dem Einsatz auf den Tisch legte, stand Coffin Ed von seinem Platz auf und nahm ihn an sich.

»Das gehört mir«, sagte der Hai.

Grave Digger trat näher und brachte dadurch den Hai und Poor Boy zwischen sich und Coffin Ed. »Verlier jetzt nicht die

Nerven, Kleiner«, sagte er. »Wir wollen uns nur mal dein Geld ansehen.«

»Es ist ganz gewöhnliches amerikanisches Geld«, behauptete der Hai. »Habt ihr Klugscheißer noch nie Geld gesehen?«

Coffin Ed öffnete den Beutel und leerte den Inhalt auf den Tisch. Zehn-Cent-Stücke, viertel und halbe Dollars ergossen sich über das grüne Tuch, dazu ein zusammengerollter Packen grüner Dollarnoten.

»Du bist noch nicht lange in Harlem, Kleiner«, sagte er zu dem Hai.

»Er wird auch nicht lange hier bleiben«, ergänzte Grave Digger, streckte die Hand aus und schnippte die Rolle Geldscheine von dem Silbergeld weg. »Hier ist dein Geld, Kleiner«, sagte er. »Nimm es und suche dir eine andere Stadt. Du bist zu gerissen für uns Dorfbullen hier in Harlem.« Als der Hai den Mund aufmachte, um zu protestieren, fügte er schroff hinzu: »Und sag kein weiteres verdammtes Wort mehr, sonst schlag ich dir die Zähne ein.«

Der Hai schob sein Geld in die Tasche und verdrückte sich in der Menge. Poor Boy hatte noch keinen Ton von sich gegeben.

Coffin Ed schob die Münzen zusammen und steckte sie in den Papierbeutel zurück. Grave Digger fasste den schlanken schwarzen Jungen am Ärmel seines T-Shirts. »Komm mit, Poor Boy. Wir machen eine kleine Fahrt.«

Coffin Ed bahnte sich eine Gasse durch die Menge. Sie ließen Schweigen hinter sich zurück.

Sie setzten Poor Boy zwischen sich in den Wagen, fuhren um die nächste Ecke und parkten.

»Was ist dir lieber«, fragte Grave Digger ihn, »ein Jahr im Staatsgefängnis in Auburn oder dreißig Tage im städtischen Bau?«

Poor Boy sah ihn aus den Winkeln seiner großen, schlammfarbenen Augen an. »Was soll das heißen?«, fragte er mit einer heiseren Georgia-Stimme.

»Das heißt, dass du heute Morgen den Manager der A&P-Filiale bestohlen hast.«

»Nee, Sir, hab heute Morgen nie was von 'nem A&P-Geschäft gesehen. Das Geld ist vom Schuhputzen am U-Bahnhof 125th Street.«

Grave Digger wog den Sack Silber in seiner Hand. »Hier sind über hundert Dollar drin«, sagte er.

»Glück gehabt, beim Münzenwerfen gabs viertel und halbe Dollars«, behauptete Poor Boy. »Können jeden fragen, der heute Morgen in der Gegend war.«

»Was ich meine, Söhnchen«, erklärte Grave Digger, »wenn du mehr als fünfunddreißig Dollar stiehlst, ist das schwerer Diebstahl, und das ist ein Verbrechen, für das sie dir ein bis fünf Jahre im Staatsgefängnis geben. Aber wenn du dich ordentlich benimmst, erlaubt der Richter dir, dass du dich eines kleinen Diebstahls für schuldig bekennst, spart dem Staat die Kosten für eine Schwurgerichtsverhandlung und die Bestellung eines Pflichtverteidigers, und du kommst mit dreißig Tagen Zwangsarbeit davon. Hängt nur davon ab, ob du mitarbeitest.«

»Ich hab kein Geld gestohlen«, beteuerte Poor Boy. »Wie gesagt. Das Geld hab ich mit Schuhputzen verdient und dann beim Münzenwerfen gewonnen.«

»Wachmann Harris und der A&P-Manager werden was anderes sagen, wenn man dich morgen ihnen gegenüberstellt«, sagte Grave Digger.

Poor Boy dachte darüber nach. Schweißtröpfchen bildeten sich auf seiner Stirn und in den Augenhöhlen unter seinen Augen, und auf seiner glatten, flachen Nase formten sich fettige Perlchen. »Wie denn mitarbeiten?«, fragte er schließlich.

»Wer saß mit Johnny Perry im Auto, als er heute früh durch die Seventh Avenue fuhr, ein paar Minuten bevor du dein Ding gedreht hast?«, fragte Grave Digger.

Poor Boy stieß Luft durch die Nase aus, als ob er den Atem angehalten hätte. »Ich hab Johnny Perrys Wagen nicht gesehen«, sagte er erleichtert.

Grave Digger streckte die Hand aus, drehte den Zündschlüssel um und ließ den Motor an.

Coffin Ed sagte: »Schade, Kleiner, du müsstest bessere Augen haben. Das wird dich elf Monate kosten.«

»Ich schwör bei Gott, ich hab Johnnys Riesen-Cadillac fast zwei Tage nicht gesehen«, versicherte Poor Boy.

Grave Digger lenkte den Wagen auf die Fahrbahn, um in Richtung auf das Revier in der 126th Street zu steuern.

»Ihr müsst mir glauben«, sagte Poor Boy. »Hab auf der ganzen Seventh Avenue kein Aas gesehen.«

Coffin Ed sah zu den Leuten hinaus, die auf dem Gehsteig standen oder gelangweilt auf den Stufen vor ihren Haustüren hockten. Grave Digger konzentrierte sich aufs Fahren.

»Da war nicht ein Wagen auf der Avenue. Ich schwör bei Gott«, winselte Poor Boy. »Außer der Filialleiter, als der kam, und der Polizist, der da immer steht.«

Grave Digger lenkte an den Straßenrand und hielt kurz vor der Ecke zur 126th Street. »Wer war mit dir zusammen?«, fragte er.

»Keiner«, sagte Poor Boy. »Ich schwörs bei Gott.«

»Wirklich schade«, sagte Grave Digger und griff wieder nach dem Zündschlüssel.

»Hört mal«, flehte Poor Boy. »Eine Minute. Sie sagen, ich krieg nur dreißig Tage?«

»Das hängt davon ab, wie gut deine Augen heute Morgen um halb fünf waren und wie gut dein Gedächtnis jetzt ist.«

»Hab wirklich nichts gesehen«, beteuerte Poor Boy noch einmal, »und das ist bei Gott die Wahrheit. Und nachdem ich mir den Beutel gegriffen hatte, bin ich so schnell gerannt, dass gar keine Zeit blieb, was zu sehen. Aber Iron Jaw hat vielleicht was gesehen. Er hatte sich in einer Haustür in der 132nd Street versteckt.«

»Und wo warst du?«

»Ich war in der 131st Street. Und als der Mann angefahren kam, sollte Iron Jaw laut was von verdammter Mörder schreien und den Bullen ablenken. Aber er gab nicht einen Pieps von sich, und ich stand da, hatte mich schon neben den Wagen geschlichen. Da musste ich mir einfach den Beutel schnappen und losrennen.«

»Wo ist Iron Jaw jetzt?«, fragte Coffin Ed.

»Weiß nicht. Hab ihn den ganzen Tag nicht gesehen.«

»Wo treibt er sich gewöhnlich rum?«

»Meistens bei Acey-Deucey, wie ich, sonst unten im Boll Weevil.«

»Wo wohnt er?«

»Er hat ein Zimmer im Lighthouse Hotel, Ecke 123rd Street und Third Avenue, sonst, wenn er da nicht ist, ist er vielleicht zur Arbeit. Er rupft Hühner in Goldsteins Geflügelladen, 116th Street. Manchmal haben die bis zwölf Uhr auf.«

Grave Digger ließ wieder den Motor an, bog in die 126th Street und fuhr zum Revier.

Als er vor der Tür anhielt, fragte Poor Boy: »Das läuft doch so, wie Sie sagen, oder? Ich bekenn mich schuldig und krieg nur dreißig Tage?«

»Das hängt ganz davon ab, wie viel dein Freund Iron Jaw gesehen hat«, antwortete Grave Digger.

12

»Mir gefällt diese verfluchte Geheimniskrämerei nicht«, sagte Johnny. Seine dicken braunen Muskeln ballten sich unter seinem schweißnassen gelben Crêpehemd, als er das Limonadenglas auf die Glasplatte des Cocktailtisches knallte. »Und da ist nichts gegen zu sagen«, fügte er hinzu.

Er saß vorgebeugt mitten auf dem breiten grünen Plüschsofa, seine schweißigen Füße in Seidenstrümpfen auf den leuchtendroten Teppich gepflanzt. Die Venen an seinen Schläfen waren geschwollen wie freigelegte Baumwurzeln, und die Narbe auf seiner Stirn zuckte und wand sich wie ein Knäuel lebender Schlangen. Sein dunkelbraunes, knolliges Gesicht war gespannt und schweißbedeckt. Seine Augen waren heiß, von Äderchen durchzogen und glühten.

»Ich hab dir schon ein dutzend Mal und öfter gesagt, ich weiß nicht, warum dieser Niggerprediger all diese Lügen über mich erzählt«, verteidigte Dulcy sich mit winselnder Stimme.

Johnny sah sie drohend an und sagte: »Ja, und ich hab es endlich verflucht satt, mir das anzuhören, was du erzählst.«

Ihr Blick streifte flüchtig sein angespanntes Gesicht und wanderte weiter auf der Suche nach etwas Erfreulicherem. Aber in diesem Raum mit seinen schreienden Farben gab es nichts. Die erbsengrüne Polstergarnitur mit ihren schmalen Streifen aus blondem Holz biss sich mit dem leuchtendroten Teppich, doch die eigentlichen Verlierer waren die Augen, die das alles ansehen mussten.

Es war ein großes Eckzimmer im vorderen Teil des Hauses, mit zwei Fenstern zum Edgecombe Drive und einem zur 159th Street.

»Ich habs genauso satt, mir all die verdammten Fragen von dir anzuhören, wie du es satt hast, dir anzuhören, dass ich keine Antwort weiß«, murmelte sie.

Das Limonadenglas zersplitterte in seiner Hand. Er schleuderte die Scherben auf den Boden und füllte sich ein neues. Sie saß auf einer gelben Lederottomane auf dem roten Teppich, gleich gegenüber dem gelben TV- und Phono-Schrank, der vor der zugemauerten Feuerstelle unterhalb des Kaminsimses stand.

»Warum, zum Teufel, zitterst du eigentlich?«, fragte er.

»Weils hier drin eiskalt ist«, beklagte sie sich.

Sie hatte sich bis auf den Unterrock ausgezogen, und ihre Beine und Füße waren nackt. Auf ihren Zehennägeln glänzte der gleiche scharlachrote Lack wie auf ihren Fingernägeln. Ihre weiche braune Haut war von einer Gänsehaut überzogen, aber auf ihrer Oberlippe standen Schweißperlen, die die flaumigen Härchen ihres Anflugs von Schnurrbart hervorhoben.

Die große Klimaanlage im Seitenfenster hinter ihr lief auf vollen Touren, und der Zwölf-Zoll-Ventilator daneben blies kalte Luft auf sie.

Johnny trank sein Glas Limonade aus und stellte es behutsam

hin, wie jemand, dessen ganzer Stolz es ist, in jeder Situation die Selbstbeherrschung zu bewahren.

»Kein Wunder«, sagte er. »Warum stehst du nicht auf und ziehst dir was an?«

»Um Himmels willen, es ist viel zu heiß, um ein Kleid anzuziehen«, protestierte sie.

Johnny goss sich ein weiteres Glas Limonade ein und stürzte es hinunter, um sein Gehirn vor einer Überhitzung zu bewahren. »Hör zu, Baby. Ich bin ja nicht unvernünftig«, sagte er. »Alles, was ich dich frage, sind drei einfache Dinge ...«

»Was für dich einfach ist, ist für keinen sonst einfach«, beklagte sie sich.

Sein heißer Blick traf sie wie eine Ohrfeige.

Schnell sagte sie als Entschuldigung: »Ich weiß nicht, warum dieser Prediger mich aufs Korn genommen hat.«

»Hör zu, Baby«, fuhr Johnny besonnen fort. »Ich will nur wissen, warum Mamie dich plötzlich in Schutz nimmt, wenn ich noch nicht mal den leisesten Verdacht gegen dich habe. Klingt das vernünftig?«

»Woher, zum Teufel, soll ich wissen, was in Mamies Kopf vorgeht?«, fuhr sie auf. Und als sie die Wut bemerkte, die wie ein Sommergewitter auf seinem Gesicht aufflackerte, nahm sie einen tiefen Zug von dem Brandy-Soda, den sie trank, und verschluckte sich. Spookie, ihre schwarze Cockerspaniel-Hündin, die zu ihren Füßen gelegen hatte, sprang auf und versuchte auf ihren Schoß zu klettern.

»Und hör auf, so verdammt viel zu trinken«, sagte Johnny. »Du weißt ja nicht, was du redest, wenn du betrunken bist.«

Schuldbewusst sah sie sich nach einem Platz um, wo sie ihr Glas abstellen konnte. Sie wollte es auf den Fernsehschrank setzen, nahm aber seinen warnenden Blick wahr und stellte es dann auf den Boden neben ihre Füße.

»Und lass dich nicht dauernd von dem verdammten Hund ablecken«, sagte er. »Glaubst du, ich will dich ständig voller Hundespucke haben?«

»Runter, Spookie«, sagte sie und stieß den Hund von ihrem Schoß. Der Hund trat in ihr Glas und warf es um.

Johnny sah auf den Flecken, der sich auf dem roten Teppich ausbreitete, und seine Kaumuskeln traten wie Ochsensehnen hervor. »Jeder weiß, dass ich ein vernünftiger Mensch bin«, sagte er. »Was ich von dir wissen will, sind drei einfache Dinge. Erstens: Wie kommt es, dass dieser Prediger der Polizei irgendwas davon erzählt, dass Chink Charly dir das Messer gegeben hat?«

»Um Gottes willen, Johnny«, schrie sie und begrub ihr Gesicht in ihren Händen.

»Versteh mich richtig«, sagte er. »Ich hab nicht gesagt, ich glaube es. Aber selbst wenn diese Drecksau was gegen dich hat ...«

In dem Augenblick begann auf dem Fernsehschirm eine Reklamesendung. Vier gutgebaute Blondinen in engen Pullis und Shorts begannen mit lauter, fröhlicher Stimme einen Werbetext zu singen.

»Stell den verfluchten Lärm ab«, sagte Johnny.

Dulcy griff schnell nach oben und schnitt den Ton ab, aber das Quartett dieser Pygmäen mit den hübschen Beinen hüpfte in ausgelassener, lebhafter Pantomime weiter.

Die Adern auf Johnnys Stirn begannen wieder anzuschwellen.

Plötzlich bellte Spookie wie ein Bluthund, der einen Waschbären auf einen Baum jagt.

»Ruhig, Spookie«, sagte Dulcy schnell, aber es war zu spät.

Johnny sprang wie ein Tobsüchtiger von seinem Platz auf, warf den Cocktailtisch mit dem Limonadekrug um, sprang vor und versetzte der Hündin einen Tritt in die Rippen. Die Hündin segelte durch die Luft und warf eine mit künstlichen gelben Rosen gefüllte rote Glasvase um, die auf einem grünlackierten Tischchen gestanden hatte. Die Vase zersplitterte am Heizkörper, gelbe Rosen verteilten sich über den roten Teppich. Die Hündin zog ihren Schwanz ein und rannte jaulend in die Küche.

Die Glasplatte des Cocktailtisches war gegen den umgefallenen Krug geschlagen. Glassplitter, vermischt mit Eisstücken, lagen in dem großen, nassen Fleck der ausgeflossenen Limonade verstreut.

Johnny drehte sich um, stieg über die Trümmer hinweg und setzte sich wieder auf seinen Platz, immer noch wie jemand, der stolz darauf ist, unter keinen Umständen die Fassung zu verlieren.

»Hör zu, Baby«, sagte er. »Ich bin ein geduldiger Mann. Ich bin der vernünftigste Mann in der ganzen Welt. Alles, was ich wissen will, sind ...«

»Drei einfache Dinge«, murmelte sie mit unterdrückter Stimme.

Er nahm einen langen, tiefen Atemzug und ignorierte es.

»Hör zu, Baby, alles, was ich wissen will, ist, wie dieser Prediger, zum Teufel noch mal, dazu kommt, sich das auszudenken?«

»Du glaubst immer jedem. Nur mir nicht«, sagte sie.

»Und warum sagt er ständig, dass du es warst?«, fuhr er fort, ohne ihre Bemerkung zu beachten.

»Verflucht noch mal, glaubst du denn, dass ich es war?«, fuhr sie auf.

»Das bereitet mir gar keine Sorgen«, sagte er und schob ihre Bemerkung beiseite. »Was mich beunruhigt, ist, warum, zum Teufel, *er* glaubt, dass du es warst. Was bringt ihn dazu, anzunehmen, du hättest einen Grund gehabt?«

»Du sprichst dauernd über Rätsel«, sagte sie und zeigte Anzeichen von Hysterie. »Wie kommt es, dass du Val die ganze vergangene Nacht nicht gesehen hast? Mir hat er gesagt, er wollte zum Club gehen und mit dir zur Trauerfeier kommen. Er hatte keinen Grund, mir das zu sagen, wenn er es gar nicht vorhatte. Das ist für mich ein Rätsel.«

Er sah sie lange und nachdenklich an. »Wenn du den Geistesblitz weiter ausposaunst, bringt uns das alle noch in Schwierigkeiten«, sagte er.

»Warum hackst du dann dauernd mit all deinen verrückten Ideen auf mir herum, als ob du glaubst, ich hätte ihn umgebracht?«, entgegnete sie herausfordernd.

»Mir ist egal, wer ihn umgebracht hat«, sagte er. »Er ist tot, und damit hat sichs. Was mir Sorgen macht, sind all die verfluchten Ungereimtheiten um dich herum. Du bist am Leben, und du bist meine Frau. Und ich will wissen, warum, verflucht noch mal, alle Leute dauernd Sachen über dich denken, an die ich nicht ein einziges Mal gedacht habe. Und ich bin dein Mann.«

Alamena kam aus der Diele herein und sah gleichgültig auf die im Zimmer verstreuten Trümmer. Sie hatte sich nicht umgezogen, aber eine rote Kunststoffschürze umgebunden. Die Hündin lugte hinter ihren Beinen hervor, um zu prüfen, ob die Luft rein war, kam aber zu dem Schluss, dass dem nicht so war.

»Wollt ihr weiter hier sitzen und die ganze Nacht herumstreiten, oder wollt ihr rauskommen und was essen?«, fragte Alamena so gleichgültig, als kümmerte es sie nicht die Spur, ob sie was aßen oder nicht. Einen Augenblick starrten beide sie ausdruckslos an, ohne zu antworten. Dann stand Johnny auf.

Weil sie annahm, dass Johnny es nicht bemerkte, griff Dulcy mit einer schnellen, verstohlenen Bewegung nach dem Glas, in das die Hündin getreten war, und füllte es aus einer Flasche, die sie hinter dem Fernsehschrank versteckt hatte, halb voll mit Brandy.

Johnny war schon auf dem Weg zum Flur, aber er drehte sich plötzlich um und schlug ihr das Glas aus der Hand. Der Brandy spritzte ihr ins Gesicht, das Glas flog durch die Luft und rollte quer über den Fußboden.

Sie schlug ihn mit der geballten rechten Faust ins Gesicht, so schnell wie eine Katze, die einen Fisch fängt. Es war ein wuchtiger Schlag, hinter dem Wut steckte, und er trieb ihm die Tränen in die Augen.

In blindem Zorn fuhr er herum, packte sie und schüttelte sie, bis ihr die Zähne klapperten. »Weib!«, sagte er, und zum ersten Mal hörte sie, wie seine Stimme einen anderen Ton annahm. Sie war tief, kehlig und kam aus seinen Eingeweiden. Sie wirkte auf sie wie ein Aphrodisiakum. »Weib!«

Sie schauderte und wurde zuckersüß. Ihre Augen verschleierten sich, ihr Mund wurde plötzlich feucht, und ihr Körper schmiegte sich eng an seinen. Er wurde so weich wie eine Daunendecke und zog sie an seine Brust. Er küsste ihre Augen, ihre Nase und ihren Hals, beugte sich vor und küsste ihren Nacken und die Rundung ihrer Schultern.

Alamena drehte sich schnell um und ging in die Küche zurück.

»Warum glaubst du mir nicht?«, flüsterte Dulcy mit den Lippen auf seinem Bizeps.

»Ich versuche es ja, Baby«, sagte er, »aber du musst zugeben, dass es schwer ist.«

Sie ließ ihre Arme langsam sinken, und er gab sie aus seiner Umarmung frei und schob die Hände in die Hosentaschen. Sie gingen durch den Flur zur Küche.

Die beiden Schlafzimmer lagen, durch das Bad voneinander getrennt, auf der linken Seite des Gangs, der auf den äußeren Korridor führte. Esszimmer und Küche lagen auf der rechten Seite. Die Küche hatte eine Hintertür zu einer kleinen Kammer am Ende des äußeren Korridors, von der es zur Hintertreppe ging.

Die drei saßen auf kunststoffbezogenen, schaumgummigepolsterten Stühlen um einen Tisch mit einer Kunststoffplatte, der mit einem rot-weiß karierten Tuch bedeckt war, und füllten sich die Teller mit einem dampfenden Gericht aus gekochtem Kohl, Okra und Schweinepfötchen, wozu es eine Schüssel mit aufgewärmten gefleckten Bohnen und einen Teller mit Maisbrot gab.

Auf dem Tisch stand eine halbe Flasche Bourbon, aber die Frauen griffen nicht danach, und Johnny fragte: »Ist keine Limonade mehr da?«

Alamena holte einen Fünf-Liter-Kanister aus dem Kühlschrank und füllte kommentarlos einen Glaskrug. Sie aßen, ohne ein Wort zu sagen.

Johnny übergoß sein Essen mit einer feurigen Soße aus einer Flasche, auf deren Schild zwei langhörnige, leuchtendrote Teufel abgebildet waren, die in knietiefen roten Flammen tanzten. Er aß zwei gehäuft volle Teller leer und sechs Scheiben Maisbrot. Dazu trank er einen halben Krug eiskalter Limonade.

»Hier drin ist es so heiß wie in der Hölle«, beschwerte er sich, stand auf und schaltete den großen Ventilator an der Wand ein. Dann setzte er sich wieder und begann mit einem Hölzchen aus dem Glas mit Zahnstochern, das mit Salz, Pfeffer und anderen Gewürzen auf dem Tisch stand, in seinen Zähnen zu stochern.

»Der Ventilator wird dir bei all der scharfen Teufelssoße, die du gegessen hast, auch nichts helfen«, sagte Dulcy. »Eines Tages wird dein Gedärm noch Feuer fangen, und du wirst gar nicht genug Limonade in dich hineinstürzen können, um es zu löschen.«

»Wer wird auf Vals Begräbnis predigen?«, fragte Alamena.

Johnny und Dulcy starrten sie an.

Dann legte Johnny los: »Wenn ich nicht buchstäblich gefühlt hätte, wie der Scheißkerl die Knarre auf mich gerichtet hat, läge ich jetzt da und wäre mitten durch in zwei Stücke gerissen worden«, sagte er.

Alamena riss die Augen auf. »Meinst du Reverend Short?«, fragte sie. »Er hat auf dich geschossen?«

Johnny ignorierte ihre Frage und hämmerte weiter auf Dulcy ein. »Dass er auf mich geschossen hat, irritiert mich nicht so sehr wie die Frage, warum«, sagte er.

Dulcy aß weiter, ohne zu antworten. Johnnys Stirnadern begannen wieder zu schwellen. »Hör zu, Mädchen«, sagte er. »Ich hab dir gerade gesagt: Ich will nur wissen, warum.«

»Also um Himmels willen«, fuhr Dulcy auf. »Wenn ich daran schuld sein soll, was dieser wahnsinnige Opiumsäufer tut, kann ich mich gleich begraben lassen.«

Die Türklingel läutete. Spookie begann zu bellen.

»Ruhig, Spookie«, sagte Dulcy.

Alamena stand auf und ging zur Tür. Sie kam zurück und setzte sich wieder, ohne etwas zu sagen.

Doll Baby blieb unter der Tür stehen und stützte eine Hand in die Hüfte. »Macht meinetwegen keine Umstände«, sagte sie. »Ich gehöre ja praktisch zur Familie.«

»Du hast Nerven wie ein Affe aus Messing«, schrie Dulcy und sprang auf. »Und ich werd dir jetzt sofort dein Maul stopfen.«

»Wirst du nicht«, sagte Johnny, ohne sich zu bewegen. »Setz dich hin und halt die Klappe.«

Dulcy zögerte einen Moment, als ob sie ihm die Stirn bieten wollte, überlegte es sich aber und setzte sich wieder. Wenn Blicke töten könnten, wäre Doll Baby mausetot umgefallen.

Johnny drehte leicht den Kopf und fragte Doll Baby: »Was willst du denn, Kindchen?«

»Ich will nur, was mir zusteht«, sagte Doll Baby. »Ich und Val, wir waren verlobt, und ich hab ein Recht auf seine Erbschaft.«

Johnny starrte sie an. Auch Dulcy und Alamena starrten sie an.

»Sag das noch mal«, sagte Johnny. »Ich habs nicht richtig verstanden.«

Sie wedelte mit ihrer linken Hand und ließ einen Brillanten funkeln, der in einen goldenen Reif gefasst war. »Er hat mir diesen Brillantring zur Verlobung geschenkt, wenn ihr einen Beweis braucht«, sagte sie.

Dulcy brach in ein schrilles, verächtliches Lachen aus. »Wenn der von Val stammt, muss er aus Glas sein«, sagte sie.

»Halt den Mund!«, befahl Johnny ihr noch einmal und sagte dann zu Doll Baby: »Ich brauche keinen Beweis. Ich glaube dir. Und was weiter?«

»Also hab ich als seine Verlobte ein Recht auf alles, was er hinterlassen hat«, behauptete sie.

»Er hat außer der Welt nichts hinter sich gelassen«, antwortete Johnny.

Doll Babys dümmlicher Ausdruck wich einem Stirnrunzeln. »Er muss doch ein paar Kleider hinterlassen haben«, sagte sie.

Dulcy begann wieder zu lachen, aber ein Blick von Johnny brachte sie zum Schweigen. Alamena ließ ihren Kopf sinken, um ein Lächeln zu verbergen.

»Und was ist mit seinem Schmuck? Mit seiner Uhr und den Ringen und so?«, fragte Doll Baby hartnäckig.

»Da musst du dich an die Polizei wenden«, sagte Johnny. »Sie haben all seinen Schmuck. Geh hin und erzähl ihnen deine Geschichte.«

»Ich werd denen schon meine Geschichte erzählen, keine Angst«, antwortete sie.

»Ich hab keine Angst«, sagte Johnny.

»Und was ist mit den zehntausend Dollar, die du ihm geben wolltest, damit er einen Schnapsladen aufmachen kann?«, fragte Doll Baby.

Johnny bewegte sich nicht. Sein ganzer Körper erstarrte, als ob er plötzlich in Bronze verwandelt worden wäre. Er hielt seinen Blick ohne Blinzeln so lange auf Doll Baby gerichtet, bis sie unruhig wurde. Schließlich fragte er: »Was soll damit sein?«

»Na ja, ich war schließlich seine Verlobte. Und er hat gesagt, du wolltest ihm zehn Riesen vorstrecken, damit er dieses Geschäft aufmachen kann, und ich finde, ich hab die gleichen Rechte wie eine Witwe«, antwortete sie.

Dulcy und Alamena starrten sie in neugierigem Schweigen an. Johnnys harter Blick wich nicht von ihrem Gesicht. Unter dieser konzentrierten Beobachtung wurde Doll Baby unsicher.

»Wann hat er dir das gesagt?«, fragte Johnny.

»Einen Tag nachdem Big Joe starb – vorgestern war das, glaube ich«, antwortete sie. »Er und ich beabsichtigten, zusammenzuziehen, und er sagte, er würde ganz bestimmt zehn Riesen von dir bekommen.«

»Hör zu, Mädchen. Stimmt das auch wirklich?«, fragte Johnny. Seine Stimme hatte sich nicht verändert, aber er wirkte nachdenklich und verwirrt.

»So sicher, wie ich lebe«, bestätigte Doll Baby. »Ich würds beim Grab meiner Mutter schwören.«

»Und du hast ihm das geglaubt?«, hakte Johnny nach.

»Klar, warum nicht?«, konterte sie. »Er hatte ja Dulcy, um ihm zu helfen.«

»Du verlogene Hure!«, schrie Dulcy. Sie sprang von ihrem Stuhl auf und stürzte sich quer durch den Raum auf Doll Baby zu, ehe Johnny sich rühren konnte.

Er fuhr auf, packte die beiden im Nacken und riss sie auseinander.

»Das sollst du mir noch büßen«, fauchte Doll Baby Dulcy an.

Dulcy spuckte ihr als Antwort ins Gesicht. Darauf schleuderte Johnny sie mit einem Stoß quer durch die Küche. Sie riss ein rasiermesserscharfes Küchenmesser aus der Buffetschublade und stürzte wieder auf Doll Baby los. Johnny ließ Doll Baby los, um Dulcy entgegenzutreten. Er packte mit seiner Linken ihr rechtes Handgelenk und wand ihr das Messer aus der Hand.

»Wenn du sie nicht hier rausschaffst, bring ich sie um«, keuchte sie.

Alamena stand gelassen auf, ging in den Flur hinaus und schloss die Vordertür. Als sie zurückgekehrt war und sich wieder gesetzt hatte, sagte sie gleichgültig: »Sie ist schon weg. Sie muss deine Gedanken gelesen haben.«

Auch Johnny nahm wieder seinen Platz ein. Die Hündin kam unter dem Herd hervorgekrochen und begann Dulcys nackte Füße zu lecken.

»Geh weg, Spookie«, sagte Dulcy und setzte sich wieder auf ihren Stuhl.

Johnny goss sich ein Glas Limonade ein.

Dulcy schenkte ein Wasserglas halb voll mit Bourbon und trank es in einem Zug leer. Johnny beobachtete sie, ohne etwas zu sagen. Er sah wachsam und doch verwirrt aus. Dulcy würgte, und ihre Augen füllten sich mit Tränen. Alamena starrte auf ihren Teller hinunter.

Johnny hob das Limonadenglas an den Mund, überlegte es sich aber und goss den Inhalt in den Krug zurück. Dann schenkte er das Glas ein Drittel voll mit Whisky. Aber er trank nicht. Er starrte nur lange darauf. Keiner sagte ein Wort.

Ohne den Whisky getrunken zu haben, stand Johnny schließlich auf und sagte: »Jetzt stehe ich vor noch so einem verfluchten Rätsel«, und verließ auf seinen bestrumpften Füßen geräuschlos die Küche.

13

Es war nach sieben, als Grave Digger und Coffin Ed vor Goldsteins Geflügelhandlung in der 116th Street zwischen Lexington und Third Avenue parkten.

Der Name stand in vergilbten Goldbuchstaben über schmutzigen Schaufensterscheiben, und die hölzerne Silhouette von etwas, das gerade so als Huhn durchging und dem das Wort »Geflügel« aufgemalt war, hing an einem eisernen Winkel über dem Eingang.

Hühnerkörbe, die meisten von ihnen leer, waren zu sechst oder siebt auf dem Gehsteig zu beiden Seiten des Eingangs übereinandergestapelt und zusammengekettet. Die Ketten waren mit Vorhängeschlössern an schweren Eisenringen an der Vorderseite des Geschäfts befestigt.

»Goldstein mit seinen Hühnern traut den Leuten hier nicht sonderlich«, bemerkte Coffin Ed, als sie aus dem Wagen stiegen.

»Kannst du ihm das verdenken?«, antwortete Grave Digger.

Weitere Körbe mit noch mehr Hühnern waren im Laden aufgestapelt.

Mr. und Mrs. Goldstein und mehrere jüngere Goldsteins waren eifrig dabei, einer Reihe später Kunden, überwiegend Besitzer von Hühnergrills, Clubs und anderen Nachtlokalen, lebende Hühner zu verkaufen.

Mr. Goldstein trat auf sie zu und rieb sich dabei die Hände in der übel riechenden Luft. »Was kann ich für die Herren tun?«, fragte er. Mr. Goldstein hatte nie in seinem Leben gegen ein Gesetz verstoßen und kannte keinen einzigen Kriminalbeamten vom Aussehen.

Grave Digger zog seine vergoldete Polizeimarke aus der Tasche und hielt sie ihm in der Handfläche hin. »Kriminalpolizei«, sagte er.

Mr. Goldstein wurde blass. »Haben wir was angestellt?«

»Nein, nein, Sie machen sich um das Wohl des Volkes verdient«, antwortete Grave Digger. »Wir suchen nur nach einem Jungen namens Iron Jaw, der für Sie arbeitet. Sein richtiger Name ist Ibsen. Fragen Sie mich nicht, woher der stammt.«

»Ach, Ibsen«, sagte Mr. Goldstein erleichtert. »Er ist Rupfer. Arbeitet hinten.« Dann wurde er wieder unruhig. »Sie werden ihn doch jetzt nicht festnehmen, oder? Ich muss heute noch viele Bestellungen ausführen.«

»Wir wollen ihm nur ein paar Fragen stellen«, beruhigte Grave Digger ihn.

Aber Mr. Goldstein war nicht beruhigt. »Bitte, meine Herren, stellen Sie ihm nicht zu viele Fragen«, bat er inständig. »Er kann nicht an zwei Sachen auf einmal denken, und ich glaube, er hat auch ein bisschen was getrunken.«

»Wir werden uns bemühen, ihn nicht zu überfordern«, versprach Coffin Ed.

Sie gingen durch die Tür in den hinteren Raum.

Ein muskulöser, breitschultriger junger Bursche, nackt bis zum Gürtel, dem der Schweiß über die glatte, pechschwarze Haut strömte, stand, den Rücken zur Tür, neben dem Brühkübel über den Rupftisch gebeugt. Seine Arme arbeiteten wie die Kolbenstangen einer rasenden Lokomotive, und nasse Federn regneten in einen großen Korb neben ihm.

Mit whiskytrunkener Stimme lallte er vor sich hin:

Cap'n walkin' up an' down
Buddy layin' there dead, Lord,
On de burnin' ground,
If I'da had my weight in line,
I'da whup dat Cap'n till he went stone blind.

Auf der einen Seite des großen Tisches waren Hühner aufgereiht. Sie lagen still auf dem Rücken, den Kopf unter einen Flügel gesteckt, die Beine in die Luft gereckt. Jedem war ein Schildchen ans Bein gebunden.

Ein junger Mann mit Brille kam hinter dem Packtisch hervor, sah Grave Digger und Coffin Ed ohne Neugierde an und trat hinter den Rupfer. Er deutete auf eins der lebenden Hühner auf der entferntesten Ecke des Tisches, eine Plymouth-Rock-Henne mit kräftigen Schenkeln, aber ohne Schildchen.

»Was macht das Huhn da, Ibsen?«, fragte er in argwöhnischem Ton.

Der Rupfer drehte sich um und sah ihn an. Im Profil ragte sein Unterkiefer wie ein Bügeleisen über seinen muskulösen Hals vor, während das flachnasige Gesicht und die fliehende Stirn im Winkel von dreißig Grad abknickten.

»Ah so, das da, das Huhn«, sagte er. »Ja, Suh, das Huhn da gehört Missus Klein.«

»Und warum ist kein Schild dran?«

»Ja, Suh, sie weiß nicht, ob sies nehmen will oder nicht. Ist noch nicht wiedergekommen.«

»Na gut«, sagte der junge Mann unzufrieden. »Dann mach weiter. Steh nicht nur hier rum. Wir müssen die ganzen Bestellungen noch abliefern.«

Der Rupfer drehte sich um, und seine Arme begannen erneut wie die Kolbenstangen einer Lokomotive zu arbeiten. Er summte wieder vor sich hin. Die beiden Detectives, die unmittelbar unter der Tür standen, hatte er nicht gesehen.

Grave Digger deutete mit dem Kopf zur Tür. Coffin Ed nickte. Lautlos glitten sie hinaus.

Mr. Goldstein überließ seinen Kunden kurz sich selbst, als sie durch den vorderen Raum gingen. »Ich bin froh, dass Sie Ibsen nicht verhaftet haben«, sagte er und rieb seine Hände in der stinkenden Luft. »Er ist ein guter Arbeiter und ein ehrlicher Mann.«

»Ja, wir haben bemerkt, wie sehr Sie ihm vertrauen«, antwortete Coffin Ed.

Sie stiegen in ihren Wagen, fuhren zwei Häuser weiter, parkten wieder und warteten.

»Ich wette eine halbe Flasche Rye-Whisky, dass er sich das Huhn schnappt«, sagte Grave Digger.

»Zum Teufel, was für eine Wette soll das sein?«, antwortete Coffin Ed. »Der Bursche hat bei Goldstein schon so viele Hühner gestohlen, dass er selbst schon zu einem Viertel Gockel ist. Ich wette, der kann ein Huhn aus dem Ei stehlen, ohne die Schale zu zerbrechen.«

»Na, wir werden es bald sehen.«

Fast hätten sie ihn verpasst. Der Rupfer verließ den Laden durch die Hintertür und kam vor ihnen durch einen schmalen Gang auf die Straße.

Er trug eine große, weitsitzende, olivfarbene Uniformjacke mit ausgefranstem Kragen und einem Gummizug am Saum. Auf seinem verschlafenen Kopf saß eine nach hinten gedrehte alte Militärmütze, den Schirm tief in den Nacken gezogen. In dem Aufzug stach sein Bügeleisenkinn noch mehr hervor. Er sah aus, als hätte er versucht, das Plätteisen runterzuschlucken, und es wäre dabei zwischen Zunge und Unterkiefer stecken geblieben.

Er schlenderte rüber zur Lexington Avenue, bog um die Ecke, leicht taumelnd, aber sorgsam darauf bedacht, mit niemandem zusammenzustoßen, und pfiff in hohen, schrillen Tönen *Rock Around the Clock* vor sich hin.

Die Detectives folgten ihm im Wagen. Als er sich an der 119th Street nach Osten wandte, überholten sie ihn, hielten am Bordstein, stiegen aus und stellten sich ihm in den Weg.

»Was hast du denn da, Iron Jaw?«, fragte Grave Digger.

Iron Jaw gab sich Mühe, ihn deutlich zu sehen. Seine großen, feuchten Augen hatte er weit in die äußeren Winkel verdreht, und sie hatten die Neigung, in entgegengesetzter Richtung auswärts zu stieren. Als er sie schließlich auf Grave Diggers Gesicht gerichtet hatte, schielten sie etwas.

»Warum lasst ihr mich nicht in Ruhe?«, protestierte er whiskytrunken und leicht schwankend. »Ich hab nichts getan.«

Coffin Ed streckte schnell die Hand aus und zog den Reißverschluss an seiner Jacke fast bis unten zum Saum auf. Glatte, schwarze, glänzende Haut schimmerte auf einer muskulösen, haarlosen Brust. Aber unten in der Magengegend zeigten sich schwarze und weiße Federn.

Das Huhn hockte in dem warmen Nest unten in der Jacke, seine gelben Pfoten friedvoll gekreuzt, wie bei einer Leiche im Sarg, und den Kopf unter den Flügel geschoben, sodass man ihn nicht sehen konnte.

»Und was machst du mit dem Huhn da?«, fragte Coffin Ed. »Säugen?«

Iron Jaw sah ihn verständnislos an. »Huhn, Suh? Was für 'n Huhn?«

»Verschone mich mit deinem Niggergequatsche«, warnte Coffin Ed. »Ich heiße nicht Goldstein.«

Grave Digger streckte seinen Zeigefinger aus und hob den Kopf des Huhnes unter dem Flügel hervor. »Dieses Huhn hier, Söhnchen.«

Das Huhn richtete seinen Kopf auf und blickte die beiden Detectives mit überraschtem Blinzeln aus einem seiner runden Augen an, drehte dann den Kopf um hundertachtzig Grad und betrachtete sie aus seinem anderen Auge.

»Sieht wie meine Schwiegermutter aus, wenn ich sie wecken muss«, sagte Grave Digger.

Plötzlich begann das Huhn zu gackern und zu flattern und versuchte aus seinem Nest zu entkommen.

»Hört sich auch genauso an«, fügte Grave Digger hinzu.

Das Huhn stemmte ein Bein auf Iron Jaws Bauch und flatterte auf Grave Digger zu, wobei es aufgebracht mit den Flügeln schlug und gackerte, als ob es Einwände gegen die Bemerkung hätte.

Grave Diggers linke Hand schoss vor und packte einen Flügel. Iron Jaw machte auf dem Fußballen kehrt und raste mitten auf der Straße davon. Er trug schmutzige Leinenschuhe mit Gummisohlen, ähnlich denen von Poor Boy, und er rannte wie ein schwarzer Blitz.

Coffin Ed hatte seinen langläufigen, nickelbeschlagenen Revolver in der Hand, noch ehe Iron Jaw zu rennen begann, aber er musste so lachen, dass er nicht »Halt« rufen konnte. Als er schließlich wieder Herr über seine Stimme war, schrie er: »Bleib stehen, Jüngchen, sonst blase ich dich um«, und feuerte schnell hintereinander drei Schüsse in die Luft.

Grave Digger wurde durch das Huhn behindert und war mit seiner Waffe, dem gleichen Modell wie das von Coffin Ed, langsamer. Dann musste er erst dem Huhn eins über den Kopf geben, um es als Beweismittel zu sichern. Als er schließlich aufsah, bemerkte er gerade noch, wie Coffin Ed dem fliehenden Iron Jaw unten in den rechten Fuß schoss.

Das .38er Geschoss traf die Gummisohle von Iron Jaws Leinenschuh und riss ihn vom Fuß. Iron Jaws Fuß segelte von dem Einschlag unter ihm fort, und er schlug der Länge nach aufs Pflaster. Seine Haut war von der Kugel nicht berührt worden, aber er dachte, er wäre getroffen.

»Sie haben mich umgebracht!«, schrie er. »Die Bullen haben mich erschossen.«

Allmählich bildete sich eine Menschenansammlung.

Coffin Ed kam herbei, schwang seinen Revolver an der Seite hin und her und sah sich Iron Jaws Fuß an. »Steh auf«, sagte er und riss den Burschen auf die Beine. »Du hast nicht mal einen Kratzer.«

Iron Jaw erprobte seinen Fuß auf dem Pflaster und stellte fest, dass er nicht wehtat. »Dann muss ich woanders getroffen worden sein«, behauptete er.

»Du bist nirgendwo getroffen«, erwiderte Coffin Ed, fasste ihn am Arm und lotste ihn zu ihrem Wagen zurück. »Lass uns hier verschwinden«, sagte er zu Grave Digger.

Grave Digger betrachtete die neugierige Menschenmenge ringsum und pflichtete ihm bei.

Sie setzten Iron Jaw zwischen sich auf den Vordersitz, warfen das tote Huhn auf den Rücksitz und fuhren durch die 119th Street nach Osten bis zu einem einsamen Kai am East River.

»Wir können dir für den Hühnerdiebstahl dreißig Tage im Bau besorgen. Wir können dir aber auch dein Huhn zurückgeben und dich nach Hause gehen lassen, damit du es dir braten kannst«, begann Grave Digger. »Das hängt ganz von dir ab.«

Iron Jaw sah mit schiefem Blick von einem Detective zum anderen. »Ich weiß nicht, was Sie überhaupt wollen, Boss«, sagte er.

»Hör zu, Söhnchen«, warnte Coffin Ed. »Spar dir das Onkel-Tom-Theater. Heb dir das für die dummen Weißen auf. Bei uns zieht das nicht. Wir wissen, dass du beschränkt bist, aber so dämlich auch wieder nicht. Also bleib beim Thema, kapiert?«

»Jawoll, Boss.«

Coffin Ed fügte hinzu: »Und behaupte nachher nicht, ich hätte dich nicht gewarnt.«

»Wer saß bei Johnny Perry im Auto, als er heute Morgen durch die 132nd Street fuhr, kurz bevor Poor Boy den A&P-Manager bestohlen hat?«, fragte Grave Digger.

Iron Jaw riss die Augen auf. »Ich weiß überhaupt nicht, wovon Sie da alles reden, Boss. Ich hab den ganzen Morgen wie tot im Bett geschlafen, bis ich zur Arbeit bin.«

»In Ordnung, Sohnemann«, sagte Grave Digger. »Wenn du dabei bleibst, kostet dich das dreißig Tage.«

»Boss, ich schwör bei Gott ...«, begann Iron Jaw, aber Coffin Ed schnitt ihm das Wort ab: »Hör zu, du Lump. Wir haben Poor Boy schon wegen des Diebstahls geschnappt und halten ihn fest bis zur Verhandlung morgen früh. Er sagt, du hast in einem Hauseingang in der 132nd Street gestanden, ganz dicht bei der Avenue. Wir wissen also, dass du da warst. Wir wissen, dass Johnny Perry durch die 132nd an dir vorbeifuhr. Wir brauchen dir keine Beteiligung an dem Raub anzuhängen. Wir haben dich schon wegen Hühnerdiebstahls gefasst. Wir wollen nur wissen, wer mit Johnny Perry in seinem Wagen fuhr.«

Schweiß schimmerte auf Iron Jaws flachem, fliehendem Gesicht. »Mann, Boss, ich will keinen Ärger mit diesem Johnny Perry. Dann sitz ich lieber die dreißig Tage ab.«

»Da wirds keinen Ärger geben«, versicherte Grave Digger. »Wir sind nicht hinter Johnny her, nur hinter dem Mann, der bei ihm war.«

»Er hat Johnny überfallen und ist dann mit zwei Riesen abgehauen«, versuchte Grave Digger einen Schuss ins Blaue.

Iron Jaw pfiff überrascht. »Mir kams gleich so komisch vor«, gab er zu.

»Ist dir nicht aufgefallen, dass der Mann Johnny einen Revolver gegen die Rippen presste, als sie vorbeifuhren?«, fragte Grave Digger.

»Nee, Suh, den Revolver hab ich nicht gesehen. Sie fuhren vorbei und hielten genau vor der Ecke, und das Verdeck war zu, da konnte ich nichts von 'nem Revolver sehen. Aber ich dachte, dass da was komisch dran war, wie sie genau da hielten, als ob sie nicht wollten, dass einer sie sieht.«

Grave Digger und Coffin Ed tauschten einen Blick aus, genau an Iron Jaws dümmlichem Gesichtsausdruck vorbei.

»Schön, damit wäre zumindest das klar«, meinte Grave Digger. »Er und Val hielten auf der 132nd Street, bevor Poor Boy den A&P-Manager ausgeraubt hat.« Er richtete seine nächste Frage an Iron Jaw. »Stiegen sie zusammen aus oder nur Val allein?«

»Boss, ich hab nur das gesehen, was ich gerade erzählt hab. Ich schwörs bei Gott«, beteuerte Iron Jaw. »Als Poor Boy mit dem Sack losrannte und der Polizist und der Weiße hinter ihm herjagten, hat da ein Mann aus dem Fenster geguckt, und als sie um die Ecke sind, sahs aus, als wollte er um die Ecke hinter ihnen hergucken, wo sie hinrannten, und dann als Nächstes seh ich, dass er durch die Luft segelt. Da bin ich natürlich gleich weg zur Seventh Avenue, weil ich doch nicht da sein wollte, wenn die Bullen kommen und anfangen mit all ihren Fragen.«

»Hast du nicht bemerkt, wie schwer er verletzt war?«, bedrängte Grave Digger ihn.

»Nee, Suh. Ich hab nur gedacht, der ist tot und auf zu Jesus«, antwortete Iron Jaw. »Und es ist ja nicht so, dass ich 'ne große Nummer bin wie Johnny Perry. Wenn die Bullen mich da gefunden hätten, wären sie bestimmt noch drauf gekommen, ich hätt ihn aus dem Fenster gestoßen.«

»Du machst mich traurig, Söhnchen«, sagte Grave Digger ernst. »So schlecht sind Polizisten doch auch wieder nicht.«

»Wir würden dir ja gern dein Huhn lassen und dich nach Hause schicken, damit du es dir genehmigen kannst«, meinte Coffin Ed. »Aber Valentine Haines wurde heute Morgen erstochen, und wir müssen dich als wichtigen Zeugen festsetzen.«

»Jawoll, Suh«, antwortete Iron Jaw stoisch. »Hab ich mir gleich gedacht.«

14

Es war Viertel nach zehn am Abend, als Grave Digger und Coffin Ed schließlich dazu kamen, Chink Charly aufzusuchen.

Zuerst hatten sie ein Wettrennen mit einem jungen Mann veranstalten müssen, der abgezogene Katzen als Kaninchen verkaufen wollte. Eine alte Dame hatte die Pfoten verlangt, war misstrauisch geworden und hatte die Polizei gerufen, als er behauptete, es wären Kaninchen mit Klumpfüßen. Dann hatten sie zwei matronenhafte Lehrerinnen aus dem Süden vernehmen müssen, die im Theresa Hotel wohnten und an einem Sommerkurs an der New-Yorker Uni teilnahmen. Sie hatten ihr Geld einem Mann anvertraut, der sich als Hoteldetektiv ausgab und es für sie im Hotelsafe deponieren wollte.

Grave Digger und Coffin Ed parkten vor der Bar an der Ecke 146th Street und St. Nicholas Avenue.

Chink hatte ein Zimmer mit einem Fenster in der Wohnung im dritten Stock, die auf die St. Nicholas Avenue hinausging. Die schwarze und gelbe Tapete hatte er sich selbst ausgesucht und das Zimmer im modernen Stil ausgestattet. Der Teppich war schwarz, die Stühle gelb, die Schlafcouch hatte eine gelbe Decke, der Fernseh- und Phonoschrank war schwarz und mit Gelb abgesetzt, der kleine tischhohe Kühlschrank war außen schwarz und innen gelb, die Vorhänge waren schwarz und gelb gestreift, und der Ankleidetisch samt Kommode war schwarz.

Auf dem Plattenspieler waren Swingklassiker aufgelegt, und Cootie Williams blies ein Trompetensolo in Duke Ellingtons *Take the A Train*. Ein großer Ventilator auf dem Fensterbrett des offenen Fensters blies Auspuffgase, Staub, heiße Luft und den Stimmenlärm herein, den die Huren und Betrunkenen unten vor der Bar veranstalteten.

Chink stand im Schein der Tischlampe vor dem Fenster. Sein schweißglänzender, öliger Körper war in blaue Boxershorts aus Nylon gekleidet. Der Rand einer großen purpurroten Narbe, die von einer Säureverätzung zurückgeblieben war, zeigte sich auf seiner linken Hüfte über der blauen Hose.

Nackt bis auf ihren schwarzen Nylonbüstenhalter, einen schwarzen Slip aus Nylon und ihre hochhackigen roten Schuhe übte Doll Baby in der Mitte des Zimmers unermüdlich die Tanzschritte ihrer Nummer. Sie hatte den Rücken dem Fenster zugekehrt und beobachtete ihr Ebenbild im Spiegel des Frisiertischs. Ein Tablett mit schmutzigem Geschirr und den Überresten ihres Abendessens – Chilibohnen und gekochten Innereien, die sie in der Bar bestellt hatten – stand auf der Platte des Frisiertischs und schnitt ihr Spiegelbild gerade unterhalb ihres Höschens ab, so als wäre sie ohne Beine zusammen mit den anderen Delikatessen serviert worden. Die Umrisse von drei stark ausgeprägten Narben, die quer über ihre Pobacken liefen, zeichneten sich unter dem dünnen schwarzen Slip ab.

Chink betrachtete die Narben gedankenverloren, während sie in seinem Blickfeld hin und her zuckten.

»Ich kapier das nicht«, sagte er. »Wenn Val wirklich dachte, er kriegt zehn Riesen von Johnny, und dich nicht nur auf den Arm genommen hat ...«

Sie fuhr auf. »Verdammt noch mal, was ist in dich gefahren, Nigger? Glaubst du, ich seh nicht, wann einer die Wahrheit sagt?«

Sie hatte Chink von ihrem Gespräch mit Johnny erzählt, und

jetzt dachten sie gemeinsam über einen Dreh nach, um Johnny unter Druck zu setzen.

»Kannst du dich nicht endlich setzen!«, schrie Chink. »Wie, zum Teufel, soll ich da nachdenken …«

Er brach ab, um auf die Tür zu starren. Doll Baby hielt mitten in einem Tanzschritt inne.

Die Tür hatte sich leise geöffnet, und Grave Digger war ins Zimmer getreten. Während die beiden ihn anstarrten, ging er zum Fenster hinüber und zog die Jalousien herunter. Coffin Ed folgte ihm in das Zimmer, schloss die Tür hinter sich und lehnte sich mit dem Rücken dagegen. Beide hatten ihren Hut tief in die Stirn gezogen. Grave Digger drehte sich um und setzte sich auf die Kante der Fensterbank neben die Lampe. »Sprich weiter, Söhnchen«, sagte er. »Was ist der einzige Weg, es herauszufinden?«

»Verdammt, was soll das heißen, einfach so in mein Zimmer einzubrechen?«, fragte Chink mit erstickter Stimme. Sein gelbes Gesicht lief vor Wut auseinander.

Die Jalousie schlug so laut gegen das Schutzgitter des Ventilators, dass Grave Digger neben sich griff und den Ventilator abstellte. »Wie war das, Söhnchen?«, fragte er. »Ich hab dich nicht verstanden.«

»Er ist beleidigt, weil wir nicht angeklopft haben«, erklärte Coffin Ed.

Grave Digger spreizte die Hände. »Deine Vermieterin hat schon gesagt, dass du Besuch hast. Aber wir dachten uns, es ist viel zu heiß, als dass du irgendwas anstellst, was uns in Verlegenheit bringen könnte.«

Chinks Gesicht begann zu schwellen. »Hört mal, ihr Polypen jagt mir keine Angst ein«, tobte er. »Wenn ihr ohne Haftbefehl in mein Zimmer kommt, ist das für mich nichts anderes, als würden zwei Ganoven hier einbrechen, und ich kann meine Pistole nehmen und euch das Gehirn rausblasen.«

»Das ist nicht das richtige Benehmen für einen Mann, der als Erster am Tatort eines Mordes war«, sagte Grave Digger und erhob sich.

Coffin Ed ging durch das Zimmer, zog die oberste Schublade der Kommode auf, wühlte unter einem Stoß Taschentücher und zog eine .38er Smith&Wesson hervor.

»Und dafür hab ich einen Waffenschein«, schrie Chink.

»Sicher«, räumte Coffin Ed ein. »Die hast du von deinen weißen Leuten in dem Club, wo du als Whiskyschüttler arbeitest.«

»Ja, und ich werd dafür sorgen, dass sie sich um euch zwei Niggerbullen kümmern«, drohte Chink.

Coffin Ed ließ Chinks Waffe in die Schublade zurückfallen. »Hör mal zu, du Scheißer ...«, begann er, aber Grave Digger schnitt ihm das Wort ab.

»Langsam, Ed, sei nett zu dem Jungen. Du siehst doch, dass die beiden gelben Leutchen hier keine Nigger sind wie du und ich.«

Aber Coffin Ed war zu wütend, um auf den Witz einzugehen. Er redete weiter auf Chink ein: »Du bist als wichtiger Zeuge nur gegen Kaution freigelassen worden. Wir können dich jederzeit festsetzen, wenn wir wollen. Wir versuchen, dir eine Chance zu geben, und alles, was wir von dir hören, ist dämliches Geschrei. Wenn du dich hier nicht mit uns unterhalten willst, nehmen wir dich mit in den Singvogelkäfig und reden dort mit dir.«

»Ihr meint, wenn ich es mir nicht gefallen lasse, dass ich in meiner eigenen Wohnung von euch schikaniert werde, könnt ihr mich ins Revier bringen und da schikanieren«, entgegnete Chink giftig. »Deswegen seht ihr so aus wie Frankensteins Ungeheuer, weil ihr andere Leute ...«

Coffin Eds säureverätztes Gesicht verzerrte sich vor Wut. Noch ehe Chink ausgesprochen hatte, trat der Detective zwei Schritte vor und versetzte ihm einen Schlag, dass er über das gelbbedeckte Bett rollte. Coffin Ed hatte seinen langläufigen Revolver in der Hand und war im Begriff, Chink damit ins Gesicht zu schlagen, als Grave Digger ihn von hinten am Arm packte.

»Ich bins«, sagte Grave Digger in beruhigendem Ton. »Ich bin Grave Digger, Ed. Tu dem Burschen nichts. Hör auf den alten Digger, Ed.«

Langsam entspannten sich Coffin Eds gestraffte Muskeln, als die mörderische Wut in ihm versiegte.

»Der Kerl ist ein großmäuliger Lump«, fuhr Grave Digger fort, »aber es lohnt sich nicht, ihn umzubringen.«

Coffin Ed schob seine Waffe in den Halfter zurück, drehte sich um und verließ wortlos das Zimmer. Er stand einen Augenblick draußen im Gang und weinte.

Als er wieder hereinkam, kauerte Chink mit verbissenem Ausdruck auf der Bettkante und rauchte eine Zigarette. Grave Digger sagte gerade: »Wenn die Geschichte mit dem Messer erlogen ist, Söhnchen, werden wir dich kreuzigen.«

Chink antwortete nicht.

Coffin Ed forderte heiser: »Antworte!«

Mürrisch erwiderte Chink: »Ich weiß nichts über das Messer.«

Grave Digger sah seinen Partner nicht an. Doll Baby war auf die hinterste Ecke des Bettes zurückgekrochen und hockte dort auf der Kante, als erwarte sie jeden Augenblick, dass der Sitz unter ihr explodierte.

Coffin Ed fragte sie plötzlich: »Was für ein schmutziges Geschäft hast du mit Val ausgeheckt?«

Sie sprang vom Bett auf, als wäre es tatsächlich, wie befürchtet, in die Luft gegangen. »Geschäft?«, wiederholte sie stupide.

»Du weißt doch, was ein schmutziges Geschäft ist?«, hämmerte Coffin Ed auf sie ein. »Bei den vielen schmutzigen Geschäften, die du in deinem Leben schon gedreht hast.«

»Ach, Sie meinen, er hat sich gespritzt?« Sie schluckte. »So was hat Val nicht getan. Er war ein anständiger – also, was ich sagen will, er war ehrlich.«

»Wovon wolltet ihr zwei Turteltäubchen denn leben? Von deinem Gehalt als Tanzgirl, oder wolltest du nebenbei noch ein bisschen anschaffen gehen?«

Sie war zu verängstigt, um Empörung vorzuspielen, aber sie protestierte kleinlaut. »Val war ein Gentleman. Johnny wollte ihm zehntausend vorschießen, um einen Schnapsladen aufzumachen.«

Chink drehte seinen Kopf zu ihr und warf ihr einen tödlich giftigen Blick zu. Die beiden Detectives starrten sie aber nur an und waren plötzlich ganz still geworden.

»Hab ich was Komisches gesagt?«, fragte sie mit einem erschrockenen Blick.

»Nein, durchaus nicht«, log Grave Digger, »das hast du uns ja schon mal erzählt.« Er blinzelte Coffin Ed zu.

Chink warf hastig ein: »Das ist doch nur ein Wunschtraum von ihr.«

Coffin Ed fuhr ihn an: »Halts Maul!«

Grave Digger sagte beiläufig: »Was wir herausfinden wollen, ist, warum. Johnny ist ein zu vorsichtiger Spieler, um sich auf so was Riskantes einzulassen.«

»Immerhin war Val Dulcys Bruder«, erklärte Doll Baby dümmlich. »Und was ist Riskantes dabei, einen Schnapsladen aufzumachen?«

»Also, zunächst mal konnte Val keine Lizenz kriegen«, erklärte Grave Digger. »Er hat ein Jahr im Staatsgefängnis von Illinois abgesessen, und der Staat New York gibt einem Ex-Knacki keine Schanklizenz. Johnny ist selbst so ein Ex-Knacki, also konnte er die Lizenz auch nicht auf seinen Namen kriegen. Das bedeutet, sie mussten einen Dritten als Strohmann herbeischaffen, der das Geschäft in ihrem Namen führte. Die Anteile am Gewinn wären dadurch aber zu gering gewesen, und außerdem hätten weder Johnny noch Val eine legale Handhabe gehabt, ihr Geld einzutreiben.«

Doll Babys Augen waren während dieser Erklärung so groß wie Untertassen geworden. »Aber Val hat mir geschworen, dass Dulcy ihm das Geld beschaffen würde, und ich weiß, dass er nicht gelogen hat«, verteidigte sie sich. »Ich hatte ihn fest an der Angel.«

Während der nächsten Viertelstunde fragten die Detectives Chink und Doll Baby nach Vals und Dulcys Vergangenheit aus, erfuhren aber nichts Neues. Als sie schließlich aufstanden, um zu gehen, sagte Grave Digger: »Also, Kindchen, wir wissen nicht, was für ein Spiel du treibst, aber wenn das wahr ist, was du sagst, dann hast du gerade Johnny von jedem Verdacht befreit. Johnny ist jähzornig genug, um jeden umzubringen, wenn er richtig in Wut geraten ist, aber Val wurde kaltblütig und mit Bedacht umgelegt. Und wenn Val wirklich versucht hat, aus Johnny zehntausend herauszuholen, dann hätte Johnny gleich seinen Namen bei dem Toten zurücklassen können. Aber dazu ist Johnny nicht der Typ.«

»Was sagt man dazu!«, protestierte Doll Baby. »Ich nenn euch das Motiv, warum Johnny es getan hat, und ihr dreht den Spieß um und sagt, es beweist, dass er es nicht war.«

Grave Digger lachte. »Das zeigt doch, wie dumm Polypen sind.«

Sie traten auf den Gang hinaus und schlossen die Tür hinter sich. Nachdem sie noch kurz mit der Wirtin gesprochen hatten, gingen sie den Flur hinunter, verließen die Wohnung durch die Vordertür und ließen sie ins Schloss fallen.

Weder Chink noch Doll Baby sprachen ein Wort, bevor sie hörten, dass die Vermieterin die Wohnungstür verschlossen und verriegelt hatte. Doch die Detectives waren lediglich vor die Tür getreten, hatten sich dann aber schnell umgedreht und waren erneut hereingekommen.

Als die Wirtin die Eingangstür verriegelte, hatten sie sich vor Chinks Zimmertür geschlichen und lauschten nun an der dünnen Holzfüllung.

Das Erste, was Chink sagte, wobei er aufsprang und sich wütend vor Doll Baby aufbaute, war: »Warum, zur gottverdammten Hölle, hast du ihnen das von den zehn Riesen erzählt, du gottverdammte Idiotin?«

»Du lieber Himmel«, protestierte Doll Baby laut, »glaubst du, ich will, dass die denken, ich hätte einen beschissenen Bettler heiraten wollen?«

Chink packte sie bei der Kehle und riss sie vom Bett hoch. Die Detectives sahen einander an, als sie hörten, wie ihr Körper auf den teppichbedeckten Boden schlug. Coffin Ed hob fragend die Augenbrauen, aber Grave Digger schüttelte den Kopf. Einen Augenblick später hörten sie Doll Baby mit würgender Stimme keuchen: »Verflucht, warum willst du mich umbringen, du Scheißkerl?«

Chink hatte sie losgelassen und war zum Kühlschrank gegangen, um sich eine Flasche Bier zu holen. »Du hast den Scheißkerl aus der Falle gelassen«, beschuldigte er sie.

»Na, wenn er Val nicht umgebracht hat, wer dann?«, fragte sie. Dann bemerkte sie Chinks Gesichtsausdruck und sagte: »Oh!«

»Wer auch immer ihn umgebracht hat, spielt jetzt keine Rolle«, erklärte er. »Was ich wissen will, ist, was hatte er gegen Johnny in der Hand?«

»Also, ich habe dir alles gesagt, was ich weiß.«

»Hör zu, du Miststück, wenn du mir was verschweigst ...«, begann er, doch sie schnitt ihm das Wort ab. »Du verheimlichst mir viel mehr als ich dir. Ich verschweige gar nichts.«

»Wenn du glaubst, dass ich dir was verschweige, dann ist es besser für dich, du denkst es nur und sprichst es nicht aus«, drohte er.

»Ich werde kein Wort über dich sagen«, versprach sie und beklagte sich dann: »Warum, zum Teufel, müssen wir beide uns eigentlich streiten? Wir wollen doch nicht herauskriegen, wer Val umgebracht hat, oder? Wir versuchen doch nur, aus Johnny das Geld herauszubekommen.« Ihr Ton wurde vertraulich und liebevoll. »Ich sage dir, Schatz, du musst nichts anderes tun, als ihm weiterhin Druck zu machen. Ich weiß nicht, was Val gegen ihn in der Hand hatte, aber wenn du ihm weiter zusetzt, muss er es rausrücken.«

»Ich werd ihm schon einheizen, keine Bange«, versprach Chink. »Ich werde ihn so lange unter Druck setzen, bis ich den Scheißkerl weich geklopft habe.«

»Geh nicht zu weit«, warnte sie. »Er ist unberechenbar.«

»Der hässliche Scheißkerl jagt mir keine Angst ein«, antwortete Chink.

»Was, schon so spät!«, schrie Doll Baby plötzlich auf. »Ich muss gehen. Ich komme so schon zu spät.«

Grave Digger nickte in Richtung Wohnungstür, und er und Coffin Ed schlichen auf Zehenspitzen durch den Gang. Die Vermieterin ließ sie geräuschlos hinaus.

Als sie die Treppe hinuntergingen, lachte Grave Digger. »Der Topf kocht allmählich«, sagte er.

»Ich hoffe nur, dass uns nichts anbrennt«, antwortete Coffin Ed.

»Morgen oder übermorgen sollten wir Nachricht aus Chicago haben«, bemerkte Grave Digger, »und erfahren, was sie ausgegraben haben.«

»Hoffentlich ist es dann nicht zu spät«, meinte Coffin Ed.

»Was uns fehlt, ist nur noch ein Steinchen«, fuhr Grave Digger fort. »Was hatte Val gegen Johnny in der Hand, das zehn Riesen wert war? Wenn wir das wüssten, hätten wir das ganze Mosaik fertig.«

»Ja, aber bis dahin läuft der Hund frei herum«, antwortete Coffin Ed.

»Was dir fehlt, ist mal ein kräftiger Schluck«, riet Grave Digger seinem Freund.

Coffin Ed strich sich mit der flachen Hand über sein säureverätztes Gesicht. »Ein wahres Wort«, antwortete er mit undeutlicher Stimme.

15

Es war 11.32 Uhr, als Johnny seinen Cadillac mit den Haifischflossen auf der Madison Avenue nahe der Straßenecke parkte und über die 124th Street zu dem Privateingang ging, der zu seinem Spielclub im ersten Stock führte.

Der Name TIA JUANA stand auf dem oberen Feld der schwarzen Stahltür. Er drückte einmal kurz auf den Knopf rechts von der Tür, und sofort erschien ein Auge im Guckloch innerhalb des

Buchstabens *u* des Wortes JUANA. Die Tür ging auf. Sie führte zur Küche einer Drei-Zimmer-Wohnung.

Ein sanftmütiger, hagerer, kahlköpfiger Mann mit brauner Haut, der in einer gestärkten Khakihose und einem ausgebleichten purpurnen Polohemd steckte, empfing ihn mit den Worten: »Schlimm, Johnny, zwei Tote hintereinander.«

»Ja«, antwortete Johnny. »Wie läuft das Spiel, Nubby?«

Nubby legte den gerade oberhalb des Handgelenks endenden Stumpf seines linken Armes in seine hohle rechte Hand und sagte: »Ruhig. Kid Nickels leitet es.«

»Wer gewinnt?«

»Hab ich nicht gesehen. Ich hab Wetten für das Galopprennen in Yonkers heute Abend angenommen.«

Johnny hatte gebadet, sich rasiert und umgezogen. Er trug einen hellgrünen Seidenanzug zu einem rosafarbenen Crêpehemd.

Das Telefon klingelte, und Nubby griff nach dem Hörer des Münztelefons an der Wand, doch Johnny sagte: »Ich nehme ab.«

Mamie Pullen rief an, um zu fragen, wie es Dulcy ginge.

»Sie hat sich bis zur Besinnungslosigkeit betrunken«, antwortete Johnny. »Ich hab Alamena bei ihr gelassen.«

»Und wie gehts dir, mein Sohn?«, fragte Mamie.

»Ich lebe noch«, sagte Johnny. »Leg du dich schlafen, Mamie, und mach dir um uns keine Sorgen.«

Als er einhängte, sagte Nubby: »Sie sehen angekratzt aus, Boss. Warum schauen Sie sich nicht eben kurz um und gehen wieder in die Falle? Wir drei kommen eine Nacht lang allein zurecht.«

Ohne zu antworten, wandte sich Johnny seinem Büro zu. Es befand sich in dem äußeren der beiden Schlafzimmer, links von der Küche. Es enthielt einen altmodischen Schreibtisch mit einer Rolloabdeckung, einen kleinen runden Tisch, sechs Stühle und einen Safe. Der Raum gegenüber war mit einem großen Spieltisch möbliert und diente als Reserve-Spielzimmer.

Johnny hängte seine grüne Jacke ordentlich über einen Kleiderbügel an der Wand neben seinem Schreibtisch, öffnete den

Safe und nahm einen Stoß Geldscheine heraus. Er war in braunes Papier gehüllt und trug die Aufschrift: 1000 Dollar.

Hinter der Küche lag ein Badezimmer, und von dort führte der Gang in ein geräumiges Zimmer, das so breit war wie die gesamte Wohnung und ein dreiflügeliges Fenster zur Madison Avenue besaß. Die Fenster waren geschlossen, die Vorhänge heruntergezogen.

Neun Spieler saßen in der Mitte des Zimmers um einen großen, runden Tisch, dessen Platte mit Filz gepolstert und mit einer festen schmutzigbraunen Leinwand bezogen war. Sie spielten ein Kartenspiel, das Georgia Skin hieß.

Kid Nickels mischte einen nagelneuen Stapel Karten. Er war ein untersetzter, schwarzer, krausköpfiger Mann mit roten Augen und einer rauen, pockennarbigen Haut. Er trug ein rotes Seidenhemd, das um mehrere Stufen greller war als das von Johnny.

Johnny ging ins Zimmer, legte den Packen Geld auf den Tisch und sagte: »Ich übernehme jetzt, Kid.«

Kid Nickels stand auf und überließ ihm seinen Platz.

Johnny tätschelte den Packen Banknoten. »Hier ist frisches Geld, auf das noch keiner seinen Stempel gesetzt hat.«

»Hoffen wir, dass ein Teil davon bei mir hängen bleibt«, sagte Bad Eye Lewis.

Johnny mischte die Karten. Crying Shine, der erste Spieler rechts von ihm, hob ab.

»Wer will ziehen?«, fragte Johnny.

Drei Spieler zogen Karten von dem Packen, zeigten sie sich gegenseitig, um festzustellen, ob sie nicht etwa gleiche Karten gezogen hatten, und legten sie mit dem Bild nach unten auf den Tisch.

Johnny setzte gegen jede gezogene Karte zehn Dollar. Sie mussten mitziehen oder ihre Karte zurückgeben. Sie zogen mit.

Beim Georgia Skin haben die Farben – Pik, Herz, Kreuz und Karo – keinen Rang. Die Karten werden nur nach ihrem Zahlenwert gespielt. Im Spiel gibt es dreizehn verschiedene Werte vom

Ass über die Zwei, Drei und so weiter bis zum König. Es können also dreizehn Karten gespielt werden.

Ein Spieler zieht eine Karte. Wenn die nächste Karte im gleichen Wert vom Packen gezogen wird, verliert die erste Karte. Skin-Spieler sagen dann: Die Karte ist gefallen. Sie ist tot und kann in der Runde nicht mehr gespielt werden.

Deshalb setzt der Spieler darauf, dass seine Karte nicht vor denen seiner Gegner fällt. Wenn ein Spieler eine Sieben zieht und alle anderen in der Partie gespielten Karten zweimal gezogen wurden, ehe die zweite Sieben erscheint, hat dieser Spieler alle von ihm gehaltenen Einsätze gewonnen.

Johnny schlug die oberste Karte auf und ließ sie vor Doc, dem Spieler, der ihm am Tisch gegenübersaß, fallen. Es war eine Acht.

»Die hasse ich«, sagte Bad Eye Lewis.

»Ich hasse nichts als den Tod«, sagte Doc. »Spuckt aus, ihr Hechte.«

Die Spieler schoben ihm ihre Einsätze zu.

Johnny nahm den Kartenpacken auf, klopfte ihn glatt und schob ihn in den Schlitten, der auf einer Seite geöffnet war und einen Daumenschlitz zum Abziehen der Karten hatte. Er zog als seine eigene Karte eine Pik Drei.

Gedämpfte, innige Flüche stiegen in das rauchige Licht auf, als die Karten mit dem Bild nach oben aus dem Schlitten gezogen wurden. Jedes Mal, wenn eine Karte fiel, wurden die Einsätze von den Gewinnern kassiert, und der Verlierer deckte die nächste Karte aus dem Stapel auf.

Johnny spielte die Drei die ganze Runde durch, ohne dass sie fiel. Er setzte zwölfmal auf seine Karte und gewann in der Runde hundertdreißig Dollar.

Chink Charly kam in das Zimmer gestolpert und winkte mit einer Hand voll Geld. »Macht Platz für einen Ausnehmer vom Land«, sagte er mit whiskyschwerer Zunge.

Johnny saß mit dem Rücken zur Tür und sah sich nicht um. Er mischte die Karten, klopfte sie glatt und legte sie auf den Tisch.

»Heb ab, K.C.«, sagte er.

Die anderen Spieler hatten Chink einmal angesehen. Nun sahen sie Johnny kurz an. Dann schauten sie nicht mehr auf.

»Ich will doch nicht annehmen, dass ich von dem verdammten Spiel hier ausgeschlossen werde«, sagte Chink.

»Ich hab noch keinen Spieler mit Geld ausgeschlossen«, sagte Johnny mit seiner tonlosen Stimme, ohne aufzusehen. »Pony, steh auf und gib dem Spieler deinen Stuhl.«

Pony Boy stand auf, und Chink ließ sich auf den Stuhl fallen.

»Mein Gefühl sagt mir, ich hab heute Abend Glück«, meinte Chink und klatschte das Geld vor sich auf den Tisch. »Ich will nur zehntausend gewinnen. Wie stehts damit, Johnny Boy, hast du zehn Riesen zu verlieren?«

Noch einmal sahen die Spieler Chink an, dann zu Johnny hinüber und starrten schließlich ins Leere.

Johnnys Gesicht verzog sich nicht, sein Ton veränderte sich nicht.

»Ich spiele nicht, um zu verlieren, mein Junge, darüber sei dir klar. Aber solange du Geld hast, kannst du hier in meinem Club spielen, und du kannst fortgehen mit allem, was du gewinnst. Und wer will jetzt ziehen?«, fragte er.

Keiner rührte sich, um eine Karte von dem Packen zu ziehen.

»Mir kannst du keine Angst einjagen«, sagte Chink und zog eine Karte unten aus dem Packen.

Johnny setzte hundert Dollar gegen ihn. Als Chink seinen Einsatz gemacht hatte, blieben ihm nur neunzehn Dollar übrig.

Johnny deckte eine Dame auf.

Doc ging mit.

Chink setzte zehn Dollar gegen Johnnys Dame.

Die Herzdame kam.

»Eine schwarze Schlange saugt mich aus«, sagte jemand.

Chink nahm seine zwanzig Dollar an sich.

Johnny schob die Karte in den Schlitten und schlug für sich selbst wieder die Pik Drei auf.

»Der Blitz schlägt nie zweimal in die gleiche Stelle ein«, kommentierte Bad Eye Lewis.

»Mann, fang nicht vom Blitzeinschlagen an«, sagte Crying Shine. »Du sitzt mitten in einem Gewitter.«

Johnny drehte das Kreuz Ass für Doc um, der die erste Wahl für eine neue Karte hatte.

Doc sah das Ass voll Abscheu an. »Lieber lass ich mich von einer Boa constrictor in den Arsch beißen, als ein verfluchtes schwarzes Ass zu spielen«, sagte er.

»Willst du passen?«, fragte Johnny.

»Zum Teufel«, antwortete Doc. »Ich spiele die Karte, die kommt. Mach deinen Einsatz, gelber Jüngling«, sagte er zu Chink.

»Das kostet dich zwanzig Dollar«, entgegnete Chink.

»Das tut dem Geld nicht weh, mein Sohn«, antwortete Doc und setzte.

Johnny setzte fünfzehn Dollar gegen Doc und begann Karten aufzudecken. Die Spieler griffen nach den Karten und machten ihre Einsätze. Keiner sprach. Grabesstille breitete sich aus.

Johnny drehte in dem gespannten, eisigen Schweigen die Karten um.

Eine Karte fiel. Hände griffen nach dem Gewinn.

Doc verlor wieder und sah die gefallenen Karten nach einer noch nicht gespielten durch, aber es war keine freie mehr da.

Johnny schlug die Karten auf, und die Karten fielen. Chinks Karte blieb stehen. Johnny und Chink strichen die Gewinne ein.

»Ich biete dir noch mehr, Spieler«, sagte Johnny zu Chink.

»Her damit«, sagte Chink.

Johnny setzte weitere hundert Dollar gegen ihn. Chink hielt den Einsatz und hatte noch Geld übrig.

Johnny schlug eine neue Karte auf, dann noch eine. Die Adern auf seiner Stirn schwollen, und die Fangarme seiner Narbe begannen sich zu regen. Das Blut wich aus Chinks Gesicht, bis er wie gelbes Wachs aussah.

»Weiter«, sagte Johnny.

»Lass hören«, antwortete Chink. Allmählich verlor er seine Stimme.

Sie steigerten ihre Einsätze um weitere zwanzig Dollar.

Johnny betrachtete das Geld, das Chink übrig hatte. Er zog eine Karte halb aus dem Schlitten, stieß sie dann aber zurück. »Mach weiter, Spieler«, sagte er.

»Gemacht«, flüsterte Chink.

Johnny setzte fünfzig Dollar gegen Chink.

Chink setzte neunundzwanzig dagegen und schob den Rest zurück.

Johnny zog die Karten. Die Karo Sieben blitzte in dem Licht auf und fiel dann mit dem Bild nach unten.

»Tote Männer fallen auf ihr Gesicht«, sagte Bad Eye Lewis.

Blut schoss in Chinks Gesicht, und seine Kaumuskeln schwollen an.

»Das bist du doch, nicht wahr?«, sagte Johnny.

»Wie, zum Teufel, weißt du, dass ich das bin, wenn du mir nicht in die Karten siehst?«, gab Chink zurück.

»Kann gar nicht anders sein«, sagte Johnny. »Es ist die einzige freie Karte, die übrig ist.«

Das Blut wich wieder aus Chinks Gesicht, und er wurde aschgrau. Johnny langte hinüber und drehte die Karte um, die vor Chink lag. Es war die Pik Sieben.

Johnny strich den Packen Geld ein.

»Du hast mich reingelegt, stimmts?«, beschuldigte Chink ihn. »Du hast mich reingelegt. Du hast die Sieben erkannt, als du die Karte halb aus dem Schlitten gezogen hast.«

»Das darfst du noch einmal sagen, Spieler«, antwortete Johnny, »aber dann musst du es beweisen.«

Chink schwieg.

»Wer schnell setzt, hält nicht lange durch«, sagte Doc.

Chink stand wortlos auf und verließ den Club.

Johnny begann zu verlieren. Er verlor seinen ganzen Gewinn und siebenhundert Dollar aus der Bank. Schließlich stand er auf und sagte zu Kid Nickels: »Mach du weiter, Kid.«

Er ging in sein Büro zurück, nahm einen .38er Armee-Colt aus dem Panzerschrank, schob ihn links von der Gürtelschnalle in den Hosenbund und zog dann seine grüne Jacke über sein rosafarbenes Crêpehemd.

Bevor er den Club verließ, sagte er zu Nubby: »Wenn ich nicht zurückkomme, dann sage Kid, er soll das Geld mit nach Hause nehmen.«

Pony Boy kam nach hinten in die Küche, um nachzusehen, ob Johnny ihn brauchte. Aber Johnny war schon fort. »Dieser Chink Charly«, sagte er, »steht nur noch zwei Fuß vom Grab entfernt.«

16

Alamena ging zur Tür, als es klingelte.

Chink sagte: »Ich will mit ihr sprechen.«

Sie antwortete: »Du hast völlig den Verstand verloren.«

Die schwarze Cockerspaniel-Hündin stand hinter Alamenas Beinen auf Wache und bellte wie rasend.

»Weshalb bellst du, Spookie?«, rief Dulcy mit heiserer Stimme aus der Küche.

Spookie bellte weiter.

»Versuche nicht, mich zu hindern, Alamena. Ich warne dich«, sagte Chink und versuchte sich an ihr vorbeizudrängen. »Ich muss mit ihr sprechen.«

Alamena pflanzte sich entschlossen vor den Eingang und wollte ihn nicht vorbeilassen. »Johnny ist hier, du Dummkopf«, sagte sie.

»Nein, ist er nicht«, antwortete Chink. »Ich hab ihn gerade im Club zurückgelassen.«

Alamenas Augen weiteten sich. »Du warst in Johnnys Club?«, fragte sie ungläubig.

»Warum nicht?«, antwortete er ungerührt. »Ich hab keine Angst vor Johnny.«

»Mit wem sprichst du da eigentlich, Meeny?«, rief Dulcy mit ihrer belegten Stimme.

»Mit niemand«, antwortete Alamena.

»Ich bins, Chink«, rief er.

»Oh, du bists«, rief Dulcy. »Dann komm entweder rein, Schatz, oder geh wieder. Du machst Spookie nervös.«

»Zum Teufel mit Spookie«, fluchte Chink, drängte sich an Alamena vorbei und betrat die Küche.

Alamena schloss die Wohnungstür und folgte ihm. »Wenn Johnny zurückkommt und dich hier findet, bringt er dich todsicher um«, warnte sie.

»Zum Teufel mit Johnny«, fauchte Chink. »Ich habe genug gegen ihn in der Hand, um ihn auf den elektrischen Stuhl zu bringen.«

»Wenn du noch so lange lebst«, sagte Alamena.

Dulcy kicherte. »Meeny hat Angst vor Johnny«, lallte sie mit schwerer Zunge.

Alamena und Chink starrten sie an. Dulcy saß auf einem der schaumgummigepolsterten Küchenstühle und hatte ihre nackten Füße auf die Tischplatte gelegt. Sie trug nur ihren Unterrock und nichts darunter.

»Erwischt«, sagte sie gespielt schüchtern, als sie Chinks Blick bemerkte. »Du bist ein Spanner.«

»Wenn du nicht betrunken wärst, würde ich dir einen Grund zum Kichern geben«, sagte Alamena grimmig.

Dulcy nahm ihre Füße vom Tisch und versuchte manierlich zu sitzen. »Du bist nur wütend, weil ich Johnny bekommen habe«, sagte sie hinterhältig.

Alamenas Gesicht verlor jeden Ausdruck, und sie sah weg.

»Warum gehst du nicht raus und lässt mich mit ihr reden?«, fragte Chink. »Es ist wichtig.«

Alamena seufzte. »Ich werde nach vorn gehen und aufpassen, ob Johnnys Wagen kommt.«

Chink zog sich einen Stuhl heran, stellte ihn vor Dulcy und stützte sich mit einem Fuß auf den Sitz. Er wartete, bis er Alamena in das Vorderzimmer eintreten hörte, dann drehte er sich plötzlich um, schloss die Küchentür, kam zurück und nahm wieder seine Positur ein.

»Hör mir zu, Kindchen, und zwar gut«, begann er. Er beugte sich vor und versuchte Dulcys Blick zu fixieren. »Entweder du beschaffst mir diese zehn Riesen, die du Val versprochen hast, oder ich lass dich hochgehen.«

»Bumm!«, sagte Dulcy betrunken. Chink zuckte heftig zusammen. Sie kicherte. »Ich denke, du hast keine Angst«, spottete sie.

Chinks Gesicht bekam rote Flecken. »Hör zu, das ist kein Spiel, Mädel«, sagte er drohend.

Sie hob die Hand, als hätte sie seine Anwesenheit vergessen, und begann sich am Kopf zu kratzen. Plötzlich sah sie auf und bemerkte, dass er sie anstarrte. »Ist nur einer von Spookies Flöhen«, sagte sie. Chinks Kaumuskeln begannen zu schwellen, aber sie merkte es nicht. »Spookie«, rief sie, »komm her, mein Liebling, und setz dich auf Mamas Schoß.«

Der Hund kam zu ihr und begann ihre nackten Beine zu lecken, sie hob ihn auf und setzte ihn auf ihren Schoß. »Das ist nur einer deiner schwarzen Flöhchen, nicht wahr, Schätzchen?«, sagte sie und beugte sich vor, um sich von dem Hund das Gesicht lecken zu lassen.

Chink schlug die Hündin mit solch unbeherrschter Gewalt von ihrem Schoß herunter, dass sie gegen ein Tischbein flog, jaulend auf dem Boden herumkroch und sich davonmachen wollte.

»Ich will, dass du mir zuhörst«, fauchte Chink vor Wut keuchend.

Dulcys Gesicht verdunkelte sich vor lauter aufwallendem Ärger. Sie versuchte aufzustehen, aber Chink presste seine Hände auf ihre Schultern und hielt sie auf dem Stuhl fest.

»Schlag du meinen Hund nicht, du Arschloch!«, schrie sie ihn an. »Niemand darf meinen Hund schlagen, außer mir. Ich bring dich um, wenn du meinen Hund noch mal schlägst ...«

Chink schnitt ihr das Wort ab. »Verdammt noch mal, du sollst mir zuhören.«

Alamena kam hastig in die Küche, und als sie sah, wie Chink Dulcy auf ihrem Stuhl festnagelte, sagte sie: »Lass sie in Ruhe, Nigger. Siehst du denn nicht, dass sie betrunken ist?«

Er ließ sie los, sagte aber wütend: »Ich will, dass sie mir zuhört.«

»Schön, das ist dein Problem«, antwortete Alamena. »Du bist doch Barmixer. Mach sie nüchtern.«

»Willst du, dass man dir noch einmal die Kehle aufschlitzt?«, fragte Chink bösartig.

Sie blieb gelassen. »Das wird einem verdammten Nigger wie dir nicht gelingen. Und ich werde hier nicht länger als fünfzehn Minuten aufpassen, also beeil dich mit dem, was du zu sagen hast.«

»Meinetwegen brauchst du überhaupt nicht aufzupassen«, sagte Chink.

»Um dich gehts nicht, Nigger, mach dir da mal keine Sorgen«, antwortete Alamena, als sie die Küche verließ und auf ihren Posten zurückging. »Komm mit, Spookie.« Der Hund folgte ihr.

Chink setzte sich und wischte sich den Schweiß vom Gesicht. »Hör mir zu, Kindchen. So betrunken bist du nicht«, sagte er.

Dulcy kicherte, aber diesmal klang es gezwungen.

»Du bist derjenige, der betrunken ist, wenn du dir einbildest, dass Johnny dir zehn Tausender rausrückt«, erwiderte sie.

»Er ist gar nicht derjenige, der sie mir geben wird«, antwortete Chink. »Du bist es, von der ich sie bekomme. Du beschaffst sie von ihm. Und soll ich dir sagen, warum du das tun wirst, Baby?«

»Nein, du solltest mir aber wenigstens Zeit lassen, ein paar von den Hundert-Dollar-Noten abzupflücken, die du anscheinend an mir wachsen siehst«, antwortete sie und klang zunehmend nüchterner.

»Es gibt zwei Gründe, warum du das tun wirst«, sagte er. »Erstens war es dein Messer, womit er getötet wurde. Genau das Messer, das ich dir zu Weihnachten geschenkt habe. Und erzähl mir ja nicht, dass du es verloren hast, ich weiß es nämlich besser. Du hättest es nicht bei dir gehabt, wenn du nichts damit vorhattest; sonst hättest du nämlich viel zu viel Angst gehabt, dass Johnny es sieht.«

»O nein, mein Süßer, so läuft das nicht«, sagte sie. »Mit dieser Tour kommst du nicht durch. Es war dein Messer. Du vergisst, dass du mir beide gezeigt hast, als du mir erzählt hast, der Mann aus eurem Club, dieser Mr. Burns, hätte sie aus London mitgebracht und gesagt, eines wäre für dich, das andere für deine Freundin, falls du mit deinem zu leichtsinnig umgehst. Ich habe mein Messer noch, das du mir gegeben hast.«

»Dann zeigs mir.«

»Zeig mir doch deins.«

»Du weißt verdammt gut, dass ich ein so großes Messer nicht mit mir herumschleppe.«

»Seit wann denn nicht?«

»Ich habe es nie bei mir gehabt. Es ist im Club.«

»Na großartig. Meins liegt am Strand.«

»Ich mach keine Witze, Kleines.«

»Wenn du glaubst, dass ich scherze, kannst du es ja mal drauf ankommen lassen. Ich kann mein Messer jederzeit vorzeigen, und wenn du mich weiter deswegen belästigst, kann es passieren, dass ichs hole und dich damit aufschlitze.« In ihrem Ton lag nicht mehr die geringste Spur von Trunkenheit.

Chink sah sie stirnrunzelnd an. »Droh du mir nicht«, sagte er.

»Dann droh du mir auch nicht.«

»Wenn du dein Messer noch hast, warum hast du den Bullen dann nichts von meinem erzählt?«, fragte er.

»Damit Johnny es sich greift und dir die Kehle durchschneidet? Und mir vielleicht auch?«, entgegnete sie.

»Wenn du so viel Angst hast, warum hast du deines dann nicht weggeschafft?«, meinte er. »Falls du wirklich glaubst, dass Johnny es findet und damit auf dich losgeht.«

»Und dir Gelegenheit geben, den Spieß herumzudrehen und zu behaupten, Val wäre mit meinem Messer erstochen worden?«, konterte sie. »O nein, mein Schatz. Das lass ich nicht mit mir machen.«

Sein Gesicht begann rot anzulaufen, aber es gelang ihm, sich zusammenzureißen. »Also gut. Nehmen wir mal an, es war nicht dein Messer«, sagte er. »Ich weiß zwar, dass es deins war, aber lass uns einfach sagen, das war es nicht …«

»Unterm Strich«, unterbrach sie ihn, »lass uns sagen: Quatsch.«

»Also gut, nehmen wir an, es war nicht dein Messer«, wiederholte er. »Dann muss Val immer noch was in der Hand gehabt haben, um zehntausend aus Johnny rausquetschen zu können. Das weiß ich ganz bestimmt.«

»Und was ich ganz bestimmt weiß, dass wir beide, du und ich, nicht aus der gleichen Flasche getrunken haben«, antwortete sie. »Wie du dauernd von zehntausend daherredest, musst du Goldextrakt oder Saft von der US-Münze gesoffen haben.«

»Es ist besser, wenn du auf mich hörst, Baby«, warnte er.

»Glaub ja nicht, dass ich nicht zuhöre«, antwortete sie. »Nur höre ich andauernd Zeug, das keinen Sinn macht.«

»Ich behaupte ja nicht, dass es deine Idee war«, sagte er, »aber du wolltest es tun, das steht fest. Das kann nur eines bedeuten: Du und Val hattet was gegen Johnny in der Hand, das so viel wert war. Sonst hättet ihr nie den Nerv besessen, es zu versuchen.«

Dulcy lachte verächtlich, aber es klang nicht überzeugend. »Du erinnerst mich an den alten Witz, wo der Mann zu seinem Mädchen sagt: Jetzt wollen wir mal beide oben liegen. Das würde ich auch gern wissen, was ich und Val gegen Johnny in der Hand hatten, das zehn Riesen wert war.«

»Also, Baby, jetzt will ich dir mal was erzählen«, sagte er. »Ich brauche ja gar nicht zu wissen, womit ihr ihn am Haken hattet. Ich weiß, dass es etwas gab, und das reicht. Wenn dann noch die Geschichte mit dem Messer hinzukommt, das du angeblich immer noch hast, aber niemandem zeigst, bedeutet das nur, dass einer von euch wegen Mordes vor Gericht kommt. Ich weiß nicht, wer, und es ist mir auch gleichgültig. Wenns dir nicht wehtut, brauchst du nicht zu schreien. Ich geb dir eine Chance.

Wenn du nicht willst, gehe ich zu Johnny. Und wenn er mir auf die harte Tour kommt, werde ich mich ein bisschen mit diesen beiden Harlemsheriffs unterhalten, Grave Digger und Coffin Ed. Was das heißt, weißt du ja. Johnny ist vielleicht zäh, aber so zäh auch wieder nicht.«

Dulcy stand auf, taumelte zum Küchenschrank hinüber und schüttete zwei Fingerbreit Brandy unverdünnt in sich hinein. Sie versuchte aufrecht zu stehen, merkte aber, wie sie schwankte, und ließ sich auf einen anderen Stuhl sinken.

»Pass gut auf, Chink. Johnny hat so schon genug Ärger am Hals«, sagte sie. »Wenn du ihm jetzt auch nur die leisesten Schwierigkeiten machst, tickt er durch und legt dich um, selbst wenn sie ihn dafür in der Hölle braten.«

Er versuchte eine gelassene Miene aufzusetzen. »Johnny hat Verstand, Baby. Er hat vielleicht eine Silberplatte im Kopf, aber er will auch nicht lieber braten als irgendein anderer.«

»Auf jeden Fall hat Johnny nicht so viel Geld«, sagte sie. »Ihr Nigger in Harlem bildet euch ein, Johnny hat einen ganzen Hinterhof voll mit Geldbäumen. Er ist doch kein Lottomann. Alles, was er hat, ist der kleine Skin-Club.«

»So klein ist der auch wieder nicht«, antwortete Chink. »Und wenn er das Geld nicht hat, soll er sich welches besorgen. So viel Kredit hat er doch noch beim Syndikat. Und wenn ich ihn hochgehen lasse, wird alles, was er hat, weder dir noch ihm was nützen.«

Sie sank in sich zusammen. »In Ordnung. Gib mir zwei Tage Zeit.«

»Wenn du es in zwei Tagen besorgen kannst, kannst du es auch gleich morgen haben«, antwortete er.

»Gut, morgen«, fügte sie sich.

»Gib mir die Hälfte jetzt gleich«, forderte er.

»Du weißt verdammt gut, dass Johnny keine fünftausend hier im Haus hat«, antwortete sie.

Er bedrängte sie. »Was ist denn mit dir? Hast du ihm den Betrag noch nicht geklaut?«

Sie sah ihn mit bedächtiger Verachtung an. »Wenn du nicht ein so gottverdammter Nigger wärest, würd ich dich dafür ins Herz stechen«, sagte sie, »aber das bist du nicht wert.«

»Versuch nicht, mir was vorzumachen«, drängte er weiter. »Du wirst schon was auf der hohen Kante haben. Du gehörst nicht zu der Sorte, die riskiert, eines Tages mit nacktem Arsch rausgeschmissen zu werden.«

Sie wollte ihm schon widersprechen, überlegte es sich aber. »Ich habe ungefähr siebenhundert Dollar«, gab sie zu.

»Gut, her damit«, sagte er.

Sie stand auf und taumelte auf die Tür zu. Auch er erhob sich, aber sie sagte: »Komm mir ja nicht nach, Nigger.«

Zuerst wollte er ihre Mahnung ignorieren, doch dann änderte er seine Meinung und setzte sich wieder.

Alamena hörte, wie sie die Küche verließ, und kam aus dem Vorderzimmer, aber Dulcy rief ihr zu: »Kümmer dich nicht drum, Meeny.«

Gleich darauf kam sie mit einer Hand voll Banknoten in die Küche zurück. Sie breitete sie auf dem Tisch aus und sagte: »Da, Nigger, das ist alles, was ich habe.«

Chink stand auf, um das Geld einzustecken, aber Dulcy wurde beim Anblick der grünen Flecke auf dem rot-weiß karierten Tischtuch plötzlich übel, und ehe er an das Geld herankommen konnte, beugte sie sich vor und kotzte darauf.

Er packte sie bei den Armen, stieß sie auf einen Stuhl zurück und fluchte wie wild vor sich hin. Dann nahm er das beschmutzte Geld zum Ausguss und begann es abzuwaschen.

Plötzlich kam der Hund in die Küche geschossen und begann wie rasend vor der Tür zu bellen, die zum Dienstboteneingang führte. Er hatte gehört, wie ein Schlüssel leise in das Schloss geschoben wurde.

Alamena kam hinter der Hündin in die Küche gerannt. Ihr braunes Gesicht hatte einen teigiggrauen Ton angenommen. »Johnny«, flüsterte sie und presste einen Finger auf ihre Lippen.

Chinks Gesicht nahm eine seltsame Färbung an, wie das eines

Menschen, der lange Zeit an Gelbsucht gelitten hat. Hastig begann er, das halbgesäuberte, triefendnasse Geld in seine Seitentasche zu stecken, doch seine Hände zitterten so heftig, dass er kaum ihre Öffnung fand. Dann sah er sich wild nach allen Seiten um, als ob er aus dem Fenster springen wollte, falls ihn niemand davon abhielt.

Dulcy begann hysterisch zu lachen. »Wer hat keine Angst vor wem?«, gurgelte sie.

Alamena warf ihr einen entsetzten, verängstigten Blick zu, packte Chink bei der Hand und zerrte ihn zur Vordertür.

»Sei doch um Gottes willen still«, zischte sie Dulcy zu.

Der Hund bellte wie rasend.

Dann waren plötzlich Stimmen von der Hintertreppe her zu hören.

Grave Digger und Coffin Ed waren in dem Augenblick aus dem Dunkeln aufgetaucht, als Johnny seinen Schlüssel in das Schloss schob und die Tür aufschließen wollte.

Die in der Küche hörten Grave Digger rufen: »Einen Augenblick nur, Johnny. Wir möchten dir und deiner Frau ein paar Fragen stellen.«

»Mit mir braucht ihr nicht so laut zu schreien«, sagte Johnny, »ich bin nicht taub.«

»Hängt mit dem Beruf zusammen«, antwortete Grave Digger. »Polypen sprechen lauter als Spieler.«

»Klar. Und habt ihr einen Haftbefehl?«, fragte Johnny.

»Wozu? Wir wollen euch nur ein paar freundschaftliche Fragen stellen«, erwiderte Grave Digger.

»Meine Frau ist betrunken und nicht fähig, auch nur eine Frage zu beantworten, egal ob freundschaftlich oder nicht«, erklärte Johnny. »Und ich hab keine Lust dazu.«

»Wirst du nicht für deine Hose ein bisschen zu dick, Johnny?«, fragte Coffin Ed.

»Hört mal«, antwortete Johnny. »Ich will gar nicht die große Nummer spielen oder grob werden, ich bin nur müde. Ein Haufen Leute geht mir auf die Nerven. Ich bezahle meinen Anwalt, damit er für mich vor Gericht spricht. Wenn ihr einen Haftbefehl gegen mich oder Dulcy habt, dann nehmt uns mit. Wenn nicht, lasst uns in Frieden.«

»Schon gut, Johnny«, lenkte Coffin Ed ein, »wir haben alle einen langen Tag hinter uns.«

»Hast du deine Waffe bei dir?«, fragte Grave Digger.

»Ja. Wollt ihr meinen Waffenschein sehen?«, entgegnete Johnny.

»Nein, wir wissen, dass du einen Waffenschein hast. Ich wollte dir nur raten, einen kühlen Kopf zu bewahren, mein Sohn«, sagte Grave Digger.

»In Ordnung«, sagte Johnny.

Während sie sprachen, hatte Alamena Chink zur Vordertür hinausgedrängt. Chink hatte auf den Fahrstuhlknopf gedrückt und wartete auf die Kabine, als Johnny in die Küche seiner Wohnung trat. Alamena war dabei, das Tischtuch zu waschen. Der Hund bellte, und Dulcy lachte immer noch hysterisch.

»Wer hätte das gedacht, dich hier zu sehen, Daddy«, sagte Dulcy mit undeutlicher, betrunkener Stimme. »Ich hab gemeint, das wäre der Müllmann, der da kommt.«

»Sie ist betrunken«, erklärte Alamena schnell.

»Warum hast du sie nicht ins Bett gebracht?«, fragte Johnny.

»Sie wollte nicht ins Bett gehen.«

»Niemand bringt Dulcy ins Bett, wenn sie nicht ins Bett will«, sagte Dulcy trunken.

Der Hund bellte weiter.

»Sie hat auf das Tischtuch gekotzt«, sagte Alamena.

»Geh nach Hause«, sagte Johnny, »und nimm den kläffenden Köter mit.«

»Komm, Spookie«, sagte Alamena.

Johnny hob Dulcy von dem Stuhl auf und trug sie ins Schlafzimmer.

Draußen im Gang trafen Grave Digger und Coffin Ed Chink vor dem Fahrstuhl.

»Du zitterst ja«, bemerkte Grave Digger.

»Schwitzen tut er auch«, fügte Coffin Ed hinzu.

»Mir ist nur kalt, sonst nichts«, sagte Chink.

»Verflucht wahr«, bestätigte Grave Digger. »Auf die Art kann einer für immer kalt werden, wenn er sich mit der Frau eines anderen abgibt, und das noch in dessen eigener Wohnung.«

»Ich habe mich nur um meine eigenen Angelegenheiten gekümmert«, hielt Chink ihm entgegen. »Warum versucht ihr Polypen das nicht auch manchmal?«

»Das ist der Dank dafür, dass wir dir geholfen haben«, meinte Grave Digger. »Wir haben Johnny aufgehalten, damit du dich aus dem Staub machen konntest.«

»Red doch gar nicht mit dem Hurensohn«, sagte Coffin Ed schroff. »Wenn er noch ein Wort sagt, schlag ich ihm die Zähne ein.«

»Nicht bevor er ausgepackt hat«, warnte Grave Digger. »Er wird seine Zähne brauchen, um sich verständlich zu machen.«

Der Fahrstuhl hielt auf der Etage. Die drei stiegen ein.

»Was soll das sein? Eine Verhaftung?«, fragte Chink.

Coffin Ed schlug ihn in den Solarplexus. Grave Digger musste ihn beruhigen. Chink wankte zwischen den beiden Detectives aus dem Haus und hielt sich den Leib, als würde ihm sonst der Magen rausfallen.

17

Chink saß auf dem Hocker in dem grellen Lichtkreis im Singvogelkäfig, wo Detective Sergeant Brody von der Mordkommission ihn an diesem Morgen vernommen hatte. Aber diesmal wurde er von den Harlemer Revierdetectives Grave Digger Jones und Coffin Ed Johnson verhört, und das war nicht das Gleiche.

Schweiß strömte über sein wächsernes Gesicht, und sein beigefarbener Sommeranzug war zum Auswringen nass. Er zitterte wieder, und er hatte Angst. Er sah mit kranken, von roten

Äderchen durchzogenen Augen auf das nasse Geld, das am einen Ende des Schreibtischs aufgehäuft war.

»Ich habe ein Recht auf meinen Anwalt«, sagte er.

Grave Digger saß vor ihm auf der Schreibtischkante, und Coffin Ed stand im Schatten hinter ihm.

Grave Digger sah auf seine Uhr und sagte: »Es ist fünf Minuten nach zwei, und wir müssen ein paar Antworten haben.«

»Aber ich habe ein Recht auf meinen Anwalt«, wiederholte Chink in flehendem Ton. »Sergeant Brody hat heute Morgen gesagt, ich hätte das Recht darauf, dass mein Anwalt dabei ist, wenn ich verhört werde.«

»Hör zu, mein Junge«, sagte Coffin Ed. »Brody ist von der Mordkommission, und Morde aufklären ist sein Beruf. Er macht das nach der gesetzlich vorgeschriebenen Methode, und wenn noch ein paar Leute umgebracht werden, während er damit beschäftigt ist, dann wäre das verdammt schade für die Opfer. Aber Grave Digger und ich, wir sind nur zwei Provinzbullen aus Harlem, die in dem Dorf hier leben und nicht gern sehen, dass hier einer umgebracht wird. Könnte ja ein Freund von uns sein. Darum wollen wir einem weiteren Mord vorbeugen.«

»Und viel Zeit haben wir nicht«, fügte Grave Digger hinzu.

Chink wischte sich mit einem nassen Taschentuch das Gesicht ab. »Wenn ihr glaubt, dass mich einer ermorden will ...«, begann er, aber Coffin Ed schnitt ihm das Wort ab.

»Was mich angeht, ich würde einen Dreck darum geben, ob du umgebracht wirst ...«

»Immer mit der Ruhe, Ed«, sagte Grave Digger, und dann zu Chink gewandt: »Wir wollen dir eine Frage stellen, und wir wollen die Wahrheit hören. Hast du Dulcy das Messer gegeben, mit dem Val getötet wurde, wie Reverend Short behauptet?«

Chink quetschte ein Lachen heraus. »Das habe ich euch schon gesagt. Von dem Messer weiß ich nichts.«

»Denn wenn du ihr das Messer gegeben hast«, fuhr Grave Digger ruhig fort, »und Johnny es in die Hand bekommen und Val damit getötet hat, wird er sie auch umbringen, falls wir es nicht verhindern. Das ist sicher. Und wenn wir ihn dann nicht sehr schnell festsetzen, wird er dich vielleicht auch noch umbringen.«

»Ihr Polypen tut so, als ob Johnny ein schwarzer Dillinger oder Al Capone wäre ...«, sagte Chink, aber seine Zähne klapperten so laut, dass es sich nach einer geheimen Kindersprache anhörte.

Grave Digger fiel ihm ins Wort, immer noch in sanftem, überredendem Tonfall. »Und wir wissen, dass du was gegen Dulcy in der Hand hast. Sonst hätte sie dich nicht in Johnnys Wohnung gelassen und riskiert, geschlagene dreiunddreißig Minuten mit dir zu sprechen. Und wenn es nicht etwas verdammt Ernstes wäre, hätte sie dir nicht siebenhundertdreißig Dollar gegeben, damit du den Mund hältst.« Er schlug mit der fleischigen Kante seiner Faust auf den Stapel durchtränkter Dollarnoten, riss sie zurück und wischte sich die Hand mit seinem Taschentuch ab. »Schmutziges Geld. Wer von euch beiden hat draufgekotzt?«

Chink versuchte seinem Blick trotzig standzuhalten, aber es gelang ihm nicht, und er schlug die Augen nieder, bis sie an Grave Diggers großen Plattfüßen einen Ruhepunkt fanden.

»Es gibt also nur zwei Möglichkeiten«, fuhr Grave Digger fort. »Entweder hast du ihr das Messer gegeben, oder du kamst dahinter, was Val über sie wusste und womit er aus Johnny die zehn Tausender herausquetschen wollte. Und wir glauben nicht, dass du das erst herausgefunden hast, nachdem wir mit dir gesprochen haben, weil wir dich die ganze Zeit beschattet haben, und wir wissen, dass du von deinem Zimmer direkt in Johnnys Club und von dort zu Dulcy gegangen bist. Du musstest also über das Messer schon vorher Bescheid gewusst haben.« Er schwieg, und die beiden warteten auf Chinks Antwort.

Chink sagte nichts.

Plötzlich trat Coffin Ed ohne Warnung aus dem Dunkeln vor und schlug Chink mit der Handkante in den Nacken. Der Schlag schleuderte Chink vorwärts, betäubte ihn, und Coffin Ed packte ihn unter den Armen, damit er nicht aufs Gesicht fiel.

Grave Digger glitt schnell vom Schreibtisch, legte Handschellen um Chinks Füße und zog die Reifen gerade oberhalb der Knöchel fest an. Dann fesselte Coffin Ed Chinks Hände auf dem Rücken.

Ohne ein weiteres Wort öffneten sie die Tür, hoben Chink vom Hocker und hängten ihn an seinen gefesselten Füßen mit dem Kopf nach unten an die obere Türkante, sodass die Tür seine Beine der Länge nach trennte. Sein Rücken hing flach gegen die Türkante, und der Riegel bohrte sich ihm in den Rücken. Darauf setzte Grave Digger seinen Absatz in Chinks linke Armhöhle, und Coffin Ed tat das Gleiche rechts, und langsam drückten sie ihn nach unten.

Chink dachte an die zehntausend Dollar, die Dulcy ihm noch an diesem Tag beschaffen würde, und versuchte durchzuhalten. Er wollte schreien, aber er hatte zu lange gewartet. Alles, was aus seinem Mund kam, war seine Zunge, und die konnte er nicht wieder zurückziehen. Er begann zu würgen, und seine Augen quollen aus den Höhlen.

»Nehmen wir ihn wieder runter«, sagte Grave Digger.

Sie nahmen ihn von der Tür runter und stellten ihn auf die Füße, aber er konnte nicht stehen. Er stürzte vornüber. Grave Digger fing ihn auf, ehe er zu Boden fiel, und setzte ihn wieder auf den Hocker.

»Na dann spuck mal aus«, sagte Coffin Ed. »Und es ist besser für dich, wenn du bei der Wahrheit bleibst.«

Chink schluckte. »Ja, ja«, lallte er mit keuchender Stimme. »Ich hab ihr das Messer gegeben.«

Coffin Eds verätztes Gesicht verzerrte sich vor Wut. Chink duckte sich automatisch, aber Coffin Ed ballte nur seine Fäuste und öffnete sie wieder.

»Wann hast du es ihr gegeben?«, fragte Grave Digger.

»Es war genauso, wie der Prediger gesagt hat«, gestand Chink. »Einer der Clubmitglieder, Mr. Burns, brachte es aus London mit und schenkte es mir zu Weihnachten, und ich gab es Dulcy.«

»Wozu?«, fragte Coffin Ed.

»Nur so aus Spaß«, antwortete Chink. »Sie hat so viel Angst vor Johnny, dass ich dachte, das sei ein guter Witz.«

»Da hast du verdammt recht«, stimmte Grave Digger säuerlich zu. »Es wäre furchtbar komisch gewesen, wenn du es zwischen deinen eigenen Rippen wieder gefunden hättest.«

»Ich hab nicht damit gerechnet, dass sie Johnny es finden lassen würde«, sagte Chink.

»Woher weißt du, dass er es gefunden hat?«, fragte Coffin Ed.

»Wir haben keine Zeit für Rätselraten«, sagte Grave Digger ungeduldig.

Sie nahmen die Handschellen von Chinks Handgelenken und Knöcheln ab und lieferten ihn unter Mordverdacht ein.

Dann versuchten sie, sich mit Mr. Burns in Verbindung zu setzen, von dem er das Messer erhalten haben wollte, um für Chinks Aussage eine Bestätigung zu finden. Aber der Nachtportier im University Club sagte ihnen am Telefon, dass Mr. Burns irgendwo in Europa sei.

Sie gingen zu Johnnys Wohnung zurück, drückten auf die Klingel und hämmerten gegen die Tür. Niemand meldete sich. Sie versuchten es am Dienstboteneingang. Grave Digger lauschte mit dem Ohr an der Füllung.

»Still wie ein Grab«, sagte er.

»Mit dem Hund muss was passiert sein«, meinte Coffin Ed.

Sie sahen sich an.

»Wenn wir ohne Haussuchungsbefehl reingehen, ist das riskant«, sagte Grave Digger. »Wenn Johnny drin ist und sie schon umgebracht hat, müssen wir ihn erschießen. Und wenn er ihr nichts getan hat und die beiden sich drinnen nur still verhalten, dann ist der Teufel los, wenn wir eindringen. Ihm ist zuzutrauen, dass er uns degradieren lässt und wir zum Straßendienst versetzt werden.«

»Mir graut bei dem Gedanken, dass Johnny seine Frau umbringt und wegen einer schmutzigen Ratte wie Chink auf den Stuhl kommt«, sagte Coffin Ed. »Nach allem, was wir wissen, hat Dulcy möglicherweise Val selbst erstochen. Aber wenn Johnny dahinter kommt, dass sie das Messer von Chink hat, ist ihr Leben keinen Pfifferling mehr wert.«

»Chink könnte gelogen haben«, gab Grave Digger zu bedenken.

»Wenn er das getan hat, würde er besser vom Erdboden verschwinden«, sagte Coffin Ed.

»Dann ist es besser, wir gehen vorn rein«, sagte Grave Digger. »Wenn Johnny mit seiner Knarre da drin lauert, haben wir in dem geraden Gang die größere Chance.«

Die Tür war oben und an den Seiten von kräftigen Winkeleisen eingefasst, die es unmöglich machten, sie aufzubrechen, und zudem durch drei Yale-Schlösser gesichert. Coffin Ed brauchte fünfzehn Minuten und sieben verschiedene Nachschlüssel, ehe er sie aufbekam. Mit gezogenen Pistolen standen sie zu beiden Seiten der Tür, als Grave Digger sie mit dem Fuß aufstieß. Kein Geräusch drang aus der dunklen Höhle des Gangs. Die Tür hatte eine Vorlegekette, die verhinderte, dass sie sich weiter als nur einen Spalt öffnen ließ, aber die Kette war nicht eingehängt.

»Die Kette ist nicht eingehängt«, sagte Grave Digger, »er ist also nicht hier.«

»Sei vorsichtig und riskier nichts«, warnte Coffin Ed.

»Zum Teufel! Johnny ist kein Wahnsinniger«, antwortete Grave Digger und trat in den dunklen Gang. »Wir sind es, Digger und Ed Johnson, falls du hier bist, Johnny«, sagte er ruhig, tastete nach dem Lichtschalter und drehte die Flurbeleuchtung ein.

Ihre Augen fielen sofort auf eine Lasche und Öse, die draußen an die Tür des Schlafzimmers geschraubt waren. Daran hing ein schweres Vorhängeschloss aus Messing. Coffin schloss die Wohnungstür. Sie gingen durch den Flur, pressten die Ohren gegen die Füllung der Schlafzimmertür und lauschten. Der einzige Laut von innen kam von einem Radio, in dem ein Nachtprogramm mit Swingmusik eingestellt war.

»Zumindest ist sie nicht tot«, sagte Grave Digger. »Eine Leiche würde er nicht einschließen.«

»Aber entweder hat er was herausgefunden, oder er ist übergeschnappt«, antwortete Coffin Ed.

»Sehen wir nach, was in der übrigen Wohnung zu finden ist«, schlug Grave Digger vor.

Sie begannen im Wohnzimmer auf der anderen Seite und durchsuchten alle Räume, bis sie wieder zur Küche gelangten. Keiner der Räume war gereinigt oder aufgeräumt worden. Die zersplitterte Glasplatte vom umgestürzten Cocktailtisch lag auf dem Teppich im Wohnzimmer.

»Sieht aus, als ob es hier heiß hergegangen wäre«, bemerkte Coffin Ed.

»Kann sein, dass er sie verprügelt hat«, stimmte Grave Digger zu.

Die beiden Schlafzimmer lagen von der Küche aus auf der anderen Seite des Gangs und waren durch das Badezimmer voneinander getrennt. Von den Schlafzimmern führten Türen in das Bad, die von beiden Seiten verriegelt werden konnten. Die Tür, die in das Zimmer führte, in dem Val gewohnt hatte, war nur angelehnt, aber die Tür zum Schlafzimmer war verriegelt. Grave Digger schob den Riegel zurück, und sie traten ein.

Die Vorhänge waren zugezogen, und abgesehen von dem schwachen Schimmer der Radiolämpchen lag das Zimmer im Dunkeln.

Coffin Ed schaltete das Licht ein.

Dulcy lag auf der Seite, die Knie angezogen, die Hände zwischen ihren Beinen. Sie hatte die Bettdecke von sich gestoßen, ihr nackter, sepiabrauner Körper hatte den stumpfen Schimmer von Metall. Sie atmete ruhig, aber ihr Gesicht glänzte vor Schweiß und Speichel, der aus ihren Mundwinkeln sickerte.

»Schläft wie ein Baby«, bemerkte Grave Digger.

»Ein betrunkenes Baby«, berichtigte Coffin Ed.

»So riecht sie auch«, gab Grave Digger zu.

Auf dem Teppich neben dem Bett stand eine leere Brandyflasche, ein umgeworfenes Glas lag inmitten eines feuchten Flecks.

Coffin Ed ging zu dem Fenster hinüber, das zur Feuertreppe führte, und zog die Vorhänge auseinander. Das schwere Eisengitter vor dem Fenster war mit einem Vorhängeschloss gesichert. Er drehte sich um und kam zum Bett zurück. »Glaubst du, die schlafende Schönheit da weiß, dass sie eingeschlossen wurde?«, fragte er.

»Schwer zu sagen«, meinte Grave Digger. »Was hältst du davon?«

»Mir scheint, dass Johnny hinter etwas her ist, nur weiß er nicht, was«, sagte Coffin Ed. »Jetzt ist er unterwegs und versucht, mehr herauszubekommen, und er hat sie hier eingeschlossen, nur für den Fall, dass er das Falsche entdeckt.«

»Glaubst du, dass er über das Messer Bescheid weiß?«

»Wenn, dann ist er hinter Chink her, darauf kannst du dich verlassen«, sagte Coffin Ed.

»Wollen doch mal hören, was sie zu sagen hat«, schlug Grave Digger vor und schüttelte Dulcy an der Schulter.

Sie erwachte und rieb sich benommen das Gesicht.

»Wach auf, Schwesterchen«, sagte Grave Digger.

»Geh weg«, murmelte Dulcy, ohne die Augen zu öffnen. »Ich habe dir alles gegeben, was ich habe.« Plötzlich kicherte sie. »Alles, außer du weißt schon. Das bekommst du nie, Nigger, das ist nur für Johnny da.«

Grave Digger und Coffin Ed sahen einander an.

»Jetzt verstehe ich überhaupt nichts mehr«, gab Grave Digger zu.

»Vielleicht ist es besser, wir nehmen sie mit«, schlug Coffin Ed vor.

»Das könnten wir, aber wenn sich später herausstellt, dass wir uns irren, und Johnny nichts mit ihr vorhat, außer dass er einfach ganz normal eifersüchtig ist ...«

»Was nennst du ganz normal eifersüchtig?«, unterbrach ihn Coffin Ed. »Soll das normale Eifersucht sein, wenn einer seine Frau einsperrt?«

»Bei Johnny auf jeden Fall«, erwiderte Grave Digger. »Und

wenn er zurückkommt und feststellt, dass wir in seine Wohnung eingedrungen sind und seine Frau verhaftet haben ...«

»Unter Mordverdacht«, unterbrach Coffin Ed ihn wieder.

»Nicht mal das kann uns vor einer Suspendierung retten. Das ist nicht so, wie wenn wir sie auf der Straße verhaften. Wir sind in ihre Wohnung eingebrochen, und es liegt kein Beweis vor, dass hier ein Verbrechen begangen wurde. Und selbst wenn die Anklage auf Mord lautet, würden wir einen Haftbefehl brauchen.«

»Dann bleibt uns nur übrig, dass wir Johnny aufgreifen, ehe er das findet, wonach er sucht«, folgerte Coffin Ed.

»Ja, und es ist besser, wir beeilen uns, weil die Zeit knapp wird«, sagte Grave Digger.

Sie gingen durch das Badezimmer hinaus, ließen die Tür weit offen und schlossen die Vordertür nur mit dem automatischen Schnappschloss.

Zuerst gingen sie zu der Garage in der 115th Street, wo Johnny seinen Cadillac unterstellte, aber dort hatte er sich nicht blicken lassen. Dann suchten sie seinen Club auf. Er war dunkel und geschlossen.

Als Nächstes begannen sie eine Runde durch die Kabaretts, Spielsalons und Nachtlokale. Sie ließen durchblicken, dass sie nach Chink Charly suchten.

Der Barmann in der Small Paradise Inn sagte: »Ich hab Chink den ganzen Abend nicht gesehen. Er muss im Bau sitzen. Habt ihr da schon nach ihm gesucht?«

»Teufel, das ist der letzte Ort, wo Polypen nach jemandem suchen«, sagte Grave Digger.

»Sehen wir nach, ob er schon nach Hause gegangen ist«, schlug Coffin Ed schließlich vor.

Sie gingen zu Johnnys Wohnung zurück und drückten auf die Klingel. Als sie keine Antwort erhielten, drangen sie wieder ein. Es war alles noch so, wie sie es zurückgelassen hatten. Dulcy schlief in der gleichen Stellung. Der Rundfunksender beendete sein Programm.

Coffin Ed sah auf seine Uhr. »Es ist vier«, sagte er. »Bleibt nur noch, sich aufs Ohr zu legen.«

Sie fuhren zu ihrem Revier zurück und setzten ihren Bericht auf. Der Lieutenant vom Nachtdienst schickte nach ihnen und las den Bericht durch, ehe er sie entließ.

»Sollten wir nicht lieber Perrys Frau abholen?«, meinte er.

»Nicht ohne Haftbefehl«, antwortete Grave Digger. »Wir konnten keine Bestätigung für Chink Charly Dawsons Aussage über das Messer bekommen. Und wenn er lügt, kann sie uns wegen ungerechtfertigter Festnahme verklagen.«

»Na und, zum Teufel?«, fragte der Lieutenant. »Ihr tut so, als sei sie Mrs. Vanderbilt.«

»Mrs. Vanderbilt ist sie vielleicht nicht, aber Johnny Perry hat in diesem Stadtteil was zu sagen«, antwortete Grave Digger. »Und der liegt außerdem nicht im Bereich unseres Reviers.«

»Also gut. Ich veranlasse das Revier in der 152nd Street, ein paar Leute in dem Haus zu postieren, um Johnny zu verhaften, wenn er auftaucht«, sagte der Lieutenant. »Gehen Sie jetzt schlafen. Sie haben es verdient.«

»Schon Nachricht aus Chicago über Valentine Haines?«, fragte Grave Digger.

»Nicht die Spur«, sagte der Lieutenant.

Der Himmel war bedeckt, als sie das Revier verließen, und die Luft war heiß und stickig.

»Sieht so aus, als würds bald wie aus Eimern schütten«, sagte Grave Digger.

»Nur her damit«, antwortete Coffin Ed.

18

Mamie Pullen frühstückte, als das Telefon klingelte. Sie hatte einen gehäuften Teller mit gebratenem Fisch und gekochtem Reis vor sich und stippte warme Brötchen in eine Mixtur aus zerlassener Butter und schwarzem Hirsesirup.

Baby Sis hatte ihr Frühstück schon eine Stunde vorher beendet und füllte Mamies Tasse aus einem Topf mit übrig gebliebenem Kaffee, der kochend auf dem Herd gestanden hatte.

»Geh ans Telefon«, befahl Mamie scharf. »Steh nicht nur so rum wie ein Holzklotz.«

»Scheint, ich krieg heut morgen alles nicht richtig zusammen«, sagte Baby Sis, als sie aus der Küche durch das Wohnzimmer und in das Schlafzimmer nach vorn schlurfte.

Als sie zurückkehrte, schlürfte Mamie pechschwarzen Kaffee, der heiß genug war, um Geflügel darin abzubrühen.

»Es ist Johnny«, meldete Baby Sis.

Mamie hielt den Atem an, als sie vom Tisch aufstand.

Sie war in einen verblassten roten Flanellkimono gekleidet und trug ein Paar von Big Joes alten Arbeitsschuhen. Auf dem Kopf hatte sie einen schwarzen Baumwollstrumpf, der in der Mitte geknotet war und ihr über den Rücken hinabhing.

»Was bist du so früh auf?«, fragte sie in das Telefon. »Oder bist du noch gar nicht ins Bett gegangen?«

»Ich bin in Chicago«, antwortete Johnny. »Ich bin heute Morgen hierhergeflogen.«

Mamies magerer alter Körper begann unter den lockeren Falten des schmutzigroten alten Kimonos heftig zu zittern, und der Telefonhörer schlotterte in ihrer Hand, als ob sie die Schüttellähmung hätte. »Vertrau ihr, mein Sohn«, flehte sie mit wimmernder Stimme. »Vertrau ihr doch. Sie liebt dich.«

»Ich vertraue ihr ja«, sagte Johnny in seiner flachen, tonlosen Stimme. »Aber wie viel Vertrauen erwartest du noch von mir?«

»Dann lass es auf sich beruhen, mein Sohn«, bat sie. »Du hast sie ganz für dich, genügt das nicht?«

»Ich weiß nicht, ob ich sie ganz für mich habe oder nicht«, antwortete er. »Das will ich ja herausbekommen.«

»Kommt nie was Gutes bei raus, immer in der Vergangenheit rumzustochern«, warnte sie.

»Sag du mir, was es ist, dann höre ich auf zu stochern«, sagte er.

»Dir was sagen, mein Sohn?«

»Was immer, zum Teufel, es ist«, sagte er. »Wenn ich es wüsste, wäre ich nicht hier.«

»Was willst du denn wissen?«

»Ich will einfach wissen, was es ist, von dem sie glaubt, dass ich zehntausend bezahle, wenn sies mir sagt«, antwortete er.

»Du hast alles ganz falsch verstanden, Johnny«, beschwor sie ihn in klagendem Ton. »Das ist nichts als eine Lüge von Doll Baby, mit der sie sich wichtig machen will. Wenn Val noch am Leben wär, würde er dir sagen, dass sie lügt.«

»Ja, aber er lebt nicht mehr«, gab Johnny zurück. »Und ich muss selbst herausfinden, ob sie lügt oder nicht.«

»Aber Val muss dir doch was gesagt haben«, antwortete sie und unterdrückte ein Schluchzen in ihrer mageren alten Brust. »Muss dir was gesagt haben, sonst ...« Sie brach ab und begann zu schlucken, als ob sie die Worte wieder hinunterwürgen wollte, die sie bereits gesagt hatte.

»Sonst was?«, fragte er mit seiner tonlosen Stimme.

Sie schluckte weiter, bis sie es schließlich herausbringen konnte: »Na, du musst doch einen Grund haben, dass du dafür bis nach Chicago fährst, kann doch nicht nur wegen dem sein, was eine verlogene kleine Hure wie Doll Baby sagt.«

»Also gut, was ist mit dir?«, entgegnete er. »Du hast nicht gelogen. Aber warum verteidigst du Dulcy dauernd, wenn es nichts zu verteidigen gibt?«

»Ich will einfach nicht noch mehr Unheil sehen, mein Sohn«, klagte sie. »Kein Blutvergießen mehr. Was auch immer gewesen sein soll, jetzt ist es vorbei, und sie lebt nur für dich, das kannst du glauben.«

»Du machst alles nur noch geheimnisvoller«, sagte er.

»Da hat es nie ein Geheimnis gegeben«, beschwor sie ihn. »Jedenfalls nicht bei ihr. Du machst erst eines daraus.«

»In Ordnung, ich mach eines daraus«, sagte er. »Lassen wir das. Warum ich dich anrufe, ich wollte dir sagen, dass ich sie im Schlafzimmer eingeschlossen habe ...«

»Gütiger Gott im Himmel!«, rief sie aus. »Und was glaubst du, soll dabei Gutes herauskommen?«

»Hör mir doch zu«, sagte er. »Die Tür ist von außen mit einem Vorhängeschloss verschlossen. Der Schlüssel liegt im Küchenschrank. Ich möchte, dass du hingehst und sie rauslässt, dass sie Zeit hat, etwas zu essen, und dann wieder einschließt.«

»Barmherziger Gott, Sohn«, sagte sie. »Wie lange, glaubst du, kannst du sie so eingeschlossen halten?«

»Bis ich hinter ein paar dieser Geheimnisse gekommen bin«, antwortete er. »Das müsste ich bis heute Abend geschafft haben.«

»Vergiss eins nicht, mein Sohn«, flehte sie. »Sie liebt dich.«

»Ja«, antwortete er und hängte ein.

Mamie zog schnell ihr altmodisches Kleid aus schwarzem Satin und ihre eigenen Männerschuhe an, steckte Schnupftabak hinter ihre Unterlippe und nahm Schnupftabakstäbchen und -dose mit.

Der Himmel war nachtschwarz wie bei einer Sonnenfinsternis, und die Straßenbeleuchtung brannte noch. Nicht ein Staubkorn oder ein Papierfetzen bewegte sich in der stillen, stickigen Luft. Die Menschen gingen schweigend und in Zeitlupe einher wie in einer Stadt voller Geister, und Katzen und Hunde schlichen lautlos von Mülleimer zu Mülleimer, als fürchteten sie, dass ihre Schritte gehört werden könnten. Bevor Mamie ein freies Taxi fand, hatte sie das Gefühl, an den Auspuffgasen ersticken zu müssen, die in drei Metern Höhe über dem Pflaster stillzustehen schienen.

»Es wird Sumpfkröten und Ochsenfrösche regnen«, bemerkte der farbige Chauffeur.

»Selbst das wäre ein Segen«, antwortete sie.

Mamie hatte ihre eigenen Schlüssel zu Johnnys Wohnung, aber sie brauchte einige Zeit, um hereinzukommen, weil Grave Digger und Coffin Ed die Schlösser unverschlossen gelassen hatten, und sie schloss sie zu, in der Annahme, sie zu öffnen.

Als sie endlich in die Wohnung gelangte, musste sie sich einen Augenblick in der Küche niedersetzen, um ihr Zittern zu überwinden. Dann nahm sie den Schlüssel aus dem Küchenschrank und schloss die Schlafzimmertür zum Gang auf. Sie bemerkte, dass die Tür zum Badezimmer offen stand, aber ihre Gedanken waren so verwirrt, dass sie daraus keine Schlüsse zog.

Dulcy schlief noch.

Mamie bedeckte sie mit einem Leintuch und brachte die leere Brandyflasche und das Glas in die Küche zurück. Sie begann die Wohnung zu putzen, um ihre Gedanken abzulenken.

Es war zehn vor zwölf, und sie schrubbte gerade den Küchenfußboden, als das Unwetter ausbrach. Sie zog die Sonnenblenden herunter, stellte Schrubber und Eimer beiseite, setzte sich mit tiefgebeugtem Kopf an den Tisch und begann zu beten.

»Herr, zeige ihnen den Weg. Zeige ihnen das Licht, lass sie nicht noch einen umbringen.«

Das Donnergrollen hatte Dulcy geweckt, sie kam in die Küche gestolpert und rief mit verängstigter Stimme: »Spookie, komm her, Spookie.«

Mamie sah vom Tisch auf. »Spookie ist nicht hier«, sagte sie.

Dulcy fuhr bei ihrem Anblick erschrocken zusammen. »Oh, du bists?«, rief sie. »Wo ist Johnny?«

»Hat er dir das nicht gesagt?«, fragte Mamie.

»Mir was gesagt?«

»Er ist nach Chicago geflogen.«

Dulcys Augen weiteten sich vor Entsetzen, und ihr Gesicht erbleichte zu einem lehmigen Gelb. Sie ließ sich auf einen Stuhl fallen, stand aber im nächsten Augenblick wieder auf, holte eine Flasche Brandy und ein Glas aus dem Schrank und nahm einen kräftigen Schluck, um ihr Zittern abzustellen. Sie zitterte jedoch immer noch. Sie brachte die Flasche und das Glas an den Tisch, setzte sich, goss sich ein halbes Glas voll und begann zu trinken. Dann bemerkte sie Mamies Blick und stellte das Glas auf den Tisch zurück. Ihre Hand bebte dabei so heftig, dass das Glas auf der emaillierten Tischplatte klirrte.

»Zieh dir was an, Kind«, sagte Mamie mitleidig, »du zitterst ja vor Kälte.«

»Mir ist nicht kalt«, beteuerte Dulcy. »Ich fürchte mich nur zu Tode, Tante Mamie.«

»Ich auch, Kind«, sagte Mamie. »Aber zieh dir trotzdem was an. So herumzusitzen ist nicht anständig.«

Ohne zu antworten, stand Dulcy auf, ging ins Schlafzimmer und zog einen Morgenrock aus gelbem Flanell mit dazu passenden Pantoffeln an. Als sie zurückkam, griff sie wieder zu dem Glas und kippte den Brandy hinunter. Sie würgte und setzte sich, schnappte nach Luft.

Mamie nahm eine frische Prise Schnupftabak.

Sie saßen schweigend da, ohne sich anzusehen.

Dann goss sich Dulcy noch einen Drink ein.

»Nicht doch, Kind«, bat Mamie sie. »Trinken hilft keinem.«

»Aber du hast dir eine ganze Ladung Schnupftabak genehmigt«, parierte Dulcy.

»Das ist nicht dasselbe«, antwortete Mamie, »Schnupftabak reinigt das Blut.«

»Alamena muss sie mitgenommen haben«, sagte Dulcy nach langem Schweigen. »Ich meine Spookie.«

»Hat Johnny dir überhaupt nichts gesagt?«, fragte Mamie. Ein plötzlicher Donnerschlag ließ sie erschaudern, und sie stöhnte: »Gott im Himmel, die Welt geht unter.«

»Ich weiß nicht, was er gesagt hat«, gestand Dulcy. »Ich weiß nur noch, dass er durch die Hintertür hereingeschlichen kam, und das ist das Letzte, woran ich mich erinnern kann.«

»Warst du allein?«, fragte Mamie ängstlich.

»Alamena war hier«, antwortete Dulcy. »Sie muss Spookie mit zu sich genommen haben.« Dann verstand sie plötzlich, was Mamie gemeint hatte. »Mein Gott, Tante Mamie, du musst mich für eine Hure halten!«, rief sie.

»Ich versuche nur herauszufinden, warum er so plötzlich nach Chicago geflogen ist«, antwortete Mamie.

»Um mir nachzuspüren«, sagte Dulcy und trank trotzig ihr Glas aus. »Weshalb denn sonst? Immer versucht er, hinter mir her zu schnüffeln. Das ist alles, was er tut, mich kontrollieren.«

Ein Donnergrollen ließ die Fensterscheiben erzittern. »Mein Gott, ich halte dieses Donnern nicht aus!«, schrie sie und sprang auf. »Ich muss wieder ins Bett.«

Sie packte die Brandyflasche und das Glas und floh ins Schlafzimmer. Sie hob den Deckel des Radio-Phono-Sets, legte eine Platte auf, warf sich ins Bett und zog sich die Decke bis zu den Augen hoch.

Mamie kam einen Augenblick später nach und setzte sich in den Sessel neben dem Bett.

Die klagende Stimme von Bessie Smith erfüllte das Zimmer und übertönte das Geräusch des Regens, der gegen die Scheiben klatschte:

When it rain five days an' de skies turned dark as night
When it rain five days an' de skies turned dark as night
Then trouble taken place in the lowland that night

»Weißt du denn nicht mal, warum er dich eingeschlossen hat?«, fragte Mamie.

Dulcy streckte den Arm aus und drehte den Plattenspieler leiser. »Also, was hast du gesagt?«, fragte sie.

»Johnny hat dich in diesem Zimmer eingeschlossen«, sagte Mamie. »Er rief mich aus Chicago an, ich sollte herkommen und dich rauslassen. Daher weiß ich, dass er in Chicago ist.«

»Das ist nichts Besonderes bei ihm«, sagte Dulcy. »Er hat mich schon mal mit einer Kette ans Bett gefesselt.«

Mamie begann still vor sich hin zu schluchzen. »Kind, was ist nur geschehen?«, fragte sie. »Was ist gestern Nacht hier nur passiert, dass er so davongerast ist?«

»Es ist nicht mehr passiert als sonst auch«, erwiderte Dulcy trotzig. Nach einem Augenblick fügte sie hinzu: »Kennst du das Messer?«

»Messer? Welches Messer?«, Mamie sah sie verständnislos an.

»Das Messer, mit dem Val erstochen wurde«, flüsterte Dulcy.

Der Donner rollte, und Mamie zuckte zusammen. Regen prasselte gegen die Fenster.

»Chink Charly gab mir genauso ein Messer«, sagte Dulcy.

Mamie hielt den Atem an, während ihr Dulcy von den zwei Messern erzählte, von denen Chink ihr eins gegeben und das andere für sich selbst behalten hatte. Dann seufzte sie vor Erleichterung so tief auf, dass es klang, als ob sie erneut stöhnte. »Gott sei Dank, dann wissen wir jetzt, dass Chink es war«, sagte sie.

»Das hab ich doch die ganze Zeit gesagt«, erklärte Dulcy, »aber es wollte ja keiner auf mich hören.«

»Aber du kannst es beweisen, Kind«, sagte Mamie. »Du brauchst nur der Polizei dein Messer zu zeigen, dann wissen sie, dass er mit dem von Chink getötet wurde.«

»Aber ich hab meins nicht mehr«, jammerte Dulcy. »Darum habe ich doch solche Angst. Ich hielt es immer in meiner Wäscheschublade versteckt, und dann vor zwei Wochen war es verschwunden. Und ich hatte zu viel Angst, um jemanden danach zu fragen.«

Mamies Haut nahm eine seltsame aschgraue Färbung an, und ihr Gesicht schrumpfte zusammen, bis die Haut straff über ihre Knochen gespannt erschien. Ihre Augen sahen krank und eingefallen aus.

»Es muss doch nicht Johnny gewesen sein, der es genommen hat, oder?«, fragte sie mit eindringlich flehender Stimme.

»Nein, er muss es nicht unbedingt gewesen sein«, sagte Dulcy. »Aber es gibt keinen anderen, der es genommen haben könnte, außer Alamena. Ich weiß nicht, warum sie es genommen haben sollte, vielleicht um zu verhindern, dass Johnny es findet. Oder um etwas gegen mich in der Hand zu haben.«

»Du hast 'ne Frau, die zum Saubermachen herkommt«, sagte Mamie.

»Ja, sie könnte es auch genommen haben«, gab Dulcy zu.

»Nach Meeny hört sich das nicht an«, sagte Mamie. »Also muss es die Putzfrau gewesen sein. Sag mir, wie sie heißt, Kind, und wenn sie das Messer genommen hat, nehme ich es ihr wieder ab.«

Sie sahen einander mit furchtsamen, weit aufgerissenen Augen an.

»Wir machen uns nur was vor, Tante Mamie«, sagte Dulcy. »Niemand anders als Johnny hat das Messer genommen.«

Mamie schaute sie an, und Tränen rollten über ihre alten aschgrauen Wangen. »Kind, hatte Johnny denn einen Grund, Val umzubringen?«, fragte sie.

»Welchen Grund sollte er denn gehabt haben?«, hielt ihr Dulcy entgegen.

»Ich hab nicht nach dem Grund gefragt, warum er es getan haben könnte«, antwortete Mamie, »sondern von welchem Grund er was gewusst haben kann.«

Dulcy rutschte wieder so weit unter ihre Bettdecke, dass nur noch ihre Augen zu sehen waren, aber trotzdem konnte sie Mamie nicht in die Augen schauen. Sie sah zur Seite. »Er wusste keinen einzigen«, sagte sie. »Er hatte Val gern.«

»Sag mir die Wahrheit, Kind«, beharrte Mamie.

»Wenn er das wusste«, flüsterte Dulcy, »hat ers nicht von mir erfahren.«

Die Platte war zu Ende, und Dulcy ließ sie von Neuem abspielen.

»Hast du Johnny gebeten, dir zehntausend Dollar zu geben, um Val loszuwerden?«, fragte Mamie.

»Lieber Himmel, nein!«, fuhr Dulcy auf. »Das lügt sich die Hure doch nur zusammen!«

»Du verbirgst doch nichts vor mir, mein Kind?«, fragte Mamie.

»Das könnte ich dich auch fragen«, antwortete Dulcy.

»Wieso das, Kind?«

»Wie kann Johnny was erfahren haben, falls er überhaupt was weiß, wenn du es ihm nicht gesagt hast?«

»Ich habs ihm nicht gesagt«, erklärte Mamie. »Und ich weiß, dass auch Big Joe es ihm nicht gesagt hat, weil er es gerade erst selbst herausbekommen hatte, und er legte sich hin und starb, ehe er es irgendjemandem erzählen konnte.«

»Einer muss es ihm doch gesagt haben«, sagte Dulcy.

»Dann war es vielleicht Chink«, meinte Mamie.

»Chink war es nicht, weil er es nicht weiß«, sagte Dulcy. »Chink weiß nur von dem Messer, und er versucht, die zehntausend aus mir herauszupressen. Er droht, wenn ich sie ihm nicht beschaffe, will er Johnny davon erzählen.« Dulcy begann hysterisch zu lachen. »Als ob das noch was ausmachen würde, wenn Johnny das andere schon weiß.«

»Hör auf, so zu lachen!«, befahl Mamie scharf, beugte sich vor und ohrfeigte sie. »Johnny wird ihn umbringen«, fügte sie hinzu.

»Ich wünschte, Johnny täte das«, sagte Dulcy bösartig. »Wenn er wirklich nichts von der anderen Geschichte weiß, dann wäre damit alles in Ordnung.«

»Es muss einen anderen Weg geben«, sagte Mamie. »Wenn der Herr uns nur das Licht zeigt. Man kann nicht einfach alles in Ordnung bringen wollen, indem man Menschen umbringt.«

»Wenn er es nur nicht schon weiß«, sagte Dulcy.

Die Platte lief aus, und sie stellte sie von Neuem an.

»Um Gottes willen, Kind, kannst du nicht mal was anderes spielen?«, flehte Mamie. »Bei dem Lied krieg ich Gänsehaut.«

»Mir gefällt es«, sagte Dulcy. »Es passt genau zu meiner Stimmung.«

Sie lauschten auf die klagende Stimme und das Donnergrollen, das von draußen dazwischentönte.

Der Nachmittag verging. Dulcy trank weiter, und der Pegel in der Flasche sank tiefer und tiefer. Mamie schnupfte ihre Prisen. Hin und wieder sagte die eine von ihnen etwas, und die andere antwortete lustlos.

Niemand rief an, niemand kam.

Dulcy spielte wieder und wieder und wieder nur die eine Platte, und Bessie Smith sang:

Backwater blues done cause me to pack mah things an' go
Backwater blues done cause me to pack mah things an' go
Cause mah house fell down an' I cain' live there no mo'

»Lieber Himmel, ich wünschte, er käme nach Hause, brächte mich um und fertig, wenn es das ist, was er will!«, schluchzte Dulcy auf.

Die Vordertür wurde aufgeschlossen. Johnny kam herein und trat ins Schlafzimmer. Er trug denselben grünen Seidenanzug mit dem rosafarbenen Crêpehemd, den er am Abend vorher im Club angehabt hatte, aber jetzt war er zerknittert und beschmutzt. Seine .38er Automatik beulte seine rechte Jackentasche aus. Seine Hände waren leer. Seine Augen brannten wie glühende Kohlen, aber er sah müde aus, und die Venen hoben sich wie Wurzeln von seinen ergrauten Schläfen ab. Die Narbe auf seiner Stirn war geschwollen, aber ruhig. Er brauchte dringend eine Rasur, die grauen Stoppeln in seinem Bart schimmerten weißlich auf seiner dunklen Haut. Sein Gesicht war ausdruckslos.

Er grunzte, als er die Szene vor sich erblickte, aber er sagte nichts.

Die beiden Frauen beobachteten ihn mit angsterfüllten Augen und bewegten sich nicht, als er das Zimmer durchquerte und den Plattenspieler abstellte, dann die Vorhänge aufzog und das Fenster öffnete. Das Gewitter war vorüber, und die Nachmittagssonne wurde von den Fenstern auf der anderen Seite des Lichtschachts reflektiert.

Schließlich kam er um das Bett herum, küsste Mamie auf die Stirn und sagte: »Danke, Tante Mamie. Du kannst jetzt nach Hause gehen.« Seine Stimme war ausdruckslos.

Mamie regte sich nicht. Ihre alten, bläulich schimmernden Augen blieben von Angst erfüllt, als sie sein Gesicht erforschten, aber es stand nichts darin geschrieben.

»Nein«, sagte sie, »wir wollen jetzt darüber sprechen, solange ich hier bin.«

»Worüber sprechen?«, fragte er.

Sie sah ihn nur an.

Dulcy sagte herausfordernd: »Willst du mich nicht küssen?«

Johnny betrachtete sie, als ob er sie unter einem Mikroskop studierte. »Warten wir lieber, bis du nüchtern bist«, sagte er mit seiner tonlosen Stimme.

»Tu ihr nichts, Johnny! Ich flehe dich auf Knien an!«, jammerte Mamie.

»Was soll ich ihr tun?«, fragte Johnny, ohne seinen Blick von Dulcy abzuwenden.

»Um Gottes willen, sieh mich doch nicht an, als ob ich den Heiland gekreuzigt hätte«, wimmerte Dulcy. »Mach schon, und tu, was du willst, aber hör auf, mich so anzusehen.«

»Ich will nicht, dass du behauptest, ich hätte deine Trunkenheit ausgenutzt«, sagte er. »Warten wir also, bis du wieder nüchtern bist.«

»Sohn, hör mich an ...«, begann Mamie, aber Johnny schnitt ihr das Wort ab. »Ich will nur schlafen«, sagte er. »Was meint ihr denn, wie lange ich ohne Schlaf auskommen kann?«

Er nahm die Pistole aus seiner Tasche, legte sie unter sein Kopfkissen und begann sich auszuziehen, bevor Mamie aufgestanden war.

»Stell das in die Küche, wenn du hinausgehst«, sagte er und gab ihr die fast leere Brandyflasche und das Glas.

Kommentarlos brachte Mamie beides hinaus. Er warf seine Kleidung auf den Sessel, den sie freigemacht hatte. Seine schweren braunen Muskeln waren von Narben überzogen. Als er sich ganz ausgezogen hatte, stellte er den Radiowecker auf zehn Uhr, rollte Dulcy auf die Seite und legte sich neben sie ins Bett. Sie versuchte ihn zu streicheln, aber er stieß sie von sich.

»In meiner inneren Jackentasche sind zehntausend Dollar in Hunderter-Noten«, sagte er. »Wenn du die willst, sei einfach nicht mehr hier, wenn ich aufwache.«

Er war eingeschlafen, bevor Mamie das Haus verließ.

19

Als Chink in seine Wohnung zurückkam, klingelte gerade das Telefon. Er war schmutzig, unrasiert, und seinem beigefarbenen Sommeranzug war anzusehen, dass er darin geschlafen hatte. Seine gelbliche Haut sah wie ein fettiger Teig aus, durchzogen von Runzeln, wo Hexen ihn im Schlaf heimgesucht hatten. Unter seinen geschlagenen, stumpfen Augen hingen große, dunkle Halbmonde.

Sein Anwalt hatte ihm das ganze Geld abgenommen, das er von Dulcy erhalten hatte, um ihn gegen Kaution wieder freizubekommen. Er fühlte sich wie ein geprügelter Köter, beschämt, ausgepumpt und erniedrigt. Wieder in Freiheit, war er sich nicht mehr so sicher, ob es für ihn nicht doch besser gewesen wäre, im Gefängnis zu bleiben. Wenn die Bullen Johnny nicht festgenommen hatten, blieb ihm nichts anderes als die Flucht, aber egal, wie schnell er lief, in Harlem gab es keinen Platz, wo er sich verbergen konnte. Jeder würde gegen ihn sein, wenn rauskommen würde, dass er zum Verräter geworden war.

»Ist für dich, Chink«, rief seine Vermieterin ihm zu.

Er ging in das Schlafzimmer, in dem sie das Telefon untergebracht hatte, dessen Wählscheibe mit einem Vorhängeschloss gesichert war.

»Hallo«, sagte er mit böser Stimme und warf seiner Wirtin einen feindseligen Blick zu, weil sie im Zimmer herumlungerte. Sie ging hinaus und schloss die Tür hinter sich.

»Ich bins, Dulcy«, sagte die Stimme am Telefon.

»Oh!«, antwortete er nur, und seine Hände begannen zu zittern.

»Ich hab das Geld«, sagte sie.

»Was?« Er machte ein Gesicht, als ob ihm jemand einen Revolver in den Bauch gerammt und gefragt hätte, ob er wetten wolle, dass die Waffe nicht geladen sei. »Ist Johnny denn nicht verhaftet?«, entfuhr es ihm unwillkürlich, bevor er sich zusammenreißen konnte.

»Verhaftet?« Ihre Stimme klang plötzlich argwöhnisch. »Warum sollte er denn verhaftet werden, wenn du nichts von dem Messer gepfiffen hast …?«

»Du weißt verdammt gut, dass ich nicht gepfiffen habe«, erklärte er hastig. »Glaubst du, ich würde zehn Tausender schießen lassen?« Er überlegte schnell und fügte hinzu: »Ich frage nur, weil ich ihn den ganzen Tag nicht gesehen habe.«

»Er ist nach Chicago, um hinter mir und Val herzuschnüffeln«, antwortete sie.

»Wie hast du denn die zehntausend bekommen?«, wollte er wissen.

»Das geht dich nichts an.«

Er vermutete eine Falle, aber bei dem Gedanken an die zehntausend Dollar packte ihn unbeherrschbare Gier. Er musste sich zusammenreißen. Er hatte das Gefühl, als würde er vor Jubel platzen. Sein ganzes Leben hatte er sich gewünscht, zu den Großen dieser Welt zu gehören, und jetzt hatte er die Chance, wenn er seine Karte richtig ausspielte.

»Na schön«, sagte er, »mir ist egal, wie du sie bekommen hast. Ob du sie gestohlen oder ihm deswegen die Kehle durchgeschnitten hast, Hauptsache, du hast sie.«

»Ich habe sie«, versicherte Dulcy, »aber du musst mir das Messer bringen, bevor ich sie dir gebe.«

»Wofür hältst du mich?«, fragte er. »Bring du mir das Geld her, dann reden wir über das Messer.«

»Nein, du musst zu mir in die Wohnung kommen und dir das Geld holen. Und das Messer musst du mitbringen«, entgegnete sie.

»So verrückt bin ich nicht, Süße«, antwortete er. »Nicht dass ich Angst vor Johnny hätte, aber auf ein so verfluchtes Risiko brauche ich mich nicht einzulassen. Du sitzt in der Klemme, nicht ich, und du musst dafür bezahlen, um da rauszukommen.«

»Hör zu, Schatz, da gibts gar kein Risiko«, sagte sie. »Er kann vor morgen Abend nicht wieder hier sein, weil er morgen den ganzen Tag brauchen wird, um das zu finden, wonach er sucht. Und wenn er zurückkommt, muss ich selbst verschwunden sein.«

»Kapier ich nicht«, antwortete Chink.

»Dann fehlt es dir an Verstand, Schatz«, sagte sie. »Was er herausfinden wird, ist der Grund dafür, warum es Val erwischt hat.«

Plötzlich begann es Chink zu dämmern. »Dann warst du es ...«

Sie schnitt ihm das Wort ab. »Was spielt das jetzt schon für eine Rolle? Ich muss hier weg sein, bevor Johnny zurückkommt. Das ist todsicher. Ich will ihm nur ein Souvenir zurücklassen.«

Triumph hellte Chinks Gesicht auf. »Du meinst, dass du mich haben willst? In seiner eigenen Wohnung?«

»In seinem eigenen Bett«, antwortete sie. »Der Scheißkerl hat immer gemeint, dass ich ihn betrüge, als es nicht so war. Jetzt will ichs ihm zeigen.«

Chink stieß ein leises, boshaftes Lachen aus. »Du und ich, Kindchen, wir werden es ihm gemeinsam zeigen.«

»Dann beeil dich«, drängte sie.

»Gib mir eine halbe Stunde«, antwortete er.

Den Anschluss des zweiten Apparats im Schlafzimmer hatte sie vorsichtshalber herausgezogen und sprach vom Apparat in der Küche. Als sie einhängte, sagte sie vor sich hin: »Du hast es so gewollt.«

Dulcy spähte durch das Guckloch und öffnete die Tür, noch ehe er klingelte. Sie trug ihren Morgenmantel und nichts darunter.

»Komm rein, Schatz«, sagte sie. »Die Bude gehört uns.«

»Ich wusste, dass ich dich kriege«, sagte er und griff nach ihr, aber sie entzog sich gewandt seinen Armen und sagte: »Na gut, dann lass mich auch nicht warten.«

Er blickte in die Küche.

»Wenn du Angst hast, durchsuch die Wohnung«, spottete sie.

»Wer hat hier Angst?«, meinte er streitlustig.

Das Zimmer, in dem Val gewohnt hatte, lag unmittelbar gegenüber der Küche. Dann kam das Badezimmer, dahinter das Hauptschlafzimmer, das ans Wohnzimmer grenzte.

Sie wollte Chink in Vals Zimmer führen, aber er ging nach vorn und sah ins Wohnzimmer, dann zögerte er vor der Tür zum Schlafzimmer. Dulcy hatte sie mit dem schweren Vorhängeschloss verschlossen, das Johnny angebracht hatte, um sie einzusperren.

»Was ist hier drin?«, fragte Chink.

»Das war Vals Zimmer«, antwortete Dulcy.

»Wozu ist es verschlossen?«, wollte er wissen.

»Die Polizei hat es verschlossen«, antwortete sie. »Wenn du es aufmachen willst, nur zu, schlag die Tür ein.«

Er lachte und sah dann ins Badezimmer. Das Wasser lief in die Wanne.

»Ich will schnell noch baden«, erklärte sie. »Was dagegen?«

Er lachte weiter in einer Art irrem Jubel vor sich hin. »Du bist eine richtige Hure«, sagte er, packte sie am Arm, schob sie in Vals Schlafzimmer und stieß sie mit dem Rücken quer über das Bett. »Dass du eine Hure bist, war mir schon immer klar, aber ich wusste nicht, wie scharf du bist.« Er begann sie zu küssen.

»Lass mich erst baden«, sagte sie. »Ich stinke.«

Er lachte jubilierend, wie über einen ganz privaten Witz, den nur er kannte.

»Eine richtige, waschechte Hure«, sagte er, als ob er mit sich selbst spräche. Dann setzte er sich plötzlich auf. »Wo ist das Geld?«

»Wo ist das Messer?«, konterte sie.

Er zog es aus der Tasche und hielt es in der Hand.

Sie deutete auf einen Umschlag auf dem Toilettentisch.

Er nahm ihn, öffnete ihn mit der Hand, während er in der anderen das Messer festhielt, und schüttelte Hundert-Dollar-Noten über die Bettdecke. Sie zog ihm das Messer aus der Hand und schob es in die Tasche ihres Morgenmantels, ohne dass er es bemerkte. Er wühlte mit seinem Gesicht in dem Geld wie ein Schwein im Futtertrog.

»Steck das Geld ein, und zieh dich aus«, sagte sie.

Er stand auf, lachte wie besessen vor sich hin und begann seine Kleider abzustreifen.

»Ich will es da liegen lassen und es mir ansehen«, sagte er.

Sie setzte sich an den Frisiertisch und massierte ihr Gesicht mit Creme, bis er sich ganz ausgezogen hatte.

Aber statt unter die Decke zu kriechen, legte er sich auf die Überdecke, griff ständig in das druckfrische Geld und ließ die Noten wie fallende Blätter auf seinen nackten Körper flattern.

»Amüsier dich gut«, sagte sie und ging ins Badezimmer. Sie hörte ihn wie verrückt vor sich hin lachen, als sie die Verbindungstür hinter sich schloss.

Schnell durchquerte sie das Badezimmer, öffnete die gegenüberliegende Tür und betrat das andere Schlafzimmer.

Johnny schlief auf dem Rücken, den einen Arm quer über die Bettdecke ausgestreckt, den anderen leicht angewinkelt über seinen Magen gelegt. Er schnarchte leise.

Sie schloss die Badezimmertür hinter sich, schlich durch das Zimmer und stellte den Radiowecker so, dass er sich in fünf Minuten einschaltete. Dann schlüpfte sie schnell in ein Kostüm mit langer Hose, ohne sich mit der Unterwäsche aufzuhalten, zog wieder den Morgenrock über und schlich ins Bad zurück. Das Wasser war die ganze Zeit gelaufen und hatte die Wanne bis zum Überlaufen gefüllt. Sie drehte den Hahn ab, stellte die Dusche an und zog den Stöpsel aus der Wanne.

Dann ging sie schnell in den Flur hinaus, eilte in die Küche, nahm ihre Schulterhandtasche aus Sattelleder aus einem der Fächer im Schrank und verließ die Wohnung durch den Dienstboteneingang.

Als sie die Treppe hinunterlief, weinte sie so sehr, dass sie fast gegen zwei uniformierte weiße Polizisten gestoßen wäre, die gerade heraufkamen. Sie traten beiseite, um sie vorbeizulassen.

20

Das Radio setzte explosionsartig ein.

Irgendeine Bigband mit Blechbläsern drosch eine Rock-'n'-Roll-Nummer herunter.

Johnny fuhr aus dem Schlaf hoch, als ob ihn eine Schlange gebissen hätte, sprang aus dem Bett und griff nach der Pistole unter seinem Kissen.

Dann erst begriff er, dass es nur das Radio war. Er grunzte einfältig und bemerkte, dass Dulcy nicht im Bett lag. Mit seiner freien Hand langte er in die Innentasche seiner Jacke, die Pistole immer noch in der Rechten, und stellte fest, dass die zehntausend Dollar verschwunden waren.

Gedankenverloren klopfte er die Jacke ab, die auf dem Sessel neben dem Bett lag, betrachtete aber unterdessen das leere Bett. Sein Atem ging flach, doch sein Gesicht war ausdruckslos.

»Abgehauen«, sagte er zu sich selbst. »Die Wette hast du verloren.«

Das Radio spielte so laut, dass er nicht hörte, wie die Tür im Badezimmer geöffnet wurde. Aus dem Augenwinkel nahm er lediglich eine Bewegung wahr und drehte sich um.

Chink stand nackt, Augen und Mund weit aufgerissen, unter der Tür. Sie starrten einander an, bis der Augenblick unerträglich wurde.

Plötzlich schwollen die Adern an Johnnys Schläfen an, als ob sie platzen wollten. Die Narbe an seiner Stirn blähte sich auf, und die Tentakel zuckten, als wollten sie sich von seinem Kopf losreißen. Dann flammte ein blendender Blitz in seinem Schädel auf, als würde sein Gehirn in die Luft gesprengt.

Sein Verstand verzeichnete seine nächsten Handlungen nicht.

Er drückte den Abzug seiner .38er Pistole so oft ab, bis er alle Geschosse in Chinks Bauch, Lungen, Herz und Kopf gepumpt hatte. Dann machte er einen Satz und stampfte mit bloßen Füßen auf Chinks blutigem, sterbendem Körper herum, bis zwei von Chinks Zähnen in seiner schwieligen Ferse staken. Danach beugte er sich nieder und zerklopfte mit dem Griff seiner Pistole Chinks Kopf zu einem blutigen Brei.

Aber es war ihm nicht bewusst, dass er es tat.

Das Erste, was er bewusst wahrnahm, nachdem er Chink erblickt hatte, war, dass er von zwei uniformierten weißen Polizisten gewaltsam zurückgerissen wurde, dass Chinks blutige Leiche in der Tür vor ihm lag, halb im Schlafzimmer und halb im Badezimmer, und dass aus der Dusche Wasser in die leere Wanne strömte.

»Lassen Sie mich los, damit ich mich anziehen kann«, sagte er mit seiner monotonen Stimme. »Sie können mich nicht splitternackt ins Gefängnis bringen.«

Die Polizisten ließen ihn los, und er begann sich anzukleiden.

»Wir haben das Revier angerufen. Sie schicken ein Kommando von der Mordkommission her«, sagte einer der Polizisten. »Wollen Sie irgendwas sagen, bevor die Leute hier sind?«

»Wozu?«, fragte Johnny und zog sich weiter an.

»Wir hörten die Schüsse, und die Hintertür stand offen, darum kamen wir herein«, sagte einer der Polizisten wie zur Entschuldigung. »Wir dachten, es wäre womöglich sie gewesen, die Sie erschossen haben.«

Johnny erwiderte nichts. Er war angezogen, ehe das Kommando der Mordkommission eintraf.

Sie hielten ihn dort fest, bis Detective Sergeant Brody dazustieß.

»Na ja, den haben Sie erledigt«, sagte Brody.

»Beweise gibts genug«, antwortete Johnny.

Zum Verhör nahmen sie ihn mit ins Revier in der 116th Street, weil Grave Digger und Coffin Ed mit den Ermittlungen betraut waren und sie zu diesem Revier gehörten.

Wie schon einmal saß Brody hinter dem Schreibtisch im Singvogelkäfig. Grave Digger hockte auf der Kante des Schreibtisches, und Coffin Ed stand im Schatten in der Ecke.

Es war 20 Uhr 37, immer noch hell, aber das spielte keine Rolle, weil der Raum ja keine Fenster hatte.

Johnny saß im Lichtkegel auf dem Hocker in der Mitte des Raumes, das Gesicht Brody zugewandt. In den senkrechten Strahlen des Scheinwerfers bildeten die Narbe auf seiner Stirn und die geschwollenen Adern an seinen Schläfen ein groteskes Muster, aber sein großer, muskulöser Körper war entspannt und sein Gesicht ausdruckslos. Er sah aus wie ein Mann, dem eine schwere Last von den Schultern genommen war.

»Warum lasst ihr mich nicht einfach erzählen, was ich weiß?«, fragte er mit seiner tonlosen Stimme. »Wenn ihrs mir nicht abkauft, könnt ihr mich nachher immer noch ausfragen.«

»Also gut, schießen Sie los«, sagte Brody.

»Wir wollen mit dem Messer anfangen und das erst mal klarkriegen«, sagte Johnny. »Ich fand das Messer in ihrer Schublade an einem Dienstagnachmittag vor etwas mehr als zwei Wochen. Ich dachte einfach, sie hätte es gekauft, um sich vor mir zu schützen. Ich steckte es in die Tasche und nahm es mit in den Club. Dann fing ich an, darüber nachzudenken, und wollte es wieder zurücklegen, aber Big Joe hat das mitgekriegt. Wenn sie so große Angst vor mir hatte, dass sie ein Jagdmesser in ihrer Schublade versteckt halten musste, wo sie ihre Unterwäsche aufbewahrte, dann sollte sie es von mir aus behalten. Aber ich hielt es nun mal in der Hand, und Big Joe meinte, er hätte auch gern so ein Messer. Da hab ich es ihm gegeben. Das war das letzte Mal, dass ich es gesehen oder auch nur daran gedacht habe, bis Sie es mir hier auf dem Schreibtisch zeigten und sagten, es wäre das Messer, mit dem Val erstochen wurde, und dass der Prediger behauptet hatte, er hätte gesehen, wie Chink es ihr gab.«

»Sie wissen nicht, was Big Joe mit dem Messer gemacht hat?«, fragte Brody.

»Nein, er hat nie was darüber gesagt. Alles, was er sagte, war, er hätte Angst, es mit sich herumzutragen, weil er eines Tages wütend werden und jemanden damit aufschlitzen könnte. Mit so einem Messer könnte man einem den Kopf abhacken, wenn man ihm eigentlich nur ein kleines Andenken verpassen wollte.«

»Haben Sie je ein gleiches Messer gesehen?«, fragte Brody.

»Genau das gleiche nicht«, antwortete Johnny. »Ich hab Messer gesehen, die so ähnlich waren, aber keins, das genauso aussah.«

Brody nahm das Messer aus der Schreibtischschublade, wie er es schon beim ersten Verhör getan hatte, und schob es über die Platte.

»Ist das hier das Messer?«

Johnny beugte sich vor und nahm es auf. »Ja. Aber wie Val damit erstochen wurde, kann ich nicht sagen.«

»Dies hier ist nicht das Messer, mit dem Val erstochen wurde«, erklärte Brody. »Es wurde erst vor einer halben Stunde in einem Fach Ihres Küchenschranks gefunden.« Dann legte er ein identisches Messer vor Johnny auf die Schreibtischplatte. »Das ist das Messer, das in Vals Leiche steckte.«

Johnny sah von einem Messer zum anderen, ohne ein Wort zu sagen.

»Wie erklären Sie sich das?«, fragte Brody.

»Weiß ich nicht«, antwortete Johnny ausdruckslos.

»Könnte Big Joe es irgendwann mal in Ihrer Wohnung zurückgelassen und jemand es in Ihren Küchenschrank gelegt haben?«, fragte Brody.

»Wenn ers getan hat, weiß ich nichts davon«, antwortete Johnny.

»Na schön, das ist Ihre Version«, sagte Brody. »Kommen wir zu Val zurück. Wann haben Sie ihn das letzte Mal gesehen?«

»Das war etwa zehn vor vier, als ich aus dem Club herunterkam«, antwortete Johnny. »Ich hatte gewonnen, und die Spieler wollten nicht, dass ich aufhörte. Dadurch verspätete ich mich. Val saß im Wagen und wartete auf mich.«

»War das nicht ungewöhnlich?«, warf Brody ein.

Johnny sah ihn an.

»Warum kam er nicht in den Club hinauf?«, fragte Brody.

»Da war gar nichts so Besonderes dran. Er saß gern in meinem Wagen und hörte Radio. Er hatte Schlüssel zu dem Wagen, er und Dulcy, aber nur für den Notfall, denn ich habe ihn den Wagen nie fahren lassen. Und er hat sich zur verabredeten Zeit reingesetzt, wahrscheinlich hat es ihm das Gefühl gegeben, eine große Nummer zu sein. Ich weiß nicht, wie lang er da gesessen hat. Ich hab ihn nicht danach gefragt. Er sagte mir, er käme von Reverend Short, mit dem er gesprochen hätte, und er müsste mir was sagen. Aber wir waren spät dran, und ich fürchtete, die Trauerfeier wäre vorbei, ehe wir hinkamen ...«

»Val behauptete, er hätte mit Reverend Short gesprochen?«, unterbrach Brody ihn erneut. »Um diese Zeit in der Nacht oder richtiger am frühen Morgen?«

»Ja, aber ich hab mir in dem Augenblick nichts dabei gedacht«, antwortete Johnny. »Ich sagte ihm, er soll damit bis später warten, aber kurz bevor wir zur Seventh Avenue kamen, sagte er, er hätte keine Lust, zur Trauerfeier zu gehen. Er sagte, er wolle von Harlem fort, mit einem Frühzug nach Chicago, und er wüsste nicht, wohin er von da weiter sollte, und dass ich mir lieber anhören sollte, was er zu sagen hätte, weil es wichtig wäre. Ich fuhr bis zur Ecke und hielt an. Dann sagte er mir, dass er bei dem Prediger in der Kirche war – wenn man das eine Kirche nennen kann. Er hat ihn da gegen zwei Uhr in der Nacht getroffen, und sie hatten ein langes Gespräch. Aber ehe er mir mehr erzählen konnte, sah ich auf der anderen Straßenseite einen Burschen an den geparkten Wagen vorbeischleichen, und mir war klar, dass er dem A&P-Manager das Wechselgeld klauen wollte. Ich sagte, warte mal einen Moment, lass uns das Spielchen da drüben beobachten. Da war ein farbiger Polizist, er heißt Harris, der neben dem Manager stand, während der die Ladentür aufschloss, und dann war noch jemand da, der sich aus Big Joes Schlafzimmerfenster beugte und auch alles mit ansah. Der Bursche stahl den Geldsack aus dem Auto und rannte davon, aber der Manager sah ihn noch, und er und der Polizist rannten hinter ihm her ...«

Brody schnitt ihm das Wort ab. »Das wissen wir alles schon. Aber was geschah, nachdem Reverend Short aufstand?«

»Ich wusste nicht, dass es der Prediger war, bis er wieder aus dem Brotkorb kam«, sagte Johnny. »Die komischste Nummer, die man je gesehen hat. Er stand auf und begann sich zu schütteln wie eine Katze, die in einen Misthaufen gefallen ist. Als ich erkannte, wer es war, dachte ich mir gleich, dass er voll war mit seinem Wildkirschenschnaps und Opiumsaft, den er immer trinkt, dann nahm er noch einen Schluck aus der Flasche und ging auf Zehenspitzen ins Haus zurück. Dabei schüttelte er sich wie eine Katze, die nasse Pfoten gekriegt hat. Val lachte auch darüber. Er sagte noch, ein Betrunkener tut sich nie weh. Dann kam mir plötzlich die Idee, wie wir einen prima Gag landen konnten. Ich sagte Val, er solle über die Straße gehen und sich in den Brotkorb legen, in den der Prediger gefallen war. Und ich wollte um die Ecke in Hamfats Bar, um Mamie anzurufen und ihr zu sagen, da läge ein toter Mann auf der Straße, der aus ihrem Fenster gefallen wäre. Hamfats Bar liegt an der Ecke 135th Street und Lennox, und ich hätte nicht länger als fünf Minuten gebraucht, um bei ihr anzurufen. Aber irgendeine Wachtel klebte am Telefon, und ich dachte, bis ich zum Telefonieren käme, hätte schon jemand Val gefunden, und unser Witz wäre geplatzt.«

»Wie kamen Sie zu Hamfats?«, unterbrach ihn Brody.

»Ich bin gefahren«, sagte Johnny. »Erst über die Seventh Avenue bis zur 135th Street und dann zur Lennox rüber. Ich wusste nicht, dass Val erstochen worden war, bis Mamie es mir am Telefon sagte.«

»Haben Sie jemanden aus dem Haus kommen sehen, oder war überhaupt jemand auf der Straße, als Sie die Seventh Avenue entlangfuhren?«, fragte Brody.

»Keine Menschenseele.«

»Haben Sie Mamie gesagt, wer Sie sind?«

»Nein. Ich versuchte meine Stimme zu verstellen. Ich wusste, dass sie den Scherz sofort durchschauen würde, wenn sie meine Stimme erkannte.«

»Glauben Sie nicht, dass sie Ihre Stimme doch erkannt hat?«, fragte Brody beharrlich.

»Glaube ich nicht, aber ich kann es nicht sagen.«

»Na schön. Das ist Ihre Geschichte«, sagte Brody. »Und weshalb fuhren Sie nach Chicago?«

»Ich versuchte herauszufinden, was Val mir erzählen wollte, ehe er erstochen wurde«, gab Johnny zu. »Nachdem Doll Baby am Nachmittag unmittelbar nach dem Begräbnis in meine Wohnung kam und behauptete, dass Val von mir zehntausend Dollar bekommen sollte, um einen Schnapsladen aufzumachen, wollte ich wissen, weshalb ich ihm die zehntausend hätte geben sollen. Er hatte keine Gelegenheit mehr, es mir zu sagen. Darum musste ich es selbst herausfinden.«

»Haben Sie es herausgefunden?«, fragte Brody und beugte sich etwas vor.

Grave Digger neigte sich aus der Hüfte vor, um besser hören zu können, und Coffin Ed trat aus dem Dunkeln.

»Ja«, antwortete Johnny, und sein Gesicht blieb ausdruckslos. »Er war mit Dulcy verheiratet. Ich vermute, er wollte die zehntausend Dollar haben und dann damit verschwinden. Wahrscheinlich wollte er Doll Baby mitnehmen.«

Die drei Detectives blieben aufmerksam, als ob sie auf ein Geräusch lauschten, das ihnen den Augenblick der Gefahr ankündigen würde.

»Hätten Sie ihm das Geld gegeben?«, fragte Brody.

»Da hätte er lange drauf warten können«, antwortete Johnny.

»War das seine Idee oder Dulcys?«, fragte Brody weiter.

»Ich kanns nicht sagen«, antwortete Johnny, »ich bin nicht der liebe Gott.«

»Hätte sie ihm geholfen, wenn er etwas bei ihr erreicht hätte? Oder versucht hätte, bei ihr was zu erreichen?«, forschte Brody weiter.

»Ich kanns nicht sagen«, antwortete Johnny.

Brody hämmerte weiter. »Oder hätte sie ihn getötet?«

»Ich kanns nicht sagen«, erklärte Johnny mit seiner tonlosen Stimme.

»Was suchte Chink Charly in Ihrer Wohnung?«, fuhr Brody fort. »Erpresste er sie wegen des Messers?«

»Ich kanns nicht sagen«, antwortete Johnny.

»Zehntausend Dollar in Hundert-Dollar-Noten lagen auf dem Bett in dem anderen Schlafzimmer verstreut«, erklärte Brody. »Kam er, um die in Empfang zu nehmen?«

»Keine Ahnung, warum er kam«, antwortete Johnny. »Was er kriegte, wissen Sie.«

»Das war Ihr Geld«, bohrte Brody.

»Nein, es gehörte ihr«, sagte Johnny. »Ich holte es für sie, als ich aus Chicago zurückkam. Wenn zehntausend Dollar alles war, was sie von mir haben wollte, konnte sie die haben. Sie brauchte sie nur zu nehmen und zu verschwinden. Es war für mich leichter, Schulden zu machen, um ihr zehntausend Dollar zu geben, als sie umbringen zu müssen.«

»Haben Sie eine Ahnung, wo sie hingegangen sein kann?«, fragte Brody.

»Ich kanns nicht sagen«, antwortete Johnny. »Sie hat ihren eigenen Wagen, ein Chevy-Cabrio, ich habs ihr zu Weihnachten geschenkt. Sie kann überall hin sein.«

»Na schön, Johnny, das ist im Augenblick alles«, sagte Brody. »Wir werden Sie wegen Totschlags und unter Mordverdacht festnehmen. Sie können jetzt mit Ihrem Anwalt telefonieren. Vielleicht bekommt er Sie gegen Kaution auf freien Fuß.«

»Wozu?«, sagte Johnny. »Ich will nur schlafen.«

»Zu Hause können Sie besser schlafen«, antwortete Brody. »Oder gehen Sie in ein Hotel.«

»Ich kann im Gefängnis auch sehr gut schlafen«, sagte Johnny. »Ist ja nicht das erste Mal.«

Als die Wärter Johnny hinausgeführt hatten, sagte Brody: »Sieht so aus, als ob sie unser kleiner Liebling wäre. Sie brachte ihren gesetzlichen Ehemann um, damit der sie nicht um ihre kleine Goldgrube brachte. Dann musste sie eine Falle stellen, um ihren ungesetzlichen Ehemann dazu zu bringen, Chink Charly umzulegen. Auf diese Weise versuchte sie, sich vor dem elektrischen Stuhl zu retten.«

»Und was ist mit dem Messer?«, fragte Coffin Ed.

»Entweder hatte sie beide Messer, oder sie bekam das zweite von Chink und ließ es zurück, als sie die Wohnung verließ«, sagte Brody.

»Aber warum ließ sie es an einer Stelle, wo es bestimmt gefunden werden musste?«, fragte Coffin Ed hartnäckig. »Wenn sie tatsächlich das zweite Messer hatte, warum hat sie es nicht beiseite geschafft? Dann wäre der Mord an Val auch an Johnny hängen geblieben. Er hätte dann beweisen müssen, dass er das Messer Big Joe gegeben hat, und Big Joe ist tot. Die Indizien gegen Johnny wären unwiderlegbar, wenn dieses zweite Messer nicht da wäre.«

»Vielleicht hatte Johnny auch das zweite Messer und legte es selbst dahin«, sagte Grave Digger. »Er ist der gerissenste von allen.«

»Wir hätten das tun sollen, was ich gesagt habe: sie gestern Nacht gleich festnehmen«, meinte Coffin Ed.

»Hören wir auf, daran herumzurätseln, und gehen wir sie jetzt holen«, sagte Grave Digger.

»Richtig«, sagte Brody. »In der Zwischenzeit werde ich sämtliche Berichte durchgehen.«

»Riskieren Sie nicht unnötig, sich mit all den gemeinen Worten abzugeben«, riet Coffin Ed ihm mit ausdruckslosem Gesicht.

»Ja«, ergänzte Grave Digger ebenso feierlich, »seien Sie vorsichtig, dass keins von ihnen Sie von hinten anschleicht und in den Rücken sticht, wenn Sie gerade mal nicht aufpassen.«

»Verdammt noch mal!«, knurrte Brody und lief rot an. »Ihr beiden Kerle zieht los und macht Jagd auf das heißeste Stück in Harlem. Ich beneide euch drum.«

21

Sie fanden Mamie beim Bügeln der Wäsche, die Baby Sis an diesem Morgen gewaschen hatte. Die Küche stand voller Dampf von einem Paar Bügeleisen, die Mamie auf dem elektrischen Herd erhitzte. Sie sagten ihr, Dulcy habe ihre Wohnung verlassen und Johnny habe Chink umgebracht und sei jetzt im Gefängnis.

Mamie setzte sich und begann zu stöhnen. »Mein Gott, ich wusste, dass noch jemand umgebracht wird«, jammerte sie.

»Wo kann sie hingegangen sein, nachdem Chink und Val tot sind und Johnny eingesperrt ist?«, fragte Grave Digger.

»Das weiß nur Gott«, antwortete sie mit klagender Stimme. »Vielleicht ist sie zum Reverend gegangen.«

»Reverend Short!«, rief Grave Digger überrascht. »Warum sollte sie zu dem gehen?«

Mamie sah erstaunt zu ihm auf. »Warum? Weil sie in großen

Schwierigkeiten steckt, und er ist ein Diener Gottes. Dulcy ist im Innern ihres Herzens religiös. Vielleicht hat sie in ihrem Elend Hilfe bei Gott gesucht.«

Baby Sis kicherte. Mamie warf ihr einen drohenden Blick zu. »Er ist ein Diener Gottes«, sagte sie. »Er trinkt einfach nur zu viel von diesem Gift, und das macht ihn manchmal ein bisschen verrückt.«

»Wenn sie dort ist, können wir nur hoffen, dass er nicht zu verrückt ist«, meinte Coffin Ed.

Fünf Minuten später schlichen sie auf Zehenspitzen durch die halbdunkle Kirche mit der Ladenfassade. In der Tür zu Reverend Shorts Zimmer im Hintergrund war das Loch von dem Flintenschuss mit einem Stück Pappe abgedeckt worden. Es hielt das Licht von innen ab, aber die krächzenden Töne von Reverend Shorts Stimme waren deutlich zu hören. Sie schlichen weiter und neigten sich zur Tür, um zu lauschen.

»Aber um Himmels willen, warum mussten Sie ihn denn umbringen?«, hörten sie eine von Entsetzen verzerrte weibliche Stimme ausrufen.

»Du bist eine Hure«, hörten sie Reverend Short als Antwort krächzen. »Ich muss deine Seele vor der Hölle retten. Du bist mein. Ich habe deinen Gatten erschlagen. Jetzt muss ich dich Gott übergeben.«

»Total übergeschnappt«, sagte Grave Digger laut.

Aus dem Zimmer war ein überraschtes Hin- und Herlaufen zu hören. »Wer ist da?«, krächzte Reverend Short mit einer Stimme, so dünn und trocken wie das Warnsignal einer Klapperschlange.

»Der Arm des Gesetzes«, sagte Grave Digger und drückte sich flach an die Wand neben der Tür. »Die Detectives Jones und Johnson. Kommen Sie mit erhobenen Händen heraus!«

Ehe er zu Ende gesprochen hatte, sprintete Coffin Ed den Gang zwischen den Bänken entlang und um das Haus herum, um an die hinteren Fenster zu kommen.

»Ihr könnt sie nicht haben«, krächzte Reverend Short. »Jetzt gehört sie dem Herrn.«

»Wir wollen nicht Dulcy, wir wollen Sie«, erklärte Grave Digger.

»Ich bin ein Werkzeug des Herrn«, antwortete Reverend Short.

»Das bezweifle ich nicht«, sagte Grave Digger und versuchte ihn abzulenken, bis Coffin Ed die Hinterfenster erreicht hatte. »Wir wollen nur zusehen, dass Sie wieder sicher und gesund in der Werkzeugtasche des Herrn landen.«

Ein Gewehr ging innen los, ohne dass vorher ein Hahn warnend knackte, und riss ein Loch mitten durch die Tür.

»Daneben«, rief Grave Digger. »Versuchen Sie den anderen Lauf.«

Von innen war das Geräusch von Bewegungen zu hören, und Dulcy schrie auf. Gleich darauf folgte das Knallen von zwei Schüssen aus einer .38er Pistole vom Hinterhof. Grave Digger wirbelte auf den Ballen seiner großen Plattfüße herum, traf die Tür mit seiner linken Schulter und schoss mit seiner langläufigen, vernickelten .38er, die er entsichert und schussbereit in der rechten Hand hatte, in das Zimmer. Reverend Short lag mit dem Gesicht nach unten über dem Sitz eines hölzernen Stuhls, der neben dem Bett stand. Er versuchte die Jagdflinte wieder zu fassen, die halb unter dem Tisch auf dem Boden lag. Er griff mit der linken Hand danach. Sein rechter Arm baumelte unnütz an seiner Seite.

Grave Digger beugte sich vor und schlug ihm mit dem Revolverlauf über den Hinterkopf, gerade fest genug, um ihn bewusstlos zu machen und ohne ihn zu verletzen. Dann drehte er sich zu Dulcy um, noch ehe Reverend Short vom Stuhl gerollt und auf den Boden gefallen war.

Sie lag mit gespreizten Armen und Beinen auf dem Bett, Hände und Füße mit einer Wäscheleine an die Bettpfosten gefesselt. Ihr Oberkörper und ihre Füße waren nackt, aber sie trug noch die leuchtendrote Hose ihres Anzugs. Der Hirschhorngriff eines Messers ragte senkrecht aus dem Tal zwischen ihren Brüsten auf. Sie sah Grave Digger aus riesigen, schreckgeweiteten schwarzen Augen an.

»Bin ich schwer verletzt?«, fragte sie flüsternd.

»Ich bezweifle es«, sagte Grave Digger, betrachtete sie genauer und fügte dann hinzu: »Sie sind zu hübsch, um schwer verletzt zu werden. Nur hässliche Frauen werden schwer verletzt.«

Coffin Ed riss das Maschendrahtgitter vom Hoffenster ab. Grave Digger schritt durch das Zimmer, öffnete das Fenster und half ihm. Coffin Ed kletterte herein.

Grave Digger sagte: »Dann lass uns diese beiden Hübschen mal ins Krankenhaus schaffen.«

Reverend Short wurde in die psychiatrische Abteilung des Bellevue Hospitals, Ecke First Avenue und 29th Street, eingeliefert. Er bekam eine Paraldehyd-Spritze und war fügsam und vernünftig, als die Detectives zu ihm kamen, um den Fall abzuschließen. Er saß aufgestützt im Bett, den rechten Arm in einer Schlinge.

Detective Sergeant Brody von der Mordkommission war mit Grave Digger und Coffin Ed ins Stadtzentrum gefahren, und Brody saß neben dem Bett und leitete die Vernehmung. Der Polizeistenograf saß neben ihm.

Coffin Ed saß auf der anderen Seite des Bettes und starrte auf die Fieberkurve am Fußende. Grave Digger hockte auf der Fensterbank und beobachtete die Schlepper, die den East River hinauf und hinunter dampften.

»Nur ein paar kleine Fragen, Reverend«, sagte Brody fröhlich. »Zunächst: Warum haben Sie ihn getötet?«

»Gott wies mich an, es zu tun«, antwortete Reverend Short mit ruhiger, gefasster Stimme.

Brody sah Coffin Ed an, aber der bemerkte den fragenden Blick nicht.

Grave Digger starrte weiter auf den Fluss hinaus.

»Schildern Sie uns das näher«, forderte Brody.

»Big Joe Pullen fand heraus, dass Val ihr Ehemann war und die beiden in Sünde lebten, wo Dulcy doch angeblich mit Johnny Perry verheiratet war«, begann Reverend Short.

»Wann hat er das herausbekommen?«, fragte Brody.

»Auf seiner letzten Reise«, antwortete Reverend Short ruhig. »Er wollte mit Val sprechen und ihm sagen, er solle seine Dinge ins Reine bringen, nach Chicago gehen, in aller Stille seine Scheidung regeln und dann verschwinden. Aber bevor Joe Pullen die Möglichkeit hatte, mit Val zu sprechen, starb er. Als ich zu Mamie kam, um ihr bei der Vorbereitung des Begräbnisses zu helfen, sagte sie mir, was Big Joe herausgefunden hatte, und bat mich um meinen geistlichen Rat. Ich sagte ihr, sie solle es mir überlassen, ich würde schon alles in Ordnung bringen, denn ich war ihr und Big Joes geistlicher Berater, und auch Johnny und Dulcy Perry waren Mitglieder meiner Gemeinde, wenn sie auch nie den Gottesdienst besuchten. Ich rief Val an und sagte ihm, ich wolle ihn sprechen, aber er meinte, er hätte keine Zeit, mit Predigern zu reden. Darum musste ich ihm sagen, worüber ich mit ihm sprechen wollte. Daraufhin versprach er, er würde in der Nacht der Trauerfeier zu mir in die Kirche kommen. Wir verabredeten uns für zwei Uhr. Ich glaube, er war darauf vorbereitet, mich gewaltsam zum Schweigen zu bringen, aber darauf war ich gefasst und hielt ihn mir vom Leib. Ich setzte ihm eine Frist von vierundzwanzig Stunden, um aus der Stadt zu verschwinden und sie in Ruhe zu lassen, oder ich würde Johnny alles offenbaren. Darauf erklärte er, er wolle fort. Ich war überzeugt, dass er mir die Wahrheit sagte, darum ging ich zu der Trauerfeier zurück, um Mamie in ihren letzten Stunden mit Big Joes sterblichen Überresten zu trösten. Während ich dort war, geschah es, dass Gott mir die Anweisung gab, ihn niederzustrecken.«

»Wie kam es dazu, Reverend?«, fragte Brody freundlich.

Reverend Short nahm seine Brille ab, legte sie zur Seite und strich sich mit der Hand über sein dünnes, knochiges Gesicht. Dann setzte er die Brille wieder auf.

»Es ist mir gegeben, Anweisungen von Gott zu empfangen, und ich frage nicht weiter danach«, sagte er. »Als ich in dem Zimmer stand, wo Big Joes sterbliche Überreste in dem Sarg lagen, spürte ich einen überwältigenden Drang, in das vordere Schlafzimmer zu gehen. Ich wusste sofort, dass Gott mich auf eine

Mission schickte. Ich gehorchte ohne Vorbehalt. Ich ging in das Schlafzimmer und schloss die Tür. Dann fühlte ich den Drang, zwischen Big Joes Sachen zu suchen ...«

Coffin Ed drehte langsam den Kopf, um den Prediger anzusehen. Grave Digger wandte seinen Blick vom East River ab und starrte ihn auch an. Der Polizeistenograf hob schnell die Augen und senkte sie dann wieder.

»Als ich seine Sachen durchsuchte, fand ich das Messer. Es lag zwischen seiner Haarbürste, seinem Rasierapparat und anderem Zeug in der Schublade des Frisiertischs. Gott befahl mir, es an mich zu nehmen. Darum nahm ich es. Ich steckte es in meine Tasche. Dann befahl Gott mir, ans Fenster zu gehen und hinauszusehen. Ich ging zu dem Fenster und sah hinaus. Dann ließ Gott mich hinausstürzen ...«

»Wenn ich mich richtig erinnere, sagten Sie früher, dass Chink Charly Sie hinausgestoßen hat«, unterbrach Brody ihn.

»Das habe ich zu dem Zeitpunkt auch gemeint«, antwortete Reverend Short mit seiner ruhigen Stimme. »Aber inzwischen habe ich erkannt, dass es Gott war, der mich stieß. Ich hatte den Drang zu fallen, doch ich stemmte mich zurück, und Gott musste mir einen kleinen Stoß geben. Dann stellte Gott den Brotkorb auf den Gehsteig, um meinen Sturz aufzufangen.«

»Früher haben Sie gesagt, es sei der Leib des Heilands gewesen«, erinnerte Brody.

»Ja«, gab Reverend Short zu. »Aber seitdem habe ich mich mit Gott besprochen, und jetzt weiß ich, dass es Brot war. Als ich aus dem Brotkorb stieg und mich unverletzt fand, wusste ich sofort, dass Gott mich in diese Lage gebracht hatte, damit ich eine Mission erfülle. Aber ich wusste nicht, welche. So stand ich versteckt unten im Hauseingang und wartete darauf, dass Gott mich anwies, was ich tun sollte ...«

»Sind Sie sicher, dass Sie nicht nur mal pinkeln mussten«, warf Coffin Ed ein.

»Ja, das musste ich auch«, gab Reverend Short zu. »Ich habe eine schwache Blase.«

»Kein Wunder«, meinte Grave Digger.

»Lasst ihn weitererzählen«, sagte Brody.

»Während ich auf Gottes Anweisungen wartete, sah ich Valentine Haines über die Straße kommen«, fuhr Reverend Short fort. »Ich wusste sofort, dass Gott wollte, ich sollte etwas mit ihm tun. Ich war unsichtbar und beobachtete ihn aus dem Schutz der Dunkelheit heraus. Dann sah ich, wie er zu dem Brotkorb ging und sich hineinlegte, als ob er schlafen wollte. Er lag genauso da wie in einem Sarg, und es war, als ob er auf das Begräbnis wartete. Da wusste ich, was Gott von mir wollte. Ich öffnete das Messer, hielt es in meinem Ärmel und trat hinaus. Val sah mich sofort und sagte: ›Ich dachte, Sie sind wieder zu der Trauerfeier hinaufgegangen, Reverend.‹ Ich sagte: ›Nein, ich habe auf dich gewartet.‹ Er sagte: ›Warum auf mich gewartet?‹ Ich sagte: ›Darauf gewartet, dich im Namen des Herrn zu töten.‹ Dann beugte ich mich zu ihm nieder und stach ihm ins Herz.«

Sergeant Brody tauschte Blicke mit den beiden farbigen Detectives aus. »Nun, das klärt alles«, sagte er. Er wandte sich wieder an Reverend Short und bemerkte zynisch: »Ich vermute, Sie werden auf Unzurechnungsfähigkeit plädieren?«

»Ich bin nicht unzurechnungsfähig«, entgegnete Reverend Short ruhig, »ich bin heilig.«

»Klar«, sagte Brody. Er wandte sich an den Stenografen. »Tippen Sie so schnell wie möglich eine Kopie der Aussage, damit er sie unterschreiben kann.«

»Wird gemacht«, sagte der Stenograf, klappte seinen Notizblock zu und eilte hinaus.

Brody klingelte nach dem Pfleger und ging mit Grave Digger und Coffin Ed hinaus. Draußen wandte er sich an Grave Digger: »Sie hatten ganz recht, als Sie sagten, dass die Leute in Harlem Dinge aus Gründen tun, auf die kein anderer in der Welt kommen würde.«

Grave Digger brummte nur.

»Glauben Sie, dass er wirklich verrückt ist?«, hakte Brody nach.

»Wer weiß?«, antwortete Grave Digger.

»Hängt davon ab, was Sie unter verrückt verstehen«, meinte Coffin Ed.

»Er war einfach sexuell unbefriedigt und auf eine verheiratete Frau scharf«, sagte Grave Digger. »Wenn sich Sex und Religion miteinander mischen, kann das jeden verrückt machen.«

»Falls er bei seiner Aussage bleibt, kommt er damit durch«, sagte Brody.

»Ja«, bestätigte Coffin Ed erbittert. »Und wenn die Karten nur ein bisschen anders gefallen wären, wäre Johnny Perry verheizt worden.«

Dulcy war in ein Hospital in Harlem gebracht worden. Ihre Verletzung war oberflächlich. Der Messerstich war an ihrem Brustbein abgeprallt.

Aber man behielt sie im Krankenhaus, weil sie für ihr Zimmer dort bezahlen konnte.

Sie rief Mamie an, und Mamie kam sofort zu ihr. Sie weinte sich an Mamies Schulter das Herz aus, während sie ihr die Geschichte erzählte.

»Aber warum hast du Val nicht einfach fortgejagt, Kind?«, fragte Mamie. »Warum hast du ihn denn nicht weggeschickt?«

»Ich habe nicht mit ihm geschlafen«, sagte Dulcy.

»Das spielt doch keine Rolle. Er war immer noch dein Mann, und ihr habt ihn bei euch in der Wohnung aufgenommen.«

»Er tat mir leid, das ist alles«, erklärte Dulcy. »Er war zu nichts zu gebrauchen, aber er tat mir trotzdem leid.«

»Also in Gottes Namen, Kind«, sagte Mamie. »Aber trotzdem, warum hast du der Polizei nichts davon gesagt, dass Chink noch so ein Messer hatte, statt Johnny dazu zu bringen, ihn umzulegen?«

»Ich weiß, ich hätte es tun sollen«, gestand Dulcy. »Aber ich wusste mir einfach nicht zu helfen.«

»Warum bist du dann nicht zu Johnny gegangen, Kind, und hast ihm dein Herz ausgeschüttet und gefragt, was du tun sollst?«, fragte Mamie. »Er war dein Mann, Kind. Er war derjenige, an den du dich wenden konntest.«

»An Johnny?«, antwortete Dulcy und lachte mit hysterischem Unterton. »Stell dir vor, ich wäre mit der Geschichte zu Johnny gegangen! Ich dachte doch, er selbst hätte es getan.«

»Er hätte dir bestimmt zugehört«, sagte Mamie. »So gut solltest du Johnny inzwischen kennen, Kind.«

»Das war es nicht, Tante Mamie«, schluchzte Dulcy. »Ich weiß, er hätte mir zugehört. Aber dann hätte er mich gehasst.«

»Nun, nun, weine nicht«, sagte Mamie und strich ihr über das Haar. »Jetzt ist alles vorbei.«

»Das meine ich ja«, sagte Dulcy, »es ist alles vorbei.« Sie begrub ihr Gesicht in den Händen und weinte herzerweichend. »Ich liebe den hässlichen Bastard doch so«, schluchzte sie, »aber ich kann es ihm nicht beweisen.«

Es war ein heißer Morgen. Die Kinder aus der Nachbarschaft spielten auf der Straße.

Rechtsanwalt Ben Williams hatte Johnny gegen Kaution freibekommen. Die Leute von der Garage hatten einen Mann mit seinem Cadillac zum Gefängnis geschickt. Johnny kam heraus, setzte sich hinter das Steuer, und der Mann von der Garage setzte sich nach hinten. Der Rechtsanwalt nahm neben Johnny Platz.

»Wir werden durchsetzen können, dass gar keine Anklage wegen Totschlags gegen dich erhoben wird«, versprach der Anwalt. »Du brauchst dir keine Sorgen zu machen.«

Johnny drückte auf den Starter, legte den Gang ein, und der große Wagen rollte langsam an.

»Darum mache ich mir auch keine Sorgen«, antwortete er.

»Worum denn?«, fragte der Anwalt.

»Davon verstehst du doch nichts«, sagte Johnny.

Magere schwarze Kinder in ihrer Sommerkleidung liefen hinter dem großen, glänzenden Cadillac her und berührten ihn voller Liebe und Bewunderung.

»Heckflossen Johnny Perry«, riefen sie hinter ihm her. »Vier Asse Johnny Perry.«

In einer Art Gruß hob er die linke Hand.

»Versuchs doch mal«, sagte der Anwalt. »Schließlich soll ich für dich denken.«

»Wie kann ein eifersüchtiger Mann gewinnen?«, fragte Johnny.

»Indem er auf sein Glück vertraut«, antwortete der Anwalt. »Du bist schließlich der Spieler. Du solltest das wissen.«

»Also gut, Freund«, sagte Johnny, »hoffentlich hast du recht.«

Percival Everett im Unionsverlag

God's Country
Jock Marder, Spieler, Trinker, Betrüger und Möchtegern-Frauenheld, will seine Frau zurück und den Tod seines Hundes rächen. Dafür braucht er die Hilfe des Fährtenlesers Bubba. Marders Problem: Bubba ist schwarz. Das passt ihm gar nicht, aber er hat keine andere Wahl. So beginnt ein Westernabenteuer quer durch den amerikanischen Süden des 19. Jahrhunderts. Everett verwickelt das ungleiche Paar in einen Reigen skurriler Szenen, in denen sich Satire und Tragik meisterhaft ergänzen. Als einzige Lichtgestalt erscheint Bubba, der gesellschaftlich Geächtete – ein Held, der in der gesetzlosen Gesellschaft kein Held ist, weil er qua Hautfarbe keiner sein kann.

»In einem Motel mit Ausblick auf den Highway verschlang ich diese skurrile und verstörende Geschichte, diesen literarischen Quentin Tarantino auf Speed, diese Parabel über einen Außenseiter, der nie vom Pfad der Menschlichkeit abkommt.«
Ilija Trojanow

»Eine Westernparodie gegen den Rassismus. Der ganze Dreck, der sich in Kansas City und in den Köpfen auftürmt, ist erst am Ende ganz sichtbar. Fast geniert man sich, ab und zu gelacht zu haben.« *Kurier*

Mehr über Autor und Werk auf *www.unionsverlag.com*

Jamaica Kincaid im Unionsverlag

Damals, jetzt und überhaupt
Die Sweets – Mutter, Vater, zwei Kinder – leben in einem Städtchen in Neuengland, wo auf den ersten Blick alles beschaulich erscheint. Jamaica Kincaid erzählt vom schwierigen Miteinander und allmählichen Auseinanderbrechen einer Familie. Sie scheut sich nicht, in die Abgründe der Seele zu leuchten, und sie kreist ein, was die Zeit mit den Menschen anstellt.

Die Autobiografie meiner Mutter
Claudette Richardson erzählt ihre Lebensreise in Dominica: Die eigene Mutter stirbt bei der Geburt, sie wächst bei einer Pflegemutter auf. Wie soll sie, gefangen in innerer Einsamkeit, lieben lernen? Stattdessen entdeckt sie ihren Eros und heiratet zuletzt einen reichen weißen Mann, der sie nie glücklich machen kann.

Lucy
Lucy, 19 Jahre alt, kommt von den Westindischen Inseln zum ersten Mal nach New York. Als Au-pair-Mädchen lebt sie bei Mariah und Lewis, einem wohlhabenden Ehepaar mit vier kleinen Töchtern. Alles ist neu für Lucy, sie entdeckt eine vollkommen fremde Welt, die Angst macht und erschreckt. Doch die junge Frau kämpft um ihre innere Unabhängigkeit.

»Die Geschichten, die uns Kincaid erzählt, entfalten eine nachhaltige Kraft, der man sich kaum entziehen kann.«
Frankfurter Allgemeine Zeitung

»Kincaid ist eine unserer tiefschürfendsten Autorinnen. Sie verfügt über ein poetisches Verständnis dafür, wie sich Politik und Geschichte, Privates und Öffentliches überschneiden und die Grenzen verschwimmen.« *The New York Times*

Mehr über Autorin und Werk auf *www.unionsverlag.com*

Sally Morgan im Unionsverlag

Ich hörte den Vogel rufen
Sally wächst in Australien auf, in einer Familie, die lauter, schräger und herrlicher nicht sein könnte. Die fünf Geschwister hängen aufeinander wie die Kletten. Die Mutter nutzt Religion – egal welche – als Geheimwaffe. Der Onkel bringt trotz ausgiebigem Alkoholgenuss immer mal wieder ein Huhn vorbei und die Oma gräbt mit Sally frühmorgens den quakenden alten Ochsenfrosch aus. Erst mit fünfzehn aber merkt Sally, das in ihrer Familie noch etwas anders ist als bei den anderen: Ihre Oma ist schwarz. Hartnäckig beginnt Sally, die Geschichte ihrer eigenen Familie zu hinterfragen und erfährt schließlich Geheimnisse, die ihre Welt auf den Kopf stellen.

Wanamurraganya
Sally Morgan machte sich quer durch den australischen Kontinent auf die Suche nach dem unbekannten Mann, der nach Aborigines-Genealogie ihr Großvater ist. Sie fand schließlich Jack McPhee, mit seinem eigentlichen Namen Wanamurraganya, und er erzählte ihr seine Lebensgeschichte. Er erzählt von seiner kurzen Kindheit, von Kuchen aus der Dose, vom Kühe-Ärgern, Känguru-Jagen und Wildpferde-Fangen. Er erzählt, wie er von Farm zu Farm weitergereicht wird, von schwarzen Müttern und weißen Vätern und von einer entmündigenden Regierungspolitik – vor allem aber von der Gelassenheit und dem Humor, die er immer im Herzen trägt.

»Wie die Autorin die Erzählungen ihrer Großeltern rekonstruiert und das Leben von Aborigines, ihre Träume, Bräuche, Ängste, die erlittene Diskriminierung wiederentstehen lässt, ist in seiner Wirkung vergleichbar mit ›Onkel Toms Hütte‹ – ein unersetzliches Stück Zeitgeschichte.« *Die Frau von heute*

Mehr über Autorin und Werk auf *www.unionsverlag.com*

Gloria Naylor im Unionsverlag

Linden Hills
Linden Hills – wer hier lebt, hat es geschafft. Lester und sein Kumpel Willie verabscheuen die noble Klientel, reinigen aber für ein paar Dollar ihre Auffahrten. Straße für Straße arbeiten sie sich den Hügel hinunter, bis ganz nach unten zum finsteren Luther Nedeed, wo das Versprechen eines besseren Lebens in schneidende Niedertracht zersplittert.

Die Frauen von Brewster Place
Mattie Michael und Etta Johnson wohnen schon ewig in Brewster Place und wissen absolut alles, was bei den anderen so passiert. Über Kiswana Browne mit ihren Black-Power-Parolen, oder Cora Lee, die immer mehr Kinder kriegt. Die Gerüchteküche brodelt und treibt den Geruch von Begierde und Fürsorge, Hoffnung und Verzweiflung durch die Straße.

Mama Day
Cocoa verbringt die Sommer bei ihrer Großtante Mama Day auf der Südstaateninsel Willow Springs, wo die Zeit stillzustehen scheint. Als sie aber ihren Freund George mitbringt, gerät das Leben auf der Insel aus dem Gleichgewicht, und der Ort wird für sie beide zur Bedrohung. Naylor entfesselt einen tosenden Wirbel aus Liebe, Wahn und Hoffnungen.

»Gloria Naylors Schreiben ist sinnlich und ihr Umgang mit den Menschen, die sie beschreibt, voller Achtung und Zärtlichkeit. Mit einer Palette von Komik, Slapstick und feinster Ironie verfügt sie über mehr Humor als Toni Morrison.«
Neue Zürcher Zeitung

Mehr über Autorin und Werk auf *www.unionsverlag.com*